古典文学与目录学综论

何新文　著

中国社会科学出版社

图书在版编目（CIP）数据

古典文学与目录学综论：何新文自选集／何新文著 . —北京：
中国社会科学出版社，2017.2

ISBN 978 - 7 - 5161 - 9712 - 7

Ⅰ. ①古… Ⅱ. ①何… Ⅲ. ①中国文学—古典文学研究—文集
②中国文学—古典文学—目录学—文集 Ⅳ. ①I206.2 - 53
②G257 - 53

中国版本图书馆 CIP 数据核字（2017）第 010506 号

出 版 人	赵剑英
责任编辑	刘志兵
特约编辑	张翠萍等
责任校对	石春梅
责任印制	李寡寡

出　　版	中国社会科学出版社
社　　址	北京鼓楼西大街甲 158 号
邮　　编	100720
网　　址	http://www.csspw.cn
发 行 部	010 - 84083685
门 市 部	010 - 84029450
经　　销	新华书店及其他书店

印　　刷	北京君升印刷有限公司
装　　订	廊坊市广阳区广增装订厂
版　　次	2017 年 2 月第 1 版
印　　次	2017 年 2 月第 1 次印刷

开　　本	710×1000　1/16
印　　张	29.5
插　　页	2
字　　数	484 千字
定　　价	108.00 元

目　录

目录、方法与宏观思考

《春秋》经传与先秦文史研究

辞赋及赋话赋论研究

序跋与评述

目录、方法与宏观思考

说"通"

——《中国文学目录学通论·引言》

尚"通",是中国古代文化的一种传统精神。我们的先人视宇宙万有为浑然一体,孜孜以求天人合一、古今相通,向往人类社会与自然界的和谐,追寻过去与现在、未来的联系。是以被班固称为六艺之"原"的《周易》一书以为:"唯君子为能通天下之志"(《同人》卦《象》曰),"穷则变,变则通,通则久"(《系辞传》下)①。

反映在学术学问上,则尚通学而不主专家,尊崇会通综合的全粹之学。荀子《劝学》以"君子知夫不全不粹之不足以为美也",故而主张融会贯通的学术态度,提倡"诵数以贯之,思索以通之"②。

古人以"上则能尊君,下则能爱民,物至而应,事起而辨"者为"通士"(《荀子·不苟》)③;以"通书千篇以上、万卷以下,弘畅雅闲,审定文读,而以教授为人师者"为"通人"(《论衡·超奇》)④;以奏议、书论、铭诔、诗赋诸种文体均"能之者"为"通才"(《典论·论文》)⑤。故著书立说,以兼收并蓄、综合会通为上,如《淮南子·要略》篇所云:"夫作为书论者,所以纪纲道德,经纬人事,上考之天,下揆之地,中通诸理。虽未能抽引玄妙之中,才繁然足以观终始矣。总要举凡而语……故多为之辞,博为之说。"⑥ 于是,前有孔仲尼"以天纵之圣","总《诗》

---

① 高亨:《周易大传今注》,齐鲁书社1979年版,第164、562页。
② 北京大学《荀子》注释组:《荀子新注》,中华书局1979年版,第13页。
③ 同上书,第33—34页。
④ 郭绍虞、王文生:《中国历代文论选》第1册,上海古籍出版社1979年版,第109页。
⑤ 同上书,第159页。
⑥ 刘安:《淮南鸿烈传》卷21,载《百子全书》第5册,浙江人民出版社1984年版。

《书》《礼》《乐》而会于一手，然后能同天下之文，贯二帝三王而通为一家，然后能极古今之变"（《通志·总序》）①；后有司马氏"述往事，思来者"，"究天人之际，通古今之变"（司马迁《报任少卿书》）②，"通黄帝、尧、舜至于秦汉之世，勒为一书……使百代而下史官不能易其法，学者不能舍其本"（《通志·总序》）③。自此以降，更有班固承肃宗建初之诏，作《白虎通论》；应劭辨物类名号，释时俗嫌疑，著《风俗通义》；梁武帝上起三皇、下迄梁代，撰为《通史》一编；刘知几"上穷王道，下挟人伦，总括万殊，包吞千有"④，而为《史通》二十卷。此外，尚有杜佑《通典》、司马光《通鉴》、郑樵《通志》、马端临《文献通考》、章学诚《文史通义》等相继而作。或总古今之学术，或汇公私之述作，或上下千年、包罗众史，或借古通今、史文兼论，皆书标"通"之名，体存"通"之义。

本书所述之目录之学，其实也正体现着这种综合会通的传统文化学术精神。中国古代目录学，自其形成产生之时起，就与所谓版本、校勘、分类诸事融会贯通，对当时以往的文化学术进行了总结性的综合整理。因而西汉后期，大博学家刘向创始、刘歆完成的我国第一部综合性国家图书分类目录——《七略》，就"不只是目录学、校勘学的开端，更重要的还在于它是一部极可珍贵的古代文化史"，是一项"对古代文化有巨大贡献的事业"（范文澜《中国通史》）⑤。刘向而后，如唐代智升论"目录之兴也，盖所以别真伪，明是非，记人代之古今，标卷部之多少"（《开元释教录·序》）⑥；宋郑樵主张图书目录通录图、书，"纪百代之有无"，"广古今而无遗"（《通志·校雠略》）⑦；以至于清章学诚认为目录学应"辨章学术，考镜源流"，"艺文一志，实为学术之宗，明道之要"（《校雠通义》卷一、卷三）⑧ 等，都表明了古代目录学家综合会通的目录学思想。

---

① 郑樵：《通志》第 1 册，中华书局 1987 年版，第 1 页。

② 萧统：《文选》中册，中华书局 1977 年版，第 581 页。

③ 郑樵：《通志》第 1 册，中华书局 1987 年版，第 1 页。

④ 刘知几：《史通》，辽宁教育出版社 1997 年版，第 87 页。

⑤ 范文澜：《中国通史》第 2 册，人民出版社 1978 年版，第 163 页。

⑥ 智升：《开元释教录·序》，载《目录学研究资料汇编》（二），武汉大学图书馆学系 1979 年编印本，第 125 页。

⑦ 郑樵：《通志》第 1 册，中华书局 1987 年版，第 831、832 页。

⑧ 章学诚著，叶瑛校注：《文史通义校注》，中华书局 1985 年版，第 945、1024 页。

　　许慎《说文解字》训 "通" 为 "达"，章学诚为之解释说："自此之彼之谓也。通者，所以通天下之不通也"（《文史通义·释通》）①。此说又正与目录学之性质、功用相通。我国的文化典籍浩如烟海，历代积累传承的各类著述纷繁博富，若读者单凭兴之所至地涉猎阅览，就不啻如孤舟泳海、弱羽凭天，事倍功半而难有成效。而目录学通过目录书的特有形式，使汗牛充栋般的群书部居类次，让读者能即类求书，因书究学，从而成为读书治学者 "自此之彼" 的桥梁，通达书山学海的路径。

　　笔者以 "中国文学目录学通论" 名书，亦欲着眼于中国古代学术崇尚融会贯通的传统精神，本之于古代目录学自此通彼的门径之学特质，从文学与目录学相结合的角度探讨古代文学目录学的形成、发展及其特点，叙述古代文学目录及其分体目录；同时，也对目录学、中国古典目录学及其相关学科版本学、校勘学等的基础理论和基本知识作简要介绍，以明前贤 "会通" 之教。

　　中国文学，是一个广袤辽阔、异彩纷纭的百花园；中国文学目录学则是通往这百花园的蹊径。如果广大有兴趣涉猎中国文学之园，有志于钻研中国目录之学的读者朋友，能从此书中得到一些启示或帮助，将是笔者的荣幸。

　　原载何新文《中国文学目录学通论》卷首，江苏教育出版社 2001 年版

---

　　① 章学诚著，叶瑛校注：《文史通义校注》，中华书局 1985 年版，第 377 页。

从目录学的角度探论"不歌而诵谓之赋"

——马积高先生《赋史》关于赋体论述的启示

班固《汉书·艺文志》所载"不歌而诵谓之赋"一语，古今学人较为普遍的解释是指赋在形式上具有"不歌而诵"的特点。现当代学者，如朱光潜认为"赋可诵不可歌"①，骆玉明谓"赋之命名，取义于诵"②，费振刚说"赋与辞不同，它不歌而诵"③；马积高先生既在《赋史》中力主"赋是一种不歌而诵的文体"，指出此说"为探本之论"④，后来又在所著《历代辞赋研究史料概述》中，进一步论述了汉代"以赋的不歌而诵与诗相区别"的观点⑤。

但是，由于刘、班叙论颇欠周详，《七略》《汉志》义例缺焉无闻，故对于这一提法的解释，也存在着疑惑和分歧。如明人陈山毓《赋略序》曰：

> 古人云"不歌而诵谓之赋"。夫词非己作，春秋列国大夫之赋也；体由自制，郑庄、晋芍之赋也。皆"不歌而诵"之义也。⑥

在这里，陈山毓明言"不歌而诵"是指春秋列国大夫"赋诗"时的诵读

---

① 朱光潜：《诗论》增订本，三联书店 1984 年版，第 203 页。

② 骆玉明：《论"不歌而诵谓之赋"》，《文学遗产》1982 年第 2 期。

③ 费振刚：《辞与赋》，《文史知识》1984 年第 12 期。

④ 马积高：《赋史》，上海古籍出版社 1987 年版，第 6、1 页。

⑤ 马积高：《历代辞赋研究史料概述》，中华书局 2001 年版，第 11 页。

⑥ 浦铣著，何新文、路成文校证：《历代赋话校证》，上海古籍出版社 2007 年版，第 337 页。

《诗》篇，和鲁隐公元年郑庄公赋"大隧"、僖共五年晋大夫士芻赋"狐裘"之类的自作韵句，而不一定是指楚汉赋体。当代学者也有人"不同意赋为不歌而诵的说法"，或以为这一说法只是就"赋诗"问题而言，而"不涉及赋体定义"。①

本文以为，《汉志》的这一说法不仅源远流长、影响深广，而且关系到对于赋体命名、赋体特征诸多问题的认识，故有必要讨论清楚。而回到目录学著作本身，即从《七略》与《汉志》对于诗赋著录及其序论撰写体例的角度切入的分析探讨，或许更有可能得到接近客观的看法。

一　从《诗赋略》的著录而言："歌诗"可诵可歌，"赋"则不歌而诵

《汉书·艺文志》是在《七略》基础上"删其要以备篇籍"而成，故其所载及论述，主要是刘向、刘歆的主张，不是班固个人的意见。而作为文学目录，《诗赋略》著录两类文体，一类是歌诗，另一类是赋。这是我们理解"不歌而诵谓之赋"一语的基本事实和基本前提。

《诗赋略》首先著录的是"赋"。依次分为"屈原赋""陆贾赋""孙卿赋""杂赋"等四种，共 78 家 1004 篇，多是可诵不可歌的作品。

汉赋作品大半描写事物，又"篇幅较长，辞藻较富丽，字句段落较参差不齐，所以宜于诵不宜于歌"②，这是不难理解的。但是，有学者对于《诗赋略》所著录的"屈原赋"是否也"不歌而诵"则有怀疑。其理由，一是屈原的《九歌》本是根据民间祭神乐歌写成的，二是楚辞作品的末尾往往系之以歌，如"乱曰"之类。关于屈原《九歌》，我们虽然不能完全排除原本是可以歌唱的，但至汉人视"楚辞"为"赋"之时就应该是不歌而诵的了，《汉书·王褒传》载汉宣帝征能为《楚辞》九江被公"召见诵读"而不是"歌唱"，便是一个重要的证明。至于所谓"乱曰"，则除其为音乐术语之外，尚有其他意义，如《离骚》末尾有"乱曰"五

---

① 骆玉明：《论"不歌而诵谓之赋"》谓有人"不同意赋为不歌而诵的说法"；曹虹《"不歌而颂谓之赋"考论》谓"'不歌而诵谓之赋'一语不涉及赋体定义"（载其《中国辞赋源流综论》，中华书局 2005 年版，第 19 页）。

② 朱光潜：《诗论》，三联书店 1984 年版，第 203 页。

句总结全诗，王逸《楚辞章句》即注曰："乱，理也。所以发理词指，总撮其要也……以明所趣之意也"；洪兴祖《补注》亦谓"乱者，总理一赋之终"①。可见王逸、洪兴祖都认为楚辞之"乱"是总撮全诗旨意之词，而与音乐没有关系。有如马积高先生所言："屈、宋之作称为'辞'，盖取其'不歌而诵'之意，以与和乐的歌诗相别"，"辞、赋既均为'不歌而诵'之体，故汉人辞、赋每连称或混称"。②

其次著录的是"诗"，分为"歌诗"一种，计28家314篇。

《诗赋略》名义为"诗"与"赋"，为何在实际著录诗和分类时却不称"诗"而称作"歌诗"呢？这一方面，当是与《六艺略》著录《诗经》而《六艺略序》及《诗》类小序均称为"诗"相区别；另一方面，当是与《诗赋略》所著录的"诗"原本就称为"歌诗"有关。且看《诗赋略》所著录：

> 《高祖歌诗》二篇。《泰一杂甘泉寿宫歌诗》十四篇。《宗庙歌诗》五篇。《汉兴以来兵所诛灭歌诗》十四篇。《出行巡狩及游歌诗》十篇。《临江王及愁思节士歌诗》四篇。《李夫人及幸贵人歌诗》三篇。《诏赐中山靖王子哙及孺子妾冰未央材人歌诗》四篇。《吴楚汝南歌诗》十五篇。《燕代讴雁门云中陇西歌诗》九篇。《邯郸河间歌诗》四篇。《齐郑歌诗》四篇。《淮南歌诗》四篇。《左冯翊秦歌诗》三篇。《京兆尹秦歌诗》五篇。《河东蒲反歌诗》一篇。《黄门倡车忠等歌诗》十五篇。《杂各有主名歌诗》十篇。《杂歌诗》九篇。《洛阳歌诗》四篇。《河南周歌诗》七篇。《河南周歌声曲折》七篇。《周谣歌诗》七十五篇。《周谣歌诗声曲折》七十五篇。《诸神歌诗》三篇。《送迎灵颂歌诗》三篇。《周歌诗》二篇。《南郡歌诗》五篇。③

以上所著录的28家作品的标题，无一例外都标明有"歌诗"二字，表明这些作品原本就可以歌唱。那么，这些作品为什么均题为"歌诗"呢？

① 洪兴祖撰，白化文等点校：《楚辞补注》，中华书局1983年版，第47页。
② 马积高：《历代辞赋研究史料概述》，中华书局2001年版，第2—3页。
③ 班固撰，颜师古注：《汉书》第6册，中华书局1962年版，第1753—1755页。

刘、班义例不得而知，但我们从《汉书·礼乐志》对《安世房中歌》《郊祀歌》等的记载中，却可得到启发。如《礼乐志》载：

> 《安世房中歌》十七章，其诗曰：大孝备矣，休德昭清。高张四县，乐充官庭。芬树羽林，云景杳冥，金支秀华，庶旄翠旌。
>
> 《郊祀歌》十九章，其诗曰：练时日，侯有望，燎膋萧，延四方。九重开，灵之斿，垂惠恩，鸿祜休。灵之车，结玄云，驾飞龙，羽旄纷。灵之下，若风马，左仓龙，右白虎。灵之来，神哉沛，先以雨，般裔裔……①

这两篇作品，标题均作"歌"，其歌词则称作"诗"。由此可知这些在汉代称为"诗"或"歌诗"的作品，多是"歌"与"诗"一身二任，乃至"诗、乐、舞"三位一体的。《诗赋略》及《礼乐志》之所以如此记载，其意在突出"歌诗"有声有义、既可歌又可诵的两栖性特点。故如《六艺略》"诗"类小序所谓："诵其言谓之诗、咏其声谓之歌"，这正是作为目录学家的刘向父子和班固对于"诗"或"歌诗"重要特征的共同认识与界说。

而且《诗赋略》所著录"歌诗"作品的可歌性，也有可考之处。如列入其首的"《高祖歌诗》二篇"，宋王应麟《汉志考证》以为即汉高祖所作《大风歌》与《鸿鹄歌》。据《汉书·礼乐志》记载，汉高祖"《风起》之诗"，是他既定天下之后过家乡沛县与故人父老相乐醉酒时所作，当时就"令沛中僮儿百二十人习而歌之"。其他作品，如《吴、楚、汝南歌诗》《邯郸、河间歌诗》《齐、郑歌诗》《淮南歌诗》《京兆尹、秦歌诗》《河东、蒲反歌诗》《洛阳歌诗》《河南、周歌诗》《周谣歌诗》《南郡歌诗》等，"盖皆出于民间"，都是可以"被诸管弦而播之廊庙"的②。还有其中所谓"声曲折"，据清人王先谦《汉书补注》等考辨，即是"歌声之谱"③。

如此看来，《诗赋略》因"赋"与"歌诗"而设立此一文学目录，

---

① 班固撰，颜师古注：《汉书》第 4 册，中华书局 1962 年版，第 1046、1052 页。
② 萧涤非：《汉魏六朝乐府文学史》，人民文学出版社 1984 年版，第 6 页。
③ 陈国庆：《汉书艺文志注释汇编》，中华书局 1983 年版，第 182 页。

而所著录的"赋"不歌而诵,"歌诗"则可歌可诵,这正是诗与赋在形式体类上的区别。

二　从《诗赋略序》及《七略》叙论撰写体例看: "不歌而诵"是界定赋体

(一)《诗赋略序》总言"诗、赋",再分述"赋"与"诗"的不同特点

如《序》云:

> 凡诗、赋百六家,千三百一十八篇。
>
> 不歌而诵谓之赋。《传》曰:"登高能赋,可以为大夫"。[①] 言感物造端,材知深美,可与图事,故可以为列大夫也。古者诸侯卿大夫交接邻国,以微言相感,当揖让之时,必称《诗》以谕其志,盖以别贤、不肖而观盛衰焉。故孔子曰"不学《诗》,无以言"也。春秋之后,周道寖坏,聘问歌咏不行于列国,学《诗》之士逸在布衣,而贤人失志之赋作矣。大儒孙卿及楚臣屈原离谗忧国,皆作赋以风,咸有恻隐古诗之义。其后宋玉、唐勒,汉兴枚乘、司马相如,下及扬子云,竞为侈丽闳衍之词,没其风谕之义。是以扬子悔之,曰:"诗人之赋丽以则,辞人之赋丽以淫。如孔氏之门人用赋也,则贾谊登堂,相如入室矣,如其不用何!"
>
> 自孝武立乐府而采歌谣,于是有代、赵之讴,秦、楚之风,皆感于哀乐,缘事而发,亦可以观风俗,知薄厚云。
>
> 序诗、赋为五种。

上引《诗赋略序》,相当于《诗赋略》的说明或类例。它与《七略》各

---

① 《诗经·鄘风·定之方中》"卜云其吉",《毛传》云"故建邦能命龟,田能施命,作器能铭,使能造命,升高能赋,师旅能誓,山川能说,丧纪能诔,祭祀能语,君子能此九者,可谓有德音,可以为大夫。"此处"《传》曰"当是引此《毛传》语,但因"不歌而诵"句不见其中,故历来颇有歧见。程千帆、徐有富《校雠广义》则以为"《传》曰"当置于"不歌而诵谓之赋"句之后(齐鲁书社1988年版,第51页),极是。故此一句,当是刘向之言,用在此处开头作为对"赋"体下的断语。

略之序一样,先发凡起例,以"凡诗、赋"若干家、若干篇一语承前启后,然后再分两大段分别叙论"诗、赋"二体①。

第一段先言"赋"。如果依程千帆先生的标点,即是先有"不歌而诵谓之赋"一语界定赋体,接着才引"《传》曰'登高能赋可以为大夫'",再转到春秋之时,诸侯卿大夫盟会及宴享场合不歌而诵读《诗》的方式也叫作"赋"。春秋以后,聘问歌咏不行于列国,于是贤人失志之赋兴起,屈原、荀况皆"作赋以讽",其后宋玉及汉人赋远离古《诗》"风谕之义",因而扬雄评之为"辞人之赋丽以淫"。这段文字,虽然约有三分之一的篇幅涉及春秋卿大夫"称《诗》谕志"的史事,但却主要是就赋体产生的历史条件而言及的。序文开头以"不歌而诵谓之赋"的断语领起,并且以主要的篇幅叙论"赋"(并非"诗")的历史发展和评骘"诗人之赋""辞人之赋"的不同价值,其逻辑顺序仍然清晰可寻,且一气贯下。

第二段再谈"诗"。作者概括自汉武帝"立乐府而采歌谣"之后,及至有"代、赵之讴,秦、楚之风"的各种"歌诗"。肯定其"感于哀乐,缘事而发,亦可以观风俗,知薄厚"的认识价值。很显然,这些乐府"歌谣"和土"风"民"讴",与"不歌而诵"之赋不同,它们是可歌可诵的。

若如上述,则《诗赋略》一方面著录各地土风歌谣与可以被诸管弦的"歌诗",另一方面著录"不歌而诵"的楚汉辞赋;《诗赋略序》首引"不歌而诵谓之赋"之语,与后文"立乐府而采歌谣"的"代、赵之讴,秦、楚之风"相对而言,既是说明其著录"诗""赋"的例类,也是在区分"赋"与"诗"不同的形式特点。

对此,刘师培曾说明刘氏父子及《汉志》之"分析诗、赋","可以知诗歌之体与赋不同(不歌而诵谓之赋,则诗歌皆可诵者也)"②;章太炎亦谓"《七略》序赋为四种,其歌诗与之别","要之,《七略》分诗、赋

---

① 诸如《六艺略序》先言"凡六艺一百三家,三千一百二十三篇",然后再分述《诗》《书》《春秋》等六艺;《诸子略序》先言"凡诸子百八十九家,四千三百二十四篇",然后再述"诸子十家,其可观者九家而已"。

② 刘师培:《论文杂记》,《中国中古文学史》,人民文学出版社 1959 年版,第 116 页。

者，本孔子删《诗》意。不歌而诵，故谓之赋；叶于箫管，故谓之诗"。①
马积高先生在论述"赋的基本文体特征及其演变"时，也引述了章太炎
这段话，并且肯定"在当时条件下，汉人的这种界定是有据的，也是大
体合理的"。②

（二）《六艺略序》的撰写体例与《诗赋略序》一致，可资佐证

上述《诗赋略序》先总提"诗、赋"，然后再界定诗、赋各体特点的
撰写体例，在《六艺略序》中也可以得到印证。如《六艺略序》曰：

> 凡六艺一百三家，三千一百二十三篇。
> 六艺之文：《乐》以和神，仁之表也；《诗》以正言，义之用也；
> 《礼》以明体，明者著见，故无训也；《书》以广听，知之术也；《春
> 秋》以断事，信之符也。五者，盖五常之道，相须而备，而《易》
> 为之原。……序六艺为九种。

可见《六艺略序》也是先以"凡六艺"若干家、若干篇一语承前启后，
再分别定义《易》《书》《诗》《礼》《乐》《春秋》"六艺"的。明白这
一点，可以佐证《诗赋略序》开宗明义"不歌而诵谓之赋"的目的，是
在界定赋体特点，而不是去解释什么叫作"赋诗"。

**（三）《汉志》及《别录》"谓之"一词所指称的对象皆是名词或专
有名称**

我们推论"不歌而诵谓之赋"是在说明赋体特点，而不是去解释所谓
"赋诗"，还可以从"谓之"一词的用法得到证明。考《汉书·艺文志》（亦
即二刘《七略》）及刘向《别录》所用"谓之"一词的共有如下4处7例：

> （1）《书》曰："诗言志，歌咏言。"故哀乐之心感，而歌咏之
> 声发。诵其言谓之诗，咏其声谓之歌。（《六艺略》"诗"类序）

---

① 章炳麟：《国故论衡·辨诗》，郭绍虞主编《中国历代文论选》第4册，上海古籍出版
社1980年版，第110页。
② 马积高：《历代辞赋研究史料概述》，中华书局2001年版，第11页。

（2）《论语》者，孔子应答弟子时人及弟子相与言而接闻于夫子之语也。当时弟子各有所记。夫子既卒，门人相与辑而论纂，故谓之"论语"。（《六艺略》"论语"类序）

（3）传曰：不歌而诵谓之赋。（《诗赋略序》）

（4）鲁人所学谓之《鲁论》，齐人所学谓之《齐论》，古壁所传谓之《古论》。（《全汉文》卷38刘向《别录》）

在古汉语里，"谓"可训"为"；"谓之"，尤"为之"也，可释为"叫""叫作"等，引申有"指称、意指"之意。上引《汉志》4例、《别录》3例运用"谓之"的句子，都是就某一概念、文体、词语所下的断语，"谓之"后面所指称的对象皆是文体名或专有名称，如"诗""歌""论语""赋""鲁论""齐论""古论"。若诚如是，则"不歌而诵谓之赋"句的"赋"，就应该是与《六艺略》"诗"类序所称的"诗""歌"一样，都是文体名称。而且，若将《六艺略》"诗"序中的两个"谓之"句，与《诗赋略序》中的这个"谓之"句连起来，即成为一个关于"诗" "歌""赋"三体的完整判断句：

> 诵其言谓之诗，
> 咏其声谓之歌，
> 不歌而诵谓之赋。

我们在惊讶之时，还必须指出，这并不是一种巧合，而是目录学家对于自先秦楚汉以来"诗""歌""赋"三种文艺形式发展演变之迹及其关系、特点的精准把握，在《七略》的《六艺略》"诗"类序与《诗赋略序》的相关表述中还做到了相互呼应和关照。或许正因为如此，清代文学批评家刘熙载才在其《艺概》中说：

> 赋不歌而诵，乐府歌而不诵，诗兼歌、诵。（《诗概》）
> 古人称"不歌而诵谓之赋"。大抵歌凭心，诵凭目。方凭目之际，欲歌焉，庸有暇乎？（《赋概》）①

---

① 刘熙载：《艺概》，上海古籍出版社1978年版，第76、101页。

刘熙载相当完整地理解了汉代目录学家关于"诗""歌""赋"三者关系及各自特点的意见，而且还分析了赋"凭目"而"诵"而非"凭心"而"歌"的原因。

反之，若将"不歌而诵谓之赋"句之"赋"解释为"赋《诗》"之"赋"或"赋《诗》"本身，就不仅与《诗赋略》界说并著录"诗、赋"二体的主旨相疏离或节外生枝，而且也文理不通。因为汉人言"赋诗"之"赋"有"或造篇、或诵古"之"二义"①，也说写诗为"赋诗"或"作诗""自为诗""自为歌诗"② 等，但却不称"造篇"为"诵诗"的；还有以"不歌而诵"定义所谓"赋《诗》"，则与"赋《诗》"之《诗》原本就兼有"可歌可诵"的品质相矛盾。

因此，只有将"不歌而诵谓之赋"句之"赋"解释为文体名之"赋"，则不存在上述矛盾，而自然通顺。

三　从汉赋及"诵读"辞赋风尚看："不歌而诵谓之赋"观念形成有现实依据

"赋"本有不歌而诵之义。《国语·周语》载"天子听政，使公卿至于列士献诗，瞽献曲，史献书，师箴，瞍赋，矇诵"。这里的"赋"与"诵"，都是指诵读。③ 又《晋语》三载"惠公入而背外内之赂，舆人诵之"，韦昭《国语解》亦注曰"不歌曰诵"。《左传》多载春秋士大夫赋诗言志之例④，其所谓"赋诗"是相对于"歌诗"⑤ 而言的，指不用与歌

---

①　孔颖达：《春秋左传正义》隐公三年《疏》引"郑玄云'赋者，或造篇，或诵古'"。

②　《史记·项羽本纪》载项王"自为诗曰"，《高祖本纪》载高祖"自为歌诗曰"；《汉书·礼乐志》载"作'风起'之诗""作十九章之歌"，《王褒传》载"上颇作歌诗"；《后汉书·文苑传》下载"议郎葵邕等皆赋诗"。

③　北京大学中国文学史教研室编：《先秦文学史参考资料》释"瞍赋"说："赋，不歌而诵；疑即今所谓'朗诵'"（中华书局 1962 年版，第 261 页），可谓得之。

④　据叶幼明先生统计，《春秋》三传记载赋诗言志的活动共计 83 次，其中 77 次是诵古诗，4 次是诵自作诗（载其所著《辞赋通论》，湖南教育出版社 1991 年版，第 7 页）。

⑤　如《左传》襄公十四年载卫献公"使太师歌《巧言》之卒章，太师辞，师曹请为之"，"公使歌之，遂诵之"；又，襄公十六年载晋侯"使诸大夫舞，曰'歌诗必类'"。这两例说明"诗"是可"歌"可"诵"的。

曲配合的诵读古《诗》或诵读自作诗篇。例如隐公三年载"卫人所为赋《硕人》也",唐孔颖达《正义》曰:"郑玄云'赋者,或造篇,或诵古'。然则,'赋'有二义。此与闵二年郑人赋《清人》、许穆夫人赋《载驰》,皆初造篇也;其余言赋者,则皆诵古诗也。"① 又《楚辞·招魂》"人有所极,同心赋些",王逸注曰:"赋,诵也。"②

由春秋时卿士大夫不歌而诵读"诗"篇被称为"赋诗言志",再到"不歌而诵"的楚辞汉赋作品,进而还有了汉代朝野诵读辞赋的风气。这一现象,在《史记》《汉书》中也颇有记载。如《史记·司马相如列传》及《汉书·司马相如传》均载汉武帝"读《子虚赋》而善之";《汉书·王褒传》记载汉宣帝"征能为《楚辞》九江被公,召见诵读",又载"太子喜(王)褒所为《甘泉》及《洞箫》(赋)颂,令后宫贵人左右皆诵读之"。

如上所述,"赋"原本有不歌而诵之义,宜诵不宜歌的辞赋作品与此前重章叠韵、可歌可诵的《诗》不同,再加上当时普遍存在的诵读辞赋之风,这些既说明赋在汉代已是一种不歌而诵的文学文本,也说明《诗赋略序》"不歌而诵谓之赋"观念的产生已具有深厚的社会文化背景。

四 汉以后学者的解读使"不歌而诵谓之赋"的本义由晦而显

在《诗赋略》提出"不歌而诵谓之赋"的说法以后,历代学者较为普遍的解释都是指赋在形式上具有"不歌而诵"的特点。

西晋人皇甫谧可能是现知最早作出这一解释的,其《三都赋序》云:

> 古人称"不歌而颂谓之赋"。然则赋也者,所以因物造端,敷弘体理,欲人不能加也。引而申之,故文必极美;触类而长之,故辞必尽丽。然则美丽之文,赋之作也。

皇甫谧从《诗赋略序》"《传》曰'登高能赋,可以为大夫'"等一大段

---

① 阮元刻:《十三经注疏》,中华书局 1980 年影印本,第 1724 页。

② 洪兴祖撰,白化文等点校:《楚辞补注》,中华书局 1983 年版,第 213 页。

与春秋"赋《诗》谕志"牵连的文字中，引出"不歌而诵谓之赋"一语，冠以"古人"这一称说主体，再申述自己对于赋体的论说，从而表明了视"不歌而诵谓之赋"为"古人"赋体定义的认识。

再就是梁代批评家刘勰，《文心雕龙·诠赋》谓：

> 《诗》有六义，其二曰赋。赋者，铺也，铺采摛文，体物写志也。昔邵公称"公卿献诗，师箴、瞍赋"。《传》云"登高能赋，可为大夫"。《诗序》则同义，《传》说则异体。总其归途，实相枝干。故刘向明"不歌而诵"，班固称"古诗之流也"。①

《诠赋》篇更试图定义赋体。刘勰先引《毛诗序》"《诗》有六义、其二曰赋"之语，以论证自己关于"赋者铺也"的定义，原本就与《诗序》所谓"六义"其二的"赋"相同②；而《毛传》所云"登高能赋"的"赋"是指"诗"，则与赋体相异。所以，下文才说："《诗序》则同义，《传》说则异体"。而"刘向明'不歌而诵'，班固称'古诗之流也'"两句，明显是对刘向"不歌而诵谓之赋"与班固"赋者古诗之流也"两句的缩减，若读者再对照地读着刘、班原句，就自然会得出"不歌而诵谓之赋"与"赋者古诗之流也"是刘、班二人各自定义赋体的看法。

唐徐坚《初学记》卷21文部"文章第五"叙事曰：

> 文章者，孔子曰焕乎其有文章。子贡曰夫子之文章，可得而闻也。盖诗言志，歌永言，不歌而诵谓之赋。古者登高能赋，山川能祭，师旅能誓，丧纪能诔，作器能铭，则可以为大夫矣。三代之后，篇什稍多。③

《初学记》在"文部"的"文章"类"叙事"中，于"诗言志、歌永言"之后列出"不歌而诵谓之赋"一语，显然是将"赋"与"诗""歌"并

---

① 刘勰著，周振甫注：《文心雕龙注释》，人民文学出版社1981年版，第80页。

② 刘勰"赋者铺也"的定义，是继承郑玄注《周礼》"六诗"所言"赋之言铺直铺陈今之政教善恶"。而《周礼》"六诗"正是《诗序》"六义"的来源，故后来孔颖达《毛诗正义》又直接引郑玄"赋之言铺"此语解释《诗序》六义"其二曰赋"之"赋"。

③ 徐坚：《初学记》下卷，京华出版社2000年版，第190页。

列为"文章"三体，认为"不歌而诵"是赋的文体特点之一。

降及明清，诸如谢榛、章学诚、刘熙载所云：

> 《汉书》曰"不歌而诵谓之赋"。若《子虚》《上林》，可诵不可歌也。①
>
> 至于赋乃六义之一，其体诵而不歌。②
>
> 赋不歌而诵，乐府歌而不诵，诗兼歌、诵。③

也很明显，都认为"不歌而诵"是指赋体特征，而不是指所谓"赋诗"的。

直至当代，朱光潜《诗论》指出：

> 什么叫做赋呢？班固在《两都》赋序里说的"赋者古诗之流"和在《艺文志》里所说的"不歌而诵谓之赋"，是赋的最古的定义。
>
> 归纳起来，它有三个特点：就体裁说，赋出于诗，所以不应该离开诗来讲。就作用说，赋是状物诗，宜于写杂沓多端的情态，贵铺张华丽。就性质说，赋可诵不可歌。④

朱光潜上述文字，既总结了包括"不歌而诵谓之赋"在内的两条"最古"的赋"定义"，又归纳融入了自己的研究心得。他的结论同样是："赋可诵不可歌"。

诚如上述，当我们回到目录学的本身，即从《七略》《汉志》著录诗赋及其序论撰写体例的角度切入之时，就会发现：《诗赋略》著录诗赋作品的形式区分，《诗赋略序》与《六艺略序》及"诗"类序的撰写，《七略》"谓之"句指称的名称，还有魏晋以来自皇甫谧、刘勰以至刘熙载、朱光潜、马积高等的解释，"不歌而诵谓之赋"一语中"赋"字的意义都是指向"赋体"，《汉志》所谓"诵其言谓之诗，咏其声谓之歌，不歌而

---

① 谢榛：《四溟诗话》卷1，载丁福保辑《历代诗话续编》，中华书局1983年版，第1142页。

② 章学诚著，叶瑛注：《文史通义校注》，中华书局1983年版，第792页。

③ 刘熙载：《艺概》，上海古籍出版社1978年版，第76页。

④ 朱光潜：《诗论》，三联书店1984年版，第203页。

诵谓之赋"三个单句相连，就构成一个关于"诗""歌""赋"三体特征的完整判断句。而这些论述及结论，又并非凭空推论，而是有汉赋作品及当时诵读辞赋之风的现实根据。因此，"不歌而诵谓之赋"的本意是指赋体的特点，而不是所谓"赋诗"，这一结论应该是可信的。马积高先生以此为"比较有权威的说法"，乃至"可谓是探本之论"的判断，亦属言之有据。

原载湖南师范大学主办《中国文学研究》2015年第3期，与张家国共同署名

从《诗赋略》到《文集录》
——论两汉魏晋南北朝文学目录的发展

文学目录是文学发展、文学文献积聚到一定历史阶段的产物。我国古代自唐初所撰《隋书·经籍志》正式确定经、史、子、集四部分类，并在集部较为全面地著录各类文学文献以后，历代官修或私撰综合性图书目录中的集部遂成为文学目录的主要形式。然而，在此之前，自先秦以来至魏晋南北朝的千百年间，古代文学目录却经历了一个颇为复杂的形成、发展与演变的漫长过程。通过对这一过程的考察探究，我们可以了解不同时期文学创作、文学批评的基本状况，可以了解当时社会的文学地位和文学观念，也能在一定程度上把握我国古代图书分类及其理论体系的发展演变和古代文学目录的某些重要特点。

一

中国古代文学的历史源远流长。早在先秦时期，上古的神话传说，商周以来的诗歌、散文，战国时代的楚辞作品等，已经取得了重大成就，构成了我国文学史上光辉的第一页。但先秦时期，文学还没有与学术分开，未能奠定独立的地位。社会上没有出现专门的文学作家，文学作者个人的文学作品还没有独立成集，所以，专门载录文学文献的文学目录也尚未出现。

先秦时期产生的第一部诗歌总集《诗经》是我国文学的源头。结集的《诗经》有311篇，各篇均系有一则小序，少则几个字，多则数十、上百字。这些序文，大多能依作序者的理解而言各篇之"作意"，且予以评论。如《卫风·氓》的小序曰："氓，刺时也。宣公之时，礼义消亡，淫风大行。男女无别,遂相奔诱,华落色衰,复相弃背。或乃困而自悔,丧其妃偶。故序其事以风焉。美反正,刺淫佚也。"如将这样三百多篇小序集为一卷,就颇似一部《诗经》的解题目录。因而有的目录学家认为,"目录之学,由来尚矣:《诗》《书》之序,即其萌芽"。① 但这毕竟只是简括《诗经》各篇内容的一书之序,还不是经过类聚区分、记载多种文学书籍的文学(群书)目录。

在我国古代目录学史上,文学目录是随着第一部综合性图书分类目录《七略》的产生而出现的。《七略》是西汉末年著名学者刘向、刘歆父子共同完成的目录巨著,在图书分类上确立了六艺、诸子、诗赋、兵书、术数、方技六略38种分类体系。《七略》亡于唐末五代之乱,宋初已无人见到。但东汉史学家班固的《汉书·艺文志》,是在《七略》基础上"删其要"而编成的,它保留了《七略》的分类体系和图书著录。因此从《汉书·艺文志》中可以了解《七略》的概貌和刘向父子在目录学、文学目录学等方面的重要贡献。他们创立了撰写叙录、大序、小序的目录学方法,编辑了第一部综合性的分类图书目录,同时也开创了我国最早的文学目录——《诗赋略》。

《诗赋略》著录屈原以来至西汉的诗歌与辞赋,分为屈原赋、陆贾赋、孙卿赋、杂赋、歌诗五种,共著录屈、宋等楚辞作家和秦代、西汉赋家作品78家1004篇,著录西汉朝野歌诗28家314篇。凡所著录,只载作者姓名及其作品篇数,一般不记作品篇名,如云"屈原赋二十五篇""司马相如赋二十九篇"等;所载作家作品也不列简介内容体例的叙录、提要,但间有对作者事迹的注释,如在著录"宋玉赋十六篇"后注曰:"楚人,与唐勒并时,在屈原后也。"这些著录和注释,虽然很简要,但对了解、研究作者及其作品却极有作用。

《诗赋略》第一种"屈原赋"之属,著录屈原、宋玉、贾谊、枚乘、司马相如、刘向、王褒等楚汉辞赋共20家361篇;第二种"陆贾赋"之属,著录汉初陆贾至朱宇赋21家274篇,其中较重要者有司马迁、扬雄等西汉著名赋家;第三种是"孙卿赋"之属,收战国荀况至西汉路恭赋25家136篇,较重要者有"孙卿赋十篇""秦时杂赋九篇"等。此类中还著录有称为"颂"的作品,如"李思《孝景皇帝颂》十五篇",汉代

---

① 余嘉锡:《目录学发微》,中华书局1963年版,第1页。

"赋""颂"通名，"颂"亦是赋；第四种是"杂赋"，著录无名氏《客主赋》以下共 12 家 233 篇，其中载有《杂中贤失意赋》《杂思慕悲哀死赋》《杂鼓琴剑戏赋》及《隐书》之类作品。此类作品，今皆亡佚，但因其记载有赋作篇名，可大致推知赋的内容。如近人顾实《汉书艺文志讲疏》云："此杂赋尽亡，不可征。盖多杂诙谐，如《庄子》寓言欤？"第五种为"歌诗"，著录汉高祖歌诗至南郡歌诗 28 家 314 篇，其中有帝王、贵族的作品，但更多的是采自吴、楚、燕、代各地的民间歌谣。

至于《七略》《汉志》"诗赋略"为什么要将诗赋分为上述五种，因刘、班叙论缺焉无闻，后世学者多所推究分析。如清代目录学家章学诚《校雠通义·汉志诗赋第十五》分析说：屈原、陆贾、孙卿"三种之赋，人自为篇，后世别集之体也。杂赋一种，不列专名，而类叙为篇，后世总集之体也。歌诗一种，则诗之与赋固当分体者也"。近代文学史家刘师培《论文杂记》，在章学诚的基础上进一步推论，认为"客主赋以下十二家，皆汉代之总集也（此为总集之始），余则为分集。而分集之赋，复分三类"，屈原赋以下 20 家是"写怀之赋"，陆贾赋以下 21 家是"骋辞之赋"，荀卿赋以下 25 家是"阐理之赋"。刘师培分析详细，似乎合理，但终究仍是推论之辞。不过，通过《诗赋略》对于诗赋的分类和著录，我们可以清楚编者对诗赋体例的看法是：诗歌之体与辞赋不同，而楚辞之作则同属赋体。

《诗赋略》在著录诗赋之后，尚系有一篇约三百字的序文，概述诗赋发展流变。序文首先说明赋的特点是"不歌而诵"，这是赋与诗在形式上的区别；其次概述赋的渊源和发展历史；最后概述歌诗时，把论述重点放到乐府机关采集的民歌方面，从而指出，自汉武帝"立乐府而采歌谣，于是有代、赵之讴。秦、楚之风，皆感于哀乐，缘事而发，亦可以观风俗、知薄厚云"。序文正确分析了乐府民歌的产生和基本特点，肯定其所具有的教育与认识作用。

刘向父子和班固所生活的汉代及此前的战国末期，是诗赋繁荣的时代。以屈原、宋玉等为代表的楚辞作品，以司马相如、扬雄、班固、张衡为代表的汉赋，以及那些"感于哀乐、缘事而发"的汉乐府民歌，是那个时期最普遍的文学形式和最重要的文学成就。而且刘向、刘歆、班固等目录学家本身也是当时很有成就的著名辞赋作家。刘向作有辞赋 30 篇，其代表作《九叹》及其所编辑的诗歌总集《楚辞》流传至今，班固《两都》赋《幽通赋》《咏史诗》等更是文学史上的著名篇章。正因为上述诸多原因，《七略》及后来的《汉书·艺文志》中能专门设立"诗赋略"，将诗赋文学作品与儒家六艺、诸子等并列为六大图书类目之一，从而创立了中国古代的文学目录。这是中国古代文学目录史上具有划时代意义的重要一页。

《诗赋略》的出现，反映了由于文学创作的日益丰富发展，人们需要将文学与一般学术著作区别开来的必然要求和历史趋势，说明当时社会对诗赋作为文学作品的确认和文学地位的提高。《诗赋略》对诗赋的分类著录及其序文对诗赋的论述，同时又具有文学批评的性质，如郭绍虞先生《中国文学批评史》就认为："文学批评的产生和发展，是在文学的产生和发展之后。在文学产生并且相当发展以后，于是要整理，整理就是批评。经过整理以后，类聚区分，一方面可以看出文学和其他学术的不同，另一方面也可以看出文学作品本身之'本同而末异'，于是也就认清了文章的体制和风格。所以《诗赋略》在《艺文志》中占一席地位，也是批评的开端。"

当然，由于时代的局限和当时文化学术思想的影响，《诗赋略》并没有全面著录各类文学作品。例如，《诗赋略》没有包括第一部诗歌总集《诗经》，也没有著录一些具有文学性的散文著作及萌芽状态中的小说作品。《七略》及《汉志》的编撰者，不是从真正文学作品的角度来对待《诗经》，而与当时大多数儒生一样，以"王者所以观风俗、知得失、自考正"的政治功利标准，将它作为儒家六经之一，著录在《六艺略》内，共著录"诗"六家416卷。对于先秦以来十五家被称为"小说"的作品，则置于《诸子略》之末，并指出"小说家者流，盖出于稗官，街谈巷语，道听途说者之所造也"，在"诸子十家"中，"其可观者九家而已"，小说是不入流的琐屑言论。《汉志·诸子略》对小说家的分类著录及其关于小说的观念，对后代产生了很大影响，并导致了小说在中国古代目录学史上一直未进入文学类目而在子、史之间徘徊的地位。

二

历史的发展，呼唤着新的文学目录形式问世。魏晋南北朝时期，文学的发展已进入一个"为艺术而艺术"的自觉时代。文学创作除西汉以来继续发展的诗赋外，散文、骈文、小说等文学样式都取得了前所未有的成就。在文学理论和文学批评方面，先后出现了《诗品》《文心雕龙》等一批重要著作，成为这一时代文学自觉的重要标志。由于文学创作、文学批评的发展和文学鉴赏的需要，各类文集的编纂也适时兴起，文学文献日趋丰富。这一系列文学上的发展变化，必然要求在文学目录中得到反映，这就使得《七略》始创的仅载录诗赋二体的《诗赋略》不再适用了。因此不少目录学家或文学家都纷纷起来探索改革，寻求图书分类体系和编目方法上的新变与突破。改革的结果，就是文学专科目录的产生和综合性图书目录中"文集录"的形成。

文学创作之有专门目录，始自汉末建安文学家曹植。两汉时期文人侧重诗赋，包括其他文体（如散文）的个人创作尚少结集，独立的文学专科学目录也未出现，直至三国曹魏时曹植才开始自己编定文集、编制目录。现代目录学家如王重民先生就曾指出曹植自己删定的文集"是有目有序"的。① 据《晋书》卷50《曹志传》记载：魏陈思王曹植之子曹志在晋时为国子博士，晋武帝"尝阅《六代论》，问志曰：'是卿先王所作邪？'志对曰：'先王有手所作目录，请归寻按。'还奏曰：'按录无此。'"曹植自编的个人著述目录体例已无从考知，但它是确实存在过的，曹志以它著录的有无，辨明《六代论》非曹植所作，并且使武帝确信不疑。曹植是建安时期著名文学家，《三国志·陈思王传》载其"先后所著赋、颂、诗、铭、杂论凡百余篇"，所著大多为文学之类。所以，可以说曹植生前所作目录是文学创作专门目录的开端。又《三国志》卷21《王粲传》裴松之注也引有魏晋之际文学家嵇康的"康集目录"。曹植和嵇康的作品目录都属于个人作品目录。这一时期个人文集日益增多，可以推想当时文人自编或由他人代撰的个人著述目录一定不少，这是魏晋南北朝文学目录的成就之一。

入晋以后至南朝时期，则产生了许多"文章志"一类汇集诸家作品篇目的文学专科目录。这类目录，仅《隋书·经籍志》簿录类就著录有六种之多，其他古籍所记载称引者尚有不少，从而形成了我国古代目录学史上文学专科目录的繁荣局面。

---

① 王重民：《中国目录学史论丛》，中华书局1984年版，第69、60页。

"文章志"之类文学专科目录的兴盛，始自西晋荀勖《文章叙录》和挚虞《文章志》。荀勖《文章叙录》，《隋志》著录为《杂撰文章家集叙》十卷，《新唐志》作"《新撰文章家集叙》五卷"。姚名达《中国目录学史》分析说："叙、录二字古义相通，故《三国志·王粲传注》又引作《文章叙录》。新撰云者，前此诸家文章多单篇散行，今始撰为一集也。新集叙云者，新集之叙录也。故推原文学创作总目录之渊源应以荀勖为滥觞焉。"①

挚虞与荀勖同时而稍晚，曾撰集古今文章，类聚区分为《文章流别集》。所撰《文章志》四卷，《晋书》本传和《隋志》均有记载，此目录亦佚，但裴松之《三国志注》等书还保留有部分佚文。如《三国志·陈思王传》注引《文章志》曰："刘季绪名修，刘表子，官至东安太守。著诗、赋、颂六篇"；《后汉书》卷37《桓彬传》注引其佚文曰："（桓）麟文见在者十八篇，有碑九首，诔七首，《七说》一首，《沛相郭府君书》一首。"可见《文章志》是既著录作者姓名和文章篇数篇名，亦有作者生平事迹及文章流传存佚情况简介的传录体式文学专科目录。

荀、挚二人所著录的都是晋以前诸家文集之文章篇目，此后又多有续作。如晋末顾恺之的《晋文章纪》，南朝宋时傅亮的《续文章志》二卷、宋明帝的《晋江左文章志》三卷、丘渊之的《晋义熙以来新集目录》三卷（《世说新语》注引作《文章录》《文章叙》或《新集叙》），梁沈约的《宋世文章志》二卷。这些目录都没有完整地流传下来，但从《世说新语注》所引佚文来看，各书体例大都近于挚虞《文章志》，是传录体的提要目录。它们传记作者，品赏人物，评论创作，可称一时之盛。这是当时崇尚文章、重视文学、文章结集日益发展丰富的必然结果。

晋宋齐梁时期，一方面"文章志""文章叙录"一类文学专科目录不断涌现，另一方面各种综合性图书目录仍然著录文学文献，并且在文学类目的设立上进行了调整和变革。如撰有《文章叙录》的荀勖，又在其不同于《七略》体例的四部分类综合目录《中经新簿》中，以"丁部"著录"诗赋、图赞、汲冢书"；东晋李充在《晋中经簿》基础上编成的《晋元帝四部书目》内，亦"以诗赋为丁部"。至宋王俭与梁阮孝绪两位目录

---

① 姚名达：《中国目录学史》，上海书店1984年版，第335页。

家，则又以为"诗赋之名不兼余制"，丁部著录文学文献仍有很大局限，于是另辟"文翰志""文集录"于其不同四部分类的《七志》《七录》，以探求新的文学目录体制。

王俭《七志》有意改变魏晋以来的四部分类，而上承《七略》体例，分为经典志、诸子志、文翰志、军书志、阴阳志、术艺志、图谱志七大类，并附录有道经、佛经。然其文学类目不称"诗赋略"而名"文翰志"。这在文学目录发展史上是一个重要的变化。先秦两汉，以诗赋为重，魏晋以后，文学概念发生变化，诸如奏议、书论、铭诔等与诗赋一样皆谓之文，非"诗赋"之名可以概括，所以王俭"以诗赋之名不兼余制，故改为文翰"（阮孝绪《七录序》）。此外，《文翰志》各书均有解题。自东汉至刘宋以来官修目录大多只记书名而无解题（叙录）。王俭编《七志》则尽可能弥补了这个缺陷。《隋书·经籍志序》称：《七志》"不述作者之意，但于书名之下，每立一传"。这所谓"传"，就是一种侧重作者生平事迹的提要，王重民先生称之为"传录体的叙录"。[①]《七志》传录体提要体制，是晋宋以来"文章志"传记作者、评论著作的做法的继承和发展，其中有些提要就是本自"文章志"的。

继王俭的《七志》之后，梁代目录学家阮孝绪又"斟酌王、刘"，更撰《七录》，分为经典、记传、子兵、文集、技术、佛、道七录[②]。《七录》虽分为七大类，却不因袭《七略》，它将史传从《七略·六艺略》中独立出来成为"记传录"，将佛、道二录作为外篇附录，其内第五录实际上是一个经、史、子、集、术技五部的结构。这一体例与后来正式以经、史、子、集四部分类另附道经、佛经的《隋书·经籍志》已相当接近，《七录》表现了《七略》分类法向四部分类法发展的必然趋势。

《七录》在文学目录方面，已开创了集部。其《文集录》析分为楚辞部、别集部、总集部、杂文部四个子目，共著录图书 1042 种 10755 卷。其中楚辞 5 种 27 卷，别集 768 种 6497 卷，总集 273 种 3587 卷，相当全面地反映了当时文学文献的丰富与发展。像《文集录》这样区分子目、详尽著录，是此前文学目录所未有过的，甚至比

---

①　王重民：《中国目录学史论丛》，中华书局 1984 年版，第 69、60 页。

②　阮孝绪撰《七录》今已佚，唐释道宣《广弘明集》卷 3 载有其《七录序》及《七录目录》分部题目。

其后的《隋书·经籍志》集部还多了"杂文"一类，著录图书的数量亦有超过《隋志》之处。

《七录》"文集录"的设置，还表现了阮孝绪创立独立文学目录的自觉意识。其《七录序》说："且《七略》诗赋不从《六艺》诗部，盖由其书既多，所以别为一略。""王（俭）以诗赋之名不兼余制，故改为《文翰》。窃以为顷世文词，总谓之集，变翰为集，于名尤显，故序《文集录》为内篇第四。"在阮孝绪看来，《七略》独立设《诗赋略》是因为当时诗赋作品丰富发达之故；而文学发展至王俭、阮孝绪所生活的南朝时期，文学的范围扩大了，《诗赋略》已不足以概括诗赋之外的各种文学样式，故王俭要改《诗赋略》为《文翰志》。但当时文集日多，"顷世文词，总谓之集"，"文翰"之名也不妥当，只有"变翰为集"，才是名副其实。所以，阮孝绪才在《七录》内设立《文集录》，企图统括当时的文学作品和文学著作。这相对于《七略》以来综合性图书目录中的文学类目，是一种明显的进步。虽然由于时代的局限诸种原因，《文集录》最终也未能全面著录包括《诗经》、小说在内的所有文学文献，但它首次确定"文集录"之名以及楚辞、别集、总集等文学文献子目，突破传统的著录范围并实际记载空前丰富的文学书籍，从而正式开启了《隋志》以后综合性书目中文学目录的基本形式《集部》，为中国古代文学目录的发展作出了重大贡献。有如清代目录学家章学诚所说：阮孝绪撰《七录》，"已全为唐人经、史、子、集之权舆；是集部著录，实仿于萧梁，而古学源流，至此为一变"①。自此以后，从《隋志》以至《四库全书总目》的集部，除先后改《文集录》之"杂文"类为"文史"或"诗文评"外，其余三目均历代相沿，千古未变。

在阮孝绪《七志》以后，陈代释智匠撰有《古今乐录》一书（《隋志》"乐"类著录为12卷），现代目录学家认为这是"乐府解题"一类的文学专科目录。此书今佚，但其内容大都因宋代郭茂倩《乐府诗集》所引用而被保存下来。从《乐府诗集》的大量引文来看，《古今乐录》继承《诗序》《楚辞序》的体例而介绍乐府诗，或著录作品，或解释乐府题目，或评述诗歌内容特点，颇具文献参考价

---

① 章学诚著，叶瑛校注：《文史通义校注》，中华书局1985年版，第297页。另《隋书·经籍志序》亦载有《七录》。

值。如《古今乐录》云："《神弦歌》十一曲：一曰宿阿，二曰道君，三曰圣郎，四曰娇女，五曰白石郎，六曰青溪小姑，七曰湖就姑，八曰姑恩；九曰采菱童，十曰明下童，十一曰同生。"①《古今乐录》所载，历来受到古代乐府诗研究者重视。此录作为专述古今乐府的专题目录，对此后唐宋《乐府古题要解》《乐府古今题解》之类专录一种文学体裁的目录的产生，具有很直接的影响。这是魏晋南北朝文学目录的又一重要成果。

三

总结两汉魏晋南北朝的文学目录，可以概括出这样两个方面的特点。

首先，这一时期文学目录形式多样，成就突出。不仅综合性书目中的文学类目走完了"集部"正式产生以前的发展演变历程，产生了《诗赋略》《文翰志》《文集录》等一系列影响深巨的文学目录；而且还出现了个人著述目录、乐府解题目录和"文章志"一类文学专科目录。同时也开始了对文学目录的理论思考，如阮孝绪提出文学书目分类应注意到文献数量的增减，类目名称要与文学文献实际情况相符合等。

其次，因为"文章志"一类文学专科目录大多亡佚，就留存下来的书目而言，综合性图书目录中的文学目录是这一时期的主要形式。但此期综合性图书目录中的《诗赋略》《文集录》等，并没有全面著录当时各类文学作品和著作，同时也大都兼收了部分非文学性质的文献。例如，古代最早的诗集《诗经》、一些具有文学性的散文著作和古小说，都没有收入文学目录，却分属于儒家经典、史籍、哲学著作等非文学部类中。与此同时，如《晋中经簿》的丁部、《七录》的《文集录》等又著录了"汲冢书"、图赞之类书籍或者一些并非文学性质的别集和总集。这是自两汉以来占统治地位的儒家传统学术思想影响所致，也与中国古代学术文史哲不分、图书分类类目不明的特点不无关系。这一现象，是两汉魏晋南北朝文学目录的明显局限，也是整个中国古代文学目录的一个共同特点。

正因为两汉魏晋南北朝文学目录有以上这些成就和特点，这一时期文

---

① 郭茂倩：《乐府诗集》第 2 册，中华书局 1979 年版，第 683 页。

学目录的研究也就显得重要和复杂。我们不能完全照搬现代赋予文学目录的标准来对待古代文学目录，而应该根据古代学术文化的特点和文学目录的实际情况，在中国古代学术、古代目录学的大范围内，对古代文学目录进行科学的研究和评价。

原载《湖北大学学报》1996年第2期，中国人民大学复印报刊资料《中国古代、近代文学研究》1996年第7期转载

"集部"的确立与"文类"的产生

——论隋唐宋代文学目录的发展变化

在隋唐以前的古代目录学史上,文学目录自西汉末年刘歆《七略》首创《诗赋略》,中经晋宋"文章志"一类专科目录的由盛而衰,至梁代阮孝绪在《七录》中设立《文集录》著录文学文献为止,大体走完了"集部"正式确立以前的发展演变历程①。唐宋时期,文学目录在编撰方法、分类体系和理论研究诸方面都发生了变化。像晋宋"文章志"那样汇集诸家诗赋文章的文学总目录不易复见,出现较多的是专录一种文学体裁的解题目录或专录一家诗文作品的个人著述目录;而从总体上看,最具时代特点且在整个古代文学目录学史上有着重要影响的变化,却是正史史志乃至各种官修、私撰综合性图书目录中"集部"的确立,以及南宋时期郑樵《通志·艺文略》"文类"的产生。

一 《隋志》"集部"的正式确立

隋朝的统一,结束了南北朝的分裂动乱局面,图书目录事业也颇有成就。据《隋书》卷 58《许善心传》记载,隋初学者许善心(字务本),家藏"旧书万余卷,皆遍通涉"。隋文帝开皇十七年(597)除秘书丞,仿"阮孝绪《七录》更制《七林》,各为总叙冠于篇首,又于部录之下,明作者之意,区分其类例焉"。据此可知《七林》是一部既有大类总叙,又有阐明作者意旨之解题的图书目录,其中当然也会设立有如宋王俭《七志·文翰志》和梁阮孝绪《七录·文集录》的文学类目。可惜的是,

---

① 何新文:《从〈诗赋略〉到〈文集录〉》,《湖北大学学报》1996 年第 2 期。

隋代书目及《七林》大多亡佚，详细情形难以具论。我们今天主要依据唐人所撰《隋书·经籍志》来了解隋代藏书及其文学文献。

唐初著名史学家兼诗人、政治家魏徵等人所撰《隋书·经籍志》①（以下简称"《隋志》"），以隋代国家藏书旧有目录《隋大业正御书目》为主要依据，参照阮孝绪《七录》的分类体系而撰成，是继《汉书·艺文志》以后我国现存第二部重要的古代综合性图书分类史志目录。

《隋志》在古代文学目录学方面的重要贡献和影响，首先就表现在它第一次正式确立"集部"②，并在集部比较集中地著录各类文学文献；自此以后，"集部"遂成为古代文学目录的基本形式。

《隋志》编撰者在《集部序》中开宗明义：

> 文者，所以明言也。古者登高能赋，山川能祭，师旅能誓，丧纪能诔，作器能铭，则可以为大夫。言其因物骋辞，情灵无拥者也。唐歌虞咏，商颂、周雅，叙事缘情，纷纶相袭，自斯已降，其道弥繁……古者陈诗观风，斯亦所以关乎盛衰者也。班固有《诗赋略》，凡五种，今引而伸之，合为三种，谓之集部。

这段序文明确表示，其集部是为载录"因物骋辞""叙事缘情"之"文"而设。这里的"文"，不仅包括《汉志·诗赋略》以来文学类目所著录的"诗赋"，而且包括商颂、周雅、祭、誓、诔、铭诸体。这种认识，表明"文"这一概念的发展。南朝时期，宋王俭"以诗赋之名不兼余制"，故改"诗赋略"为"文翰志"；梁阮孝绪认为"顷世文词，总谓之集"③，又"变翰为集"，改"文翰志"为"文集录"；《隋志》则在"诗赋略"的基础上，"引而伸之"，进一步变"文集录"为"集部"。

《隋志》集部，在阮孝绪《七录·文集录》已分楚辞、别集、总集、杂文四部的基础上，删去"杂文"而析分为楚辞、别集、总集三类，共著录《楚辞》以下至隋代各类文学文献 554 部 6622 卷，通计亡书合 1146

---

① 本文所据《隋书·经籍志》为中华书局 1973 年版标点本《隋书》（第 4 册）。

② 魏晋以来书目四部分类多以"甲乙丙丁"为次；南朝梁元帝时校书则已经有经史子集的概念，《北齐书·颜之推传》之《观我生赋》自注有周弘正等"校经部"、颜之推等"校史部"、庾信等"校集部"的记载，然在目录书中始以经、史、子、集命名者仍属《隋志》。

③ 张舜徽选编：《文献学论著辑要》，陕西人民出版社 1985 年版，第 27 页。

部 13390 卷，包括历代作者一千多人。著录书籍之丰富，记载范围之广泛，与《汉志·诗赋略》"凡诗赋百六家、千三百一十八篇"之数相比，不止超过其 10 倍之多。

"楚辞"类，著录王逸注《楚辞》12 卷至隋代刘杳撰《离骚草木疏》，共 10 部 29 卷；另外记载有梁存隋亡的宋何偃删王逸注《楚辞》11 卷。《隋志》编撰者改变《汉志》只载屈宋及汉人辞赋篇数的体例，集中反映了隋代所存《楚辞》文献和研究楚辞的著作。

"别集"类，著录自"楚兰陵令《荀况集》"至隋代文学家、"著作郎《王胄集》"凡 437 部 4381 卷，通计亡书合 886 部 8126 卷。而根据姚振宗《隋书经籍志考证》①，实际著录 433 家，附注梁有隋亡的 469 家，综 902 家 902 部。与《七录·文集录》"别集部"所载 768 种相比较，增辑者为 134 种，相当详尽地登录了先秦至隋近千年间近千名作者的个人作品集。

"总集"类，著录晋挚虞《文章流别集》至梁沙门释宝唱《法集》等 107 部 2213 卷，通计亡书合 249 部 5224 卷。这两百余部总集，若按内容体例区分，可分为若干类型：有汇辑各种文体的文章总集，如挚虞《文章流别集》、昭明太子《文选》；有专辑某种文体的文学总集，如谢灵运《赋集》《诗集》，徐陵《玉台新咏》；此外，还收录了文学理论、批评专著，如刘勰《文心雕龙》、钟嵘《诗品》等。

综上可知，《隋志》集部所反映的文学文献十分详备。所著录的文学书籍之多、种类之富，是此前任何官、私书目都没有过的；此外，总集类所收文学批评著作还为之后目录逐步扩展的诗文评类开了先河。

其次，《隋志》除专设《集部》著录文学书籍外，其他三部也有一些载录文学性书籍的类目。较重要者有《经部》的"诗"类、《子部》的"小说"类及《史部》的"杂传"类等。

经部"诗"类，著录汉常山太傅韩婴撰，薛氏章句《韩诗》至宋奉朝请业遵注《业诗》，共 76 部 683 卷，比《汉志》著录要丰富得多，内容方面也有不少变化。

子部"小说"类，著录 25 部 155 卷。其中无名氏《燕丹子》、刘义庆《世说》、邯郸淳《笑林》、殷芸《小说》等都是古小说史上的重要作

---

① 本文所据清姚振宗《隋书经籍志考证》，为开明书店辑印《二十五史补编》本。

品。而被现代研究者视为志怪小说的魏文帝《列异传》、干宝《搜神记》、祖台之《志怪》等，则著录在史部"杂传"类。《隋志》编撰者认为，这些作品虽既"序鬼物奇怪之事"，"又杂以虚诞怪妄之说"，但"推其本源，盖亦史官之末事也"（"杂传"类序），故附在史部而未入小说类中。

又史部"杂史"类著录的《越绝书》《吴越春秋》《王子年拾遗记》，"旧事"类著录的《西京杂记》，"地理"类著录的《山海经》《洛阳伽蓝记》等，或是记载历史故事、神话传说、神鬼怪异的历史散文和神话著作，或是具有文学色彩的山水游记，都为历来治文学史者所注重。史部"簿录"类，是现存最早的目录之目录，其中著录的荀勖《杂撰文章家集叙》、挚虞《文章志》、傅亮《续文章志》、宋明帝《晋江左文章志》、沈约《宋世文章志》等，则是在古代目录学史上具有重要意义的文学专科目录。

最后，《隋志》在较为全面地著录各类文学文献的同时，又上承《七略》《汉志》传统，撰写部类序论，阐明文学源流，总结文学文献与文学学术的发展演变规律，发表编撰者自己的文学主张和批评意见，从而对古代文学的学术研究和理论批评也作出了重要贡献。

例如，《隋志》在有关部类的序论中，对"集部""楚辞""别集""总集""诗""小说"等文学部、类作了定义性质的界说，对文学文献类型、文学目录类别作了理论探考。如前述"集部序"对"文"的概括，就很有代表性。再如"楚辞"类序云"楚辞者，屈原之所作也……盖以原楚人也，谓之楚辞"，就肯定了楚人屈原等所作"楚辞"所特具的时代与地域的基本特点，从而区别了荀况《赋篇》以至汉代那些称名为"赋"的作品。"楚辞"类小序，还简述了"自周室衰乱，诗人寝息"后，屈原、宋玉创作楚辞，以及两汉至隋拟骚之作与楚辞注释、传播的历史线索。"别集"和"总集"类两篇小序，则分别对别集、总集这两类文学文献的产生、发展作了探讨，并因此指出了作品因"志尚不同"而"风流殊别"，"其高唱绝俗者，略皆具存"的客观规律。

又如经部"诗"类小序概述了春秋以降至隋代《诗经》学术发展演变的简史，记载了西汉以来四家诗的盛衰兴亡，为研究《诗经》学术史者提供了极有价值的参考资料。

由于时代的局限和目录学家本身思想认识水平的限制，《隋志》的文学目录还存在着不少的缺点。如作为文学目录的集部，没有全部著录当时已出现的各类文学文献，集部之内则杂收了诏集、训诫之类并非文学的作品，而《诗经》和小说类仍如《汉志·诗赋略》一样被著录在文学部类之外。

但是，从总体上说，《隋志》的文学类目——集部，是《隋志》最具特色和成就的部类之一。集部的正式设立，为唐代及此后历朝综合性图书目录设立文学类目树立了范例；集部所属三类子目为后世书目所沿袭；集部及其他部类著录的文学文献和有关部类的序论所述，也多为后世学者所征引申述。所以，《隋志》既成为研究先唐文学的重要参考文献，又在古代文学目录学史上取得了重要成就并产生了深远的影响。

二　官、私书目中文学目录的变化

《隋志》正式设立"集部"以后，唐宋两代官修、史志及私撰综合性图书目录多承其体例，设"集部"著录文学文献。但集部内子目的分设及文献的著录方式却多有变化而更趋合理，表现出文学目录的进步。

唐宋官修目录，如唐开元年间完成的《开元群书四部录》及其修订本《古今书录》、宋初《崇文总目》等，均设有集部载录文学书籍。《古今书录》的编纂者毋煚，是一位对目录的功用价值有深刻认识的目录学家，对文学目录也很重视；其《古今书录》40 卷，著录各类文献 45 家 3600 部 51812 卷，其中"《集录》三家，八百九十二部"[①]，收书之多，为四部之冠。欧阳修、王尧臣等所撰《崇文总目》，集部下析三类，其突出之处是删并《隋志》以来书目皆设的"楚辞类"而入"总集类"，将《楚辞》归入文学总集之中；同时又采用唐吴兢《西斋书目》别立"文史"的做法，于"别集类"之后增设"文史"类，著录刘勰《文心雕龙》等文学理论与文学批评著作，这对稍后编纂的《新唐志》在"总集类"附设"文史"类及此后书目设立"文史"类"诗文评"类有重要影响。此外，《崇文总目》"别集"类，将作家"文"集、"诗"集、"赋"集等各体文集分别集中著录，表现了编纂者欲将"别集"类按文体区分细目的意向，这对后代有些书目设立"诗集""赋集"之类细目当有启示作用。

---

① 刘昫：《旧唐书·经籍志》卷上（丛书集成初编），商务印书馆 1936 年版，第 2—4 页。

《群书四录》和《古今书录》均佚，《崇文总目》至元初已无完本（现存《四库全书》所收十二卷本据《永乐大典》辑录）。故现代研究者要查阅唐代文献，在唐宋官修或正史史志中，最先注意的则是唐末五代刘昫、张昭远等所修《唐书·经籍志》（简称《旧唐志》）和宋代欧阳修等所修《新唐书·艺文志》（简称《新唐志》）。

《旧唐志》以《古今书录》为蓝本，删去原有说明学术源流的各类小序，"但纪篇部"而已。所著录文献，迄于唐玄宗开元年间而不及其后。其图书分类体系，亦沿袭《古今书录》而本之于《隋志》，并将魏晋所创甲、乙、丙、丁四部符号与《隋志》已正式采用的经、史、子、集四部名称合而用之，编排成一种符号和类名合一的四部分类形式。如《旧唐志序》所云："四部者，甲、乙、丙、丁之次也，甲部为经……乙部为史……丙部为子……丁部为集。"

《旧唐志》"丁部集录"著录文学文献，下析楚词、别集、总集三个子目，类目名称全袭《隋志》。共著录"八百九十部书，一万二千二十八卷"，与《古今书录》"集录"相同。其中"楚词"类著录王逸注《楚词》16 卷等 7 家，全是隋以前著述而无唐人文献；"别集"类则区分"帝王""太子诸王"和一般文人集及"沙门""妇人集"等几种形式，并依七国赵楚、前汉、后汉、魏、蜀、吴、西晋、东晋、宋、齐、梁、陈、后魏、北齐、周、隋、唐诸时代先后顺序，著录历代作家作品集共800 余部，其中唐人文集自《陈叔达集》至《卢藏用集》计112 家，著名文学家王维、孟浩然、李白、杜甫、白居易等人的文集均未载录，故远未能反映唐代文学著作的繁富情形。

至宋代仁宗之时，因不满《唐书》而命欧阳修等重修唐史，是为《新唐书》。《新唐志》仍以《旧唐志》为基础，但又根据宋代藏书而增加了开元以后唐人著作两万多卷，基本上弥补了《旧唐志》的不足。《新唐志》丁部集录同样分楚辞、别集和总集三类，共著录文献 1226 家17748 卷，比《旧唐志》多著录 408 家 5825 卷。其中"别集类"共著录唐人诗文集 470 余种，比《旧唐志》多 300 余种，较为全面地反映了唐代文学著籍的实际情况。"总集类"除著录有《隋志》《旧唐志》原有西晋至隋的各类文章总集与文学批评著作外，还增入了不少唐代文献；在"总集类"末又附以"文史类"的名目，记载李充《翰林论》、刘勰《文心雕龙》、钟嵘《诗品》及唐刘子玄《史通》、王昌龄《诗格》、张仲素

《赋枢》等文史评论著作。

　　除集部外，两《唐志》均承《隋志》体例，在经、史、子各部著录有不少文学文献，如经部之"诗类"、子部之"小说家"类等即是。但亦有不同于《隋志》之处。如晋张华《博物志》一书，《隋志》著录于史部"杂家"类，《旧唐志》和《新唐志》均著录在"小说"家内。《博物志》载历代四方奇闻异事，有历史人物的传说，有神仙方技故事，还有关于织女神话之类的材料。《四库全书总目》录《博物志》入"小说家类"，现代文学史界也往往将它作为古小说来研究。因此，自《旧唐志》开始的这一变动是极有意义的。除《博物志》外，《新唐志》还将《隋志》《旧唐志》附属于史部"传记"类和"杂传"类的一大批志怪小说，如《列异传》《搜神记》等正式归入"小说家"类；并且新增入薛用弱《集异记》、牛僧孺《玄怪录》、无名氏《补江总白猿传》等唐人传奇小说，加上之前目录也著录的笔记小说，从而使"小说家"类真正较为全面地收录了唐代以前的小说作品，反映了古代小说创作的基本情况。

　　对于两唐书志"小说家"类在收录小说作品方面的进步性及其历史意义，鲁迅先生在其《中国小说史略》中曾给予过很高的评价。鲁迅说：《旧唐志》"所录小说，与《隋书，经籍志》亦无甚异。惟删其亡书，而增张华《博物志》十卷，此在《隋志》，本属杂家，至是乃入小说"；又说欧阳修"《艺文志》（后略称《新唐志》）小说类中，则大增晋至隋时著作，自张华《列异传》、戴祚《甄异传》至吴筠《续齐谐记》等志神怪者十五家一百五十卷，王延秀《感应传》至侯君素《旌异记》等明因果者九家七十卷，诸书前志本有，皆在史部杂传类，与耆旧、高隐、孝子、良吏、列女等传同列，至是始退为小说，而史部遂无鬼神传"①。

　　还有《旧唐志序》载录《开元四部类例》和《古今书录序》等重要资料，亦颇为历代学者重视。《开元四部类例》阐述《隋志》的分类体系，给40个类目都作了定义性质的说明，如说"诗，以纪兴衰诵叹"，"小说，以纪刍辞舆诵"，"楚词，以纪骚人怨刺。别集，以纪词赋杂论。总集，以纪文章事类"，这些说明对于读者了解唐时四部分类

---

①　鲁迅：《中国小说史略》，人民文学出版社1973年版，第4页。

及各类目设立的用意、掌握四部分类法都极有用处。通过《古今书录序》更能了解《古今书录》的大致情形和唐代目录学家对目录功用及价值的认识水平。

了解唐代及此前文学文献，两《唐志》虽有上述参考价值，但两志皆不立部类之序，所著录各书亦无必要的注释或注释过于简略；又《新唐志叙》疏于考证，将始自魏晋的图书四类之分而谓"至唐始分为四类"，如此等等，历来受到目录学界的非议。而宋代晁公武、陈振孙所撰具有提要、类序完整体制的私人藏书目录则没有这些缺憾。

宋代科举制度发展，印刷事业繁荣，私人藏书风气流行，私人藏书目录也因之而盛。现传宋代私藏目录，如晁公武《郡斋读书志》（简称《晁志》）、尤袤《遂初堂书目》（简称《尤目》）和陈振孙《直斋书录解题》（简称《陈录》），都设"集部"集中著录文学文献，并且在集部子目的分设及文学部类序论与图书提要的撰写等方面作出了重要的贡献。

南宋初期编定《晁志》，是我国现存最古的私人藏书目录。传世的《晁志》有"衢本"和"袁本"之分。《四库全书》所收赵希弁校刻之袁州本《晁志》，分经、史、子、集四部42类，其分类体系和类目设置多仿《崇文总目》而稍有变动。如《崇文总目》集部将隋、唐诸志皆有的"楚辞"删并入"总集"类而正式增设"文史"类，《晁志》集部则又恢复为传统的楚辞、别集（上、中、下）、总集三类，而将"文史"类移至史部，改称"史评"。"楚辞"类共著录6部著述，其中宋人《重编楚辞》《续楚辞》《变离骚》诸书，皆选择楚汉以来至宋代的拟骚、续骚作品编辑而成，据此可了解南宋以前屈骚文学影响流变的一些线索。"别集类"著录汉《蔡邕集》以下至宋代郑厚《艺圃折衷》等汉魏六朝至唐宋作家的作品集。"总集类"自《李善注文选》始，包括《玉台新咏》《古乐府并乐府古题要解》《唐文粹》《本事诗》《宋文粹》等文章总集及一些诗文评类著作。集部而外，子部"小说家"类录入了《太平广记》《北梦琐言》等不少宋人笔记、小说，但又收录了陈师道《后山诗话》等诗话著作，同样表现了古代书目小说类著录作品的杂乱情形。

但《晁志》对文学目录的贡献，主要不在分类，而表现在目录撰写体例方面。《晁志》是现存最早的提要目录，所分四部之首皆有大序；各类目间或有小序,编在该类第一部书的提要之中;所著录各书均有提要。集部"序"分三目,分述楚辞、别集、总集的产生和发展,便于读者了解分类方法和学术源流。各书提要的内容,或述作者经历,或论图书要旨,或明学术源流,但多偏重考证方面。有如晁氏在"别集"类序中就其提要的写作体例所言:"凡文集,其人正史自有传者,止掇论其文学之辞,及略载乡里、所终爵位,或死非其理亦附见;余历官与其善恶率不录。若史逸其行事者,则杂取他书详载焉,庶后有考。"可知晁氏解题已把重点放到了与文学创作有关的内容方面,这显然是一种进步的文学目录思想。如别集类《陶潜集》提要,全文三百余字,晁氏征引萧统《陶渊明集序》《晋书》及《宋书》本传、陶渊明作品《孟嘉传》与《祭妹文》,还有《隋经籍志》、吴氏《西斋书目》及《唐艺文志》等多种文献资料,着重考订了陶渊明的名、字和《陶渊明集》流传中的版本及作品真伪等问题,颇具学术价值。

今传尤袤《遂初堂书目》是南宋稍后于《晁志》的私人藏书目录。但《尤目》只记书名,没有解题、注释、类序,甚至不载卷数、撰者,体例极为简略。然其特点有二:一是以记录版本为重点;二是分类有独创之处,全书分经史子集四部44类,如集部删并传统的"楚辞"类,而在《崇文总目》集部"别集""总集""文史"三类的基础上,增设"章奏"类和"乐曲"类(著录《唐花间集》《黄鲁直词》等词曲集14种),使集部子目扩展到五类,表现了文学目录的发展。

南宋末年大目录学家陈振孙,仿《晁志》而撰成的《直斋书录解题》,著录图书3096种51180卷,总数超过南宋政府的藏书目录(如《中兴馆阁书目》著录为44486卷)。可惜原本已佚,现在通行本为修《四库全书》时从《永乐大典》辑出并校定的22卷本。

《陈录》在文学目录方面的重要贡献表现在两个方面:首先是集部类目有重要发展。陈振孙于楚辞类、总集类、别集类(分上、中、下)及章奏类、文史类等前志已设子目之外,又增设"诗集类"(上、下)和"歌词类"。这些新类目的设立,反映了当时文学发展的新情况。如"歌词类"著录《花间集》《南唐二主词》《阳春白雪集》等唐宋词集,其中宋人词集多达百余种,从一个侧面展示了词作为一代之文学在宋代的兴盛繁荣。"诗集类"的设立,据其类序称:"凡无他文而独有诗,及虽有他文而诗集复独行者,别为一类";又"章奏类"序云:"凡无他文而独有章奏，及虽有他文而章奏复独行者，亦为一类"，可知其立类目的、收录范围非常明确，而且也是很有意义的。《陈录》集部细分七个子目，比《晁志》还多两个子目，表明《陈录》集部著录的文学著作更为全面，使集部更趋向综合性的文学目录。其次，是所撰解题时有独到见解。《陈录》所著录各书均有言简意丰的解题，解释题义及著述由来，论析版本（如分别印本、抄本、拓本），评述图书内容，有时还能指出文学流变、文学形式的发展演进等。如卷15"楚辞类"所载朱熹"《楚辞集注》八卷、《辩证》二卷"解题，在概叙朱熹"以王氏、洪氏注迂滞而远于事情，或迫切而害于义理，遂别为之注"的缘由之后，又指出朱公"为此《注》在庆元退归之时，序文所谓'放臣弃子、怨妻去妇'，盖有感而论者也"，则将作者著述与其身世之感结合起来，从而作出了符合实际的深入评价。又如卷19"诗集类上"所载杜审言"《杜必简集》一卷"解题说："唐初沈、宋以来，律诗始盛行，然未以平侧失眼为忌。审言诗虽不多，句律极严，无一失粘者，（杜）甫之家传有自来矣。然遂欲衙官屈、宋，则不可也。"陈氏联系作家的创作而评述当时律赋的成就得失，表明了自己的文学史观。《陈录》集部分七类著录文学书籍，又撰有简要的序论和提要，成为当时文学目录发展的一个重要标志。

三 乐府解题与诗文系年目录的兴起

文学专科目录，始于晋宋之际的《文章叙录》与《文章志》。至唐宋两代，晋宋齐梁时期"文章志"这种文学总目录很少出现了，除专集一书之著者、篇目或引用书的目录如唐常宝鼎《文选著作人名目》和南宋高似孙《世说注引书目》以及高似孙《骚略》《集略》等或与其《史略》《子略》相类的专门目录外，出现较多的主要是专述一种体裁的乐府诗目录和专述著名作家创作的诗文系年目录。这是唐宋文学专科目录发展变化的又一个重要特点。

乐府诗目录，继南朝陈代释智匠著录乐府诗篇名、解释乐府诗题目的《古今乐录》（《隋志》著录为12卷，《新唐志》著录为13卷）之后，唐宋两代作者甚众。据《新唐志》《宋志》"乐类"及"目录类"著录，可知有唐吴兢《乐府古题要解》一卷（或作二卷）、郗昂（一作王昌龄）

《乐府古今题解》三卷，宋沈建《乐府诗目录》一卷、赵德先《乐府题解》一卷、段安节《乐府古题》一卷；郑樵《艺文略》"乐类"还著录唐刘𫗧《乐府古题解》一卷、刘次庄《乐府解题》一卷等。这些目录今多不传或只有后人辑本。但从宋人郭茂倩《乐府诗集》所引及后世辑本来看，可知这类乐府解题目录，无论是在目录学研究还是在文学研究方面都具有很重要的价值。如《乐府诗集》大量征引的《乐府解题》一书，后世学者多以为即是吴兢《乐府古题要解》，内容就相当丰富。试举其例：

> 《汉横吹曲》，二十八解，李延年造。魏、晋已来，唯传十曲：一曰《黄鹄》，二曰《陇头》，三曰《出关》，四曰《入关》，五曰《出塞》，六曰《入塞》，七曰《折杨柳》，八曰《黄覃子》，九曰《赤之扬》，十曰《望行人》。后又有《关山月》《洛阳道》《长安道》《梅花落》《紫骝马》《骢马》《雨雪》《刘生》八曲，合十八曲。（《乐府诗集》卷21引《乐府解题》）
>
> 《关山月》，伤离别也。古《木兰诗》曰："万里赴戎机，关山度若飞。朔气传金柝，寒光照铁衣。"（《乐府诗集》卷23引《乐府解题》）

这些解题，或概述乐府古题和古乐曲命名的缘起及历代的流传演变，或解释乐府题目的意旨及其作意，或评说作品内容特点，颇具书目解题的特点。对读者阅读、研究古代乐府诗歌很有用处。

作家诗文系年目录（即年谱或年表），是宋代出现的一种新型文学专科目录形式。这种以"年谱"或"年表"出现的诗文目录，谱系作家诗文作品的写作年月，考订作家生平行事，能帮助读者正确理解文学作品、探讨文学家文学创作的发展变化历程。

宋人所撰作家年谱，始于北宋吕大防（汲公）《杜工部年谱》和《韩吏部文公集年谱》。今存《四库全书》本南宋赵子栎撰《杜工部年谱》序称："吕汲公大防为《杜诗年谱》，其说以谓次第其出处之岁月，略见其为文之时，得以考其辞力少而锐、壮而肆、老而严者如此。"又宋文安礼《柳文年谱后序》也说："故予以先生文集与唐史参考为时年谱，庶可知其出处与夫作文与岁月，得以究其辞力之如何也。"他们都把诗文系年的作意和作用说得非常明白。

吕大防以后，这类诗文系年目录日趋多起来了。如陈振孙《直斋书录解题》"别集类"记载有宋吴仁杰《陶靖节年谱》一卷、张缜《陶靖节年谱辨证》一卷、洪兴祖《昌黎集年谱》一卷、李璜《白氏长庆集年谱》一卷、陈振孙《白氏长庆集新谱》一卷、何友谅《白集年谱》一卷、晏大正《临川集年谱》一卷、周益公《六一居士集年谱》一卷、孙汝听《三苏年表》三卷、朱熹《元丰类稿年谱》一卷；《四库全书总目》"传记类"著录宋赵子栎《杜工部年谱》一卷、鲁訔《杜工部诗年谱》一卷，"传记类存目"著录宋孙汝听《三苏年表》二卷，王宗稷《东坡年谱》一卷，楼钥《范文正年谱》一卷，魏仲举、文安礼《韩柳年谱》八卷，袁仲晦《朱子年谱》一卷等。还有《四库全书》"别集类"所收宋黄希原注、其子黄鹤补注的《补注杜诗》附有《年谱辨疑》，宋宋敏求重编唐颜真卿撰《颜鲁公集》附有宋留元刚订正《年谱》一卷，宋魏仲举编《五百家注昌黎先生文集》记载："汲郡吕氏名大防，雠正韩文并撰《年谱》"，"丹阳洪氏名兴祖字庆善，撰《韩文年谱辩证》"，魏仲举编《五百家注柳先生集》附有宋文安礼《柳先生年谱》一卷。如此等等，都是在当时及后世有一定影响之作。

诚如当代目录学家王重民先生所指出："这时期内，专科目录的一个新品种是个人诗文著作系年目录的出现。宋人始撰的年谱本就是谱系诗文的著作年月，帮助读者阅读名家诗文集的"[1]，与宋代以后专谱个人事迹的年谱不同。例如现收载于《四库全书》"传记类"的赵子栎《杜工部年谱》一卷、鲁訔《杜工部诗年谱》一卷，就都是谱系杜甫诗文著作年月的系年目录。其中，鲁《谱》既"因旧集略加编次"，使"古体、近体一其先后"，又置杜甫诗文于"睿宗先天元年壬子"杜甫诞生至代宗大历"五年庚戌公年五十九"（卒年）的各年之内。例如：

　　十四载乙未，公年四十四：十一月，禄山反，陷河北诸郡。公有《自京赴奉先作》……

　　至德二载丁酉，公年四十六：公春在贼中，《曲江行》曰："少陵野老吞声哭，春日潜行曲江曲"……八月，有《北征》诗……

---

① 王重民：《中国目录学史论丛》，中华书局1984年版，第127页。

（乾元）二年己亥，公年四十八：公有《新安吏》《石壕吏》等
诗。归毕，放情山水间，尝游伏毒寺，有《忆郑南》……史云"关
辅饥，辄弃官去客秦州，贪采橡栗自给，有《秦州二十首》……"

上元元年庚子，公年四十九：裴冕公为公卜居成都西郭浣花
溪……虽有江山之适，羁旅牢落之思未免。故二年之间，有《赴青
城县》……等诗。

撰谱者如此将杜甫诗文创作系于具体年月，并略作征引评述，就使整个年
谱成为一部系统的文学系年目录。而且鲁《谱》又从前人已有的研究成
果中，"摘诸家之善，有考于当时事实及地理、岁月与古语之的然者，聊
注其下"（《杜工部诗年谱原序》），使此《谱》更具有较高的资料、学术
价值。

四 《通志·艺文略》"文类"的产生

唐宋以来，文学创作较隋唐以前有了相当大的发展。唐诗的繁荣、
宋词的兴盛、小说的成熟，都是此前文学所无法比拟的。与之相联系，
文学目录也有了一些变化。尤其是两宋时期，综合性图书目录虽多承
《隋志》而袭"集部"之名，但集部内子目却屡有增删变异，子部"小
说家"的著录内容也日趋合理，如《晁志》集部仍袭《隋志》而分为
楚辞、别集、总集三类，《尤目》却变为别集、总集、文史、章奏、乐
曲五目，至《直斋书录解题》更发展到楚辞、别集、总集、文史、章
奏、词曲、诗集七个子目。这种变化表明，唐宋目录学家对文学及文学
目录分类体系的认识和探索并没有停止，而南宋郑樵《通志·艺文略》
突破传统四部体例、废"集部"而立"文类"，则是这种认识变化和理
论探索的必然结果。

郑樵是一位十分博学的学者和著名的目录学家。他的《校雠略》
（载《通志》）是我国古代第一部目录学论著，论述了图书搜求整理、
分类编目、著录、提要等方面的问题，提出了许多独特见解。郑樵深知
分类对于一部目录书的学术性和实用性至关重要，故在《校雠略》中
写有《编次必谨类例论》六篇，专门论述图书分类目录与辨明学术源
流的关系。他指出"欲明书者，在于明类例"，"类例不明，图书失

纪"，"类例既分，学术自明，以其先后本末具在……睹其书可以知其学之源流"。他颇不满"《七略》所分，自为苟简，四库所部，无乃荒唐"。从而身体力行，以其主"会通"和"核实"的治学思想为指导，在《通志·艺文略》中突破传统分类方法，根据图书内容和学术特点设立类目，创立了一个"总十二类、百家、四百二十二种"、具有三级类目的新的图书分类体系。按照这个分类体系，《艺文略》将古今存亡的 11 万余卷图书，分为经、礼、乐、小学、史、诸子、星数、五行、艺术、医方、类书、文等 12 "类"（一级类目），类下再分"家"（二级类目），家下再细分为"种"（三级类目），对我国古代图书分类作出了重大贡献。

文学类目在《艺文略》中不再称集部，而定名为"文类"，再分为22 个子目。其具体类目及其所著录图书的种数、篇卷数如下：

楚辞：凡一种，9 部，55 卷。

别集一：楚、汉、后汉、魏、蜀、吴。

别集二：晋。

别集三：宋、齐、梁。

别集四：后魏、北齐、后周、陈、隋、唐。

别集五：五代伪朝、宋朝。

总集：凡一种，72 部，4862 卷。

诗总集：凡一种，154 部，1805 卷。

赋：凡一种，82 部，816 卷。

赞颂：凡一种，9 部，41 卷。

箴铭：凡一种，7 部，61 卷。

碑碣：凡一种，17 部，435 卷。

制诰：凡一种，105 部，1377 卷。

表章：凡一种，66 部，866 卷。

启事：凡一种，12 部，92 卷。

四六：凡一种，15 部，64 卷。

军书：凡一种，10 部，142 卷。

案判：凡一种，20 部，79 卷。

刀笔：凡一种，11 部，14 卷。

俳谐：凡一种，5 部，16 卷。

奏议：凡一种，32 部，446 卷

论：凡一种，17 部，286 卷。

策：凡一种，14 部，98 卷。

书：凡一种，11 部，122 卷。

文史：凡一种，23 部，49 卷。

诗评：凡一种，44 部，146 卷。

我国古代，文体分类在先秦时期即已萌芽，到了汉魏六朝则有了很大的发展。比较完整的文体分类论述，如汉末蔡邕有《铭论》及关于策、制、诏、诫、章、奏、表、议的论述；稍后曹丕《典论·论文》分为奏议、书论、铭诔、诗赋四科八体；西晋陆机《文赋》曾述诗、赋、碑、箴等10 种文体及其风格；南朝梁刘勰《文心雕龙》中，文体论有 20 篇之多，详论文体 33 种；梁萧统《文选》又将历代诗文分为 37 类。六朝以后，北宋初年李防等人上续《文选》而编《文苑英华》1000 卷，区分文体为55 类；姚铉在《文苑英华》基础上选录 1/10 而成《唐文粹》100 卷，将文体类别概括为 22 类，但其子类又多达 360 种。如此等等，足见古代学术对文体分类的重视。历代目录学家对文体类别的区分，肯定会汲取文体论研究的成果，但像郑樵《通志·艺文略》"文类"这样，将文学目录的类目分析得如此详细周密，这在此前的官修书目和史志目录中都是从来没有过的。

"文类"所著录的范围也很广泛，包括文学类著作中的诸种文体。这既是郑樵强调详分类例思想的具体表现，也与他坚持"以人类书"的著录原则有关。郑樵在《校雠略·不类书而类人论》中说："古之编书，以人类书，何尝以书类人哉？"并举《新唐志》"别集类"著录之例而批评道："《令狐楚集》百三十卷，当入别集类，《表奏》十卷，当入奏集类，如何取类于令狐楚，而别集与奏集不分？"又说"诗自一类，赋自一类，陆龟蒙有诗十卷、赋六卷，如何不分诗赋，而取类于陆龟蒙？"郑樵反对《新唐志》将同一作者的不同体裁、内容之书都只归于一个人名之下的"以书类人"方法，而主张以书为纲，"以人类书"，按图书内容、体裁分类著录，所谓"诗自一类，赋自一类"。这样做，能区分学术的性质、类别，当然也就使图书分类更趋于系统和明细了。如过去书目都包容在

"总集类"的"诗总集""赋""四六""俳谐""奏议"等,在《艺文略》"文类"中则都独立分类成"家"了。《艺文略》"文类"又于"别集"类之末附"别集诗",著录"李峤《杂咏诗》十二卷"以下至"《李季兰诗》一卷"共169部诗集;又从传统书目设立的"文史"类中第一次析出"诗评"一目,著录钟嵘《诗品》、王昌龄《诗格》等评诗论著,这些都反映了古代文学、文学批评的发展与特点。

当然,按现代文学分类的标准来看,《艺文略》"文类"仍有收录过宽、归属不当或粗疏不审之处。如明胡应麟《经籍会通》二指出其"诗集类,崔曙以盛唐置之晚唐,许浑以晚唐置初唐,此例不一";还有皮日休《文薮》本是别集,却误以为"当入总集类",等等。但这些缺误并不掩盖《艺文略》在文学目录学史上的卓越贡献。

至于《艺文略》不称文学目录为"集部"而改为"文类",则更是一名实相符的明智之举。在我国古代文学史、目录学史上,"文"是一个比"集"产生更早,也更能概括文学特点的概念。《隋志》集部序文本已说明,所谓"集部"是为著录"因物骋辞"之"文"而设的。但《隋志》仍称"集部"而不称"文部",主要是受到梁阮孝绪"以顷世文词,总谓之集"的影响。若究其实,以"文"之名来概括文学目录之实,比"集部"之称更为恰当。因为"集"既不如经、史、子诸部那样以图书内容性质立类,也非"小说""诗赋"那样以体裁立类,而是一个非义非体的作为文献出版物的文献类型概念。文学文献固可称"集",经、史、子部之书又何尝不能称"集";对此,清代目录学家章学诚在其《文史通义·文集》篇中已有详论云:"文集难定专门,而似者可乱真也……本非集类,而纷纷称集者,何足胜道?"[①] 郑樵"文类"之设,当有鉴于此。

郑樵以后数十年,同为福建莆田人的郑寅(字子敬),因所藏之书编为《郑氏书目》七卷,不依四部之法,而仍《七录》之名分为经、史、子、艺、方技、文、类七录,其中"文录"不称"集",也不称"文翰""文集"而径称为"文",显然是受到其前辈乡贤郑樵的影响。[②]

郑樵《艺文略》在"文类"之外,如"乐类"著录《乐府歌诗》

---

① 章学诚撰,叶瑛校注:《文史通义校注》,中华书局1985年版,第298页。
② 陈振孙:《直斋书录解题》卷8"郑氏书目"条,上海古籍出版社1987年版,第236页。

《乐府古题要解》,"史类"的"传记"家著录魏晋志怪和唐人传奇小说,"目录"家专设有"文章目"一种;"诸子类"的"小说"家著录《世说》《续世说》等笔记则与旧时书目并无大异。

原载《湖北大学学报》1996 年第 6 期,与刘国民合撰

论洪迈与朱熹对《高唐》《神女》赋评价的差异

——兼及宋玉辞赋批评标准与方法的把握

古往今来的宋玉研究，无论是从辞赋作品，还是从人格人品方面，都存在着差异巨大的价值判断。扬之者以其为"赋之圣者""辞赋宗师"，抑之者以其"淫文放发"，是"无耻小人"。宋玉研究，之所以会出现褒贬扬抑如隔天壤的现象，原因是复杂的；但是，批评者所持批评标准是否得当及其批评方法是否科学，应该是一个值得认真探讨的问题。本文拟以南宋两大著名学者洪迈和朱熹对宋玉《高唐》《神女》赋两种差异明显的评价为例，对此作一点分析论述。

一 宋代以前宋玉评论中的不同批评标准

自西汉至唐的宋玉评论，歧见纷呈，评论者所持的批评标准亦人言人殊、莫衷一是。但若作一点总结性的分类排比，宋代以前宋玉评论者所持的批评标准，或大致有此数项：一是整体上的屈、宋比较；二是辞赋作品的讽谏与辞令（即今言之思想内容与艺术形式）；三是作品讽谏内容是否合于礼义。

司马迁是汉代最早提及宋玉的史学家，也是第一个将儒家《诗》教的"讽谏"要求和屈宋的比较纳入宋玉评论领域的辞赋批评家。他在评论屈原时，肯定其"作辞以讽谏，连类以争义，《离骚》有之"（《史记·太史公自序》）。他认为屈原在《离骚》等作品中表现了讽谏的内容，"上称帝喾，下道齐桓，中述汤武，以刺世事。明道德之广崇、治乱之条贯……其存君兴国，而欲反覆之，一篇之中三致志焉"（《史记·屈原贾生列传》）。而对宋玉则已有微词："屈原既死之后，楚有宋玉、唐勒、景差之徒者，皆好辞而以赋见称。然皆祖屈原之从容辞令，终莫敢直谏。"可知，司马迁已把"讽谏"作为评骘屈宋辞赋成就高下的一个重要标准，其影响极其深远。

西汉末年，扬雄继续强调赋的讽谏意义。其晚年写成的《法言·吾子》篇云："或曰'赋可以讽乎？'曰：'讽乎！讽则已，不已，吾恐不免于劝也。'"扬雄基于这样的文学观，肯定屈原"丽以则"的"诗人之赋"，而将宋玉及景差、唐勒诸人之作归入"丽以淫"的一类，称为"辞人之赋"而给予了批评。

再到东汉，《汉书·艺文志序》仍然以为，荀况、屈原"皆作赋以风，咸有恻隐古诗之义。其后宋玉、唐勒，汉兴枚乘、司马相如，下及扬子云，竟为侈丽闳衍之词，没其风谕之义"。班固《离骚序》也说：屈原"其文弘博丽雅，为辞赋宗……自宋玉、唐勒、景差之徒，自谓不能及也"。

西晋皇甫谧作《三都赋序》，主张"为文者，非苟尚辞而已，将以纽之王教，本乎劝戒"。认为荀卿、屈原之属，"咸有古诗之意。皆因文以寄其心，托理以全其制，赋之首也；及宋玉之徒，淫文放发，言过于实，夸竞之兴，体失之渐，风雅之则，于是乎乖"。挚虞《文章流别志论》也说："前世为赋者，有孙卿、屈原，尚颇有古诗之义，而宋玉则多淫浮之病矣。"褒屈贬宋之意同样鲜明。

如上所述，自汉至晋的批评家大都持着是否"讽谏"或讽谏是否有效的首要批评标准，比较屈、宋的高下，从而得出了几乎一致的结论：是屈而非宋。

降及南朝，传统的文学观念进一步削弱，批评家们开始注重从艺术表现形式诸如语言文辞、声律对偶、写作技巧等方面评论文学作品。宋玉评论中，也从以往偏重"讽谏"的功利性标准，逐渐向内容与文辞并重的文学批评转变。于是，辞采华美的宋玉辞赋也得到了正面的评价。

首先是齐梁时，沈约（441—513）在《宋书·谢灵运传论》中提出："屈平宋玉导清源于前，贾谊相如振芳尘于后。英辞润金石，高义薄云天。"不仅是第一回肯定性地将"屈平、宋玉"齐称，也是首次将"英辞"与"高义"并论，而传统的"讽谏"要求似乎在新的批评标准中隐退了。宋玉辞赋创作的艺术价值，终于得到了明确的肯定。

其次是梁昭明太子萧统（501—531）。他既以"综辑辞采，错比文华，事出于沉思，义归乎翰藻"的选文标准，在今存古代第一部大型的通代文学总集《文选》中，收入署名为宋玉的《风赋》《高唐赋》《神女》赋《登徒子好色赋》《对楚王问》等五篇辞赋；还在《文选序》中高度评价了宋玉赋的历史地位："古诗之体，今则全取赋名。荀、宋表之于前，贾、马继之于末。自兹以降，源流实繁。述邑居则有'凭虚'、'亡是'之作，戒畋游则有《长杨》《羽猎》之制。若其纪一事，咏一物，风云草木之兴，鱼虫禽兽之流，推而广之，不可胜载矣"。

刘勰（约 465—520）的《文心雕龙》，更为深入地评论了宋玉的辞赋创作，尤其肯定了宋玉在古代赋史发展中的作用和地位。如书中说：

> 及灵均唱骚，始广声貌。然则赋也者，受命于诗人，而拓宇于《楚辞》也。于是荀况《礼》《智》，宋玉《风》《钓》，爰锡名号，与诗画境。六义附庸，蔚成大国。遂述客主以首引，极声貌以穷文，斯盖别诗之原始，命赋之厥初也。……观夫荀结隐语，事数自环；宋发夸谈，实始淫丽……凡此十家，并辞赋之英杰也。（《诠赋》）
>
> 楚襄宴集，而宋玉赋《好色》。意在微讽，有足观者。（《谐隐》）
> 屈平连藻于日月，宋玉交彩于风云。（《时序》）①

刘勰指出赋体产生与《诗》有密切关系，但却是在楚辞的基础上拓宽了疆界，而赋的正式形成并与诗分离出来，则应归之于荀况和宋玉。这一见解无疑是正确的，它抓住了赋铺陈体物的基本特征，找到了后代之赋与荀况、宋玉赋的渊源关系，从理论上划清了赋与诗及屈原楚辞作品的文体界限；同时，还将宋玉与荀况、枚乘、司马相如、贾谊、王褒、班固、张衡、扬雄、王延寿等，并称为十家"辞赋之英杰"；又前承汉晋"讽谏"说的批评标准，指出宋玉赋也有"微讽"的内容。

刘勰突破西汉以来专重"讽谏"的政治功利性批评标准的偏颇，以文、质并重的真正文学批评眼光，全面评析、肯定了宋玉的辞赋创作及其作用贡献，这是宋玉研究史上划时代的成果，也是宋玉评论标准趋向文学本位的一次回归。

---

① 刘勰著，周振甫注：《文心雕龙注释》，人民文学出版社 1983 年版，第 80、159、476 页。

但是，"文变染乎世情，兴废系乎时序"。文学批评的标准也会因世情、时序而变化。

入唐以后，汉代那种尚用轻文的文学观再度流行，伴随着对齐梁文学风尚的批判，屈宋辞赋的评论也出现了不同的声音。如唐初史家令狐德棻（583—666）基于尚用美刺的儒家文学观，在《周书·王褒庾信传论》肯定"逐臣屈平，作《离骚》以叙志，宏才艳发，有恻隐之美；宋玉，南国词人，追逸辔而亚其迹"。年轻诗人王勃（650—676），则在其《上吏部裴侍郎启》中斥责"屈、宋导浇源于前，枚、马张淫风于后"。古文运动的前驱者如萧颖士批评"屈平、宋玉文甚雄壮而不能经"（见李华《杨州功曹萧颖士文集序》引述），柳冕更斥责屈、宋"哀而以思，流而不返，皆亡国之音"（《谢杜相公论房杜二相书》）。

而盛唐的李白、杜甫则以诗人所共通的感受和深情，抒发了对屈原及宋玉的理解和尊崇。"屈平辞赋悬日月，楚王台榭空山秋"（《江上吟》），"宋玉事楚王，立身本高洁。巫山赋彩云，郢路歌《白雪》"（《感遇》诗）：这是李白之诗；"窃攀屈宋宜方驾，恐与齐梁作后尘"（《戏为六绝句》），"摇落深知宋玉悲，风流儒雅亦吾师"（《咏怀古迹》）：这是杜甫的歌唱。从中不难体会唐代两大诗人对屈宋的景仰、向往之情。

晚唐诗人李商隐，更以他幽怨悱恻的诗句，传述高唐神女的故事，体味宋玉不平的人生："淡云轻雨拂高唐，玉殿秋来夜正长。料得也应怜宋玉，一生惟事楚襄王"（《席上作》）。"非关宋玉有微词，却是襄王梦觉迟。一自《高唐》赋成后，楚天云雨尽堪疑。"（《有感》）

二 南宋洪迈、朱熹对《高唐》《神女》赋评论的差异

宋代的宋玉评论，缘于国家民族矛盾激化、社会上理学思潮日盛的历史文化背景，更直接受到文学领域浓厚的"文以载道"和政治教化意识的影响，从而出现了一些新的变化：一方面，仍然沿承汉唐以来首重讽谏的批评观念，在复兴屈骚传统的新的文学背景下继续先屈而后宋；另一方面，对宋玉赋作、人品的褒贬评骘更趋于明确的道德伦理考量及理性的色彩。

在屈、宋的比较中，先有北宋宋祁明确提出："《离骚》为词赋祖。"

后有苏轼既在《书鲜于子骏楚词后》中屈宋并称，评其《九诵》"追古屈原、宋玉"，又在《巫山》诗中质疑宋玉"楚赋亦虚传，神女安有是?"苏门四学士中，既有黄庭坚《与王立之承奉直方》中说"凡作赋要以宋玉、贾谊、相如、子云为师"，又有晁补之《变离骚序》称赞屈原"合而为《离骚》，是以由汉而下赋皆祖屈原"，批评宋玉"《高唐》既靡，至《登徒子》靡甚"。

而对于宋玉赋作与人品本身的评价，争论的焦点则集中在宋玉所作《高唐》《神女》赋以及赋中所写"夜梦神女者"究竟是襄王还是宋玉的问题上。这方面最有代表性的，就是南宋两位著名学者洪迈和朱熹关于《高唐》《神女》赋完全对立的道德伦理评判。

（一）朱熹斥责《高唐》《神女》赋为"礼法之罪人"

宋玉所赋楚王夜梦高唐神女的浪漫神奇故事，颇受历代读者的喜爱而广为传诵。但在思致精密、颇具卫道意识及去虚求实理性倾向的宋代文士眼里，却出现了难以圆说的疑点："其夜梦神女者"应当为谁? 先有北宋沈括（1030—1094）《梦溪笔谈》出来，通过对《神女赋》首段几个"王"字和"玉"字的一番考辨，从而得出结论说："前日梦神女者，怀王也。其夜梦神女者，宋玉也。襄王无预焉，从来枉受其名耳。"沈括的所谓考辨，企图为楚襄王解脱欲与其先父怀王曾"幸之"的高唐神女亲近的伦理尴尬，故随声附和者不少，并从此拉开了"是谁夜梦巫山神女"之争的历史序幕。

朱熹（1130—1200）似乎不屑参与这样的争论。他是南宋最重要的理学家，他远不满足于韩愈"文以贯道"之说，继承并发挥周敦颐等"文所以载道"（《周子通书·文辞》）的文道观，高度强调"道"的重要性，提出"道者文之根本，文者道之枝叶"（《朱子语类》卷139）的理论。朱熹明确地主持着"道为根本"，以道学家的"义理"为第一义的文学观。

朱熹本着这种重道轻文的批评标准，首先在其《楚辞集注》卷七《招魂》题序中批评他以为是宋玉所作的《招魂》："以礼言之，固为鄙野。"其次在《楚辞后语》中评论《高唐》《神女》赋。面对"风流才子"宋玉所写楚王梦遇美丽神女的华艳赋篇，朱熹的态度是可想而知的。其《楚辞后语·目录叙》说：

　　盖屈子者，穷而呼天，疾痛而呼父母之词也。故今所欲取而使继之者，必其出于幽忧穷蹙、怨慕凄凉之意，乃为得其余韵，而宏衍巨丽之观，欢愉快适之语，宜不得而与焉。……若《高唐》《神女》《李姬》《洛神》之属，其词若不可废，而皆弃不录，则以义裁之，而断其为礼法之罪人也。《高唐》卒章虽有"思万方、忧国害、开圣贤、辅不逮"之云，亦屠儿之礼佛，倡家之读《礼》耳，几何其不为献笑之资，而何讽一之有哉？①

朱熹身处南宋这个山河破碎时代而具有深沉的忧患意识，他先在《楚辞集注·叙》中明确肯定屈原"忠君爱国"的人格和诗歌的幽怨悱恻：以为"原之为人，其志行虽或过于中庸而不可以为法，然皆出于忠君爱国之诚心；原之为书，其词旨虽或流于跌宕怪神、怨怼激发而不可以为训，然皆生于缱绻恻怛不能自已之至意"。继而以"严择于义""以义裁之"的思想道德标准，"必其出于幽忧穷蹙怨慕凄凉之意、乃为得其余韵"的艺术要求，而不与"宏衍巨丽之观、欢愉快适之语"，对宋玉《高唐赋》《神女》赋等一系列在文学史上广为传诵的赋作名篇，一概"以义裁之"不录，并断为"礼法之罪人"；而且还严词讥讽《高唐赋》卒章讽谏"亦屠儿之礼佛、倡家之读《礼》耳！"朱熹以其所持的道德伦理标准和讽谏规诫的政治功用要求，给予宋玉赋空前严苛的批判贬责。这样的辞赋批评明显具有以道德哲学标准否定文学的偏见。

（二）洪迈评《高唐》《神女》赋"发乎情、止乎礼义"

　　洪迈（1123—1202）比朱熹大七岁而晚两年卒，是同时的江西籍著名学者和文学家。《宋史》本传称洪迈"博极载籍，虽稗官《虞初》，释、老傍行，靡不涉猎"。其《容斋随笔》五集共74卷1220则，是他近四十年的读书笔记，用时二十余年撰写而成。该书内容丰富，尤长于史料和考据，被认为是研究宋代历史的必读之书。故《四库全书总目》子部"杂家类"《容斋随笔》提要评价说："凡意有所得，即随手札记。辨

---

　　① 朱熹：《楚辞集注》，上海古籍出版社1979年版，第9页。

证考据，颇为精确……南宋说部终当以此为首。"①

故而洪迈论赋也比较通达，他重视古赋，也关注律赋；主张创新也不一味地反对模拟。他曾在《容斋续笔》卷三赞赏宋玉《九辩》"憭栗兮若在远行、登山临水兮送将归"之句，对潘安仁《秋兴赋》的影响；对于《高唐》《神女》诸赋，则更有相当公允的论析评价。宋代对宋玉《高唐》《神女》赋的评价，褒贬不一，但往往是褒少贬多。除上述晁补之、朱熹等人程度不同的总体批评外，在宋代还有就《神女赋》写楚襄王梦与高唐神女相遇一事的具体论争。在不少宋人眼里，这是一件楚怀王、襄王父子共御一女，殆近于聚麀之丑的乱伦之事。于是，即有学者如沈括《梦溪笔谈》及南宋姚宽《西溪丛语》等出来作文字考辨，认为夜梦神女者不是襄王而是作赋者宋玉自己。此外，也还有人出来指责宋玉写法不当，如南宋末年范晞文就说这是宋玉污蔑神女和襄王，其《对床夜语》卷五曰：

> 详其所赋，则神女初幸于怀，再幸于襄，其诬蔑亦甚矣。流传未泯，凡此山之片云滴雨，皆受可疑之谤。神果有知，则亦必抱不平于沉冥恍惚之间也。于濆有诗云："何山无朝云，彼云亦悠扬。何山无暮雨，彼雨亦苍茫。宋玉恃才者，凭虚构《高唐》。自重文赋名，荒淫归楚襄。峨峨十二峰，永作妖鬼乡。"或可以泄此愤之万一也。②

诸如沈、姚、范等人，之所以要作这样并无根据的考证和指责，其根本原因就在于他们秉持着一个唯一的政治道德伦理标准，而忽略了文学创造的特性和宋玉二赋的客观内容。

洪迈则与上述所有人不同，其《容斋三笔》卷三"高唐神女赋"条曰：

> 宋玉《高唐》《神女》二赋，其为寓言托兴甚明。予尝即其词而味其旨，盖所谓"发乎情，止乎礼义"。真得《诗》人风化之本。前

① （清）永瑢：《四库全书总目》，中华书局1987年版，第1020页。
② （南宋）范晞文：《对床夜语》卷5，载丁福保辑《历代诗话续编》（上），中华书局2001年版，第440页。

赋云:"楚襄王望高唐之上有云气,问玉曰:'此何气也?'对曰:'所谓朝云者也。昔者先王尝游高唐,梦见一妇人,曰'妾巫山之女也,愿荐枕席。'王因幸之。"后赋云:"襄王既使玉赋高唐之事,其夜王寝,梦与神女遇,复命玉赋之。"若如所言,则是王父子皆与此女荒淫,殆近于聚麀之丑矣。

然其赋虽篇首极道神女之美丽,至其中则云:"澹清静其愔嫕兮,性沉详而不烦。意似近而若远兮,若将来而复旋。褰余幬而请御兮,愿尽心之惓惓。怀贞亮之洁清兮,卒与我乎相难。颊薄怒以自持兮,曾不可乎犯干。欢情未接,将辞而去。迁延引身,不可亲附。愿假须臾,神女称遽。暗然而暝,忽不知处。"然则神女但与怀王交御,虽见梦于襄,而未尝及乱也。玉之意可谓正矣。今人诗词,顾以襄王借口,考其实则非是。①

洪迈也重视文学的道德伦理要求,但不同的是:他不像朱熹那样秉持这个标准而不顾其他诸多因素去作简单的道德伦理批判,也不像沈括诸人那样先有一个假设再去做梦神女者是襄王还是宋玉的无谓考证。洪迈是从《高唐》《神女》二赋的实际内容出发,对赋篇文句进行了极为具体深入的认真分析,所谓"即其词而味其旨",从而自然得出了此二赋"虽篇首极道神女之美丽",然则"神女但与怀王交御,虽见梦于襄,而未尝及于乱"的正确结论,发出了人所未言的新见解;最终作出了"二赋其为寓言托兴甚明,盖所谓发乎情、止乎礼义,真得《诗》人风化之本"的科学评价。并肯定宋玉之"意正",对"以襄王借口"的"今人诗词"提出了批评。洪迈的结论,既符合宋玉赋的创作实际,也符合宋代礼法社会的道德价值标准。这是自汉晋以来,从道德伦理方面对宋玉《高唐》《神女》赋最为理性且有创见的正面评价。

洪迈的评析是客观的,符合宋玉赋作的实际。《高唐》《神女》二赋,从内容构思上看有形断神连、相辅相成之妙,实际上可视为一篇"高唐神女赋"的上、下篇,共同抒写一个楚王梦遇巫山神女的浪漫故事。前篇《高唐赋》,主旨是写"高唐",作者先略写楚怀王夜梦巫山神女且"荐枕席"之事为引导,正文以写巫山高唐壮美的山水景物为主,赋文千

---

① (南宋)洪迈:《容斋三笔》卷3,《容斋随笔》,中华书局2006年版,第458页。

余言，可说得上是一篇体物大赋，但仍然只是整个故事主题的一个铺垫；后篇《神女赋》，主旨是写"神女"，赋家以精彩艳丽的语言描绘美丽贞洁的"神女"形象，最终完成了楚襄王梦遇高唐神女却"欢情未结"的幽怨主题，给人们留下了一个千古传诵人神相恋的凄美故事。

需要指出的是，《神女赋》铺写的重点，并不在男女之间的情色欢爱，而是写"意似近而既远、若将来而复旋"的"如即如离、亦迎亦拒之状"①。在赋中，美妙缥缈的神女，性情"和适"安闲，举止以礼"自持"而无轻浮、放纵之态。而且，《高唐》《神女》乃至于《登徒子好色》诸赋，所蕴含的讽谏君王之意与作者主观感伤之情，也是可以体会的。前贤如刘勰就说过"宋玉赋《好色》，意在微讽，有足观者"。《文选·高唐赋》李善注亦谓"此赋盖假设其事，风谏淫惑也"。因此，从这个角度讲，宋玉《高唐》《神女》诸赋的主要成就，并不在于开启了古代"艳情文学"的先河，而在于赋家在描绘形神优美的"神女""佳人"形象原型时，创造了一种情理融汇的艺术境界，建构了一种中和适度的文人言情赋审美范式②，从而为后来者提供了原本有益的借鉴。

三　洪迈、朱熹《高唐》《神女》赋评价差异的启示

如上所述，自西汉至唐宋的宋玉评论，并不是一个"由肯定到否定再到肯定的过程"，而是不同的时期、不同的接受者（批评者）因所持不同的批评标准乃至于不同的批评方法、态度或目的，而有不尽相同的评价。本文所述同处南宋前期高宗建炎至宁宗庆元（1127—1200）七十余年间的洪迈、朱熹，却作出差异迥然的宋玉赋评价就是典型例证之一。

首先，"讽谏"尚用几乎是一以贯之的首要评价标准，与之相随的是对淫文丽辞的轻视。自司马迁以后直至朱熹，批评者大多以为宋玉赋缺失讽谏，所谓"竟为侈丽闳衍之词、没其风谕之义"，可以说是一个标准性的评价，故宋玉赋长期以来多处于被批评的地位。而那些认识到宋玉赋有

---

① 钱钟书：《管锥编》第 3 册，中华书局 1979 年版，第 874 页。

② 参阅朱伟明《〈高唐〉〈神女〉赋中神女形象的意蕴及其影响》，《湖北作家论丛》第 6 辑，华中理工大学出版社 1997 年版，第 236 页。

所"微讽"或"寓言托兴"的批评家，则往往以为"有足观者"而肯定之。当然，如李白、杜甫、李商隐等诗人、文学家们，不太强调所谓讽谏，而能够从纯文学的角度给"风流儒雅"的宋玉辞赋予高度的评价。这种情形表明，偏重讽谏的批评标准，虽然是中国古代占主导地位的文学思想，但是对古代文学现实主义传统的形成产生了重要的作用，如果不能正确地把握，把它推向极端，就有可能从根本上否定文学。

汉晋唐宋的宋玉评论，给人们的启示是：对于辞赋作家作品，以讽谏与文辞，或者说以内容与形式并重的标准，去作实事求是的分析，才有可能得出合理的评价。当然，对具体作品的评估不能求全责备，但是任何的偏废或偏激，也只会得出偏颇的结论。

其次，所谓"屈、宋并称"。自汉至宋，这也是一种普遍的现象。但是，"并称"不等于"并列"。在多数情况下，"屈、宋"并提，与"史汉""李杜""韩柳"等将二者并列的称谓不同；而是如"荀、宋"，或者"宋玉、唐勒、景差之徒"并提一样，只是一种时间上的连续表述或行文需要，有如晁补之《变离骚序》所说"宋玉，亲原弟子，《高唐》既靡，不足于风；《大言》《小言》，义无所宿；至《登徒子》，靡甚矣。以其楚人作，故系荀卿七篇之后"。所以，在自司马迁至洪迈、朱熹的绝大多数古人心目中，宋玉辞赋的地位并不与"惊采绝艳、难与并能"的屈骚等同。即使像刘勰那样比较全面肯定宋玉的批评家，也是如此。他在《辩骚》篇引班固语称誉屈原为"词赋之宗"，在《诠赋》篇先称"灵均唱骚、始广声貌"，然后才荀、宋等并称，赞扬宋玉是十家"辞赋英杰"之一。我们只要比较一下《文心雕龙》中的相关篇章，就可得出刘勰轩轻屈宋的结论。

当代学者对"屈宋并称"问题的看法，笔者曾见姜书阁先生《宋玉及其辞赋考辨》一文曾有专门论及，姜先生在承认古人"屈宋"并称这一事实的前提下，指出："这当然不一定正确"，"无论就屈、宋二人的立身行事而言，或就其文章辞赋而言，宋玉都不能与屈原并驾齐驱，故亦未可等量齐观"[①]。

当然，认为屈宋"并称"不等于"并列"，并不是否定或贬低宋玉；相反，笔者以为，如果我们从宋玉自身、从相异于屈原的角度切入，宋玉

---

① 姜书阁：《先秦辞赋原论》，齐鲁书社 1983 年版，第 109、110 页。

辞赋的艺术成就及其在文学史上的重要地位和影响，或许更能够得到客观、科学的认识和评价。

最后，宋玉的研究，除批评标准的把握之外，批评方法、态度或目的也是同样重要的。如同样也重视道德伦理的要求，洪迈却以"即其词而味其旨"的方法态度，深入《高唐》《神女》二赋的具体实际内容，从而得出了与朱熹等人不同的评价意见。洪迈给后人的启迪是深刻的。

作为屈原之后最重要的楚国辞赋作家，宋玉对汉赋形成发展的贡献，宋玉创造的高唐"神女"、楚国"佳人"形象，宋玉"守身如玉""目欲其颜、心顾其义"的人伦理想，文学史上见仁见智的"宋玉现象"及其对历代文人学士的影响，都是巨大而深远的。宋玉赋这笔文学文化遗产，在今天仍然具有价值和意义，今后的宋玉研究，仍然大有作为。

本文初稿为《"止乎礼义"与"词赋罪人"：从洪迈、朱熹论宋玉赋看宋玉文学批评标准的把握》，载《宋玉及其辞赋研究：2010 年宋玉辞赋国际学术研讨会论文集》，学苑出版社 2010 年 10 月出版；后刊于《中国韵文学刊》2011 年第 4 期

考据·比较·综合

——闻一多古典文学研究方法述议

作为学者的闻一多，他在相当长的一段时间内致力于中国古典文学研究，对于上古神话传说、《周易》《诗经》《庄子》《楚辞》、乐府、唐诗等，都下了惊人的功夫，做出了前无古人的成绩，这是世所公认的。

但是，我们以为，闻一多对古典文学研究的贡献，并不只在于他的这些成就本身。他学兼中西，具有深厚的国学根基和西方文艺修养，对西方文学批评的方法有着很大的兴趣（他不仅接受了比较文学方法、文化人类学与文学研究相结合的方法和弗洛伊德的心理分析学，还研读过法国学者兰松的《文学史方法论》），对方法论的重要意义早就有比较敏感的注意；所以，他的古典文学研究不仅能有精到的结论、丰硕的成果，而且往往思路开阔、角度新颖，在方法上有大胆的探索创新，能给人以深刻的方法论启示。其中有些方法，就是在古典文学研究经过一番认真深入的反思，酝酿如何把新方法和传统方法结合起来，向着新的阶段突破的今天，也仍不失其借鉴作用和示范意义。本文拟就三个方面，对闻一多古典文学研究的方法作一概述。

一

继承传统的训诂、考据，而益之以近代的科学精神与科学方法，这是闻一多研究古典文学的重要方法之一。

闻一多以为，研究古典文学作品，没有语言学、历史学的知识，不首先在文字的训诂、史料的考据方面下一番功夫是行不通的。他最先开始研究的是唐诗，朱自清说"那时已见出他是个考据家，并已见出他的考据的本领"①。他注重诗人和诗篇的年代,曾将唐代一部分诗人生卒年代可考者制成一幅一目了然的图表,还先后写出了《少陵先生年谱会笺》《岑嘉州系年考证》以及《唐代文学年表》《初唐大事记》《全唐诗人补传》《唐诗人生卒年考》《全唐诗校勘记》等的一系列手稿。后来他从唐诗扩展到先秦文学领域,也仍然把工作的重心放在训诂、考据方面。他那部花费了"十年左右光阴"的巨著《楚辞校补》和他的《周易义证类纂》《诗经新义》《诗经通义》《庄子内篇校释》《离骚解诂》《天问疏证》等,就都是在文字训诂、史料考据上极有价值的成果。

闻一多研究古典文学遗产,虽然也在训诂、考据上下功夫,但却不同于旧式的考据家或训诂学者。他从事考据,校理古籍,继承了前人的治学传统,但又不为传统所束缚,运用了科学的方法。这正如郭沫若所分析的:"他是承继了清代朴学大师们的考据方法,而益之以近代人的科学的致密。"② 若用朱自清的话说则是:"校书本有死校活校之分,他自然是活校,而因为知识和技术的一般进步,他的成就骎骎乎驾活校的高邮王氏父子而上之。"③ 闻一多这种具有近代科学精神的、"活校"式的考据、训诂,大致有这样一些特色:

一是方法上有创新。前人的训诂、考据,无论采用何种方法,总不外旁征博引、翻书求证。闻一多却常常打破陈规,自辟新径。在《神话与诗·说鱼》一文中,他考证分析《诗经》中作为象征情欲、配偶的隐语的"鱼"字时,曾采用近世广西、贵州等地少数民族的多种白话歌谣和浙东地区的婚俗习惯,古代埃及、希腊、西部亚洲等地崇拜鱼神的风俗来作旁证以推求诗义,得出了新的解释。再如在《天问释天》中,运用卜辞、金文的研究成果解释词义;在《伏羲考》中,运用考古发现的石刻和绢画两类图像资料佐证伏羲女娲的关系;在《端午考》中,以风俗、传说、五行观念及吴越民族龙图腾崇振的宗教仪式而推究端午节的起源;在《少陵先生年谱会笺》和《岑嘉州系年考证》中,采用"据诗以证事"的方法,以传主有时地可征的诗作来证明其行迹,并在考据中间杂

① 朱自清:《中国学术的大损失——悼闻一多先生》,载《标准与尺度》,北京三联书店1984年版,第9页。

② 郭沫若:《闻一多全集·郭序》,三联书店1982年版,第3页。

③ 朱自清:《中国学术的大损失——悼闻一多先生》,载《标准与尺度》,北京三联书店1984年版,第7页。

以论析和"疏通篇旨"等，也都是新的路数。

二是敢破旧说，好标新义。闻一多治学，一向主张独立思考，不囿于传统，不迷信权威，敢发前人所未发的异论，在考据、训诂方面也是如此。他那为郭沫若等名家所津津乐道的《诗经》和《楚辞》的考据，"细密新颖地发前人所未发的胜义，在全稿中触目皆是，真是到了可以使人瞠惑的地步"①。例如《诗新台鸿字说》一文解释的那个"鸿"字，两千年来都以为是鸿鹄的鸿。但闻一多却觉得："鸿之为鸟，既不可以网取，又无由误入于鱼网之中，而以为丑恶之喻，尤大乖于情理，则《诗》之'鸿'，其必别为一物，而非鸿鹄之鸿，尚可疑哉？"于是，他从诗的文章、文字的音义及语言演变等多方面考证，得知这"鸿"字原来是指的蟾蜍即蛤蟆，从而使全诗的意义终于畅通了。王逸的《楚辞章句》，历来被治楚辞者奉为权威，闻一多也不迷信它。他潜心精研，往往能揭出王逸注的"非是"之处。王逸作《天问章句》，在《后叙》中自诩"章决句断，事事可晓，俾后学者永无疑焉"。闻一多通过细心的研析后，却发现"不可晓者犹十有四五焉"。如《天问》中的"顾菟"一词，自王逸以来都分开解释，以为"顾"为"顾望"，"菟"就是兔子。到清人毛奇龄《天顺补证》，认为顾菟不能分开，为月中菟名，算是进了一步。后来刘盼遂又说顾菟是叠韵联绵词，但最终仍未得到使人信服的解释。闻一多在此基础上寻间发疑，另立新说，释"顾菟"为"蟾蜍"（以上均见《天问释天》），才为解答这千古哑谜闯出了一条新路。此外，如《离骚解诂》中释"灵琐"为"灵薮"（即神灵之所居），《楚辞校补》释"伯禹愎鲧"为"伯鲧腹禹"（即伯鲧生禹之意）等，也都是不同于前人的创见新义。

三是丛证博引，不以单文孤证妄作论断。闻一多为了证成一种假说，或读破一种古籍，总是不惜翻遍群书和在多方面作苦心的考索。例如上述释顾菟为蟾蜍一项，他就历举了直接或间接的事例共四类十一项以证其说。材料来源涉及《诗经》《吕氏春秋》《易林》《淮南子》《尔雅》《大戴记》《夏小正》《灵宪》《说文》《春秋元命苞》《名医别录》《汉少室神道阙》等古籍二十多种。尽管如此，他也不自以为是，还在浩叹"既无术起屈子于九泉之下以为吾质，则吾说虽辩，其终不免徒劳乎？"闻一多这种渊博严谨的科学态度，实在是令人敬佩的。难怪郭沫苦在指出闻一

---

① 郭沫若：《闻一多全集·郭序》，北京三联书店 1982 年版，第 3 页。

多的科学精神时，又有这样的感叹："这样一位富有发明力的天才，我隐隐地感觉着，可惜是用在文字学或文献学这一方面来了，假如是用在自然科学或技术科学方面，不会成为更有益于全人类的牛顿和爱迪生吗？"当然，郭沫若讲述上述这番话后又指出：像闻一多这样，"用科学方法来治理文献或文字，其实也就是科学"①。

二

在科学方法论发展史上，比较法的出现和运用是十分有意义的。比较的观念和方法展示出人类及其文化在起源与发展过程中可能存在的影响、联系或交流，同时也开拓了研究者的眼界，促进了对各学科本身特点或内在规律的认识和理解，加速了科学的发展。

据郑临川《闻一多论古典文学》一书介绍，闻先生 20 世纪 40 年代初在西南联大讲文学史专题时，曾向大家介绍过比较法。闻一多说，治文学史最好是用比较方法，一是把文学与他种学问如音乐、美术比较，二是将中国文学与外国文学相比较，只有这样才能显出其中的特点。闻一多自己运用这种方法研究中国古典文学，提出了不少新的课题。② 在中西文学的比较研究方面，他经过人类文化同源异流的比较，初步肯定我国上古必须有过史诗的结论；他从东西方人对待宗教关系有亲疏差别的比较中，找到中西文学发展不同的关键，并进而强调要重视宗教对文学的影响。在文学与他种学问的比较研究方面，闻一多也做了不少的工作。他通过文学与哲学的比较，提出了《易》与《诗》的关系比任何经书都要密切的看法。他认为《易》中的"象"与《诗》中的"兴"，本是一回事，《易》有《诗》的效果，《诗》亦兼《易》的功能（《说鱼》）。从《易林》这部书中，他发现了"诗"一样的东西，从而辑成《易林琼枝》一卷，以作为中国文学史发现的新材料。闻一多认为中国古代的音乐与诗的关系非常密切，所以他又试图从音乐与诗的比较研究中，找到先秦诗歌由《诗经》进入《楚辞》时代的地域性原因和前后演变的过程。在文学与美术的比较中，闻一多发现它们是雁行式的发展。文学的第一期相当于美术的第二

---

① 郭沫若：《闻一多全集·郭序》，北京三联书店 1982 年版，第 3 页。
② 参见郑临川述评《闻一多论古典文学》，重庆出版社 1984 年版，第 44—45 页。

期，第二期相当于第三期，第三期相当于第四期，而到美术的第四期，古铜器的时代便结束了，但文学则正是《楚辞》的时代，《楚辞》文学较之于过去则进了一步，有很大程度的提高。闻一多兼擅诗画，在诗与画的比较中，他认为中国文学史与绘画有实不可分的因缘，在王维之前，是以画为诗的时代，在他之后则是以诗为画的时代。诗画同源，相通之处很多，所以闻一多也常常运用绘画的原理、技巧和美学特征来分析或鉴赏诗。比如用新印象派画家设色的技巧与效果，来说明温庭筠"鸡声茅店月，人迹板桥霜"靠句法表现出来的诗意美①，用点画的原理来分析谢灵运、王昌龄诗的特点和艺术效果等②。经过这样一些比较，不仅大大地拓展了文学研究的思维空间，而且的确更鲜明具体地显出了文学作品本身的特点。

然而，闻一多比较研究更充分地注意到的方面还在于中国古典文学作家、作品内容。如《诗经》与《楚辞》，是中国诗史上两座并峙的高峰，则认为这是"两个截然不同的传统"。他说，《诗经》与《楚辞》时代虽然看起来相接近，实际上却不可同日而语。它们是两个不同时代的产物。《诗经》时代的人，生活是茫然的，缺少自觉性，虽有诗歌作品，并不欣赏自然；到了《楚辞》产生的战国时代，人类性灵逐渐觉醒，对自然的真和美开始有较明确的认识与欣赏。所以，在文学发展上，二者便不同了，《楚辞》文学比《诗经》进了一步，在辞藻和意境上都有很大程度的不同。《诗经》中够诗味的句子，如"萧萧马鸣，悠悠旆旌"，"昔我往矣，杨柳依依，今我来思，雨雪霏霏"，同《楚辞·湘夫人》的"袅袅兮秋风，洞庭波兮木叶下"相比，"便觉两者的韵味有着显著差别"③。

如果说，闻一多在《楚辞》与《诗经》的比较中，主要的是指出它们的"异"；那么，在屈原与庄子的比较中，则多半的是揭出它们的"同"了。屈原是伟大的文学家，庄子是一位哲人，《楚辞》是充满激情的诗，《庄子》是充满哲理的文。然而，闻一多却认为："向来一切伟大的文学家和伟大的哲学家是不分彼此的。""哲学的起点便是文学的核心。只有浅薄的、庸琐的、渺小的文学，才专门注意花叶的美茂，而忘掉了那

---

① 参见闻一多《唐诗杂论·英译李太白诗》，《闻一多全集》第 3 册，三联书店 1982 年版，第 162 页。

② 参见郑临川述评《闻一多论古典文学》，重庆出版社 1984 年版，第 131—135 页。

③ 同上书，第 5—6 页。

最原始、最宝贵的类似哲学的仁子。"① 于是他从庄子的书中看到了文学，他以为《庄子》"本身便是一首绝妙的诗"。当他读到《庄子·天运》篇开头一连十四个问句那段文字时，不禁发出感慨："这比屈原的《天问》何如？"② 反过来，他讲到《楚辞·离骚》时，则以为若拿来与《庄子》合读，更可以显出它在文学上的可爱成分；他讲到《楚辞·天问》时，则说以庄子的态度读它，便知此篇的作者的确是古今中外最大的诗人，他问尽了古今宇宙时空的最大问题。其气魄之大，罕有人比，只有《尔雅》《易传》《邹子》《庄子》与它有异曲同工之妙。拿《诗经》境界和它相比，则相去天渊！③

在同类作家、作品之间，闻一多也经常运用比较的方法来考察分析。比如，为了寻求中国史诗的"残骸"，它将《尚书·虞书》中的《尧典》和《皋陶谟》两篇，拿去和《尚书》中的《商书》《周书》比较，由它们的同异而隐约看到了中国古代史诗的雏形概貌。又如《楚辞·九辩》这篇作品，历来有人以为是屈原所作，更有人贬低它的文学价值。为此，闻一多将《九辩》与《离骚》、宋玉与屈原作了比较全面的比较研究，就取得了与众不同的看法。他先从两篇作品的内容和风格上比较，认为二者异点多于同点，甚至异点可以抹杀同点。因此，两篇作品绝非一人所为。接下去，闻一多又从"生活态度""心理状态""艺术手法"等方面来比较屈原和宋玉这两位《楚辞》作者的不同点。从生活态度上看，屈原是自发的不屈服，是消极的不合作，是突见不平而怒吼，宋玉则是作好思想准备的不屈服，是积极的不合作，是坚忍接受命运安排的比较心平气和；对于君主，屈原是怒骂，还存在"王庶几召我"的幻想，宋玉则是温情和不免绝望，故所写有点像唐人宫怨诗的情调，为弱者哀鸣的态度。从心理状态即诗人的艺术生活态度上看，《离骚》的抒情有如单细胞动物，虽有感觉，然而混沌不分，《九辩》则如五官俱备的动物，感觉灵敏，表现了诗人的高度敏感性；《离骚》往往是以简单词句概括深刻繁杂的内容，而《九辩》的作者观察较为细密，有较为清醒的自觉，明确所处的现实

---

① 闻一多：《古典新义·庄子》，《闻一多全集》第 2 册，三联书店 1982 年版，第 282、283 页。

② 同上书，第 286 页。

③ 参见郑临川述评《闻一多论古典文学》，重庆出版社 1984 年版，第 63—67 页。

地位。从艺术手法上看，《离骚》是和盘托出，《九辩》则多采用象征手法，在造句方面有意变换花样，且用了先说客体后说主体的章法，这已接近近代的写法，是自觉地进行文学创作。总之《离骚》算是古代文学的煞尾，《九辩》则是近代文学的起点，两者都在同一视程之内而没有碰头。《离骚》还在与音乐合作，《九辩》则扬长而去；《离骚》有自傲气，《九辩》则为自怜；《离骚》有孤独感，《九辩》则以领略孤独感为主，《离骚》的孤独操守是伦理的，而《九辩》则是诗的。两篇作品不是同一时代的产物，而且从艺术上看，《九辩》比《离骚》更进一层，自《离骚》到《九辩》，可看出《楚辞》文学的进化史①。至于《唐诗杂论》中的《四杰》一文，则完全是这一诗人群体之间的比较研究了。通过对他们年龄、性格、创作等多方面的详细比较，闻一多认为这"四杰"并非一个单纯的、统一的宗派，而是一个大宗中包孕着两个不同的小宗：王、杨专攻五律，卢、骆则长于七言歌行；王、杨的贡献在建设五律，卢、骆的贡献则在改造宫体诗；王、杨主要影响沈（佺期）宋（之问），卢、骆则主要影响刘（希夷）张（若虚）。

三

从不同的角度多元研究，在广阔的范围内综合探讨，这是闻一多古典文学研究的又一重要方法。

闻一多深知，文化现象不是孤立的。对古典文学的研究，也不能仅仅停留在个别的比较和"最基础""最下层"的诠释词义、校正文字阶段。"文学是时代精神的反映。""研究文学史必须将某一时期或时代当作一个人来研究，观察它的共同精神而寻求它在文艺上的反映。"因此，虽然他入手的方法是正统乾嘉学派的小学考据和历史考据，是具体、个别的研究或比较，但所趋向的却是在广阔历史文化背景上的综合性探讨和不同角度的多方面研究。他向往的是一个宽广而深远的领域。

闻一多曾经在给臧克家的信里说：

> 你们做诗的人老是这样窄狭，一口咬定世上除了诗什么也不存

---

① 参见郑临川述评《闻一多论古典文学》，重庆出版社 1984 年版，第 67—72 页。

在。有比历史更伟大的诗篇吗？我不能想象一个人不能在历史（现代也在内，因为它是历史的延长）里看出诗来，而还能懂诗。

我始终没有忘记除了我们的今天外，还有二三千年的昨天，除了我们这角落外还有整个世界。

他因为觉得"窄狭"，便转向历史，转向中国文学史，转向"这角落"外的"整个世界"。所以，他的历史课题要伸到历史以前，去研究神话；他的文化课题超出了文化圈外，在研究以原始社会为对象的文化人类学；为了寻求训诂的源头，他要进到语史学的领域去研究甲骨文和钟鼎文；甚至还研究弗洛伊德的心理分析学和唯物史观。他要在这广阔的基础之上建筑中国文学史，他要在文学与当时乃至历史的民俗、哲学、宗教、艺术、神话传说或其他意识形态的联系中去综合考察，并力图从总体上、宏观上去把握和说明。

于是，对于《周易》，闻一多不仅看到了它与诗的关系，认为从文艺的眼光去看，它乃是一部包含"人生小镜头"的书；而且还在《周易义证类纂》中，"以钩稽古代社会史料之目的解《周易》"，依社会史料性质分类录出其中"有关经济""有关社会"和"有关心灵"等项的事类，从而逐步和新史学界关于中国古代社会的研究接近起来了。

对于《诗经》，他运用民俗学、社会学等文化史方面的知识来研究，取得了卓越的成绩，这是众所公认的，如前述《诗新台鸿字说》《说鱼》及训诂、考据方面的《诗经新义》《诗经通义》等。闻一多认为《雅》可以看作"政治诗""社会诗"，《风》则可以看作"风情诗"。在《风诗类钞》里，他明白地提出，从来读《诗》不外经学的、历史的、文学的三种读法，而他的这部著作则是采取"社会学的"方法，略依社会组织的纲目将《国风》重新编次为婚姻、家庭、社会三大类目。他觉得这种把风诗当社会史和文化史料的读法，对于文学的欣赏只是帮助而无损害。他还希望运用考古学、民俗学以及语言学等研究方法"带读者到《诗经》的时代"，从而缩短时间的距离。

在《楚辞》的研究中，闻一多充分注意到这样一个特点：楚人地处蛮夷，"不与中国之号谥"（《史记·楚世家》），其俗"隆祭祀、事鬼神"（《汉书·郊祀志》下）、"用史巫"（《汉书·地理志》下），故以屈原作品为代表的《楚辞》和楚文化具有鲜明的地方色彩和巫术文化的神奇浪漫情调。他认为，古代华夷杂处，生活习俗大抵相近，在物质文明方面，夷人固然较汉人落后，但他们的宗教信仰却远比汉人的为深。到战国时代，夷人宗教思想的华化有了新的发展，这反映到文化上，便开放出了三朵奇花：哲学方面有庄子，科学方面有邹衍，文学方面有屈原。因而，他们也都在各自的领域内包含了当时的宗教观念即神仙思想。庄子《逍遥游》《大宗师》等篇，都有关于神仙的理想描写。整部《楚辞》作品，更充满着不少的神仙思想。所以，应当用宗教观点来解释文字，应当联系神仙思想来研究《楚辞》。在闻一多看来，《楚辞·招魂》篇的构思、《远游》篇的作意、《离骚》中所写的"求女"等，都与宗教思想、神仙观念有关。要读懂《离骚》，首先就要"明了它的时代背景，也就是仙真人诗盛行的时代"；"研究《楚辞》，如果同古代的神仙思想联系起来，一定会有不少新的发现"①。还有对《楚辞·九歌》的研究，由于他"于神话有癖好，对于广义的语言学（philogy）与历史的兴味也浓"，对新史学的译著也有了初步的接触（如摩尔根的《古代社会》、恩格斯的《家庭、私有制和国家的起源》等），对古代诗歌、乐舞、戏剧、艺术的起源和发展素有研究，同时又吸取了人类学、社会学中关于原始社会以及宗教、神话的知识，所以他对《九歌》也有独特的见解。在《什么是九歌》一文中，他把"神话的九歌""经典的九神"与"楚辞的九歌"分别加以分析，对"九神的任务及其地位""二章与九章"的关系进行具体说明。从中指出："神话的九歌，一方面是外形固守着僵化的古典格式，内容却在反动的方向发展成教诲的'九德之歌'一类的九歌，一方面是外形几乎完全放弃了旧有的格局，内容则仍本着那原始的情欲冲动，经过文化的提炼作用，而升华为飘然欲仙的诗——那便是《楚辞》的《九歌》"；并且认为这《楚辞》的《九歌》乃是"一种雏形的歌舞剧"（并见《九歌古歌舞剧悬解》《文学的历史动向》等）。这些论述表明，尽管他的某些观点还不无可商榷之处，但他对《九歌》的探讨，却确乎越出了文学的疆界，而入了历史、文化的广阔范围；同时，在内容的解释和表达方面也都有了新的尝试。

关于闻一多的神话研究，朱自清曾有过这样的分析："他的神话研究，实在给我们学术界开辟了一条新的大路。关于伏羲的故事，他曾将许

① 郑临川述评：《闻一多论古典文学》，重庆出版社1984年版，第46—55页。

多神话综合起来，头头是道，创见最多，关系极大。"① 又说，他研究神话，"是将这神话跟人们的生活打成一片；神话不是空想，不是娱乐，而是人民的生命力和生活力的表现。这是死活存亡的消息，是人与自然斗争的记录，非同小可"。② 的确如此，在那篇著名的《高唐神女传说之分析》中，他运用民俗学、训诂学、音韵学等学科的知识，对这一传说作了系统、综合的研究。最后得出结论说，楚之先妣高唐、夏之先妣涂山氏、商之先妣简狄乃或周之姜嫄，最初都出于一个共同的远祖（当然是女性），而她们都是这远祖的化身。我们不妨将她们各人的许多故事合起来，当作一个人的故事看；而关于她们的一系列传说以及与之相关的朝隮、朝云、美人、虹一类的概念都出自上古农业时代人类的祈雨行为。这样，不仅将那些零零碎碎、看似互不相关的传说都联系起来，融成了一个庞大的传说系统，为科学地研究上古神话传说和屈宋辞赋带来了便利；而且也拂去了许多神秘的、模糊的色彩，打破了汉儒制造的灾异论，阐明了上古社会的生活和人类创造神话传说的实用目的。此外如《伏羲考》《龙凤》《姜嫄履大人迹考》等研究神话传说的文章，也都是为探求原始社会的生活，为探求"这民族、这文化"的源头而写作的。

正因为闻一多对中国古代文学有如此广泛、深入的综合性研究探讨，所以他的文学史观也是一个极其宏阔的体系。虽然，他积十余年来的研究成果，至 1943 年始成《中国文学史》初稿，可惜未及整理付梓就殉难了，但是，我们从现存那份题名为"四千年文学大势鸟瞰"的珍贵资料中可以得到这一看法。他将四千年的文学史概括为四段八大期：第一段是"本土文化中心的抟成"（一千年左右），第二段是"从三百篇到十九首"（一千二百九十一年），第三段是"从曹植到曹雪芹"（一千九百一十九年），第四段是"未来的愿望——大循环"。朱自清解释说"大循环"指回到大众。第一、第二大期是本土文化的东西交流时代，之后是南北交流时代。这中间发展的"二大原则"是"外来影响"和"民间影响"，而最终的发展是"世界性的趋势"——"这就是闻先生计划着创造着的中国文学史的轮廓"（均见《闻一多全集》卷首《朱序》）。虽然只是一个

---

① 朱自清：《中国学术的大损失——悼闻一多先生》，载《标准与尺度》，北京三联书店 1984 年版，第 10 页。

② 同上书，第 8 页。

轮廓，但却表明了他对四千年来文学发展的整体把握。他没有拘泥于以作家为主或以文体分线标目的分编法，也未束缚于朝代的分期，而是把整个文学发展的过程看成一个有机的整体，把文学与社会其他方面结合起来作立体研究，从而充分显示出闻一多善于挈其要领、全面把握的宏远眼光。

以上是对闻一多古典文学研究方法的粗略概括。由于新的《闻一多全集》还在整理编辑之中，大量的手稿尚未正式公布，本文的这个概括肯定不够全面；同时，不妥、不确之处也在所未免，所有这些都有待进一步的总结和提高。但是，我们相信，对闻一多在古典文学研究方法论方面的先期探索进行总结是有益的。

当然，方法本身并不是目的。闻一多在古典文学研究中的方法创新，是由他自身的思想历程、知识结构、学术向往、研究外象以及他所处的时代氛围等诸多因素所决定的。闻一多是一位杰出的民主战士，又是成绩卓著、独具特色的学者和诗人。他以诗人的资格跨进研究诗的领域，以深沉的爱情之情和"批判""扬弃"（郭沫若语）的态度深入祖国古代文学遗产的总结清理之中；加之他学兼中西，对西方文学艺术有过专门的钻究，对中国古代文学、古文字学、音韵学、民俗学、宗教、哲学以及音乐、歌舞、绘画、篆刻等都有深厚的修养、深切的见解和研究；他幼读诗书，早年赴美留学，回国后先后在一些著名大学的中文系、外文系和艺术学校任教或主持教务。这种种条件，造成了一个伟大的人格和一个不同一般的学者。所以，他的研究就有可能既继承了传统的治学方法，又能自辟道路；既能深钻精研，又能广博宏大；既有丰硕的成果，又有方法论的探索。这事实本身又告诉我们，方法不是孤立的，研究方法的选择与研究对象、研究者主体本身的条件和研究目的等均有联系。因此，与任何轻视方法论的偏见一样，无限夸大方法的作用或盲目选择某种方法都是偏颇的。

原载《湖北作家论丛》第 1 辑，武汉大学出版社 1987 年版

文士的"不遇"与文学中的"士不遇"主题

人们常说，爱情是文学艺术的一个永恒的主题。然而，在几千年的中国古代文学史上，文士的"不遇"①，作为文学所表现的一种普通的生活现象和文人所特有的思想感情，却始终伴随着文学创作。

一

先秦时期，当田野、里巷的青年男女，将其艺术才华倾注于婚姻爱情的生活内容而"相与咏歌、各言其情"之时，"变风、变雅"的作者便在"周室大坏"的社会变动中，创作了古典文学史上第一批反映"士不遇"主题的抒情诗篇。诗人大都是这式微时代的卿士大夫，他们以特有的敏感最先感受到时代的变动，因而伤时忧乱，怨天尤人，一种强烈的生不逢时之情溢于言外。正如吴闿生《诗义会通》所云：《瞻卬》《召旻》之诗，"皆忧乱之将至，哀痛迫切之音。贤者遭乱世，蒿目伤心，无可告愬，繁冤抑郁之情，《离骚》《九章》所自出也"。

到了《离骚》《九章》本身，情深怨重的作者将个人身世命运的感慨，仕途上的穷通与社会的盛衰、时局的安危紧密联系起来，"士不遇"主题便有了更深刻丰富的内涵。《汉书·艺文志》说："春秋之后，贤人失志之赋作，大儒孙卿及楚臣屈原，离谗忧国，皆作赋以风。"荀况《赋》篇有"螭龙为蝘蜒，鸱枭为凤凰"之语，《成相》篇有"嗟我何人，独不遇时当乱世"之叹。屈原之作，反复抒写不容于时的孤愤、寂寞，不得实现理想的怨艾、忧伤，更是古代抒情诗歌中写"不遇"主题

---

① 文士的"不遇"，在中国古代是一种很复杂的现象，但其基本的方面则主要表现为文士在政治仕途上的不顺利。本文主要从这一方面进行论述，其他内容拟另文再述。

的代表性篇章。还有宋玉《九辩》，将一介"贫士失职而志不平"的情绪借秋景秋气加以宣泄，清凄哀怨中既有诗人怀才不遇的慨叹，也有感时伤国的社会意蕴，则是古典文学中以"悲秋"为悲"士不遇"这一抒情模式的先声。

汉魏六朝，"士不遇"主题在频繁不断的战争、时局的动荡与门阀制度压抑庶族寒门的社会现实基础上进一步拓展，十分普通地存在于诗、文、辞、赋等各体文学作品中。且不说自贾谊《鹏鸟赋》《吊屈原赋》以下直至东方朔、扬雄、赵壹、古诗十九首作者、祢衡、王粲、曹植、嵇康、阮籍、刘伶、左思、鲍照等人慨叹身世遭遇，抒写"欲而不得"感受的诗歌辞赋，司马迁《史记》以及刘昼《高才不遇传》中借他人行事以寄作家愤世之事的史传文章，只要读一读董仲舒、司马迁、陶渊明诸人同样以"士不遇"为题的几篇赋作，就可以想见这一时期文人的"不遇"情绪有多么深沉、多么强烈了。

有唐一代，伴随着科举考试、党派斗争以及晚唐以后国运衰微等种种新的社会现象，反映"士不遇"主题的作品则又注入如科场落第、迁谪流贬、时代衰落等新的内容。自王绩自叹"才高位下、天子不知"；王勃悲呼"冯唐易老、李广难封"；陈子昂登幽州台，为《感遇诗》；孟浩然讽咏"不才明主弃、多病故人疏"；李白"长啸梁甫吟""高歌行路难"；白居易被谪江州，琵琶声中，泪湿青衫；李贺"年当二十不得意"，"一生愁谢"；一直到李商隐"向晚意不适，驱车登古原"；温庭筠终身坎坷，借吊古人而伤怀抱……"不遇"主题不仅几乎与整个唐代文学相始终，而且在内容和形式上都呈现出不同的风貌。

宋元明清，以诗文为正宗的正统文学转向衰退，"士不遇"主题又向日趋兴盛的词、戏曲和小说等文学领域扩展延伸。宋词作品中，如柳永［鹤冲天］（黄金榜上），苏轼贬黄州、惠州诸作，辛弃疾［鹧鸪天］（壮岁旌旗）、［破阵子］（为陈同甫赋壮词以寄之）等，或写才子词人科场落第的苦闷、牢骚，或写政治失意者被贬谪、被弃置的惆怅怨懑，都意切情真，每每为人传诵。即便像秦观［满庭芳］"漫赢得青楼，薄幸名存"，贺铸［芳心苦］"依依似与骚人语，当年不肯嫁春风，无端却被秋风误"这类写芳花别情的作品，在一些古、今词论家看来，也不过是"将身世之感打并入艳情"（周济《宋四家词选》），反映作者"仕路崎岖，沉沦下僚的感叹"。①

戏曲之兴，本来就与当时读书人"九儒十丐"的地位有关。士大夫"每每沉抑下僚，志不获展"，"于是以其有用之才，而一寓之乎声歌之末，以舒其怫郁感慨之怀"（胡侍《真珠船》）。因此，《太和正音谱》载杂剧分科，专有"逐臣孤子"一科，元、明、清三代杂剧、传奇、散曲作品里，以屈原、祢衡、王粲、阮籍、陶渊明、李白、白居易、李贺、苏轼等古代文人或怀才不遇或被贬被谪的不幸遭际为题材者，多得难以数计。这些作品，"漫挥笔今今古古"，皆是"夺他人之酒杯，浇自己之块垒"（尤侗《读离骚》第一折）。至于如马致远《荐福碑》借剧中人大声呼号"这壁拦住贤路，那壁又挡住仕途"，宫天挺《范张鸡黍》忿懑不平"凤凰池拦了前路、麒麟阁顶杀后门"，则更是痛快淋漓地斥骂了当时统治集团对知识分子的摧残扼杀，从而引起了无数"不遇"文士的强烈共鸣。在元人杂剧中，"士不遇"主题也常借爱情题材来表现。不少作品一面在描写"儒人今世不如人"，"穷秀才一千年不得发迹"的穷愁命运，一面又在为他们编织着爱情如愿、仕宦成功的美丽花环，以寄托作者自己的理想和对"不遇"文士的同情。

除词和戏曲外，"士之不得志于时而能文章者"，又"著小说以抒其愤"（王钟麒《中国历代小说史论》），当然仕途不遇的主题也每见其中。如蒲松龄自命为"孤愤之书"的《聊斋志异》，吴敬梓"以功名富贵为一篇之骨"的《儒林外史》，以及明清时期一些"不得已借乌有先生以发泄其梁事业"（《天花藏合刻七才子书序》）的才子佳人小说等，都是这方面的力作。

可以说，从最早一部诗集中贤人君子"我生不辰"的愤激号喊，到封建社会最末一位诗人"不拘一格降人才"的理想呼唤，反映"士不遇"主题的文学就有如一道奔腾不息的长河，几千年来一直在我国古代文学的广袤大地上流淌着，并且不断向各种不同体裁的文学领域延伸、渗透，的确构成了古典文学史上一个十分重要的主题和一种普遍的现象。

---

① 沈祖棻：《宋词赏析》，上海古籍出版社 1980 年版，第 95 页。

二

　　"士不遇"主题融会着古代文学对社会、人生、历史、现实丰富复杂的反映与思考，不仅在历代文学创作中大量涌现出来，也在思想性、艺术性方面具有自己的特色和成就，给古典文学创作及其理论、批评带来重要影响，并在一定程度上体现了中国古典文学的某些基本特征。

　　首先，"士不遇"文学表现了一种强烈的关心政治的倾向。

　　在中国文学中，并非完全不能抽取出高度抒情性或唯美性的东西，如梁元帝萧绎便公开提出："文者，惟须绮縠纷披，宫徵靡曼，唇吻遒会，情灵摇荡"（《金楼子·立言》）。然而，中国文学并不全然如此。孔子说"诗可以兴、可以观、可以群、可以怨，迩之事父，远之事君"（《论语·阳货》）；《毛诗序》云"正得失、动天地、感鬼神，莫近于诗"，韩愈宣扬"文以载道"，白居易主张"为君为民为物为事而作"，就都是要求为政治服务的。事实上，中国文学也更多地具有政治性的性格。而"士不遇"主题的创作主体，本来就是一些具有很强政治意识和从政愿望的士大夫文人。他们仕途失意后在作品中所表现的也往往都是与政治相关的内容和不能忘怀现实的思想感情，从屈原到龚自珍，几乎少有例外。因此，在这类作品中，中国文学强烈地关心政治的特点表现得尤其突出。

　　其次，是浓郁深广的忧患意识。

　　政治道路上的失败，对于心怀"兼济天下"之志的古代文士来说，不仅意味着个人理想愿望的破灭，也加深了他们对国家前途、人民命运的忧虑。这种情绪，反映到表现"士不遇"主题的文学作品中，就形成了一种极为浓郁的忧患意识。

　　司马迁说屈原"忧愁幽思而作《离骚》"，"《离骚》者，犹离忧也"。屈原的确是一个忧患深重的诗人。他那种将个人身世、年命之感与国家、人民的前途命运结合在一起的忧患精神，成为中国文学的优良传统，在历来反映"士不遇"主题的许多优秀作品中，都一脉相承地贯注着、充溢着。如积志未酬、"五噫出西京"后的李白，一面在"揽涕黄金台、呼天哭昭王"，一面仍在"中夜四五叹，常为大国忧"。目睹唐王朝盛衰之变的杜甫，"向来忧国泪，寂寞洒衣巾"，"穷年忧黎元"，"忧端齐终南"，更是"无处不可见其爱国忧君，悯时伤乱"（叶燮《原诗·外篇》）。时代的衰颓，国运的危机，则使南宋爱国诗人、词家的作品中，浸透着一种融社会政治、人生忧患为一体的忧患情调。如本有出将入相之才的辛弃疾，"少年不识愁滋味，为赋新词强说愁"，可是，在南宋竟被弃置不用达二十年之久。这长期积郁的精神苦闷，一旦伴随着他那热烈跳动的爱国情思迸发出来，便形成了一种感人最深的忧患感："追往事，叹今吾，春风不染白髭须。却将万字平戎策，换来东家种树书"；"了却君王天下事，赢得生前身后名，可怜白发生！"

以屈原辞、李杜诗、稼轩词等优秀作品为代表的这种深广浓郁的忧患意识，与他们热情关心政治现实的精神相联系，不仅表现了古代作家对人生理想、生命价值的坚定信念和追求，体现着文学对社会的责任感和使命感，也使主情、主悲的中国古代文学具有了一种沉雄悲壮的美的魅力。这是特别值得珍视的文学传统之一。

再次，是强烈的抒情性。

表现"士不遇"主题的作品，大多是作者个人和社会现实（特别是和政治）发生"撞碰"后所激起所产生的。作者内有忧思感愤之积郁而兴于怨刺，因而作品中往往具有特别强烈的感情。"变风""变雅"已是火一般激情的诗篇，屈、宋辞赋更是"发愤以抒情"之作，即使是那些以叙事、写景、状物、记人、咏史或书信、序跋之类形式出现的作品，也都染上了作者鲜明的主观感情色彩。如蒲松龄《聊斋志异》，表面上是叙写故事，创造情节，而实则是在谈鬼搜神中寄托深沉的人生感慨，是和着血泪在发愤抒情，继承的仍是"披萝带荔三闾氏感而为骚"（《聊斋自序》）的抒情传统。

最后，是以沉郁悲怨为主要特征的美学风格。

同源远流长、风格多样的中国古典文学本身一样，反映"士不遇"主题的作品的美学风格也不是单一的。这里既有楚辞作品的"朗丽以哀志，绮靡以伤情"（《文心雕龙·辨骚》），也有《古诗十九首》的"蓄精奇于温厚，寓感怆于和平"（鲁迅《汉文学史纲要》）；既有赵壹《刺世疾邪赋》、鲍照《拟行路难》、查德卿［寄生草］（感叹）那样的直露表白、无情指斥，也不乏虽然"忧时闵乱"，感叹幽思，却"无一愤世疾俗语"（陆时雍《诗镜》卷七评阮籍《咏怀诗》）的篇章。总之，所谓"哀而不伤""怨而不怒"者有之，"哀而伤""怨且怒"者亦有之；"放言无惮""径直露骨"者有之，"芳菲凄恻""余味文外"者亦有之；"中和"

者有之,"狂狷"者亦有之,如此等等。

但是,如若我们并不满足于这种表层的比较、区别,而是更进一步透过大量个别、具体的现象,从宏观上把握整个"士不遇"文学的本质或主流,注意从具有代表性的优秀作家作品方面来进行深层的分析、归纳,就一定会发现:由于"士不遇"文学创作主体在价值观念、生活经历、政治遭遇以及审美心理、创作道路等方面都具有相同相似之处,所以他们在反映"士不遇"这一共同主题的文学作品中,也表现了一种大致相同的沉郁悲怨的艺术风格和美学特点。

所谓沉,就是深沉、沉厚、沉重、沉雄;所谓郁,就是浓郁、忧郁、郁怨、郁愤。清人陈廷焯《白雨斋词话》说:"沉郁则极深","不郁则不深,不深则不厚"。我们这里所说的沉郁悲怨,也主要是指"士不遇"文学那种极为深沉、挚厚、浓郁的情感和忧伤、哀怨、悲愤的色调。首先仍然是屈、宋的作品。在《离骚》《天问》《九章》《九辩》等诗篇中,诗人以他们惊采绝艳、难与并能的笔调,抒写对理想的追求,对国家危亡、人民疾苦的忧患,对自己遭贬失职的不平,对黑暗现实的感伤、愤怨,充分表现了沉郁悲怨的风格特色。司马迁以"怨"和"忧愁幽思"评《离骚》,王逸云屈原"忧悲愁思""不胜愤懑",刘勰言"其叙情怨则郁伊而易感",庾信说"屈原、宋玉始于哀怨之深",李白说"哀怨起骚人",杜甫说"摇落深知宋玉悲"等,都无一不是给予沉郁悲怨的评价。

"士不遇"文学这种沉郁悲怨的风格特点,滥觞于"变风、变雅",成熟于屈、宋楚辞。自此以后,便普遍地表现在历代"士不遇"主题的优秀作家的作品中。钟嵘《诗品》品评汉魏以来的许多诗人,都认为有这方面的特点。刘熙载说"太史公文,悲世之意多","古诗十九首与苏、李同一悲慨"。再如,杜甫自云其诗"沉郁顿挫",严羽《沧浪诗话》说柳宗元"深得骚学",陈廷焯说辛弃疾"沉郁苍凉""悲愤慷慨"(《白雨斋词话》卷一),王钟麒说"若马致远,若贾仲明,若王实甫,若高则诚,皆江湖不得志之士,后世诵其言,未尝不悲其志","《金瓶梅》之写淫,《红楼梦》之写侈,《儒林外史》《梼杌闲评》之写卑劣,皆深极哀痛,血透纸背"(《中国历代小说史论》)。这些论述,同作家的创作实际完全吻合。从这个意义上讲,我们以浓郁悲怨为"士不遇"文学的一种重要的共同特色,当是有道理的。而这也正体现着中国古典文学的一个基本特质。

反映"士不遇"主题作品的不断发展及其在思想、艺术上的突出特色和成就，深刻影响了古代文学创作，也给古代文学理论和批评以重要的推动作用。比如，司马迁总结前人的经历和自己的不幸遭际、切身体验，而道出"西伯拘而演《周易》，仲尼厄而作《春秋》，屈原放逐乃赋《离骚》……《诗》三百篇，大抵圣贤发愤之所为作也"这一段千古名言，钟嵘《诗品序》以"楚臣去境，汉妾辞宫"，"士有解佩出朝"等现象，而说"凡斯种种，感荡性灵，非陈诗何以展其义？非长歌何以骋其情？故曰诗可以群、可以怨"，还有桓谭《新论》云"贾谊不左迁失志，则文采不发"，韩愈《送孟东野序》说"不得其平则鸣"，欧阳修《梅圣俞诗集序》说诗"愈穷则愈工"，等等，就主要都是有鉴于"士不遇"文学的创作实际而提出的。

三

表现"士不遇"主题的文学何以会有如此突出的成就和影响，中国古典文学史上为什么会出现如此普遍而持久不衰的文学现象呢？

毫无疑问，从客观上说，这与表现其他主题的文学一样，来源于社会生活。在古代阶级社会里，无论是所谓"明君"之时，还是所谓"昏君"之世，真正的"任贤与能"是难以做到的；小人得势，英俊沉沦，才是那时最为普遍的现象。即使是在封建统治者采取科举考试之类较为开明的措施之时，由于这种制度本身的局限性、主考者的徇私枉法以及录用数额的限制等原因，多数文士也终究难逃名落孙山的结局（如唐代）。无数事实说明，在长期的中国古代社会，文士的"不遇"是普遍的、绝对的。"文士多数奇，诗人尤命薄"的诗句（见白居易《序洛诗》），正生动概括了古代文士怀才不遇、有志难酬的共同命运。这样普遍的社会生活现象，当然会在文学中得到表现，从而使写"士不遇"主题的作品有可能大量产生。这一点是不难说明的。而仅有这种说明也是不够的，我们还应该进一步探讨这一主题产生的心理根源。即从主观方面说明：为什么作为"士不遇"文学创作主体的古代文人，几乎都十分强烈地希望和追求政治仕途上的所谓"遇"，而一旦失意，便会有强烈的"不遇"之感。

这是一个很复杂的问题。它根源于我们民族的文化传统、共同心理状态，而尤其是与在这一传统文化背景下形成的古代文人阶层的人生理想、价值观念等主观因素直接相关。

古代中国宗法式农业社会的深厚土壤，孕育了我们民族以儒家伦理道德为主导的传统文化。这种文化同宗教比较疏远，而对人伦道德高度重视，与政治有着极端密切的关系，表现出一种强烈的政治化倾向。这种政治伦理文化渗透到意识形态领域，使它的各个分支都染上浓厚的政治伦理色彩，而且也对形成中国人主入世、重政务的社会主导心理和古代文人阶层的价值观念体系产生了深刻影响①。

儒家的人生态度，本来就是主张积极入世的。儒家的理想人格，不是那种只求个人精神超脱的"至人""神人"，而是能博施济众、泽加于民的圣贤。儒家认为，既然要积极入世，要对社会实际生活发生作用，就只有走为官入仕的实用政治道路。孔子的高足子夏主张"学而优则仕"（《论语·子路》）；子路更是认为："君子之仕也，行其义也，不仕无义"（《微子》）；孟子亦云："士之仕也，犹农夫之耕也"（《孟子·滕文公》）。同时，儒家又十分轻视体力劳动和科学技艺等，所谓"君子谋道不谋食"（《论语·卫灵公》），"有大人之事、小人之事"（《孟子·滕文公》），这种主张显然又从另一个角度强化了为官进仕的思想。

在这种高度强调为政入仕、轻视甚至排斥其他价值活动的文化传统影响下，"世之论事者以才高当为将相，能下者宜为农商"（《论衡·命禄篇》）。广大文人更普遍形成了做官才是唯一出路的理想、价值观念，他们（无论是以"兼济天下"为己任者，还是以追求个人"势位富贵"为目的者）都十分关注政治问题，都把从政做官这一条道路看得很重。为了实现这种理想和人生价值，他们往往不惜尽毕生精力地奔走追求。徐干《中论·谴交》篇叙述汉末游宦风气之盛说："冠盖填门，儒服塞道，饥不暇餐，倦不获已。"古代文学家中，像《古诗十九首》作者"何不策高足，先据要路津"，曹植《薤露行》"鳞介尊神龙，走兽宗麒麟，虫兽犹知德，何况于士人"这类直率的表白且不说；就是那个在人们心目中最浪漫豪放、傲岸不拘的诗仙李白，也是用了长达二十余年之久的时间在谋求、等待朝廷的任用的。今存《李太白集》中就有不少干谒求荐和倾吐自己功名事业理想的诗文，从中甚至也不难看出他庸俗的荣亲耀祖思想和自鸣得意情绪。

---

① 参见冯天瑜《中国古文化的伦理型特征》，《江海学刊》1986 年第 3 期。

　　况且，对政治仕途的向往、对功名事业的追求，也不独儒生或信奉儒家哲学的文化人。那些标举隐逸，高唱"不事王侯、高尚其事"的老庄一派文人中，实际上就有不少是以"出世"的形式在追求"入世"的实质，在走着以隐为仕的终南捷径的。所谓"身在江海之上，心居魏阙之下"者，并非个别的现象。比如，魏、晋、刘宋是隐逸风尚盛行的时代，可"晋宋人物，虽曰尚清高，然个个要官职。这边一面清谈，那边一面招权纳贤"（《朱子语录》）。潘岳在其《闲居赋》中申言："达齐逸民，名缀下士"，又说："仰众妙而绝思，终优游以养拙。"元好问论诗绝句就讥评说"心画心声总失真"。刘熙载《艺概》说"太白与少陵同一志在经世，而太白诗中多出世语者，有为言之也"。这真是一语道破的。可见，追求仕进、热衷功名，在中国古代的确是一般文士的共同心理和价值取向。李世民见"新进士缀行而出"，忍不住说"天下英雄入吾彀中矣！"这一传言的另一面，正反映出无数文士在政治仕途上趋之若鹜的情形。

　　可是，不论他们有多么美好的愿望，也不论他们付出了多么沉重、辛酸的代价，"不遇"的命运总是要不可避免地降临到绝大多数古代文士的头上。满腔的热情、艰难的奋斗，最终换来的总是白首未仕、沉沦下僚，或失职免官、遭贬被逐的悲惨结局。

　　现实与理想的完全背离，无情宣告了追求的失败、希望的破灭。这不仅导致了古代文士物质生活上的困顿，更给他们造成了严重的精神苦闷和心理失衡。在这种极度痛苦、矛盾、压抑、悲怨、愤懑的境况中，古代文士必然会以其特有的方式去寻求心理平衡和精神解脱。他们或者是在流连自然山水，纵情酒馆歌楼，沉湎琴棋书画乃至在归耕退隐的生活中消融、"忘却"；或者是借文学创作来排遣、补偿，在诗文辞赋中抒发自己的牢骚与不平。而这后一种方式的排遣、补偿又更有普遍性。"文章千古事"，古代文人即便是在仕途不遇后的归隐、躬耕、饮酒生活中，也不忘以文学创作相伴。像"竹林七贤"饮酒、陶渊明归田、谢灵运游山水、柳永出入秦楼楚馆，就都是用诗词创作来倾泄他们政治失意之情、仕进不遇之感的。

　　于是，在传统政治人伦文化影响下，古代文士对于仕途之"遇"的普遍追求——仕途"不遇"的共同命运——文学创作的排泄、补偿：就成为"士不遇"主题之所以普遍产生的基本规律和基本事实。同时，由于表现"士不遇"主题的作品皆是作者有感而作：仕途不遇的遭际、穷困潦倒的生活，使他们对社会现实、政治有更深刻的认识和更真切的感受，有不能自已、不吐不快的创作冲动，从而也使这类作品具有了丰富多彩的思想内容和真实感人的艺术力量，并对历代文学创作、理论、批评和社会欣赏都产生了极为广泛的影响。

　　总之，社会生活中多有"士不遇"之事，作家爱抒"不遇"之情，读者喜读穷而后工的"不遇"之作：这种社会生活与创作者、接受者之间的相互影响、相互作用，就促成了"士不遇"主题在中国古代普遍出现和历久不衰的文学现象。

　　"士不遇"作为一种社会和文学的历史现象，终于随着中国古代社会的结束而结束了。进入"五四"新文学时期，虽然文学作品中也普遍反映了知识分子的"苦闷感"和"孤独感"，但这已经不是封建文人仕途不遇的牢骚不平，而多半是如郁达夫所说的那种"性的苦闷"或"生的苦闷"（郁达夫《断残集·关于小说的话》）。对于现代文人来说，人生价值观念更是一个内涵丰富的体系，入仕做官不再是实现社会理想和人生价值的唯一途径，因而现代文学创作中的这类主题就明显地减少了、淡化了。这对文学本身来说也许是一种不幸，而对于整个社会和文人自己，却未必不是一种历史性的进步。

　　原载《湖北大学学报》1988 年第 4 期"青年教师专辑"，《文史知识》1988 年第 11 期以"文士不遇与'士不遇'文学"为题介绍本文

《春秋》经传与
先秦文史研究

人的发现与文的新变

——春秋时代文学艺术略论

春秋，是我国历史上一个伟大的变革时代。在这个时代里，中国社会从经济基础到上层建筑思想意识形态领域，包括哲学、宗教、道德、文艺、科学、人生政治观念等，都无一不在急遽而深刻地动荡、变化着。社会经济在发展，文化科学在进步，传统观念在动摇，新的思想意识在兴起，奴隶制度在衰落，封建制因素在孕育生成……"总之，一切都在变"①。

而在这一切变化中，人的变化，亦即人的发现、人的觉醒、人的价值和作用的被认识，是最显著、最引人注目的。这种伴随着社会变革而形成的新的时代思潮，不仅反过来对当时的政治、经济产生深刻的影响，成为从奴隶制社会脱身出来向封建制过渡的一种历史前进的音响；同时，也成为文学艺术突破旧的传统，向着新的"人学"领域迈进的一种最为直接的动力和重要标志。

一　人的发现

在我国历史上，人的发现、人的觉醒经历了一个漫长的发展过程。

当人类还是"用想象和借助想象以征服自然力"的原始时代自不待言。那时，人刚刚与动物区分出来不久，生产力水平和知识水平都非常低下，我们的祖先还远不能认识自身的作用和力量，而只能把征服自然的理想与愿望寄托在他们所创造的神话英雄身上。"神"，是原始人唯一的精

---

① 郭沫若：《中国史稿》第 1 册，人民出版社 1976 年版，第 323 页。

神武器，也是原始文学的中心。

随着原始公社的逐渐解体和阶级社会的形成，神话逐渐消失了，代之而起的是人为的宗教。宗教神与神话神不同，它不再是人主宰世界的理想的寄托者，而是被吹嘘为万能的、世间一切事物的宿命的主宰，创造了它们的人却成了只有依赖它们的恩赐才能活着的生物。《尚书·召诰》说："有夏服天命"；《论语·泰伯》说夏禹"致孝乎鬼神"。在商代，人格化了的神（上帝）和神化了的祖先的权威至高无上，一切国之大事都须卜问帝、祖。以上帝、祖先代表身份出现的奴隶主，"率民以事神，先鬼而后礼"（《礼记·表记》），把人间一切征讨、赏罚、祸福、风雨变化甚至人的性命年寿，都说成是上天的安排，人只能在冥冥中无条件地听从神鬼的意志。为了祈求上帝和祖先的助佑，人常常成十、成百甚至成千地因它们的享祀而失去可怜的生命。

到了奴隶制强盛的西周，以周公为代表的统治者虽然从商王朝被推翻的历史教训中多少看到了一点人的力量和作用，对传统的宗教神学作了修正，创立了所谓天人合一的宗教、政治、伦理一体的思想体系；但是，他们也并没有比商代人走出多远。在那时，仍如侯外庐先生所言："天、帝的一般神与氏族宗主的祖先神相配的宗教思想，指导着一切国家大事。连国家的成立，最初也是由于先王受命于上帝的。"[1] 周初人所谓"民之所欲，天必从之"（《尚书·泰誓》），"祈天永命"（《尚书·召告》），其中虽然也有重民的因素，但"天"还是主宰，统治者只有祈求天命才能保持王命。在堂而皇之的礼书、礼器中，"人民"更不过是与"牛马""珍异""六畜"一样同为"货贿"，是只需"匹马束丝"便可换到五个的东西。[2] 总之，在奴隶制相对稳固的时代里，天上最尊严的是上帝，人世最尊严的是"天子"，阴间最尊严的是先祖，真正活着的普通的人是谈不上什么价值和地位的。这种情形，似乎正好可用马克思关于君主政体原则的一句话来概括："总的说来就是轻视人，蔑视人，使人不成其为人。"[3]

在这"使人不成其为人"的时代，神与"半神"似的人主是整个世

---

① 侯外庐：《中国思想通史》第 1 卷，人民出版社 1957 年版，第 81 页。

② 参见《周礼·地官·质人》，《周礼·仪礼·礼记》，岳麓书社 1989 年版，第 39 页；又郭沫若《中国史稿》之《昌鼎铭文》释文，人民出版社 1976 年版，第 259 页。

③ 《马克思恩格斯全集》第 1 卷，人民出版社 1973 年版，第 411 页。

界的主人。在意识形态领域内：哲学只是神学的奴婢，独立的哲学在神学的膝下抬不起头；"文学"只是鬼神和圣者的言行录，真正的文学在宗教神学的母胎内迟迟未能诞生出来。充斥于《商书》《周书》中的，不是万能的上帝，就是神灵的祖先，或者代表帝、祖的天子和半神半人的圣者王臣。雍容典重的《颂》诗，也不过是"美盛德之形容，以其成功告于神明者也"（《毛诗序》），如刘大杰先生所言，它们"在艺术的功能上正履行着宗教的使命"[1]。商至西周中期以青铜工艺为中坚的工艺美术，也无不显示出一种庄严、神秘的风格，"充满着宗教的色彩"，"以'神'的面目笼罩人的心灵"[2]。

人的问题，以及由此而发生的所谓"文学是人学"的问题的提出，只有在天命神权连同它赖以生存的经济基础和社会制度一起动摇、崩溃的时代，才有可能。

历史缓慢地推进，这个时代终于到来了。先是西周末年，伴随着"周室大坏"的社会动荡而兴起的"怨天尤人"（人，是指上天在地上的代理者）的思潮；接着便是本文要说的春秋时期。

春秋时期，铁器被相当广泛地运用到各个生产领域。铁器的普遍应用，使生产条件得到改善，社会生产力因之有了大的提高。这也就带来了人和自然关系的重大变化：人在征服自然中显示了前所未有的积极力量，人在自然面前由被动逐渐转向了主动。在周王室的公田之外大量的私田也出现了，一些诸侯和卿大夫为这种新的生产前景所吸引和为贪得更多私有财产的心理所驱使，敢于凭借人的力量去与"受疆土"于皇天的周天子争夺公田。随着这种争夺的加剧和土地私有制的不断发展，奴隶主公田上的奴隶制集体劳动形式逐渐废弛，新兴的封建制因素逐渐生长，春秋社会意识形态领域也发生了巨大变化。一场以人的问题为中心，以重视人、肯定人的价值的人道思想为理论武器的思想解放运动在当时的社会中形成了。

这时，传统的天道鬼神观念、殷周以来谁也不敢亵渎的上帝和祖先神的绝对权威都动摇了。据《左传》记载，如虢史嚣、卫定公夫人、郑子产等人，不仅提出了神"依人而行"（庄公三十二年），"无神何告"（襄

---

① 刘大杰：《中国文学发展史》上册，上海古籍出版社1982年版，第38页。
② 张光福：《中国美术史》，知识出版社1982年版，第30、21页。

公十四年），"天道远，人道迩"（昭公十八年）的观点；薛士伯甚至还敢于宣布信鬼神是欺诬人的蠢事，他说："薛徵于人，宋徵于鬼，宋罪大矣。且已无辞而抑我以神，诬我也（定公元年）。"春秋思想家这种思想的闪电，刺破了奴隶制社会的黑暗长空，给了奴隶主专制和否定人本身存在的宗教神学以沉重的打击，为人的发现照亮了道路。

春秋人在征服自然和变革社会的实践中看到的是自身的力量，而不是上帝和鬼神的威灵。上帝"只是幻想的太阳"，人才是有意志、有能力的主宰，人应该而且能够摆脱幻想，"围绕着自身和自己现实的太阳旋转"！[①] 于是，人的地位和作用的问题便在实际上被提出来了。过去认为吉凶祸福全由鬼神决定，现在却有人断言："吉凶由人"（僖公十六年），"祸福无门，唯人所召"（襄公二十三年）。从前绝对认为是上帝祖先在主宰万物、治理人间，而今有的人则提出了"夫民，神之主也"（桓公六年），"国将兴，听于民，将亡，听于神"（庄公三十二年）的见解，把人神的关系颠倒过来了。吴季札说"君子务在择人"（襄公二十九年）；晋士文伯认为"政不可不慎也。务三而已：一曰择人，二曰因民，三曰从时"（昭公七年），干脆就把上帝鬼神从"政"中摒弃了。他们讲的都是人的作用和对自然规律的利用，认识到了人才的重要。而治政"择人"，推贤荐能，差不多成了当时的社会风尚。如晋祁奚荐贤（襄公三年），子产择能而使（襄公三十一年）等，都是流传至今的荐贤重能的佳话。鲁襄公二十六年，蔡声子与楚令尹子木论楚材晋用，更是从理论和实践的结合上论述了用人的重要，把国家的兴亡盛衰完全归结到有无贤才和用才是否得当上，作出了"无善人，则国从之"的论断。到这时，即便是君主一类的人物，也认识到了人的重要。至于把战守胜负的原因归于人心向背这一点，更是文臣武将和一般人民的普遍认识了。这种情景给后人留下的印象是十分深刻的，如《吕氏春秋·求人》就很明确地说过："观于春秋，自鲁隐公以至哀公十有二世，其所以得之，所以失之，其术一也：得贤人，国无不安，名无不荣；失贤人，国无不危，名无不辱。"

到这个时代，不少人在思考着如何为人，人如何活得有意义，怎样死得有价值这样重大的人生课题。他们提出了人生在世应该有美的人性、美的精神的做人观点。春秋人不仅在惊叹人的外貌美（如桓公元年称孔父

---

① 《马克思恩格斯选集》第1卷，人民出版社1973年版，第2页。

之妻"美而艳";襄公二十一年说"叔虎之母美","叔虎美而有勇力";
昭公元年说"郑徐吾犯之妹美"),要求人的气质美（昭公元年徐吾犯之
妹择婿，看不中"盛饰、布币"的子晳，而选上"戎服入，左右射，超
乘而出"的子南。因为前者只是一种外在的柔弱的美，与男子的气质不
相称；大丈夫当如子南这样，有勇武潇洒的气度），而且在强调美的人
性、美的品德，在强调外表与内心的一致，即强调以"真、善"为美了。
所以哀公二十七年，愚庸无能的齐庆封乘着一辆"美车"聘鲁，鲁人就
评论说："服美不称，美车何为?"并且还赋"相鼠"之诗讽刺这个表里
不一的人物。昭公元年，楚公子围在虢地会盟，"设服离卫"以君王的服
饰仪仗自我炫耀，自以为"美矣，君哉!"这种名不副实的行为也遭到了
众卿大夫的嘲笑。昭公十四年，晋叔向更鲜明地提出了"己恶而掠美为
昏"的论点。

春秋时人还认识到人有生死、自古而然（昭公十二年，晏婴论"古
而无死"），人生有限（襄公三十一年孝伯曰"人生几何"），懂得了"人
谁不死"（昭公二年郑国子产、十四年晋董安于均有此语）。并且认为人
不能消极地等待着死神降临，人在一生中应该有所作为。襄公二十年，鲁
叔孙豹就曾与范宣子郑重其事地讨论过怎样才能"死而不朽"的问题。
叔孙豹认为人生在世，若碌碌无为，只是享祖传的功禄，即使后代能
"保姓受氏，世不绝祀"，也"不可谓不朽"，而只是"禄之大者"而已。
真的不朽，是生前有所建树，"立德""立功""立言"，能给后人留下值
得师范的东西，"虽久不废"。人生在世，要求有所建树，死后不朽，这
正是人的性灵觉醒，认识到人生宝贵的结果。

生命短暂而宝贵，那就不能马马虎虎地死去。春秋时期不少人的行动
就是如此。襄公二十五年，齐庄公被臣下杀死，有人要晏婴殉君尽忠，这
在以往是没有问题的，可这时晏婴却不这样做了。他说："独吾君也哉!
吾死也?""君民者，岂以陵民? 社稷是主。臣君者，岂为口实? 社稷是
养。故君为社稷死则死之，为社稷亡则亡之。若为己死而为己亡。非其私
暱，谁敢任之?"人要死得其所，"社稷是养"的大臣怎能糊里糊涂地为
"为己死"的昏君去死呢? 晏子这种珍重生命的言行，是在从前的时代里
所不可想象的。后来金圣叹极赞晏婴，说他"斩斩截截，磊磊落落，此
等文字，虽与日月争光可也!"（《圣叹批左传》）吴闿生说晏子这番话是
"精卓不磨之论，可破千古以来专制之朝尊主卑臣之谬说"（《左传微》卷

七）。他们所称赞的都是这种自我尊重，珍惜生命价值，不糊里糊涂去死的宝贵精神。这个时候，不独晏婴这样的上层人物有这样的言行，甚至连家臣仆人一类的下层人物也懂得看重生命的价值了。卫太子蒯聩的家臣戏阳速，应诺为太子杀死太子的母亲而临事不为，致使太子阴谋败露，被君父驱逐出境。太子怨恨戏阳速害了他，可戏阳速却说："太子则祸余。太子无道，使余杀其母，余不许，将戕于余；若杀夫人，将以余说。余是故许而弗为，以纾余死。"（定公十四年）在这里，戏阳速是把自己的生命看得比主人之命更要紧的。

春秋时期，传统的用人殉葬、杀人祭祀制度也成了问题。《左传》记载：宋襄公用鄫子于次睢之社，司马子鱼就抨击说："六畜不相为用，小事不用大牲，而况敢用人乎？祭祀以为人也……用人，其谁飨之？"（僖公十九年）秦穆公死后以子车氏三子为殉，国人即赋《黄鸟》之诗，表示对子车氏三子的哀悼和对秦穆公的谴责（文公六年）。鲁季子作战胜利，始用人于亳社，因事在齐的臧武仲听说后，提出了尖锐的批评（昭公十年）。楚子灭蔡，用蔡隐太子于冈山，申无宇也指责说："不祥。五牲不相为用，况用诸侯乎！"（昭公十一年）

用人殉葬、杀人祭祀，是奴隶制社会的野蛮落后制度。在奴隶制昌盛的西周以前，我们没有看到过对这种残暴行为的非议，到了春秋时代，人们对此却变得难以忍受了。当我们读到《诗经·黄鸟》诗中"临其穴，惴惴其慄"的句子时，就好像看到被殉者身临墓穴时战栗发抖的恐怖之状；当我们读到"如可赎兮，人百其身"的诗句和司马子鱼"用诸淫昏之鬼不亦难乎"的怒骂时，更能体会到当时人们对人的看重和对用人殉鬼的无比愤慨之情。这个事实又说明了时代变革和人的价值的提高。要不，何以昔日成百上千的人被殉葬、被用来祭祀无人吱声，而今一有人死于此，便有愤愤不平呢？春秋末年，孔子连用俑殉葬也不容许，指责"为俑者不仁"（《礼记·檀弓》下），痛斥"始作俑者，其无后乎？为其象人而用之也！"（《孟子·梁惠王》上）郭沫若说："殉葬成为问题的原因，就是人的独立性的发现"（《中国古代社会研究》），这说法无疑是正确的。在人的独立性被发现、人的价值被认识之前，祭祀、殉葬用人的被批判是不可能的。

上述种种事实表明，在《左传》所反映的春秋时代，人的问题在我国历史上的确是第一次被真正地提出来了。要求人的地位、人的独立和重视人的作用、人的价值的思想意识，已经不是个别人物的先觉先知，而几乎成了整个时代的心声，成了一种渗到社会各个领域的时代潮流。

二　文学艺术的新变

春秋时期，这种随着社会生产力发展、社会关系变革而发生的人被发现、人性觉醒的历史变动，反过来又深刻地影响到了当时社会的政治、经济各个方面，特别是直接促使文学艺术突破旧的神学传统，注重现实，面对人生，向新的领域迈进。

在艺术领域，过去那种带着浓厚宗教神权和奴隶主专制色彩的作品逐渐被淘汰；一种新的艺术思潮，随着人的发现、人性觉醒而迅速兴起，鼓励着前进的艺术家们，在艺术实践上表现出一个新的境界，表现出一种生动自然、新鲜活泼的美。

于是，金文、书法已经开始了对美的有意识追求。这种被美学家称为"线的艺术"[1] 的作品，只有到了这个时候，才逐渐脱出它的不自觉时代，由开始的图画形体转而为线着意舒展，由单个的图腾符号发展为长篇的铭功记事、达意抒情，由书史之性质变而为文饰，在笔画上刻意求工（如春秋末年吴、越、蔡、楚等国在作为仪仗用的兵器上镌刻或者错金银的美术字体，或在笔画上加些圆点，或故作波折，或在应有的笔画之外附加鸟形装饰，都十分工整美观）等，明显地表现出对美的有意识追求，从而也突出地发展了它作为审美对象的艺术特性。因此，郭沫若说"中国以文字为艺术品之习尚当自此始"[2]。

青铜艺术，则日益从巫术与宗教的笼罩下解放出来，"脱去神话传统之束缚"，而进入"有自由奔放之精神"的"开放期"[3]。据不少青铜器专家研究，青铜作品自西周后期以来开始有了新的特点，而至春秋时期以及此后的战国时期，则不仅出现了错金银术和鸟虫书体等新成就，而且整个青铜艺术一改商周以来那种静止、庄重、威严、神秘的作风，而表现出

---

[1]　李泽厚：《美的历程》，中国社会科学出版社 1989 年版，第 38—42 页。
[2]　郭沫若：　《周代彝铭进化观》，载《青铜时代·附录》，科学出版社 1957 年版，第 318 页。
[3]　同上书，第 321 页。

一种清新、活泼、富有生活气息的新境界，使现实生活内容和人间趣味渐渐自由地进入了作为礼器的青铜领域。现存故宫博物院的春秋前中期的青铜工艺品莲鹤方壶，就是这种变化的典型物证之一。此壶全身虽为传统花纹，但壶盖周围骈列莲花，以植物为图案，尤其莲瓣中央复立一清新俊逸的白鹤，翔其双翅，单其一足，微隙其喙作欲鸣之状。因而郭沫若评价说："此乃时代精神之一象征也。此鹤初突破上古时代之鸿蒙，正踌躇满志，睥睨一切，践踏传统于其脚下，而欲作更高更远之飞翔。此正春秋初年由殷周半神话时代脱出时，一切社会情形及精神文化之一如实表现。"（《殷周青铜器铭文研究》）美学家宗白华先生也认为，这"张翅的仙鹤，象征着一个新的精神，一个自由解放的时代"[1]。当然，透过这件工艺作品，我们更可以看到春秋艺术家突破传统、向新的境界迈进的艺术追求。

音乐，在这时也随着奴隶制度的"礼崩乐坏"而出现了"新声"。这种来自桑间濮上的世俗之乐、郑卫之音，与传统的古乐、雅乐不同，不再是先王寓政教、通伦理的工具和无关人心痛痒的礼的附庸，而是情动于中而形于声的产物，是人们真实感受的自然流露。它不含政教目的，注重娱乐性，婉转动听，能感动人心，给人以艺术享受。所以，春秋时卫灵公、晋平公这些统治者阶层的人物也能"闻而悦之"。如《国语·晋语八》曾载（晋）"平公说（悦）新声"。《韩非子·十过》及《史记·乐书》更详叙了卫灵公和晋平公同悦新声的故事：卫灵公将之晋，宿于濮水之上，夜"闻鼓新声者而说之"，并召其乐师师涓听而写之。至晋后，晋平公置酒于施夷之台，卫灵公又令师涓援琴而鼓之。师涓奏此新声未终，晋乐师师旷即以其所演奏为殷纣时的"亡国之音""靡靡之音"而止之。但晋平公却希望继续听下去，而对师旷说："寡人所好者音也，子其使遂之。"在晋平公的要求下，师涓最终将这"新声"演奏完毕了。

至战国初年，"新声"蔚为大观，好新声已成为社会风习。如《礼记·乐记》载魏文侯问于子夏说："吾端冕而听古乐，则唯恐卧；听郑、卫之音，则不知倦。敢问古乐之如彼，何也？新乐之如此，何也？"齐宣王更对孟子正言声明道："寡人非能好先王之乐也，直好世俗之乐耳！"（《孟子·梁惠王》下）这些事实都生动地表明，旨在说教、压抑感情的古乐已走上了绝途，只有新鲜活泼、具有真实人情味的新乐、俗乐才能适

---

① 宗白华：《美学散步》，上海人民出版社 1983 年版，第 30 页。

应人们变化了的欣赏趣味。

随着新的音乐的出现，与之密不可分的舞蹈艺术也得到了新的发展和提高。孙景琛在所著《中国舞蹈史》（先秦部分）中就描述说："和雅乐衰落的同时，我们却看到了所谓'桑间濮上之音'的民间歌舞的蓬勃发展，以及主要是在民间歌舞基础上成长起来的女乐、倡优表演艺术的风靡全国。这当然也不是偶然的"；"民间歌舞因和生活的发展紧密结合，日新月异，不断扩大内容范围和丰富提高表现技巧，所以即使遭到一部分人的猛烈反对，也仍然受到包括部分统治阶级成员在内的普遍欢迎"①。

在文学方面，这种变化表现得尤为明显和突出。

首先是诗歌。人们已认识到诗不再是歌颂上帝、祖先或人君政教风化的工具，而是用来言志抒情、表达自己生活感受的艺术载体。诗人们宣称："心之忧矣，我歌且谣"（《诗经·魏风·园有桃》）；"维是褊心，是以为刺"（《魏风·葛屦》）；"夫也不良，歌以讯之"（《陈风·墓门》）。还有《左传》襄公二十七年赵文子所说的"诗以言志"（《尚书·舜典》中的"诗言志"，说是出自尧舜时代，不足信，大体上也应是春秋这一时代的产物），朱自清先生曾高度评价其为中国诗论的"开山的纲领"（《诗言志辩·序》）。这些都说明春秋时期文学观念的重大转变，强调诗歌应当从歌神颂祖的宗教圈子里走出来，歌唱诗人自己的思想情志，反映周围真正实在的现实人生。

与这种诗歌观念的转变同时，诗歌创作出现了一种从所未有的崭新局面。先是"变风变雅"的作者们，在西周自厉王以后这个电闪雷鸣、山呼海啸的动荡时代，谱写了一曲曲饱含时代特征的怨天怨祖的新诗章：

> 上帝板板，下民卒瘅！（《大雅·板》）
> 荡荡上帝，下民之辟。疾威上帝，其命多辟！（《大雅·荡》）
> 昊天上帝，则不我遗。群公先正，则不我助。父母先祖，胡宁忍予？（《大雅·云汉》）
> 昊天不傭（善），降此鞠（极）凶！昊天不惠，降此大戾！（《小雅·节南山》）
> 浩浩昊天，不骏其德！降丧饥馑，斩伐四国。（《小雅·雨无正》）

---

① 孙景琛：《中国舞蹈史》（先秦部分），文化艺术出版社 1983 年版，第 133、148 页。

由抱怨到责难，由责难到咒诅，从来被视为人间主宰的上帝先祖，而今都成了降祸降灾的罪魁，成了诗人笔下怀疑和否定的对象。先祖被怀疑了，上帝被否定了，自然就会进到对人本身的注意：

> 不属于毛，不罹于里。天之生我，我辰安在？（《小雅·小弁》）
> 何草不玄？何人不矜？哀我征夫，独为匪民？匪兕匪虎，率彼旷野。哀我征夫，朝夕不暇。（《小雅·何草不黄》）

人不是老虎，不是野牛，不是"匪民"（非人），一句话，人就是人！在这里，诗人们大声喊出的就是人要做人，被否定者要否定自己的被否定的呼声！

于是，再下去，我们看到的就是春秋时期《国风》民歌对整个人生的全面讴歌了。诸如恋爱婚姻的悲欢，生产劳动的苦乐，家庭亲人的离合，社会生活的贫富，阶级压迫的不平，理想境界的向往，等等，无一不是人的题材、人的主题、人的感情的宣泄，无处不散发着人被发现、人性觉醒的浓郁气息。且看看那些无论从数量上，还是从质量上说都在《国风》乃至整部《诗三百》中占着绝对优势的爱情诗篇吧：

> 关关雎鸠，在河之洲。窈窕淑女，君子好逑。参差荇菜，左右流之。窈窕淑女，寤寐求之。求之不得，寤寐思服。悠哉游哉，辗转反侧。
> 参差荇菜，左右采之。窈窕淑女，琴瑟友之。参差荇菜，左右芼之。窈窕淑女，钟鼓乐之。（《周南·关雎》）

这般朴素无华，这般浅近直率，说不上有多么深刻的思想，说不上有多么高超的技巧，然而却成为脍炙人口的千古绝唱，历来传诵在各式各样的人们中间，不就是因为它表达了人间常有之情，唱出了人们对爱情幸福的自然而然的追求和向往吗！

《关雎》，仅仅是《国风》（也是整部《诗经》）中的头一篇，很像是这部诗集的一支序曲。在它后面，还有许许多多这样优美动人的情歌，如《汉广》《摽有梅》《野有死麇》《静女》《桑中》《伯兮》《木瓜》《君子

于役》《采葛》《大车》《将仲子》《女曰鸡鸣》《蓣兮》《狡童》《褰裳》
《溱洧》《风雨》《鸡鸣》《绸缪》，等等。诗中所写，有青年男女幽期密
约时的尽情欢乐，有邂逅相逢中的喜悦钟情，有姑娘们唯恐耽误青春的直
率表白，有小伙子对情人来奔的希望鼓舞，有"一日不见如三秋兮"的
刻骨思念，也有两口子在一起朝夕相处的和谐欢欣。诗人们就是以这样丰
富多彩、热烈直率的笔调，多方面地表现了异性间的相互爱慕与吸引，描
绘了普通人们恋爱、婚姻生活中的幸福或不幸，构成了国风诗歌的主要内
容和基本特色。

　　人们常说，爱情是一个永恒的主题。然而，《国风》中大量爱情诗篇
的出现却是此前文学史上不曾有过的现象。我们很难想象，在人还是靠着
上帝或先祖的"助佑"而生存，在人心还完全禁锢在天命神学之中的时
代，会产生这样大胆地追求异性，像这样直率地表白爱情的动人诗作。应
该说，《国风》中大量情歌的涌出，就其本来的意义而论，正是春秋人性
觉醒之时代精神的一个深刻表征，而且也是开启后来那种要求突破传统，
要求个性解放的近代文学思潮的。只是由于封建社会正式建立之后，特别
是由于汉儒和宋儒的曲解曲说，才使它失去了本来的光彩。尽管如此，在
漫长的封建时代，当一些主张"吟咏性情"、标榜"性灵"的人们，要为
不被正统观念所容的艳歌情诗辩护时，竟也经常抬出这大言男女之情的
《国风》来（如徐陵《玉台新咏序》、陈玉父《后序》、袁枚《随园诗话》
卷一言王次回《疑雨集》等）。这又说明，春秋诗人注重现实、反映人
生、讴歌爱情、焕发人性的开创之功难以湮没。正是由于他们别开生面的
创作，才开创了中国诗歌史上的新时代。

　　散文方面也是如此。比如同样是收在《尚书》中的文章，产生于春
秋时期的《秦誓》就与以往的殷周文诰完全不同了。《尚书》其他篇章，
几乎每篇必谈上帝天命、先王先祖，每篇都似神道设教的教典。如传为周
公所作的《周书·大诰》，其中就有两处讲"上帝"，三处讲"天命"，
十五处讲"天"，还有数处讲先王、占卜之事，处处都在讲上帝鬼神的巨
大威力。独独这篇《秦誓》没有一点谈到"天"上来。文章非但无一处
有"天""上帝"，甚至连先王先父的字样也没有。两百多字的一篇悔过
誓词，就十几处讲到"人"怎样怎样，几乎没有一句不是说人的问题。
人的价值在这里被提到了最高点："邦之杌陧，曰由一人；邦之荣怀，亦
尚一人之庆。"而作者理想中的"人"也绝不是那些超群绝伦的救世主，

而只是要求"断断猗无他技,其心休休焉"的"一介臣"(从《左传》僖公三十三年、文公二年记载秦穆公爱惜人才的事实来看,《秦誓》所反映出来的秦穆公的爱"人"思想是可信的)。将上帝祖先撇到一边不谈,而不厌其烦地讲人的价值,这种格调,是春秋以前任何一篇誓命文诰都没有的。这也不是一种偶然的现象,而恰恰是人的地位提高、时代变革的反映,"这篇文章的精神代表着另外一个时代"①。

《秦誓》而外,最能体现出这种时代变化的散文作品,就是反映了春秋这一变革时代的重要历史文学著作《左传》。

《左传》出自春秋战国之际的作者之手。从《左传》中,我们不仅可以看到作者有比较进步的社会历史观和政治道德观,而且有一种肯定人、重视人的人道思想。因此作者不仅在《左传》中清楚地记录了春秋时期进步思想家关于天道远、人道近、重人事、轻鬼神的言论,和当时人们尊重人的价值、珍惜自我生命、反对非人性行为的历史情形;同时,他作为一个历史文学家,更是通过对"人"及其活动的描写来反映历史,将现实生活中各种各样真实的人的形象再现于他的作品中,从而取代了以往神、祖先和天子帝王占据的重要地位,给我国古代叙事性文学的形象画廊带来了划时代的变化。

这种情形,也是我国文学史上前所未见的。如前所述,这正是人被发现的时代使然,是《左传》作者认识到人是历史的主体的结果。《左传》作者在时代潮流的推动下,以他深刻的人道思想感情和自己对人的充分认识与观察力,有意识地再现了在当时社会中起着不同作用的各类历史人物形象,构成了春秋社会的形象画图,从而使他的《左传》成为我国文学史上第一部以写人为中心的历史文学巨著,并且成为我国叙事性文学突破旧的传统、走向所谓"人学"领域的主要标志。

总而言之,到春秋时期,无论是文学还是艺术,都出现了划时代的变化。这变化的主要标志就是:文艺终于从天命神学的氛围中走出来了,并且确定了以人为中心,以表现现实人生为主要使命。而这一切,又正是它的时代使然。丹纳说:"风俗习惯与时代精神对于群众和对于艺术家是相同的;艺术家不是孤立的人。我们隔了几个世纪只听到艺术家的声音,但在传到我们耳边来的响亮的声音之下,还能辨别出群众复杂而无穷无尽的

---

① 郭沫若:《中国古代社会研究》,人民出版社 1982 年版,第 132 页。

歌唱，像一大片低沉的嗡嗡声一样，在艺术家四周齐声合唱。只因为有了这一片和声，艺术家才成其为伟大。"① 如果我们说，从那些变化了的文艺作品中听到的只是春秋文艺家的声音，那么，那动荡变革的时代，那时代里思想解放、人性觉醒的巨大潮流，不就是在这些文艺家四周"齐声合唱"的"一片和声"吗！正是因为有了这一片时代的"和声"，才出现了春秋文学艺术的历史性转变，真正揭开了中国文学艺术史的序幕；因此，春秋文艺家也"才成其为伟大"。

原载吉林省社会科学院主办之《社会科学战线》1990 年第 1 期，中国人民大学复印报刊资料《中国古代、近代文学研究》1990 年第 11 期转载，《中国文学研究年鉴（1991—1992）》摘要介绍

---

① 丹纳：《艺术哲学》，傅雷译，人民文学出版社 1963 年版，第 6 页。

《左传》的写人艺术

《左传》是我国文学史上第一部以写人为中心的历史文学著作。《左传》作者不仅在无可效法的条件下，再现了许多历史人物各不相同的性格面貌，使"其性情心术，声音笑貌，千载如生"①；而且在通过刻画人物形象、反映历史的创造性实践中，创造了一系列成功的写人艺术，充分表现了他的艺术才能。

《左传》是以尚实的史笔和形象化描绘的文笔相结合而进行写作的，这在广义的角度上说，和希罗多德的《历史》相通，希罗多德"把严肃的科学内容跟具有高度艺术性的表述方法结合到一起：他的《历史》也正是用散文写成的史诗"②。而具体到究竟是怎样以文史合一的笔法来刻画历史人物形象时，《左传》又鲜明地呈现出中国古典文学艺术的民族特色，另有自己的特点。

一 通过直接描绘人物自己的言行显示人物的个性

茅盾曾经谈到"人物形象塑造的民族形式"的一个特点，"就是使得人物通过一连串的故事，从而表现人物的性格，而这一连串的故事通常都是用简洁有力的叙述笔调（粗线条的勾勒），很少用冗长细致的抒情笔调来表达"③。这实际上就是讲的中国古典文学艺术的固有传统，即艺术上的白描——一切都通过对具体对象的直接描绘，不大借助于其他方面着

---

① 冯李骅、陆浩：《春秋左绣·读左卮言》，常州日新书店 1916 年印行版。
② 卢里叶：《希罗多德论》，载希罗多德《历史》，商务印书馆 1959 年版，卷首。
③ 茅盾：《漫谈文学的民族形式》，《茅盾评论文集》，文化艺术出版社 1981 年版，第 383 页。

色。这个传统在《左传》中已经形成。通过直接描绘人物自己的言行，而不大借助细致详尽的心理描写或作者的长篇议论等，自然显示人物鲜明的个性，同时也"自然而然地流露"作者的倾向，这正是《左传》写人的最大特点。

《左传》作者是一位描写战争的圣手，他不仅能写出战争的性质，示人胜败的原因，反映如火如荼的战斗场面，穿插奇妙有趣的故事情节，而且还特别能通过描写参战者在战斗中的具体行动表现出生动可信的形象来。著名的五大战役（韩、城濮、邲、鞌、鄢陵）以及一些精彩的小战描写，莫不如此。

比如成公二年齐晋鞌之战中"齐高固入晋师"至"三周华不注"的一个场面，在两百多字的篇幅里，作者没有插一句议论，全是让人物自己行动，就绘声绘色、生动逼真地描绘出了这场惊心动魄、艰苦卓绝的战斗，使齐高固的勇而自夸、齐顷公的骄狂轻敌，晋郤克、张侯和郑丘缓的英勇顽强，都栩栩如生，跃然纸上。而作者，也正是在通过人物行动显示他们各不相同的性格之时寄寓了自己的褒贬。

《左传》作者深谙选材与写人的辩证关系，善于在历史人物的全部言行中选择最典型的部分加以描绘，以使人物的性格特征随着他富有特征的行动凸显出来。在这方面，晋文公、齐晏婴、郑子产等人物的形象刻画就很能说明问题。

譬如晏婴，他是当时著名的政治活动家，《左传》作者就通过反复描绘他在有关政治、外交的各种复杂矛盾中的典型行动，而把他的形象留给了后代读者。他是齐公室的忠臣，历仕齐灵、庄、景公三个昏君之朝。当时公室衰微，私门如崔氏、陈氏等相继强大。晏婴想帮助公室振作，但力不从心，处境很困难。襄公二十五年，齐庄公到崔杼家和棠姜幽会被崔杼杀死后，晏婴来到了崔家门外，有人要他殉君尽忠，有人要他流亡或辞职，崔杼则要晏婴承认他的夺权行为。晏婴一方面不满自行讨死的昏君，另一方面又憎恶崔杼的为人，还认为自己是"社稷是养"的大臣，不该为庄公"死""亡"和"归"，但又不能因崔杼的淫威而不顾及君臣之礼。正是在这错综复杂的矛盾中，晏婴采取了他独特的行动：

门启而入，枕尸股而哭，兴，三踊而出。

两天之后，崔杼立景公而相之，庆封为左相，在大宫和国人盟誓，要挟群臣发誓效忠崔、庆，晏婴又不顾威胁：

> 仰天叹曰："婴所不惟忠于君利社稷者是与，有如上帝！"乃歃。

通过这些行动，既表示了对崔、庆的不满，又尽了君臣礼义，还免除了像"私暱"一样为昏君"死""亡"的无谓牺牲。在这里，晏婴勇敢机变、坚毅正直的性格和善于应对复杂矛盾的才能都突出表现出来了。在昭公十年的栾、高、陈、鲍四族之乱中，晏子也采取了与此相同的行动：

> 晏平仲端委立于虎门之外，四族召之，无所往。其徒曰："助陈、鲍乎？"曰："何善焉？"
>
> "助栾、高乎？"曰："庸愈乎？""然则归乎？"曰："君伐焉归？"公召之而后入。

自己的一番言行，就把他坚定地忠于公室而不插足于任何大臣派别之中的性格特点凸显了。读者也不难体会到作者对晏婴的肯定和赞许。

有些人物的行动往往有明显的矛盾，只要对这种矛盾的行为作如实的叙写，就能表现出他的内心深处来。如成公二年记载：楚人伐陈，获夏姬归。楚庄王看中了夏姬。这时楚大夫申公巫臣却公开出来反对说："不可！君召诸侯以讨罪也。今纳夏姬，贪其色也，贪色为淫……君其图之。"于是，庄王没有娶夏姬。后来司马子反欲娶之，申公巫臣又立即劝止说："是不祥也！……天下多美妇人，何必是！"子反听了巫臣的话也不敢要夏姬。可是当楚庄王把夏姬赏给连尹襄老，襄老死后夏姬归郑时，这个极力反对别人娶夏姬的申公巫臣，竟趁着出使齐国的机会，悄悄地跑到郑国把夏姬弄到手，并且为此而背叛楚国，带着夏姬双双逃往国外去了。这段描写，作者未著一言评点，也没有对巫臣作一字心理刻画，而只是把他前后两种完全相矛盾的言行放在一起作了描绘，就撕下了这个"关心别人"的"正人君子"的虚伪面纱。

《左传》中，更有不少人物的性格主要是通过他们自己的语言来直接表现的。例如郑庄公的阴狠而冠冕堂皇、晋庆郑的直心快口、楚费无极的奸诈、楚灵王的狂妄等，就几乎都是"能使读者由说话者看出人来的"。

且看费无极。这是一个谗人典型。他没有动过一次真刀真枪，而数十条人命却死于他的"话"下。《左传》写谗言的不乏其例，如骊姬之谗太子申生（僖公四年）、栾祁之谗其亲子栾盈（襄公二十一年）等。骊姬谋废嫡立庶，是仗宠欺人；栾祁是想遮己丑，故先发制人，其坏都一眼可以看穿。费无极却与此不同，昭公十五年：

> 楚费无极害朝吴之在蔡也，欲去之。乃谓之曰："王唯信子，故处子于蔡。子亦长矣，而在下位，辱。必求之，吾助子请。"又谓其上之人曰："王唯信吴，故处诸蔡，二三子莫之如也。而在其上，不亦难乎？弗图，必及于难。"
>
> 夏，蔡人逐朝吴，朝吴出奔郑。王怒曰："余唯信吴，故置诸蔡。且微吴，吾不及此，汝何故去之？"无极对曰："臣岂不欲吴？然而前知其为人之异也。吴在蔡，蔡必速飞。去吴，所以翦其翼也。"

本来是要借蔡人之手除去朝吴，却向蔡人说成为蔡打算，还要朝吴先以为是为他帮忙；目的达到了，又在楚王面前说朝吴为人不好，去朝吴是为王着想。从这些话里暴露出来的一副谗人面目是何等鲜明！自此以后，他谗太子建及伍奢父子，也屡屡成功。到昭公二十七年他请杀郤宛，更是他奸诈阴险性格的集中表现，请看：

> 无极谮郤宛焉，谓子常曰："子恶（即郤宛）欲饮子酒。"又谓子恶："令尹欲饮酒于子氏。"子恶曰："我，贱人也……无以酬之，若何？"无极曰："令尹好甲兵，子出之，吾择焉。"取五甲五兵，曰："置诸门，令尹至，必观之，而从以酬之。"及飨日，帷诸门左。无极谓令尹曰："吾几祸子！子恶将为子不利，甲在门矣，子必无往！……"令尹使视郤氏，则有甲焉，不往。……遂令攻郤氏，且焚之。子恶闻之，遂自杀也。……遂灭郤氏之族党，杀阳令终与其弟完及佗与晋陈及其子弟。

数条人命丧去，自己却未沾上一点点血迹，被害者也不知到底因何而死。无须作者作一言谴责，其人就从其言中看出了！读者从这形象的描叙中，自然也能感受到作者鲜明的爱憎感情。

《左传》作者还能于同一场合，通过对众多人物简短的对话的叙写，把各人的内心世界展现出来。如僖公十三年记载秦国君臣关于救晋饥荒的一次讨论，子桑、百里和秦伯三人都主张救灾，但动机各异。子桑欲取姑与，是从利害方面计较；百里救灾恤邻，是从道义方面考虑；秦伯说"其民何罪"，是从取得人心方面着想；丕豹主张趁机攻伐，这是狭隘的复仇心理。在这里，《左传》作者记录了讨论的内容、经过和结果，更通过几句对话的叙写，将与会者四人各自的心理和性格特点显现出来了。

二 通过行动细节描写揭示人物内心世界或展现性格发展变化

《左传》的细节描写也是成功的。在《左传》中，作者没有把他的细节描写当成孤立存在的东西，而是让它们与人物性格的刻画紧密结合，使之成为丰满形象、使人物获得真实的生命力的重要因素。

《左传》极善于用细节描写来揭示人物复杂的内心世界。如桓公元年，"宋华父督见孔父之妻于路，目逆而送之，曰：'美而艳！'"这一细节表现华父的好色与存心不良是何等形象！《史记·宋微子世家》写成"督悦，目而观之"，生动性、形象性就逊色多了，所以王若虚评论说："《左传》'目逆而送之'，其言甚文；《史记》乃曰'目而观之'，不成语矣。"① 又如昭公元年，"叔孙归，曾夭御季孙劳之，且及日中不出。……阜谓叔孙曰：'可以出矣！'叔孙指楹曰：'虽恶是，其可去乎？'乃出见之。"以"指楹曰……"这一细节写叔孙怨恨季孙、不愿见他，但又不得不违心去见的矛盾心情，也细致入微。《国语·鲁语下》没有这个细节，而记叙了叔孙自己一大段理论性说白，读之就索然无味。再如，庄公八年，齐襄公见"大豕"的细节，刻画出一个犯罪者内心极度恐慌而外表力作镇定的心理；宣公十四年"投袂而起"的细节表现楚庄王迫不及待要伐宋的神情；哀公十四年"骤顾诸朝"的细节描画陈成子对子我得宠专权的顾虑，都很精彩。

《左传》中揭示人物内心世界的细节描写，特别耐人寻味。而又明显

---

① 王若虚：《滹南遗老集》卷 10（丛书集成初编），中华书局 1985 年版，第 75 页。

优于别的著作的还是宣公四年中的一例：

> 楚人献鼋于郑灵公。公子宋与公子家将见。子公之食指动，以示子家，曰："他日我如此，必尝异味"。及入，宰夫将解鼋，相视而笑。公问之，子家以告。

这段描述，具有浓厚的生活气息，其中"相视而笑"四字，包含了多少内容！二人有言在先，偏偏预言应验，一个得意、自负，一个佩服、惊奇，目光一相接触，岂能不会心地笑出声来。这笑声，使得郑灵公莫名其妙，不得不向子家问个究竟。写笑写得如此有艺术感染力。《史记·郑世家》写作："及入，见灵公进鼋羹。子公笑曰：'果然！'"错倒不错，可含蓄形象的味道几乎全没有了。在这个细节描写之后，"染指于鼎，尝之而出"的细节，表现公子宋因伤了面子、触犯了"尊严"感到羞怒的心理，也是生动不过的。

《左传》作者也常常伴随着人物性格的特征行动来安排细节描写，使人物性格更具体突出。僖公二十八年，卫成公逃亡归来，其弟叔武在国都迎候，作者写了这样一个细节："叔武将沐，闻君至，喜，捉发走出。"通过这个描写，读者可以想见叔武闻君兄归国的高兴情形，人物真诚仁厚的品格也很突出了。又如襄公三年，晋悼公之弟扬干"乱行于曲梁"，魏绛戮其仆示罚。开始悼公不问青红皂白"必杀魏绛"，后魏绛受死，临死前请仆者交书悼公。公读其书，为书中内容所打动，知道错怪了魏绛。这时作者就记叙了一个"公跣而出"向魏绛认错的细节，把晋悼公的"天资易晓"[1]的性格特点生动地表现了出来。再如襄公二十六年，"左师（向戌）见夫人之步马者"佯为不知，"夫人馈之以锦与马，先之以玉……左师改命曰'君夫人'，而后再拜稽首受之"的生活细节，写出了向戌这个大臣的贪婪和阿谀，揭露了春秋时代上层社会中的人情世态。至如昭公四年，表现鲁竖牛的奸诈阴狠，则几乎就是通过两三个细节的简洁描写而刻画的。

好的细节描写还能直接展示人物性格的发展变化。僖公二十三年写晋公子重耳在流亡中离楚后来到秦国：

---

[1] 吕祖谦：《左氏传说》卷7（丛书集成初编），商务印书馆1959年版，第65页。

秦伯纳女五人，怀嬴与焉。奉匜沃盥，既而挥之。怒曰："秦晋匹也，何以卑我！"公子惧，降服而囚。

这段文字，乍看起来只是一段平凡的叙述。实际上这正是作者揭示晋文公性格从贵族公子的任性使气转向成熟有谋的一个转折性段落，这"既挥之"与"降服而囚"两个细节行动，是可以分属于他前后两个不同阶段的。据《文选》卷26《在怀县作》诗李善注引贾逵《国语注》，及《晋语》四韦昭解，"挥"为"洒也"。"既而挥之，即洗毕以湿手挥洒之意，这是贵者对贱者的行为。怀嬴是秦穆公的爱女，要依仗穆公回晋为君的逃亡公子理应对她以礼相待，可重耳却"既而挥之"。这一"挥"，正是重耳踌躇满志的必然结果，可也是他公子习气未脱尽的典型表现。但历尽艰辛的重耳，毕竟与从前不同了，此时他正处在一个转折点上。当怀嬴一声怒喝，忘乎所以的重耳便惊醒了。是啊，"秦晋匹也，何以卑之？"万一她老子翻脸，岂不一切都会倒过个来……紧张激烈的思想交锋，使公子"惧"起来了。这"惧"与前面的"挥"不同，是理智战胜感情，清醒代替忘形的一"惧"，重耳意识到刚才那一"挥"的鲁莽，因此他赶忙"降服而囚"。一场可能临到头上的灾祸免除了！这正是重耳性格成熟、走向一个有名霸主的开端。《左传》这个细节描写是十分重要也是写得非常好的。《史记·晋世家》去掉了这个重要细节，因此，它也不可能如《左传》这样准确地反映出重耳性格的发展变化来。

三 根据人物行事及性格的特点注重人物"出场"或"退场"的艺术描写

根据刻画人物性格及情节安排的需要，注重人物出场亮相和最后退场的艺术处理，这是我国古代民间说话艺术、古典小说创作和传统戏曲创作共同的传统。在《左传》中，作者已经注意到了这种人物"出场"和"退场"的艺术描写，而且取得了很高的成就。

这里的所谓人物"出场"，是指人物在作品中的第一次出现。《左传》作者通常能让人物一上场就进入性格的刻画中。譬如写卫献公。成公十四年记载：

> 卫定公卒，夫人姜氏既哭而息，见太子（卫献公）之不哀也，不内酌饮。叹曰："是夫也，将不惟卫国之败，其必始于未亡人！呜乎！天祸卫国也夫，吾不获鱄也使主社稷。"大夫闻之，无不耸惧。孙文子自是不敢舍其重器于卫，尽置诸戚，而甚善晋大夫。

这只是一个铺垫，人物还没有露面，但通过夫人姜氏、众大夫甚至重臣孙文子等人的哀叹和恐惧的描写，卫献公这个暴君的性格已经给读者留下了印象；并造成了一种使人不得不继续看下去的艺术效果。但人物并未马上出场，《左传》作者按下他即位十几年的行事未提，直到襄公十四年，这个暴主被国人驱逐之前，才真正开始了"出场"的行动：

> 卫献公戒孙文子、甯惠子食。皆服而朝。日旰不召，而射鸿于囿。二子从之，不释皮冠而与之言。二子怒。孙文子如戚，孙蒯入使。公饮之酒。使太师歌《巧言》之卒章。太师辞，师曹请为之，……公使歌之，遂诵之。蒯惧，告文子。

一百多字的一段亮相描写，就把人物无信、无礼、骄横强暴的性格特征写出来了，他之所以为国人驱逐也就很好理解了。

人物一出场，就立刻进到性格刻画中去，在《左传》中当然不只卫献公一例。成公十八年写晋悼公的初次出场也很精彩，才一出场，晋悼公就鲜明地表现出有为贤君的风度来了。还有襄公八年写郑子产的第一次出现，襄公二十六年写楚灵王的登场，也都是与人物性格的逐步揭示紧密相连的。特别是楚灵王一出现，就写他与穿封戌争获郑囚之功，更是"开卷欲使人知围之为人也"[1]。

现在再来看看《左传》对人物"退场"的描写。所谓"退场"，这里指的是人物的死，怎样对待死和怎样去死。《左传》作者很注意着力描写人物的末路，使人物性格在他生命的最后时刻里更突出地显示。这一点作者又往往是带着鲜明的爱憎感情来描写的。诸如楚鬻拳（庄公十九

---

① 韩席筹编注：《左传分国集注》卷11"楚灵之难"条转引刘培极语，江苏人民出版社1963年版，第670页。

年）、晋庆郑（僖公十五年）、楚子玉（宣公四年）、晋景公（成公十年）、晋范文子（成公十七年）、齐庄公（襄公二十五年）、齐庆封（昭公四年）、楚灵王（昭公十三年）、楚郤宛（昭公二十七年）、楚沈尹戌（定公四年）、卫庄公（哀公十七年）等人物的"退场"描写，都达到了较高的艺术境界。

试举范文子、齐庄公、沈尹戌三人的退场为例。

范文子是晋卿，他有着超人的政治眼光和深厚的爱国感情，也有着性格上的软弱性。当时，晋厉公无道，三郤骄侈。范文子忧虑国家的前途。成公十六年，晋楚鄢陵一役中，他始终主张不战，但无一人听从。晋国战胜，他更预感到厉公君臣会愈益骄侈，给晋国带来恶果。因此，他还"立于戎马之前"，劝"君其戒之！"可他深知厉公不会醒悟，而自己又无力挽救国家即将出现的危险，于是

> 范文子反自鄢陵，使其祝宗祈死。曰："君骄侈而克敌，是天益其疾也，难将作矣！爱我者惟祝我，使我速死，无及于难。范氏之福也。"六日戊辰，士燮（范文子）卒。

在无法解脱的矛盾中，范文子走向了"祈死"的道路。在这里，他爱国忧君的感情与性格的软弱性之间的矛盾冲突趋向高潮，最终又得到了范文子式的统一。

齐庄公的末日则是可笑的：

> 夏五月……崔子称疾不视事。乙亥，公问崔子，遂从姜氏。姜入于室，与崔子自侧户出。公拊楹而歌。侍人贾举止众从者，而入闭门。甲兴，公登台而请，弗许；请盟，弗许；请自刃于庙，弗许。皆曰："君之臣杼疾病，不能听命，近于公宫，陪臣干掫有淫者，不知二命！"公逾墙，又射之，中股，反队。遂弑之。

庄公贪色、无耻、怕死的性格特征，在这具体细致的描画中表现得淋漓尽致。作者对统治者的丑恶作如此痛快的描绘，鲜明地表现了他的爱憎和对人生的态度。

与齐庄公的被杀本质有别，也与范文子的祈死不同，沈尹戌的"退

场"则是一出令人感动、催人奋起的英勇悲剧。春秋后期，吴人倔起，楚国"无岁不有吴师"。左司马沈尹戌屡屡劝楚统治者抚民卫国，可楚平王、令尹子常之流醉生梦死，全然不听。到定公四年，吴、蔡、唐三国联军攻楚，沈尹戌定计抗敌，而令尹子常擅自改变计划，战斗失利他又临阵逃跑。结果吴师长驱直入，五战及郢，在这国难当头最能考验人的品质、展现人的性格特征的紧要时候，作者写出了沈尹戌一生的最后一幕：

> 左司马及息而还，败吴师于雍澨，伤。……谓其臣曰："谁能免吾首？"吴句卑曰："臣贱，可乎？"司马曰："我实失子。可哉！"三战皆伤，曰："吾不可用也已。"句卑布裳，刭而裹之，藏其身而以其首免。

就这样，英雄将一腔热血洒到了自己心爱的国土上。他伤后又战，三战又皆伤，直至"不可用"时从容死去。而他的爱国精神和坚强意志至今还闪耀着不灭的光辉。

四 不重"肖形"而力求"神似"以传达出人物最基本的特质风度

谈《左传》的写人艺术，还应该特别谈到它不求"形似"而着重"神似"和它不对人物作简单化、脸谱化描绘的特点。

刻画人物，不只求须眉毕现的肖"形"，而重在画龙点睛的传"神"，这个我国古典文学艺术的共同特色在《左传》中已开始形成。《左传》作者很少写人的外貌，即很少有有意识的肖像刻画。像文公元年令尹子文说商臣"蜂目而豺声"，宣公四年子文说子越椒初生是"熊虎之状，而豺狼之声"，还有昭公二十六年冉竖告季平子说"有君子白皙，鬒须眉，甚口"，季平子知道这必定是陈武子；这些都只是为了辨认，或表明相法的灵验，不是有意识的肖像描写。而宣公二年宋城者讴歌华元、昭公十二年描写严冬中楚灵王从头到脚的打扮这两例，都能让人由外貌想见他们的神情，但这是《左传》中仅见的。作者着力之处是在写出人物的"神"，即描绘出人物片刻中的真情实态，传达出人物基本的特质和风度来。

读者对《左传》中的许多人物，如郑庄公、晋文公、晋灵公、楚灵王、费无极、郑子产等,虽然说不出他们的五官相貌,高矮胖瘦,但人们都能十分容易地讲出哪个人有哪种性格,哪个是哪种类型的人,甚至把他们概括成了不同的典型。这就说明《左传》写人取得了"神似"的效果。在这点上,《左传》中写得最好的恐怕是关于子产的两段文字。这两段文字虽然比较长,但传神入态,读之只觉其短。

其一是昭公二年,公孙黑作乱未果,诸大夫捉住欲杀之时:

> 子产在鄙闻之,惧弗及,乘遽而至。使吏数之曰:"伯有之乱,以国之事而未尔讨也。尔有乱心无厌,国不女堪。专伐伯有,而罪一也。昆弟争室,而罪二也。薰遽之盟,女骄君位,而罪三也。有死罪三,何以堪之?不速死,大刑将至。"(公孙黑)再拜稽首辞曰:"死在朝夕,无助天为虐。"子产曰:"人谁不死?凶人不终,命也。作凶事,为凶人,不助天,其助凶人乎?"请以印为褚师,子产曰:"印也若才,君将任之,不才,将朝夕从女。女罪之不恤,而又何请焉?不速死,司寇将至!"

公孙黑在昭公元年与子南争室,子产患其强大放下未讨,现在公孙黑又想作乱而被诸大夫捉获欲诛,这当然是再好不过的事了。子产闻讯,迫不及待地赶来,使吏数之三罪,又亲自命他速死,声色凌厉,是"何等辣心辣手"![1] 文中连他盛怒的声调、憎恨的心情都摹写出来了。

其二是昭公十六年在"孔张失位"后驳斥富子的一段言论,与上段文字相较,完全"神似",读者只要一读,就知道是同一个人所言。在《左传》全书中写子产的文字特别多,而上举两段最有感染力,令人百读不厌,其原因就在于作者通过这些文字写出了子产的"神",读者从中可以得到一个有血有肉的子产,尽管并不清楚他的相貌装束甚至年岁大小。

《左传》写人,不仅能在较长的篇幅里描绘出人物的内心世界、精神面貌,甚至还有"一字传神"的笔力,试举一例如后:襄公二十八年记载,崔、庆亡后,齐景公赏赐群臣,"与晏子邶殿",外加"其鄙六十",

---

① 韩席筹编注:《左传分国集注》卷10"子产相郑"条转引吴曾祺语,江苏人民出版社1963年版,第532页。

廉洁无私的晏子"弗受"。大夫子尾对此不理解，问晏子道："富，人之所欲也，（汝）何独弗欲?"于是，晏子向他讲了一番道理：人在财富面前要知道适可而止，不要贪得无厌，"足欲"之后就"亡无日矣"。这番话大概对子尾有所打动，这个对别人不贪富感到难以理解的贪夫现在也想学学晏子，以示高雅，作者写道：

> 与北郭佐邑六十，受之。与子尾邑，受而稍致之。

"受"是真心，"致"非本意，但如果一点不"致"，只怕会被晏子看轻了。于是，"聪明"的子尾想出了高招："受而稍致之"，受也受了，致也致了，而致只是"稍致之"表示表示而已，这样"名"利双收，一举而得。在这里，一个"稍"字就将子尾那种贪图财富而虚假自欺的神情丑态暴露无遗，比那些一毛不拔的悭者还令人厌恶。

人是复杂的，人物的思想性格也是复杂的，有时甚至是矛盾的。要写出一个个真实可信的丰满形象，不仅要写出人物性格的基本点、主导面，也要写出他性格的次要点、多侧面，要表现人物性格的复杂性。《左传》作者在对人物行事的连续性描述中，也写出了这样一些丰满的人物形象，如郑庄公、晋文公、楚灵王、卫献公：他们不是黑格尔所反对的那种"某种孤立的性格特征的寓言式的抽象品"，而"每个人都是一个整体，本身就是一个世界，每个人都是一个完满的有生气的人"[1]。

例如楚灵王这个著名的暴君昏主，作者既以许多具体事例详细描写了他横蛮无理、残酷无情、野心勃勃、好出风头的荒唐行为和丑恶品质，无情挞伐了这个一度在楚国政治舞台上唱主角的人物；同时也令人信服地写出他的某些长处。昭公十二年，对楚灵王的"末路"的描写更为深刻。临死时，这个暴虐了一辈子的人竟然醒悟了，甚至还反省了自己的过去，道出了"余杀人子多矣，能无及此乎"的悔恨，而不复存在任何苟且偷生之心，决然自缢死去。这番描绘使人感到，像楚灵王这样的人物，其思想性格也不是单一的、绝对不变的，在他身上，甚至也还有些许人性在。但这样的描绘，并没有改变楚灵王一代暴君的狰狞面目。昭公十三年，在他自杀后，作者又追记了这样一件事：

---

① 黑格尔：《美学》第 1 卷，人民文学出版社 1958 年版，第 295 页。

> 初，灵王卜曰："余尚得天下。"不吉，投龟，诟天而呼曰："是区区者而不余畀，余必自取之！"

楚灵王内心深藏的就是这样的贪欲和野心，他正是不择手段企图取天下为己有的。在这里，《左传》作者终究又让他作为一个可憎的形象留在读者的印象中。

同楚灵王也有他的某些长处一样，在齐桓、晋文这些声名显赫的雄主身上也表现出许多不可避免的弱点。齐桓公为五霸之首，孔子称他"正而不谲"①，后儒赞其"规模宏远"②，其实，《左传》偏偏写了他的德薄才疏、心狠气短之处。最为人称道的晋文公，即位以后常常感情用事，处处计较个人恩怨，直至"睚眦必报"的地步，则得到了更为详尽的描绘。

《左传》的写人艺术是多方面的，我国古典文学刻画人物、塑造典型的许多传统方法都可以在这里找到渊源。除本文上述外，我们还可以谈到：诸如在历史事实的基础上，间或用夸张、虚构和记载奇闻逸事的方法来丰富人物形象；用烘托、他人议论评价的侧面描写手法反映人物面貌；用对比来突出不同的人物性格，等等。这些，都有待于进一步的研究和总结。

原载《华中师院学报》1984 年第 6 期

---

① 朱熹：《四书章句集注》（《论语·宪问》），中华书局 1983 年版，第 153 页。
② 马骕：《左传事纬》，齐鲁书社 1992 年版，第 58 页。

关于《左传》的人物评论

古代关于春秋历史人物的评论，早在先秦时期就出现了。如《左传》及《论语》所载孔子评子产和晋文、齐桓，《孟子》书中评子产及齐桓、晋文、管仲，《荀子》书中评齐桓、晋文、楚庄、吴阖闾、越勾践、管仲、子产、晏子，还有《庄子》《韩非子》《吕氏春秋》中有关人物的评论，等等，都在后世产生过较大影响，也对今天的春秋人物研究具有参考意义。但为了慎重起见，尤其是考虑到对于《左传》成书年代乃至所谓"《左传》学"形成时代的不同意见，本文对我国古代《左传》人物评论的述说，拟从汉代开始。

一 史家传论：汉魏六朝《左传》
人物评论的兴起

在汉代的《左传》人物评论中，西汉史学家司马迁的《史记》，是首先就应提到的。

司马迁在其《史记·十二诸侯年表序》中曾说："鲁君子左丘明，惧弟子人人异端，各安其意，失其真。故因孔子史记，具论其语，成《左氏春秋》。"① 由此可知，司马迁是见过《左传》的。《史记》根据《左传》等所载史料，撰成了吴、齐、鲁、燕、陈、卫、宋、晋、楚、越、郑等《世家》，评价了春秋列国的许多重要人物；又撰列《十二诸侯年表》，表载《春秋》《左传》《国语》中出现的重要人物行事，以供成学治文者"欲览其要"；还专门写有《管晏列传》《伍子胥列传》《循吏列

---

① 司马迁：《史记》，中华书局1982年版。

传》等，对管仲、晏婴、伍子胥等《左传》所载人物予以论叙。其中如评管仲曰："齐桓公以霸，九合诸侯，一匡天下，管仲之谋也……其为政也，善因祸而为福，转败而为功"，并称其为"世所谓贤臣"；评晏婴曰："假令晏子而在，余虽为之执鞭，所忻慕焉"；评伍子胥曰："方子胥窘于江上，道乞食，志岂尝须臾忘郢耶？故隐忍就功名，非烈丈夫孰能致此哉？"均对其人其事给予了充分的肯定，并表明了史公自己的景仰、敬佩之情。

司马迁不仅为《左传》所载春秋人物立传，还以"太史公曰"形式对这些人物予以直接的评价。如《宋微子世家》太史公曰："宋襄（公）之有礼让"；《晋世家》太史公曰："晋文公，古所谓明君也，亡居外十九年，至困约，及即位而行赏，尚忘介子推，况骄主乎"；《楚世家》太史公曰："楚灵王方会诸侯于申，诛齐庆封、作章华台、求周九鼎之时，志小天下；及死于申亥之家，为天下笑。操行之不得，悲夫！势之于人也，可不慎与？"《越王勾践世家》称"勾践苦身焦思，终灭强吴，北观兵中国，以尊周室，号称霸王。勾践可不谓贤哉！盖有禹之遗烈焉。范蠡三迁皆有荣名，名垂后世"。《史记·循吏列传》为楚相孙叔敖、郑相子产、楚昭王相石奢等立传。其太史公曰："孙叔敖出一言，郢市复；子产病死，郑民号哭。"其中记子产曰："郑昭君之时……以子产为相。为相一年，竖子不戏狎，班白不提挈，僮子不犁畔；二年，市不豫贾，三年，门不夜关，道不拾遗……治郑二十六年而死，丁壮号哭，老人儿啼，曰：子产去我死乎！民将安归？"极尽赞颂肯定之词。

西汉末年大学者兼目录学家刘向、刘歆父子，均好《春秋左氏传》。王充《论衡·案书》及桓谭《新论·识通》都有刘向重《左氏》，"童仆妻子，皆呻吟之"，"教授子孙，下至妇女，无不读诵"的记载。故刘向采《左传》中人物故事及其他先秦典籍史料辑成其《新序》《说苑》《古列女传》中的部分内容。如《新序》叙楚相孙叔敖为婴儿之时、卫灵公之时史鳅"以尸谏"、晋大夫祁奚老而荐贤、申公巫臣谋娶夏姬等人事。《古列女传》凡分"母仪""贤明""仁智""贞慎""节义""辩通""孽嬖"七传，其中亦载叙了晋文齐姜、秦穆公姬、楚庄樊姬（《贤明传》）、楚武邓曼（《仁智传》）及陈女夏姬（《孽嬖传》）等《左传》中的人物。

　　刘向之后,东汉史学家班固著《汉书》①,撰成《古今人表》一篇,分别为"上智""中人""下愚"等"九等之序",而其中尤以《左传》人物为多。诸如列入"上智"三等(上上、上中、上下)的管仲、曹刿、宫之奇、百里奚、狐偃、介子推、先轸、弦高、董狐、令尹子文、叔向、季札、子产、晏平仲、齐太史、南史氏;列入"中人"三等(中上、中中、中下)的颍考叔、楚武王、邓曼、楚文王、齐桓公、秦穆公、蹇叔、烛之武、晋文公、晋悼公、祁奚、子罕、行人子羽、伍子胥、申包胥、沈尹戍;列入"下愚"三等(下上、下中、下下)的郑庄公、公叔段、周桓王、齐襄公、公子庆父、卫懿公、晋献公、骊姬、楚穆王(商臣)、齐懿公、晋灵公、陈灵公、夏姬、孔宁、仪行父、宋平公、羊斟、崔杼、庆封、齐庄公、楚灵王、费无极、卫灵公、郑庄公、夷射姑;等等,都是《左传》中很知名的人物。而且,班固根据其"为善""为恶"的标准,将他们分列于三类九等,已经表明了他对《左传》人物的评价态度。

　　班固而外,据南朝刘宋史家范晔《后汉书·文苑传》②,东汉文人刘梁亦曾著《辩和同之论》,评楚灵王"骄淫,暴虐无度",并引《左传》所载孔子语评"臧武仲之智"等。

　　如上所述,两汉的《左传》人物评论,主要是以史家著述中的传、论形式出现的,多半都带有史料的性质。两汉之后,《左传》"至魏遂行于世"(《隋书·经籍志》春秋类序)。晋时,杜预又为《春秋左氏经传集解》,与范宁注《榖梁传》、何休注《公羊传》等"俱立国学"。杜预《集解》,注释《左传》时常有对书中人物的评述文字。如《左传》隐公元年君子曰:"颍考叔,纯孝也,爱其母,施及庄公。"杜预即注曰:"不匮,纯孝也。庄公虽失之于初,孝心不忘,考叔感而通之,所谓'永锡尔类'。诗人之作,各以情言,君子论之,不以文害意。"在这段注文中,就表明了杜预对郑庄公"孝心不忘"的肯定性评价。此外《隋志》还著录魏晋南北朝时人撰的《春秋大夫辞》3卷、《春秋左氏诸大夫世谱》13卷等。这类书籍今皆不传,但据其书名可知是以《春秋左传》人物言辞及世系为对象的专门性著述,显然在西汉研究的基础上已有了进步。

---

① 参见班固撰,颜师古注《汉书》,中华书局1962年版。
② 参见范晔《后汉书》,中华书局1965年版。

二 学人之文:唐宋《左传》人物评论的发展变化

唐代,是"春秋左传学"由总结到转变的重要时期。关于《左传》人物的研究,特别注重的应是孔颖达与刘知几两人。

孔颖达在唐太宗贞观初年主持撰著《春秋左传正义》,根据隋时人刘炫《春秋左氏传述义》,而以大量古代典籍资料疏证杜预《左传》注,其中就有对于《左传》人物的评论之词。如《左传》载郑庄公因颍考叔之言而见姜氏"遂为母子如初"并以"君子曰"赞颍考叔"纯孝",孔颖达《春秋左传正义》在引杜预注文之后即疏之曰:

> 《尔雅·释诂》训"纯"为"大"。则"纯孝纯臣"者,谓大孝大忠也。此"纯犹笃"者,言孝之笃厚也……颍考以有纯孝之行,能锡庄公。庄公虽失之于初,孝心不忘,则与颍考叔同是孝之般类也。今考叔能感而通之,是谓"永锡尔类"也。①

孔颖达在这里就表明了他认为颍孝叔是纯孝、大孝,郑庄公"则与颍考叔同是孝之般类"的认识,从而也同《左传》"君子曰"及杜预注一样,表明了对郑庄公的肯定。

距孔颖达《春秋左传正义》后五十余年,唐中宗景龙四年(710)刘知几的论史巨著《史通》问世。刘知几既是赞扬《左传》超过前人,也是重视《左传》文学性超过前人的人物。《史通》中,《载言》篇言:"古者言为《尚书》,事为《春秋》,左右二史,分尸其职……逮《左氏》为书,不遵古法,言之与事同在传中。然而言事相兼,烦省合理,故使读者寻绎不倦,览讽忘疲。"已充分注意到《左传》写历史与人物"言事相兼"的特点;《叙事》篇分析叙事的四种表述方式,又三引《左传》之文以为范例:

> 盖叙事之体,其别有四:……《春秋左传》言子太叔之状,目以"美秀而文",所称如此,更无他说,所谓直纪其才行者;又如左

---

① 阮元校刻:《十三经注疏》,中华书局1980年影印版,第1717页。

氏载申生为骊姬所谮，自缢而亡，此则不言其节操，而忠孝自彰，所
谓唯书其事迹者；又如……《左传》记随会之论楚也，其词曰"荜
路蓝缕，以启山林"，此则才行事迹，莫不阙如，而言有关涉，事便
显露，所谓因言语而可知者。①

这里，刘知几虽在论"叙事之体"，实际上已是说"写人之法"了。除此
以外，还有《杂说上》说："《左氏》之叙事也……记胜捷则收获都尽，
记奔败则披靡横前，申盟誓则慷慨有余，称谲诈则欺诬可见，谈恩惠则煦
如春风"；《申左》篇说"寻《左氏》载诸大夫词令、行人应答，其文典
而美，其语博而奥，述远古则委曲如存，征近代则循环可覆"。如此等
等，已经是在具体分析论述《左传》描写人物语言性格的艺术方法。其
新见卓识，至今还有启迪作用。

中唐时期文学家韩愈，在其《进学解》中称"《春秋》谨严，左氏浮
夸"，实际上是对《左传》具有虚浮夸大特色的一种认识，在后代颇有影
响。其文集中，亦有《子产不毁乡校》之类文章，评述《左传》人物。
如此文云："我思古人，伊郑之侨"，"既乡校不毁，而郑国以理"，"维是
子产，执政之式"，不仅表明了对春秋贤相郑子产的思慕，更对他尊重民
意、治国有方的才能政绩给予了赞颂。

宋代《春秋》学繁盛，宋人对于《左传》人物的研究评述，也出现
了前所未有的热情和重要成绩。其中如苏轼、吕祖谦等文人学者的《左
传》人物专论的出现，更把《左传》人物研究带入了一个新的层面。

北宋文学家苏轼，虽然没有关于《左传》的专著，但他重视《左传》
及其历史人物，其《文集》中就留下了《论郑伯克段于鄢》《宋襄公论》
《管仲论》《士燮论》《论鲁隐公》《论管仲》《论孔子》《论伍子胥》等
十多篇关于《春秋左传》人物的专题论文②，发表了许多独特的见解。

如苏轼认为："《春秋》之所深讥、圣人之所哀伤而不忍言者三"，其
中之一就是"郑伯克段于鄢，而兄弟之义亡"。但于郑庄克段之事，苏轼
却不简单地指责庄公，而认为"段之祸生于爱。郑庄公之爱其弟也，足
以杀之耳。当太叔之据京城，取廪延以为己邑，虽舜复生，不能全兄弟之

---

① 刘知几：《史通》，辽宁教育出版社 1997 年版，第 51 页。

② 参见《苏轼文集》第 1 册第 3 卷，中华书局 1986 年版。

好，故曰'郑伯克段于鄢'，而不曰'郑伯杀其弟段'。以为当斯时，虽圣人亦杀之而已矣"。苏轼不仅为郑庄公克段辩解，对春秋时期不时出现的骨肉相残现象进行了批评，还对《穀梁》《公羊》二传在郑伯克段一事的评价方面，提出了异议，而对《左传》作者的态度给予了肯定。所谓："《左氏》以为段不弟，故不称弟，如二君，故曰'克'，称'郑伯'，讥失教。求圣人之意，若《左氏》可以有取焉。"

对于宋襄公，苏轼则给予了严厉的批评。其《宋襄公论》云："宋襄公非独行仁义而不终者也，以不仁之资，盗仁者之名尔"，"泓之役，身败国衄，乃欲以不重伤、不禽二毛欺诸侯"，"宋襄公，王莽之流"，并总结说"自古失道之君……未有如宋襄公之欺于后世者"。历来论宋襄公的经学家，多从《穀梁传》"信而有道"立论，苏轼则揭出宋襄公"不重伤、不禽二毛"的虚伪，道出了宋襄公"蠢猪式的仁义"① 本质。

苏轼《士爕论》，评价晋范文子有"将帅之能"，为"社稷之臣"，并认为"范文子之智过于赵宣子（赵盾）也远矣"；而《论鲁隐公》则以为"隐公之智，曾不若途之人"。这些都能从历史人物的实际言行出发，给予比较客观的评价。苏轼对《左传》人物的评论，是《左传》人物评论研究史中的一笔重要财产。

苏轼的同乡、北宋元祐中苏轼曾以贤良方正推荐其廷对的王当，亦著有《春秋列国诸臣传》30 卷。此书所录《左传》记载的列国诸臣 191人，诸如郑颖考叔、子产、子皮、子羽、然明、齐管仲、晏婴、陈桓子、庆封、崔杼、鲁曹刿、阳虎、子路、冉有，楚令尹子文、伯州犁、钟仪、伍举、沈尹戌、伍子胥、费无极、申包胥，晋狐偃、赵成子、臼季、先轸、范武子、赵盾、范文子、韩起、叔向、祁奚、籍谈、赵襄子，秦孟明，周王孙满，宋华元、子罕、向戌，吴季札，越大夫种等，在当时列国政治舞台上有较多活动的贤臣名将乃至庸臣谗侫都包括其中。王当将这近二百人物，按鲁国十二君即位顺序分卷系列，先列出各人国别、姓氏名字，然后各附传赞于后。其赞论文字，因事评人、议论纵横、亦颇有可取之处。例卷七评晋子犯（名狐偃）、赵成子、臼季、先轸、介子推等人之"赞"曰：

从亡之士，若狐、赵之忠烈，臼季之举贤，可谓善始善终者矣。

---

① 参见毛泽东《论持久战》，《毛泽东选集》，人民出版社 1964 年版，第 460 页。

子犯济河而投璧，犹有要君之意焉。此介推所以羞与为比也。成子家国皆让，宜其兴也。先轸勇而有谋，殆《诗》所谓"赳赳武夫"者也。

文字虽不多，却大致道出了晋文公时文武诸臣的某些行事特点。故南宋目录学家陈振孙《直斋书录解题》卷三曾评价王当此书云："所传诸臣皆本《左氏》，有见于他书者，则附其末，系之以赞。诸赞论议纯正，文辞简古，于经传亦多所发明。"王当此书，的确是一部资料丰富且有参考价值的《左传》人物传论。

稍后于王当又有长乐人郑昂的《春秋臣传》30卷，以人类事，凡215人，附名者又39人。从王当、郑昂二书，可见宋人已充分注重《左传》人物的评价，这是将《左传》从编年体改编为纪传体的早期著作之一，当是宋人《左传》评论的新尝试。

与之相类者，尚有北宋末年徽宗之时费枢的《廉吏传》。《四库全书总目》史部"传记类"提要云："盖作于宋徽宗末年……然断自列国，讫于隋唐，凡百十有四人。"费枢在这百余名历代"廉吏"中，也载入了《左传》所记春秋时期列国著名大夫，如郑子产、晋叔向、齐晏婴、秦百里奚、吴季札等。先分时代列一总论，然后分人系一小传，传后亦多系以赞论予以褒贬评价。例如其评晏婴云：

> 晏平仲婴者，莱之夷维人也，事齐灵公、庄公、景公，节俭力行重于时。既为相，食不重味，妾不衣帛……论曰：晏子事齐三君且为相矣，而节俭如此。

先简叙传主姓名履历，再评述其为人"节俭力行"的品行特点，既能将人物有关的重要信息告诉读者，又借以批评了宋代当时的奢侈世风。

南宋初时学者兼散文家吕祖谦，其学"于《左传》最深"，所著关于《左传》的研究著作就有《春秋左氏传说》及《续说》《东莱左氏博议》等数种①。其中《传说》《博议》两种，多从"文"的角度出发，对《左

<hr>

① 参见吕祖谦《春秋左氏传说》，商务印书馆1985年版，《丛书集成初编》第3665册本；《东莱左氏博议》，《四库全书》本。

传》其文及其所载人物发表评论。

《春秋左氏传说》20 卷，当是吕祖谦为门人讲授所作。《春秋左氏传编续说》12 卷，《四库全书总目提要》说是"继《左氏传说》而作，以补所未及"。《传说》及《续说》，随文解义，对《左传》所载重要史事分条发表议论，颇类于散文家的史论。但它们都有一个共同的特点，即充分注意到了对《左传》人物言行的评价论述，是宋代《左传》人物评论的重要成果。如吕祖谦在《春秋左氏传说》卷首之《看左氏规模》一文中说：

> 看《左传》须看一代之所以升降，一国之所以盛衰，一君之所以治乱，一人之所以变迁。能如此看，则所谓先立乎其大者。……所谓一人之所以变迁者，今且举两端而言之：有自善而入恶者，有自恶而入善者。

在这里，吕祖谦是将"一君之治乱""一人之变迁"与"一代之升降""一国之盛衰"同样看重的。在《春秋左氏传续说·纲领》一文中，吕氏更进一步说道："左氏亦是子产、叔向一等人。其记管、晏、子产、叔向事，皆连当时精神写出，深知精髓。若不是此等人品，无缘记得如此精妙。"从这段文字中，可知吕祖谦不仅高度评价了《左传》对管仲、晏婴、子产、叔向等春秋贤臣的着力叙写，而且充分肯定了《左传》作者自身的人格、人品。

因此，吕祖谦在《传说》及《续说》中，对《左传》所载的许多历史人物形象都有深入的分析和可取的见解。如《看左氏规模》中，详析郑庄公及其"克段"之事，对庄公、叔段、姜氏之间的是非曲直，都从道德伦理和《左传》作者的写人技巧方面作了具体论述，评价《左传》"序郑庄公之事极有笔力"，是"以十分笔力，写十分人情"。此外，如《左氏传说》卷一论左氏叙宋华父督弑逆之恶，"邓曼谓斗伯比非众"条论邓曼之贤与斗伯比之智，卷二至卷四论春秋五霸中"桓公为盛""文公度量不广、未到坦然大度处""宋襄本不足以预五霸之列"及论"管仲犹有三代气象"，卷四"秦伯犹用孟明"条赞秦穆公用人能"信之不移、任之不易"，卷六"晋楚战于邲晋师败绩"条评论楚庄王霸业，卷九"吴季札聘列国观人材"论季札"自吴出，见诸国贤者，便倾盖如故，若素相知，以是知贤者同声相应同气相求"，"郑子皮授子产政"条论子皮与子产之政之功，卷 12 "楚费无极害朝吴之在蔡"条论费无极之佞，等等，都有可取之处。

当然，由于时代及思想认识的局限，吕祖谦在《左氏传说》及《续说》中，也发表了一些不符合历史发展客观趋势的见解，如"楚子问鼎之大小轻重"条批评《左传》不见楚庄王"傲然有篡逆无君之心"之大恶，而亦以其为"贤君"，卷 20 "孔文子将攻太叔仲尼对以甲兵之事未之闻"条批评"左氏于定、哀之间载孔子事甚多，其间皆传闻之失实，此以知左氏本不曾登圣门"，等等。

《东莱左氏博议》25 卷，吕祖谦自序称"为诸生课试之作也"，成于南宋孝宗乾道四年，由其门人张成招为之作注。全书凡 168 篇，论事评人，内容十分丰富。其中既有借古喻今、借题发挥之词，也有实事求是、持平公允之论。如卷一"郑庄公叔段"条，评"庄公雄猜阴狠，视同气如寇仇而欲必致之死。岌岌乎险哉，庄公之心与？"已极尽对郑庄公的斥责之能事；而"周郑交质"条，评"平王欲退郑伯而不敢退，欲进虢公而不敢进，巽懦暗弱，反为虚言以欺其臣，固已失天子之体矣"，其说与《左氏传说·看左氏规模》所言"郑庄公为卿士，当用则用，当废则废，何必以虚言欺之？此全失人君之体……则王纲解纽，委靡削弱，因以不振，皆是平王自坏了"相近，又颇与客观事实相符。

稍晚于吕祖谦的程公说撰有《春秋分纪》90 卷，宋理宗淳祐三年（1243）由其弟程公许刊印。此书取《左传》事迹，以史家表志之例分编，凡分年表、世谱、名谱等部分。"其世谱，则王族、公族以及诸臣，每国为一篇，鲁则增以妇人名、仲尼弟子"；"名谱，则凡名著于《春秋》者分五类列焉"，对《左传》所载人物，有所传论。《四库全书总目提要》曾肯定此书的价值说："条理分明，叙述典赡，所采诸儒之说与公说所附序论，亦皆醇正，诚读《春秋》者之总汇也……顾栋高作《春秋大事表》，体例多与公说相同。"

两宋时代的《左传》人物评论，内容丰富，形式多样。除上述诸种文史类著述外，还有一种以《左传》人物行事为题材的赋作，别具一格。如被收入《历代赋汇》中的徐晋卿《春秋经传类对赋》、李宗道《春秋十赋》、毛友《左传类对赋》等即是。

徐晋卿《春秋经传类对赋》，是继北宋初年吴淑《事类赋》之后又一篇以赋为学的大赋宏文，凡150韵，计一万五千言。从篇幅上讲，此赋为历代赋中文字最长者；从内容上看，此赋则罗列了《春秋》经传中的重要人事典实，诚如郭维森、许结先生《中国辞赋发展史》所评，乃是一"艺术化的《春秋》学辞典"。例其赋文云：

> 越椒有熊虎之状（定公四年），伯石是豺狼之声（昭公二十八年）。
> 郑子产善相小国（昭公四年），楚商臣能行大事（文公元年）。
> 郑庄有礼（隐公十一年）、齐襄无常（庄公八年）。
> 虢公无德而禄（闵公二年），楚围不义而强（昭公元年）。
> 宫之奇为人太懦（僖公三年）、阳处父立性过刚（文公五年）。[1]

虽然谈不上有什么形象性或艺术性，但却也表明了作者对《左传》人物的某些认识与看法。李宗道《春秋十赋》中"越椒熊虎之状，弗杀必灭若敖；伯石豺狼之声，非是莫丧羊舌"云云，亦与徐晋卿赋体例近似。

三 专门之学：元明清《左传》人物评论的继续与繁荣

元明清三代的《左传》人物评论，以清人的成就为突出，而一批《左传》人物评论专门著述的出现又是其重要特点。

元人如吴澄《春秋纂言》12卷，"采摭诸家传注而间以己意论断之"，其中即有《人纪》一篇论《春秋左传》人物。

明人陈懿典（字孟常）《读左漫笔》一卷，为其读《左传》时随笔漫记，凡27条，皆就《左传》中有关人物、事迹发表议论。试举其例如：

> 《箕之战》条：先轸曰："匹夫逞志于君而无讨，敢不自讨乎？"免胄入狄师，死焉。狄人归其元（首），面如生。陈孟常曰："不但尔日，千古怒气尚如生也。"

---

① 徐晋卿：《春秋经传类对赋》，载陈元龙编《历代赋汇》卷61，江苏古籍出版社1987年版。

《齐晋鞌之战》条：此段叙事，典赡委宛，而词令俱胜。事多与汉事相类。郤克、张侯之血战，汉高"房中吾指"之喻祖之；逢丑父之脱齐侯，纪信之诳楚祖之；宾媚人萧同叔子之对，"吾翁、若翁"之对祖之。师归而诸将让功，可见春秋人物犹有三代遗意。

《屠蒯》条：谈言微中，是滑稽而讽谏者，大胜后世东方大夫之流。其存智氏于言外，胜优孟之于孙叔敖多矣。①

陈懿典或就某一事而品评人物，或径直就某一人物发表见解，往往也颇为中肯。

还有明末竟陵派代表人物钟惺的《史怀》一书。《史怀》20卷，有选择地评论了《左传》等八部古代史书，其中评《左传》部分，内容颇多涉及对《左传》人物的评论。例如，《左传》庄公四年记载，楚武王伐随，其夫人邓曼曰："若师徒无亏，王薨于行，国之福也。"在这里，邓曼是将军队的安危、国家的祸福，摆在自己丈夫的生命之上的，故《史怀》就称赞说："此社稷为重、君为轻之说，已先孟子看出，何其高识也！"其他如称郑商人弦高用自己的财物犒秦师以救国家之难是"天生妙人、天定妙著"，评邾文公在"利于民而不利于君"的条件下迁都是"知命"，评晋平公能用楚囚钟仪使归求成为"非独妙于观人，亦巧用于人"，评秦穆公用孟明视为"不以成败论英雄，古今惟秦穆一人"，如说"春秋诸霸佐皆不及管仲，而齐桓本质较之晋文、楚庄、秦穆最劣，独以能用管仲胜之耳"，等等，都可见出钟惺对人才的重要性和《左传》人物的认识水平。

此外，《四库全书总目》史部"传记类存目"著录有明刘节《春秋列传》与姚咨《春秋名臣传》。《春秋列传》5卷，取《左传》《国语》所载列国诸臣，类次行事，各为之传。始蔡公谋父，终于蔡朝吴，凡202人；《春秋名臣传》13卷，始周之辛伯，讫于虞之宫之奇，凡148人，传末各附以小赞，大旨与宋代王当《春秋列国诸臣传》相出入。

清代，《左传》人物评论著述丰富，成绩斐然。以下试分三个阶段概而论之。

---

① 陈懿典：《读左漫笔》，《丛书集成初编》第3666册本，商务印书馆1985年版，第2—5页。

1. 清初至乾隆以前的清前期。主要有马骕《左传事纬》，高士奇《左传纪事本末》《左传姓名考》，顾栋高《春秋大事表》，陈厚耀《春秋世族谱》，冯李骅《春秋左绣》等重要著述。

清初著名史学家马骕《左传事纬》12 卷①，是在宋代叶清尘随事类编的《春秋纂类》、章冲《春秋左氏传事类始末》等《左传》纪事本末体基础上后出转精者。《左传事纬》易原书编年体例为叙事，以事为纲，将《左传》所载内容类分为"郑庄小霸""楚武始强""齐桓霸业"至"越勾践灭吴"等 13 题及"郑叔段之乱"等 108 篇，每篇之后又置一篇评论，对所载主要人事予以论断、分析。故读此书能使读者掌握《左传》人物的重要事迹与性格发展的过程，并能了解马骕本人对《左传》人物事迹的见解。

高士奇《左传纪事本末》53 卷②，《四库全书总目提要》认为"此书因章冲《左传事类始末》而广之"。但此书与章冲书以鲁十二公为序不同，而"以国为记"，凡分周、鲁、齐、晋、宋、卫、郑、楚、吴、秦、列国等卷，颇便于掌握列国人物、事件的发展演变之迹。

顾栋高用四十年精力著成的《春秋大事表》50 卷，是清代前期《春秋》经传研究最有分量的著作之一。该书"以春秋列国诸事比而为表"，内容涉及世族世系、政治外交、军事史实、人物等，凡 131 篇。在专门的材料归纳之后，又加以评论。其中如《卿大夫世系表》《楚令尹表》《宋执政表》《郑执政表》《乱贼表》《人物表》《列女表》等，均是《左传》人物研究的成果。如其《人物表》之叙论云：

> 昔班孟坚纂《汉书》，列表十，其终曰《古今人表》。余读之殊苦其不伦……以余观《春秋》二百四十二年，人物号为极盛。无论孔子大圣，垂法万世，即如柳下惠之和圣，季札、蘧伯玉之大贤，亦古今罕俪。而谗佞、乱贼之徒，后之殊形诡状者，亦莫不毕见于春秋之世。无他，国异政则贤否绝殊，世变亟则奸邪辈出也。谨就其中，区其类为十有三：曰贤圣、曰纯臣、曰忠臣、曰功臣、曰独行、曰文学、曰辞令、曰佞臣、曰谗臣、曰贼臣、曰乱臣、曰

---

① 参见马骕《左传事纬》，齐鲁书社 1992 年版。
② 参见高士奇《左传纪事本末》，中华书局 1979 年版。

侠勇，而以方伎终焉。①

从这则叙论文字中，我们即可了解到顾栋高之所以为此《人物表》以及他将 242 年中人物区分为 13 类而各列其中之用意。这其实正是史家的一种历史人物评论方式。《四库全书总目提要》对顾氏此著亦有评价说："然条理详明，考证典核，较（程）公说书实为过之。其辩论诸篇，皆引据博洽，议论精确，多发前人所未发，亦非公说所可及。"

陈厚耀《春秋世族谱》一卷，为补自宋以来湮没不见的晋杜预《春秋释例》中"世族谱"一篇而作，而与顾栋高《春秋大事表》中《世系表》二卷，互有详略，可以相辅而行。故《四库全书总目提要》曰："读《春秋》者以此二书互相参证，则春秋氏族之学几乎备矣。"

《春秋左绣》30 卷②，《四库全书总目》"春秋类存目二"又作《左绣》，为康熙间学者冯李骅、陆浩同编。卷首有朱轼写于康熙五十九年的《左绣序》称："左氏，文章也，非经传也……大率定、哀以后，有绝世雄才不逞所志，借题抒写，以发其轮囷离奇之概云耳。"《春秋左绣》一书，正是从"文章"而不是从"经传"的角度来论《左传》之文及《左传》之人物的。

该书首载《读左厄言》及《鲁十二公说》《周十四王说》等专文。《读左厄言》是冯李骅"专以文论"《左传》文章、文学成就特色的长篇专论，内容既是丰富，文字亦为华美。作者于其"笔法""篇法""作意""叙法"等一一论之，指出了《左传》"极工于叙战""好奇"等许多特点，还高度评述其描写人物的杰出成就说："《左传》大抵前半出色写一管仲，后半出色写一子产，中间出色写晋文公、悼公、秦穆、楚庄数人而已。读其文，连其性情心术，声音笑貌，千载如生。"《鲁十二公说》与《周十四王说》，是两篇评价春秋时期鲁国君主与周室天子的人物论。虽文字简括，却以事论人，能引起读者的联想，回味春秋时周天子及当时诸侯一类人物的性格行事。

2. 以乾隆、嘉庆八十余年为标志的清代中期，关于《左传》人物评论研究的文著很多，这里仅就所见范乙青《春秋左传释人》与赵青黎

---

① 顾栋高：《春秋大事表》，《四库全书》本。

② 参见冯李骅、陆浩《春秋左绣》，常州日新书庄 1916 年印行本。

《读左管窥》予以论述。

《春秋左传释人》12 卷，卷首乾隆五十三年范乙青《自序》云：

> 子舆氏云："诵其诗，读其书，不知其人可乎？"然则欲论事者，首贵知人。人之始未详，即欲论事，而其道无由也……孰谓读《左氏传》者，不当作如是观？
>
> ……自王朝、列国卿士大夫，暨戎狄蛮夷，共得人一千九百有奇。支分派别，编为六卷；复考订王朝、诸侯世次四卷，又辑王后、诸侯夫人下逮臣妇为一卷，传中称引之古人为一卷，名之曰《春秋左传释人》。举二百四十二年之人，逐一覆定……从事《左氏春秋》者，流览乎此，传中之人无一不悉其本末，夫而后因人以论事，即事以征义，默会乎左公之微言，以折衷《春秋》之大旨，庶乎立言有本，不至流为空疏、浮滑之谈。①

在此序中，范氏不仅概述了此书的内容、体例，还说明了之所以要撰此"释人"之书的用意缘由，提出了"欲论事者首贵知人""因人以论事"的读史治史观，充分表现了对《左传》人物的重视。此书以"释人"为主旨，全书在先列"世系图""年表"之后，分卷依次释"王朝世次"（周平王以下十四王）以及"诸侯世次""小国世次""王朝臣考""诸侯臣考""小国臣考""戎狄臣考"及"妇人考""古人考""同名考"，共得 1900 余人。全书体例严密，排列条分缕析、纲举目张，俨然成为一道《左传》的人物长廊。对于列入书中的人物，自周王、诸侯、大夫乃至妇女等，大都撰有一段长短不一的说明文字，简介其姓名、出身、履历及行事功过，其中亦不乏中肯的见解。例如其评晋悼公：

> 晋悼公名周，襄公曾孙，出在周。成十八年，栾书等迎而立之，年十四岁。即位之初，用人行政，国运一新。是年韩厥为政。襄元年，为宋围彭城，取其叛臣五人以归。四年，听魏绛之言和戎。七年韩厥请老，知罃为政。十年、十一年，合诸侯，三驾伐郑服楚不敢争，霸业复振。君明臣忠，下和上让，其气象规模，视文公尤为正

---

① 范乙青：《春秋左传释人》，北京图书馆分馆藏如不及斋藏版本。

大。十三年，荀偃为政，废新军。十四年，会诸侯伐秦。十五年卒。
在位十五年。今黜宋襄公，进为五霸之终。（卷二《晋世次》）

在这篇仅百六十余字的文字里，简介了晋悼公的名氏出身及用人行政、复
振晋国霸业的主要事迹，给晋悼公以高度评价，使之列为"五霸"之数。
这与他在该书卷首《凡例》中论五霸，桓公为盛，晋文、秦穆、楚庄尚
属振拔有为之主，而宋襄公"以贪鄙之才，行暴虐之政"，不当列五霸之
伍的认识是一致的。又如卷八《郑世次》论子产，在近二百字的篇幅中，
系统而简明扼要地道出了子产的身世与内政外交之功绩，评价其"生平
事大睦邻，敬君爱民，用人行政，美不胜书，列邦贤人如季札、叔向、晏
婴，无不倾倒"，赞之为"春秋二百四十年名卿中一人而已"。其他如卷
11 将从晋文公重耳之亡中诸女性季隗、姜氏、怀嬴等均纳入评论范围，
且赞齐女姜氏"与子犯谋醉文公而遣之真可谓女中之雄"，表明了对妇女
及一般人物的注重。

《读左管窥》① 为乾隆时学者赵青黎晚年所著。该书共 51 篇，其中以
论《左传》人物为题者，即有《鲁隐公论》《桓公论》《五霸论》《鲁三
家论》《郤至论》《子产论》《晏婴论》《定公论》等 30 余篇，占五分之
三强。赵青黎在评论《左传》人物之时，常持传统道德伦理与尊周室正
统观念。如斥初图霸业的郑庄公为"奸人之雄"，直呼"郑寤生敢于无
王""不诚为万世之罪魁也与"等，显然可见出其思想认识的陈腐。然而
在另一方面，却又往往有较为通达、开明之处，其中尤以对郑子产推行政
治改革措施的肯定最有代表性。如子产铸刑鼎以成文法治国的行为古时学
者多持批评意见，赵青黎《子产论》则既称赞子产是"春秋第一流人，
其美不胜述"，也充分肯定他"铸刑书"乃至"作兵赋""不毁乡校"的
行为，是"将以儆夫族大宠多者也"，而非以"威民"，并指出叔向贻书
子产责其铸刑书之过是"其不知子产实甚"。

道光以后的清代后期及至晚清近代，对《左传》人物进行研究评论
的专门文著并不多见。但近人吴闿生《左传微》等书仍值得注意。吴闿
生系清末桐城派古文家吴汝纶之子，《左传微》为吴氏与其同学刘宗尧

---

① 参见赵青黎《读左管窥》，《丛书集成初编》第 3713 册本，商务印书馆 1985 年版，第
2—5 页。

（培极）合著。是书划分章卷，以马骕《左传事纬》为蓝本而稍为之更定。马氏"以事为主"，此书"以文为主"，要在发明《左传》"微言"。全书分为 12 卷 108 篇，多是以人物行事命题，如"郑共叔段之乱""齐桓之霸""晋惠之入""晋文之霸""郑穆公之立""楚商臣之变""楚庄之霸""宋子罕之贤""吴季札让国""子产相郑""楚灵之难""晋祁氏羊舌氏之亡""孔子用鲁""勾践灭吴"等，显然是"以事类人"的。这一点，从吴氏各篇名之下的题注中更可见出，试举其例，例如：

> 《郑共叔段之乱》：此篇以诛庄公不孝为主；《晋文之入国》：此篇讥晋文之无大志；《秦晋之争》：此篇以穆公之霸，能用孟明为主，烛武、弦高、先轸，皆映带生色处；《子产相郑》：以"古之遗爱"为主。

吴氏从错综复杂的历史事件中，往往能"因人以论事"，着重分析《左传》作者对史事之主体——人物的言行品性及性格特点。

卷首所录《与李右周进士论左传书》中，还深入论述了《左传》叙事写人之成就与艺术特点。如云：

> 《左氏》之意易测耳，凡其所推崇褒大者，皆必有所不足，其所肆情诋毁者，必有所深惜者也。一言以蔽之，曰"正言若反而已矣"。是故齐桓、晋文、秦穆、楚庄之盛，而《左氏》皆有微词；至于宋襄，顾独若有所推重者。……以此推之，则知所尝诋毁，如子玉、先縠、贾季、郤至诸人，皆其所甚惜者也；其所尝褒美，如郑庄、宣孟之徒，皆其所深诃痛斥而极之于不堪者也。①

由此可知，吴闿生论《左传》的确是以探索《左传》作者借历史事件叙写人物形象之用意为主。故此其《左传微》一书批注，往往以分析书中人物品性为多。这是研究《左传》文学成就者尤其应予以注意的。

另据陈垣、王重民等编著《清代文集篇目分类索引》（中华书局 1965 年版），清代学人论《左传》人物的文章，尚有俞樾《左氏春秋传以成败

---

① 吴闿生：《左传微》，黄山书社 1995 年版，第 13 页。

论人说》、钱兆鹏《鲁隐公论》、龙启瑞《隐公论》、张履祥《文姜说》、钱保塘《孔父称名辨》、张宗泰《臧文仲考》、李绂《楚商臣论》、王士禛《宋公子鲍论》等。

　　属于传统文史研究范畴的中国古代《左传》人物评论，成绩是明显的。同时，其理论的缺乏和专门系统的成果不够，也是明显的事实。然而，古代的《左传》研究者们，毕竟提出并实际进行了关于《左传》的人物评论，为后来的研究留下了颇为丰富的资料和有益的借鉴，它当然应该得到进一步的重视、研究与整理。

原载《文学评论》2004 年第 5 期

《春秋经传类对赋》与《左传》的传播

　　《春秋左传》是先秦文献中最为卷帙繁多、内容富博的历史著作。它不仅以编年的形式系统载叙了春秋时期的社会状貌和历史发展，描写了形形色色性格鲜明的人物形象，而且文辞优美，长于叙事与记言的艺术，具有很高的文史价值。因此在中国史学史和文学史上具有深远的影响，得到历代文、史学者及社会各界人士的喜爱。

　　人们为了能够记诵《春秋左传》的文句、内容，或者是把握书中的主旨要义而"以备遣用"，创造了许多有意义的传播方式，促进了这部巨著在历代深入而广泛地流传。在《春秋左传》传播的历史过程中，历代赋家倾注了巨大的热情，也作出了颇为独特的贡献。本文拟以北宋中期徐晋卿的《春秋经传类对赋》为主要论述对象，对古代赋与《春秋左传》的传播问题作一初步探讨。

一　汉唐赋家对《春秋左传》的叙写

　　赋家咏史，今存最早的作品是汉初贾谊的《吊屈原赋》，稍后有司马相如的《哀秦二世赋》、西晋傅咸的《吊秦始皇赋》等。将《春秋经传》所载历史人、事内容引入赋的创作，则始自西汉末年刘歆的《遂初赋》。

　　这不是一个巧合。刘歆是西汉古文经学与"《左传》学"的开创者①，在其父刘向的影响下，自幼喜爱《左传》，更在汉哀帝初年主张请立为古文经博士，移书责让太常博士，并最终于汉平帝时使《左传》得到了官方承认。正是从刘歆开始，《春秋左传》才获得了儒家经典的崇高

---

① 参见沈玉成、刘宁《春秋左传学史稿》，江苏古籍出版社 1992 年版，第 105 页。

地位，并且发展成为一门历代学人研讨探究的专门学问；但刘歆也因为对那些反对立《左传》为学官的太常博士"责让深切，为朝廷大臣所非"，以至于"求出补吏，徙五原（今内蒙包头市西北）太守"，并写下了赋学史上第一篇影响深远的纪行赋《遂初赋》①。

《遂初赋》历叙作者自长安出任五原太守一路征行所见所感，尤其是《左传》所载春秋时期晋国兴亡的历史，所谓"经历故晋之域，感今思古，遂作斯赋，以叹征事而寄己意"。在全赋 144 个赋句中，有几近三分之一是本于《左传》所载史料，如赋中曰：

> 哀衰周之失权兮，数辱而莫扶。执孙蒯于屯留兮，救王师于余吾。过下虒而叹息兮，悲平公之作台。背宗周而不恤兮，苟偷乐而惰怠。枝叶落而不省兮，公族阒其无人。日不悛而俞甚兮，政委弃于家门。
>
> 怜后君之寄寓兮，喑靖公于铜鞮。越侯田而长驱兮，释叔向之飞患。悦善人之有救兮，劳祁奚于太原。何叔子之好直兮，为群邪之所恶。赖祁子之一言兮，几不免乎徂落。
>
> 何方直之难容兮，柳下黜而三辱。蘧瑗抑而再奔兮，岂材知之不足……叔群既在皂隶兮，六卿兴而为桀。荀寅肆而颛恣兮，吉射叛而擅兵。憎人臣之若兹兮，责赵鞅于晋阳。

这些赋句，历叙东周以来，王室衰落，自鲁襄公十七年卫人孙蒯与石买攻打晋之盟友曹国，次年晋在屯留俘获孙蒯，又败周王师刘康公于徐吾；又襄公二十一年，叔向因其弟叔虎与栾盈同党，被范宣子所囚，因晋国大夫祁奚才获释；故昭公三年叔向乃谓"晋之公族尽矣，其宗族枝叶先落"；昭公八年，晋平公崇侈宫室，大耗民力作虒祁之宫，晋国公族日益不得人心；三家分晋时，晋国末代君主晋靖公寄寓铜鞮，降为家人；至春秋季世，晋国旧公族尽降为皂隶，赵、范、智、荀、魏、韩等新兴六卿执掌朝政；定公十三年晋卿大夫荀寅、范吉射、赵鞅起兵反叛公室；均是据《左传》所载史料，写晋国自翦其公族以至于亡国的历史。

---

① 参见刘歆《遂初赋序》，载费正刚等校注《全汉赋校注》，广东教育出版社 2005 年版，第 317—326 页。

刘歆《遂初赋》借古喻今，述晋公室因新兴力量而亡的历史，首开汉赋传写《春秋左传》之风。此后，如东汉冯衍《显志赋》"聘申叔于陈蔡兮、禽苟息于虞虢"，"褒宋襄于泓谷兮、表季札于延陵"，"观郑侨于溱洧兮、访晏婴于营丘"；崔骃《达旨》"昔孔子起威于夹谷、晏婴发勇于崔杼"，"范蠡错执于会稽、伍员树功于柏举"，"原衰见廉于壶飧、宣孟收德于束脯"，都赋写了《左传》史实。

至汉末赋家蔡邕《述行赋》，更以"述行"为线索，就所经之地的古迹、故事抒发感慨，大量用《左传》史事。如曰：

> 降虎牢之曲阴兮，路丘墟以盘萦。勤诸侯戍兮，侈申子之美城。稔涛涂之慝恶兮，陷夫人以大名。

这里是用《左传》僖公四年、五年、七年所载史事：齐桓公伐楚还师，陈大夫辕涛涂与郑大夫申侯商议，劝齐师改从东道而不经陈、郑两国。但申侯中途变卦，反以其谋告齐。齐桓公赐郑邑虎牢予申侯，执辕涛涂并讨伐陈国。陈国服罪后，辕涛涂归国，又设计劝申侯把虎牢之城修筑得很壮丽以求所谓"大名"，后因违制而被郑君诛杀。又如：

> 追刘定之攸仪兮，美伯禹之所营。……忿子带之淫逆兮，喧襄王于坛坎。……济西溪而容与兮，息鞏都而后逝。愍简公之失师兮，疾子朝之为害。

这里首先是写《左传》昭公元年所载刘定公赞美夏禹治水之功，僖公二十四年、二十五年所载周王子带与其兄襄王争夺王位，王子带与襄王之后隗氏私通并逐襄王出逃至坛坎之地；其次是叙昭公二十二年至二十六年所载周景王死后王子猛即位，其庶兄王子朝叛乱、卿士鞏简公师败之事。

对于刘歆、崔骃、蔡邕等赋家，征引经史、《左传》史事而赋的现象，南朝文学家刘勰在其《文心雕龙·事类》中亦有评说："观夫屈宋属篇，号依《诗》人，虽引古事，而莫取旧辞。唯贾谊《鹏鸟赋》，始用《鹖冠》之说；相如《上林》，撮引李斯之《书》，此万分之一会也。及扬雄《百官箴》颇酌于《诗》《书》，刘歆《遂初赋》，历叙于《纪传》，渐渐综采矣。至于崔、班、张、蔡，遂捃摭经史……皆后人之范式也。"

"建安七子"中，王粲《登楼赋》有"钟仪幽而楚奏兮"之句，用《左传》成公九年楚乐官钟仪因晋"南冠而絷、乐操楚音"之事；应场亦有《西狩赋》，虽今存残篇内极叙汉末建安时曹操之事，赋中内容曾否咏叹《春秋左传》史事难以考订，但其赋题"西狩"，疑据《春秋》哀公十四年"西狩获麟"事或有可能。

魏晋以降，咏史纪行赋再度繁荣，《春秋左传》的故事继续为赋文学作品所征引叙写。较具有代表性的，则是西晋潘岳那篇长达近五千言的咏史纪行巨制名篇《西征赋》。

《西征赋》是晋惠帝元康二年（292）潘岳赴任长安县令时所作，其内容记述自洛阳西行至长安途中之见闻感慨，如《晋书》本传所言"述行历，论所经人物山水"。赋家凭轼行进于三秦故道，《左传》所载周室衰微、春秋霸业的历史风云，在身边卷舒浮现。如赋中写道：

> 平失道而来迁，繄二国而是祐。……望虢、北之两门，感虢、郑之纳惠。讨子颓之乐祸，尤阙西之效戾。重戮带以定襄，弘大顺以霸世。灵雍川以止斗，晋演义以献说。

这是潘岳在中都洛阳，回想平王东迁以来周室衰微的历史；接着，赋家登上春秋时期的古战场崤山，眼前翻飞着当年秦晋争霸的战火烽烟：

> 登崤坂之威夷，仰崇岭之嵯峨。皋讬坟于南陵，文违风于北阿。蹇哭孟以审败，襄墨缞以授戈。曾只轮之不反，纵三帅以济河。值庸主之矜愎，殆肆叔于朝市。任好绰其余裕，独引过以归己。明三败而不黜，卒陵晋以雪耻。岂虚名之可立，良致霸其有以。

这里的 16 句赋文，几乎是对春秋秦晋崤山之战的经过、结果及秦穆公、蹇叔、孟明视君臣功过是非的全面陈述和评价。

潘岳以后，赋叙《春秋左传》史事之赋不时有作，其中又以北朝庾信、颜之推的两大名赋为著。如庾信《哀江南赋》曰：

> 三日哭于都亭，三年囚于别馆。……钟仪君子，入就南冠之囚；季孙行人，留守西河之馆。申包胥之顿地，碎之以首；蔡威公之泪

尽，加之以血。

《周书·庾信传》说庾信"博览群书，尤善《春秋左氏传》"，故其文赋亦大量用《左传》典故。此赋中"三年"句由《左传》昭公二十三年鲁国行人叔孙婼如晋，被晋人执之，囚禁于箕地馆舍之事；"钟仪"南冠而囚之事出自《左传》成公七年；"季孙"句是《左传》昭公十三年所载鲁使者季孙意如至晋国参加平丘盟会被执而"除馆于西河"之事；"申包胥"句是《左传》定公四年楚大夫申包胥至秦乞师"立依于庭墙而哭，九顿首而坐"之事。

颜之推《观我生赋》也有"返季子之观乐、释钟仪之鼓琴"，"用夷吾而治臻，昵狄牙而乱起"等赋句，引《左传》齐桓公用管仲而霸及楚囚钟仪奏乐于晋、吴季札观乐于鲁之事。

隋唐五代尤其是中晚唐时期，咏史诗空前增多，专以春秋历史人事为主题、题材的咏史赋也相继出现。如洪迈《容斋续笔》云"晚唐士人作律赋，多以古事为题，寓悲伤之旨"。唐代"咏史赋"今存者有如：

高郢《曹刿请从鲁公一战赋》（载《文苑英华》《历代赋汇》），又《吴公子听乐赋》（载《文苑英华》）；佚名《吴公子听乐观风赋》（载《文苑英华》）；高迈《济河焚舟赋》（载《历代赋汇》）。

这些赋作是明确以《左传》内容为题材的咏史赋篇。《曹刿请从鲁公一战赋》，以《左传》鲁庄公十年齐鲁长勺之战为题，状写鲁人曹刿论战之事；《济河焚舟赋》写《左传》鲁文公三年"秦伯伐晋、济河焚舟"之事，而赞"孟明之临事""子桑之举人""秦伯之用贤"。

上述唐人咏史赋，与此前仅以《春秋左传》史事作为篇内咏史题材之一的赋作不同，而是以《左传》所载的具体史事为题作赋并以之为赋篇主题，这反映了赋文学创作中《春秋左传》题材内容的变化与发展。

汉唐以来，借《左传》所载人事抒发历史兴亡之感或人生不平之情的赋篇不断涌现，这一现象说明了赋家对《春秋左传》的热情关注，而且也在客观上促进了《春秋左传》的传播。

二 "抄撮之学"与宋代的《春秋左传》类事之赋

宋代经学以《春秋》学为重点之一，取得的成绩颇为可观，如仅据

《宋史·艺文志》著录，有关《春秋》经传的著述达两百多种，《四库全书》亦收有38种。宋人对《春秋经传》的关注，除了经学家或称"春秋学家"的研究外，还出现了一些从新的角度切入、具有新的功用价值的成果。

诸如北宋苏轼《文集》中评论《左传》人物的十多篇专题史论，王当载录《左传》所记列国诸臣191人的《春秋列国诸臣传》30卷、郑昂以人类事凡215人的《春秋臣传》30卷；此外，还有南宋初学者兼散文大家吕祖谦所著《左传类编》《春秋左氏传说》及《续说》《东莱左氏博议》等数种；稍晚于吕祖谦的程公说撰《春秋分纪》及陈傅良《左传章指》、叶清臣《春秋纂类》、章冲《春秋左传类事始末》、句龙传《春秋三传分国纪事本末》等。这些著述或以人物为传，或随事类编，或分国纪事，着眼于《左传》的"文""史"特点，多从记史、叙事、写人、述战等方面发表论说，在论述内容与撰编体例方面都有所创新，表明宋代《春秋左传》研究的发展变化。

除上述从文、史角度切入的《左传》研究论著外，晚唐五代尤其是北宋以来还出现了一批比较自觉地以便于记诵《春秋左传》全书内容为目的、以赋体类书为形式的《左传》"类对"之赋。这些赋作，与此前借《春秋左传》所载某些史事咏史抒情的赋篇相较，在内容与形式上均别具一格，颇多不同，很值得注意。

所谓"类对"，"类"是类聚、征引、类事、隶事之意，是指赋篇的内容，如刘勰《文心雕龙·事类》篇云"事类者，盖文章之外，据事以类义，援古以证今者也"；"对"指对偶、对偶句，即对句、骈句、俪语，指赋篇的语言形式。《文心雕龙·丽辞》篇云"造化赋形，支体必双，神理为用，事不孤立。夫心生文辞，运裁百虑，高下相须，自然成对"。"类对"连称，则是指"以偶句类事"，指以意义相互对照的对句形式分门别类地类聚文史事实为内容的作品。

这类以俪语对句形式类辑《春秋左传》所载内容的类事之赋的出现，在题材主题上是对历代赋家赋写《春秋左传》内容即"以史为赋"传统的继承和发展；在形式上，则受到了前人"抄撮之学"与"类事"之书的影响。

所谓"抄撮之学"，正源于《春秋左传》最初的传播过程之中。据有关文献记载，《春秋左传》自战国时代就开始在社会上流传。最初的传播方式是传授及抄撮。如唐孔颖达《春秋左传正义·春秋序疏》曾引西汉刘向《别录》之语概述《左传》在战国时的流传情况：

> 《左氏传》三十卷，左丘明授曾申；申授吴起；起授其子期；期授楚人铎椒；椒作《抄撮》八卷，授虞卿；虞卿作《抄撮》九卷，授荀卿；荀卿授张苍。

曾申是春秋末叶孔子学生曾参（其父曾皙名点）的次子，他传给战国初做魏相的卫人吴起（？—前 381）；吴起之子吴期传给楚人铎椒；铎椒传给赵人虞卿；虞卿为赵成王相，其生活年代大约在前 305 年至前 235 年，又传授给同郡人、战国后期学者荀况；荀况再传给西汉初年北平侯张苍。其间传人七代，历时两百余年，所传情况大体可信。

但是，真正要熟记甚至背诵篇幅达十八余万的《春秋左传》，并非易事。于是，改进传播方式，就成为许多《春秋左传》爱好者的自觉追求。《史记·十二诸侯年表序》曰：

> 鲁君子左丘明……因孔子史记具论其语，成《左氏春秋》。铎椒为楚威王傅，为王不能尽观《春秋》，采取成败，卒四十章，为《铎氏微》。赵孝成王时，其相虞卿上采《春秋》，下观近世，亦著八篇，为《虞氏春秋》。

《史记》所载《铎氏微》和《虞氏春秋》，其实就是前引刘向《别录》所说的"《抄撮》"。这里的《铎氏微》是"四十章"，《虞氏春秋》是"八篇"，《汉书·艺文志》著录《铎氏微》和《虞氏微传》则分别为"三篇"与"二篇"，虽著录情况有所不同，但它们的篇幅都远比原本《左传》要少得多，而且铎椒的编写目的是楚威王"不能尽观《春秋》"。很显然，这是作为楚威王之傅的铎椒和赵孝成王之相的虞卿，为楚威王和赵孝成王所编写的《春秋左传》简本或节录本，这是一种简便易记的《左传》传播方式。

自此以后，"抄撮"之风盛行不绝，后人称其为"抄撮之学"或"史抄之学"。如《三国志·魏书·武帝纪》裴注引孙盛《异同杂语》云："（太祖）博览群书，特好兵法，抄集诸家兵法，名曰《接要》"；又《魏书·曹爽传》裴注引《魏略》云："桓范尝抄撮《汉书》中诸杂事，自以意斟酌之，名曰《世要论》。"考《隋书·经籍志》子部亦著录有《兵书接要》和《世要论》二书。又《南史》卷22《王筠传》载，王筠"少好抄书，老而弥笃。幼年读《五经》，皆七八十遍。爱《左氏春秋》，吟讽常为口实，广略去取，凡三周五抄……不足传之好事，盖以备遗忘而已"。故《隋书·经籍志》"杂史"类序云："自后汉以来，学者多抄撮旧史，自为一书，或起自人皇，或断之近代，亦各言其志。"《春秋左传》当然也就在这种历代传抄讽诵的过程中不断流传。

张涤华先生以为，这类"捃摭旧文、借便观览"的抄撮之学，正是其性质近于辞典、其作用在于"利寻检、资采掇、以待应时取给"的类书的"远源"①。

类书，最先称为"类事"之书，如《旧唐书·经籍志》子部始立"类事"类。类事之书，学界多以魏时《皇览》为最早，而六朝、唐宋最盛。《四库全书总目》卷135宋吴淑《事类赋》提要云："《隋书·经籍志》所载，有朱澹远《语对》十卷，又有《对要》三卷，《群书事对》三卷，是为偶句类事之始。然今尽不传。"考《隋书·经籍志》所载，除《四库总目》所称《语对》《对要》《群书事对》（"群"当作"众"）外，尚有子部"杂家类"载《语丽》十卷、《对林》十卷，"小说家类"载《杂对语》三卷、《要用语对》四卷、《文对》三卷等。

六朝之后的唐宋之时，为供科举考试士子场屋采掇之用或学人便于记诵之需，更有不少人撰述排比隶事之书。如《四库全书总目》卷135"类书"类宋林駉《源流至论》提要云：

> 宋自神宗罢诗赋，用策论取士，以博综古今、参考典制相尚，而又苦其浩瀚，不可猝穷。于是类事之家，往往排比联贯，荟粹成书，以供场屋采掇之用。②

又卷65"史抄类存目"宋洪迈《南朝史精语》提要云：

---

① 张涤华：《类书流别》，商务印书馆1985年版，第4、8页。
② 永瑢：《四库全书总目》，中华书局1965年版，第1151页。

　　盖南宋最重词科，士大夫多节录古书，以备遣用。其排比成编者，则有王应麟《玉海》、章俊卿《山堂考索》之流。①

见于书目著录的，如《玄宗事类》《白氏经史事类》（《新唐志》）、《燕公事对》（《宋志》）等。王应麟《玉海》卷55称张说《事对》十卷，采经史，属辞比事，间以诗语记之；又罗振玉《唐写本古类书三种跋》云："第三种约存百行，以偶句为题目……殆为《事类赋》所自昉。"②

　　至晚唐五代以后，更有以赋体类事之作，如《宋史·艺文志》"春秋类""类事类"等书目著录，这类赋作有近十种：

　　毛友《左传类对赋》六卷（卷207《艺文志六》"类事类"）；

　　吴淑《事类赋》三十卷（卷207《艺文志六》"类事类"）；

　　崔升《春秋分门属类赋》三卷，杨均注（卷202《艺文志一》"春秋类"），又卷207《艺文志六》"《鲁史分门属类赋》一卷"；卷208《艺文志七》"别集类"著录"崔升《鲁史分门属类赋》一卷"；

　　裴光辅《春秋机要赋》一卷；

　　尹玉羽《春秋音义赋》十卷，冉遂良注；

　　尹玉羽《春秋字源赋》二卷，杨文举注；

　　李象《续春秋机要赋》一卷；

　　玉宵《春秋括囊赋集注》一卷；

　　徐晋卿《春秋经传类对赋》一卷（《四库总目》"类书类"存目，《历代赋汇》卷22载）；

　　李宗道《春秋十赋》（王应麟《困学纪闻》卷19载部分文字）。

　　上录诸赋的作者生平资料不多。其中，裴光辅，据《四库全书》所收宋人祝穆《事文类聚·前集》卷29引《科举记》，唐德宗贞元八年（792）有与韩愈、欧阳詹等试《明水赋》，并中进士第（马其昶《韩昌黎文集校注·明水赋》题注亦引此内容），不知是否是此《春秋机要赋》的作者；又，毛友、罗根泽《中国文学批评史》（二）谓"五代前后的赋格书，现在可以见到的，只有毛友《左传类对赋》六卷，载于《宋史艺文志》。我购得清初刻本一部，书中将《左传》事文，制为偶语，以供赋

　　① 永瑢：《四库全书总目》，中华书局1965年版，第578页。
　　② 张涤华：《类书流别》，商务印书馆1985年版，第19—20页。

家采用，并没有讲明格律"①。虽也没有提供更详细的资料，但这些《春秋》《左传》类事赋在宋代出现过则应该没有问题。

这类作品的出现，表明了宋代文人对《春秋左传》的重视和浓厚兴趣，同时也表现了宋代"以赋为学""以史为赋"的赋学特色。但上述赋大多亡佚，现存完整之赋唯有徐晋卿《春秋经传类对赋》一篇。

三 徐晋卿《春秋经传类对赋》
"包罗经传"的宏富内容

《春秋经传类对赋》一卷，《宋史·艺文志》未著录，有清康熙十九年通志堂刻《通志堂经解》所收高士奇注本、康熙间陈元龙《历代赋汇》所收本、明余继辑《皇明典故纪闻》清光绪间本所收本、齐鲁书社 1995 年版《四库全书存目丛书》子部第 167 册影印《通志堂经解》本等。这是今存唯一完整的宋人《春秋左传》类事赋，本文据《历代赋汇》② 所收赋文，略述有关内容如后。

（一）徐晋卿《春秋经传类对赋》的创作目的

《四库全书总目提要》称："晋卿里贯未详，自署称将仕郎秘书省校书郎，亦不知其始末也。"但此赋前有北宋仁宗皇祐三年（1051）《自序》，又《全宋诗》卷 180 有胡宿《送徐晋卿东归》诗一首云：

> 夜来龙具（保暖的牛襄衣）冷，有客厌长安。
> 去国朝衣缁，还家楚叶丹。
> 雪情欺酒薄，月思拂琴寒。
> 只待东风起，林莺振美翰。③

胡宿（995—1067）字武平，常州晋陵（今江苏常州）人，仁宗天圣二年（1024）进士，年七十三卒，《欧阳文忠公集》卷 34 有《胡公墓志铭》。

---

① 罗根泽：《中国文学批评史》（二），上海古籍出版社 1984 年版，第 218 页。
② 陈元龙：《历代赋汇》，江苏古籍出版社、上海书店 1987 年版。
③ 北京大学古文献研究所：《全宋诗》卷 180，北京大学出版社 1998 年版，第 2061 页。

据此诗，可知徐晋卿大致与胡宿同时并且很有交往。或"不遇"于官场而有去国还家之行；据其《赋序》，又知晋卿好《五经》尤其是《春秋》与《左传》。其《春秋经传类对赋序》的写作，晚于吴淑作于宋太宗淳化（990—994）间的《事类赋》约六十年。

《春秋经传类对赋序》云：

> 余读五经，酷好《春秋》。治《春秋》三传，雅尚《左氏》。然义理牵合，卷帙繁多，顾兹谫闻，难以殚记，乃于暇日撰成录赋一篇，凡一百五十韵，计一万五千言。
>
> 欲包罗《经》《传》，牢笼善恶，则引其辞以倡之；欲错综名迹，源统起末，则简其句以包之；欲按其典实，故表其年以证之；欲循其格式，故比其韵以属之。首尾贯穿，十得其九，命曰《春秋经传类对》。将使究其所穷，可以寻其枝叶；举其宏纲，可以撮其枢要也；其间立意迂阔，措辞鄙野，不尚华而背实，但虑涉于淫竟；不摘诡以抉奇，又惧伤夫名教。故用藏于巾衍，以自备于检寻；传之昆云，而俾谨乎诵习；非敢流布圣旦，昭示钜儒，以为哂噱之资也。

这篇 219 言的赋序，内容主要有两点：

第一是创作目的。作者针对《春秋》《左传》"义理牵合、卷帙繁多"，读者"难以殚记"的困难，想通过赋这种文学形式，概括其中繁富复杂的内容和褒贬善恶的义理，以备检寻和便于记诵，从而使读者既可以具体地"寻其枝叶"、征引利用，又能够"举其宏纲、撮其枢要"，从整体上把握要领。

第二是作赋原则。概括地说就是既要尊重原著又要有赋的特点，即做到文学与历史的结合统一。对于历史人物名迹、事件始末、典章掌故，均要循其格式、依据原意、摘引原文、按实表年、叙述清楚；但又不能照搬原书，而应该"引其辞""简其句""比其韵以属之"，充分体现赋篇偶词丽句的文学特色。创作思想上，则要求其平正、朴实，"不尚华而背实，不摘诡以抉奇"。

（二）《春秋经传类对赋》的主要内容

全赋根据赋家欲"包罗经传、牢笼善恶、首尾贯穿"的指导思想，以一百五十韵、一万五千言的巨大篇幅，叙写了十分丰富的历史内容，若概而言之，主要包括《春秋经传》的修撰缘起，春秋时期两百余年历史的发展大势，主要的历史事件，有影响的人物，社会文化、制度及风俗状貌，等等，的确可称之为一部内容丰富、"气势雄厚、音律铿锵的艺术化的"《春秋》学辞典①。

第一，概叙《春秋》经传及杜预《注》撰修缘起。赋篇首段开宗明义：

> 运及姬世，天生仲尼。修鲁国之史策，遵周公之典彝。莫不编年示法，系日摛辞。左丘明《传》之释义，杜元凯《注》之质疑。十二公之事言，用传后世；五十条之凡例，式据前规。有惠夫人，实生桓子。当平王迁都之末，是隐公即位始。②

这是赋篇首段，也是一百五十韵中的首韵，在全赋中有如所谓破题。徐氏概叙春秋末世，孔子尊崇周代礼制思想，撰修鲁国编年史书《春秋》，目的在于垂法后世。其次有左丘明撰《春秋左传》，西晋杜预注《春秋经传集解》、归纳《左传》解释《春秋》经义的体例"五十凡"等相关情况。最后又以"有惠夫人"一联，交代鲁惠公在元妃孟子卒后娶仲子为夫人，生太子桓公后不久而薨，继室声子生庶长子隐公即位摄政以待桓公，追成父亲立嫡子继位之志，点明《春秋》《左传》的起始之时，为全赋内容的展开做了铺垫。

第二，叙写《左传》所载春秋人物为中心内容。这是全赋的主要内容。涉及《春秋左传》的人物达数百个之多，其中以在当时有较大影响或历代传诵的著名人物占有重要比例。诸如贤臣子产、晏婴、管仲、叔向、赵盾、韩起、叔孙豹；霸主明君如郑庄公、齐桓公、晋文公、秦穆公；爱国志士钟仪、申包胥、著名士人季札、良史董狐；昏君暴主晋灵公、齐懿公、楚灵王、陈灵公等，都在赋中被程度不同地涉及。其中，又以写郑子产、晋文公的文字最多，均达二十句以上。

---

① 参见郭维森、许结《中国辞赋发展史》，江苏教育出版社 1996 年版，第 562 页。

② 徐晋卿：《春秋经传类对赋》，载陈元龙编《历代赋汇》卷 61，凤凰出版社 2004 年版，第 253—257 页。

赋中叙写春秋历史人物的方式，首先，是以对偶有韵的对句直接发表评价、判断。赋云：

越椒有熊虎之状（宣公四年），伯石是豺狼之声（昭公二十八年）。

郑子产善相小国（昭公四年），楚商臣能行大事（文公元年）。

郑庄有礼（隐公十一年），齐襄无常（庄公八年）。

虢公无德而禄（闵公二年），楚围不义而强（昭公元年）。

邓曼妇人，知莫敖之必败（桓公十三年）；然明君子，识程郑之将亡（襄公二四年）。

商臣忍人（文公元年），狼瞫君子（文公二年）。

裨谌能谋（襄公三十一年），叔向好直（襄公二十九年）。

楚子汰侈（昭公元年），文王惠和（昭公四年）。

子羽锐敏（哀公十一年），郏庄卞急（定公三年）。

重耳文而有礼（僖公二十三年），印段乐而不荒（襄公二十七年）

子皙信美（昭公元年），栾黡甚虐（襄公十四年）。

伯有汰侈（襄公三十三年），韩起懦弱（襄公三十一年）。

子产遗爱（昭公二十年），叔向遗直（昭公十四年），爱利民兮直治国；考叔纯孝（隐公元年），石碏纯臣（隐公四年），义事君兮孝奉亲。

栾枝有勇（僖公二十八年），重耳多谋（同上）。

宋元公恶而婉（襄公二十六年），太子痤美而狠（同上）。

伯有侈而愎（襄公三十年），叔孙绞而婉（昭公元年）。

宫之奇为人太懦（僖公三年），阳处父立性过刚（文公五年）。

上述赋句，多以对句形式，根据人物主要行事概括人物特点，或者依据《左传》所载直接评判，用诸如所谓"善""恶""贤""美""忠""爱""直""虐""有礼""无常""贪焚""无德""不义""忍人""君子""汰侈""懦弱""不君""不臣""无道""不贰""无厌""有勇""多谋"等概念直接评价，表明赋家褒贬鲜明的价值判断。

其次，是以简洁的言辞概括人物主要行事或性格命运，以揭示人物的基本特色风貌。如赋中云：

> 楚国子文，既毁家而纾难（庄公三十年）；宋邦公子，遂竭粟以贷饥（文公十六年）。
>
> 祁奚称善，不避亲而不避仇（襄公三年）；魏舒举贤，以为忠而以为义（昭公二十八年）。
>
> 庆封好田而嗜酒，坐见忧生（襄公二十八年）；齐侯弃好而背盟，行知祸及（襄公十八年）。
>
> 楚灵王殉以二女（昭公十三年），秦穆公瘗以三良（文公六年）。
>
> 陈邦之公卿宣淫（宣公九年），鲁国之君臣多间（哀公二十七年）。
>
> 子桑举孟明之善（文公三年），鲍叔称管仲之贤（庄公九年）。
>
> 楚庄王有加惠之老（宣公十二年），季文子无衣帛之妾（襄公五年）。
>
> 郭重食言而乃肥（哀公二十五年），原伯不学而将落（昭公十八年）。
>
> 谏楚王而刖足，义见鬻拳（庄公十九年）；爱卫君而灭亲，忠闻石碏（隐公四年）。
>
> 陈灵不君，戏朝以夏姬之服（宣公九年）；齐庄无道，赐人以崔子之冠（襄公二十五年）。
>
> 伯有嗜酒（襄公三十三年），齐侯好内（僖公十七年）。
>
> 庆封受于朱方（襄公二十八年），晏子辞于邶殿（同上）。
>
> 冯简子能断大事（襄公二十一年），翚简公好用远人（定公元年）。
>
> 栋折榱崩，子产心忧于郑国（襄公三十年）；踊贵屦贱，晏婴相语于晋邦（昭公三年）。
>
> 太叔封礼于赵鞅，始辨礼仪（昭公二十五年）；国侨问政于然明，方知政令（襄公二十五年）。
>
> 敬仲辞卿（庆公二十二年），国侨让邑（襄公二十六年）。
>
> 子雅辞多受少（襄公二十八年），国侨就直助强（襄公三十年）。
>
> 能礼国人，宋鲍得亲贤之道（文公十六年）；不毁乡校，国侨知议政之由（襄公三十一年）。

子家怀鲁以及祸（宣公十四年），重耳安齐而败名（僖公三十二年）。

上述赋句，亦以对句形式，客观地摘引诸如"毁家而纾难、竭粟以贷饥"，"戏朝以夏姬之服、赐人以崔子之冠"，以及"称善""举贤""好田""嗜酒""宣淫""能礼国人""不毁乡校"之类人物言行，或选取一些有典型意义的事件，通过两相对比以突出人物不同的特点，让读者通过人物行事得出自己对人物的看法。赋家并没有出面给予或善或恶的评价判断。

第三，反映春秋社会变革发展的某些历史事件。如《春秋经传类对赋序》所言，徐晋卿在赋中，对《春秋左传》所载历史事件、典章制度均有所叙写，大体能使人了解春秋社会发展变革的情形。如赋云：

宋昭灭宗，知庇根之失所（文七年）；郑庄宠弟，虑滋蔓以难图（隐元年）。

荀吴围鼓而鼓人服（昭公十五年），晋侯伐原而原国降（僖公二五年）。

楚国争囚，上下手于以决矣（襄公二十六年）；鲁邦议战，小大狱由是明之（庄公十年）。

伯禽始封于鲁国，土田陪敦（定公四年）；蚡冒肇启于楚邦，筚路蓝缕（宣公十三年）。

申包胥倚墙而哭（定公四年），齐庄公拊楹而歌（襄公二十五年）。

楚城陈蔡（昭公十一年），晋灭虞虢（僖公五年）。

天王狩于河阳（僖公二十八年），晋侯盟于践土（同上）。

秦惭崤战，盖违蹇叔之言（僖公三十三年）；宋败泓师，罔取子鱼之谏（僖公二十二年）。

季武子三分公室，益振僭名（襄十一年）；晋悼公九合诸侯，载兴霸业（同上）。

城濮之战，文公能以德攻（僖二十八年）；首止之师，祭仲信由知免（桓十八年）。

齐侯税管仲之囚，卒兴霸业（庄九年）；秦伯赦孟明之罪，果立殊功（文元年）。

上述赋句就对郑庄公克段、申包胥如秦乞师、秦穆公崤山之败、楚国君臣筚路蓝缕艰苦创业以及齐、晋争霸等历史事件，作了叙写。

第四，描述了当时的国家关系及社会制度。如赋言当时国家关系曰：

吴有越，若腹心之构疾（哀公十一年）；虞得虢，犹唇齿之相依（僖公五年）。

且陈、卫之方睦（隐公四年），实晋、郑之焉依（隐公六年）。

晋有秦忧（僖公十五年），鲁多齐难（成公元年）。

晋朝周室，斥彝器之弗供（昭公十五年）；齐涉楚郊，责包茅之不入（僖公四年）。

滕薛争长（隐公十一年），秦晋交绥（文公十二年）。

鲁作晋臀（哀公八年）；虢为虞表（僖公五年）。

又赋述社会礼法制度建设：

韩宣子观于鲁书（昭公二年），吴季札听于周乐（襄公二十九年）。

鲁秉周礼（闵公元年），晋有尧风（襄公二十九年）。

鲁国不弃周礼（闵公元年），晋邦实用楚材（襄公二十六年）。

赵鞅以铁铸刑鼎（昭公二十九年），季孙以钟作公盘（襄公十二年）。

楚金欲铸于三钟（僖公十八年），晋铁乃赋于一鼓（昭公二十九年）。

天道远而人道迩（昭公十八年），家量贷而公量收（昭公三年）。

郑作丘赋（昭公四年），陈税封田（哀公十一年）。

隋武子修晋国之法（宣公十六年），孙叔敖择楚国之典（宣公十二年）。

楚作《仆区之法》（昭公七年），晋为执秩之官（僖公二十九年）。

上述赋句,对当时吴越、虞虢、秦晋等诸侯国之间关系,周鲁礼乐之风、楚材晋用之事,还有晋铸刑鼎、郑作丘赋、楚作《仆区之法》等重要礼法制度变革,都有所叙写,颇有利于读者了解《春秋左传》的思想内容。

第五,表现历来传诵的著名故事或警句格言。赋中还叙写了一些历来传诵的著名故事和有格言意义的警句。如曰:

> 楚王伐畔,降许子于武城(僖公六年);晋侯问囚,税钟仪于军府(成公九年)。
>
> 楚囚操乐,既不忘于楚音(成公九年);郑卿赋诗,且不出于郑志(昭公十六年)。
>
> 楚钟仪言称先职(成公九年),王子颓乐及徧舞(庄公二十年)。
>
> 见恶如去草(隐公元年),逐寇如追逃(文公七年)。
>
> 去疾莫如尽(哀公元年),树德莫如滋(同上)。

楚乐师钟仪被晋人拘禁后"南冠而囚、乐操楚风"的故事历代传诵,此赋中也有多处描写,揭示了钟仪虽被囚于敌国而不忘本旧的爱国情怀。而"郑伯克段于鄢"之事中祭仲对郑庄公说"蔓草犹不可除"、晋秦令狐之战中赵盾说"逐寇如追逃",以及鲁哀公元年夫差败越之后伍员说"树德莫如滋、去疾莫如尽"。这样一些言论,由赋作者综合改写成赋句后,就成为具有生活哲理及普遍意义的格言警句。

第六,总括《春秋左传》内容以见春秋历史大势。此赋在历叙春秋时代人物、事件及社会风俗、文化、礼制诸方面的内容之后,又于全赋之末概括《左传》内容及春秋大势曰:

> 《春秋》作矣,简策昭然。总一百二十四国,计二百四十二年,灭国者五十二也。弑君者四十一焉。五十八战争之名,有大有小;三百十会盟之数,何后何先。

在赋的最后作者又以赋句抒发感慨:

> 异哉!世绝哲王,教堕儒术。书叹凤而大道已表,序获麟而元经遂毕。伤周道之不兴,嗟孔丘之告卒。所以鲁哀诔之曰:呜呼哀哉,

尼父，无自律！

赋家以《公羊传》《穀梁传》之《春秋》经鲁哀公十四年"西狩获麟"
为《春秋》之终，又以《左传》鲁哀公十六年夏四月己丑孔丘卒而鲁哀
公诔之"呜呼哀哉，尼父无自律"句作为全赋结束，从而与赋首"有惠
夫人，实生桓子，当平王迁都之末，是隐公即位之始"遥相呼应，首尾
穿贯相接，使全赋结构完整有序。

四 《春秋经传类对赋》的价值及其影响

徐晋卿《春秋经传类对赋》是继宋初吴淑《事类赋》后又一篇以赋
为学的鸿篇巨制，同时更是今传唯一完整的以《左传》为赋的名篇，颇
有价值与影响。

首先，此赋针对《左传》文繁词缛、难以掌握的困难，以俪语对句
这种便于记诵的形式，"包罗《经》《传》，牢笼善恶"，全面类聚《左
传》所载史事与人物，既适应了宋代士子"场屋采掇之用"与一般读者
的阅读需要，也使《春秋左传》在社会上得到了更广泛的传播。

其次，此赋以巨大的篇幅和丰富的内容，体现了以史为赋、以赋为学
的特点，展现了作者对《春秋左传》这部先秦时期最为宏富的历史著作
的渊博知识和驾驭文史的才华，反映了宋代文士以赋展示才学的社会
风尚。

在宋代以前，《北史·魏收传》曾载有魏收"会须作赋始成大才士"
之语，后来清人刘熙载《赋概》更说过"赋兼才学"、"才弱者往往能为
诗不能为赋"的话；而北宋时期也具有类似的观念，如宋初宋太宗淳化
间进士孙何就说过：

> 唯诗赋之制，非学优才高不能也，破巨题期于百中，压强韵示有
> 余地。驱驾典故，浑然无迹；引用经籍，若己有之……观其命句，可
> 以见学殖之浅深；即其物思，可以觇器业之大小。究体物之妙，极缘
> 情之旨，识《春秋》之富艳，洞《诗》人之丽则。能从事于斯者，
> 始可以言赋家者流也。

孙何如此高度评价赋兼才学的重要性，在宋代很具有代表性，当对宋时试场及赋家创作也有重要影响。故宋代颇多以赋为学、以史为赋的鸿篇巨制。如早于徐晋卿的吴淑《事类赋》，以赋写类书，"举汗牛充栋之书，尽收于骈四俪六之句"（李濂《刻事类赋序》）。全赋内分 100 题，合正文、注释计 26 万字之巨，引征诗文载籍 4000 余种。

孙何所言，还提到"识《春秋》之富艳"，可知《春秋》很得宋代文士、赋家重视。而据宋人王辟之《渑水燕谈录》载：艾颖以乡贡入京师之时，中途逢一老者授书一册，"乃《春秋左传》，颖熟读之。礼部试《铸鼎象物赋》，出所得书。颖甚喜，援笔立成，若有相之者，擢甲科"①。更说明《春秋》对宋人试赋有重要作用。

最后，徐氏此赋以俪语对句成篇，讲究属对工整、韵律和谐，以便诵读，具有一定的艺术性。

刘勰《文心雕龙·丽辞》篇指出，"丽辞之体，凡有四对：言对为易，事对为难；反对为优，正对为劣。言对者，双比空辞者也；事对者，并举人验者也；反对者，理殊趣合者也；正对者，事异义同者也"。最后在《春秋经传类对赋》中，既有所谓"双比空辞"的"言对"、"并举人验"的"事对"、"事异义同"的"正对"，也有最为难工的"反对"。例如，"郑庄有礼，齐襄无常"；"子产遗爱，叔向遗直，爱利民兮直治国；考叔纯孝，石碏纯臣，义事君兮孝奉亲"；"鲁国不弃周礼，晋邦实用楚材"。这些赋句，既属对工巧，又"理殊趣合"。

徐晋卿《春秋经传类对赋》问世后，在后代也颇有影响。据文献记载，自元初至大戊申（元年，1308 年）太原赵嘉山得善本《春秋经传类对赋》授之郡庠锓梓流传。清初王士祯（1634—1711）《居易录》谓"观其比事属辞，颇自斐然"；康熙十九年通志堂刻《通志堂经解》所收本有康熙丙辰（1676）纳兰成德容若《春秋经传类对赋题辞》云："属辞比事而不乱，则深于《春秋》者也。诵秘书之赋，其比事之切，非深于《春秋》者能然欤？"《四库全书总目》卷 137 子部"类书类"存目一《春秋经传类对赋提要》曰："此赋尚存，凡一百五十韵，一万五千言。属对虽工，而无当于义理。"又嘉庆进士梁章钜（1775—1849）撰《楹联丛话》亦曾"择其最工者录之，以存旧帙之梗概焉"。清王绳曾、甘绂、夏大观

---

① 何新文、路成文：《历代赋话校证》，上海古籍出版社 2007 年版，第 265 页。

等受其影响，又分别撰有《春秋经传类联》《四书类典赋》《春秋左传分类赋》等。

清人赋话提到此书的有王芑孙《读赋卮言·谋篇》谓："自两汉迄明，其篇之长者，无过徐晋卿《春秋类对赋》。"魏谦升《赋品·事类》云："晋卿巨制，类对《春秋》，揆厥所元，昭明选楼。"今人沈玉成、刘宁《春秋左传学史稿》，郭维森、许结《中国辞赋发展史》亦有论及。

原载孙绿怡主编《春秋左传研究：2008 春秋左传学术研讨会论文集》，中华书局出版社 2009 年 7 月出版

试论《春秋公羊传》的"贤贤"思想

　　《春秋公羊传》阐释《春秋》的"微言大义",前人多以"尊王""攘夷""大一统"诸事,或"尊尊、亲亲、贤贤"之语概之。本文拟就《春秋公羊传》(以下略称"《公羊传》")通过阐释所谓"《春秋》为贤者讳"现象所发挥的"贤贤"思想,作一初步叙述。

　　"贤贤"一词,较早见于《论语》。《论语·学而》载子夏曰:"贤贤易色。"何晏《论语集解》引孔安国曰:"言以好色之心好贤,则善。"降及战国,《荀子·大略》篇以"贤贤"与"贵贵、尊尊、老老、长长"并称为"义之伦也";至汉代,董仲舒、司马迁则以"贤贤"这一概念,评说《春秋》大义。如《史记·太史公自序》云:

　　　　余闻董生曰:"……夫《春秋》,上明三王之道,下辩人事之纪,别嫌疑,明是非,定犹豫,善善恶恶、贤贤贱不肖,存亡国,继绝世,补敝起废,王道之大者也。"①

又董仲舒《春秋繁露》曰:"《春秋》之敬贤重民"(《竹林》);"《春秋》之于所贤也,固顺其志而一其辞,章其义而褒其美"(《玉英》)。又其《王道》云:

　　　　教以爱,使以忠,敬长老,亲亲而尊尊……诸侯会同,贤为主,贤贤也。②

---

① 司马迁:《史记》,中华书局 1982 年版,第 3297 页。
② 董仲舒:《春秋繁露》,上海古籍出版社 1989 年版,第 22—27 页。

可知汉代"春秋公羊学"大师董仲舒以及深受公羊思想影响的司马迁，均认为《春秋》具有"善善恶恶、贤贤贱不肖"的思想。

所谓"贤贤"，即好贤、重贤、尚贤、敬贤，以贤之为贤。这是中国古代具有悠久传统的政治思想和人才观念。先秦时，先有孔子提出"举贤才"（《论语·子路》），子张提出"尊贤"（《论语·子张》）；继孔子之后，墨子及孟、荀诸子又提倡"尚贤"。《墨子》书中，有《尚贤》上、中、下三篇专题论文，主张"以尚贤事能为政"的尚贤政治理论，明确指出"夫尚贤者，政之本也"，并且论析了"贤良之士厚乎德行、辩乎言谈、博乎道术"的贤能标准。孟子主张"尊贤使能"，如《孟子·公孙丑》上篇载孟子曰："尊贤使能，俊杰在位，则天下之士皆悦。"荀子主张尊贤隆礼，《荀子》书中有《王制》《君道》《君子》等篇章，多次论及"尚贤使能"。

与孔、墨诸子有所不同，《公羊传》所阐发的"贤贤"思想既较为丰富，也颇为具体。《公羊传》指出："《春秋》为尊者讳，为亲者讳，为贤者讳"①，并且主要是通过解释《春秋》如何"为贤者讳"，来发挥自己对"贤"及"贤者"的看法。《公羊传》所具体阐发的"贤贤"思想，大致包括贤乎"得君臣之义"、贤乎"让国"、贤乎"知权"及贤乎"复仇"诸事，下面将依次述之。

一 贤乎"得君臣之义"

所谓"君臣之义"，是指君臣相处之道，也就是孔子所说的"君君、臣臣"。《论语·颜渊》载齐景公问政于孔子，孔子对曰："君君、臣臣，父父、子子。"景公曰："善哉！信如君不君、臣不臣，父不父、子不子，虽有粟，吾得而食诸？"

古代儒家以君臣之义为最重要的人伦关系，如子路所言"君臣之义，如之何其废之？"（《论语·微子》）并且对于君臣之道也有相当充分的论述。如《论语·八佾》载孔子曰："君使臣以礼，臣事君以忠。"《孟子·离娄》上载孟子云："欲为君，尽君道，欲为臣，尽臣道。"《荀子》书中尚有《君道》与《臣道》两篇专文，论说君臣之间以礼相待之道，如

① 王维堤、唐书文：《春秋公羊传译注》，上海古籍出版社 2004 年版，第 172 页。

《君道》云："请问为人君？曰：以礼分施，均遍而不偏。请问为人臣，以礼待君，忠顺而不懈"；《臣道》篇详分"态臣""篡臣""功臣""圣臣"四类，具述"人臣之论"。《礼记·大学》则曰："为人君，止于仁；为人臣，止于敬。"可见，在儒家学者看来，仁义忠敬是君臣相处的重要原则。

《公羊传》对"君臣之义"也相当重视，并且有自己的见解。

首先，《公羊传》通过曹羁"三谏而去"、公孙友"诛不辟兄"二事，正面阐明了对"君臣之义"的理解。例庄公二十四年载曰：

> 冬，戎侵曹，曹羁出奔陈。
>
> 曹羁者何？曹大夫也。曹无大夫，此何以书？贤也。何贤乎曹羁？戎将侵曹，曹羁谏曰："戎众以无义。君请勿自敌也。"曹伯曰："不可。"三谏不从，遂去之，故君子以为得君臣之义也。

戎国将要入侵曹国，曹大夫曹羁进谏其君：因为戎军人多而不义，请国君不要亲自御敌。但曹伯以为不可。曹羁三谏，曹君仍然不从，于是曹羁去曹奔陈。对于曹羁去曹奔陈之事，《春秋》经文书为"曹羁出奔陈"，《左传》及《穀梁传》无传，唯《公羊传》评之。《公羊传》不仅没有批评曹羁离开自己国家而出逃外国的行为，反而认为《春秋》书载其事是在称赞曹羁的贤明，并援引"君子"之语说曹羁"三谏而去"之举乃"得君臣之义"。对此，何休《春秋公羊传释诂》亦引《论语·先进》所载孔子"所谓大臣者，以道事君，不可则止"的话予以肯定。

为臣之道，以忠敬、道义为准。为臣者，有责任就有关国家治乱或社会问题建言献策，乃至对国君不妥的言行或军政措施提出纠正意见即进谏，这是传统中国颇值得称道的政治制度。如若臣下进谏多次而为君者仍不听讽谏、一意孤行，则可暂行中止君臣关系，所谓"三谏不从遂去之"。对于这样一条具有平等意识的进谏原则，儒家圣人孔、孟都是身体力行的人物。《论语·微子》载，孔子任鲁大司寇时，"齐人归女乐，季桓子受之，三日不朝，孔子行"。孟子更公然宣称要做"不召之臣"，肯定"蚳蛙谏于王而不用"则"致为臣而去"（《孟子·公孙丑》下），主张贵戚之卿遇"君有大过则谏，反复之而不听，则易位"（《孟子·万章》下）。《荀子·臣道》篇云："君有过谋、过事，大臣、父兄有能进言于君，用则可，不用则去，谓之谏。"《礼记·曲礼》也说："为人臣之礼，不显谏。三谏而不听，则逃之。"郑玄注曰："逃，去也。君臣有义则合，无义则离。"

如上所述，"三谏之义"似为儒家学者所普遍肯定。但是，若据《史记·宋微子世家》所载，对于谏君不从而去，却也有过不同的意见：面对商纣的淫乱无道，被孔子称为殷之"三仁"的贤臣微子、箕子、比干均有谏之。如"微子数谏，纣不听"，遂亡之。微子说"父有过，子三谏不听，则随而号之；人臣三谏不听，则其义可以去矣"；此后，箕子又谏，纣亦"不听"，有人劝他"可以去矣"，而箕子认为："为人臣谏不听而去，是彰君之恶而自说于民，吾不忍为也。"遂被发佯狂而为奴；王子比干不满箕子佯狂为奴的逃避态度而批评说："君有过而不以死争，则百姓何辜！"乃直言谏纣，纣遂杀比干而刳视其心。同样是谏君，微子是"三谏而去"，箕子是"不忍"去而佯狂为奴，比干是"以死争"而惨遭残杀。很显然，《公羊传》主张的"君臣之义"，更近乎微子"三谏不听则其义可以去"的主流思想。

在曹羁"三谏而去"八年之后，鲁发生了一起公孙友（字季子）鸩杀其兄公子牙的事件。针对这一事件，《公羊传》也同样作出了有"君臣之义"的评价。《春秋》庄公三十二年载"秋七月，公子牙卒"。为此，《公羊传》解释道：

> 何以不称弟？杀也。杀则曷为不言刺？为季子讳杀也。曷为为季子讳杀？季子之遏恶也，不以为国狱，缘季子之心而为之讳。
>
> 季子之遏恶奈何？庄公病将死，以病召季子，季子至而授之以国政，曰："寡人即不起此病，吾将焉致乎鲁国？"季子曰："般也存，君何忧焉？"公曰："庸得若是乎？牙谓我曰：'鲁一生一及，君已知之矣。'庆父也存。"季子曰："夫何敢？是将为乱乎？夫何敢！"俄而牙弑械成。季子和药而饮之，曰："公子从吾言而饮此，则必可以无为天下戮笑，必有后乎鲁国。不从吾言而不饮此，则必为天下戮笑，必无后乎鲁国。"于是从其言而饮之，饮之无傫氏，至乎王堤而死。公子牙今将尔。辞曷为与亲弑

者同？君亲无将，将而诛焉，然则善之与？曰："然。"杀世子母
弟直称君者，甚之也。季子杀母兄，何善尔？诛不得辟兄，君臣
之义也。

鲁庄公与公子庆父、公子牙、公孙友（按：字季子）是同母兄弟。庄
公有病将死之时，公子牙准备好了弑君凶器打算谋杀庄公，公孙友知道
后说这是"将为乱"，遂调成毒酒让公子牙饮之自杀。对于公孙友为保
国君而鸩杀同母兄的行为，《公羊传》认为：《春秋》之所以记载为
"公子牙卒"而不写明公孙友刺之，是在为公孙友隐讳，因为公孙友是
为了遏止作恶才让公子牙饮药自杀的，所以《春秋》"缘季子之心而为
之讳"；而且，《公羊传》还说"季子杀母兄"是一件"善"事，因为
其诛杀弑君凶手不回避兄长至亲，正合于"以臣事君"的"君
臣之义"。

其次，《公羊传》通过具体诠释宋孔父嘉、仇牧与晋荀息等三大
夫以死殉君难的行为，肯定贤明之臣在生死关头所践行的"君
臣之义"。

称赞宋大夫"孔父义形于色"之事，见于《公羊传》桓公二年：

> 宋督弑其君与夷，及其大夫孔父。
>
> 及者何？累也。弑君多矣，舍此无累者乎？曰："有。仇牧、荀
> 息皆累也。"舍仇牧、荀息无累者乎？曰："有。"有则此何以书？贤
> 也。何贤乎孔父？孔父可谓义形于色矣。
>
> 其义形于色奈何？督将弑殇公，孔父生而存，则殇公不可得而弑
> 也，故于是先攻孔父之家。殇公知孔父死，已必死，趋而救之，皆死
> 焉。孔父正色而立于朝，则人莫敢过而致难于其君者，孔父可谓义形
> 于色矣。

宋太宰华父督弑其君宋殇公与夷"及其大夫孔父（嘉）"。《公羊传》认
为，《春秋》之所以在记载孔父以及仇牧、荀息三人之死时要写明"及"
（即连累），就是要肯定他们身为臣子而能临危不惧、挺身护君的贤明行
为。如华父督欲弑其君，但只要"孔父生而存，则殇公不可得而弑也"，
"孔父正色而立于朝，则人莫敢过而致难于其君"；所以，孔父能临危不

惧、挺身护君，正"可谓义形于色矣！"

"仇牧不畏强御"之事，载于《公羊传》庄公十二年：

> 宋万弑其君捷，及其大夫仇牧。
>
> 及者何？累也。弑君多矣，舍此无累者乎？孔父、荀息皆累也。舍孔父、荀息无累者乎？曰："有。"有则此何以书？贤也。何贤乎仇牧？仇牧可谓不畏强御矣。
>
> 其不畏强御奈何？万尝与庄公战，获乎庄公。庄公归，散舍诸宫中，数月，然后归之。归反为大夫于宋。与闵公博，妇人皆在侧，万曰："甚矣，鲁侯之淑、鲁侯之美也，天下诸侯宜为君者唯鲁侯尔。"闵公矜此妇人，妒其言，顾曰："此虏也！尔虏，焉知鲁侯之美恶乎？"致万怒，博闵公，绝其脰。仇牧闻弑君，趋而至，遇之于门，手剑而叱之。万臂搋仇牧，碎其首，齿著于门阖。仇牧可谓不畏强御矣。

宋南宫万弑其君闵公捷，虽南宫万极其强暴而有勇力，但宋闵公的大夫仇牧仍急速赶来，持剑而怒叱之。后仇牧被南宫万撞杀，《公羊传》认为，《春秋》之所以要写明"及其大夫仇牧"，就是要肯定他不畏强暴、持剑怒叱弑君者罪行的正义行为，称赞"仇牧可谓不畏强御矣"。

"荀息不食其言"之事，载见《公羊传》僖公十年云：

> 晋里克弑其君卓子，及其大夫荀息。
>
> 及者何？累也。弑君多矣，舍此无累者乎？曰：有，孔父，仇牧皆累也。舍孔父、仇牧无累者乎？曰："有。"有则此何以书？贤也。何贤乎荀息？荀息可谓不食其言矣。
>
> 其不食其言奈何？奚齐、卓子者、骊姬之子也，荀息傅焉……申生者，里克傅之。献公病将死，谓荀息曰："士何如则可谓之信矣？"荀息曰："使死者反生，生者不愧乎其言，则可谓信矣。"献公死，奚齐立。里克谓荀息曰："君杀正而立不正，废长而立幼，如之何？愿与子虑之。"荀息曰："君尝讯臣矣，臣对曰使死者反生，生者不愧其言则可谓信矣。"里克知其不可与谋，退，弑奚齐。荀息立卓子。里克杀卓子，荀息死之。荀息可谓不食其言矣。

晋大夫荀息是晋献公与骊姬之子奚齐、卓子的傅，里克是太子申生的傅。在骊姬杀害太子申生以后，里克亦欲联手荀息杀掉奚齐、卓子。但荀息以曾在晋献公生前答应过"使死者反生、生者不愧乎其言则可谓信矣"为由，拒绝共谋。后里克先后杀掉奚齐、卓子，荀息则为此而自杀。故《公羊传》认为，《春秋》记载里克弑君之事同时又言"及其大夫荀息"，是因为《春秋》"贤乎荀息"，且以为"荀息可谓不食其言矣"。

《公羊传》对孔父"义形于色"、仇牧"不畏强御"、荀息"不食其言"诸事的详细叙论，所侧重的乃是为臣事君之道，褒扬的是贤臣以生命守护其君甚至以死殉君难的忠诚之德。在《公羊传》之后，董仲舒《春秋繁露·王道》篇，承《公羊传》之说而肯定"仇牧、孔父、荀息之死节"，"皆执权存国，行正世之义，守悁悁之心，《春秋》嘉气义焉"。又说："观乎鲁隐、祭仲、叔武，孔父、荀息、仇牧，吴季子，公子目夷，知忠臣之效。"

至清代，今文经学家皮锡瑞在所著《经学通论》中仍然肯定《公羊传》的解释。皮锡瑞说：

> 《春秋》大义，在讨乱贼，则《春秋》必褒忠义。《经》曰："宋督弑其君与夷及其大夫孔父"，"宋万弑其君捷及大夫仇牧"，"晋里克弑其君卓子及其大夫荀息"。三大夫皆书"及"，褒其皆殉君难。
>
> 《公羊传》曰："何贤乎孔父？孔父可谓义形于色矣"；"何贤乎仇牧？仇牧可谓不畏强御矣"；"何贤乎荀息？荀息可谓不食其言矣"。《春秋》同一书法，《公羊》同一褒辞，足以发明大义。

皮锡瑞认为《春秋》之所以对孔父、荀息、仇牧三大夫皆书"及"，就是要褒扬"其皆殉君难"的君臣之义，《公羊传》"同一褒辞"，正充分"发明"了《春秋》"讨乱贼、褒忠义"的所谓"大义"。

二 贤乎"让国"

"让国",是指在位之君或有机会继立君位者谦让君位与他人的行为。中国古代早在立国之初就有了功成不居、推贤让国的政治道德传统。儒家代表人物孔子,对诸如尧舜禅让、吴太伯三让王位、孤竹君立叔齐而让伯夷之事的高度评价,已为历来史家、学者赞不绝口,传为千古佳话。如《史记·吴太伯世家》载孔子赞叹太伯曰:"太伯,其可谓至德矣!三以天下让,民无得而称焉。"又《史记·伯夷列传》云:"孔子序列古之仁圣贤人,如吴太伯、伯夷之论详矣。"道家代表人物老子的《道德经》中,更已有"功成、名遂、身退,天之道也"的名言。

在存世的儒家文献中,《公羊传》是较早也比较集中叙论"让国"之事的。如《公羊传》襄公二十九年"吴子使札来聘"条曰:

> 吴无君无大夫,此何以有君有大夫?贤季子也。何贤乎季子?让国也。
>
> 其让国奈何?谒也、余祭也、夷昧也,与季子同母者四。季子弱而才,兄弟皆爱之,同欲立之以为君,谒曰:"今若是迣而与季子国,季子犹不受也,请无与子而与弟,弟兄迭为君,而致国乎季子。"皆曰:"诺。"故诸为君者,皆轻死为勇,饮食必祝曰:"天苟有吴国,尚速有悔于予身。"故谒也死,余祭也立。余祭也死,夷昧也立。夷昧也死,则国宜之季子者也。季子使而亡焉。
>
> 僚者,长庶也,即之。季子使而反,至而君之尔。阖庐曰:"先君之所以不与子国,而与弟者,凡为季子故也。将从先君之命与,则国宜之季子者也;如不从先君之命与,则我宜立者也,僚恶得为君乎?"于是使专诸刺僚,而致国乎季子。季子不受曰:"尔弑吾君,吾受尔国,是吾与尔为篡也。尔杀吾兄,吾又杀尔,是父子兄弟相杀,终身无已也。"去之延陵,终身不入吴国。故君子以其不受为义,以其不杀为仁。

《春秋》襄公二十九年,吴子使季札聘鲁,《左传》详载其观周乐于鲁及历访中原诸国的经历，所谓"让国"唯见襄公三十一年晋赵文子问于吴屈狐庸曰"延州来季子果其立乎?"其文不明；《穀梁传》亦未载。故"季札让国"之事，数《公羊传》及《史记·吴太伯世家》所载较详。《公羊传》以近五百字的篇幅，详叙《春秋》"贤季子"之"让国"的大义，颇有特点：一是详载季札之三兄谒、余祭、夷昧，以"弟兄迭为君而致国乎季子"的言行，而且"皆轻死为勇"，但季子仍然"使而亡焉"不受国位，乃至于"去之延陵终身不入吴国"，充分表现了季札让国的真诚执着；二是载录了季札关于"尔弑吾君，吾受尔国，是吾与尔为篡也；尔杀吾兄，吾又杀尔，是父子兄弟相杀终身无已"的一段言论，高度评价了季札"以其不受为义、以其不杀为仁"的品德及其意义。

除"季札让国"外，《公羊传》还多处叙论了其他春秋时人的"让国"言行。先看《春秋》僖公二十八年"晋人执卫侯归之于京师"条，《公羊传》曰：

> 卫侯之罪何？杀叔武也。何以不书？为叔武讳也。《春秋》为贤者讳，何贤乎叔武？让国也。其让国奈何？文公逐卫侯而立叔武，叔武辞立而他人立，则恐卫侯之不得反也，故于是己立。然后为践土之会，治反卫侯。卫侯得反，曰："叔武篡我。"元咺争之曰："叔武无罪。"终杀叔武，元咺走而出。
>
> 此晋侯也，其称人何？贬。曷为贬？卫之祸，文公为之也。文公为之奈何？文公逐卫侯而立叔武，使人兄弟相疑，放乎杀母弟者，文公为之也。

叔武是卫成公之弟。晋文公侵曹伐卫之时，逐卫成公而立叔武，叔武欲求成公返国而摄位参与践土之会，终于使晋人归返卫成公而复其君位。但卫成公复位之后仍然杀害了叔武。《公羊传》以为，《春秋》载"晋人执卫侯归之于京师"，其意在于明确卫成公杀叔武之罪而"贤乎"叔武让国之德，并且也对晋文公"逐卫侯而立叔武、使人兄弟相疑"相残的行为予以贬斥。

又，昭公三十一年"黑弓以滥来奔"：

> 文何以无邾娄？通滥。曷为通滥？贤者子孙宜有地也。贤者孰谓？谓叔术也。何贤乎叔术？让国也。

叔术是滥国的始国之君、邾娄国君颜之弟，滥国的"贤大夫"。周王室因邾娄颜在鲁宫中与九个女公子淫乱，"为之诛颜而立叔术"，但叔术后又致国于邾娄颜之子夏父。夏父受国之后，欲"中分"其国与叔术，叔术不可；一直至"五分之，然后受之"。故《公羊传》认为，《春秋》载"黑弓以滥来奔"之事，意在"贤乎叔术"之"让国也"，并且说："叔术者，贤大夫也。"

上述这两条文字，虽然所述及的内容各异，但在《公羊传》看来，卫叔武、滥叔术之所以被《春秋》视为"贤者"或"贤乎"其人，却都是因为他们与吴季札一样，有"让国"这一共同的品德。

再看《公羊传》昭公二十年云：

> 夏，曹公孙会自梦出奔宋。
>
> 奔未有言自者，此其言自何？畔也。畔则曷为不言其畔？为公子喜时之后讳也。《春秋》为贤者讳，何贤乎公子喜时？让国也。
>
> 其让国奈何？曹伯庐卒于师，则未知公子喜时从与？公子负刍从与，或为主于国，或为主于师。公子喜时见公子负刍之当主也，逡巡而退。贤公子喜时，则曷为为会讳？君子之善善也长，恶恶也短；恶恶止其身，善善及子孙。贤者子孙，故君子为之讳也。

昭公二十年夏，曹大夫公孙会自曹国的梦邑叛逃奔宋。《公羊传》认为：公孙会叛逃而《春秋》却未明写，是在为公孙会隐讳。因为公孙会是有"让国"之贤的公子喜时的后代。公孙会的父亲公子喜时，是曹宣公之子、曹成公负刍庶兄，《公羊传》成公十六年称公子喜时为"仁人"。曹宣公伯庐卒时，公子喜时与公子负刍兄弟俩，一个在国中主持丧礼，另一个在军中主持丧礼，公子喜时见到公子负刍已主国中之丧，即"逡巡而退"。《公羊传》认为，《春秋》为贤者讳，之所以会"贤乎"公子喜时，是因为他"让国也"。但，《春秋》贤公子喜时，又为什么会为公子喜时的儿子公孙会而"讳"呢？《公羊传》又解释道：这是因为君子称许善行的时间也长，君子"善善"会及于为善者的子孙。公孙会是"贤者子孙，故君子为之讳也"，充分强调了有"让国"之举的贤者乃至于贤者的子孙，都应该受到尊重。

三　贤乎"知权"

《公羊传》阐发的"贤贤"思想，其最具有意义者当是所谓"知权""行权"。

鲁桓公十一年夏五月，郑庄公卒，郑国议立其嫡长子公子忽继君位。但是，当年九月，宋庄公却捉拿了郑相祭仲，逼迫他驱逐公子忽（即后来的郑昭公），而改立宋女所生且其时在宋的庶子公子突（即后来的郑厉公）。祭仲迫于宋庄公的强势，为保全公子忽的性命和避免郑国不被宋灭亡，就依宋庄公的要求使公子忽出奔卫国而迎立公子突继位为郑国君。

这样一件因外力干预而废嫡立庶之事显然违背了常理；但在《公羊传》看来，却是祭仲"知权"的"贤"明之举。《公羊传》曰：

> 九月，宋人执郑祭仲。
>
> 祭仲者何？郑相也。何以不名？贤也。何贤乎祭仲，以为知权也。
>
> 其为知权奈何？……庄公死，已葬，祭仲将往省于留，涂出于宋，宋人执之，谓之曰："为我出忽而立突。"祭仲不从其言，则君必死，国必亡；从其言，则君可以生易死，国可以存易亡。少辽缓之，则突可故出，而忽可故返。是不可得，则病，然后有郑国。古人之有权者，祭仲之权是也。
>
> 权者何？权者，反于经，然后有善者也。权之所设，舍死亡无所设。行权有道，自贬损以行权，不害人以行权。杀人以自生，亡人以自存，君子不为也。①

所谓"权"，是指权衡轻重得失、因事制宜的权宜、权变或变通之计，而与坚持原则、墨守成规的所谓"经""常"相对。如《公羊传》所云："权者，反于经，然后有善者也。"权，是虽然违背于经、常之理但却符

---

① 《春秋公羊传》，辽宁教育出版社 1997 年版，第 14 页。

合于善的变通行为。如《孟子·离娄上》曰:"男女授受不亲,礼也;嫂溺,援之以手者,权也。"

《公羊传》通过对《春秋》大义的分析,高度评价了祭仲"逐君存郑"的"知权"行为,指出《春秋》书载此事时,之所以称祭仲之字而不称其名(祭仲名足字仲),是因为祭仲"贤也",而《春秋》之所以"贤乎祭仲",是"以为知权也"。

当然,《公羊传》对"权"及其施行("行权"),却有相当严格的规定:其一,是所谓"权之所设,舍死亡无所设",即"除非在面对死亡时才能行权"①,在关系到君死、国亡这样的严重事态有可能发生时才能"行权";其二,即使是事关君国生死存亡的大事,也只能"自贬损以行权、不害人以行权",决不能"杀人以自生、亡人以自存"地行权。

在这里,《公羊传》既将"权"即"行权",设定在有君、国"死亡"这样的严重事态范围之内,也对"行权"的方式途径作了只能"自贬损、不害人"的"君子"约定。

与肯定"知权"同时,《公羊传》也肯定"能变"。如《春秋》文公十二年载"秦伯使遂来聘",《公羊传》曰:

> 遂者何?秦大夫也。秦无大夫,此何以书?贤穆公也。何贤乎穆公?以为能变也。

秦穆公在秦晋殽之战中战败后,悔而能变,总结经验,吸取教训,遂霸西戎,得到历代史家、学者的赞扬。《公羊传》这里对秦穆公的肯定,亦与《荀子·大略》"《春秋》贤穆公,以为能变"的观点相同。

对于《公羊传》以"知权"为"贤"的思想,汉董仲舒、何休等都给予了充分的肯定和进一步的发挥。如董仲舒说:

> 《春秋》之道,固有常有变,变用于变,常用于常,各止其科,非相妨也……逢丑父杀其身以生其君,何以不得为"知权"?丑父欺晋,祭仲许宋,俱枉正以存其君。然而丑父之所为,难于祭仲,祭仲见贤而丑父犹见非,何也?曰:……夫去位而避兄弟者,君子之所甚

---

① 刘国民:《董仲舒的经学诠释及天的学说》,中国社会科学出版社 2007 年版,第 142 页。

贵；获虏逃遁者，君子之所甚贱。祭仲措其君于人所甚贵以生其君，故《春秋》以为知权而贤；丑父措其君于人所甚贱而生其君，《春秋》以为不知权而简之。其俱枉正以存君，相似也；其使君荣之与使君辱，不同理。①

在什么情况下的权宜处置才可谓之"知权"呢？董仲舒以上述郑祭仲之事，与成公二年齐晋鞍之战中齐逢丑父因相貌酷似而冒充齐顷公并让他取水逃逸之事，详加比较辨析，从而得出一为"中权"、一属"邪道"的结论：祭仲权且接受宋国胁迫而最终保全了郑国社稷，逢丑父权充其君却使顷公处于临阵遁逃的耻辱地位。故所谓："前枉而后义者，谓之中权，虽不能成，《春秋》善之，鲁隐公、郑祭仲是也；前正而后有枉者，谓之邪道，虽能成之，《春秋》不爱，齐顷公、逢丑父是也。"

对此，何休《春秋公羊传释诂》云：

> 权者，称也，所以别轻重。喻祭仲知国重君轻，君子以存国除逐君之罪，虽不能防其难，罪不足而功有余，故得为贤也；古人谓伊尹也。汤孙大甲骄蹇乱德，诸侯有叛志，伊尹放之桐宫令自思过，三年而复成汤之道。前虽有逐君之负，后有安天下之功，犹祭仲逐君存郑之权是也。

何休也高度评价了祭仲"知国重君轻"的卓识与"逐君存郑"之"权"的正当性，因而"故得为贤也"是也。

四 贤乎"复仇"

中国古代长期以来有有仇必复的传统意识。先秦文献如《礼记·曲礼》云："父母之仇，弗与共戴天；兄弟之仇，不反兵；交游之仇，不同国。"《礼记·檀弓》云："子夏问于孔子曰：'居父母之仇如之何？'夫子曰：'寝苫，枕干，不仕，弗与共天下也。遇诸市朝，不反兵而斗。'曰：'请问居昆弟之仇如之何？'曰：'仕，弗与共国。衔君命而使，虽遇

---

① 董仲舒：《春秋繁露》，上海古籍出版社 1989 年版，第 16—17 页。

之不斗。'"《周礼·地官司徒·调人》云:"父之仇,辟诸海外;兄弟之
仇,辟诸千里之外;从父兄弟之仇,不同国;君之仇视父,师长之仇视兄
弟,主友之仇视从父兄弟。"至汉代,甚至还有所谓"一饭之德必偿、睚
眦之怨必报"之说流传古今。

《公羊传》具有较为丰富的复仇思想内容,它主张臣下可以向君主复
仇,并且把"复仇"提到了"贤"的高度。先看庄公四年载曰:

> 纪侯大去其国。大去者何?灭也。孰灭之?齐灭之。曷为不言齐
> 灭之?为襄公讳也。《春秋》为贤者讳,何贤乎(齐)襄公?复
> 仇也。
>
> 何仇尔?远祖也。哀公亨乎周,纪侯谮之。以襄公之为于此焉
> 者,事祖祢之心尽矣。尽者何?襄公将复仇乎纪,卜之曰:"师丧分
> 焉";"寡人死之,不为不吉也"。远祖者几世乎?九世矣。九世犹可
> 以复仇乎?虽百世可也。家亦可乎?曰:"不可。"国何以可?国君
> 一体也。先君之耻,犹今君之耻;今君之耻,犹先君之耻也。国君
> 何以为一体?国君以国为体,诸侯世,故国君为一体也。今纪无罪,
> 此非怒与?曰:"非也。"古者有明天子,则纪侯必诛,必无纪者;
> 纪侯之不诛,至今有纪者,犹无明天子也。
>
> 古者诸侯必有会聚之事,相朝聘之道,号辞必称先君以相接。然
> 则齐、纪无说焉。不可以并立乎天下。故将去纪侯者,不得不去纪
> 也。有明天子,则襄公得为若行乎?曰:"不得也。"不得,则襄公
> 曷为为之?上无天子,下无方伯,缘恩疾者可也。

齐襄公是个暴虐荒淫之君,他暗杀了鲁庄公的父亲鲁桓公,最后自己也被
齐公孙无知所弑,但《公羊传》却把这样一个人物当成"贤者"来肯定。
其理由就是他"复仇"了。《公羊传》认为,齐襄公灭亡纪国,是为报一
百多年前其九世祖齐哀公因纪侯进谗言而被周懿(或夷)王烹煮杀害之
仇,因此"为贤者讳"的《春秋》,才以齐襄公为"贤者"并"为襄公
讳也"。

在这段文字中,《公羊传》不仅肯定齐襄公因为"复仇"而被《春
秋》视为"贤者",而且还提出"虽百世"可报远祖先君之仇,所谓
"国君一体也,先君之耻,犹今君之耻也"。后来,颇受《公羊传》影响

的司马迁在《史记·匈奴列传》所载汉武帝发动对匈奴战争的诏书中，还引用《公羊传》语曰："昔齐襄公复九世之仇，《春秋》大之。"这说明《公羊传》的复仇思想对汉代人仍有影响。

同时，《公羊传》还在解释《春秋》庄公四年"公及齐人狩于郜"的经文时，指出国君与仇人一起狩猎应予讥贬：

> 公曷为与微者狩？齐侯也。齐侯则其称人何？讳与仇狩也。前此者有事矣，后此者有事矣，则曷为独于此焉讥？于仇者，将壹讥而已，故择其重者而讥焉，莫重乎其与仇狩也。于仇者则曷为将壹讥而已？仇者无时，焉可与通？通则为大讥，不可胜讥。

齐襄公杀害了鲁庄公的父亲桓公，是鲁庄公不共戴天的仇人，所以《公羊传》认为《春秋》称襄公为"齐人"而"微"之，并为鲁庄公"与仇狩"而隐讳。国与国之仇是性质严重的事件，国君与仇人一起狩猎或与仇人交往相通，都应受到莫大的贬刺。这样一来，对国君"复仇"行为的肯定乃至赞扬，则是理所当然的了。

在关于鲁庄公九年鲁齐乾时之战的解释中，《公羊传》又一次夸扬复敌国杀君之仇即复国仇的意义：

> 八月庚申，及齐师战于乾时，我师败绩。内不言败，此其言败何？伐败也。曷为伐败？复仇也。

鲁庄公八年冬，齐襄公卒。次年，鲁庄公为报齐襄公杀君父鲁桓公之仇，而与齐师战于齐地乾时，因为不敌齐而败绩。但《公羊传》认为，《春秋》一般是不书鲁国战败的，而这里却说"我师败绩"，这是在夸扬鲁国为了复仇而战。如何休《解诂》云："复仇以死败为荣，故录之。"

《公羊传》在肯定复君国之仇时，也主张子复父仇。如《公羊传》隐公十一年引子沈子语曰："君弑，臣不讨贼，非臣也；不复仇，非子也。"但《公羊传》对复家族之仇及复私仇，尚有自己的解说。如前引庄公四年，在回答报国君之仇"九世犹可以复仇乎"时，《公羊传》明确回答"虽百世可也"；但对于复家族之仇，则说"不可"。而论述更详者，还是定公四年关于伍子胥复仇的一段言论：

伍子胥父诛乎楚，挟弓而去楚，以干阖庐。阖庐曰："士之甚，勇之甚。"将为之兴师而复仇于楚。伍子胥复曰："诸侯不为匹夫兴师。且臣闻之：事君犹事父也。亏君之义，复父之仇，臣不为也。"于是止。

蔡昭公朝乎楚，有美裘焉。囊瓦（楚令尹）求之，昭公不与。为是拘昭公于南郢。数年然后归之。于其归焉，用事乎河，曰："天下诸侯苟有能伐楚者，寡人请为之前列。"楚人闻之怒，为是兴师，使囊瓦将而伐蔡。蔡请救于吴。伍子胥复曰："蔡非有罪也，楚人为无道。君如有忧中国之心，则若时可矣。"于是兴师而救蔡。曰："事君犹事父也，此其为可以复仇奈何？"曰："父不受诛，子复仇可也。父受诛，子复仇，推刃之道也。"

在这段文字里，《公羊传》阐述的复仇观点有：一是"诸侯不为匹夫兴师"复仇，也不能亏损国君的道义而"复父之仇"；二是父亲无辜被诛则臣下可以向君主复仇，所谓"父不受诛，子复仇可也"；三是父亲若有罪当诛而儿子也去复仇则不可取，所谓"父受诛，子复仇，推刃之道也"，是说父亲有罪当诛而儿子也去复仇，就会使仇家一往一来推刃相报，这是不被认可的。

如上所述，可知《公羊传》具有十分鲜明的复仇意识。《公羊传》提出的臣子可向君主复仇的思想，体现了自春秋、战国以来"以民为本""民贵君轻"的民主意识。如《左传》襄公十四年载，卫献公被大臣驱逐，晋悼公问于师旷曰"卫人出其君，不亦甚乎？"对曰"或者其君实甚……夫君，神之主而民之望也。若困民之主，匮神乏祀，百姓绝望，社稷无主，将安用之！弗去何为？"在师旷看来，像卫献公这样令"百姓绝望"的"困民之主"的被驱逐，是天经地义的。

春秋之时，无道国君不但可以被逐，而且可以被杀。《左传》襄公二十五年记载，荒淫好色的齐庄公，与其大夫崔杼之妻棠姜私"通焉，骤如崔氏，以崔子之冠赐人"，故"崔子因是"而"欲弑公以说于晋"报仇。齐庄公被臣下杀死后，又有人要齐相晏婴殉君尽忠，而晏婴也不同意，晏婴回答说：

独吾君也乎哉！吾死也？……君民者，岂以陵民？社稷是主。臣君者，岂为其口实？社稷是养。故君为社稷死则死之，为社稷亡则亡之。若为己死而为己亡，非其私昵，谁敢任之？

后来清吴闿生说晏子这番话是"精卓不磨之论，可破千古以来专制之朝尊主卑臣之谬说"（《左传微》卷七）。《左传》哀公十七年又载，戎州己氏之妻的发美，却被卫庄公强行剃去做了庄公夫人吕姜的假发，己氏也杀庄公报了仇。至战国时，孟子不仅说出了"民为贵、君为轻"（《孟子·尽心》下），"君之视臣如手足、则臣视君如腹心，君之视臣如犬马、则臣视君如国人，君之视臣如土芥、则臣视君如寇仇"（《孟子·离娄》下）的名言，而且还说周武王伐纣，是"闻诛'一夫'纣矣，未闻弑君也"（《孟子·梁惠王》下）。

《公羊传》或许正是受到了春秋以来尤其是孟子民主思想的影响，而形成了自己具有鲜明特点的复仇意识。

五　结语

《公羊传》虽有"尊尊、亲亲、贤贤"的内容，但其所阐发的"贤贤"思想既较为丰富也似更有意义。所谓"贤贤"，与"尊尊、亲亲"之尊崇爵位、血亲不同，而是以道德才能为标准，如《孟子·公孙丑》言"天下有达尊三，爵一、齿一、德一……辅世长民莫如德"，更近于儒家的德治思想和王道精神。

《公羊传》通过解释《春秋》如何"为贤者讳"，所具体阐发的"贤贤"思想，大致包括贤乎"得君臣之义"、贤乎"让国"、贤乎"知权"及贤乎"复仇"诸项。其核心是关于"君臣之义"，所论"君臣之义"中又侧重为臣之道，侧重为贤臣之道。本文所述诸事中，对于为臣者如何谏君，主张"三谏而去"；为臣者如何处理君臣父子兄弟关系，主张以君国利益为先、"诛不辟兄"；在国君有危难之时，臣下要"不畏强御"、挺身护君乃至于以死殉君；在面对君位废立之事，提倡"让国"；在危及国家安危存亡之时，主张以存国存君为前提，赞成从实际出发"知权""能变"。唯有对"复仇"的肯定，则是从君、臣双方立论的。

如上所述，本文谨对《公羊传》"贤贤"思想的内容作了一些粗浅的归纳叙述，其中不妥不周之处或在所难免，恳请读者批评指正。其他诸如《公羊传》"贤贤"思想的价值特色、形成原因及其对汉代乃至此后思想史的影响等重要问题，均未专门论及，尚待进一步研究。

原载方铭主编《〈春秋〉三传与经学文化》，长春出版社 2009 年版

从文学史的角度略谈《易经》卦爻辞

　　起于殷商末年的《易经》卦爻辞，不仅因它朴素的辩证法和某些唯物主义思想，对中国哲学史的发展起了积极的影响，也由于它在用比喻回答贞凶问吉的形式下，提供了当时社会生活的具体内容和一些最初的文学表现手法，而丰富了我国的古代文学史。因此，可以说，从文学史的角度来研究《易》卦爻辞，和在哲学史上注意它的重要地位一样，是有意义的。

一

　　《易》卦爻辞原本是占筮之书。为了说明吉凶休咎的性质，卦爻辞作者比附歌谣诀谚，或者采用生活事例与历史故事、神话传说来作比喻。这些大半是民间口头文学，有一定典型意义，反映了历史的某一点或某一侧面，涉及了广泛的社会现象，从而向今天的读者展示了近三千年前的一段时间内人类各种生活画面。

　　从生产斗争来看，卦爻辞涉及了农业耕获与畜牧、渔猎等许多方面。而关于畜牧渔猎的文字比农事方面的多，牲禽各类已见马、牛、羊、豕等。

　　卦爻辞在反映生产情形时，有些地方是用形象来生动具体地描绘的。例如：

　　　　女承筐，无实。士刲羊，无血。（《归妹》卦上六）

据《国语·楚语》下韦昭解、《左传》僖公十五年杜预注，"刲"训为

"刺"或"割"。高亨先生释"刉"字亦同古人，而认为这条爻辞是古代贵族结婚行献祭宗庙之礼时的描写①。郭沫若和刘大杰先生的解释却不同。如郭老说："我觉得这是牧场上一对年青的牧羊人夫妇在剪羊毛的情形，刉字怕是剪剔之类的意思，所以才会无血（古人训作'刺'字，实在讲不通）。剪下的羊毛，女人用竹筐来承受着，是虚松的，所以才说'无实'。我想我这种解释是合乎正轨的。那么我们看，这是一幅多么优美的图画呢？假使你画出一片碧绿的草原，草原上你画出一群雪白的羊，在那前景的一端你画出一对原始人的青年夫妇，很和睦地一位剪着羊毛，一位承着筐子，这怕会比米勒（Millet）的《牧羊少女》还要有风致罢？"② 若郭老的解释是符合原意的，这条爻辞就确实是一幅反映牧羊人生产的美丽画图了。

政治斗争方面，卦爻辞中反映得更系统，描绘得也更具体。

从卦爻辞中可知人们对财产的得失很关心。"得、丧"的文字在卦爻辞中多次出现，有的卦爻辞"得""丧"并言，如《井》卦"无丧无得"；《震》六二"亿丧贝……七日得"；《旅》六二"得童仆"、九三"丧其童仆"——童仆就是主人的奴隶，这是很重要的财产；《既济》六二"妇丧其茀，勿逐，七日得"；《晋》六五"失得"；等等。《易·系辞传》说："吉凶者，失得之象也"；"吉凶者，言乎其失得也"。人们对"吉凶"的贞问与判断，往往是因财产的得失而发。

财产私有制的确定，私有观念的进一步发展，贫富两极的严重对立，阶级便形成了。在卦爻辞里，天子、大君、王、公、侯、大人、君子和小人、刑人、幽人、邑人、臣、妾、童仆等各种人物都出现了。这众多的人物却分别为两个阶级：处于统治地位的王侯贵族与处于被统治地位的平民和奴隶；史巫则是为统治阶级服务的知识分子。

有阶级，就有阶级矛盾和阶级斗争。随着阶级矛盾和斗争的日益尖锐化，作为一种特殊权力机关的"国家"也强化了。恩格斯说："构成这种权力的，不仅有武装的人，而且还有物质的附属物，如监狱和各种强制机关。"卦爻辞有《师》卦，还有些地方说到"师"，如《豫》卦辞"行

---

① 高亨：《周易大传今注》卷4，齐鲁书社1979年第1版，第444页。

② 郭沫若：《周易时代的社会生活》，《中国古代社会研究》，人民出版社1977年版，第50页。

师";《谦》卦上六"利用行师,征邑国"等。"师"就是武装的人,是构成国家机器的重要部分,而且是用来"征邑国"的。

讼狱刑罚,在卦爻辞中也有详细记载。刑具有桎梏、校、株木等名目和丛棘、幽谷等监狱,肉刑有夭、劓、刖、"咸其拇""咸其腓""咸其股""咸其脢""咸其辅颊舌"等花样。奴隶社会阶级矛盾之尖锐,阶级压迫之残酷,可见一斑。

在奴隶主眼里,正如罗马法律赤裸裸地写明的那样——"奴隶不是人","奴隶是另一种家畜",对他们是可以随意施刑宰杀的,也可以任便像宰杀牛羊一样当作牺牲的。《随》卦上六就这样记载着:"拘系之,乃从维之,王用享于西山。"

然而,哪里有压迫,哪里便有反抗。在卦爻辞中,我们可以看到奴隶最初的阶级觉悟和反抗情绪:

> 硕果不食,君子得舆,小人剥庐。(《剥》卦上九)

关于"庐"字的解释,历来不一。一说为"荫庇之所":《文选》左太冲《魏都赋》云:"庶觊蔀家与剥庐,非苏世而居正";高亨先生直接训为"房舍"。另一说为植物:汉帛书《周易》作"芦"。《说文》:"芦,芦菔也,一曰茅根";王闿运《周易说》解为"蕧",并引《诗经·小雅·信南山》"中田有庐,是剥是菹"为证,郭老亦用此说。但不管怎样解说,都同样可以看出:丰硕的果实,本来是劳动者用血汗换来的,然而却不得入口;不劳动的"君子"夺去了果实,被剥削的"小人"——劳动者则破产了。劳者不食、食者不劳的社会本质,就这样深刻地被揭露出来了。这种手法,在《诗经》中有了更大的发展。如《小雅·大东》"周道如砥,其直如矢,君子所履,小人所视"四句,则无论从情调或形式上看,都与上面这条爻辞极相类似。这些文字,无疑都传达了劳动者不满和怨恨的声音。又如:

> 不克讼,归而逋其邑人三百户。(《讼》卦九二)

石声淮教授认为,这条爻辞"说的是一个大量收容逃奴的贵族,在争讼失败之后,被迫把三百户'邑人'退还给原来占有这些'邑人'的奴隶主贵族的事"。石先生释这里的"邑人"为奴隶。可知这里实际上记录了奴隶以逃亡作反抗的史实。再如《萃》卦初六所记，则是奴隶暴乱了：

> 有孚不终，乃乱乃萃。若号，一握为笑。勿恤，往，无咎。

《象传》曰："萃，聚也"；《杂卦传》："萃，聚。"这条爻辞意为：那班俘虏有始无终，现在不同以前了，意聚集在一起搞叛乱。一个个呐喊呼号，握手言笑。对他们只有无情地镇压，不能有半点儿怜悯。去吧，去扑灭他们，大胆扑杀，没什么关系！在这里，奴隶们聚结作乱的激愤情绪，奴隶主镇压起义的狰狞面目，表现得很清晰。

在阶级社会中，战争是阶级斗争的最高表现形式，也是经常发生的事情，因而卦爻辞中关于战事的记载也特别多。它这样描写战斗结束后的情景：

> 得敌，或鼓，或罢，或泣，或歌。(《中孚》卦六三)

简短十个字，描绘了一个生动的场面，形象地表现了打胜仗后有人欢笑有人愁的不同情绪。在奴隶社会频繁不断的战争中，并非所有战胜者都能享受快乐。因为真正的受害者总是广大的奴隶，他们遭到的是各种形式的残酷屠杀。例如《离》卦上九：

> 王用出征，有嘉折首，获匪其丑，无咎。

《汉书·傅常郑甘陈段传》师古曰："嘉，善也。丑，类也。"言王者出征。克敌斩首，特别嘉奖首级砍得多的人，只要你砍下了首级，即便不是敌人一类的也没有关系。

卦爻辞对当时人类生活具体情形的反映，更涉及了婚媾子嗣、妇女孕育、居处衣食、行旅交通及祭祀等方面。

当时，人类似乎已经进入了一夫一妻制。但原始婚俗的残余还存在，《屯》卦便向读者描绘了一幕抢婚的生动场景：

> 屯如，邅如，乘马班如；匪寇，婚媾。（六二）
> 乘马班如，泣血涟如。（上六）

男子威风凛凛地驾着车马来了，而后又徘徊不前，人家以为他是强盗，等到女子被抢走了，才知道他们不是强盗，是来抢亲的。女子伤心地哭泣，眼泪连连不断。在这里，抢亲者的威仪，被抢者的悲状，都跃然纸上。

有关祭祀的记载，凡十余见，可看出祭祀在当时人类生活中的重要性。

关于行旅交通的文字则是最多的，如"利"或"不利"于"涉大川""有攸往"等。出门就得占筮，问问此行是吉是凶，可知古人对这事是何等的慎重！这大概是当时交通工具落后，人们行路艰难的缘故吧。《泰》卦九二就记载了用大葫芦作腰舟济渡的事。

卦爻辞不仅以上述这类片玉碎瑶式的生活素材，编织着当时社会生活的素朴图景，还用许多具有文学趣味的传说、故事深刻提示了一些重要的社会现象。试举几例：

其一，"入于穴，有不速之客三人来，敬之终吉"（《需》卦上六）。速，召也，今谓之邀请。刚刚走进家门，就来了三个素不相识的人。这些家伙不是强盗，就是寇贼，谁也惹不起。只有对他们恭恭敬敬，笑脸逢迎，最终才能免除祸害。这故事是真实而有意义的，它形象地反映了当时社会的一个黑暗面。

其二，"同人先号咷而后笑，大师克相遇"（《同人》卦九五）。人们先是号咷大哭而后又高兴地笑了起来，因为听到了自己的大部队打了胜仗的喜讯了。这个故事活泼有趣，有浓厚的生活气息。"资同人之先号，得北叟之后福"（见《后汉书·蔡邕列传》），在后人的典籍中，它还这样用来与"塞翁失马、安知非福"的著名典故相提并论，由此也见出这故事对后人的影响之深。

其三，"丰其屋，蔀其家，窥其户，阒其无人，三岁不觌"（《丰》卦上六）。既丰大其屋，又遮蔽其家，可知这是家大户，而窥其门户，却空寂无人，且三年之久也没见到一个人影。这是一个既富有哲理又有现实意义（指当时的现实）的故事。大家巨富，也会有遭祸或破败的时候。春秋人伯廖曾用这个故事来暗示"无德而贪"的不良结局（见《左传》宣公六年）；汉扬雄《解嘲》又用这个典故说："炎炎者灭，隆隆者绝……高明之家，鬼瞰其室"，表示物极必反的道理。

此外，如《睽》卦六三和上九爻辞、《困》卦和《井》卦爻辞，都似乎是充满神话色彩或生活意味的故事，它们虽然都很简短，却大都有人物，有情节，有主题，写得优美有趣。从上述这些故事中，读者能够认识当时社会中一些带本质意义的现象，还能够获得思想上的启示和艺术上的享受。卦爻辞中这类故事不少，还应有认真的考释整理。

二

卦爻辞在句式、用韵方面，已有所成就，有的已开《诗经》之先河，虽然还不如《诗经》那样成熟。鲁迅先生在《汉文学史纲要》中说："巫史非诗人，其职虽止于传事，然厥初亦凭口耳，虑有愆误，则练句协音，以便记诵。"鲁迅先生科学地阐明了古代初期文辞简约有韵的客观规律。卦爻辞是遵循了这个规律的。为了"以便记诵"和占筮运用时方便，它的编纂者很下了番"练句协音"的功夫。

从句式上看，卦爻辞大都简短而形式多样。以三言、四言为主，各占百分之四十左右。其余多是二言和少量的五言（例《坤》卦辞"利牝马之贞。君子有攸往，先迷后得主"）、六言（例《泰》卦六五"帝乙归妹以祉"、《随》卦上六"王用享于西山"）、七言（例《泰》卦六四"翩翩不富以其邻"）、八言（例"同人先号咷而后笑"）等。大致整齐对称的句子很不少，有些甚至已成对偶之文。这可分成两种类型：

（1）爻与爻相对称的：

> 见龙在田，利见大人。（《乾》卦九二）
> 飞龙在天，利见大人。（《乾》卦九五）
> 枯杨生稊，老夫得其女妻。（《大过》卦九二）
> 枯杨生华，老妇得其士夫。（《大过》卦九五）

（2）句与句相对称的：

> 伏戎于莽，升其高陵，三岁不兴。（《同人》卦九三）
> 艮其背，不获其身；行其庭，不见其人。（《艮》卦）

舍尔灵龟，观我朵颐。（《颐》卦初九）

三人行则损一人，一人行则得其友。（《损》卦六三）

从用韵上看，卦爻辞（特别是爻辞）词句多有韵律节奏，并且韵律比较和谐，节奏比较明晰。其押韵格式差不多与《诗经》一般完备。这可分四种类型来比较：

（1）句句押韵的。《诗经》如《相鼠》第一章："相鼠有皮，人而无仪。人而无仪，不死何为？"卦爻辞如：

乘马班如，泣血涟如。（《屯》卦上六）

其亡！其亡！系于苞桑。（《否》卦九五）

见舆曳，其牛掣，其人天且劓。（《睽》卦六三）

鸿渐于陆，夫征不复，妇孕不育。（《渐》卦九三）

应该提出的是，《渐》卦九三条文辞与《诗经·九罭》第三章"鸿飞遵陆，公归不复，于女信宿"几乎同出一辙，其韵律、字数、格调都相类。

（2）第一、第二、第四句押韵的。《诗经》如《风雨》第二章："风雨潇潇，鸡鸣膠膠。既见君子，云胡不瘳？"爻辞如：

井渫不食，为我心恻，可用汲，王明并受其福。（《井》卦九三）

无妄之灾，或系之牛，行人之得，邑人之灾。（《无妄》卦六三）

（3）隔句押韵的。《诗经》如《卷耳》第一章："采采卷耳，不盈倾筐。嗟我怀人，置彼周行。"卦爻辞如：

明夷如飞，垂其翼。君子于行，三日不食。（《明夷》卦初九）

困于石，据于蒺藜。入于其宫，不见其妻。（《困》卦六三）

（4）换韵的。《诗经》如《静女》第二章："静女其娈，贻我彤管。彤管有炜，悦怿女美。"卦爻辞如：

屯如，邅如，乘马班如。匪寇，婚媾。（《屯》卦六二）

贲如，皤如，白马翰如。匪寇，婚媾。（《贲》卦六四）

这两条爻辞中，遭、班，皤、翰押韵，寇、媾就是换韵了。很有趣的是，它们的句式、字数完全相同，内容也都是写乘马抢亲的，这与《诗经》中反复叠唱的章法又相似。

另外，《坤》卦中还有一种特殊的押韵形式。它的初爻至五爻，每爻第二字押韵："初六履霜、六二直方、六三含章、六四括囊、六五黄裳"，这却是《诗经》中所未见的。

三

卦爻辞运用了灵巧多样的表现手法。

首先是象征。例如"履霜，坚冰至"（《坤》卦初六）。当你脚下踏着秋霜的时候，冬日的坚冰将会来到了。始于履霜，至于坚冰，这是用自然界的现象来说明事物发展变化的规律，象征人事将变时，先现征兆，人当行事谨慎，防微杜渐。这种朴素的辩证思想，被后人接受了。蔡邕就据此而认为："是以君子推微达著，寻端见绪，履霜知冰，践露知暑。时行则行，时止则止。"又如《大壮》卦上六："羝羊触藩，不能退，不能遂。"一只公羊到处乱撞，一下撞到篱笆上，两只角被篱笆绊住了，退不能退，进不能进。这或许是牧羊人在放牧生活中所亲见的事情，编入卦爻辞中来则说明了一个抽象的道理：只顾盲目乱撞的人，结果只能是处处碰壁。

描写，也是有所运用的。例如前面提到过的《归妹》卦上六爻辞，就是用十个字生动地描写了一个放牧场面。

还有叙述。一些卦爻辞能用不多的文字完整地叙述一件事情的始末。如《井》卦从初六到上六的六条爻辞，就只用三十多个字叙述了从井被淤塞后，人们淘井、修整井壁到井水澄清、供人汲用的整个过程。

再就是赋比兴。这是卦爻辞文学成就的主要表现所在。先看赋：

困于石，据于蒺藜，入于其宫，不见其妻。（《困》卦六三）

一个人慌慌张张地行走，不小心被石头绊倒了。不知怎么又钻进了荆棘丛中，等他好不容易摸了出来，回到家里，老婆也不见了。

> 睽孤，见豕负涂，载鬼一车。先张之弧。后说之弧，匪寇，婚
> 媾。往遇雨。（《睽》卦上九）

睽孤在路上见到一头猪满身泥，一辆车子载着鬼，他先张开弓要射，后来
又放下了弓，发现原来不是强盗，而是求婚遇雨而避雨的。

上两例都是直陈故事的经过，却不限于平直，能引人入胜。后一例诙
诡谲怪，又颇有点故事情节。

再看比。比就是比喻和比拟。目的在使所描写的事物更形象、更具
体。这种手法来自民歌，在卦爻辞中已较广泛运用了，开《诗经》先声。
例如：

> 括囊，无咎无誉。（《坤》卦六四）

括，结也。括囊喻闭口不言。束结口袋，即内无所出，外无所入，喻人之
守口如瓶，这样就不会惹是生非。又如：

> 井谷射鲋，瓮敝漏。（《井》卦九二）

到井谷中去射小鱼，环境不利，无法施展手段，鱼射不到，反而把汲水的
瓮射破了。比之于人事，则指不顾客观条件而乱动，必然适得其反。

再看兴。兴，是从眼前的事物起兴，通过联想，过渡到他事物，过渡
到主题思想。《渐》卦差不多全用兴法：

> 鸿渐于干，小子厉有言。（初六）
> 鸿渐于磐，饮食衎衎。（六二）
> 鸿渐于陆，夫征不复，妇孕不育。（九三）
> 鸿渐于陵，妇三岁不孕，终莫之胜。（九五）

鸿雁进到水岸、山石、平地、山陵，与"有言""饮食"等并无必然联
系，作者只是用鸿雁的行动来作发端罢了。九三爻辞特别些，它是兴而

比：鸿本是水鸟，却上进到陆地上来了，免征丈夫在外不归，行非所宜，进而发生了一幕悲剧，家里的妻子和别的男人发生关系并怀孕了。这当然是不能容许的，她只能不将这可怜的小生命养育！九五爻辞用兴法，也基本同于九三爻。

《中孚》卦九二爻辞："鸣鹤在阴，其子和之。我有好爵，吾与尔靡之"，和《明夷》卦初九爻辞，比兴手法用得更熟练。这两首优美的诗歌，若放入《诗经》中，也不会比其他篇什逊色。第一首是支有趣的情歌，由鹤的和鸣起兴，然后进而比喻青年男女的欢悦心情，客观事物与主观感受巧妙地结合起来了。其音调之和悦，情感之真挚，真可与"关关雎鸠，在河之洲。窈窕淑女，君子好逑"的诗句比美了。第二首也是兴而比的短诗，由眼前倦飞垂翼的鸟儿起兴，联想到君子几天没吃东西走路的惨况，从而过渡到了"行役艰苦"的主题，表达了行人悲伤的感情。

卦爻辞在运用语言方面也是有成就的。这首先就体现在它的简洁凝练上。描写一个场面，表明一个哲理，或概括一种生活经验，往往只需寥寥数字，而且没有用"之乎者也矣焉哉"一类表语气的词，但语气相当完整。例如《泰》卦九三"无平不陂，无往不复"、《乾》卦上九"亢龙有悔"，都分别以八言或四言，概括了符合事物发展规律的哲理，揭示了一条闪耀着辩证法真理光辉的"物极必反"原则。这种思想，在春秋战国时期得到了广泛的传播。战国时的辩士蔡泽，就利用"亢龙有悔"的道理，说服在秦国为相而其"功极矣"的范睢自动退引，把相位让给了他（见《史记》卷79《蔡泽传》）。

其次，能运用形象的语言文字，描绘出相当生动的具体事物的形象来。如"密云雨，自我西郊"（《小畜》卦辞和《小过》六五爻辞），八个字，凝练而形象，那"山雨欲来风满楼"的声势历历在目。又如"虎视眈眈，其欲逐逐"（《颐》卦初九），两句话也将老虎扑食的形象描绘得神气活现，虎虎有生气。这样的例子，在卦爻辞中很多，且让我们再举几例：

　　　出涕沱若，戚嗟若。（《离》卦六五）

让人泪如雨下，悲戚嗟叹，这又是怎样的一种伤悲呢？

　　震来虩虩，笑言哑哑，震惊百里，不丧匕鬯。（《震》卦辞）

听到雷声，有人恐惧得直哆嗦；有人毫不在乎，谈笑自若；更有一种人，虽雷声威震百里，而他脸不改色心不慌，不但手里拿的勺子没掉到地上，连盛着的酒也没洒一点点出来，这一形象，真有点像"烈风雷弗迷"的圣人大舜了，这是描写人们在遇到惊雷时的不同心理和行动表现，可说是绘声绘影了。

　　再如它描写两口子吵嘴的情形："夫妻反目（《小畜》卦九三）"。夫妻俩闹翻脸了，气得你不看我，我不理你。"反目"二字活现了两口子生气的神态。

　　除此以外，卦爻辞还运用了重言、双声叠韵等修辞手段，来增强语言的感情色彩。重言如"乾乾、坦坦、愬愬、翩翩、谦谦、眈眈、逐逐、憧憧、嗃嗃、嘻嘻、蹇蹇、徐徐、井井、虩虩、哑哑、苏苏、索索、夔夔、衍衍、琐琐"等。双声叠韵如"玄黄、磐桓、屯邅、号咷、次且（同趑趄）"。

　　卦爻辞在表现手法与语言运用方面的成就，都开了《诗经》之先河，虽然它们不如《诗经》那样成熟。这些显然都值得重视。还有，卦爻辞在结构体例上也有它自己的特点：具有散韵相间、诗文合一的独特体例；结构上虽然不能说它很严谨，却可见出编纂者有意识的安排，有一定的规律。

　　卦爻辞是文学萌芽生长时期的产物，它比《国风》中的大部分篇章早好几个世纪。由于筮辞这一形式本身的限制，它不可能如《诗经》那样完整。但卦爻辞不失其为有文学意味，它在文学史上也是有地位的。这大概正如谭丕模先生所谓，如果说《诗经》是中国文学的第一位胎儿，甲骨文是中国文学的受胎，那么《易》卦爻辞便是文学胎儿的成长，只有经过文学的受胎和文学胎儿成长的阶段，这位文学胎儿——《诗经》——才得以呱呱坠地。

原载华中师范学院《研究生学报》1982 年第 3 期

想起晏婴不更新宅

　　近读史书，深为"晏婴不更新宅"的一段故事所感动。据《左传·昭公三年》记载：齐景公爱臣甚切，决计要为他的大臣晏婴更换一套新住宅。一天，他特地把晏婴找来说："你的住宅靠近集市，地势低下，潮湿而又狭小，声音嘈杂，灰尘也多。你不能再住在那里了，给你换一所明亮干爽的住宅吧！"晏婴听了，连忙辞谢道："前辈先臣们住在那所房子里，一个个都心安理得，我如果不能以他们为师，那就说明我奢侈了。况且我挨着集市，早晚都能了解一些情况，这于我是很有利的；再说又何必为了给我更换房子而去麻烦地方上呢！"不久，晏婴奉旨出使晋国。等他回来时，齐景公已趁机替他另辟一地，造好一栋新宅，连周围的群众也给赶走了。晏婴听说此事，一方面去求见齐景公，拜谢他的好意；另一方面派人将新房拆掉，把原来的房屋重新盖起，让故主迁回来，自己仍住旧屋。齐景公不同意这样做，晏婴就请人去讲情，终于说服了景公。

　　这个故事难免有饰美之词，但《晏子春秋》和《左传》中均有记载，不能说全属子虚乌有。晏婴本是春秋时期的一位贤臣。在齐国，他先后辅佐过灵公、庄公和景公，称得上"三朝元老"。像他这样功高望重的"高级干部"，按常人之见，接受一栋君主特意安排的新宅是不为过的。然而，晏婴却不肯有违先贤，不肯去俭入奢、擅用特权，而乐于"与民为邻"，甚至在他出使外国，别人已代他换了住宅，造成既成事实的情况下，也不作罢。这种行为，实在令人敬佩。无怪乎被誉为一代良史的司马迁也发出了这样的感叹："假令晏子而在，余虽为之执鞭，所忻慕焉！"

　　我们共产党人的思想境界与两千五百年前的晏婴相比，自不可同日而语。继承前辈的光荣传统、发扬艰苦奋斗的革命精神，功高而不自傲，权大而不谋私，在个人生活要求上尽可能不与民争利，不脱离群众，这应当是人民公仆的应有品质。然而，环顾左右，我们却不难发现，今天还确有那么一些身居要职的共产党员，调资时当"人"不让，分房子捷足先登，甚至不惜违背国法民意，利用手中的特权，挖空心思地为自己的子孙谋取种种私利。这种干部，与当年身居高位的堂堂大臣晏婴相比较，真不知相距有多远。如果借用司马迁的话说，恐怕"为之执鞭"也应当感到脸红吧！

原载《长江日报》1980年10月26日"黄鹤楼"副刊第98期。此文发表后，该报当年11月9日"黄鹤楼"创刊一百期纪念，载作家李德复《我爱〈黄鹤楼〉》一文说："我的邻居，一个退休的老人，指着《楼》中的一篇杂文《想起晏婴不更新宅》对我说：你瞄，写得几带劲哟，这是给武汉'公子楼'那些搞特权的伙计敲警钟哩！"

晏子的幽默与齐人风尚

"幽默"（Humour），虽然是个音译的外来语，但中国人民幽默的传统却是源远流长、自古而有之的。从现在掌握的文献资料看，东濒大海、阔达足智的古代齐人在这方面显得尤为突出。我国历史上许多具有幽默感的著名人物大都产生在春秋战国时期以及此后的齐人之中。本文要说的晏子，就是古代齐人中最有代表性的卓越幽默人物之一。

晏子名婴，字平仲，是春秋后期齐国有名的贤相。他历仕齐灵、庄、景三朝，适逢私门强大、国内矛盾尖锐复杂、公室衰微不振之时。为振作公室，缓和矛盾，减轻人民的疾苦，晏子一方面身体力行，推行善政，另一方面则在这复杂的环境中以多种方式向最高统治者进行讽谏、规劝，既独立于诏谀之伍，自全于纷扰之中，又常常谈言解纷，抑止昏暴，充分显示出一代贤相的美德才智，生动地表现了他卓越的幽默感。

一

晏子作为齐国三个庸君之朝的国相和一个忧国忧民的政治家，他的幽默往往是在他治理国家内政、外交的言谈举止中发生的。因此，晏子的幽默感，往往显示出思想性、战斗性的深沉和力度。

晏子常常在谏诤国君的进言之中，表现出一种既含着哀怨，又含着庄重的讽刺意味、严肃的幽默感来。例如，《左传》鲁昭公三年和《晏子春秋》[①] 内篇都同样记载的"踊贵屦贱"之事：

---

① 《晏子春秋》是战国至秦期间的齐人所编，书中汇入了一些关于晏子的传闻，并不全是史实。本文所据即为中华书局 1962 年版新编诸子集成之吴则虞编著《晏子春秋集释》本。

景公欲更晏子之宅。……晏子辞曰："君之先臣容焉，臣不足以嗣之，于臣侈矣。且小人近市，朝夕得所求，小人之利也。敢烦里旅！"公笑曰："子近市，识贵贱乎？"对曰："既窃利之，敢不识乎！"公曰："何贵何贱？"是时也，公繁于刑，有鬻踊（即今言之假腿）者。故对曰："踊贵而屦贱。"公愀然改容。

如果说晏子一开始的答话"小人近市……小人之利"透露出来的还只是一种轻松的幽默和风趣，那么，在景公顺便问及市场行情时，晏子故意针对当时繁刑滥罚的恐怖情形答之以"踊贵而屦贱"，我们便领略到了那种染上严肃色调的幽默了。因为其中不仅包含着齐国统治者对人民残忍无情、滥施刑罚的严重事实，也有晏子对此强压着愤怒的谴责和强忍着泪水的嘲讽。

如《谏上》第二十五条记载：景公最心爱的马得暴病死了，昏庸的景公大怒，下令肢解养马工。正当左右操刀而进的紧急关头，在旁的晏子突起谲语问道："尧舜支解人，从何躯始？"传为圣贤的尧舜，哪有操刀肢解人的事，这分明是信口开河，借题发挥。但言者有心，听者知意，在举世公认的圣贤面前，景公惊奇地感到自己错了，于是"遂不支解"，改令"属狱"，等候处死。这当然比肢解进了一大步，但在晏子看来仍只是量的减轻，并没有质的改变，晏子当然还不满意。这时，晏子又对景公说：这个养马人还不知道自己犯了什么死罪，请"臣为君数之，使知其罪，然后致之狱"。景公答应说"可"，于是：

晏子数之曰："尔罪有三：公使汝养马而杀之（明明是'暴死'），当死罪一也；又杀公之所最善马，当死罪二也；使公以一马之故而杀人，百姓闻之必怨吾君，诸侯闻之必轻吾国。汝杀公马，使怨积于百姓，名弱于邻国，汝当死罪三也。今以属狱！"公喟然叹曰："夫子释之！夫子释之！"

本来是不同意属狱、处死，却偏偏要数之以"死罪"，而一旦数之，竟是那样振振有词，声色俱厉，甚至连被杀者的被杀也成了导致杀人者犯罪的缘由。读着晏子这一句句幽默戏谑性的连珠妙语，想想景公当时如坐针毡的窘态，真让人抑制不住要笑出声来。但是，笑过之后，又立即会感到有股说不出的酸楚掠过心头，会感到这幽默、戏谑式的语言中藏着晏子疾恶如仇的深意。正如刘勰所云："辞虽倾回，意归义正。"

而在别一种场合，比如说在关系到国家利益的严肃的外交斗争中，当对方的捉弄、取笑、轻侮企图侵凌之际，晏子这种具有思想性、战斗性的庄重、严肃的幽默感，则显得更为生动活跃，呈现出异样的风采。此时此刻，幽默之于晏子，正如当代作家王蒙所言："是刺，是进攻，又是自卫的手段。"

这方面的例证，莫过于《晏子春秋》所载"晏子使楚"的几番斗智。在晏子使楚的过程中，无论是在楚人因晏子短小，故意"为小门于大门之侧"，以晏子为使而笑"齐无人"的时候，还是"指盗者为齐人"以辱晏子的各种复杂场面中，晏子都凭着他特有的幽默感和智力、道德上的优越条件，或以谑对谑，或反唇相讥，或抓住对方的荒谬逻辑以攻为守，从而以弱抗强，反辱为豪，既维护了自己人格的尊严，又捍卫了齐国的国体，淋漓尽致地表现了晏子不可战胜的幽默思致。相形之下，楚人的恃强凌弱，蛮横无理，却又屡屡碰壁，以致弄巧成拙，自讨没趣，自陷于羞辱难堪之中，千载之后，读文至此，尚令人喷饭。

与上述这种进攻、自卫式的幽默不同，有时晏子的幽默又是以十分轻松有趣甚至具有滑稽意味的形式表现的。这时的幽默往往呈现着浓郁的喜剧色彩。《晏子春秋·谏上》二记载说，齐景公酒酣而曰："今日愿与诸大夫为乐饮，请无为礼。"晏子当即表示反对，认为"君之言过矣"，"今君去礼，则是禽兽也"。景公不高兴，"湎而不听"。于是：

> 少间公出，晏子不起，公入，不起，交举则先饮。公怒，色变，抑手疾视曰："向者夫子之教寡人无礼之不可也，寡人出入不起，交举则先饮，礼也？"晏子避席再拜稽首而请之曰："婴敢与君言而忘之乎？臣以致无礼之实也。君若欲无礼，此是已！"

景公从主动宣布"请为无礼"到真的有人无礼之后却怒而色变，这种自相矛盾的行为已经够荒唐的了，但是身为一国之相的晏子也竟然从郑重其事的劝谏一变而为"出入不起，交举则先饮"的"无礼"表演，再变而为"避席再拜稽首而请"的毕恭毕敬的样子，不是也颇有些滑稽吗？可正是在这貌似滑稽的幽默之中，晏子"以其人之道还治其人之身"的举动，使景公入其彀中矣！景公自作自受，在吃了难言的苦头之后，又认错"闻命"，继续饬法"修礼"。

《外篇第七》又言："景公置酒于泰山之阳，酒酣，公四望其地，喟然叹，泣数行而下，曰：'寡人将去此堂堂国者而死乎？'左右佐哀而泣者三人……晏子独搏其髀，仰天而大笑曰：'乐哉！今日之饮也。今日见怯君一，谀臣三人。'"当贪生怕死的国君悲死而泣、拍马溜须的谀臣三人号哭助哀之时，晏子非但"不泣一行下"，反而拍着大腿仰天大笑，乐不可支。这委实是一幅滑稽有趣的画面。但正是在这样夸张而近于漫画化的描叙中，凸显了晏子深知"盛之有衰、生之有死"而充满达观精神的幽默风格，嘲讽了那班愚蠢无知、贪生怯死的君臣。

不少研究者都指出，幽默不只是对不合理事物的嘲笑与否定，还包含着对优点及正面现象的鼓励和肯定。如老舍先生就认为："幽默者的心是热的"，"幽默者有个热心肠儿"，"他指出世人的愚笨可怜，也指出那可爱的小古怪地点"。①

幽默者的这种特质，在晏子身上表现得也很充分。在《晏子春秋》中，读者经常可以欣赏到他那饱含着对被批评者善意的、不无鼓励的幽默感。比如景公饮酒无度，七日七夜不止，贤臣弦章以死进谏，要他废酒。景公却对晏子说："如是而听之，则臣为制也；不听，又爱其死。"晏子一听就懂得了景公既不愿真心废酒，又怕承担万一因不废酒而导致弦章自杀身死、落得个不光彩名声的矛盾心理，便立即这样回答说："幸矣！章遇君也。令章遇桀、纣者，早死之矣！"晏子把对缺点的批评换成对优点的希望和肯定，就使得一直犹豫不决的庸君在这委婉讽喻的幽默气氛中接受了"废酒"的意见，以免使自己成为桀、纣之流。

对于被批评者的缺点，晏子在幽默中给予改正的勇气，对于他们身上某些潜在的优点，则在笑声中予以鼓励和肯定。如《内篇·杂上》第九条所载景公探雀鷇之事。探雀鷇，这充其量也不过是个"可爱的小古怪地点"，晏子不但"指出了"，还把它上升到"长幼""仁爱""有圣王之道"的高度，并且他是一听说就"不待时而入见"，一经证实就"逡巡北面再拜而贺"，在这幽默风趣的言语举止之中，该有多少热望和善意。从这个角度讲，老舍说的"幽默者有个热

---

① 《老舍论创作》，上海文艺出版社 1980 年版，第 71、74 页。

心肠儿"，晏子足可当之。

二

幽默作为一种艺术手法，是喜剧性的特殊样式之一。它往往通过夸张、比喻、虚拟、影射、讽刺、双关、变形等语言形式或修辞手段，表现种种引人发笑的事情，来揭露生活中的乖讹、不通情理、虚伪甚至丑恶的现象，从而引导人们去深入地思考。幽默文学形成于文学家的艺术笔端，是作家幽默审美的产物。但是，幽默作为一种风格或气质，它的形成和表现，则主要是由幽默人物本身的独特条件所决定的；同时，也与它所处的生活环境等多种因素密切相关。

真正的幽默，是一种智慧上的优越感和健康、通达的人生态度。古今中外的幽默人物中，尽管各自的情况千差万别，但他们无一不是智慧过人、豁达乐观的。晏子就是如此。他是一个智者和贤相的典型。他公正无私，通晓事理，具有深广的阅历、渊博的学识、超人的智慧和雄辩敏捷的口才，也具有一种笑对生活、敢作敢为的独立自主精神，正因为如此，晏子才能在他处理内政外交事务的各种场合，屡屡表现出生动丰富的幽默感，从而显示出他在智力和道德上的力量与光彩。此其一。

其二，是幽默这种独具"外谐内庄"特点的方式，十分适合这位处在庸君谀臣的夹缝地位中的国相的斗争需要。晏子作为齐灵、庄、景三个庸君的国相，既要坚持原则，在错综复杂的内外矛盾中排难解纷，反对国君、谀臣、贵族的奢侈淫逸、厚敛滥刑，维护国家的安定局面，又不能事事针锋相对，一味直言无讳。于是，幽默这种特殊的喜剧性手法，便成为处于这一特殊境遇中的晏子的必然选择，并逐渐发展为他的一种独特风格。因为晏子懂得，对于庸君昏主愚蠢可笑、残暴丑恶的行为，与其义正词严地认真较量，倒不如给予外谐内庄的讽刺嘲弄更能达到目的。正所谓"谈言恒中，亦可以解纷"（《史记·滑稽列传》）；"盖言之一术，往往正言恒迕而谈言恒中，庄言寡合而巽言多收，靡听者能受而投之者之巧也"[①]。晏子谏净齐景公以及他出使楚、吴的许多幽默故事，正是这种理

_____

① 王僎：《晏子删评题辞》，载《晏子春秋集释》下册附录，中华书局1962年版，第638页。

论最有说服力的证明。

其三，晏子幽默风格的形成还与古代齐人独具特色的文化学术传统、豁达尚智的风尚习俗等因素密切相关。

滋生于我国广袤土地上的华夏传统文化，既有鲜明的共同特征，而在不同的地区、不同的民族，又往往纷呈异彩。晏子所处的古代齐国，远距内陆，近濒大海，其文化学术、民风习尚也往往与中原相异。就在春秋时代，吴公子季札曾议论过这种不同的文化现象。《左传》襄公二十九年记载说，季札观乐于鲁，先后使工为之歌《周南》《召南》《邶》《鄘》《卫》《王》《桧》《秦》《魏》等，他都从音乐与政教道德相关的角度作出评价，发表议论。而为之歌《齐》时，季札则曰：

> 美哉！泱泱乎，大风也哉！表东海者，其大公乎？国未可量也！

对齐风、齐乐所体现出来的那种"表东海者"的泱泱大国之风，这位来自海滨吴地的贵公子给予了热情的赞颂。其实，《晏子春秋》所载晏子关于"橘生淮南则为橘，生于淮北则为枳"，"民生长于齐不盗，入楚则盗"的一番论辩，不仅显示了晏子的智慧与辩才，也多少包含了晏子因地理环境不同而其文化习尚亦有差异的地域文化观点。

说到齐，我们很自然地会想到鲁。齐、鲁两国虽然相距很近，但它们在文化上却是两个不同的系统。鲁文化是与以周为代表的中原内陆文化为一系的。鲁在建国之初，就确立了以周礼"尊尊而亲亲"的原则治国。故《左传》鲁闵公元年所记载，齐仲孙湫曾对齐桓公说鲁"秉周礼""鲁不弃周礼"，襄公二十九年，吴国的季札在鲁听到了周的音乐，昭公二年，晋国的韩宣子更在鲁国得到了"周礼尽在鲁矣"的结论。正因为周、鲁文化这样密切难分，所以出生于鲁的孔子是那样羡慕周："周监于二代，郁郁乎文哉！吾从周。"（《论语·八佾》）"久矣！吾不复梦见周公！"（《述而》）"如有用我者，吾其为东周乎！"（《阳货》）鲁国产生了以孔子、曾子、子思、孟子等人为代表的儒学，其民也具有尚礼义、重廉耻的圣人教化。

齐则与鲁不同。据《汉书·地理志》记载说："周公始封，太公问：'何以治鲁？'周公曰：'尊尊而亲亲。'"反过来，周公又问姜太公："何以治齐？"太公回答说："举贤而上功。"一则是"尊尊而亲亲"，另一则是"举贤而上功",这当然不是玩弄文字游戏,而正可看作齐、鲁文化之所以不同的原因所在。下面,让我们再看看司马迁、班固这两位史学家对齐鲁不同文化风俗的分析:

> 泰山之阳则鲁,其阴则齐。齐带山海,膏壤千里,宜桑麻,人民多文采布帛鱼盐。临淄亦海岱之间一都会也。其俗宽缓阔达而足食,好议论……大国之风也。其中具五民。而邹、鲁滨洙、泗,犹有周公遗风,俗好儒,备于礼,故其民龊龊。(《史记·货殖列传》)
>
> 齐地……《诗·风》齐国是也。临淄名营丘,故《齐诗》曰:"子之营兮,遭我虖巇之间兮。"又曰:"俟我于著乎而"。此亦其舒缓之体也。……初太公治齐,修道术,尊贤智,赏有功,故至今其土多好经术,矜功名,舒缓阔达而足智。其失夸奢朋党,言与行缪,虚诈不情。(《汉书·地理志》下)

很明显,齐鲁两地不仅在自然环境、经济条件、治国方略方面有不同,人民的文化心理、风尚习惯也有很大的差异。鲁不靠海,地理环境封闭,又以单一的农业经济为基础。鲁人保守周公遗风,好儒尚礼,性格拘谨、注重小节(《史记》所言"龊龊"即拘谨、注意小节之意),当然难得幽默起来。齐地依山面海,通商工之业,便鱼盐之利,多种经济成分并存。齐人在思想学术上兼容并包、主变不常,贵族争致游说之士,稷下学宫道、法、儒、名、兵、阴阳、纵横诸家并存,论辩之风盛行。人们见多识广,性格开放乐观,豁达多智,虚论高谈,甚至虚诈不情。

在这种开放、活跃、民主的海洋工商型文化氛围中,齐地人民形成了尚智喜议、诙谐幽默的风尚传统,从而也焕发出一些文人学士的幽默感,各种风格的机智善辩的幽默人物屡见文献记载。例如,战国时期,那谓其妻曰"孰与城北徐公美"的邹忌,那以"海大鱼"三言而谏靖郭君城薛的谏者,那在齐宣王廷中高唱"士贵,王者不贵"的颜斶,孟尝君门下那三歌"长铗归来乎"的冯谖,那"深观阴阳消息而作迂怪之变,其语闳大不经"的邹衍,那"一语连三日三夜不倦"的淳于髡以及汉武帝时诙谐善言、自云"目若悬珠,齿若编贝,勇若孟贲,捷若庆忌,廉若鲍叔,信若尾生"的东方朔,等等,就都是一些颇具幽默感的著名齐人。理所当然,本文所述的晏子也不会例外,而且更因其超人的才智机敏而成为齐地众多幽默人物中的佼佼者。

三

两千多年来，幽默机智的晏子形象，就如古希腊寓言中的伊索一样，为我国人民所熟知、所喜爱；关于晏子的许多幽默故事，代复一代地在人们中间传诵，并在古代文学史上产生了影响。

战国时代，成书于这一时期的《左传》与《晏子春秋》，不仅最早描述了晏子的许许多多事迹，而且在书中（尤其如《晏子春秋》）加入了作者和晏子故事传诵者的艺术创造，形象地再现了晏子的幽默风采，成功地塑造了古代文学史这一最先出现的幽默典型。除这两部书籍外，诸如《墨子》《孟子》《子华子》《韩非子》《吕氏春秋》等书，也有关于晏子讽谏言辩故事的生动记载。

两汉时期，晏子的形象深入人心，晏子的故事更加广为流传。伟大的史传文学家司马迁在《史记》中为晏子立传"论其轶事"，并说"假令晏子而在，余虽为之执鞭，所忻慕焉"。对这位幽默雄辩的忠臣贤相表示了由衷的追慕和赞颂。再如《韩诗外传》《说苑》《新序》《列女传》诸书，都记载了大量有关晏子的幽默故事，描绘了晏子的机智和幽默感。蔡邕那篇颇具幽默意味的《短人赋》，更是称颂了晏子"匡景拒崔，加刃不恐"的胆略"辩勇"。

魏晋六朝以后，不断有文学家、史家、学者对晏子进行研究。他们或为之撰传，或注释其书，或论述其才智为人，但大都注意到了晏子善谏能辩的幽默特点。如南北朝时《刘子》一书，将"晏婴之智"与"孔丘之圣""管仲之谋""仲舒之博""子云之美"相提并论而又加以区别，突出了晏子作为一位"智者"的基本特点（见《正赏》篇）。唐人杨夔著《二贤论》评说管、晏之异同，强调晏子以机智幽默的才华"独立于谲诡之伍，自全于纷扰之中"。明代文学家杨慎《晏子春秋总评》，认为"《晏子春秋》谭端说锋，与策士辩者相似，然不可谓非正也"。又说"《说苑》及《晏子春秋》载以讽而从，不可胜数。……当时讽谏之妙，惟晏子得之"。他所说的"正"而与策士辩者相似的"谭端说锋"以及所谓"讽谏之妙"，正是晏子幽默感的重要表现。清代学者马骕著《绎史》一书，多采《晏子春秋》所记，而于"晏子使吴"章则评为"诙谐"，于"晏子使楚"章则谓其"以谑对谑",于"谏景公饮酒七日七夜"章则赞之"谈言解纷,滑稽之所以雄也"。马骕虽然用的是传统术语,然而却十分具体地道出了晏子幽默风格的特点。

晏子的形象及其幽默故事长久地在民间流传,因而也对古代民间文学创作有深远影响。在这方面最有代表性的作品,是敦煌俗赋中的《晏子赋》。

《晏子赋》是唐代的通俗文学。赋的故事出自《晏子春秋》,而又有作者的艺术加工和补充。全赋约七百字,托为晏子与梁王对话的形式,一问一答,互相论辩。如其赋云:

> 昔者,齐晏子使于梁国为使。梁王问左右曰:"其人形容何似?"左右对曰:"使者晏子,极其丑陋,面目青黑……不成人也。"
>
> 梁王见晏子,遂唤从小门而入。梁王问曰:"卿是何人,从吾狗门而入?"晏子对王曰:"王若置造人家之门,即从人门而入,君是狗家,即从狗门而入,有何耻乎?"
>
> 梁王曰:"齐国无人?遣卿来。"晏子对曰:"齐国大臣七十二相,并是聪明志(智)惠,故使向智量之国去。臣最无志,遣使无志国来。"
>
> 梁王曰:"不道卿无智,何以短小?"晏子对王曰:"梧桐树虽大,里空虚,井水虽深,里无鱼。五尺大蛇怯蜘蛛,三寸车辖制车轮。得长何益?得短何嫌?"

这是开头的几段,晏子辩驳入小门之耻、齐国无人以及他的短小。接下去是梁王再问晏子"何以黑色?""卿先祖是谁?"晏子均一一辩驳。最后,梁王以天地之纲纪、阴阳之本性以及风雨霜露等一连串问题诘问晏子,晏子如是回答道:

> 九九八十一,天地之纲纪,八九七十二,阴阳之本性。天为公,地为母,日为夫,月为妇,南为表,北为里,东为左,西为右,风出高山,雨出江海,霜出青天,露出百草,天地相去万万九千九百九十九里;富贵是君予,贫者是小人。出语不穷,是名君子也。

梁王本想以天地阴阳之事难住晏子,可晏子却应对如流,以"出语不穷"的口才和博学立于不败之地。

这篇赋作,不仅以通俗活泼的语言塑造了晏子的形象,再现了他幽默机智的性格特征和超群绝类的才华,而且赋本身具有幽默生动、轻捷可喜的特色。如郑振铎先生所言,此赋为"幽默和机警的小品赋"里的"一篇出色之作"①。

从中国历史、文学史看,我们历史上的幽默人物尽管在优伶阶层、在民间文学中比较活跃,但在上层社会、在文人书面文学中却并不多见。这种状况的形成,或许正如有的研究者所说,与古代中国人在半封闭大陆性地理环境中逐渐形成的趋于内向、恭谨的性格有关,与古代儒家"不苟言笑"的道德传统亦不无关系。正因为如此,晏子等古代齐人的幽默传统便显得格外珍贵,认真研究齐文化的特点,继承和发扬齐人的幽默精神,更值得重视。

原载《湖北大学学报》1990 年第 4 期

---

① 郑振铎:《中国俗文学史》上册,上海书店 1984 年版,第 160 页。

从《史怀》看钟惺的经世治国思想

——以评《左传》及《史记》《汉书》为重心

钟惺（1574—1624）字伯敬，是明代一位关心政治、具有经世治国之志的学者和文学家。虽然钟惺论诗，标举"幽深孤峭"的宗旨，强调"幽情单绪"的境界，甚至自诩"我辈文字到极无烟火处便是机锋"，但他在思想上却并没有完全离却世情、忘怀现实。他的不少诗文作品都表现了对现实生活的关切之情；其评史著作《史怀》一书，更是集中地反映了他经世致用的思想主张和人生态度。

《史怀》全书二十卷，有选择地评论了《左传》《国语》《战国策》《史记》《汉书》《后汉书》《三国志》和《晋书》等八部古代史书。钟惺的同年好友陶稚圭在《史怀·序》里说："《史怀》者，吾友钟伯敬经世之书也。隐括正史而论断之，自云'取谢康乐怀抱观古今之意'"，又说"《史怀》吐经济……道政事"，"盖伯敬一官闲散，不操经世之权，而生平之慧心明眼，高才大识，无所用之，耻以文人自了，特向寤寐中借古人之天下而发其蕴"①。这就不仅指出了《史怀》在思想内容上的特点，而且也道出了作者之所以要借古人天下而发其蕴的写作原因。

钟惺认为，人生在世，若只是做一个无关经世治国大事的文人，是可耻的。在《史怀》中，他反复阐述过这种"耻作文士"的观点，说"从来文士耻作文士"，而"喜谈奇功"（第 163 页）。因而，他对有"经世才"的贾谊等人极为推重，他赞贾谊有"大儒之养，大臣之识，其本末来路与一切才士不同"，"绛，灌武人，诋毁贾谊，正谓其文士无用耳，谊却以系颈单子一事胜之，耻以文人自了了，真书生习气也"（第 159 页）。

---

① 钟惺述：《史怀》，《丛书集成初编》本，中华书局 1985 年版，第 1 页。

又称赞身处危乱之邦而不避其难的邹阳，为"文士之有品者"，"其智亦自过人"（第 161 页）。对刘向以"区区一书生，与王氏争，又与拥戴王氏之杜钦、谷水、张禹辈争"，更是高度评价"其识其力"，称其"始终为汉贵戚中社稷臣"（第 156 页）。反之，对那些"委蛇屈曲，不知经几许险途，费几许苦心，而其结局收功不过曰苟全性命"的"竹林七贤"之类所谓达人名士，则颇有微辞。比如，他认为如刘鲲等人，则"晋之忠臣，亦能臣也，岂'七贤'养名全身者可及？即《劝进》一文，阮公亦自有惭色，而概以达掩之，可叹也"，而"叔夜有用世之才而无其志……盖亦欲终其性命之情而恐不可得者，卒以才高识寡，难免于世"（第 287、289 页）。这是对不参与当时政治的"竹林七贤"辈的批评，从中当然也不难看出钟惺的积极用世之心。

钟惺主张积极用世，"耻以文人自了"，而自己仕途上却并不顺利，他"一官闲散，不操经世之权"，于是就借评史来抒其不平之气，显其经世之才。因此，通观《史怀》全书，几乎处处都是从经世治国着眼。作者或分析历史的经验教训，或针对当时的政治现实，评说论断，借题发挥，提出了许多治国为政的主张和方法策略，相当全面地表现了他的政治见解和经世思想，大略来说，有如下四个方面。

（1）为政应当以国、民为重。钟惺以为，一切政治行为和政治措施，都要有利于国家和民众。他在评《左传》中先后指出："高识之人，以国体为重"（第 21 页）；"凡作法者，必度民情之所可以从者而为之"（第 20 页）；"察其言之有利于国与否"，"可为万世用人听言之法"（第 16 页）。凡是有利于百姓和国家的政治言论或行为，他都给予肯定。例如，《左传》庄公四年记载，楚武王伐随，其夫人邓曼曰："若师徒无亏，王薨于行，国之福也。"在这里，邓曼是将军队安危、国家祸福，看得比自己丈夫、楚国国君的生命还要重的。钟惺就称赞说："曼，何等妇人也！此社稷为重君为轻之说，已先孟子看出，何其高识也"（第 5 页）！僖公十三年，晋闹饥荒，秦穆公不顾有人反对，决定输粟于晋，以救其民，钟惺评价说："自处既高，又阴携其民使归心于我，霸主作用妙矣哉！"（第 7 页）秦晋围郑，郑商人弦高用自己的财物犒师，以救国家之难，钟惺说是"天生妙人、天定妙着"（第 12 页）。邾文公在"利于民而不利于君"的条件下迁都，钟惺又谓"知命二字，必如此看乃妙"（第 13 页）。

对于那些有碍于国家和民众利益的行为，他总是予以严厉的谴责和批评。如《左传》宣公十二年晋楚邲之战中，晋荀林父等六人奉命率师救郑。赶到黄河边上，得知郑国已与楚人讲和。荀林父知道在这种情况下再渡河赴郑没有意义，因而准备回师。但是辅佐先縠不从，率领所属军队擅自渡河。这时，司马韩厥对荀林父说："过河的军队有失陷危险，军队不听命令而败将是你的罪过，不如下令全军渡河，即使失败也可以由大家共同分担罪责。荀林父即下令渡河。"对此，钟惺谴责说："六人分过，以徇一先縠，自解其丧师之罪，而不顾国事之成败，此岂臣子之言乎？……此亦林父罪案也。"（第 14 页）

即使是看似同类的事情，钟惺也往往能以是否为国为民的标准来比较、衡量，从而取舍褒贬。比如，《左传》僖公三十年载卫国宁俞贿赂医衍以保卫侯之命，二十八年载曹侯獳贿赂晋筮史以复晋伯之国，钟惺就评论说：

> 同一行货也。俞货医以全君之身则称之，獳货筮史以全君之国则置之，何以劝社稷之臣哉？

将"全君之身"与"全君之国"比较，这里的褒贬之意就自然不言自明了。又如，同样是以养士好客著称于世的战国四公子，钟惺在品评时却认为信陵君最为"尚"，因为他养士是为了国家的利益；平原君好客而眼力不及孟尝君，"然其意犹在为国"，也值得肯定。孟尝君识士的眼力高，门下人才也多，但他"则一意工于自为者也，中立于诸侯，是其主意归宿处"，所以他还是不能和信陵君、平原君诸人相比（评《史记·孟尝君列传》）。在评《史记·文帝本纪》时，钟惺对文、武二帝的政治行为也进行了比较：

> 愚尝谓文帝用兵远过武帝。武帝击匈奴，在行一己之志，故常生事；文帝在图天下之安，故常归于无事。大、小、公、私，其本末不同耳。

这里且不论他对汉文、武二帝的评价是否妥当，但他以为公还是为私、以图天下之安还是行一己之志的标准来评价统治者为政的高下得失，却是值得赞赏的。

（2）是对治国人才的重视。从治国为政的角度出发，钟惺充分注意到人才的重要性。他认为统治者能否任用人才，是政治成败、国家兴衰的关键。"国能用人，人能同心，虽败犹足以威敌"；如若"弃贤资敌，不待其言之终，而听者悚然矣"（评《左传》），"战守以人和为本，人和在于择吏"（评《国语》），"贤才关系国家"（评《史记·廉颇蔺相如列传》）。他还举齐桓公用管仲的事例具体说明治国用人的重要，"春秋诸霸佐皆不及管仲，而齐桓本质较之晋文、楚庄、秦穆为最劣，独以能用管仲胜之耳。是以用管仲则伯，一不用而其敝几可以亡"（评《史记·齐世家》）。

能否用人，既然关系到国家、政治的兴亡盛衰，那么，明智的统治者就应该爱惜人才、善于使用人才，充分发挥各类人才的作用。评《左传》时，对秦穆公能任用打了败仗的孟明、晋平公能用楚囚、晋宣子能用小人叔鱼、祁奚能荐举其仇等举贤任能之事，都给予了很高的评价。如说：

> 败于滑，而用孟明，人所能也；败于彭衙之役，又用之，人所不能也。不以成败论英雄，古今惟秦穆一人。
> 楚钟仪南冠囚于晋。晋侯见而使税之，召而吊之，重为之礼，使归求成。非独妙于观人，亦巧于用人矣。①

汉武帝下达求贤诏，令起用"非常之人"或"跅弛之士"，钟惺也赞其"殊自占地步，隐然以高帝自处"（评《汉书·武帝纪》）。而对埋没人才、弃之不用的事，就愤愤不平。在评《史记》中，曾以蔺相如隐于舍人之事慨叹"古今奇士埋没者甚多"。在评《左传》时，更对"楚材晋用"和郑、宋均不能用师慧之类的事例痛心疾首，时发"惜哉"之叹。

治国要用人才，人才当然就得具有治国为民的品德和能力。《史怀》屡屡强调，所谓人才，首先就应当是一些"真心为国人"（第21页），"真心谋国人"（第60页）。如在评《汉书·贾谊传》时指出：

> 臣子于国家大事，有人所不能而己独能之者。苟真有以自信，亦不嫌于排众而自任者。何者？国家大事，与其使不能者败之，不若使

---

① 钟惺述：《史怀》，中华书局1985年版，第12、16页。

能者了之，盖用舍之关于己者轻，而成败之关于国者大，起念在国，不知其在己与人也。①

为国之人应"起念在国"，当国家需要之时能排众自任，主动承担重任，而不计较一己之私。所以，当读到《左传》僖公十五年晋国大夫吕甥、郤乞等人，在国君被俘的形势下革新政治，增强国力，最终使国君体面归来的史事时，钟惺便禁不住称赞道：

> 国破君亡，千古时势之难莫有过此者。君子处此，不徒以"主忧臣辱、主辱臣死"二语塞责。看其苦心干济，从何处入手，何地结局。然大要以民心为始终，首教君告其民……次代君以问其民……且教以自强待敌之道……乃作爰田……乃作州兵，实实有一段处分，不独恃其言善而已也，又皆顺民心为之。施为步骤，何其妙也……了此，觉臣子于国家，无不可处之事矣。②

钟惺如此强调人才为国为民的品德，热烈赞颂晋国大夫的爱国行为。与此同时，还强调了人才要有识、有学、有情、有才、有智、有勇，所谓："廉者贵有情，又贵有学"，"人不可以无识"（评《左传》），"人不可以不学"（评《国语》），"张良之智，樊哙之勇，护其主缺一不可"（评《史记》），等等。但是，他又并不是一味强调人要全才，而认为"小人偏有用处"（评《左传》），"不才亦有用处"（评《史记》）。这些论述都说明了钟惺人才观点的进步性和科学性。

（3）主张修内治、备边患。钟惺所处的晚明万历（1573—1619）时期，朝廷内治不修，国家边患严重。当是有见于这样的现实，《史怀》对这两方面的问题也有特别周详的论说。

钟惺在评论《左传》时，曾两次就晋国情形而提出修内治的问题。他说："献公灭耿，灭霍，灭魏，灭虞虢，何其得志于外，而女戎溃内，父子兄弟酿乱无已，此可为不修内治之戒也。"可是，晋国统治者并不引以为戒。于是，在晋献公死后：

---

① 钟惺述：《史怀》，中华书局1985年版，第159—160页。

② 同上书，第8页。

> 晋成虢祁，诸侯朝而归者，皆有二心。内治不修，此晋霸之始衰也。叔向曰："诸侯不可以不示威，乃为平丘之会。非其本心也，内有不足，不得已而以虚声服人，去力服者远矣。"①

因为晋不修内治，父子兄弟之间酿乱不止，对外也不能服人，霸主地位就从此衰落了。这是颇为深刻的历史教训。联系到明万历朝太子和皇帝、贵妃之间的宫廷矛盾，朝臣之间的派别斗争，当知钟惺评晋不修内治是有现实针对性的。

明神宗后期，女真族日益强大，成为当时最大的边患，明王朝面临着危亡的境地，钟惺作为一个有经世治国之志的文人，他不仅在诗文作品中表现了对卫国安边的关心，而且也在《史怀》中深入论述了边患问题，并提出了一些安边备患的方法策略。

钟惺认真分析总结了汉文帝时晁错言边患的理论。他用较多的篇幅评论了《汉书·晁错传》，而内容全部集中在晁错为匈奴寇边主事而写给汉文帝的三封奏书上。他肯定晁错"以夷攻夷""募民徙塞下"和"选置良吏"等备边措施，而特别强调募民屯田积粟的重要性，他说：

> （晁）错三奏，其一论以夷攻夷，主于应变；其二，其三皆论募民徙塞下，主于持久，则其所恃在募民积粟，而不专在以夷攻夷，明矣。……以蛮夷攻蛮夷，盖中国原有长技，我为主而用彼辅之，此以夷攻夷之本也。若中国之长技已失，在我本无足恃，而一听于夷，此侥幸之计耳，岂所谓万全哉？宋以金亡辽，辽亡而宋弱；以元亡金，金亡而宋亡，不修己而恃人之过也。②

钟惺基于历代安边备患的成败得失，强调了恃募民积粟、修己而不恃人的观点。他还进一步概括晁错徙民的意见说，"虽以徙为名，一部屯田全局，藏于其中"，始终抓住了"屯田"这一关键。在评《汉书·西域传》时，也提出屯田备边的问题，并对当时的现实提出了批评：

---

① 钟惺述：《史怀》，中华书局 1985 年版，第 26 页。
② 同上书，第 160 页。

> 屯田，本备边极安稳之策。汉能用屯田士击车师，其训练之法，犹存寓兵于农之意。至桑弘羊轮台一议，则屯田反为险道矣。……今方内屯田，荒不可问，建议者尽成画饼，况轮台迂险之说乎？
>
> 置屯田以给其费，不烦其官。想当时地与人之间而为甚便，一至于此。后世不能以屯田给战守之用，何古之有余，而今之不足也？[1]

像这样直置褒贬、议古说今，钟惺评史的现实性是再明白不过的。除主张屯田积粟外，钟惺还继承晁错"安边境在于良将"的思想，指出应选择得力官员治民安边："战守以和为本，人和在于择吏"，"自古边患之生，十九起于苛政。汉世守令即为将帅，使治民安边，合为一事，而出于一手，诚良法也"（评《国语·晋语》）。并且对"自古边疆多故，大将在外，人欲害其成功"（评《晋书》）的不良现象，也进行了揭露。

（4）论述农商本末并重、财在国民的经济思想。《史怀》对《史记》专论经济问题的《平准书》《河渠书》《货殖列传》，以及《汉书·食货志》等，均有颇为详细的评述阐发，从中可以看出作者重视经济的思想主张。他充分肯定经济货殖在国计民生中的地位和作用，如评《史记·货殖列传》时云：

> 就中有至理，有妙用，有深心。今读其文，而天时，地理、人事之变，如指诸掌，读此便知货殖非细事。……将治身治国与货殖之道不分作二事，方有此文，大抵凡事见得深者，看货殖亦深；见得浅者，看治身治国亦浅。[2]

既把货殖之事看得与治身治国一样紧要，不可分开，因而他对有货殖之才、能治经济产业的人物也极为推重。如说"货殖之人非庸人"，称赞《货殖列传》所举"当世贤人所以富者"卓氏、任氏为"一时奇士，体用足以经国"，等等。钟惺这样重视货殖、肯定求富的思想，既与"不言

---

① 钟惺述：《史怀》，中华书局 1985 年版，第 196 页。

② 同上书，第 148—149 页。

利"的儒生不同，也与"绝巧弃利"的道家相异，而与司马迁的进步经济思想相承。

在怎样增加货殖、发展经济的问题上，钟惺也继承了司马迁的观点，既重"贵粟务农"之本，又重商工之业。在评《汉书·食货志》中，称赞"晁错论珠玉五谷，贵贱之故，循环宛转，变幻而明透，然后归重以粟为赏罚，终贵粟务农之说，节目甚妙"。评《史记·齐世家》，对吕尚治齐时"通商工之业、便鱼盐之利"的功绩作了充分肯定，说他"已豫作一富强之规，为管子霸齐张本"；评《货殖列传》，将以铸铁业致富的卓氏与以"窖仓粟"取富的任氏相提并论，以为"弃取权略正相同"，皆"豪杰胆识，远出常情之外"。他还论述说：

> 以末致富，用本守之；以武成功，用文持之。经权变化，是圣贤豪杰作用，治国创守不易之道也。[①]

自商鞅、韩非以来，人们形成了一种"重本抑末"，即只重视农业，不重其他行业特别是工商业的传统观念，司马迁关于"农、工、商、虞"四者并重的观点却长期受到压抑。而《史怀》能充分肯定司马迁的经济观点，主张农商并重、本末互存，这的确又值得注重。

《史怀》还进一步阐述了聚财于国、散财于民的观念。如针对《左传》所载公孙黑肱归邑于公一事而说道：

> 财者，必用之物也，聚则宜在国，散则宜在民。在国则君以养天下，在民则民以自养，而又以养其君。财所在不同，而同归于用。……若承平日久，纪纲渐弛，吏恣取诸民，有权力者又恣诸吏，上不在国，下不在民，而积于仕者之家；无论诲盗敛怨，计一家亦食所余，积而无用，理数必散。[②]

财，虽为必用之物，但它应该施于民与国，如果积于贪吏之家，不仅不得其用，而且会酿成祸乱，危害国家。钟惺的这种经济观点，不仅与他论用

---

① 钟惺述：《史怀》，中华书局1985年版，第150页。

② 同上书，第22页。

人、修内、安边的主张一样，都鲜明体现了以国与民为重的思想，而且也是针对当时现实而发的。

除本文上述四个方面外，《史怀》还阐述了许多治国为政的主张或方法，如论战事、论法度、论君臣关系、论人臣进言之道、论警惕谗佞等，其中亦不乏可取见解。总之，从《史怀》中，我们的确可以得到这样一种印象：钟惺并非一个脱离现实的文人，而是关心政治，关心国计民生，具有经世治国之志的。

钟惺的这种思想意识和人生态度，也影响到他的文学创作，表现在他的诗歌作品之中①。比如，其《虎丘赠别徐元叹》诗中就有过"真文关世运"的诗句，透露了他对于创作与社会政治现实的看法。他的一些诗歌作品，也多少表现了对现实的关心，如《籴谷》反映"田无数口余""举家半就铺"的生活状况；《岁暮送至昭夏还家兼示弟栓等》抒发"荣利凿忠厚、宦路与鬼俱"的内心痛苦；《陈中丞正甫自晋贻书白门极为相念感答时将以南少司农莅任于此》描写"屡见时情国步艰"的伤时叹世心情；《送南大司马黄公移督戎政时辽警》《丘长儒将辽阳留别诗友意欲勿生壮惋之余和以送之》《辽阳陷后闻友人张任甫先赴参谋之召得书询知尚未出关欣慨交心勉其后图》诸诗表现边境情事，等等。再如《江行俳体》组诗，写入京应试中的所见所闻，更反映了较为广泛的社会生活面，如"持符官卒尊于吏，附舶儒生贱似庸。""清时间左衣形缓，俭岁江东米价增"之类。其中一首曰：

> 虚船也复戒偷关，枉杀西风尽日湾。舟卧梦归醒见水，江行怨泊快看山。弘羊半自儒生出，馁虎空传税使还。近道计臣心转细，官线曾未漏渔蛮。②

此诗以嘲戏的口吻，讽刺当时赋税繁多、官吏搜刮民财的社会现象，真可谓入木三分。

当然，从总体上说，钟惺诗文作品反映现实生活特别是反映社会矛盾

---

① 参见钟惺《隐秀轩诗集》，台北伟文图书有限公司 1976 年影印出版本。

② 林庚、冯沅君主编：《中国历代诗歌选》下编（二），人民文学出版社 1979 年版，第904 页。

的广度和深度都很不够。但是，他毕竟作了一些反映，并且在其评史著作《史怀》中充分表达了关心现实、经世致用的思想感情。深入了解和认真分析这一现象，对正确评价钟惺乃至整个竟陵派作家，无疑都是极有意义的。

　　原载张国光、李心余、欧阳勋编《竟陵派文学研究论集》，中国社会科学出版社 1990 年版，第 355—365 页

辞赋及赋话赋论研究

赋家之心　苞括宇宙

——论汉赋以"大"为美

据《西京杂记》记载：

> 司马相如为《上林》《子虚》赋，意思萧散，不复与外事相关，控引天地，错综古今，忽然如睡，焕然而兴，几百日而后成。其友人盛览，字长通，牂牁名士，尝问以作赋，相如曰："合綦组以成文，列锦绣以为质。一经一纬，一宫一商，此赋之迹也。赋家之心，苞括宇宙，总览人物，斯乃得之于内，不可得而传。"①

宇宙，是大的。在我们祖先的眼中，它指的是古往今来无始无终、四方上下无边无际的整个时空。所谓"有实而无乎处者，宇也；有长而无本剽者，宙也"（《庄子·庚桑楚》）。"往古来今谓之宙，四方上下谓之宇"（《淮南子·齐俗》），"未之或知者，宇宙之谓也。宇之表无极，宙之端无穷"（张衡《灵宪》）。而汉赋家，却要包括这整个的宇宙时空，总览这宇宙中的整个民人万物于其心中、于其赋内，这该是何等阔大的胸襟，这又是何等境界的作品！

难道这真是司马相如"忽然如睡"时的呓语，是"焕然而兴"后的梦幻吗？回答应当是否定的。作为汉赋的主要代表作家，司马相如的这番话恰恰是对汉赋家以大为美的审美理想和汉赋作品以大为美的艺术特征的最形象、最权威的概括。汉赋家——这些时代的"鸿笔之臣"们，在他们数以千计的赋作，特别是在那些堂而皇之的大赋中，正是以这种"苞

---

① 葛洪：《西京杂记》，《燕丹子·西京杂记》，中华书局 1985 年版，第 12 页。

括宇宙，总览人物"的宏阔心胸和豪迈笔调，以前所未有的体制、规模、领域和范围，充分反映了汉这个大一统帝国的伟大历史风貌和昂扬奋进的时代精神，表现了当时汉民族以大为美的社会理想和审美风尚。

一

汉赋家以大为美，首先就表现在他们对汉赋宏大体制的追求上。

在汉赋产生以前，中国文学史上唯一宏伟的篇章是伟大诗人屈原长达二千四百余字的抒情长诗《离骚》（《诗经》中的长篇作品如《鲁颂·閟宫》不过四百多字）。而汉赋，自枚乘《七发》首开巨制之风，已与《离骚》不相上下；而后，司马相如为《天子游猎赋》（萧统《文选》始分为《子虚赋》《上林赋》两篇），篇幅比《七发》又长；汉成帝时，同是蜀郡成都人的扬雄，壮司马相如作赋"甚弘丽温雅"，"常拟之以为式"（《汉书·扬雄传》），所作《甘泉》《羽猎》《长杨》诸赋也都是长篇巨作。降及东汉，班固虽曾批评"枚乘、司马相如，下及扬子云，竞为侈丽闳衍之词"（《汉书·艺文志》），而他自己所写的《两都》赋却远过司马相如、扬雄等人，长达四五千字。到后来张衡拟班固《两都》赋作《二京赋》，"精思傅会，十年乃成"（《后汉书·张衡传》），更是登峰造极，创汉赋长篇之极轨，洋洋洒洒达近八千言。这在整个中国古代文学史上，也是引人注目的篇章。

汉赋家如此在篇幅体制上花大气力，像这类描写京都、宫殿、田猎、林苑的作品，动辄就是数千言、近万言，而且总要后来居上，超越前人，这种现象本身就说明他们在这方面是有一个"大"的追求目标，是以长文巨篇为美的。当然这只是问题的一个方面。

问题的另一方面是，大赋作品力求篇幅长大，也是为当时日益丰富的社会生活和赋这种文体本身的特点所决定的。周秦而后，历史进入了空前统一强盛的大汉王朝。"土广民众，义兴事起"，社会生活十分丰富，这就要求有与此相适应的文学样式：不仅能歌颂汉帝国无与伦比的权势声威，也能反映当时社会丰富雄厚的物质文明，即不仅能抒情，更要能"体物"。很显然，像《诗经》那样四言一句、数句一章的古体诗，像《楚辞》那样抒闷写怨的长短句，都无法胜任这新的历史使命。而"物以赋显"（王延寿《鲁灵光殿赋·序》），"敷布其义谓之赋"（刘熙《释名·释书契》），"赋体物而浏亮"（陆机《文赋》），"赋者，铺也，铺采摛文，体物写志也"（《文心雕龙》），并且能容纳千言万言。于是，在枚乘《七发》之后，汉代文士兴起了赋这种能诗也能文、能抒情写志更能体物叙事的特殊文体。诚如清人刘熙载云："赋起于情事杂沓。诗不能驭，故为赋以铺陈之。斯于千态万状，层见迭出者，吐无不畅，畅无或竭。"①

既有需要描写铺陈的丰富的社会生活内容，又有了适合描写铺陈的文体形式，赋家就有了用武之地。他们充分利用这种便利条件，采取与之相适应的结构方式和叙写方法以施展才华，极尽铺张陈叙之能事。

对于赋的结构形式，刘勰做过这样的概述，"既履端于倡序，亦归余于总乱。序以建言，首引情本；乱以理篇，写送文势"（《文心雕龙》）。也就是说，赋以序言开头，以总乱结尾。开头的序言引出作赋的情由意旨，结尾的总乱总结全篇，充足文章气势，它们的目的是服务于中间赋的本体部分。这就为作者铺陈事物廓清了道路，开拓了场地。而一旦进入铺叙，赋家则兼用所谓"叙列二法"，纵横自如地赋象班形。刘熙载说："列者，一左一右，横义也；叙者，一先一后，竖义也。"（《赋概》）这一先一后的竖叙之法，既便于展开每一个发展的全过程，又便于详尽地铺写过程中的每一个层次或环节。例如枚乘《七发》，在首段交待楚太子有疾，吴客往问并指出致病缘由之后，接下去便以一层音乐之美，二层饮食之丰，三层车马之盛，四层游观之乐，五层畋猎之壮，六层曲江之涛，七层要言妙道来逐次铺陈、步步引导，最终使"太子据几而起，涣乎若一听圣人辩士之言，涩然汗出，霍然病已"。全篇有如一幅连环画逐层展开，整个过程有如鱼贯而出，井然有序。但这个过程又不是淡笔素描、提纲挈领地展开，不是单行直线地行进，而是一层一幅瑰丽宏奇的画面，一步一番怪异诡观的胜景。于是，一个本来不甚复杂的情节，一个本来不甚深奥的主题，却推演出了一篇洋洋数千言的大赋长文。这一左一右的横列之法，既便于铺开描写一个宽广的平面，一个阔大的场景，又便于连类排比、面面俱到地描写事物的各个方面和各个方面的事物。自《子虚赋》《上林赋》而后，京殿、苑猎大赋几乎无不采用这种叙法。这些作品，一动笔就是东、南、西、北，前、后、左、右，内、外、上、下，远、近、

---

① 刘熙载：《艺概》，上海古籍出版社 1928 年版，第 86 页。

阴、阳，山、水、土、石，草、木、苑、囿，宫、馆、廊、台，田猎、车骑、饮食、音乐、美女、狗马、鸟兽，玩好、商市、民人，四面八方，分门别类地尽情铺写开来。既展现了广阔的平面空间，又显示了事物的丰盛众多。真欲把整个宇宙山川都铺在纸上，把天下人、物都囊括赋中，正所谓"惟其有之，是以似之"（《赋概》）。这样一来，一方面大汉帝国丰富的社会生活内容得到了广泛全面的反映，赋体铺陈写物的特点得到了充分的发挥；另一方面，也就自然而然地扩展了作品的篇幅，达到了赋家在体制规模上以大为旨归的目的。于是，"相如《上林》，繁类以成艳；子渊《洞箫》，穷变于声貌；孟坚《两都》，明绚以雅赡；张衡《二京》，迅发以宏富；子云《甘泉》，构深玮之风；延寿《灵光》，含飞动之势"，"斯并鸿裁之寰域，雅文之枢辖也"（《文心雕龙·诠赋》）①。

诚如上述，则大赋的宏大体制篇幅是无可厚非的。何况在汉代以文繁字富、宏章巨制为上者并不独赋家。比如著名学者王充的《论衡》就说过，"繁文之人，人之杰也"，"汉氏治定久矣，土广民众，义兴事起，华叶之言，安得不繁"（《超奇篇》）？有用之文，"多者为上，少者为下。累积千金，比于一百，孰为富者？盖文多胜寡，财寡愈贫。世无一卷，吾有百篇；人无一字，吾有万言，孰者为贤？今不曰所言非，而云太多，不曰世不好善，而云不能领，斯盖吾书之所以不得省也"（《自纪篇》）②。王充讲的"繁文"，既指作品数量的多，也指一篇作品的文字之多。在他看来，文繁字富是时代使然，内容需要，于世有益的文章越多越好，越长越好。这显然是不无道理的。如果我们了解了这些，就会理解赋体的特点，懂得赋的宏大体制与它的这个特点，与要求它所反映的社会生活内容是完全一致的；而这又正是汉赋之所以能"与诗画境"，从"六义附庸"而"蔚成大国"，卓然立于文林之中的重要原因之一。对于这一点，历史上并不乏知音者。比如皇甫士安说："赋也者，所以因物造端，敷弘体理，欲人不能加也。引而申之，故文必极美，触类而长之，故辞必尽丽。然则美丽之文，赋之作也。"（《三都赋序》）他是把赋这种以"敷""弘""引而申之""触类而长之"等方法写成的"欲人不能加"的宏大文体视为美丽之文的。稍后的葛洪更是认为："《毛诗》者，华彩之辞也，然不

---

① 刘勰著，周振甫注：《文心雕龙注释》，人民文学出版社 1983 年版，第 81 页。

② 王充：《论衡》，上海人民出版社 1974 年版，第 212、215、453 页。

及《上林》《羽猎》《二京》《三都》之汪濊博富也。""若夫俱论宫室，而奚斯'路寝'之《颂》，何如王生之赋《灵光》乎？同说游猎，而《叔畋》《卢铃》之诗，何如相如之言上林乎？等称征伐，而《出车》《六月》之作，何如陈琳《武军》之壮乎？"（《抱朴子·钧世篇》）至于说后来张融作《海赋》不道盐，因顾凯之言而益之；姚铉令夏竦为《水赋》，限以万字，夏竦作三千字，姚铉怒而不视，曰："汝何不于水之前后左右广言之？"于是，夏竦益得六千字①。这种方法虽然并不可取，但却说明了他们是多么崇拜大赋篇幅之长，体制之大的。

荷迦兹说，"量加在一个人身上，常常会补足他身体上的缺陷"，"宏大的形状，纵使样子难看，然而由于它们的巨大，无论如何会引起我们的注意，激起我们的赞美"②。大赋之于我们，不也是这样么？如果说它们也还有某些"缺陷"或"难看"之处的话。

二

当然，汉赋作品给我们的并不只是一个"宏大的形状"。更重要的是，汉赋作为有汉一代文学的代表，它以汉帝国辽阔的土地、万千的生民、宏伟的山川、繁华的都市、巍峨的宫殿、宽广的林苑、丰饶的物产、昌隆的文教、帝王千乘万骑的出猎、隆重排场的典礼、盛大庄严的仪仗、场面壮观的歌舞、侈靡奢豪的宴饮等事物为主要描写对象，从而向人们展示了一种数量众多、体积宏伟、场面广阔、力量巨大、威势无比的大之美。

"苞括宇宙"的赋家，他们所追求的正是宇宙间一切大的东西，所企图创造的正是能令人拜倒的大的形象，所要夸扬的正是事物其妙无穷的大的美点。在他们的笔下，这一切都表现得如此鲜明，如此突出。

打开大赋作品，首先向你扑面而来的便是一个生机勃勃的"大汉"帝国。"天子受四海之图籍，膺万国之贡珍，内抚诸夏，外绥百蛮"（《东都赋》），"惠风广被，泽泊幽荒。北燮丁令，南谐越裳。西包大秦，东过乐浪。重舌之人九译，金稽首而来王"（《东京赋》），这是写其版图之阔、

---

① 刘熙载：《艺概》，上海古籍出版社 1928 年版，第 99 页。
② 北京大学美学教研室编：《西方美学家论美和美感》，商务印书馆 1980 年版，第 107 页。

影响之广；"高祖奉命，顺斗极，运天关，横钜海，漂昆仑。提剑而叱之，所过麾城撕邑，下将降旗。一日之战，不可殚记"（《长杨赋》），"所推必亡，所有必固；扫项军于垓下，继子婴于轵涂"（《东京赋》），这是赞其武功之伟；"四海之内，学校如林，庠序盈门。献酬交错，俎豆莘莘。下舞上歌，蹈德咏仁"（《东都赋》），"又有天禄、石渠典籍之府，命夫惇诲故老，名儒师傅，讲论乎六艺，稽合乎同异。又有承明、金马著作之庭，大雅宏达，于兹为群。元元本本，殚见洽闻，启发篇章，校理秘文"（《西都赋》），这是夸其文化之盛；"披三条之广路，立十二之通门。内则街衢洞达，闾阎且千。九市开场，货别隧分。人不得顾，车不得旋。阗城溢郭，旁流百廛，红尘四合，烟云相连。于是既庶且富，娱乐无疆。都人士女，殊异乎五方。游士拟于公侯，列肆侈于姬姜"（《西都赋》），这是京都长安繁荣的情形；"沟塍刻镂，原隰龙鳞，决渠降雨，荷插成云，五谷垂颖，桑麻铺棻"（《西都赋》），这是城郊农村丰收的景象。如此等等，一串串华艳夺目的词汇，一列列排比对偶的句子，伴随着夸张、炫耀的语气铺天盖地而来，虽不无堆砌笨重之感，却极有气魄地展示了汉帝国巨大、强大的本质特征，体现了当时汉民族自信、自豪的阔大胸怀和浩然气概。

文学作品，总是要运用形象的语言，通过多种的手法，创造典型，构成形象，从而表现文学家自己的审美感受。汉赋亦然。在大赋作品中，赋家总是力图创造出各种令人倾倒的"大"的形象，来集中传达他们以大为美的审美观点。

这里，且以司马相如笔下的天子上林苑为例。上林，本是秦代旧苑，汉武帝时重加扩建，南傍终南山，北滨渭水，周袤三百里，内有离宫七十，能容千乘万骑，甚是宏大壮观。可是它远不及《子虚赋》《上林赋》中所描写的形象之大。赋从楚国的子虚先生向齐国的乌有先生夸说楚云梦泽之大开始。子虚欲扬先抑，一开口就声明云梦仅仅是楚七泽中"特其小小者"，但却有"方九百里"之阔，其中还有山。再下去便是"其山""其土""其石""其树""其东""其南""其西""其北"，方方面面，分门别类地着实夸耀了一番，把个云梦泽说得天宽地阔，令人惊叹不已，子虚自己也十分得意。哪知齐国的乌有先生竟大不以为然。他批评子虚"不称楚王之德厚，而盛推云梦以为高"，所言过当，毫不足取。但马上又说齐国海滨苑囿北与肃慎为邻，东界日出之处，宽广无比，就是"吞若云梦者八九于其胸中"也只如一根根小小的芒刺。乌有先生就这样反以更进一步的夸大压倒了子虚先生。可是，代表天子一方的亡是公听后，又莞尔笑曰：

> 楚则失矣，而齐亦未为得也……且夫齐楚之事，又乌足道乎？君未睹夫巨丽也！独不闻天子之上林乎：左苍梧，右西极，丹水更其南，紫渊径其北。终始灞浐，出入泾渭，酆、镐、潦、潏，纡余委蛇，经营乎其内。荡荡乎八川分流，相背而异态。东西南北，驰骛往来，出乎椒丘之阙，行乎洲淤之浦，经乎桂林之中，过乎泱漭之野……于是乎周览泛观，缤纷轧芴，芒芒恍忽，视之无端，察之无涯……①

在一浪高过一浪的不断夸扬声中，赋家终于推出了这值得一"道"的天子上林。但它已经不是现实中的林苑，而是文学里的"巨丽"了。我们从"苍梧""西极""紫渊"这些充满神话色彩的名称，从"无端""无涯"这些极度夸张的形容中，不难窥得这一消息。这是一个难以范围的"大"的境界，是现实中的"大"与理想中的"大"的结合物，是赋家再现"大"与追求"大"的统一体。在这幅"巨丽"面前，那曾经相互夸大不止的子虚和乌有先生都"愀然改容，超然若失"了，而亡是公则以压倒优势占了上风。这正是"大美"的力量（"巨丽"，就是大美。颜师古《汉书注》曰："巨，大也；丽，美也。"②）！凡大必美，愈大愈美，最大最美，这就是司马相如在创造上林这一形象亦即在整个《子虚赋》《上林赋》中所表明的审美观和创作的指导思想。司马相如正因为创造了这一完美的大美典型，才奠定了他在中国赋史以及中国古代美学史上的重要地位和影响。"后来的《两京》《三都》诸赋，无非仿自《上林赋》《子虚赋》"，就因为它们的作者也"懂得大是美点"③。

建筑，是重要的审美对象之一。中国建筑，不同于西式教堂、寺塔那

---

① 萧统编，李善注：《文选》，中华书局 1977 年版，第 123、125 页。以下凡出自《文选》的汉赋原文，不再重注出处。

② 班固撰，颜师古注：《汉书》，中华书局 1962 年版，第 2548 页。

③ 郑临川述：《闻一多先生论楚辞》下，《社会科学辑刊》1981 年第 2 期。

种高耸入云、指向上苍的形式，而是以巨大的空间规模，以平面铺开、有着丰富多样的楼台亭阁、宫馆廊庭的群体结构为特征，以巨大、宏伟、壮丽为美。中国建筑这种特有的布局形式和审美特点滥觞于先秦，完成于汉代。所以，汉代建筑就十分自然地成了赋家特别喜欢描绘的对象：我们无论在《两都赋》《二京赋》《鲁灵光殿赋》这类描写宫都的大赋，还是在司马相如、扬雄等人的畋猎作品中，都能欣赏到汉代建筑的宏伟雄姿和动人风采：

> 大厦云谲波诡，摧嶉而成观。仰桥首以高视兮，目冥眴而亡见……列宿乃施于上荣兮，日月寸径于栋桯。雷郁律于岩突兮，电儵忽于墙藩。鬼魅不能自逮兮，半长途而下颠，历倒景而绝飞梁兮，浮蔑蠓而撇天。（《甘泉赋》）

> 瞻彼灵光之为状也……吁可畏乎，其骇人也！迢峣倜傥，丰丽博敞。洞轇輵乎，其无垠也……千门相似，万户如一。岩突洞出，逶迤诘屈。周行数里，仰不见日。何宏丽之靡靡，咨用力之妙勤。非夫通神之俊才，谁能克成乎此勋……穷奇极妙，栋宇已来，未之有兮！"（《鲁灵光殿赋》）

这些激情如注的描述之中，无疑带有浓郁的主观夸饰成分，即所谓"莫不因夸以成状，沿饰而得奇"（《文心雕龙》）。但这正好突出地表现了汉代建筑宏大、壮丽的审美特点，表明了赋家对这种审美对象及其创造者的无限敬仰和赞叹之情。

　　语言艺术没有画面的限制，它可以容纳比其他艺术更多、更丰富的东西。在大赋中，我们不仅可以看到大汉帝国的辽阔疆土，宽广林苑，宏伟建筑，能领略其人物之气派，文化之大观，教育之盛况；甚至从其中一廊一柱、一旗一木、一波一涛，一歌一舞，一猎一祀的描绘中，也能感受到那个时代特有的胸襟和赋家阔大的情怀。例如，一棵龙门之桐："高百尺而无枝，中郁结之轮菌，根扶疏以分离：上有千仞之峰，下临百丈之溪"（《七发》）；两株豫章、女贞："长千仞，大连抱……被山缘谷，循阪下隰，视之无端，究之无穷"（《上林赋》）；一番歌舞："奏陶唐氏之舞，听葛天氏之歌，千人唱，万人和，山陵为之震动，川行为之荡波"（同上）；一次出猎："千乘雷起，万骑纷纭。元戎竟野，戈铤彗云：羽旄扣霓，旌旗拂天。日月为之夺明，丘陵为之摇震"
（《东都赋》）。所有这些，都无不显出其数的丰富、积的巨大和气势的
雄伟壮阔来。

　　词语的本身具有色彩、音响、质地、情状等方面的特点，习用的词语
往往能成为反映作者艺术风格、审美趣味的一种标记。所以国外有的汉学
家就采用所谓"意象统计"①的方法来研究中国文学。那么，以大为美的
赋家所喜用的意象和词语又有什么特点呢？为了说明这个问题，我们不妨
还是以典型的大赋作品《子虚赋》《上林赋》来作抽样品。在这篇赋中，
作者频繁采用的意象几乎全是如江海、河湖、川泽、陂池、苑囿、崇山、
阜陵、深林、巨木、嘉果、丰草、土石、珠玉、猛兽、禽鸟、龙螭、鱼
鳖、龟鼋、宫馆、楼阁、风云、光电、星虹、雷霆、波涛、校猎、车骑、
歌舞、游观以及禹、契、专诸、阳子、孙叔、卫公、奸娲之类最能显示出
数量、体积，场面、力量，声势、速度的自然景物、人物活动或历史传说
中的圣贤勇士；赋中最喜选用的修饰词语几乎都是如巨（包括"钜"）、
大、闳、广、崇、高、深、远、长、众、夥、弥、满、劲、雄、猛、壮、
暴、狡、捷、崔巍、嵯峨、泱漭、滂濞、无端、无涯、无穷以及百、数
百、九百、千、万之类最能表现巨大、宏阔、崇高、众多、强勇、迅速的
形容词和数词。其中表现大、高一类的形容词就几乎出现了近百次，特别
是"巨""大""千""万"这四个词反复运用，出现频率总计共达 27 次
之多！

　　无须再反复论说、逐一列举了。仅由上所述，就可以清楚地看到，
赋家不仅追求大的体制形式，更是追求大的描写对象和内容。他们是怀
着对自己时代、自己所存在的现实环境充分肯定和津津玩味的热情，是
按照"凡大必美"的规律，来创造形象、铺摛文采的。大赋作品，尽
管有些笨重，有些繁复，但是，它所力图展示的却是"一个繁荣富强、
充满活力、自信和对现实具有浓厚兴趣、关注和爱好的世界图景"，
"它在描述领域，范围、对象的广度上，却确乎为后代文艺所再未达
到"②。

---

① 参见周发祥《意象统计：国外汉学研究方法评介》，《文学遗产》1982 年第 2 期。
② 李泽厚：《美的历程》，文物出版社 1981 年版，第 81 页。

三

如前所述，赋家以其博大的才华和雄健的笔力，极力铺陈现实生活中各种重大的物质对象和环境事物，向读者提供了一幅虽有升华却未脱离实际的巨大图景。然而，以大为美的赋家并未被这有积的客观世界所限制，他们"控引天地，错综古今"，还向人们展示了一个更为阔大的无积、无限的想象境界。

这种境界，在枚乘《七发》及一些畋猎、京殿大赋中已露端倪。例如《七发》，它开始写音乐之动听，则曰"至悲"；写饮食之味佳，则曰"至美"；写马匹之善，则曰"至骏"；写校猎之盛，则曰"至壮"，好像事事都登峰造极，当然也就事事都有个顶点，没留下余地。但到最为人称道的最后两段，作者没有再用"至"这个标志着极限的字眼，而是另辟新径，用"通望乎东海，虹洞兮苍天，极虑乎崖涘，流揽无穷，归神日母"、"凌赤岸，篲扶桑"这些极富想象、颇带神话色彩的词句来描绘江涛声势；让不同时地的庄周、魏牟、杨朱、墨翟、便蜎、詹何、孔、老、孟子诸人，坐到一起来"论天下之精微，理万物之是非"，这样就突破了限制，给读者留下了一个无积的想象空间。再如《上林赋》，在夸写天子出猎的盛况之后，作者展开想象，猎游天上，"扬节而上浮，凌惊风，历骇飙，乘虚无，与神俱，蹴玄鹤，乱昆鸡，遒孔鸾，促鵔鸃，拂鹥鸟，捎凤凰，捷鸳雏，掩焦明。逍遥乎襄羊，降集于北纮……"就俨然是一派庄子《逍遥游》、屈原《天问》的境界了。

当然，最有代表性的篇章，还是司马相如的另一篇作品——《大人赋》。据《史记·相如列传》记载，相如既为天子游猎赋，盛推上林广大，武帝美之，而相如曰："上林之事未足美也，尚有靡者（颜师古注《汉书》曰：'靡，丽也。'丽，即美）。臣尝为《大人赋》未就，请具而奏之。"一座几乎等同汉代版图的天子上林，一幅"视之无端、察之无涯"的巨丽，还未足美，因为它终究是有积的、有限的，而在苞括宇宙的赋家心中，尚有一个无积无限的世界：

> 世有大人兮，在于中州。宅弥万里兮，曾不足以少留。悲世俗之迫隘兮，揭轻举而远游。

这辽阔中州，万里宅处，茫茫世俗，在"大人"眼里竟是如此迫隘可悲，简直不可以在其间停留片刻。于是，他轻举远游，垂绛幡，缀云盖，树华旗，载云气，驾应龙象舆，骖赤螭青纠，使五帝先导，部众神随行，经历唐尧虞舜葬身的崇山九嶷，通过天帝之下都的莽莽昆仑，横绝渺渺茫茫的流沙弱水，然后排天门，入帝宫，集阆风，翔阴山，他"遍览八纮而观四荒"，目睹那被称为仙灵之最的西王母也不过是"曤然白首，载胜而穴处"，只有"三足乌为之使"。人人鄙而陋之，曰"必长生若此而不死兮，虽济万世不足以喜"，从而飞向了一个比这更大的所在：

> 下峥嵘而无地兮，上寥廓而无天。视眩眠而无见兮，听惝恍而无闻。乘虚无而上遐兮，超无友而独存。

这只能是老、庄的境界。是老子"大音希声、大象无形"（《老子》第四十一章），庄子"听之不闻其声，观之不见其形，充满天地、苞裹六极"（《庄子·天运》）的黄帝咸池之乐才能与之相比拟的大美境界。所以，使得那位时刻想着"诚得如黄帝，吾视去妻子如脱躧"的天子读之"大悦"，而"飘飘有凌云之气，似游天地之间意"。对于汉武帝读《大人赋》的这个典故，不少研究者都囿于扬雄的见解来理解，从而加罪于司马相如，说他"欲讽反劝"或"劝而不止"。这实在是冤屈了相如。他在《大人赋》中所展示的分明是一种鄙狭仙灵、夸扬"人"力的精神风貌，赋中的"大人"，胸襟博大，气魄宏伟，正是现实中的天子和作者理想中的天子相结合的化身（张揖、向秀、颜师古等人都说"大人，以喻天子"，可见他们也是看出了这一点的）。而武帝也正是为赋中"大人"的形象所吸引，所倾服，才产生了强烈的共鸣。他这里的大悦之情，凌云之气，似游天地间之意，并非坠入五里云雾中的迷惑、茫然，而恰恰是向一个更大、更高境界的扩展和升华。后来刘勰云"相如赋仙，气号凌云，蔚为辞宗，乃风力遒也"（《文心雕龙》）；以至闻一多先生说"如读司马相如《大人赋》，须知它写的是无积的大，庄子的大，为想象的空间的大"[①]，

---

① 郑临川述评：《闻一多论古代文学》，重庆出版社 1984 年版，第 66 页。

他们就都是从积极的方面，从"大"的角度，来肯定《大人赋》的思想性和美学价值的。

在汉代，尽管儒学和经学盛行，但赋家仍能自觉或不自觉地突破这种正统观念的束缚（况且这种正统观念实际上也并非如有些人所想象的那样严密、有力），既从现实中吸吮着时代精神的营养，也从历史遗产里吸取包括道家在内的诸家思想之长，以开拓自己的境界，丰富自己的想象。大致与汉武帝同时代的枚乘、司马相如是这样，生于此前的贾谊或此后的扬雄、班固、张衡等人莫不如此，所以他们都写出了大境界的作品：譬如贾谊，他的《鵩鸟赋》，鲁迅认为"盖得之于庄生"①，的确也是一篇境界极大的作品。如说"且夫天地为炉兮，造化为工；阴阳为炭兮，万物为铜"，就是把整个宇宙当作一座熔炉看待的。再譬如扬雄的"章皇周流，出入日月，天与地沓"，"东瞰目尽，西畅无涯"（《羽猎赋》）；张衡的"牵牛立其左，织女处其右。日月于是乎出入，象扶桑与蒙汜"（《西京赋》），也都是极浪漫，极富想象的。而浪漫、想象的意义之一，就正是无限、无穷。

四

那么，赋家何以要以大为美？今天的人们又该怎样评价汉赋作品这种以大为美的艺术价值呢？

库尔贝说："美，像真理一样，是和人们生活于其中的时代有关的。"② 车尔尼雪夫斯基也认为："每一代的美都是而且也应该是为那一代而存在，它毫不破坏和谐，毫不违反那一代的美的要求。"③ 所以，我们要想正确估价汉赋作品，就不能不进一步了解它得以产生的时代，了解那一时代的美的要求。

这是一个前所未有的疆土辽阔、人口众多、国力雄厚、文化高涨的伟大时代。据《史记·平准书》记载说："汉兴七十余年之间，国家无事。

---

① 鲁迅：《汉文学史纲要》，人民文学出版社 1973 年版，第 36 页。
② 库尔贝：《给学生的公开信》，《西方美学家论美和美感》，商务印书馆 1980 年版，第 241 页。
③ 车尔尼雪夫斯基：《生活与美学》，周扬译，人民文学出版社 1959 年版，第 125 页。

非遇水旱之灾，民则人给家足，都鄙廪庾皆满，而府库余财货。京师之钱累百万，贯朽而不可校。太仓之粟陈陈相因，充溢露积于外，至腐败不可食。众庶街巷有马，阡陌之间成群，而乘字牝者傧而不得聚会。守闾阎者食粱肉，为吏者长子孙，居官者以为姓号。"凭着这样的经济实力，汉代统治者大兴武功，在西汉时期就建立成了一个已有着东西 9300 余里、南北 13000 余里的广大疆域，有着 1220 多万民户、5950 多万人民的巨大户口的大帝国。[①] 此外，商业、文教、外交等事业也都出现了空前的盛况。

在国家如此强大的物质文明和政治、军事力量的基础之上，一方面上层统治者好"大"喜功的思想、崇尚享乐的情绪迅速滋长了，另一方面以统治阶级为主导的整个时代以大为美的社会风尚和审美意识也迅速而全面地形成了。

还是在汉高祖即位之初：

> 萧丞相营造未央宫，立东阙，北阙、前殿、武库、太仓。高祖还，见宫阙壮甚，怒。谓萧何曰："天下匈匈苦战数岁，成败未可知，是何治宫室过度也？"萧何曰："天下方未定，故可因遂就宫室。且夫天子以四海为家，非壮丽无以重威，且无令后世有以加也。"高祖乃悦。[②]

这就是汉代人最早表明的带有功利目的的"美的要求"，以"壮丽"来"重"四海为家的大汉天广之"威"。据史料记载，这经皇帝首肯、由丞相营作的未央宫，"周迴二十二里九十五步五尺，街道周迴七十里，台殿四十三，宫池十三，山六，池一，宫门闼凡九十五"[③]。确实是名不虚传，宏丽已甚，壮美之极。

天下匈匈未定之际的君臣，尚有这样的气魄和审美观，那些处于"天下乂安"时期的统治者又如何呢？我们不妨再看看可以作为这一时代的象征的汉武帝。这位雄才大略的封建帝王，不仅在前辈的基础上以他的文治武功把大汉王朝推向了极盛的高峰，也以他超越前辈的卓识和气魄将

---

① 参见班固撰，颜师古注《汉书》，中华书局 1962 年版，第 1640 页。

② 司马迁：《史记》，中华书局 1985 年第 2 版，第 386 页。

③ 葛洪：《西京杂记》卷 1，中华书局 1985 年版，第 1 页。

当时崇尚大美的意识引导到了至臻完美的境地。是的，他也搞过什么"尊儒"，但那并非真的是"罢黜百家"，他在实质上是一切皆为我所用。"盖有非常之功，必待非常之人，故马或奔踢而致千里，士或有负俗之累而立功名。夫泛驾之马，跞驰之士，亦在御之而已。其令州郡察吏民有茂材异等可为将相及使绝国者！"① 这只是他的一封求贤诏，多么开放，多么气派！没有一点框框，没有一点顾忌，其思想之通达，胸襟之开阔，情怀之豪迈，远非那些循规蹈矩的恂恂儒者所可同日而语。相反，当"群儒既已不能辨明封禅事，又牵拘于《诗》《书》古文而不能骋"时，便"尽罢诸儒不用"！（《史记·封禅书》）所以，他一面罢郡国所举贤良治申商韩非苏张之言者，一面又征申公、枚乘，亲策贤良，大兴文化、教育盛事，所以，他"累郎台恐其不高，弋猎之处恐其不广"（《汉书·东方朔传》）。他在声势浩大的封禅盛典正式举行之前，进行一次"择兵振旅"的巡边，就动用了十八万骑兵，飘扬着一千余里的旌旗，行程一万数千里（《汉书·武帝纪》）。所以，他崇拜的偶像是声威最显赫的中央之帝——黄帝，爱听的音乐是"时乘六龙以御天"的"六龙之调"（《汉书·礼乐志》）。所以，他读《子虚赋》而恨"独不得与此人同时"；读境界更大的《大人赋》竟"飘飘有凌云之气"；他甚至还特意让人为他讲所谓"大言"②，等等，所有这些，都有力地说明，他是一切皆以大、以广、以阔、以繁盛、以"郁郁乎文哉"为美的。

　　"任何一个时代的统治思想始终都不过是统治阶级的思想。"③ 在汉代，最高统治者这种以大为美的观念，既适应着当时特定的政治历史条件，又得益于他们巨大的权势声威，因而就非常自然地成为了时代和民族的共同心理与审美风尚，并且渗透到各个方面、各个领域中。例如建筑，在"非壮丽无以重威"的理论影响下，各地不同时期群起而兴之的宫殿苑囿，楼台亭阁，都无一不是壮丽至极，宏伟至极。汉景帝时的鲁灵光殿、武帝时的甘泉宫、建章宫自不待言，甚至东汉光武帝在洛阳城开阳门外所建的太学堂也是这样。这些以土木石等物质材料构造、在三度空间中

---

① 班固撰，颜师古注：《汉书》，中华书局1962年版，第197页。

② 《史记·封禅书》有汉武帝听栾大说"大言"的记载。又，钱钟书《管锥篇》第3册第866页亦云："《永乐大典》卷12043《酒》字引《古今事通》采《启颜录》载汉武帝命公孙弘、东方朔所为大言。"兹并录为证。

③ 马克思、恩格斯：《共产党宣言》，人民出版社1964年版，第43页。

存在的巨大立体作品，无不显示当时统治者乃至建筑创造者雄视寰宇的意向、威加海内的雄心。还有雕塑、石刻、绘画以及各种工艺品，也都无不如李泽厚先生所概括：那种"一往无前不可阻挡的气势、运动和力量，构成了汉代艺术的美学风格"，"比起荷兰小画派来，它们的力量、气魄、价值和主题要远为宏伟巨大"①。

很自然，这种审美风尚也会渗透到文学领域中来，影响并支配着汉赋的创作，使它毫无例外地染上"大"的色彩。所以，如前面所述，这些兴盛于两汉最繁荣时期、受到最高统治者青睐的汉赋作品，不仅数量众多，体制宏大，而且是不遗余力地追求着一切大的形象，毫不掩饰地反映出与汉代其他艺术一样的大之美，体现着时代的审美理想和民族精神。因此，当我们面对那广袤百余里的汉长安城遗址，面对霍去病墓前那雄浑、博大的巨型石雕群，面对伟大史学家司马迁那"如画长江万里图"的历史巨构《史记》而激动不已、由衷礼赞时，不也应该赞美汉赋么！

当然，赋的兴盛还离不开赋家本身广博的学识才力。写出那些宏大赋篇的作者，就都是当时最负盛名的硕学鸿才，如贾谊、枚乘、司马相如、扬雄、班固、张衡、王延寿等。这是无须多言的。刘熙载说得好："赋兼才学。……才弱者往往能为诗，不能为赋。积学以广才，可不豫乎？"②

汉赋，是属于汉代的。它的由产生、兴盛到泯灭的过程，它的内容和形式上的本质特点，都是它的时代使然，都是与它的时代并行不悖的。范文澜先生说："西汉文学正象西汉这个朝代一样，规模是宏大的，创造力是充沛的。"③——这首先当是指汉赋。而当进入东汉后期，汉王朝盛极而衰，以大为美的风气荡然无存之时，大赋也就随之消亡了。这又是一个极有说服力的反证。

恩格斯在批评卡尔·格律恩《从人的观点论歌德》一文时曾说："我们决不是从道德的、党派的观点来责备歌德，而只是从美学和历史的观点来责备他。"对于汉赋，也只可能如此。如果我们也是以"美学和历史的观点"来研究，也是从"美学和历史"的角度来解释，就能比较正确地

① 李泽厚：《美的历程》，文物出版社 1981 年版，第 83、79 页。
② 刘熙载：《艺概》，上海古籍出版社 1928 年版，第 101 页。
③ 范文澜：《中国通史》第 2 册，人民出版社 1978 年第 5 版，第 168 页。

估价汉赋作为一代文学正宗而在中国古代文学史上的重要地位和美学价值，就能懂得大赋之所以兴废的规律及其必然性，同时，也一定会减去许许多多不应有的责备。

原载《文学遗产》1986 年第 1 期，中国人民大学复印报刊资料《中国古代、近代文学研究》1986 年第 4 期转载，《中国文学研究年鉴·两汉文学研究综述》（1987）、《求索》杂志 1988 年 6 期之《近几年的汉赋研究》、《文学遗产》1992 年第 3 期之《十年汉赋研究综述》均有摘要介绍

略论赋在汉代的传播及其对作赋的影响

古代文学作品的传播方式，大体包括口头流传与书面流传两大系统。不同的传播形式对文学创作有不同的要求，文学创作能否适应这种要求则在一定程度上影响着自身的发展。

汉赋的传播情形，也大体如此。汉赋在当时的具体传播方式，主要有书面传播系统的奏御献纳、书目著录、史传载记和口头传播系统的诵读等几种方式；此外，还有如注解、书壁、随葬等次要或隐性的传播方式。

汉赋的传播方式，既受制于当时的传播条件和接受环境，也与创作主体赋家的创作动机密切关联。正是因为创作者与接受者及传播媒介之间三位一体的相互影响，共同构成了汉赋繁荣发展的文学局面。

一　讽颂之赋的"奏御献纳"

产生了数以千计皇皇赋篇的刘汉王朝，是中国历史上一个空前繁荣强盛的时代。当时的赋家和许多的文人学士，多有欣逢盛世之感，充满"汉盛于周""汉国在百代之上"[1] 的自豪之情，同时，也自觉体认了一种"称颂国德"[2] "润色鸿业"[3] 的历史责任。于是，通过具有明显讽颂内容的赋作，来表达对强盛国势、帝王文治武功及其政治得失的颂扬或讽喻之意，便成为汉赋创作最重要的动机和文学现象。

在西汉之时，司马迁就在《史记·司马相如列传》中指出大赋家司

---

① 王充：《论衡》，上海人民出版社 1974 年版，第 299 页。
② 同上书，第 310 页。
③ 班固：《两都赋序》，载费振刚等《全汉赋校注》，广东教育出版社 2005 年版，第 464 页。

马相如作赋以讽谏为旨归:"相如虽多虚辞滥说,然其要归引之节俭,此与《诗》之风谏何异?"① 其《史记·太史公自序》亦云:

> 《子虚》之事,《大人》赋说,靡丽多夸,然其旨风谏。②

汉赋家以讽谏为旨归的创作目的,决定着当时的最高统治者天子帝王是其赋作的首要读者对象,理所当然,"奏御献纳"也就成为最重要的传播方式。这些"讽颂"之赋,往往由赋家或他人以上书、推荐等直呈或间接转达的方式,向天子帝王献纳,以实现向上传播的目的。

而关于汉赋的"奏御献纳",最著名的文献是班固《两都赋序》所载:

> 大汉初定,日不暇给。至于武、宣之世,乃崇礼官,考文章……以兴废继绝,润色鸿业。是以众庶悦豫,福应尤盛……故言语侍从之臣,若司马相如、虞丘寿王、东方朔、枚皋、刘向之属,朝夕论思,日夜献纳;而公卿大臣,御史大夫倪宽、太常孔臧、太中大夫董仲舒、宗正刘德、太子太傅萧望之等,时时间作。或以抒下情而通讽喻,或以宣上德而尽忠孝。雍容揄扬,著于后嗣,抑亦雅、颂之亚也。故孝成之世,论而录之,盖奏御者千有余篇。③

"奏御者千有余篇",足以说明当时赋家作品以"奏御"这种方式向上传播的盛况。这些通过"奏御"方式向帝王传播的赋篇,其内容或"以颂为讽",或"以讽为颂",但赋作者都是想通过赋作表达对社会政治、帝王功业的意见。所谓"或以抒下情而通讽喻、或以宣上德而尽忠孝",这正是赋家创作的基本动机。

讽喻之赋,通过直接或间接的方式向上"奏御献纳",在《史记》《汉书》《后汉书》中屡见记载。先看《史记·司马相如列传》所载:

---

① 司马迁:《史记》,中华书局 1982 年第 2 版,第 3073 页。

② 同上书,第 3317 页。

③ 费振刚等:《全汉赋校注》,广东教育出版社 2005 年版,第 464 页。

上读《子虚赋》而善之，曰"朕独不得与此人同时哉！"得意曰："臣邑人司马相如自言为此赋。"上惊，乃召问相如。

相如曰："有是。然此乃诸侯之事，未足观也。请为《天子游猎赋》，赋成奏之。"上许，令尚书给笔札。相如以"子虚"，虚言也，为楚称；"乌有先生"者，乌有此事也，为齐难；"无是公"者，无是人也，明天子之义。故空藉此三人为辞，以推天子诸侯之苑囿，其率章归之于节俭，因以风谏。奏之天子，天子大悦……赋奏，天子以为郎。①

如果说司马相如在梁时所著《子虚》之赋，是先在梁王君臣中传阅而后传播进武帝宫中（或许就是杨得意带进宫并献上）的，那么，《天子游猎赋》（即今《文选》所载《子虚》《上林赋》）则是直接在宫中创作，且直接"奏之天子"的；司马相如还因为此赋的直接奏御，使汉武帝大悦而得"以为郎"。

《史记·司马相如列传》又载曰：

常从上至长扬猎……还过宜春宫，相如奏赋以哀二世行失也。

天子既美《子虚》之事，相如见上好仙道，因曰"上林之事未足美也，尚有靡者。臣尝为《大人赋》，未就，请具而奏之"。……相如既奏《大人》之颂，天子大悦，飘飘然有凌云之气，似游天地之间意。

据此可知，司马相如的《哀二世赋》《大人赋》，也都是以向上传播的方式直接向汉武帝"奏御献纳"的。这样直接的传播途径，当然能获得最佳的传播效果。

再看班固《汉书》的记载。如《枚皋传》云：

皋亡至长安，会赦，上书北阙，自陈枚乘之子，上得之大喜，召入见待诏，皋因赋殿中。诏使赋平乐馆，善之。……武帝春秋二十九乃得皇子，群臣喜，故皋与东方朔作《皇太子生赋》及《立皇子禖

---

① 司马迁：《史记》，中华书局 1982 年第 2 版，第 3002、3043 页。

> 祝》，受诏所为。……从行至甘泉、雍、河东，东巡狩，封泰山，塞决河宣房，游观三辅离宫馆，临山泽，戈猎射驭狗马蹴鞠刻镂，上有所感，辄使赋之。为文疾，受诏辄赋，故所赋者多。①

枚皋是枚乘之子，枚乘卒后，枚皋上书汉武帝而召入待诏，受诏辄赋，所赋则直接奏上，从而成为了一个名副其实的御用文人。

汉武帝以后，献赋求官之风相沿成习。又如《汉书·楚元王传·刘向传》曰：

> 是时，宣帝循武帝故事，招选名儒俊材置左右，更生（刘向）与王褒、张子侨等并进对，献赋颂凡数十篇。

汉成帝时，扬雄所作著名的《河东》《校猎》《长扬》《甘泉》"四赋"，也莫不是以讽谏帝王为目的并直接奏御献纳的，如《汉书·扬雄传》记载：

> ……正月，从上甘泉，还奏《甘泉赋》以风。
>
> 其三月，将祭后土……雄以为临川羡鱼不如归而结网，还，上《河东赋》以劝。
>
> 其十二月羽猎，雄从……故聊因《校猎赋》以风。
>
> 长扬射熊馆……上亲临观焉。是时，农民不得收敛。雄从至射熊馆，还，上《长扬赋》，聊因笔墨以成文章，故藉翰林以为主人、子墨以为客卿以风。②

赋作者本为成帝郊祠时随从，赋又为讽、劝帝王而作，故必以直呈形式上达帝王，这是西汉讽颂之赋上传天子的典型方式。

到东汉班固、张衡之时，讽颂之赋已由此前的讽颂并重演变为以颂誉为主，且其颂扬也不囿于天子而扩展至东都洛邑，赋作传播的对象则仍然是上奏天子、朝廷。如《后汉书》载：

---

① 班固撰，颜师古注：《汉书》，中华书局 1962 年版，第 2366、2367 页。
② 同上书，第 3522、3535、3541、3557 页。

时京师修起官室，濬缮城隍，而关中耆老犹望朝廷西顾。（班）固感前世相如、寿王、东方之徒，造构文辞，终以讽劝，乃上《两都赋》，盛称洛邑制度之美，以折西宾淫侈之论。

时天下承平日久，自王侯以下莫不踰侈。（张）衡乃拟班固《两都》，作《二京赋》，因以讽谏。①

班、张二赋，讽谏之意削弱，颂扬之声增强，它们都以颂扬东汉都城洛阳的形式以表达对当朝天子的歌颂之意，不难想象赋家的创作目的，仍然是写给天子看的。

东汉后期，李尤、马融等人，仍承司马相如、扬雄等前贤故事，受诏作赋。《后汉书·文苑列传·李尤传》载曰：

和帝时，侍中贾逵荐（李）尤有相如、扬雄之风，召诣东观，受诏作赋，拜兰台令史。

李尤因有西汉赋家司马相如、扬雄之风而召诣东观，受诏作赋；博通经籍的大学者马融则因为"饥困"才不得已往应邓骘"舍人"以后再典校东观的。但他们以作赋讽颂帝王则没有什么不同，《后汉书·马融列传》云：

（安帝）元初二年，上《广成颂》以讽谏。……《颂》奏，忤邓氏，滞于东观，十年不得调……太后崩，安帝亲政，召还郎署，复在讲部，出为河间王厩长史。时车驾东巡岱宗，融上《东巡颂》，帝奇其文，召拜郎中。

桓帝时……又作大将军《西第颂》，以此颇为正直所羞。②

汉安帝初期，邓太后临朝，邓骘兄弟辅政。因《广成颂》内容不为邓太后所取，故马融虽"《颂》奏"而"滞于东观，十年不得调"。《东巡颂》

---

① 范晔：《后汉书》，中华书局 1965 年版，第 1334、1897 页。
② 同上书，第 1954、1970、1972 页。

则是在邓太后死后，直接奏上汉安帝的，因为安帝欣赏其赋，马融被召拜郎中。

二 "不歌而诵"：赋的诵读

汉代的讽颂之赋，流传到今天的尚有司马相如《子虚》《上林》，扬雄《河东》《校猎》《长扬》《甘泉》，班固《两都》，张衡《二京赋》等。从形式上看，这些散体大赋作品篇幅宏大、文字堆砌繁复，且多有难僻字和双声、叠韵、重言、连绵等语言现象，读者不但很难从中获得美感，甚至会产生厌倦情绪。

但是，当时的帝王，还有汉宣帝太子、枚乘《七发》中"有疾"的楚太子等，却十分喜欢辞赋作品并且能从中获得愉悦。为什么那个时代会出现这样的现象呢？不少汉赋研究者认为：这与汉赋是"半书面、半口头文学性质"有关①。当时的赋家（还有其他会读赋的人），有时候是将自己的赋篇诵读给帝王听的，接受者在听人诵读的过程中没有了文字艰涩的困难，获得的是抑扬顿挫、韵律悠扬的听觉享受。

诚如上述，则带来了本文要论及的第二个论题：汉赋除以"奏御献纳"的书面上传方式外，尚有"不歌而诵"的"诵读"方式。"诵读"，是由部分赋作者和读者（包括帝王、能诵读辞赋的专门人员以及其他接受者）共同完成的双向性口头传播方式，这种口头传播方式尤其贴近汉赋"不歌而诵"的文体特点。

在汉赋之前，《诗三百篇》是可以入乐的诗，歌唱与诵读是它两种不同的传播方式。《左传》襄公十六年载晋平公与诸侯宴于温，使诸大夫舞，要求"歌诗必类"（所歌古诗必使之各从义类）；襄公二十九年吴公子季札观周乐于鲁，鲁"使工为之歌"《周南》《召南》《邶》《鄘》《卫》《王》《郑》《齐》《豳》《秦》《魏》《唐》《陈》《郐》十四国风及《小雅》《大雅》与《颂》诗；还有《左传》中大量关于春秋人士"赋诗言志"或"赋诗断章"（襄公十二年）的记载，足资证明"歌诗"与"诵诗"是同时存在的。

而进入两汉，有"一代之文学"称誉的汉赋的传播方式，则有所

---

① 参见万光治《汉赋通论》，中国社会科学出版社 2004 年版，第 406 页。

不同。

汉赋是一种不入乐歌唱的文体。《汉书·艺文志》曾删存刘向父子的意思说"不歌而诵谓之赋"。对这一界说，虽当今学界有不同的理解。但若以之界定汉赋的一个文体特点，则应是不错的。章炳麟《固故论衡·辨诗》说："《七略》分诗、赋者，本孔子删诗意。不歌而诵，故谓之赋；叶于箫管，故谓之诗。"这里的"诵"，是指诵读或朗诵。马积高先生《赋史》说"赋"是一种不歌而诵的文体，它既不包括具有某种特定社会作用的不歌的诗体，也不包括有某种特殊的社会作用的韵文。①

程千帆先生作于 1946 年的《赋之名义及特征》一文，也曾指出："刘向称'不歌而诵谓之赋'。郑玄《周礼注》谓'背文曰讽，以声节之曰诵'。明此体但可诵而不可歌也"；"首就音节言，不歌而诵一语，显示赋乃不入乐之韵文，同时赋具有可以讽诵之音节。此事对于文学作品脱离音乐而创建其本身节奏之美，关系颇大。先秦之作，《诗三百篇》全为乐歌，楚辞则有入乐者、有不入乐者。及于汉代，纯资讽诵之长篇赋体乃生。此乃一大进步也。"②

不能歌而可讽诵或诵读，不仅是赋脱离音乐而区别于诗的一个特点，同时也是赋在汉代传播流布的一种重要方式。

辞赋原本是可以歌唱、诵读的口头文学。不必说《楚辞》如《九歌》原来就是既可以配乐歌舞又能够唱诵朗读的，即便是到了西汉之时，也是因其具有特别的诵读特点而得以流传。如《史记·酷吏列传》载汉武帝时，朱买臣"读《春秋》"，又"以《楚辞》与（庄）助俱幸"。

《汉书·朱买臣传》更云：

> 朱买臣字翁子，吴人也。家贫，好读书，不治产业，常艾薪樵，卖以给食。担束薪，行且诵书。其妻亦负戴相随，数止买臣毋歌讴道中，买臣愈益疾歌，妻羞之，求去……其后，买臣独行歌道中。……会邑子严助贵幸，荐买臣。召见，说《春秋》，言《楚辞》，常甚说之，拜买臣为中大夫，与严助俱侍中。

---

① 参见马积高《赋史》，上海古籍出版社 1987 年版，第 6 页。
② 程千帆：《俭腹抄》，上海文艺出版社 1998 年版，第 49、50 页。

朱买臣是一个"行且诵书""行歌道中"的贫苦樵夫，却因能"言《楚辞》"而受汉武帝器重。朱买臣之"言"，当与"说《春秋》"之"说"相近，有解说、诵读乃至歌唱之意。由此，也可知当时能诵读《楚辞》几乎是一专门的学问，不是一般人所可为，否则汉武帝也不会因此就拜他为中大夫与侍中的。

汉武帝之后，其孙汉宣帝也是一个好文之主。《汉书·王褒传》又载曰：

> 宣帝时修武帝故事，讲论六艺群书，博尽奇异之好，征能为《楚辞》九江被公，召见诵读。

九江被公是明确能"诵读"《楚辞》的。由朱买臣之"说"，九江被公之"诵读"，可知西汉武、宣之时，《楚辞》虽未被之管弦，但却因"诵读""解说"的方式，而在当时朝野流传。

汉人"辞赋"连称，在楚辞影响下发展起来的汉赋，更因其"不歌而诵"的特点，以诵读的方式很快地传播着。

前述班固撰《汉书·枚皋传》，已叙载说枚皋所赋者多，"凡可读者百二十篇，其尤嫚戏不可读者尚数十篇"；又桓谭《新论·道赋》载扬子云曰"能读千赋则善赋"[1]。这些都说明"读赋"对写赋的重要性，"可读"或"不可读"，已成为评价汉赋的一条重要标准。

其实，如大赋家司马相如的《子虚赋》，就是以"读"的方式传播到汉武帝那里的，《史记·司马相如列传》所谓：

> 居久之，蜀人杨得意为狗监侍上。上读《子虚赋》而善之，曰"朕独不得与此人同时哉！"得意曰："臣邑人司马相如自言为此赋。"上惊，乃召问相如。

汉武帝之孙汉宣帝，既征能诵读《楚辞》的九江被公"召见诵读"，更征诏诸多文士歌诗诵赋。《汉书·王褒传》曰：

---

① 桓谭：《新辑本桓谭新论》，中华书局 2009 年第 1 版，第 52 页。

> 上颇作歌诗，欲兴协律之事。丞相魏相奏言知音、善鼓、雅琴者渤海赵定、梁国龚德，皆召见待诏。于是益州刺史王襄欲宣风化于众庶，闻王褒有俊材，请与相见，使褒作《中和》《乐职》《宣布诗》，选好事者令依《鹿鸣》之声习而歌之……上令褒与张子侨等并待诏，数从褒等放猎，所幸宫馆，辄为歌颂，第其高下，以差赐帛。
>
> 其后，太子体不安，苦忽忽善忘，不乐。诏使褒等皆之太子官虞侍太子，朝夕诵读奇文及所自造作。疾平复，乃归。太子喜褒所为《甘泉》及《洞箫颂》令后宫贵人左右皆诵读之。

可知，在汉宣帝宫廷中，创作歌诗、赋颂，并歌唱、诵读之，是一种很高雅的文化生活。尤其是王褒所作赋颂，由王褒本人等文人侍从专门为身体不安的宣帝太子"朝夕诵读"，乃至有使其"疾平复"的"疗疾"功效。从而也使得太子（即后来的汉元帝）喜爱上了王褒的赋颂之作，并"令后宫贵人左右皆诵读之"。如此隆盛的诵读赋颂风习，很显然，促进了汉赋在宣帝宫廷内外传播接受。

除汉代文人赋的传播有诵读方式之外，民间俗赋则更主要是以"诵""唱"方式得以传播的。1993 年，江苏省连云港市尹湾汉墓出土的《神乌赋》是现知存世最早的西汉俗赋作品。该赋的最初形态，可能就是口头文学，是以口诵方式借以传播的。不少当代赋学研究者都指出了这一特点。如万光治教授认为："《神乌赋》的出土，证明了在它产生的时代，赋虽已有雅化的趋势，仍未完全失去半口头半书面文学的特征。"[1] 伏俊琏教授也指出："赋"本来就是不歌而诵，"俗赋用'诵'的方式传播，是其本色。"[2]

又《三国志》卷 40《蜀书·刘琰传》载，鲁国人刘琰善谈论，在刘后主时随丞相诸葛亮讽议，其"侍婢数十皆能为声乐，又悉教诵读《鲁灵光殿赋》"。刘琰及其侍婢"诵读"王延寿《鲁灵光殿赋》，这当是沿袭了汉人诵赋遗风。

---

① 万光治：《汉赋通论》，中国社会科学出版社 2004 年版，第 301 页。
② 伏俊琏：《俗赋的发现及其文学史意义》，《第七届国际辞赋学学术研讨会论文集》，西北师大文学院 2007 年编印，第 77 页。

三 赋的史传载记与书目著录

在汉代，史传载记与书目著录赋家赋作，虽主要是接受者发出的传播行为，体现着史家对赋的接受与传播的双重责任，但这种传播行为方式，在整个汉赋传播史上所起的作用则是最为重大而深远的。

先说"史传收载"。唐代史学家刘知几曾因对汉赋不满，批评《史记》《汉书》等史传著作收载汉赋作品。其《史通·载文》篇云：

> 至于史氏所书，固当以正为主……若马卿之《子虚》《上林》，扬雄之《甘泉》《羽猎》，班固《两都》，马融《广成》，喻过其体，词没其义，繁华而失实，流宕而忘返。无裨劝奖，有长奸诈。而前、后《史》《汉》皆书诸列传，不其谬乎！①

刘知几因不满汉赋的"繁华失实"，又认为汉赋作品无益于奖善惩恶，而对《史记》《汉书》在人物传记中收录传主赋作提出批评，而没有认识到收载赋篇对传播汉赋的重大作用，显然有失偏颇。

据张新科教授《唐前史传文学研究》统计②：《史记》收入汉赋作品全文的有贾谊《吊屈原赋》《鵩鸟赋》，司马相如《天子游猎赋》《哀二世赋》《大人赋》等；《汉书》收入汉赋全文的除上述《史记》所收贾谊、司马相如数篇外，尚有东方朔《答客难》《非有先生论》，汉武帝《李夫人赋》，扬雄《甘泉赋》《校猎赋》《长杨赋》《河东赋》及《解嘲》《解难》《酒赋》，班婕妤《自伤悼赋》，息夫躬《绝命辞》，班固《幽通赋》《答宾戏》；《后汉书》收载汉赋全文的，有冯衍《自论赋》，班固《两都赋》，崔骃《达旨》，崔篆《慰志赋》，蔡邕《释诲》，马融《广成颂》，张衡《应间赋》《思玄赋》，杜笃《论都赋》，赵壹《刺世疾邪赋》《穷鸟赋》，边让《章华赋》等。

《史记》《汉书》《后汉书》这些被称为"正史"的历史著作，在中国这样一个历史意识浓厚的国度里，很具有权威性。赋篇被收载其中，使

---

① 刘知几：《史通》，辽宁教育出版社 1997 年版，第 36 页。
② 参见张新科《唐前史传文学研究》，西北大学出版社 2000 年版，第 248 页。

文学作品能以"史"的形式在历朝历代广为传播，为历代读者阅读研讨汉赋，或借此了解赋家本事及当时的社会历史文化面貌，发挥着极其重要的作用；同时，也提升了"颇似俳优"的赋家的历史地位。如果我们联想到数以千计的汉赋作品十之八九都在历史的风尘中烟飞灰灭，而这些收入史传中的赋篇，却随着不朽的"正史"而千古流传至今，我们会更加认识到史传载录赋篇的历史意义。

次述"书目著录"。由于赋在汉代具有的崇高地位，两汉朝野一直十分重视汉赋作品的收藏、整理。据《汉书》记载，武帝自为太子之时，就知赋家枚乘之名，即位后"乃以安车蒲轮（以蒲草裹住车轮以减少车轮在行进时颠簸）征乘"，因枚乘年事已高，不幸死于道中。于是，后又将其子枚皋"召为郎"，并"使赋平乐馆"。

至汉成帝时，因书籍散佚严重，成帝一面使谒者（掌礼宾之官）陈农求遗书于天下，召光禄大夫刘向等校经传诸子诗赋，一面又组织刘向父子等进行大规模的图书整理与目录编制工作，从而汇编撰录成《别录》与《七略》两部目录著作。

《七录》和《七略》，亡于唐末五代之乱，宋初已无人见到。但是，东汉史学家班固的《汉书·艺文志》是依据《七略》而编撰的。我们从《汉书·艺文志·诗赋略》，可以了解刘向、刘歆父子在整理辞赋作品方面的重要贡献。

《汉志·诗赋略》[①] 著录赋与歌诗，其中著录屈原、宋玉及至秦代西汉辞赋共 78 家 1004 篇，分为"屈原赋""陆贾赋""孙卿赋""杂赋"四种，其中西汉赋约为 73 家 933 篇。

首先著录的是屈原赋之属，其中西汉赋有：

> 赵幽王赋一篇，庄夫子赋二十四篇，贾谊赋七篇，枚乘赋九篇，司马相如赋二十九篇，淮南王赋八十二篇，淮南王群臣赋四十四篇，大常募侯孔臧赋二十篇，阳丘侯刘德赋十九篇，吾丘寿王赋十五篇，蔡甲赋一篇，上所自造赋二篇，倪宽赋二篇，光禄大夫张子侨赋三篇（与王褒同时也），阳城侯刘德赋九篇，刘向赋三十三篇，王褒赋十六篇

---

① 参见班固《汉书》，中华书局 1962 年版，第 1747—1756 页。

以上著录的是第一类。刘师培《论文杂记》分析说：屈原以下二十家为"写怀之赋"，贾谊思慕屈原，所作《吊屈原赋》及《鹏鸟赋》，皆《离骚》之遗意也。相如《大人赋》，亦宋玉《高唐赋》之遗；而淮南所作《招隐士》，又纯乎《山鬼》之意者也。枚皋、刘向之作，亦取意讽谏。

其次，著录陆贾赋之属，其中西汉赋有：

> 陆贾赋三篇，枚皋赋百二十篇，朱建赋二篇，常侍郎庄葱奇赋十篇，严助赋三十五篇，朱买臣赋三篇，宗正刘辟强赋八篇，司马迁赋八篇，郎中婴齐赋十篇，臣说赋九篇，臣吾赋十八篇，辽东太守苏季赋一篇，萧望之赋四篇，河内太守徐明赋三篇，给事黄门侍郎李息赋九篇，淮阳宪王赋二篇，扬雄赋十二篇，侍诏冯商赋九篇，博士弟子杜参赋二篇，车郎张丰赋三篇（张子乔子），骠骑将军朱宇赋三篇

以上是第二类。刘师培称之为"骋辞之赋"。认为陆贾为说客，为纵横家之流，则其赋必为骋辞之赋。朱建与陆贾同传，亦辩士之流。枚皋、严助、朱买臣，皆工于言语者也，《汉志》且列严助书为纵横家。史迁、冯商，皆作史之才，则赋笔必近于纵横家。扬雄《羽猎》《长杨》诸赋，亦多富丽之词，亦近于骋词者也。

再次，著录孙卿赋之属，其中西汉赋有：

> 李思《孝景皇帝颂》十五篇，广川惠王越赋五篇，长沙王群臣赋三篇，魏内史赋二篇，东暆令延年赋七篇，卫士令李忠赋二篇，张偃赋二篇，贾充赋四篇，张仁赋六篇，秦充赋二篇，李步昌赋二篇，侍郎谢多赋十篇，平阳公主舍人周长孺赋二篇，雒阳锜华赋九篇，眭弘赋一篇，别栩阳赋五篇，臣昌市赋六篇，臣义赋二篇，黄门书者假史王商赋十三篇，侍中徐博赋四篇，黄门书者王广吕嘉赋五篇，汉中都尉丞华龙赋二篇，左冯诩史路恭赋八篇

以上为第三类，刘师培以之为"阐理之赋"。考荀卿《蚕赋》诸篇，即小验大，析理至精，察理至明，故知其赋为阐理之赋。

最后，著录杂赋：

《客主赋》十八篇,《杂行出及颂德赋》二十四篇,《杂四夷及兵赋》二十篇,《杂中贤失意赋》十二篇,《杂思慕悲哀死赋》十六篇,《杂鼓琴剑戏赋）十三篇,《杂山陵水泡云气雨旱赋》十六篇,《杂禽兽六畜昆虫赋》十八篇,《杂器械草木赋》三十三篇,《大杂赋》三十四篇,《成相杂辞》十一篇,《隐书》十八篇。

以上是第四类,共 12 家 233 篇。顾实《汉书艺文志讲疏》以为:"此杂赋尽亡,不可征。盖多杂诙谐,如庄子寓言者欤?"

《诗赋略》在著录赋篇之后,尚系有一篇主要是概述赋体发展流变的序文。序文中云:

传曰:"不歌而诵谓之赋,登高能赋可以为大夫。"言感物造端,材知深美,可与图事,故可以为列大夫也。古者诸侯卿大夫交接邻国,以微言相感,当揖让之时,必称《诗》以谕其志,盖以别贤、不肖而观盛衰焉。故孔子曰"不学诗,无以言"也。

春秋之后,周道寖坏,聘问歌咏不行于列国,学《诗》之士逸在布衣,而贤人失志之赋作矣。大儒孙卿及楚臣屈原离谗忧国,皆作赋以风,咸有恻隐古诗之义。其后宋玉、唐勒,汉兴枚乘、司马相如,下及扬子云,竞为侈丽闳衍之词,没其风谕之义。是以杨子悔之,曰:"诗人之赋丽以则,辞人之赋丽以淫。如孔氏之门人用赋也,则贾谊登堂,相如入室矣,如其不用何!"

这里,首先说明了赋的文体特点是"不歌而诵"。诗是可歌可诵的,而春秋之时,列国诸侯卿大夫盟会及宴享场合以微言相感、称诗谕志,大多是背诵(或诵读)已有的诗篇。这种不歌而诵诗的方式也可以叫"赋"(即诵诗),所以"不歌而诵谓之赋"的"赋"字,本指诵诗而言。汉代以后就有人把"不歌而诵"的韵文作品称为"赋"。作为文体的赋,是只可诵而不可歌的。这是赋与诗在形式上的区别。其次,概述了赋的来源和发展历史。

《七略·诗赋略》是中国文学史上第一次最大规模汉赋整理工作的成果,也是中国古代赋史上第一个断代的赋篇目录,其影响颇为深广。

四　其他传播方式

汉赋的传播，除上述奏御献纳、召见诵读、史传收载与书目著录等方式外，还有"自悼自娱""沉江""书壁"、随葬等方式，是由赋家自己与个别特殊读者进行的"隐性传播"，赋作者在当时也许并不具有明显的对外传播目的，但自赋篇写成之后却实际上以"隐性"的形式在当时乃至后世传播着。

（一）自悼自娱

赋家作赋，除有对社会政治的讽谏或颂扬外，抒发赋家自己的人生情绪、表达内心的生活感受，也会是其创作目的之一。例如，《汉书·贾谊传》记载贾谊作《鵩鸟赋》的原因：

> 谊为长沙傅三年，有服飞入谊舍，不祥鸟也。谊既以谪居长沙，长沙卑湿，谊自伤悼，以为寿不得长，乃为赋以自广。

因为害怕自己"寿不得长"，再加上鵩鸟这个"不祥"之客的不期而至，贾谊内心伤悼不已，故作此赋以自我宽慰。

在汉代，像贾谊这样写赋自悼或自娱者，亦颇见记载：

> 上思念李夫人不已……自为作赋以伤悼夫人。（《汉书·外戚传》上《孝武李夫人传》）
> 孝成班婕妤……恐久见危，求共养太后长信宫，上许焉。婕妤退处东宫，作赋自伤悼。（《汉书·外戚传》下《孝成班婕妤传》）
> 固弱冠而孤，作《幽通》之赋，以致命遂志。（《汉书·叙传》）
> （崔）篆，王莽时为郡文学……临终作赋以自悼，名曰《慰志》。（《后汉书·崔骃列传》）
> 衍不得，退而作赋，又自论曰……乃作赋自厉，命其篇曰《显志》。显志者，言光明风化之情，昭章妙之思也。（《后汉书·冯衍传》下）
> 衡不慕当世，所居之官，辄积年不徙。自去史职，五载复还，乃

设客问，作《应间》以见其志云……衡常思图身之事，以为吉凶倚伏，幽微难明，乃作《思玄赋》以宣寄情志。（《后汉书·张衡列传》）

延寿字文考，曾有异梦，意恶之，乃作《梦赋》以自厉……（赵壹）又作《刺世疾邪赋》，以舒其怨愤。（《后汉书·文苑列传》）

汝南袁隗妻者，扶风马融之女也，字伦……伦妹芝，亦有才义，少丧亲长而追感，乃作《申情赋》云。（《后汉书·列女传·袁隗妻传》）

不汲汲于富贵，不戚戚于贫贱，家产不过十金，乏无儋石之储，晏如也。此赋以文为戏耳。（《古文苑》卷四扬雄《逐贫赋》自序）

这类遂志、自悼或自娱之类赋作，原本并不以对外传播为目的。但赋成之后，仍有好之者抄写传阅以进一步传播。如汉初贾谊"乃为赋以自广"的《鹏鸟赋》，数十年之后，司马迁就亲读其赋并收载在所著《史记·屈原贾生列传》中。司马迁还在《贾生列传》中写道："余适长沙，观屈原所自沉渊，未尝不垂涕……及见贾生吊之，读《鹏鸟赋》，又爽然自失矣。"

（二）应酬、交际

西汉初年的几位帝王不喜辞赋，但在吴王濞、梁孝王武及淮南王安这几个诸侯王那里，却倡导作赋，形成了以诸侯王为中心的藩国君臣共同作赋的文学团体，其中尤其以汉文帝之子、梁孝王刘武的梁园为盛。如《史记·梁孝王世家》说"孝王筑东苑……招延四方豪杰，自山以东游说之士莫不毕至"；又《司马相如列传》亦载相如事孝景帝时，"梁孝王来朝，从游说之士齐人邹阳、淮阴枚乘、吴庄忌夫子之徒，相如见而说之。因病免，客游梁，梁孝王令与诸生同舍，相如得与诸生游士居数岁，乃著《子虚》之赋"。

聚集在梁孝王周围的辞赋之士，即有邹阳、枚乘、庄忌、司马相如等，君臣之间多有作赋以互相交流、展示才华之事。东晋葛洪《西京杂记》卷四，曾载其事曰：

> 梁孝王游于忘忧之馆，集诸游士，各使为赋。枚乘为《柳赋》……路乔如为《鹤赋》……公孙诡为《文鹿赋》……邹阳为《酒赋》……公孙乘为《月赋》……羊胜为《屏风赋》……韩安国作《几赋》不成，邹阳代作……邹阳、安国罚酒三升，赐枚乘、路乔如绢，人五匹。

这是梁孝王君臣共同作赋的具体描绘，枚乘、路乔如等赋作得好，梁孝王赏赐绢每人各五匹，韩安国请邹阳代作《几赋》，违反了"各使为赋"的约定，故双方都被"罚酒三升"。据上述《史记》及《西京杂记》所载分析，梁孝王君臣的赋作，最初是在酒宴、集会时，在参与者、作赋者之间平行交流传播的。

此后，以作赋为应酬、交际的事，也常有记载。如《后汉书》卷80下《文苑列传·祢衡传》称：

> 江夏太守黄祖……长子射，为章陵太守，尤善于衡。……射时大会宾客，人有献鹦鹉者，射举卮于衡曰："愿先生赋之，以娱嘉宾。"衡揽笔而作，文无加点，辞采甚丽。

又《文苑列传》下《赵壹传》载：

> 赵壹……后屡抵罪，几至死，友人救得免。壹乃贻书谢恩，曰："……余畏禁，不敢班班显言，窃为《穷鸟赋》一篇。"

由上引史传可知，祢衡《鹦鹉赋》是为黄射娱乐宾客而作；赵壹作《穷鸟赋》则是为感谢友人救命之恩，赋中以"穷鸟"自喻处于穷途末路的困境，以"幸赖大贤、我矜我怜"的赋句表白对友人的感激。

（三）书壁、随葬

"书壁"、随葬的传播方式，见于史传记载的并不多见。现知两例，一是有关东汉桓谭的《仙赋》，严可均辑《全后汉文》卷12桓谭《仙赋序》云：

余少时为郎，从孝成帝出祠甘泉、河东，见郊。先置华阴集灵宫，宫在华山下，武帝所造，欲以怀集仙者王乔、赤松子，故名殿为"存仙"。端门南向山，署曰"望仙门"。余居此焉，窃有乐高眇之志，即书壁为小赋，以颂美。

又，《全后汉文》卷15所载桓谭《新论·道赋》的说法亦大致相同：

余少时为奉车郎，孝成帝祠甘泉、河东，先置华阴集灵宫，武帝所造，门曰"望仙"，殿曰"存仙"，书壁为之赋，以颂二仙之行。

第二例，是关于西汉俗赋《神乌赋》的。据《文物》1979年第1期裘锡圭先生《神乌赋初探》，《文物》1996年第8期《尹湾汉墓简牍释文选》《发掘简报》等文章，前述1993年尹湾汉墓（墓主师饶、字君兄，下葬时间在汉武帝元延三年即公元前10年）六号墓出土的西汉俗赋《神乌赋》简牍，就是墓主的随葬品之一，赋篇以这种隐性流传的形式，在历经两千余年的掩埋以后又重见天日，传播人间。

总之，汉赋的传播方式与赋家的创作动机密切关联。"奏御献纳"，是讽颂之赋的主要书面传播方式，由赋家直接或间接向帝王、朝廷进献，以实现其向上传播的创作目的；"诵读"，是由部分赋作者以及能诵读辞赋的读者等共同完成的双向性口头传播方式，这种口头传播方式更贴近主要的传播对象，它对赋家的影响也更为直接和快捷；"书目著录"与"史传载记"，是由史家这个特定接受者发出的传播行为，它们寄寓着传播者对赋作的价值判断，同时又反过来激励赋家的创作热情，促进汉赋的繁荣；至于"自悼自娱"或"沉江""书壁"等方式，则是赋家自己进行的"隐性传播"，赋作者的创作目的相对单纯，在当时也许并不具有明显的向外传播目的，但自赋篇写成之后却实际上以"隐性"的形式在当时乃至后世传播着。

2009年5月于武汉

原载王兆鹏、潘碧华主编《跨越时空：中国文学的传播与接受》（古代卷），马来亚大学中文系学术文丛2009年8月出版

班固的"赋颂"理论及其《两都赋》"颂汉"的赋史意义

　　汉儒言《诗》，多持美、刺之说。后世论汉代《诗》学者，也大都认同这一特点。如郑玄《诗谱序》谓"论功颂德，所以将顺其美；刺过讥失，所以匡救其恶"，孔颖达《毛诗正义》则解释说"《风》《雅》之诗，止有论功颂德、刺过讥失之二事耳"①；至清程廷祚《诗论》更指出"汉儒言《诗》，不过美、刺二端"②。然而，若进一步考察，这汉儒所言"美、刺二端"，各家之说并不一致。比如，同是一篇置于《风》诗之始的《关雎》，《毛诗》说是颂"后妃之德"，鲁、齐、韩三家则断之为"刺"诗；《毛诗序》以美、刺解释作品的题旨，《国风》与二《雅》之中，注明刺诗 132 首、美诗 35 首③，原本也是刺诗多于美诗。

　　汉代《诗》学的"美、刺"理论，对于两汉赋创作和评论的影响也存在或偏"讽"或重"颂"的差异。如就作赋而言，西汉赋自枚乘《七发》以"要言妙道"戒膏粱子弟，已初具讽谏性质；接着，司马相如之赋又"曲终奏雅"，寓颂于讽；再到扬雄在成帝时奏《甘泉》《校猎》《长杨》《河东》"以风"，则所谓"讽谏"已成为其"四赋"的主要内容与基本目的。如就赋的评论而言，西汉赋论家更明显偏重于"讽"。如司马迁，是在诗可怨、颂之间"最早两面不兼顾的人"④。关于《诗》《骚》，他强调"周道缺，《关雎》作。仁义陵迟，《鹿鸣》刺焉"⑤，"作

---

　　① 阮元校刻：《十三经注疏》，中华书局 1980 年版，第 262 页。
　　② 程廷祚：《清溪集》，金陵丛书本。
　　③ 参见陈桐生《礼化诗学》，学苑出版社 2009 年版，第 83 页。
　　④ 钱钟书：《七缀集》，上海古籍出版社 1985 年版，第 102 页。
　　⑤ 司马迁：《史记》，中华书局 1982 年第 2 版，第 509 页。

辞以讽谏，连类以争义，《离骚》有之"①；论汉赋，他第一个将"讽谏"纳入其间，说"《子虚》之事、《大人》赋说，靡丽多夸，然其指风谏"②。此后，扬雄"以为赋者，将以风（讽）也"③；刘向父子《诗赋略序》说荀况、屈原"皆作赋以风"，批评宋玉及司马相如、扬雄等"没其风谕之义"。都是以"讽喻"为标准来评价辞赋的艺术高下的。

然而，当历史进入东汉前期，赋的创作及理论都发生了变化。促成这一变化的标志性人物就是班固。班固生逢中兴之盛，既承儒学传统，更受社会清明、帝王倡"颂"等时代氛围的影响，作赋与论赋皆以"颂"为旨归，从而实现了汉赋由"讽"而"颂"的转圜，也由此奠定了盛世作赋的"赋颂"传统，颇具赋史意义。

一　班固时代的重儒尊经思潮
与文学的"颂汉"之风

光武至明帝、章帝的东汉前期（25—88），是一个相对政治清平、社会稳定、经济文化繁荣的时期，史称"光武中兴"与"明章之治"。这六十多年间，正是班固（32—92）生活与创作的主要时期，因此也不妨称之为"班固时代"。这一时期，思想文化领域与西汉相较发生了重要的变化。不仅儒家思想的统治地位进一步稳固，而且经学与谶纬结合，社会上流行着宣扬符命祥瑞、歌颂大汉皇朝的思潮；文学领域也因之而充满神学意味与以"颂美"为主流的"颂汉"之风。

（一）光武明章诸帝"爱好经术"与提倡"颂德"反对"刺讥"

东汉初定，百废待兴，但统治者首先加强了对政治思想领域的建设。如《后汉书·儒林列传》载"及光武中兴，爱好经术，未及下车，而先访儒雅"；至"明帝即位，亲行其礼"，"飨射礼毕，帝正坐自讲，诸儒执经问难于前"；章帝"好儒术"，效汉宣帝讲经石渠阁故事，"大会诸儒于

---

① 司马迁：《史记》，中华书局 1982 年第 2 版，第 3314 页。
② 同上书，第 3317 页。
③ 班固：《汉书》，中华书局 1962 年版，第 3575 页。

白虎观"，并命史臣班固等编著儒家经义的官方版本《白虎通义》①。

光武、明、章诸帝，在强化儒学思想的正统地位之时，还广泛宣扬符命祥瑞，提倡称颂"汉德"，为刘氏"再受命"的汉室中兴造势。

早在光武帝即位冀州，而隗嚣拥众天水、觊觎皇位之时，班彪就撰著《王命论》以论"汉德承尧"的合法性，不仅说汉高祖是"帝尧苗裔"，还详论其"受命"多"灵端符应"，以凸显皇权天授的符命思想。后来班固将此文载于《汉书·叙传》，并指出其撰著目的是"以救时难"②。班彪之后，杜笃《论都赋》描写汉高祖受命而兴，谓"高祖有勋，斩白蛇，屯黑云，聚五星"③；还有班固《典引》《东都赋》等，都有对刘汉皇权天授之符命的颂赞。

明帝比光武帝更信祥瑞，也更加看重颂美的作用。《后汉书》记载，明帝即位以后，麒麟、白雉、醴泉、嘉禾之类祥瑞不时而出，公卿百官曾以"祥物显应，乃并集朝堂奉觞上寿"；而"永平中，神雀群集，孝明诏上《神爵（雀）颂》，百官颂上……孝明览焉"④。《后汉书·东平宪王传》记载，刘苍"因上《光武受命中兴颂》，帝甚善之，以其文典雅，特令校书郎贾逵为之训诂"。又据班固《典引序》称：永平十七年，明帝召班固等诣云龙门应对有关《史记·秦始皇帝本纪》的询问时，还正式提出了"颂述功德"的问题：

> 诏因曰：司马迁著书，成一家之言，扬名后世，至以身陷刑之故，反微文刺讥，贬损当世，非谊士也。司马相如……至于疾病而遗忠，主上求取其书，竟得颂述功德，言封禅事，忠臣效也，至是贤迁远矣。⑤

明帝批评司马迁为"非义（'谊'同'义'）士"，肯定相如乃"忠臣"之效，"贤迁远矣"。这是当朝皇帝通过轩轾"两司马"的鲜明态度，对班固等文吏正式提出"颂述功德"、不准"微文刺讥"的政治要求，并且

---

① 范晔：《后汉书》，中华书局 1965 年版，第 2545—2546 页。
② 班固：《汉书》，中华书局 1962 年版，第 4207 页。
③ 范晔：《后汉书》，中华书局 1965 年版，第 2598 页。
④ 王充：《论衡》，上海人民出版社 1974 年版，第 312 页。
⑤ 萧统：《文选》，中华书局 1977 年版，第 682 页。

把它上升到是否"忠臣"的高度。其间所蕴含的正面影响和负面压力之巨大，可谓不言而喻。

章帝在位十三年，各地时有"凤凰、黄龙、鸾鸟"之类祥瑞臻集，乃至"郡国所上符瑞，合于图书者数百千所"①，朝廷则给予赐爵免税之类的奖赏。元和初年，章帝以汉高祖第"十一"世孙的身份巡狩东、北、南、西四方，"以章先勋"，不忘"祖宗功德"②。杨终、崔骃等皆上赞颂彰显其盛，而崔骃所"上《四巡颂》以称汉德"，章帝见后"常嗟叹之"。谓侍中窦宪曰"卿宁知崔骃乎？……试请见之"③，还"欲官之"而令"朝夕在傍"。据此可知章帝对于崔骃"上《四巡颂》"的欣赏和对于"以称汉德"的重视。

（二）王充阐述"宣汉""颂汉"为"称颂国德"的文学观念

王充（27—97）出身"孤门细族"，且"仕数不耦"，只做过短暂的几任小官，但他在光武明章之时度过了平生最重要的六十余年。作为一位追求"真美""实事"④ 的思想家，王充一面揭露社会的黑暗与"虚妄"，一面又以进化发展的历史眼光肯定今胜于古、汉盛于周；还在《论衡》中，写作《齐世》《宣汉》《恢国》《须颂》等文章，批判"高古下今""尊古卑今"的复古谬论，彰显"汉国在百代之上"的当世观念，旗帜鲜明地阐述了"宣汉""颂汉"的文学理念。

《宣汉》篇指出"太平以治定为效、百姓以安乐为符"，"能致太平者，圣人也"。按照这个标准，王充以为"周有三圣，文王、武王、周公并时猥出"，"汉之高祖、光武，周之文、武也"，而"光武中兴"，已"复致太平"。但若比较周、汉，"实德化则周不能过汉，论符瑞则汉盛於周"。若"汉有弘文之人，经传汉事，则《尚书》《春秋》也"，将享有继"六经"而成为"七经"的崇高地位。

在《须颂》篇，则明确提出了"臣子当颂"的主张：

---

① 范晔：《后汉书》，中华书局 1965 年版，第 159 页。

② 同上书，第 149、150 页。

③ 同上书，第 1718、1719 页。

④ 参见王充《论衡》，上海人民出版社 1974 年版，第 442—445 页。

古之帝王建鸿德者，须鸿笔之臣。褒颂记载，鸿德乃彰……然则
孔子，鸿笔之人也……天下太平，颂声作。……是故《周颂》三十
一，《殷颂》五，《鲁颂》四，凡《颂》四十篇，诗人所以嘉上也。
由此言之，臣子当颂明矣。①

既然帝王建德臣子当颂，那么，生逢其时的汉代文臣，自有义不容辞的责
任。故《须颂》篇又说："今上即命，未有褒载，《论衡》之人，为此毕
精，故有《齐世》《宣汉》《恢国》《验符》。"王充自觉体认"褒载今
上"的历史使命，因此身体力行、撰文立说，还高度评价班固的赋颂之
文，达到了"称颂国德"的高度。

除《宣汉》《须颂》等文之外，《论衡》中还有其他篇章也载论东汉
赋、颂。王充倡导颂美当朝的思想言论，既是对当朝皇帝"颂德"意图
的积极呼应，对于东汉赋颂文体的兴盛和班固以颂为主的赋论主张也有推
波助澜的作用。

（三）朝野上下"颂"体文创作空前兴盛

颂体之文，西汉二百年间留存至今者仅寥寥数篇，而东汉则十分丰
富。一方面，汉室"中兴"的政治局面成为颂体文创作的基本题材和现
实背景；另一方面，帝王的重视和提倡，更直接催化了广大文士的创作热
情。于是，自光武以至和帝初年，各类"颂"体文风起云涌，纷纷问世。
仅据《后汉书》列传所载，当时的臣僚文士，如敬王刘睦、临邑侯刘复、
东平宪王刘苍、琅邪孝王刘京、班固、崔骃、夏恭、夏牙、傅毅、刘毅、
李尤、李胜、曹朔、刘珍、崔琦、边韶、张昇、张超、班昭等，都写作过
不少的颂体作品，表明东汉文士创作"颂"体文是当时一种很普遍的文
学现象，其中尤以明、章两朝为多。

在东汉前期文坛，班固和傅毅、崔骃，是最重要的三位的颂文作者。
班固有《高祖颂》《东巡颂》《南巡颂》《安丰戴侯颂》《窦车骑北征颂》
《神雀颂》《汉颂》，傅毅有《显宗颂》《窦将军北征颂》《西征颂》，崔骃
有《明帝颂》《东巡颂》《西巡颂》《南巡颂》《北巡颂》等，不仅数量众
多，而且这些作品都有比较高的艺术水准，在当时和后世均很有影响。读

---

① 王充：《论衡》，上海人民出版社 1974 年版，第 307—311 页。

者仅从上述《汉颂》《高祖颂》《显宗颂》《明帝颂》《南巡颂》《北巡颂》，还有刘复《汉德颂》等一系列以意名篇的篇名中，就不难想见东汉颂文歌颂君国的共同主题与基本内容。

此外，围绕窦宪北伐匈奴的胜利战争，班固、傅毅、崔骃三位"宪府"文人[①]，还作有同题的《窦将军北征颂》。这类战争题材的颂文，歌颂胜利者，铺陈征战、凯旋与皇帝的嘉奖，带有赋体和边塞文学的色彩，在东汉颂文中别具一格，对东汉赋的创作也有影响。

二 班固赋论的"颂扬"主旨与《两都赋》的"颂汉"主题

班固是一位具有尊儒宗经思想和拥刘尊汉意识的文史学家。他在《汉书·叙传》记载其父"唯圣人之道然后尽心焉"，在《儒林传》论述"六艺"乃"王教之典籍，先圣所以明天道、正人伦、致至治之成法"[②]。他重视《诗经》，仅《汉书》引用《诗经》文本就有"近250篇次"[③]，他注重探索《诗》的"本义"，论《诗》亦具"美、刺"观念。如《地理志》从历史风俗文化角度解释《风》诗，《匈奴传》以"美、刺"标准评价《小雅》之《采薇》《六月》《出车》；《礼乐志》说"周道始缺，怨刺之诗起"，"殷周之《雅》《颂》，乃……君臣男女有功德者，靡不褒扬"。与此相应，班固又具有浓厚的汉室正统思想。这两方面的融通渗透，直接影响了其文史创作和偏重"颂美"赋论的形成。

（一）班固"颂汉"思想的形成：从《汉书》到《典引》及《封燕然山铭》

班固尊汉意识的形成，首先是受到父亲班彪的影响。班彪《王命论》中"刘氏承尧"的符命论述，是他"汉绍尧运"思想的重要来源；而明帝反对"微文刺讥"、彰显"颂述功德"的诏问，又一定会对正在写作中的《汉书》形成"颂述"为主的风貌产生直接影响。如《汉书·叙

---

① 参见范晔《后汉书》，中华书局 1965 年版，第 819、2613 页。

② 班固：《汉书》，中华书局 1962 年版，第 3589 页。

③ 吴崇明：《班固文学思想研究》，上海古籍出版社 2010 年版，第 69 页。

传》云：

> 固以为唐虞三代，《诗》《书》所及，世有典籍，故虽尧舜之盛，
> 必有《典》《谟》之篇，然后扬名于后世，冠德于百王，故曰"巍巍
> 乎其有成功，焕乎其有文章也"。汉绍尧运，以建帝业，至于六世，
> 史臣乃追述功德。

班固以为，后人之所以能够再睹唐虞三代的盛世功业，全凭有《诗》
《书》典籍的叙载。因而欣逢"汉绍尧运"之世的"史臣"，更应该以文
采焕发的文章"追述功德"。于是载叙西汉一代疆土人物、文治武功，正
是《汉书》的主要内容。

有意味的是，班固《叙传》还记载有祖父班稚对王莽"不称福瑞歌
颂"之事。王莽少时即与班稚"同列友善"，但当王莽秉政欲"采颂声"
之际，班稚却"无所上"，于是王莽劾其"嫉害圣政"。后因太后为之辩
解，以为"不宣德美，宜与言灾害者异罚"，并念及班稚之妹班婕妤曾为
成帝嫔妃的贤德，而免其罪。班固载此家事，意在表达班氏后人继承祖辈
懿行，只为刘汉王朝"歌颂"的感恩之诚。

《汉书》之外，班固还积极参与当时的颂文写作。如其《东巡颂》言
"事大而瑞盛"，《南巡颂》说"惟汉再受命"，还有《十八侯铭》赞颂萧
何、张良等文臣武将"以诚佐国""为汉谋主"，皆是既以"颂"名篇又
以颂为主旨的作品。

而《后汉书》本传所载《典引》篇，更直接表白了"述叙汉德"的
创作思想。范晔置《典引》于章帝"会诸侯讲论《五经》"之后曰："固
又作《典引》篇，述叙汉德。"所谓"典引"，李贤注曰"典谓《尧典》；
引犹续也。汉承尧后，故述汉德以续《尧典》"。的确，班固《典引》之
作，原本就是以上续《尧典》自任的，故文中屡有"天乃归功元首、将
授汉刘"，"高、光二圣，宸居其域"的叙述。班固在《典引序》中还表
白说："臣固被学最旧，受恩浸深，诚思毕力竭情……虽不足雍容明盛万
分之一，犹启发愤满，觉悟童蒙，光扬大汉，轶声前代。然后退入沟壑，
死而不朽。"[1] 言谈之间，以"臣"报君表忠的情绪溢于文外。

---

[1] 萧统：《文选》，中华书局 1977 年版，第 682 页。

至和帝永元三年,班固又奉命撰《封燕然山铭》以"纪汉威德"曰:

> 车骑将军窦宪……乃与执金吾耿秉,述职巡御,理兵于朔方……遂逾涿邪,跨安侯,乘燕然,蹑冒顿之区落,焚老上之龙庭。上以摅高、文之宿愤,光祖宗之玄灵;下以安固后嗣,恢拓境宇,振大汉之天声。①

据《后汉书·窦宪传》,永元元年窦宪统率骑兵北伐匈奴,深入大漠数千里,战胜于稽落山,匈奴王率众投降者达二十余万人。后窦宪、耿秉凯旋,远登塞外的燕然山刻石铭功。曾以中护军行中郎将身份参战的班固,又奉和帝之令作《铭》文以志其盛。故此《铭》并序,真实记录了窦宪北伐的重大历史事件,歌颂了汉帝国的"威德",表达了当时汉民族抵御外敌,消除边患,重"振大汉之天声"的雄心壮志和理想愿望,在中国历史上很有影响。

(二)《两都赋序》的"揄扬"主旨与《诗赋略》的"讽喻之义"

当今学术界有将《汉志·诗赋略序》与《两都赋序》相提并论,从而得出班固要求赋"必须有讽喻劝诫的作用,否则就不足取"的看法,并认为班固论赋"陷入了自相矛盾"②。究其原因,是误将《诗赋略》当成了班固的赋论文本。

其实,《汉书·艺文志》是班固在《七略》基础上"删其要"而编撰的。"所以,《汉志·诗赋略》所载及其论述,是刘向、刘歆的主张,而不一定是班固个人的意见。"③ 对此,古今学者大都有比较清醒的认识,如唐刘知几《史通·书志》早就指出:班固"《艺文》取刘歆《七略》"。

与班固不同,处在西汉末世的刘向父子,继司马迁、扬雄之后而十分重视"讽谏"的作用。刘向原是宣帝朝的"谏大夫",元、成之世又著书立说,讥刺时政。他"为《列女传》凡八篇,以戒天子。及采传记行事,著《新序》《说苑》凡五十八篇奏之。数上疏言得失";又"常显讼宗

---

① 范晔:《后汉书》,中华书局 1965 年版,第 815 页。
② 李泽厚、刘刚纪:《中国美学史》,中国社会科学出版社 1984 年版,第 561、562 页。
③ 何新文、苏瑞隆、彭安湘:《中国赋论史》,人民出版社 2012 年版,第 30 页。

室，讥刺王氏及在位大臣"①。考察今存刘向奏疏的内容，也大多是在批评统治者的积弊。如其《谏营昌陵疏》讽谏汉成帝大肆营建陵墓，指斥"无德寡知、其葬愈厚"的谬理，揭露劳民伤财、百姓死亡的现实危害，直言"窃为陛下羞之"！足可见刘向直言敢谏的不凡才略。故后来宋陈仁子读此文，而谓"刘向拳拳不忘君，故事事不忘谏"②。

诚如上述，则《诗赋略序》从儒家《诗》学立场出发，以是否具有"讽谏"功用的政治标准，来肯定荀况、屈原，贬斥宋玉及汉人司马相如、扬雄等人的赋作，就毫不奇怪。《诗赋略序》的主张，正是刘向父子一贯直言"讽谏"风格的显现。

班固《两都赋序》则与《诗赋略序》相异，而具有更丰富的赋论思想意蕴。

首先，关于赋体渊源特征的认识。《诗赋略序》谓"不歌而诵谓之赋"，《两都赋序》则说"赋者古诗之流"。对于这二《序》所论之不同，刘勰《文心雕龙》已有提及，如《诠赋》说"刘向明'不歌而诵'，班固称'古诗之流也'"③，但对于刘、班之说何以不同则似未深究。在班固之前，从司马迁说司马相如赋"与《诗》之讽谏何异"，到扬雄怀疑赋的讽谏效果而"辍不复为"，再到《诗赋略序》慨叹司马相如、扬雄等人"没其风谕之义"，赋的地位在两汉之际已经面临"非法度所存"的危机。班固身临其境而知其缘由，于是毅然提出"古诗之流"论断，不仅揭示了赋与"古诗"的源流关系，其深层意义还在于从儒家"诗教"的角度强调赋的"歌颂"功能，重估了赋乃"《雅》《颂》之亚"的经学文学价值。

其次，指出汉赋作者既有"言语侍从之臣"，也有身居高位的"公卿大臣"。班固的这一论断，具有澄清赋家身份低贱的误解，从创作主体身份层面还原了赋在汉代政治文化生活中的实际地位，从而既与扬雄所说的"俳优淳于髡、优孟之徒"区分，也突破了《诗赋略序》所限定的"贤人失志之赋"的狭隘范围。

再次，也许是最重要的，是对于赋可"歌"可"颂"的论述。如前所述，自司马迁以至《诗赋略序》论赋大多只强调"讽谏"，《两都赋

---

① 班固：《汉书》，中华书局 1962 年版，第 1957—1966 页。

② 陈仁子：《文选补遗》，上海古籍出版社 1993 年版，第 114 页。

③ 周振甫注：《文心雕龙注释》，人民文学出版社 1981 年版，第 80 页。

序》则以为赋既可以"讽",更应该"颂",而且明显地将论述的重心放到了"颂"的方面。《序》文在开头提出"古诗之流"的判断后,即将赋与《诗》之"颂诗"联系起来,感叹"王泽竭"而"颂声寝"。接着,则极力描绘"大汉"帝国的盛势声威,其时社会安宁,众庶悦豫,祥瑞时现,宗庙及郊祭演奏着《白麟》《赤雁》之歌,皇帝纪年用的是"神雀""黄龙"之号。于是文士公卿,朝夕论思,日月献纳,雍容揄扬,"颂声"大作。接下去,又举出"皋陶歌虞、奚斯颂鲁"的经典事例,证明古已有之的"歌颂"文学,具有"见采于孔氏,列之于《诗》《书》"的神圣地位,是儒家文化认定的"旧式、遗美"。这番论述,为逢遇盛代的汉赋适时而变地反映社会生活,重拾"歌颂"功能找到了充足的现实理由和历史依据。

最后,《序》文说明《两都赋》的创作目的。其时"海内清平,朝廷无事",京师正在修建宫室"以备制度",而长安士大夫却有人仍然希望返都西京。班固以为这不利于政权稳定,于是,造作此赋,推言西宾迷惑、炫耀西京旧制之辞,颂扬东都完备的政治礼乐制度以折服之,从而履行文学为政治而歌颂的责任。

需要指出的是,《两都赋序》虽一般提及赋有"或以抒下情而通讽喻、或以宣上德而尽忠孝"的情形,但实际上却全然没有论述"讽喻"之事。《序》文反复提及的是"颂声""王泽""宣上德""尽忠孝""雍容揄扬""雅颂之亚""歌虞、颂鲁"一类的颂美概念,揭示的是衰世而颂声寝、盛世而颂声兴的文学规律。这种情形,既与明帝"颂述功德"、反对"刺讥"的要求吻合,更可说明班固已具有自觉的"赋颂"意识,诚如美国汉学家康达维教授所论,"班固显然认为赋主要是一种歌颂的文类,主要作用是歌咏汉帝国的荣耀与威力"[1]。

(三)《两都赋》的"颂汉"主题

此赋作于明帝永平中年或稍后。关于赋的主旨,古今学者颇有包含讽喻与颂扬两端的意见,如清何焯谓前篇"主于讽刺",后篇"主于揄扬"[2]。但若以实际内容考之,则《两都赋》的基本主题应该是歌颂,而

---

① 康达维:《汉代宫廷文学与文化之探微》,苏瑞隆译,上海译文出版社 2013 年版,第 185 页。

② 何焯:《义门读书记》,中华书局 1987 年版,第 857 页。

非讽喻或"讽刺"。

《两都赋序》"以极众人之所眩曜、折以今之法度"的结构思路,展开其前、后两个半篇的赋写内容。即如《后汉书·班固传》所谓"盛称洛邑制度之美,以折西宾淫侈之论"。

先是《西都赋》。借由"西都宾"的"眩曜"长安"旧制"开篇。作者先述西都地理形胜及"三成帝畿"的历史,再写长安城"街衢洞达,闾阎且千""人不得顾,车不得旋"的富庶繁华,以及"后宫则有掖庭、椒房,后妃之室……又有天禄、石渠,典籍之府……承明、金马,著作之庭"的宫室廷苑之众与文教之盛;然后是天子娱游、田猎之壮观,最后以游童从臣之谣颂、士农工商"各得其所"作结。如其中铺叙西郊苑囿物产之富,"乃有九真之麟,大宛之马,黄支之犀,条枝之鸟,逾昆仑,越巨海,殊方异类,至三万里"①,就生动展示了西汉王朝对外频繁交往的强大国力与影响。赋家一路写来,铺陈夸颂,极其炫耀,"汉京"繁华富丽的都市魅力,已然美不胜收。但西都宾仍然自言:此乃"十分而未得其一端,故不能遍举也"。

于是,便引出了《东都赋》对东都"河洛"的进一步颂美。"东都主人"之辞,与西都宾偏重"矜夸馆室、保界河山"的夸扬事物不同,而主要是从人物的角度歌颂光武帝的开创之功和明帝的礼乐法度,所谓"建武之治"与"永平之事"。

"建武"是光武帝的第一个年号。《东都赋》从"往者王莽作逆"之乱开始,接着写"上帝"致命乎"圣皇",然后是"立号高邑,建都河洛",开创东汉一代功业。作者颂扬"建武之治",不仅冠以"圣皇"之号,置以"勋兼乎在昔,事勤乎三(皇)五(帝)",以及"更造夫妇,肇有父子,君臣初建,人伦实始"之类的夸饰用语,更将他比之于伏羲、轩辕、商汤、盘庚、周武、成王、汉高祖、文帝、武帝等先代圣哲贤王,称其"仁圣之事既该,而帝王之道备矣",给予了神格化的颂美。其夸扬崇敬之情,可谓无以复加。

歌颂"永平之事",主要集中在明帝对政治礼仪法度的重视和履行方面。赋文从"盛三雍之上仪"着笔,描叙天子在"三雍"(明堂、辟雍、灵台)举行祭祀典礼及其"荐三牺,效五牲,礼神祇,怀百灵"等一系

---

① 范晔:《后汉书》,中华书局 1965 年版,第 1338 页。

列的仪式活动；还有"昭节俭，示太素"的种种举措。如赋中写道：

> 天子受四海之图籍，膺万国之贡珍，内抚诸夏，外接百蛮……万
> 乐备，百礼暨……于是圣上睹万方之欢娱……乃申旧章，下明诏，命
> 有司，班宪度，昭节俭，示大素。去后宫之丽饰，损乘舆之服御，除
> 工商之淫业，兴农桑之上务。女修织纴，男务耕耘……莫不优游而自
> 得，玉润而金声。是以四海之内，学校如林，庠序盈门，下舞上歌，
> 蹈德咏仁……颂曰盛哉乎斯世！①

作者以诗一般的语句和概括充沛的笔力，渲染、夸扬大汉帝国的旷阔版图
和隆盛文教，字里行间洋溢着欣逢"盛世"的诚挚喜悦与豪迈情怀。

《东都赋》对光武功业、明帝礼仪的描叙，在前、后《汉书》中亦可
找到类似的记载。如《汉书·礼乐志》载曰：

> 世祖受命中兴，拨乱反正，改定京师于土中。即位三十年，四夷
> 宾服，百姓家给，政教清明，乃营立明堂、辟雍。显宗即位，躬行其
> 礼，宗祀光武皇帝于明堂，养三老、五更于辟雍，威仪既盛美矣。

又如《后汉书·明帝纪》载，永平二年，"宗祀光武皇帝于明堂，帝及公
卿列侯始服冠冕、衣裳、玉佩，礼毕，登灵台"，"幸辟雍，初行养老
礼"；"十一年，时麒麟、白雉、醴泉、嘉禾所在出焉"②。这些记载，从
光武中兴到明帝"躬行其礼"，与《东都赋》所赋及末附《明堂》《辟
雍》《灵台》《宝鼎》《白雉》五篇颂诗的内容，可相互补充，亦可相得
益彰。

赋的最后，东都主人批评"论者""罕能精古今之清浊、究汉德之所
由"，再授以"五篇之诗"，而西都宾乃称曰"美哉乎斯诗！义正乎扬雄，
事实乎相如，匪唯主人之好学，盖乃遭遇乎斯时也"。这"遭遇乎斯时"，
应可视为班固之夫子自道。正因为生逢"斯时"，才可能有对"歌虞、颂
鲁"传统的继承，才可能履行对"国家之遗美不可阙"的文学责任，才

---

① 范晔：《后汉书》，中华书局 1965 年版，第 1364—1368 页。
② 同上书，第 100—114 页。

可能有《两都赋》的"颂汉"主题!

三　班固"赋颂"理论及其《两都赋》 "颂汉"的赋史意义

在班固之前，司马迁、扬雄、刘向等人均强调"讽喻"，这是西汉赋论关怀政治、忧患时弊的情感表现。但是，赋家越来越感受到"讽谏"作用甚微，乃至于"欲讽反劝"。班固当然洞察了这种困惑，于是他身体力行，在"讽喻"之外，又强调"宣上德而尽忠孝"的"歌颂"主张，从而为解脱单一"讽谏论"的困境打开缺口，为完善"美刺"并重的《诗》教理论和汉赋的价值取向重拾了信心。

班固所反复阐发的"追述功德""光扬大汉""振大汉之天声"的"汉颂"理论，与其《两都赋》《汉颂》①《封燕然山铭》等赋颂创作相配合，将自西汉以来赋家虽"讽、颂"兼论却实以针对君主奢侈相胜的"讽喻"为主的作赋传统，改变为以对于"大汉"及其"国德"的歌颂为主：这不仅仅是赋由"讽"而"颂"的内容变化，而且表现为由"君"而"国"的理念提升，表明以班固为代表的东汉赋家在赋颂作品中融入了更为自觉的"国家"意识。

班固的"赋颂"理论在古代赋史上，也产生了十分深远的意义和影响。

首先，在班固生活的时代，其"颂汉"赋论和创作已经受到重视，其中尤以思想家王充为代表。比班固年长五岁且晚卒五年的王充，是会稽上虞（今属浙江）人，却在东都洛阳与班固相遇，"到京师受业太学，师事扶风班彪"，并且也见过少年班固。王充在《论衡·超奇篇》以班氏父子为"超奇"之人，在"称颂汉德"的问题上与班固共识甚多，且高度评价班固的赋颂。如《论衡》云：

> 又《诗》颂国名《周颂》，与杜抚、班固所上《汉颂》，相依类
> 也……班孟坚颂孝明，汉家功德，颇可观见……孝明之时，众瑞并

---

① 班固是现知最早以"汉颂"名篇者，《后汉书·文苑传》载"作《汉颂》四篇"的曹朔，是汉和帝时人。

至，百官臣子不为少矣，唯班固之徒称颂国德，可谓誉得其实矣。
（《须颂》）

今尚书郎班固、兰台令杨终、傅毅之徒，虽无篇章，赋颂记奏，
文辞斐炳……当今未显，使在百世之后，则子政、子云之党也。
（《案书》）

王充以《诗》之《周颂》比拟班固之《汉颂》，肯定班固歌颂"汉家功
德"具有"称颂国德"的重要意义，且"文辞斐炳"，一定会在后世产生
如刘向、扬雄一样的深远影响。这是最早的班固赋评论，亦可谓知言。后
至东汉今文经学家何休《公羊传解诂》，更有"颂声"为"太平歌颂之
声、帝王之高致"的高论①。

东汉时期，既有张衡"拟班固《两都》作《二京赋》"，与班固齐名
的同时赋家傅毅、崔骃、李尤等，还都作有歌颂光武受命及东汉三雍礼仪
的京都赋。如崔骃《反都赋》言"光武受命，始迁洛都"，"兴四郊，建
三雍"；傅毅《洛都赋》谓"世祖受命而弭乱……近则明堂、辟雍、灵台
之列"②；李尤《辟雍赋》谓"太学既崇，三宫既章"③，等等，大体都有
与《两都赋》相类的歌颂内容。可以说，"颂汉"是班固时代最基本的文
学观念，也是最基本的文学主题。

其次，东汉以后赋为"古诗之流"的说法与《两都赋》开创的赋颂
模式，深刻影响了赋为"《雅》、《颂》之亚"经学地位的确立与赋史上
赋颂盛代传统的形成。

魏晋南北朝赋论，自汉末杨修称赋颂为"古诗之流"与"风、雅无
别"（《答临淄侯笺》），至左思《三都赋序》说"赋者古诗之流也，先王
采焉以观土风"，挚虞批评"今之赋"所以"背大体而害政教"（《文章
流别志论》），颜之推《颜氏家训·文章》谓"歌咏赋颂生于《诗》"，大
抵多从儒家《诗》学角度强调赋的讽喻作用。而自范晔指出《两都赋》
"盛称洛邑制度之美"，刘勰以《两都赋》为"京殿苑猎"赋的代表而评
之以"体国经野、义尚光大"，萧统《文选》列《两都赋》为"京都赋"

---

① 欧阳询：《艺文类聚》，中华书局 1965 年版，第 2287 页。
② 同上书，第 1102、1103 页。
③ 同上书，第 690 页。

之首篇，则又突出了班固赋论重视"颂美"的特质。

唐人论赋或主讽喻，或主颂美。但是，更为多数的也是在强调颂美。如李白《大猎赋序》云"白以为赋者古诗之流，辞欲壮丽、义归博达。不然，何以光赞盛美、感天动神"①；白居易《赋赋》，更是一篇阐发律赋以颂美为主旨的专论，如赋中谓"况赋者，《雅》之列、《颂》之俦，可以润色鸿业，可以发挥皇猷"②。如此等等，唐代文人，多在强调赋自汉而有之的"赞盛"作用。就创作而论，歌功颂德之赋更是唐赋的主流。例如，崔损的《明水赋》径称"作颂"而歌"巨唐"："于维巨唐，穆穆皇皇"，"群臣作颂，歌孝治之无疆"。③ 至晚唐懿宗之时，尚有李庾承袭班固而作《两都赋》，其赋《序》亦云：

> 臣伏见汉诸儒若班固、张衡者，皆赋都邑，盛称汉隆……今自隋室迁都，而我宅焉。广狭荣陋，与汉殊状。言时则有六姓千龄之变，言地则非秦基周室之故。宜乎称汉于彼，述我于此。臣幸生圣时，天下休乐，虽未及固、衡之位，敢效皋陶、吴斯庶几之诚。谨冒死再拜献《两都赋》，凡若干言，以诎夸汉者，昭闻我十四圣之制度。④

简直就是一篇《两都赋序》的翻版！生当七百年之后的李庾，其作赋动机，《序》中文字，赋之结构布局，颂"圣"代"制度"的内容，均可谓是遥承班固的"颂汉"模式。而李子卿《功成作乐赋》，则认为"圣唐"可以上比大汉"庆云既同于舜日，大风无异于汉年"⑤。

虽然汉、唐自有其不同的社会构成和历史状貌。但是，后世的读者，从"唐赋之中可以看到汉大赋的内在精神和特质，汉、唐赋都让读者从中看到汉唐大国的恢宏气象，看到万民拥戴、四方来朝的中国，看到富有国家符号和宫廷生活与节庆仪式的种种样貌，看到臣子的歌颂与期待"⑥。

---

① 陈元龙：《历代赋汇》，凤凰出版社 2004 年版，第 246 页。
② 同上书，第 258 页。
③ 同上书，第 215 页。
④ 同上书，第 142 页。
⑤ 同上书，第 376 页。
⑥ 吴仪凤：《赋写帝国：唐赋创作的文化情景与书写意涵》，台北万卷楼图书公司 2012 年版，第 31 页。

当然，也不只是唐赋，"这样的精神和特质一直贯穿于每个朝代，直到清代仍是如此"。汉唐以后的宋元明清直至现当代，皆有受《两都赋》影响而以歌颂为主旨的精彩华章，乃至于古今赋史上形成了"赋主要是歌颂的文类"与"盛世作赋"的规律与共识。

原为 2014 年西安第 11 届国际辞赋学学术研讨会论文，载《中南民族大学学报》2015 年第 3 期

"人何世而弗新，世何人之能故"

——魏晋南北朝辞赋中的生命主题

"夫死生是得失之大者，故乐莫甚焉，哀莫深焉。"作为人生之大得大失的生生死死，是一种无法避免的自然规律，它不以人的意志为转移，不因人们悦生恶死的"乐甚""哀深"之情而改变。人的生命只有一次，凡人皆有一死，死是一切生命的必然归宿。因此，对于生与死的关切是人所共通的情绪。

在漫长的历史岁月里，敏感多情的中国古代文人，面对永恒的宇宙而反观有限的人生，心事浩渺，思绪纷纭，百唱千叹，留下了许许多多叙写生死的名篇佳作。而这种动人心魄的对生死存亡的歌唱，在魏晋六朝汇成了前所未有的高潮，弥漫为那个时代的普遍性焦虑与文学旋律，并极大地感染着后代的读者。本文拟以魏晋南北朝时期的辞赋为基本对象，从赋家的生死观念及其形成的时空因素、辞赋作品的生死主题分析及其作品的艺术成就和思想认识价值之评价等方面，对古代辞赋中的这一现象予以初步的探讨。

一 生命主题的历时性考察

在魏晋南北朝以前的辞赋史上，先是战国末期，当苏秦、张仪之辈朝秦暮楚、在中原诸国间四处奔走之时，屈原等楚辞作家便在自己"深固难徙"的故国家园，以毕生的心力和深挚的情感创作了辞赋史上第一批反映生死之思的抒情篇章。

最先以"赋"名篇的荀况，在其《赋篇》及《礼论》中，多次谈到过生死问题。他深知"死之为道，一而不可得再复也"，并从"比干见

剚、孔子拘匡"的惨痛历史事实和当时"仁人绌约、暴人衍矣"的现实
分析中,看到了"忠臣危殆、谗人服矣"的现象,表现了对士人生死的
忧虑。

　　早于荀况而直接在辞赋作品中突出地表现生命主题的重要辞赋家则是
屈原。屈原在《九章·橘颂》中,借这"受命不迁生南国"的后皇嘉树,
申明自己"独立不迁""苏世独立"的幼志初衷,以热烈的语言赞美那
"绿叶素荣、纷其可喜"的青春生命,揭开了他悲剧性一生的序幕。在
《离骚》中,诗人先写他怎样生,中间写他怎样孜孜以求、上下求索,最
后写他将怎样死。对于生死意义的探索,生与死的情感纠结,正是这首长
诗的基本主题和基本线索。在对死亡的反复咏叹与痛苦抉择中,屈原没有
表现出生命消灭的悲哀,也没有表现出庄周式等齐生死的超脱和淡漠。屈
原最终以一个诗人的痛苦情感和哲人的理性理智作出了对死亡的主动抉
择。他咏唱着"定心广志、余何畏惧兮""知死不可让、愿勿爱兮"
(《九章·怀沙》)的绝命诗词,"不毕辞而赴渊"(《惜往日》),无所畏惧
地走向死亡,圆满地完成了他对生死问题的全部思考和诗意表现。在中国
古代辞赋史、文学史上留下了一个震撼千古的人生悲剧,同时也树起了一
座后世文人几无企及的生命丰碑。

　　屈原之后,汉代赋家的生死之思,几乎皆围绕贤人失志、文士不遇这
一中心而发。渊源于先秦儒家积极入世从政的思想传统和欣逢大一统汉家
皇朝盛世的自豪心理,包括辞赋作者在内的汉代士人普遍具有为官入仕、
立事立功的人生意识和理想愿望。可是,大一统汉帝国的专制之朝,与诸
侯将相争相养士、招揽人才的战国乃至刘项相争的楚汉之际"时异事异"
(东方朔《答客难》)。在所谓"圣帝流德、诸侯宾服、天下和平"的社
会环境里,两汉赋家虽普遍涉足官场、盘桓仕路,但大都"官不过侍郎,
位不过执戟",地位卑下,不受重用;有的还因谗被贬,或遇祸系狱,故
颇多"为官拓落"之感。从贾谊《吊屈原赋》、扬雄《反离骚》、班彪
《悼骚赋》、梁竦《悼离骚》等吊屈悼骚之赋,到载于王逸《楚辞章句》
中的贾谊《惜誓》、东方朔《七谏》、庄忌《哀时命》、王褒《九怀》、刘
向《九叹》、王逸《九思》等拟骚之作,以及董仲舒《士不遇》、司马迁
《悲士不遇》、刘歆《遂初》、班彪《北征》、崔篆《慰志》、冯衍《显
志》、张衡《归田》、赵壹《刺世疾邪》等抒情赋篇,或借追悼屈原以自
喻,或直接抒写自身不遇情怀,皆发出了"逢时不祥""生不遇时"的呼

喊：悲哀幽怨之旨不绝于耳，士不遇悲歌绵亘不息①。

在抒写不遇之情的赋篇里，汉代赋家宣泄了他们最为强烈的反抗意识和人生激情。但是，在无比的苦闷、愤激之中，他们没有像屈原那样为改变现实、实现"美政"理想而上下求索，也没有走向屈原那样"知死勿让"的执着，而是在作了种种设想后回车复路，反诸自身寻找心理的平衡和精神上的解脱。他们或"感今思古"，将"情伪万方"的现实与理想的上古之世作纵向比较，让不屈的心灵飞向"盛隆"的"三代"，去领略那"躬尊贤而下士"的贤君"嘉德"（刘歆《遂初赋》）；他们或向往自然宁静的山野、田园，"牵妻子而耕耘兮"（冯衍《显志赋》），"追渔父以同嬉"（张衡《归田赋》）；或想象那令人神往的蓬莱仙境，"登蓬莱而容与"，"留瀛洲而采芒"（张衡《思玄赋》）；他们也还有过或"返身于素业"（董仲舒《士不遇赋》），或"默然独守吾《太玄》"（扬雄《解嘲》），或"聊朝隐乎柱史"（张衡《应间》）的人生策略。但是，已经失去的上古三代，虚无缥缈的神仙世界，寂寞难耐的田野、学海，都无法真正安慰他们受到伤害的灵魂。出于现实的考虑，汉赋家通过对功名富贵与自身生命孰轻孰重的理智分析，从幻想转入理性的自慰："彼一时也，此一时也，岂可同哉？使苏秦、张仪与仆并生于今之世，曾不得掌故，安敢望常侍郎乎"（东方朔《答客难》）？"炎炎者灭，隆隆者绝……位极者宗危，自守者全身"（扬雄《解嘲》）。时异事殊，当今之士不必像苏秦、张仪那样在仕途上苦心经营，也不值得为仕途不遇难过，其实官可以不做，官当大了更难保宗族和自身的安全。东方朔、扬雄及班固（《答宾戏》）、张衡（《应间》）、蔡邕（《释诲》）等赋家皆如此，"设疑以自通"（蔡邕《释诲序》）；他们于是心平气和了，甚至还觉得屈原的固执不可理喻，"君子得时则大行，不得时则龙蛇。遇不遇命也，何必湛身哉"（扬雄《反离骚序》）。

汉代赋家就是在这样不断对自我理性否定的过程中，不断丰富着他们的生命意识，最终在生存与死亡这个终极的人生问题上也找到了他们颇具特色的解释"乘流则逝兮，得坻则止。纵躯委命兮，不私与己。其生兮若浮，其死兮若休。澹乎若深泉之静，泛乎若不系之舟。不以生故自宝

---

① 参见何新文《文士的"不遇"与文学中的"士不遇"主题》，《湖北大学学报》1988年第4期。

兮, 养空而浮; 德人无累, 知命不忧"(贾谊《鵩鸟赋》);"聊优游以永日兮, 守性命以尽齿"(崔篆《慰志赋》);"死为休息, 生为役劳。冬冰之凝, 何如春水之消? 荣位在身, 不亦轻于尘毛"(张衡《髑髅赋》);"河清不可俟, 人命不可延……且各守尔分, 勿复空驰驱。哀哉复哀哉, 此是命矣夫"(赵壹《刺世疾邪赋》)。这就是贾谊、崔篆、张衡、赵壹等人所代表的汉赋家的人生哲学和死亡理论。生与死这样一个人生的重大问题, 在他们的哲学中淡化成了不屑介意的"细故蒂芥"。在这种人生理论的化解下, 一切奋斗和追求都显得毫无意义。汉赋家们, 或是以道家齐生死、任自然的思想做指导, 或是依儒家用行舍藏、生死有命、富贵在天的理论为原则, 但最终几乎都达到了消融痛苦、平衡心理的理论目的。

二 魏晋南北朝生命主题的发展

既与屈原的执着不悔、知死勿让不同, 又与汉人的"知命不忧"的人生哲学相异, 魏晋南北朝辞赋作品中的生命主题, 在战争频繁、社会动乱, 一般文士与普通人民大规模非自然死亡的生存环境和道教、佛教流行的思想氛围中, 达到了前所未有的高峰阶段。弥散在此期辞赋中的, 是一种相当普遍而又异常沉重的时光飘忽、生命无常、死亡凄惨的人生情绪。

先是汉末建安年间至曹魏正始、魏晋易代之际, 三曹、七子及竹林七贤中的辞赋作者们, 面对"野萧条而极望, 旷千里而无人"(曹植《九愁赋》)的社会灾难和"亲故多罹其灾"(曹丕《与吴质书》)、"文士少有全者"(《晋书·阮籍传》)的人世祸患, 有感而发, 创作了许多伤亡悼死的辞赋。他们或思朋友之殁, 或悼族弟之夭, 或痛"中殇之爱子"(曹植《慰子赋》), 或伤宗臣遭暴疾而亡, 或哀旧交早丧而"叙其妻子悲苦之情"(曹丕《寡妇赋》), 或"身处孤危因吊夷、齐"之"甘死而采薇"(阮籍《首阳山赋》), 或借鸟兽之事而喻自身安危, 或拟骷髅之辞而写死后情状, 举凡一切生命的夭折亡故、万物的衰落变化, 都能引发赋家们的身世之感和生死之念。

建安曹魏赋家, 将目睹亲友夭故、百物衰亡而引起的生命短促、人生如露的情绪, 与自己伤时忧世、功业难成的苦闷, "常恐罹谤遇祸"的"忧生之嗟"交织在一起, 既具有真情实感、切身体验, 又具有典型的现实意义。它们不同于汉末《古诗十九首》秉烛夜游、及时行乐的一己伤情，而成为那个时代人命危浅、风衰俗怨的社会现象和文士苦闷不平心灵的真实映照。

西晋的统一，曾使社会出现了短暂的安定，也给文人带来过希望。但好景不长，至晋惠帝永平、元康（291）以后，八王之乱就发生了，随之又是北方流民的起义和少数民族的战乱。广大人民和许多文士又在一连串的内、外矛盾争斗中遭祸遇害，如张华、潘岳、陆机、陆云等著名作家都遭到了杀身之祸。所以，在他们的辞赋中又看到了忧生之叹。而身历仕路坎坷、亲友多故之不幸乃或国破家亡之痛苦的杰出赋家潘岳和陆机，则各以其特别的人生感悟和长于哀伤之情的艺术才华，创作了许多表现生命主题的感时、叹逝、悼亡之赋，在魏晋以来的辞赋苑囿里，构筑起各自的悲情世界，将古代赋史上的生命主题文学推向了继建安以后的又一个高峰。

"自中朝贵玄，江左称盛，因谈余气，流成文体"，"诗必柱下之指归，赋乃漆园之义疏"。的确，偏安江南的东晋士大夫喜谈玄虚、游赏山水，诗赋都有比较浓厚的老庄思想。故郭璞《客傲》、谌方生《怀春赋》《秋夜赋》和陶渊明《归去来兮辞》，乃至《感士不遇赋》诸作中，虽慷慨不平之音未绝，但最终都描绘了一种"宁固穷以济意、不委曲而累己"和"聊乘化以归尽、乐夫天命复奚疑"的人生态度。表现了东晋士人在理想破灭以后的苦闷和自我解脱。

陶渊明以后，随着佛教的兴盛和享受山水声色之美的流行，自汉末魏晋以来沉重的人生无常，生命短促的感叹减弱了。但晋宋之际傅亮（《感物赋》）、谢灵运（《感时赋》《伤己赋》）和刘宋赋家鲍照（《芜城赋》《游思赋》《伤逝赋》《野鹅赋》）等在赋中反映的人生无常情绪仍相当强烈。而历经宋、齐、梁三代的江淹，入梁前赋作继承鲍照慷慨悲凉风格，以《恨赋》《去故乡赋》《哀千里赋》《泣赋》《待罪江南思北归赋》《别赋》《伤友人赋》《伤爱子赋》等一系列以"恨"为中心的赋篇，将人生悲愁、怨恨、泣别、哀伤等种种情绪尽情抒泄。一篇慷慨凄绝的《恨赋》，一声"自古皆有死、莫不饮恨而吞声"的呼喊，千百年来，更令人惊心动魂！

北朝赋家不多，但生死之思这一人所共有的情绪也不可避免地在辞赋创作中表现出来。尤其是北人（西魏）灭梁的历史变动，使由南入北赋家的身世感慨之情，与羁旅乡关之思、国破家亡之痛熔铸成"赋史"① 般

---

① 庾信撰，倪璠注：《庾子山集注》卷 2《哀江南赋》注，中华书局 1980 年版。

的篇章，更具有丰富深沉的感情内蕴。除颜之推那篇晚于庾信《哀江南赋》而几与之齐名的《观我生赋》，叙写其"一生而三化"（自注云在扬都值侯景杀梁简文帝而篡位，于江陵逢元帝覆灭，入北遭北周灭齐而"三为亡国之人"）的坎坷经历与内心苦痛外；平生萧瑟的庾信，将其离乡背井的身世命运与故国家园的存亡兴废结合在一起，写出了一篇篇撼动人心的暮年赋篇。晚年的庾信"心则历陵枯木，发则睢阳乱丝"（《小园赋》）；"顾庭槐而叹""桂何事而销亡、桐何为而半死"（《枯树赋》）；失声而呼"人生几何、百忧俱至""千悲万恨、何可胜言"（《伤心赋》)?将半生萧瑟、一腔悲怨和盘托出，在魏晋南北朝辞赋史上，总结式地就人皆关切的生死问题，画上了一个又一个难以索解的问号。

三　魏晋南北朝辞赋中的生命主题分析

文学作品中的生命主题，根源于人类存亡的真实性存在。但是，人们在面对死亡之时所引起的思想活动与感情变化，又往往十分丰富复杂。文学作品对生死主题的表现，也会因创作主体生存时空及主观感受等诸多差异而呈现出不尽相同的风格状貌。这里，将对魏晋南北朝赋家的描写死去之赋作一概括性的分析。

（一）伤夭悼亡

悼亡伤夭，乃人类之常情。然悼亡与伤夭，无论是伤悼对象还是伤悼主体的伤悼情绪，都有所不同。中国古代文学传统中的"悼亡"，通常是指丈夫对亡妻的悼念，而兼及妻子悼念亡夫和一般人悼念成年亲友故旧的死亡。"伤夭"，则是对幼年或少壮之年而死之非自然死亡现象的伤悼。早在《诗经》的时代，就产生了如《唐风·葛生》这样"最古的一篇夫妇之间悼亡的诗"①，这是妻子悼念她死去的丈夫。至汉武帝刘彻《悼李夫人赋》，才有了辞赋史上第一篇悼亡赋。然而这类作品在两汉并不多见。进入魏晋以后，伴随着当时人民大量非自然死亡而兴的悼念亲人故旧的悼亡伤夭之赋相寻而作。翻开魏晋南北朝赋家的文集及陈元龙《历代赋汇》外集卷 19 至卷 20 的"人事"类，我们见到的是一篇篇题为《伤

---

① 　陈子展：《国风选译》，古典文学出版社 1957 年版，第 246 页。

夭》（杨修、王粲），《悼夭》（曹丕），《寡妇》（曹丕、王粲、潘岳），
《伤魂》（曹髦），《思友》（王粲），《慰子》（曹植），《思旧》（向秀），
《怀旧》《悼亡》《哀永逝》《伤弱子》（潘岳），《思亲》《愍思》《叹逝》
（陆机），《伤逝》（鲍照），《伤美人》（沈约），《伤友人》《伤爱子》（江
淹），《伤往》（萧子范），《伤心》（庾信）的辞赋作品，在古代赋史上排
成了一条贯穿于魏晋南北朝近四百年历史的伤夭悼亡赋系列。

　　目睹亲闻广大人民和亲友一个个因种种非正常原因而死或少壮之年
就短折夭殇的死亡情景，魏晋六朝赋家不仅"痛人亡而物存"，伤"逝
者之日远"（曹植《慰子赋》）；怨"皇天之赋命，实浩荡而不均"（王
粲《伤夭赋》）；更重要的是使他们触景伤情，因人及己，联想到人生
易老、生命短暂的自身命运，产生出强烈的忧生情绪。如西晋著名赋家
陆机，年方四十就遭遇了"懿亲戚属，亡多存寡，昵交密友，亦不半
在"的一连串巨大不幸。哀思至极的作者，感亲友之凋落，"触万类以
生悲"，"叹同节而异时"，"嗟人生之短期"，一首叹逝伤往的《叹逝
赋》，唱出了一曲"哀极而伤"①的人生哀歌。与陆机齐名的潘岳，素
以善为哀逝悼亡之文著称。他历经坎坷，中年失子丧妻，亲朋好友早丧
夭亡之事频繁，故对丧亡哀伤之情有独特的体认。其友任子咸"弱冠而
终"，潘岳遂为子咸之妻"叙其孤寡之心"而为著名的《寡妇赋》；岳
父杨君"不幸短命，父子凋殒"，潘岳又慨然而作《怀旧赋》；其妻薄
命早亡，他先后写有《哀永逝文》、《悼亡诗》和《悼亡赋》诸作，写
物在人亡、人去室空之情之景，一唱三叹，令人感慨至深。而自此之
后，"潘岳"几乎成了"悼亡"的同位语，"潘安仁之悼亡"②，乃成为
后世悼亡作品经久不易的典范。

　　当然不只是潘岳、陆机，上列王粲、曹丕、曹植、鲍照、庾信等人的
伤夭悼亡赋，或伤故友之亡，或悼亲人之丧，大都怀人伤己，情真语致。
即便是那些代寡妇立言的《寡妇赋》，也往往能将"在孤寡兮常悲"的寡
妇哀情，放到"惟生民兮艰危"（曹丕《寡妇赋》）的社会背景中予以抒

---

　　① 祝尧：《古赋辨体·叹逝赋》题注："凡哀怨之文，易以动人，六朝人尤喜作之。……
但古人情得其理，和平中正，故哀而不伤，怨而不怒。后人情流于欲，淫邪偏宕，故哀极而
伤，怨极而怒。此赋与江文通《恨赋》同一哀伤，而此赋尤动人。"
　　② 庾信：《周赵国公夫人纥豆陆氏墓志铭》"孙子荆之伤逝，怨起秋风；潘安仁之悼亡，
悲深长簟"。

写，从而既表现了未亡人"心存目想"的深长思念，同时也寄寓了赋家自己"何痛如之"（潘岳《寡妇赋》）的内心痛苦。

（二）感时叹逝

在中国古代文化传统中，"感时"与"伤逝"总是联系在一起的。文士的伤逝情绪和恐惧感，在很多情况下是来自时间的流逝。孔子临川而叹"逝"，实际上即是临川而"叹时"，"言凡时事往者如此川之流，夫不以昼夜而有舍止也"①。因此，在中国人的意识里，时间的流动就意味着生命的消逝，时间意识便是一种生命意识。所谓"岁月不居，时节如流"（孔融《论盛孝章书》）。

古代辞赋史上，屈原是最早表现感时叹逝这一生命主题的作家。他从"日月忽其不淹兮，春与秋其代序"（《离骚》）的时间流逝中，生发出"惟草木之零落，恐美人之迟暮"的生命忧患，从而激励自己以抓紧"朝""夕"的时间意识，在短暂的人生旅程上辛勤求索。魏晋赋家，对于时间迁逝的感受十分强烈，"感时""叹逝"之赋亦颇为繁多，然其感情指向却与屈原的反思进取不同，大多由时光流逝之忧而引发岁月不居的人生恐惧。他们或睹中庭诸蔗"涉炎夏而既盛，迄凛秋而将衰"，从而慨叹"岂在斯之独然，信人物其有之"（曹丕《感物赋》）；或目"春日之微霜"，而"念人生之不永"（曹植《节游赋》）；或由"寒与暑其代谢兮"，而嗟"年冉冉其将老"（陆云《岁暮赋》）；或"悲晨曦之易夕，感人生之长勤"，伤"同一尽于百年，何欢寡而愁殷"（陶渊明《闲情赋》）；或因"颓年致悲，时惧其速"（谢灵运《感时赋序》），或叹"昔年种柳，依依汉南，今看摇落，凄怆江潭，树犹如此，人何以堪"（庾信《枯树赋》）；凡天地日月、山泉流水、四时草木等一切具有变迁流动特性的意象，无不牵动赋家"逝者如斯夫"的生命思绪。

在永恒无限的宇宙时空面前，赋家的人生恐惧尤为深重，且以陆机为例。不必说《陆机集》中，有专以"感时""叹逝"为题的著名赋篇，悲呼"川阅水以成川，水滔滔而日度，世阅人而为世，人冉冉而行暮。人何世而弗新，世何人之能故？野每春其必华，草无朝而遗露"

---

① （宋）邢昺：《论语正义·子罕》疏，阮元校核《十三经注疏》，中华书局1980年版，第2491页。

（《叹逝赋》），因川逝而叹时，融流光于流水，诉说伴随天地运流无情法则的人世常新规律。即使在陆机其他怀土思亲的赋中，如"天步悠长，人道短矣，异途同归，无早晚矣"（《思亲赋》），"夫何天地之辽阔，而人生之不可久长？日引月而并陨，时维岁而俱丧。谅岁月之挥霍，岂人生之可量。知自壮而得老，体自老而得亡"（《大暮赋》）等伤时叹逝之辞，亦触目即是。在陆机眼里，天地无穷，人生有限，人之一生实际上就是一个从诞生向人生终点一时一日、一月一岁地不断推移的时间过程。时光的流逝，实则就是死亡的日近。出于这种充满悲观虚无意味的时间忧患，我们不难理解陆机"感时逝而怀悲"（《思归赋》）的人生悲情。

（三）因物抒慨

"人禀七情，应物斯感，感物吟志，莫非自然。"① 借咏物以自喻，因动物、植物的死亡衰落而抒发自身的人生感慨，自屈原《橘颂》开其端，东汉赵壹《穷鸟赋》承其绪，至魏晋南北朝辞赋家而集其大成。汉末建安之时，祢衡及王粲等人写有同题的《鹦鹉赋》，曹植更有《蝉》《神龟》《离缴雁》《白鹤》《蝙蝠》《鹞雀》等一系列动物赋；此后尚有阮籍《鸠赋》、张华《鹪鹩赋》、鲍照《野鹅赋》《舞鹤赋》、庾信《枯树赋》等作。曹植《蝉赋》写一只"实澹泊而寡欲"的蝉，周围布满黄雀、螳螂、蜘蛛、草虫等一大群伺机加害的天敌，蝉"免众难而弗获"，惧"性命之长捐"；《神龟赋》写本寿千岁的神龟，不幸"数日而死，肌肉消尽，唯甲存焉"；《离缴雁赋》写遭缴之雁"挂微躯之轻翼，忽颓落而离群"；《鹞雀赋》写雀与凶残的鹞生死搏斗以求免其一死。曹植的咏物赋对动物的痛苦和死亡表现出强烈的同情与关切。还有阮籍《鸠赋》中"常食以黍稷，后卒为狗所杀"的鸠子；陆云《寒蝉赋》中"感运悲声"的寒蝉；庾信《枯树赋》中"拔本垂泪，伤根沥血，火入空心，膏流断节"的枯树，如此等等，无一不是赋家即物即人，以物自比。这些处境险恶、多遭莫测之祸的动、植物形象，莫不是赋家艰危险恶的身世经历和忧谗惧害、怨愤不平心境的象征。

---

① 刘勰著，周振甫注：《文心雕龙注释》，人民文学出版社1981年版，第48页。

（四） 丘墓之悲

坟墓是死人的去处，是生者的最后归宿，"生存华屋处，零落归丘山"（曹植《箜篌引》）；"生矜迹于当世，死同宅乎一丘"（陆机《感丘赋》）。而洛阳城东北的芒山（又称邙山、北山、北芒、北邙山等），犹春秋时晋国卿大夫之葬地九原，是汉晋王侯公卿陵墓群集地。王公贵族"一旦百岁后，相与还北邙"①，北邙遂成为死后去处的代称。故《古诗十九首》、曹植《送应氏》、陶渊明《拟古诗》、张协《七哀诗》，等诗歌均有过对北邙及其墓地的描写。同样，在辞赋作品中，北邙也常常会引起赋家对于人生的感慨，丘墓之叹已成为一个引人注意的生死主题原型。陈元龙《历代赋汇》，就收有晋张协《登北邙赋》、傅咸《登芒赋》、陆机《感丘赋》和《大暮赋》等咏叹丘墓之悲的赋篇。

赋家登上北邙，目睹丘墓林立，松柏青青，环视四周自然山川之高峻常流，不禁联想到人生的艰危短暂，"何天地之难穷，悼人生之危浅，叹白日之西颓兮，哀世路之多蹇"（张协赋）。他们"睹墟墓于山梁，托崇丘以自馁"，"伊人生之寄世，犹水草乎山河"，"伤年命之倏忽，怨天步之不几"，而"愿灵根之晚坠，指岁暮而为期"（陆机《感丘赋》），由坟墓和死者的场景触发无限的生命悲感。乃至于庾信在追悼子女夭折的《伤心赋》中，还发出了对丘墓的憎怨："人生几何，百忧俱至……一朝风烛，万古埃尘。丘陵今何忍！能留兮凡人？"但是魏晋赋家由近及远，由个人眼前的悲感联想到当时晋室之乱和天下千千万万人的不幸，从而使他们的丘墓之叹，又具有了一种历史沧桑与时代现实之感，"匪彼生之不长，亦大夫之多殃"（傅咸赋），"普天壤其弗免，宁吾人之所辞"（《感丘赋》）。他们深信走向死亡和坟墓，是普天壤弗免的命运，也是圣贤同悲的常情："孔临川以永叹，赵有感于九原。览登芒之哀赋，谅圣贤之同情。"②

（五） 幽冥之情

死亡是一个不可经验的历史性过程，死后的情状更是一个未知的世

---

① 陶渊明：《拟古诗》之四，《陶渊明集》，中华书局 1979 年版，第 111 页。
② 傅咸：《登芒赋》，载《历代赋汇》卷 20，江苏古籍出版社、上海书店 1987 年版。

界。但恋生惧死的本能、关切生死的心理，总驱使人们去想象那无法亲历先知的幽冥之境，去探解这一永远难解之谜。在中国文化史上，庄子可能是最早试图解释这个难题的文学、哲学家①。《庄子·至乐》篇借骷髅之口，描绘人死后"虽南面王乐不能过"的"至乐"境界。受其影响，东汉张衡作有《髑髅赋》。

魏晋以后，赋家亦乐此不疲，继续在探索和试图表现这地下阴间的死后世界。建安时，有曹植的《髑髅说》②仍承庄子、张衡之说，写"苦生幸死"之意，以"达幽冥之情，识死生之说"。但作品描绘的是一个"萧条潜虚、经幽践阻"的"蓁秽之数"，字里行间掩抑不住作者表面豁达而内心却充满"哀""慇"的情绪。曹植之后，又出现了李康、吕安两篇《髑髅赋》。李赋现只存残句，吕安之作则留下来全篇。吕安《髑髅赋》云：

> 惟遇髑髅，在彼路旁。余乃俯仰咤叹，告于昊苍。此独何人，命不永长。身销原野。骨曝大荒。余将殡子时服，与子严装，殓以棺椁，迁彼幽堂。于是髑髅蠢如，精灵感应，若在若无，斐然见形，温色素肤："昔以无良，行违皇乾，来游此土，天夺我年，令我全肤消灭，白骨连翩，四支摧藏于草莽，孤魂悲悼乎黄泉。"余乃感其苦酸，哂其所说。③

赋中全然没有了庄子以来张、曹诸赋那种死胜于生的"至乐"描绘，也没有了那种对死亡的达观平淡，而只有死的"苦酸"和对"命不永长"的慨叹，表明的是对生的留恋和对死的悲怨。还有一篇晋宋之际颜延之的《行殣赋》，全赋仅五十六言：

> 嗟我来之云远，睹行殣于水隅。崩配棺以掩圹，仰枯颡而枕衢。

---

① 庄子之前，孔子没有对死后之况的解说。《论语·先进》载子路问死，子曰："未知生，焉知死？"《说苑·辨物》又载"子贡问孔子：'死人有知无知也？'子曰：'……死，徐自知之，犹未晚也。'"

② 参见马积高《赋史》："虽不标名为赋，而实际上全是赋体，正如王褒的《僮约》与曹植的《髑髅说》一样。"上海古籍出版社 1987 年版，第 166 页。

③ 陈元龙编：《历代赋汇》外集卷 19，江苏古籍出版社、上海书店 1987 年版。

资砂砾以含实,藉水草之遂储。抚躬中涂,大息兰渚。行徘徊于永路,时悄怆于川侣。①

作者以凄怆不忍的笔调描写一具饿死于外的无主尸体,情状十分凄惨,它表现的是灾荒之年民众因非自然死亡的典型事例。从中我们不难理解当时人民生的艰难和死的凄苦,以及赋家心中生死两难的沉痛愤懑。

(六) 死亡之恨

古往今来,尽管有如屈原、张衡、陶渊明等分别表述过宁死不悔、生不如死或委之自然等死亡观念,屈原更以其"知死勿让"的气概主动选择死亡,自行结束生命;但是,对于一代又一代的普通人来说,死亡仍然是令人难以接受的残酷事实,死亡所留给人生的巨大恨憾是人所共同的。集中表现了这种众生均有之恨的辞赋作品当首推南朝江淹的杰作《恨赋》:

> 试望平原,蔓草萦骨,拱木敛魂。人生到此,天道宁论。于是仆本恨人,心惊不已,直念古者,伏恨而死:至如秦帝按剑……若乃赵王既虏……至如李君降北……若夫明妃去时……至乃敬通见抵……及夫中散下狱……或有孤臣危涕……此人但闻悲风汩起,血下沾衿,亦复含酸茹叹,销落湮沉……无不烟断火绝,闭骨泉里。已矣哉!春草暮兮秋风惊,秋风罢兮春草生。绮罗毕兮池馆尽,琴瑟灭兮丘垄平。自古皆有死,莫不饮恨而吞声!②

百载千年,写人之生死的诗文词赋,不知凡几,但无一如江淹《恨赋》这样淋漓尽致,令人回肠荡气、心惊不已!赋家将历史上雄威天下的帝王君主、事功显赫的武将文臣、倾国倾城的美女乃至孽子、迁客等诸种不同命运之人的"不称其情"之死都归结为"恨",反映了人类爱生恨死的普遍情绪。《恨赋》的"伏恨而死",又因其具有的浓重的历史感和魏晋六朝普遍忧生嗟死的具体现实性而进到了哲学层次。它启示人们,死作为对

---

① 严可均辑:《全上古三代秦汉六朝文·全宋文》。
② 萧统:《文选》,中华书局1977年版,第235、236页。

生的否定和生的恨憾，它能从生的对立的角度肯定生命的宝贵价值，告诉人们更加热爱生活、珍惜生命，以不倦的追求创造无"恨"的人生。唯其如此，《恨赋》与屈原以来许多抒写生死问题的优秀作品一样，在哲理与文情的结合上强化了生的意义，成为魏晋南北朝生命主题之辞赋作品的总结及代表，从而为人们历代所传诵。

四　生命主题辞赋的思想艺术特色

魏晋南北朝辞赋中，这种普遍的生命短促、人生无常主题的形成，首先当然是因为这一时代长期存在的战乱、动荡、饥荒、瘟疫种种人为和自然祸害造成的人民大量非自然死亡现象，为身处乱世的辞赋家们提供了现实题材并激发了他们的创作责任；其次是自身出处遭遇的坎坷、生存环境的险恶，增重了广大赋家的"忧生"情绪；此外，也与社会思想意识形态的变化有重要关系：儒家思想传统的动摇，使孔、孟所倡导的那种"杀身成仁""舍生取义"的理性精神减弱。老庄思想、道教的流行和佛教的传入，又使当时的文人们更为关注生死问题和重视自我生命。于是，对人生短暂、光阴流逝的伤感和对这种伤感的解脱即成为魏晋南北朝文学尤其是诗、赋的基本情调和主题，自王粲、曹植、潘岳、陆机到陶渊明、江淹、庾信等代表作家，概莫能外。

魏晋南北朝不仅成为古代辞赋史上生命主题的高峰时期，而且也在思想性、艺术性方面形成了自己的特色，在中国古代人生思想史上具有重要的影响和地位。

首先，魏晋南北朝辞赋家的生命之思皆有感而发，具有客观的现实性和主观的真实感。

赋家一方面是有感于所处时代的社会丧乱，人民生命的危殆和周围亲友故旧夭折丧泯的严重死亡现象，而生嗟生忧死之情。"丧乱以来，天下城郭丘墟，惟从太仆君宅尚在"，"悟兴废之无常，慨然兴叹，乃作斯赋"（曹丕《感物赋序》）；"乐安任子咸……不幸弱冠而终。良友既没，何痛如之！其妻又吾姨也，少丧父母，适人而所天又殒。孤女藐焉始孩。斯亦生民之至艰，而荼毒之极哀也。昔阮禹既没，魏文悼之，并命知旧作《寡妇》之赋，余遂拟之以叙其孤寡之心焉"（潘岳《寡妇赋序》）；"……自去故乡，荏苒六年，唯姑与姊，仍见背弃。衔痛万里，哀思伤毒。而日月逝速,岁聿云暮。感万物之既改,瞻天地而伤怀,乃作赋以言情焉"(陆云《岁暮赋》);"邺都大霖,旬有奇日,稼穑沉湮,生民愁瘁。时文雅之士,焕然并作"(陆云《愁霖赋》);"予五福无征,三灵有谴。至于继体,多从夭折。二男一女,并得胜衣,金陵丧乱,相继亡没。羁旅关河,倏然白首,苗而不秀,频有所悲……既伤往事,追悼前亡,唯觉伤心,遂以《伤心》为赋"(庾信《伤心赋序》)。如此等等,均是有所感而作赋,故其所赋亦真切感人。

另一方面是即景生情,睹物兴感。赋家不仅"遵四时以叹逝,瞻万物而思纷,悲落叶于劲秋,喜柔条于芳春"(陆机《文赋》);而且常常是既"感秋华于衰木",又"瘁零露于丰草"(陆机《叹逝赋》);既"盼秋林而情悲",又"游春泽而心恶"(谌方生《怀春赋》),无论秋华秋叶,还是春泽春草,都能牵动赋家的人生情绪。赋家睹物生悲,触目伤心,乃所谓"方思之殷,何物不感?""水泉草木,咸足悲焉"(陆机《怀土赋》),"测代序而饶感,知四时之足伤"(江淹《四时赋》)。

其次,表现出强烈的抒情性和浓郁深重的悲哀色彩。

人的情感是丰富复杂的。然而,人生最为深挚浓郁的情绪莫过于生死之间。魏晋六朝,是中国历史上最具有生命危浅事实和人生悲剧的时期,敏感、脆弱的魏晋文士也具有最为丰富的生命情绪。陆机《大暮赋序》云:"夫死生是得失之大者,故乐莫甚焉,哀莫深焉。"王羲之《兰亭集序》亦称:"古人云'死生亦大矣',岂不痛哉!"刘义庆《世说新语·伤逝篇》,则专门记载了大量有关"伤逝"的情事。如说王粲生前好驴鸣,临其丧之时曹丕与诸同游就"各作一声以送之";竹林名士王戎其子早丧,王"悲不自胜"并谓山简曰:"圣人忘情,最下不及情,情之所钟,正在我辈!"因而,魏晋六朝文学,抒情气氛空前浓厚。魏晋六朝有代表性的文学批评家陆机、刘勰,都鲜明地提出了"诗缘情"或"为情而造文"的主情文学思想。

此期辞赋,亦不同于先秦儒家的"哀而不伤"和两汉赋家讽谏美刺、"知命不忧"的创作态度,而遥承屈原作品"发愤以抒情"的影响,继续东汉以来抒情小赋的传统,将赋家们在魏晋南北朝这一特定历史条件下有感而兴的人生生死之情在辞赋创作中尽情宣泄出来,从而使这些作品不仅表现出前所未有的强烈的抒情性,而且使这些作品染上了浓浓的悲痛哀伤的感情色彩。从王粲伤夭、曹丕拟寡、曹植慰子、潘岳悼亡、陆机叹逝、鲍照伤逝、江淹伤爱子到庾信伤心，赋家"哀皇天之不惠，抱此哀而何诉"（王粲《伤夭赋》），"历四时之迭感，悲此岁之已寒"（陆机《感时赋》），"嗟行迈之弥留，感时逝而怀悲""悲缘情以自诱，忧触物而生端"（陆机《思归赋》），"观尺景以伤悲，抚寸心而凄恻""嗟余情之屡伤，负大悲之无力"（陆机《述思赋》），"心惆怅而哀离""结长悲于万里"（鲍照《舞鹤赋》），"日月可销兮悼不灭，金石可铄兮念何已"（江淹《伤爱子赋》）。可谓哀极而伤，悲深而痛。十分强烈而突出地表现了赋家对人生生死的无限悲哀情绪，艺术地再现了当时社会"称其材干，则以危苦为上，赋其声音，则以悲哀为主，美其感化，则以垂涕为贵"（嵇康《琴赋》），"楚歌非取乐之方，鲁酒无忘忧之用。迫为此赋，聊以记言，不无危苦之辞，唯以悲哀为主"（庾信《哀江南赋序》）的审美风尚和辞赋作品以悲为美的美学风格。

再次，情感抒发与理性思索的交汇融合。

面对各种严重的死亡情景与死亡现象，魏晋六朝赋家的心情异常深重、苦痛。但处于人性觉醒时代的赋家们并没有停止在这种几乎无处不在无时不有的生命忧伤之渊里，他们将发自个体的人生无常之忧，联系时代现实、民生疾苦或人生意义、生死规律等更具普遍性的问题一起思考，进行生死反思，去探解生死之谜并寻求淡化或解除恐惧的途径，从而使魏晋辞赋的生命主题又具有一种情感抒发与哲理思索融汇的意味。

曹植《秋思赋》云："松乔难慕兮谁能仙，长短命兮独何怨？"《九愁赋》曰："民生期于必死，何自苦以终身？宁作清水之沉泥，不为浊路之飞尘。"前者已对长生不死的神仙世界表示怀疑，后者更有了在体认"民生必死"这一必然性基础上对死生价值与方式的思索。建安赋家这种对必然性的认同和对死亡价值的追求企向，应该说是比汉末《古诗十九首》作者的即时行乐高一层次的思想意识，因而也更具有哲思价值和积极意义。

曹植以后，赋家欲从生死忧惧中解脱出来的情绪日趋强烈。魏晋赋家一面在感伤时光飘忽、人生易往，一面又在力图从理性世界中找到一种对生死得失的达观体认，以解除"心累"，获得心灵的平衡。魏晋之际赋家张华《鹪鹩赋》《归田赋》诸作中已充溢着"形微处卑、物莫之害""眇万物而远观，修自然之通会"的人生哲理；陆云作《逸民赋》，写"天地不易其乐，万物不干其心"的古之逸民，"钦妙古之达言兮，信怀庄而悦贾"；《愁霖赋》在叹"人生之倏忽"时，又"妙万物以达观"。陆机专论死亡的《大暮赋》，明确提出以探解生死之理为旨归："使死而有知乎，安知其不如生？如遂无知耶，又何生之足恋？"赋中虽尽情抒写了"知白壮而得老，体自老而得亡"的生命忧患，原本却是在通过"极言其哀"而达到"终之以达"的目的，从而完成"开夫近俗"的责任。循着这样的理性思索，陆机在《叹逝赋》中，将缠绵凄绝的感情抒写与清醒理智的议论思考结合在一起，最终将他对人生生死的哀伤悲痛情感导向了一个充满哲理意味的"达"的高度："瘤大暮之同寐，何矜晚以怨早！指彼日之方除，岂兹情之足搅……将颐天地之大德，遗圣人之洪宝。解心累于未迹，聊优游以娱老"（《叹逝赋》）；生命短长虽殊，但大暮同归，那早夭晚死又有什么区别？既知彼日之死将至，又何必让它来搅乱我的心情？自问自答中虽仍有忧伤之感，但却很明显地具有理性思考的意味了。"心累"解脱之时，优游自得的人生就成为可能。

东晋以来，玄思、佛理向文学创作渗透，历时弥久的时命消逝感日渐淡退。陶渊明则在"归去来"、"士不遇"和"闲情"的题目下，将向往中的归田之乐、爱情之梦、现实中的不遇之悲和设想中的人生之理融为一体，表现出一种恬淡、达观的生命意识。陶渊明通过检讨过去"既自以心为形役"的违己之举，总结出"悟已往者之不谏，知来者之可追，实迷途其未远，觉今是而昨非"的人生经验；将"寓形宇内复几时""寓形百年而瞬息已尽"的有限生命，融入生生不息的宇宙时空之中："善万物之得时""聊乘化以归尽""不委曲以累己""且欣然而归止"，从而达到"导达意气"（《感士不遇赋序》）、消融生命忧惧，享受人生的宁静与永恒。陶渊明辞赋，正是以这种"今是昨非"式的彻悟和富于哲理的赋句，创造出一种"云无心以出岫，鸟倦飞而知还""行云逝而无语，时奄冉而就过"的理趣之美和欣然自得的恬淡之境，以其情理兼备、超旷自然的艺术风格成就，在魏晋南北朝辞赋史上独树一帜，并深远影响着后代文学家。如晚年的苏轼，面对困厄命运而采取随遇而安的态度，就颇具陶渊明的旷达悠然。他钦羡"渊明得此理，安处故有年"（《和陶〈怨诗〉示庞邓》），并从中体悟人生哲理。他垂老投荒，远谪海南儋州，而作《和陶渊明归去来兮辞》，"以无何有之乡为家"，用"均海南与汉北，挈往来而无忧"的超旷心态来消解思乡情结，在梦想中回归自己的精神家园，更有不同于渊明的旷达境界。而至江淹那篇具有总结意义的《恨赋》里，虽然"伏恨而死"的情绪感人心魂，但它通过死的恨憾来强调生之意义的理性导向，却将魏晋六朝辞赋生命主题的艺术、哲学价值提升到了一个新的层面。

魏晋南北朝反映生命主题的辞赋作品，突破"赋体物"的传统，而将人之生死这一重大的人生问题作为抒写对象，相当深广地表现了赋家自己乃至当时人民的生存环境、人生态度和真实的思想情绪。辞赋家们将"极言其哀"的情感表现与"终之以达"的理性思索融通交汇，将辞赋作品抒情性的特点与以悲为美的风尚尽情发挥，取得了重要的艺术成就，不少情理融汇的著名赋作千古传诵。此期赋家对生命的忧虑，对死亡的哀痛恨憾，以及在内心苦闷或身处逆境之时反诸自身的理智、旷达等，既表明了当时人们对生命的关切、对人生的执着，同时也从不同的角度给后人以珍重生命、努力实现人生价值的有益启示，对后代文学家如韩、柳、欧、苏等产生了深远影响，从而极大地丰富了我们民族的人生观念体系和文学、文化传统。

原载台湾政治大学文学院编印《第三届国际辞赋学学术研讨会论文集》，1996 年 12 月，上册第 15—34 页

从"辞赋不分"到"以赋论赋"

——古代赋文体论述的发展趋势及当代启示

作为文体及文体概念的"辞赋"或"辞"与"赋",究竟是一种文体、一体二名,还是两种文体?在选注或评论楚辞与赋之时,应该坚持"辞赋不分",还是"辞赋异体"?这是自两汉至今,最为聚讼纷纭的文体论难题之一。

一方面,持"辞赋一体"观念,以"楚辞"与"赋"为"辞赋"或统称为"赋"的论著及选本,数量众多而影响广泛。其中,可以铃木虎雄、马积高、郭维森等三部赋史,霍松林主编《辞赋大辞典》为代表①。这些著述,以"赋"或"辞赋"名书,却一概辞、赋兼论,将楚辞列入"赋"的范围,即明确地以"楚辞"为"赋";另一方面,也有人主张"辞、赋异体"。较早者,如陈钟凡先生谓"屈宋之作则当正名曰'辞',而不得目之为赋"②。后来,台湾学者张正体力辩"赋与辞实不能作为一体",也"不是一体二名"③;大陆学者姜书阁提出要把楚辞"同宋玉以后的汉赋那种文体'画境'(分开)"④,费振刚则说"辞与赋"是"两种文学体裁"⑤。20世纪末,又有郭建勋指出必须纠正"以'辞'为'赋'

---

① 参见〔日〕铃木虎雄《赋史大要》以《离骚》等为"骚赋时代"(北京图书馆出版社2006年版王冠辑《赋话广聚》第6册,第460页);马积高《赋史》谓"屈原是赋体作品第一个重要作家"(上海古籍出版社1987年版,第20页);郭维森、许结《中国辞赋发展史》谓"辞赋又可看作一种文体"(江苏教育出版社1996年版,第5页);《辞赋大辞典·前言》谓"辞赋乃古典文学之一种特殊体裁"(江苏古籍出版社1996年版,第1页)。

② 陈钟凡:《中国韵文通论》,上海书店1936年影印版,第62页。

③ 张正体、张婷婷:《赋学》,台北学生书局1982年版,第7—9页。

④ 姜书阁:《先秦辞赋原论》,齐鲁书社1983年版,第147页。

⑤ 费振刚:《辞与赋》,《文史知识》1984年第12期。

或'辞''赋'不分的观念和称谓",何新文认为楚辞"没有必要再置于赋的范围之内",曹明纲表明要"首严'辞赋异体'之辨、坚守屈辞非赋之说"①。但是,这些观点并没有引起足够的重视。

现实的情况仍然很混杂,各种楚辞与赋的选本及研究文著,或称屈宋作品为楚辞、为"屈赋",或称汉及以后赋为"辞赋"、为"词赋";或以"赋"名书而"辞、赋"兼收,或以"辞赋"名书而专论赋②,真可谓众说纷纭,莫衷一是。

那么,对于"楚辞"与"赋"的分合,或者说对于"辞赋"或"辞"与"赋"的文体认识,到底能不能形成较为明确的看法?今后的辞赋研究以及普及性的辞赋选本,能否有一个相对一致的范围,并减少不必要的学术重复呢?

笔者以为,如果我们能够较为全面地考察自汉代以来赋体论述的发展历程,努力透过纷繁的表象去探索事情的本来面貌及其主流趋势,或许可以找到答案。

一 辞赋不分:两汉赋论落后于汉赋创作的理论尴尬

汉代是赋的兴盛期,也是辞赋文体论述开始活跃的时代。

在汉代之前,楚辞作品并不称为"赋",荀况是文学史上最先以"赋"名篇的作家。除今本《荀子》所载《赋篇》"五赋"外,《战国策·楚策四》亦载录有荀况致楚春申君书时"因为赋曰"的"宝珍隋珠"以下14句"赋"文③。此外,《汉书·艺文志》尚著录有"唐勒赋""宋玉赋"及"秦时杂赋"等,应都是以"赋"名篇的作品。这说明自战国末以至秦代,"赋"作为一种新文体的名称已经出现。

① 分别参见郭建勋《汉人观念中的"辞"与"赋"》(《文学遗产》1989年第3期)、何新文《中国赋论史稿》(开明出版社1993年版,第8页)与《中国赋论史》(人民出版社2012年版,第7页)、曹明纲《赋学概论》(上海古籍出版社1998年版,第2页)。

② 参见赵逵夫主编《历代赋评注》,巴蜀书社2010年版;王琳《六朝辞赋史》,黑龙江教育出版社1998年版。

③ 刘向集《战国策》,上海古籍出版社1978年版,第567页。这段"赋"文,即《荀子·赋篇》"诡诗"的末段,故刘向《孙卿书录》有"因为歌赋以遗春申君"(载严可均辑《全汉文》卷37)之说。

降及汉初，陆贾、贾谊等人相继而赋。陆贾之赋已亡佚不存，难以具论。贾谊《吊屈原赋》《鵩鸟赋》诸作，则流传至今。贾谊是荀况授《春秋左传》的再传弟子①，在思想上比较接近于荀子，他直接继承荀况的礼治思想以论治国之道，对其师祖"爰锡名号、与诗画境"的《赋篇》也当有着与他人不同的理解；同时，贾谊又是一个在艺术上"勇于创新"的人物②。于是，这位极富文学才华和创造力的洛阳才子，紧承荀况之后且沿袭其"赋"篇之名和设为问答形式③，创造出有别于楚辞的"赋"体作品，并由此开启了一个崭新的"汉赋"时代。这似乎既是一种合乎逻辑的历史必然，也是陆、贾等汉赋家着意以"赋"名篇，开创一代新文体的实际表现。

然而，与作赋者具有以"赋"名篇、别"骚"为"赋"的主观创意不同，汉代论赋者（包括既写赋又以论赋者身份出现的人）对这一新文体，则表现出相对滞后和矛盾的模糊认识。

一方面，面对荀况、宋玉、贾谊等楚汉作家大量以"赋"名篇的创作，同样也是赋家的司马相如、司马迁、扬雄、刘向、刘歆、班固等论赋者，均持普遍接受的态度，以不同的形式给予了载记和承认。如司马迁既在《史记》中称贾谊"为赋以吊屈原"，又全文载录《吊屈原赋》和《鵩鸟赋》，自己还创作有《悲士不遇》等赋；班固不仅在《汉书》中为赋家立传并原文载录其赋，而且也创作有影响深广的《两都赋》等。

但是，另一方面，汉代论赋者又在《诗》之"讽谏"的旗帜下，通过重新解读而强调《离骚》等作品也和汉赋一样具有十分重要的美刺、

---

① 参见孔颖达《春秋左传正义·春秋序疏》引刘向《别录》云："左丘明授曾申，申授吴起，起授其子期，期授楚人铎椒。铎椒作《抄撮》八卷授虞卿；虞卿作《抄撮》九卷授荀卿；荀卿授张苍"（《十三经注疏》，中华书局1980年版，第1703页）。又《汉书·儒林传》："北平侯张苍及梁太傅贾谊，皆修《春秋左氏传》。"

② 马积高《赋史》谓：贾谊是一个在艺术上"勇于创新的人"，"《吊屈原赋》在体制上虽上承《九章》，但……具有战国策士说辞那种雄辩的余风。《鵩鸟赋》更是……赋史上第一篇成熟的哲理赋"（第60页）。

③ 参见荀况《赋篇》设为"臣、王"对问，其中《云赋》曰"君子设辞，请测臆之"；贾谊《鵩鸟赋》亦设为"鸟、我"问对，而曰"口不能言，请对以臆"。模拟之迹，十分明显。

讽谏精神，从而"拉近骚、赋的距离"①，将楚辞纳入赋的范围，以"辞"为"赋"，或辞、赋不分。

司马迁是第一个将《诗》之"讽谏"纳入辞赋领域的批评家。他在《司马相如列传》及《太史公自序》中，批评司马相如赋"多虚辞滥说""靡丽多夸"，却充分肯定《子虚赋》《大人赋》"其指风谏"，"其要归引之节俭，此与《诗》之风谏何异？"在评论楚辞作品时，则强调《离骚》具有"讽谏"的动机和内容，所谓"作辞以讽谏，连类以争义，《离骚》有之"，而不满宋玉、唐勒、景差之徒，"皆祖屈原从容之辞令，终莫敢直谏"②。通过这样的一番解读，司马迁似乎找到了"辞、赋"的共同点。于是，他既在《酷吏列传》谓朱买臣以"楚辞"与严助俱幸，又在《屈原列传》称屈原"乃作《怀沙》之赋"③。扬雄也是如此，他既以"讽谏"作为其"四赋"创作的目的和基本内容，也将意存讽谏的楚辞作品称为"丽以则"的"诗人之赋"（《法言·吾子》）。

再到刘向、刘歆《七略》，以及班固据《七略》"删其要"而作的《汉志·诗赋略》，更可谓是两汉以"辞"为"赋"文体论述的完成。《诗赋略序》以"大儒孙卿及楚臣屈原离谗忧国，皆作赋以风，咸有恻隐古诗之义"④ 的理论为依据，直接地把屈原作品著录为"屈原赋"。在班固的心目中，赋也原本就是一种"或以抒下情而通讽谕、或以宣上德而尽忠孝"的政治功利性载体，在国家政治文化中具有"不可阙"（《两都赋序》）的重要地位；而屈原"作《离骚》，上陈尧、舜、禹、汤、文王之法，下言羿、浇、桀、纣之失以风"，"在野又作《九章赋》以风谏"⑤，其精神实质正与汉赋相通。所以，班固也既在《艺文志》著录"屈原赋"，还在《地理志》《贾谊传》中称《离骚》为"离骚赋"，又在《朱买臣传》《王褒传》沿袭《史记》而有"楚辞"之称。

除以"辞"为"赋"外，汉人还常有"辞赋"连称及"赋、颂"通

---

① 徐华：《班固对汉赋的改造与六朝典雅文范的生成》，《湖北大学学报》2012 年第 2 期，第 9 页。

② 司马迁：《史记》，中华书局 1959 年版，第 3314、2491 页。

③ 同上书，第 3143、2486 页。

④ 班固：《汉书》，中华书局 1962 年版，第 1756、1747 页。

⑤ 洪兴祖：《楚辞补注》，中华书局 1983 年版，第 51 页。

称之例。

"辞赋"连称,如《史记·司马相如列传》曰"景帝不好辞赋",《汉书·王褒传》载宣帝刘询言"辞赋大者与古诗同义",班固《离骚序》谓屈原"为辞赋宗"①,蔡邕《上封事陈政要七事》称"书画辞赋才之小者"②,等等。但是,这些"辞赋"连称,其主流不是指"辞"与"赋"两种文体,而是单指"赋"。如景帝"不好"之"辞赋"和蔡邕"才之小者"云云,就不会包括屈原楚辞在内。

与"辞、赋"的情形相近,"赋、颂"在汉代也原本是两种文体。如《汉志》在《诗赋略》著录汉"赋"之时,也在《六艺略》著录"淮南、刘向等《琴颂》";《汉书·淮南王传》记载刘安"献《颂德》及《长安都国颂》,每宴见,谈说得失及方技、赋、颂"③;《王褒传》载王褒曾为"《圣主得贤臣颂》"。《后汉书·马融列传》载马融"上《广成颂》",又作《东巡颂》《西第颂》④;《文苑列传》记载夏恭、傅毅、李尤、崔琦、赵壹等,既写"赋"又作"颂"⑤。还有王充《论衡》,在《宣汉》《须颂》两篇均记载有"杜抚、班固所上《汉颂》"⑥。如此等等,说明在汉赋兴盛之际,颂也是作者众多的文体之一。

但是,汉人仍然有以"颂"为"赋"或以"赋"为"颂"的"赋、颂"通称现象。如《汉志·诗赋略》在"孙卿赋"类著录"李思《孝景皇帝颂》",这是以"颂"为"赋";《论衡·谴告篇》称扬雄《甘泉赋》为"甘泉颂"⑦,马融《长笛赋序》称王褒、傅毅等所作《箫》《琴》《笙》诸赋为"《箫》、《琴》、《笙》颂"⑧,这是以"赋"为"颂";而《史记·司马相如列传》既载相如"尝为《大人赋》","乃遂就《大人

① 洪兴祖:《楚辞补注》,中华书局1983年版,第50页。
② 范晔:《后汉书》,中华书局1965年版,第1916页。
③ 《汉书》卷44,第2145页。《文学遗产》2008年第1期《汉代赋、颂二体辨析》一文,谓"这里的'赋颂'明显偏指'赋',与颂体了无关涉",似未顾及刘安已作有"颂"的事实。该文此类判断甚多,其"'赋颂'其实也就是'赋诵'"的结论过于简单,因汉人以"颂"称"赋",或与赋也有颂美的内容相关。
④ 《后汉书》卷60上,第1954、1971、1972页。
⑤ 《后汉书》卷80上,第2610、2613、2616、2623、2635页。
⑥ 王充:《论衡》,上海人民出版社1974年版,第298、308页。
⑦ 同上书,第226页。
⑧ 萧统:《文选》卷18,中华书局1977年版,第249页。

赋》",又言"既奏《大人之颂》",则可谓是赋、颂互称。

如上所述,汉人或以"辞""赋""楚辞"等概念指称屈原作品,或以"辞赋"指"赋",还有"赋、颂"通称和以"颂"称赋,这说明汉代对辞、赋文体的论述尚处于相对模糊的认识阶段,在"辞、赋"等概念的运用上颇有随意性。

值得注意的是,汉代也有对"辞、赋"的最初区分和探讨。如刘向集、王逸注《楚辞章句》,专录屈宋楚辞及汉人拟骚作品而不收以"赋"名篇之赋①,这对后世"楚辞"类目的设立及"辞、赋"二体的区分有很深远的影响。此外,如《西京杂记》所载司马相如"赋心""赋迹"之说,刘熙《释名》谓"敷布其义谓之赋",郑玄《周礼·春官》注曰"赋之言铺",《汉志·诗赋略》说"不歌而诵谓之赋"等,均可看作是对赋不同于"诗"或"辞"的艺术特征的初步认识。

面对汉赋勃兴及其取得的重大成就,司马迁等两汉文人积极参与作赋,并普遍使用了"赋"的文体概念;但是,当他们以评论者的身份来论赋之时,则表现出认识落后于创作的理论尴尬:一方面,他们以儒家"诗"教所认定的"美刺""讽谏"作为评骘作品高下的重要标准,通过重新解读来弥合骚、赋的区别,从而以"赋"的概念包括楚辞;另一方面,当发现"讽谏"的实际作用有限,所谓"劝百讽一"乃至"欲讽反劝"之时,又以"诗人之赋丽以则、辞人之赋丽以淫"之说,将楚辞与汉赋相区隔。而《楚辞章句》的编辑,司马相如、刘熙等对于"赋"体特征的认识,则代表着两汉赋体论述的发展方向,并由此揭开了此后"辞赋异体"的历史序幕。这正是我们分析汉人辞、赋观念的一个重要视角。

二 "赋先于诗、骚别于赋":魏晋六朝赋体独立意识的形成

魏晋六朝的赋体论述,在儒家"诗教"观念削弱和文体论发展的大背景中,逐渐从偏重讽谏、美刺的传统脱出,走向真正从艺术角度审视的

---

① 《楚辞章句·招隐士·序》虽有"分造辞赋"及"作《招隐士》之赋"语,但该篇仍未以"赋"名篇,后萧统《文选》亦将此篇列入"骚"类。

转变期。此一时期，虽然还遗存有"诗赋""辞赋"连称现象①，但其主流意识却是在注目于赋"体物""铺陈"等体制形式、艺术特点的探讨，廓清与诗、辞等文体的外部关系，从而形成"诗赋不一""骚别于赋"的"赋"体独立意识。

（一）论诗、赋异同：从"诗赋欲丽"到赋"铺陈、体物"，"与诗画境"

在汉人提出"赋者古诗之流"的说法之后，左思、皇甫谧、挚虞、刘勰等，也颇多承继其说。但魏晋六朝论赋者与汉人已有不同，他们所言之"诗"已不全然专指《诗经》，也不再偏重"讽谕之义"的思想内涵，而是注意到一般诗、赋文体在艺术形式上的特点及同异。

魏晋之时，先有曹丕《典论·论文》提出"诗赋欲丽"的著名论点，以"丽"来概括诗、赋作品追求文辞美丽的共有特质。其后，更有成公绥、左思、陆机等，从赋"铺陈、体物"的特点切入，进一步分析了诗、赋的不同之处。

《晋书·文苑传》载成公绥《天地赋序》曰："赋者，贵能分赋物理，敷演无方。天地之盛，可以致思矣。"这寥寥数语，道出赋贵在敷写事"物"及事物之"理"，可以对天地万物致"思"，凸显了赋"敷演""赋物"的特点。这种亦"理"亦"思"的论赋话语，遥承荀况《赋篇》原本就有的赋"物"意识，又与当时嵇康《琴赋》"非至精者不能与之析理"，庾敳、庾亮叔侄关于《意赋》"有意无意"的论辩相通，可谓是魏晋玄思理趣风尚在赋体论述中的具体表现。其所谓"敷演无方"，是强调铺陈事物的丰富与无限性，而不是汉儒所重的"铺陈政教善恶"，有如清刘熙载所评："司马长卿谓'赋家之心，苞括宇宙'"，成公绥《天地赋序》"意与长卿宛合"②。

左思、皇甫谧的两篇《三都赋序》，也分别论述了赋不同于诗的特点。左思谓"美物者贵依其本、赞事者宜本其实"，是强调赋应"依其本

---

① 如曹丕《典论论文》"王粲长于辞赋"；曹植《与杨德祖书》"辞赋小道"；皇甫谧《三都赋序》"近代辞赋之伟"；刘勰《文心雕龙·诠赋》"辞赋之英杰"，萧绎《金楼子·立言》"屈原宋玉枚乘长卿之徒止于辞赋"。诸例中，除萧绎之说外，其余诸说均单指赋而非"辞、赋"二体。

② 刘熙载：《艺概》，上海古籍出版社1978年版，第99页。

实"地体物叙事的创作原则；皇甫谧指出赋为"因物造端、敷弘体理、欲人不能加"的"美丽之文"，则是表明对赋铺陈事物、展示巨丽之美的肯定。挚虞是皇甫谧的弟子，释"赋"亦受其师影响，如其《文章流别论》谓"赋者，敷陈之称……所以假象尽辞，敷陈其志"，虽然文中尚有"古诗之赋以情义为主、今之赋以事形为本"① 的褒贬之词，但其论赋有"敷陈"物事的特点，仍很明确。

而陆机《文赋》说"诗缘情而绮靡、赋体物而浏亮"②，则是从艺术角度分析诗赋的不同。这与"诗缘情"相对的"赋体物"之说，有两层含义：赋的基本内容和表现方式是"体物"，赋的风格形态或文辞特色是"浏亮"。正所谓"诗以言志，故曰缘情；赋以陈事，故曰体物。绮靡，精妙之言；浏亮，清明之称"③。

陆机"赋体物"命题的提出，阐明"陈事、体物"之赋与"言志、缘情"之诗有不同。当然，陆机主张赋体物，并未排斥言志与抒情。他不仅在赋中屡屡用"缘情"这样的词语④，而且还写作过不少情理兼备的抒情赋。但是，从总体上说，陆机的赋还是以"体物"者居多，"触物生端"（《思归赋》）、"何物不感"（《怀土赋》）的抒情赋创作，并没有模糊他对"诗缘情、赋体物"的基本认识。

降至南朝，范晔既在《后汉书》中大量载录赋体作品，也在有关传记中分体记载传主所作诗、赋。而刘勰《文心雕龙》，则分列《明诗》和《诠赋》两篇，既诠释"赋自《诗》出，分歧异派，写物图貌，蔚似雕画""铺采摛文"⑤ 的文体特征，又指出荀、宋之赋"爰锡名号，与诗画境"。萧统更在《文选·序》⑥ 中提出"诗、赋体既不一，又以类分"的编辑原则，明确表达了诗、赋异体的主张。

（二）论骚、赋异体，明确赋始于荀况、宋玉

六朝论赋者在论述"诗、赋体既不一"的同时，还阐述了"骚别于

---

① 严可均辑：《全晋文》卷77，商务印书馆1999年版，第819页。

② 陆机：《陆机集》，中华书局1982年版，第2页。

③ 李善注《文赋》语，载萧统编《文选》卷17，第241页。

④ 如《思归赋》曰"悲缘情以自诱、忧触物而生端"；《叹逝赋》曰"乐隤心其如忘，哀缘情而来宅"。

⑤ 刘勰撰，周振甫注：《文心雕龙注释》，人民文学出版社1981年版，第80、81页。

⑥ 参见萧统编，李善注《文选》，第1—2页。

赋"、赋始于宋玉（或荀况）的辞赋观。如梁代任昉的《文章缘起》载
"自诗、赋、离骚，至于势、约，凡八十五题"①，既以"赋"与"诗"
及"离骚"并列，又在该书序论中提出"赋，楚大夫宋玉所作"，"离骚，
楚屈原所作"②，强调宋玉为赋的创始者。其时，还有裴子野的《雕虫论》
谓"若悱恻芬芳，楚骚为之祖；靡漫容与，相如扣其音"③，也是将楚骚
与汉赋分体并论的。

当然，最有代表性的论述，还是刘勰和萧统。《文心雕龙》中，虽然
尚有"辞赋"连称之例，如《辨骚》言"名儒辞赋"，《情采》谓"近师
辞赋"，《比兴》云"辞赋所先"，《指瑕》说"辞赋近事"，《时序》说
魏文帝"妙善辞赋"及明帝"振采于辞赋"，《才略》篇说"赵壹之辞
赋"，等等。然而，这些"辞赋"连称，均是指"赋"或赋家，而并非
"辞、赋"二体并列。刘勰是"辞、赋异体"论者，其《辨骚》篇谓楚
辞"虽取熔经意，亦自铸伟词，故《骚经》《九章》朗丽以哀志，《九
歌》《九辩》绮靡以伤情"；其《诠赋》篇论赋的形成，"受命于《诗》
人，而拓宇于《楚辞》"，然赋以"客主"问对形式开端、极力描摹事物
情貌，真正与诗、辞分离出来，则始自"荀况《礼》《智》，宋玉《风》
《钓》"。刘勰的这些见解，强调诗、辞、赋的不同之处，抓住赋铺陈、体
物的基本特征，找到了赋与荀、宋的渊源关系，从理论上划清了赋与诗及
屈原楚辞作品的文体界限。

梁普通年间，萧统编辑文学总集《文选》，其《序》论辞赋的形成与
发展云：

> 古诗之体，今则全取赋名。荀、宋表之于前，贾、马继之于末。
> 自兹以降，源流实繁。……若其纪一事、咏一物，风云草木之兴，鱼
> 虫禽兽之流，推而广之，不可胜载矣。又楚人屈原……耿介之意既
> 伤，壹郁之怀靡愬，临渊有《怀沙》之志，吟泽有憔悴之容。骚人

---

① 永瑢等：《四库全书总目·文章缘起提要》，中华书局 1965 年版，第 1780 页。此处所谓
"势"，《文章缘起》是举例崔瑗《草书势》而言，而《四库全书总目》之《文章缘起·提要》
及古今有征引者误作"艺"，当据改正。

② 任昉：《文章缘起》，《文渊阁四库全书》"诗文评类"，台湾商务印书馆 1983 年版第
1478 册，第 206、208 页。

③ 《全梁文》卷 53，商务印书馆 1999 年版，第 575 页。

之文，自兹而作。

萧统以为，诗、赋殊体，骚亦不同于赋。骚多"壹郁""憔悴"之情，赋多"纪事""咏物"之作。故其论赋的创始，谓"荀、宋表之于前"，然后再另述屈原楚辞，以说明"骚人之文、自兹而作"，从而为《文选》骚、赋分载立论。于是，《文选》编辑先秦至梁代各体的文学作品，首列"赋"，次列"诗"，而后录"骚"即楚辞作品。从而在汉人辞赋不分之后，正式将赋与诗、骚分别开来。历史上虽不乏指责《文选》"赋先于诗、骚别于赋"①的讥议之声，但它对后世的影响却至为深远。如明胡应麟谓"《文选》分骚、赋为二，历代因之"②。近人钱穆亦言萧统将"宋玉与荀卿并举，列之在前，顾独以骚体归之屈子，不与荀宋为伍，此一分辨，直探文心，有阐微导正之功"③。

（三）"赋集"的涌现与《七录》"赋"类的独立

两汉之时，除有楚辞总集《楚辞章句》之外，专门的赋集并未出现。这一状况在魏晋六朝也得到了改变。据《隋书·经籍志》"总集"类著录，晋宋至梁，既继续编辑"楚辞"注本，更选编有前所未见的"赋集"达41种之多！其中如"谢灵运撰《赋集》、崔浩撰《赋集》、梁武帝撰《历代赋》"等，篇幅都在十卷以上。除赋集之外，还有赋注，如郭璞注《子虚上林赋》、萧广济注《木玄虚海赋》等；赋注之中，又有赋家自注的，如谢灵运自注《山居赋》、张渊自注《观象赋》之类。大量专门的赋集、赋注的涌现，既表明时人对赋的重视，也充分证明"辞、赋异体"已经是当时文士的共识。

总集之外，又有书目著录之例。在魏晋六朝之前，《汉书·艺文志》将屈原作品著录为"赋"。时至梁代，阮孝绪所撰《七录》，却在《文集录》创立"楚辞部、杂文部"等四个部类，"楚辞部"著录楚辞，赋集则著录在"杂文部"内④。《七录》一改《汉志》辞赋不分体例，将楚辞与

---

① 章学诚著，叶瑛校注：《文史通义校注》，中华书局1985年第1版，第81页。
② 胡应麟：《诗薮》杂编卷1，中华书局1958年版，第246页。
③ 钱穆：《中国学术思想史论丛》，安徽教育出版社2004年版，第94页。
④ 《七录》今佚。《隋书·经籍志》载有《七录》分部题目；唐释道宣《广弘明集》载《七录序》及《目录》。

赋分门别类。这又说明：至南朝萧梁，不仅选文家分体收录辞、赋，而且目录学家也将楚辞与赋作了清晰的区分。这当然不是一种巧合，而是当时"骚别于赋"的时代风尚在目录学领域的反映。

三　以赋论赋：唐宋至清由古律之辨而古、俳、律、文四体的深化

唐宋以后，无论赋的内容、形式，还是地位、功用，都发生了重大的变化。因而，这赋论史后半段的赋体论述也因时而变，在前承六朝"辞、赋异体"的独立意识之时，更将主要的注意力投向赋体内部，即在"以赋论赋"的前提下转入对赋本身体类的分析，从而最终形成了由赋分"古、律"到确立"古赋、俳赋、律赋、文赋"诸体的科学认识。这是古代赋文体论述史的必然趋势和重要分野。

（一）书目、诗话对"辞、赋异体"的坚守

古代正史的七部史志中，最早将楚辞著录为"赋"的是《汉书·艺文志》。有意味的是，这部古典目录史上堪称典范的巨著，其以"辞"为"赋"的著录实例，却没有对唐宋至清的另外六部史志产生影响。

唐代初年，魏徵等撰《隋书·经籍志》，即已近承梁人《七录》之例，正式确立"楚辞"类著录楚辞，而将晋宋以来大量《赋集》著录在"总集"类，从而开启了古代史志"辞、赋异体"的范例，"遂为著录诸家之成法"①。

自此以后，唯《明史·艺文志》删"楚辞类"并入"总集类"外，其余《旧唐书·经籍志》《新唐书·艺文志》《宋史·艺文志》《清史稿·艺文志》，皆继承《隋志》例类，设"楚辞"类著录楚辞，在"总集"类著录"赋集"。其中，《旧唐志·序》还记载有唐《开元四部类例》阐述《隋志》分类体系及其类目的定义性界说云"楚词以纪骚人怨刺，别集以纪词赋杂论"，表明唐代目录学家对于楚辞与赋这两种文体原

---

① 章学诚：《文史通义·文集》谓"夫《楚词》，屈原一家之书也。自《七录》初收于集部，《隋志》特表'楚辞'类，因并总集、别集为三类，遂为著录诸家之成法"（《文史通义校注》，第298页）。

本就是有意区分的。南宋郑樵所撰《通志·艺文略》也是一部"史志"类的目录书，其中，"赋"与"楚辞"亦在"文类"分类著录。

官、私书目也大抵如此。私人藏书目录，如宋代晁公武《郡斋读书志》与陈振孙《直斋书录解题》，都分别立"楚辞"类著录楚辞，在"总集"类著录赋集。明代的祁承爜"对分类最有研究"，其《澹生堂书目》亦在"辞赋"的总名下再列"骚""赋"二目分别著录①。《四库全书总目》是古代最有影响的代表性官修书目，同样也是在《集部》设"楚辞"类著录楚辞，在"总集"类著录赋集。

图书目录之外，诗话、赋论及清代赋集，也多坚持"辞、赋异体"者。

宋代诗话，如张表臣《珊瑚钩诗话》所载《示客》一文，分析文体七十余种，其中谓"采摭事物，摘华布体谓之赋"，"幽忧愤悱，寓之比兴谓之骚"，"吟咏情性，总合而言志谓之诗"②，就分别论述了"赋"及"诗、骚"诸体的不同特点。

明代诗话，区别诗、骚、赋体的论述更是丰富。如谢榛《四溟诗话》，认为"诗、赋各有体制"③。王世贞《艺苑卮言》，以为"骚、赋④，虽有韵之言，其于诗文，自是竹之与草木，鱼之与鸟兽，别为一类，不可偏属"，同时，还指出"屈氏之骚，骚之圣也；长卿之赋，赋之圣也"。胡应麟在其《诗薮》中，也很注重骚与赋的不同，如说"骚与赋，句语无甚相远，体裁则大不同。骚复杂无伦，赋整蔚有序；骚以含蓄深婉为尚，赋以夸张宏巨为工"（内编卷一），"《文选》分骚、赋为二，历代因之。名义既殊，体裁亦别"（杂编卷一）⑤。他在明确骚、赋"要皆属诗"的前提下，肯定它们是两种"大不同"的"体裁"，且详论各自在形式、

---

① 参见何新文《中国文学目录学通论》，江苏教育出版社 2001 年版，第 147、148 页。

② 张表臣：《珊瑚钩诗话》，载何文焕辑《历代诗话》上册，中华书局 2004 年版，第 475 页。

③ 谢榛：《四溟诗话》卷 4，载丁福保辑《历代诗话续编》下册，中华书局 1983 年版，第 1205 页。

④ 王世贞：《艺苑卮言》，《历代诗话续编》，第 962 页。此"骚、赋"一语，《续编》本及当下论者多"骚赋"连称，恐非是。王氏总提"骚、赋"之后，又分论"骚辞"、"作赋之法"与"拟骚赋"，可见他是区分"骚"、"赋"及"骚赋"的；后《诗薮》引此段文字，明确区分为"骚与赋"，亦可证之。

⑤ 胡应麟：《诗薮》，中华书局 1958 年版，第 5、246 页。

风格和手法上的不同之处，可谓深入而全面。

清代诗话、赋话及赋选家的赋体论述，虽然如浦铣、姚鼐、张惠言、刘熙载等还墨守着辞、赋不分的传统①，但是，从总体上说，坚持"辞、赋异体"仍然是赋论的主流。如清初吴景旭《历代诗话》以乙集论楚辞、丙集论赋②；康、乾以来许多影响深广的知名赋集，如赵维烈编《历代赋钞》、王修玉编《历朝赋楷》、陆葇编《历朝赋格》、陈元龙编《历代赋汇》、王冶堂编《历代赋钞》、鸿宝斋主人所辑《赋海大观》等，亦皆选录荀、宋以来之"赋"，而不收屈原楚辞。至于程廷祚《骚赋论》专论诗、骚、赋的体制异同，以为"骚则长于言幽怨之情，赋能体万物之情状"，"骚主于幽深，赋宜于浏亮"，进而提出："骚作于屈原矣，赋何始乎？曰：宋玉。"③ 则更具有代表性。

（二）赋格、文集开启赋分"古赋、律赋"之辨的意义

"古赋之名始乎唐，所以别乎律也"④，清代赋家的这一说法，道出了赋体论述史上一次重要而深刻的变化：缘于"律赋"这种因科举试赋而起的新兴赋体，一些敏锐的论赋者意识到："赋"不仅与诗、骚等其他文体相异，而且同为赋体，这些讲究命题限韵和声律对偶的短制"新赋"，也与以往那些散体单行、不限韵脚的古赋有别。于是，以中晚唐时"古赋"与指称律赋的"甲赋"（新赋、新体）之名的出现为标志⑤，开始了在赋体内部分辨"古赋、律赋"的新阶段。

而白居易的《赋赋》和现存最早的赋格书《赋谱》，即是中晚唐之际开启赋分"古、律之辨"的最重要文本。

---

① 参见姚鼐《古文辞类纂》"辞赋类"《序》曰："余今编辞赋，一以《汉略》为法"，而首录《离骚》等楚辞作品；张惠言《七十家赋钞》，选录《离骚》以下至庾信所作 206 篇辞赋，而不及律赋。

② 参见《赋话广聚》第 1 册选录本。

③ 《赋话广聚》第 3 册，第 774—776 页。

④ 陆葇：《历朝赋格·凡例》，清康熙二十五年刻本。

⑤ 唐代尚有"词（辞）赋"连称，如令狐德棻《周书·王褒庾信传论》"斯又词赋之罪人"，李白《江上行》"屈平词赋悬日月"。但运用最多者还是"赋"及"古赋"、"甲赋"等概念，如权德舆《答柳福州书》、皇甫湜《答李生第二书》、舒元舆《上论贡士书》均提到过"甲赋"，刘禹锡编《柳河东集》用到"古赋"。"律赋"之名或始于五代，王定保《唐摭言》卷 9 谓郑隐"少为律赋"（姜汉椿：《唐摭言校注》，上海社会科学院出版社 2003 年版，第 178 页）。

《赋赋》（以"赋者古诗之流"为韵）是以律赋形式写成的律赋专论。此赋开篇先言"始草创于荀、宋，渐恢张于贾、马"，概述唐以前楚汉古赋的发展；接着又谓"而后谐四声、祛八病，信斯文之美者……文谐宫律，言中章句，华而不艳，美而有度"，讲的就是当时律赋要求适度的声律、偶对之美的文体特点。

佚名氏《赋谱》①，则相对应地叙论了"新赋"和"古赋"的不同形制。《赋谱》"以赋拟人"②，以人的"身体"比喻律赋的结构章段，分律赋为"头、项、腹、尾"四段（"腹"一段更分"胸、上腹、中腹、下腹、腰"五节）。又比照"古赋"，叙论律赋的句式、对偶、赋题以及八段八韵、篇幅三百六十字等问题，如谓"凡赋体分段，各有所归。但古赋，段或多或少"，"至今新体，分为四段"；又说"新赋之体，项者，古赋之头也"，古赋"自宋玉《登徒》、相如《子虚》之后，世相放效，多假设之词"，贞元以来律赋则"不用假设"等，已具体实际地启动了对于楚汉以来"古赋"与"新赋之体"律赋体类特点的比较分析。

两宋论赋者，除晁补之《续楚辞》、朱熹《楚辞后语》等，尚沿袭着"《离骚》为词赋祖"③的传统外，大都承唐人之说分赋为"古、律"二体相对而论。诸如，李昉等编《文苑英华》，收"赋"150卷而以律赋居多；此后，王禹偁又批评"隋唐始以科试取进士，而赋之名变而为律，则与古戾"（《答张知白书》），与王禹偁同时的姚铉，因不满世传唐代类集"率多声律、鲜及古道"，就编辑《唐文粹》专收古体诗文，其中"古赋"录9卷而不及律赋。再有，《师友谈记》载秦观论律赋之语④，专论律赋声律对偶、用字炼句等形式特点，且以"今赋"与"汉赋"对举；王观国《学林》则列"古赋题""古赋序"诸条，专论古赋；郑起潜撰《声律关键》，总结科场试赋而论"五诀、八韵"的律赋作法，金元之际元好问《遗山集》收赋体作品，则只编入"古赋"一卷：这种或只收古

---

① 参见（唐）佚名撰，张伯伟校考《赋谱》，《赋话广聚》第1册，第11—27页。

② 钱钟书先生《谈艺录》曾论"中国文评特色，谓其能近取诸身，以文拟人"（中华书局1984年版，第40页）。

③ 祝尧《古赋辨体》卷1、吴讷《文章辨体序说·古赋》、徐师曾《文体明辨序说·楚辞》均引为"宋祁云"。

④ 参见李廌《师友谈记》，《四库全书》子部"杂家类"；又有中华书局2002年版，孔凡礼点校本。

赋、或专论律赋的现象，偏重一体，各有轩轾，当然体现着唐宋以来"古、律之辨"的赋学论争，但究其赋体意识，却可谓殊途同归，均是在"以赋论赋"，"古、律"相分。

唐宋以降，赋分"古、律"的影响仍然深巨。入元后，先有刘埙《隐居通议》，相对六朝唐宋的骈律之作而论"古赋"。嗣后，又有祝尧《古赋辨体》谓"唐人之赋，大抵律多而古少"，以及明吴讷《文章辨体·凡例》以古今"正变"之旨而谓"律赋为古赋之变"。降至清代，陆葇最早提出"古赋之名始乎唐、所以别乎律"的著名论断。此后，邱士超《唐人赋钞总论》称唐人"未免古赋少而律赋多"；鲍桂星《赋则·序》称"赋有古、有律"，又《凡例》曰"古赋或工体物，或尚抒情"，"自唐以之取士而律赋遂兴，然较有规绳，尚存风格，今欲求为律赋，舍唐人无可师承"①。同治间，李元度《赋学正鹄·序目》以"古赋、律赋"概念叙论赋的体制源流，谓"其体肇自荀卿、宋玉。自周秦汉魏至六朝，皆古赋也，唐以诗赋取士，始有律赋之目"，又说"赋学有源有流：汉魏六朝之古体，源也。唐宋及今之律体，流也"。他将历代赋概括为"古、律"二体，而以荀、宋为赋体肇始，可谓是赋体论述史上赋分古、律的最为简明清晰的表述。

（三）缘于"辨体"风气影响的"古赋、俳赋、律赋、文赋"诸体之分

自宋至明，文学批评界盛行"辨体"之风，所谓"文章以体制为先"，"文莫先乎辨体"的言论②不绝于耳。受其影响，元明两代《古赋辨体》《文章辨体》《文体明辨》三部以"辨体"为旨归的著名文章总集③，在唐宋赋分"古、律"的基础上进一步拓展深化，又形成了"古赋、俳赋、律赋、文赋"的赋体认识。

祝尧的《古赋辨体》以"辨体"名书，虽本着"复古之体"的目

---

① 鲍桂星：《赋则》，《赋话广聚》第6册所收清道光刻本，第135—138页。
② 宋倪思、明陈洪谟语，载见《文章辨体序说·文体明辨序说》，人民文学出版社1982年版，第81页。
③ 祝尧《古赋辨体》，《赋话广聚》第2册所收本；吴讷《文章辨体》、徐师曾《文体明辨》，参见《文章辨体序说·文体明辨序说》；明代尚有贺复徵编《文章辨体汇选》，文体名目多至132类，因不及诗赋，故不论。

的，而一反前人"骚别于赋"和"赋体物"之说，提出赋"必本之于情"的创作原则和审美标准，并以此衡量楚辞及两汉至唐、宋赋的不同价值，得出"汉以后之赋出于辞"，"以至三国、六朝之赋"一代不如一代的结论；但他却创造性地提出了"严乎其体"和"以赋为赋""以赋论赋"的赋学主张，在评骘历代辞赋之"时代高下"时，从语言句式、对偶韵律等形体要素具体分析，又每以"古赋、俳体、律赋、文体"等名称言之并论辩诸赋体的特点，则实际上已前承唐宋"古、律"二分，后开明代古赋、俳赋、文赋、律赋的"四体"之法。

明代，先有吴讷所编《文章辨体》，列"古赋"为"正体"以叙论楚辞及汉、唐、元、明赋，列"律赋"为变体以概述律赋及其"音律谐协、对偶精切"等特点，而在叙论过程中，又袭称祝尧"俳体""文体"诸说。后有徐师曾的《文体明辨》，已与吴讷的"辞、赋"不分和"骈、律"无别不同：他区分"楚辞"与"赋"为二体，又"进律赋"于正编，再在"赋"的名义下，将两汉至宋元之赋分成"古赋、俳赋、文赋、律赋"四体，"弃时代概念而不用，进而专以赋的体式特点作为分类的依据"[1]，从而在前人不断探索的基础上，完成了赋体论述由实用随意向科学转化的历史进程，其影响十分深远。

文章总集而外，三代的文体论著及文话、赋话、赋集，均有突破"古、律"二体，而推衍至三分、四分或五分的赋体论述。

元初陈绎曾《文筌》中的《楚赋小谱》、《汉赋小谱》及《唐赋附说》[2]，就涉及"楚赋、汉赋、唐赋"和"古赋、俳赋、律赋"等两类六种概念，均分"赋法、赋体、赋制、赋式、赋格"五个方面，论及各体赋作的创作方法、体制、结构、句式及风格品第。从形式体制的角度看，所谓"楚赋、汉赋、唐赋"，均非特指某一时代之赋，而是一种突破时代界限、旨在推尊"古赋"的衡赋标准。如其所谓"汉赋体"，不特指汉赋，而是包括荀、宋及汉、晋"以事物为实"即铺陈事物的赋，枚乘《七发》也列入其中的"大体"子目之中，这又是较早明确以《七发》为汉赋的赋体认识；"唐赋体"，是仅指唐代的"古赋"和"俳赋"，而不包括"律赋"。

---

① 曹明纲：《赋学概论》，第56页。
② 参见陈绎曾《文筌》，《赋话广聚》第1册所收本。

清代的赋集及文学批评论著,如康熙时,王修玉《历朝赋楷选例》论"古体为赋家正格","俳赋、律赋、文赋"为"赋体之变";康熙帝《御制历代赋汇序》,论赋"创自荀况"以及汉赋之后,再论"三国、两晋以逮六朝变而为排,至于唐宋变而为律,又变而为文"①;陆葇《历朝赋格》将律赋归入骈体,凡分"文赋、骚赋、骈赋"三格;王之绩的《铁立文起》通论文体②,而谓"赋自古、俳、文、律之外,又有大、小之名"。乾隆间,鲁琇编《赋学正体》,分为"骚赋、古赋、文赋、律赋"四体③;孙梅《四六丛话·叙赋》,论"古赋一变而为骈赋","自唐迄宋,创为律赋","又有骚赋","又有文赋"④;王敬禧《复小斋赋话·跋》,论"骚体矫厉而为古,古体整练而为律,律体流转而为文"的"四体"之赋⑤;李调元《赋话》多处转述汤聘《律赋衡裁》论"古变为律"之说;王芑孙《读赋卮言》,既列《审体》《律赋》诸篇,又谓"自唐以前无古赋、俳赋、律赋、文赋之名,今既灿陈,不得不假此分目"⑥。还有道光间林联桂《见星庐赋话》袭陆葇之说,分"古赋之体"为"文赋、骚赋、骈赋"三类⑦。如此等等,均可看出唐宋赋分古、律及明人辨析古赋、俳赋、文赋、律赋"四体"的影响。

四　理论贡献与启示:对于赋体特征及其分类的科学把握

古代赋文体的论述,不仅揭示了从"辞、赋不分"到"以赋论赋"的学术历程与发展规律,而且在正确把握赋体特征及其分类方法等方面做出了重要的理论贡献。这对于当下的辞、赋文献整理与学术研究,均具有

---

① 陈元龙编:《历代赋汇》,江苏凤凰出版社 2004 年版,第 1 页。

② 王之绩:《铁立文起》,据《续修四库全书》,上海古籍出版社 2002 年版,第 1714 册。

③ 鲁琇编:《赋学正体》,北京师范大学图书馆藏本。

④ 孙梅撰,李金松校点:《四六丛话》,人民文学出版社 2010 年版,第 69、70 页。

⑤ 浦铣著,何新文等校证:《历代赋话校证》(附《复小斋赋话》),上海古籍出版社 2007 年版,第 409 页。

⑥ 王芑孙:《读赋卮言·小赋》,《赋话广聚》第 3 册所收本,第 325 页。

⑦ 林联桂撰,何新文、余斯大、踪凡校证:《见星庐赋话校证》,上海古籍出版社 2013 年版,第 1—3 页。

清晰而深刻的启示。

（一）关于赋体特征的累积式认知

古代学人根据各自所处时代的文学状况，在与诗、辞等其他文体进行比较分析的过程中，逐渐地或者说是累积式地形成了关于赋体特征的全面认识。

第一，赋属于"诗"之一体。班固《两都赋序》提出"或曰赋者古诗之流也"，说明这已是班固之前就有的看法。自此以后，这种观点就在古今"赋源说"中占主要地位。如刘勰《诠赋》谓"赋自诗出"；祝尧《古赋辨体》谓"为赋者固当以诗为体，而不当以文为体"；徐师曾辑《文章纲领》，论赋之语均入"论诗"篇；胡应麟《诗薮》谓"赋则比兴一端，要皆属诗"；程廷祚《骚赋论》说"赋与骚虽异体，而皆原于诗"，张惠言《七十家赋钞叙》云"赋者，诗之体也"。总之，赋属于诗，它以整齐的诗句为主，是大致押韵的韵文。这是一个基本前提，有如美学家朱光潜所云"就体裁说，赋出于诗，所以不应该离开诗来讲（赋）"①。

第二，赋体物叙事。赋自"爰锡名号"之始，荀况《赋篇》就确立了"象物名赋"的文体特征②。此后，如《汉志·诗赋略》说"感物造端"，王延寿《鲁灵光殿赋序》谓"物以赋显"，陆机《文赋》谓"赋体物而浏亮"，刘勰《诠赋》谓"体物写志""写物图貌"，程廷祚《骚赋论》说"赋能体万物之情状"，等等，均突出了赋在内容上叙事、体物的特点，而与以"言志""缘情"为主的诗及楚辞有不同。故近现代学者，如章炳麟《国故论衡·辨诗》有"屈原言情、孙卿效物"，朱光潜《诗论》有"赋是状物诗"之认识。

第三，铺陈手法。东汉刘熙《释名》谓"敷布其义谓之赋"，郑玄《周礼》注曰"赋之言铺"；晋挚虞《文章流别论》曰"赋者敷陈之称"，至刘勰《诠赋》综合前人之说而谓"赋者，铺也，铺采摛文"。

---

① 朱光潜：《诗论》，三联书店1984年版，第203页。
② 荀况"五赋"以铺陈事物为特征，其《礼》赋以"爰有大物"开篇，《知》赋以"皇天隆物"开篇，《云》《蚕》《箴》三赋均以"有物于此"开篇。故刘勰《文心雕龙·才略》云"荀况学宗，而象物名赋"。

此后，对赋的铺陈特点给予充分论述者，尚有刘熙载《赋概》所谓"诗言持，赋言铺，持约而赋博也"，"赋起于情事杂沓，诗不能驭，故为赋以铺陈之"，"赋，诗之铺张者也"。铺陈之法，原本不是赋所独具，但在宋玉以至汉赋作品中，则把铺陈的手法表现到了极致，连篇累牍、多侧面、全方位地铺陈事物几成楚汉赋的基本形式和主要内容。这正是赋在艺术形式上明显区别于此前之诗、辞和后起之词、曲等的突出特点之一。

此外，尚有"不歌而诵""设辞问答"，讲求对偶声律和命题限韵等特点。

"不歌而诵谓之赋"，《汉志·诗赋略》本于《七略》的这种说法，后人多所承之。如晋皇甫谧《三都赋序》谓"古人称'不歌而诵谓之赋'"，今人朱光潜《诗论》说"赋可诵不可歌"，马积高《赋史》则力主此说"为探本之论"。设辞问答，亦是唐前古赋的特点之一，如荀况"五赋"首段均设为问答，以"臣愚不识，敢请之王"（或"君子设辞、请测臆之"）之类句式领起；宋玉《风赋》及《高唐》《神女》诸赋之首段，大抵设为楚王与宋玉问对；至汉晋，《鵩鸟》《七发》，《子虚》《上林》，及《两都》《二京》《三都赋》等，莫不以设为问答形式开篇。故刘勰《诠赋》总结道："述客主以首引，极声貌以穷文，斯盖别诗之原始，命赋之厥初也。"祝尧《古赋辨体》卷三，论"赋之问答体"，"宋玉辈述之，至汉此体遂盛"。而清王芑孙《读赋卮言·序例》篇，则以宋玉《高唐赋》"之发端"，为"汉人假事喻情，设为宾主之法，实得宗于此"。至于讲求四六句式及对偶声律，乃至命题、限韵等，则是后来骈、律之赋的特点。

古代学人关于赋体特征的上述认识，大致可归纳为三个方面：从体制上看，赋是诗之一体，属于大致句式整齐押韵的韵文。虽早期的赋韵散相间、亦诗亦文，但是"非诗非文"[①]；从内容、题材上看，以铺陈事物、讽谏颂美为主；从形式上看，设辞问答、铺采摛文，乃至讲求对偶声律和命题限韵，追求雅丽典则之美。因此，古之所谓"赋"，既指那些以"赋"名篇的骚赋、古赋、俳（骈）赋、律赋、文赋、俗赋，也应包括由

---

① 参见王之绩《铁立文起》卷9《赋通论》篇有云："赋之为物，非诗非文，体格大异。"

枚乘肇始且设问有韵、铺陈体物的"七"体①；而屈原发愤抒情之楚辞，先赋而起且专事揄扬之颂，以及不尚铺陈押韵的箴、铭、连珠之文，既各有其体用特点，前人多已别立其类，亦不必再入赋的范围。

（二）关于赋体分类方法的论述发明

古代论赋者在对赋进行分体、分类之时，也不断探索总结了赋体分类的标准和方法：（1）有按作者分者，如扬雄所谓"诗人之赋"与"辞人之赋"，《汉志·诗赋略》之屈原赋、陆贾赋、孙卿赋。（2）有按题材分者，如《文选》分赋为"京都、郊祀、耕籍、音乐"等15类，后世因之而有所增减者甚众。然如清陈元龙编《历代赋汇》，先分为"言情、体物"两大部分，再将"体物"之赋分为30类、将抒情言志之赋分为8类：诚如四库馆臣所谓"《正集》分三十类，凡有关于经济学问者，悉以次登载；《外集》分八类，则缘情抒慨之作，并别见焉"②。再如张维城《分类赋学鸡跖集》③，将所收清代各体之赋先分为"天文、岁时、地理"等"三十门"，再于每门之下又各分若干类目，总共150类；则均已将赋的题材分类至二级类目。（3）有按体裁（体制、体式）分者，如唐宋以来的古赋、律赋之分，明徐师曾的"古、俳、文、律"四体。（4）有按时代先后分者，如挚虞《文章流别论》所谓"楚辞之赋"与"今之赋"，王修玉《历朝赋楷》所分"周、两汉、三国、晋、六朝、唐、宋、元、明、国朝"之赋。（5）有按内容、风格分者，如范仲淹《赋林衡鉴序》依其"体势"分为"叙事、颂德、纪功、缘情、咏物"等20门，李元度《赋学正鹄》分为"庄雅、沉雄、博大、高古"等10类④。

然而，对于赋体分类最有理论探讨和研究发明者，尚属祝尧与陆葇。

祝尧《古赋辨体》关于赋体分类，主张既"因时代之高下"，又

---

① 汉迄唐宋，常将"七"与"赋"分列，如《后汉书·文苑传》并载傅毅之"赋"与《七激》，《文选》专列"七"体，《文心雕龙·杂文》篇并论"七"与对问、连珠，明人《文章辨体》及《文体明辨》列"七体"或"七"。至元陈绎曾《汉赋谱》将《七发》列为"汉赋体"，清陆葇《历朝赋格·凡例》谓"《七发》乃赋之最佳者"，姚鼐《古文辞类纂》将《七发》列入"辞赋类"，刘熙载《赋概》亦以《七发》为赋。至现当代，如铃木虎雄《赋史大要》、马积高《赋史》及一般汉赋选本论著，大都将《七发》归入"赋"的范围。

② 永瑢等：《四库全书简明目录》，上海古籍出版社1985年版，第862页。

③ 参见张维城《分类赋学鸡跖集》，清道光壬辰新选，棃花吟馆珍藏本。

④ 李元度：《赋学正鹄》，清同治十年（1871）爽溪书院校刻本。

"因体制之沿革"的双项标准。故在其书中，既"因时代"而分"楚辞、两汉、三国六朝、唐、宋""五体"，又"因体制"而有"楚骚、古赋、俳体、律赋、文体"等名目。而具论各代之赋时又突出有代表性或新兴的体式，如论"两汉体"以问答体为主，论"三国六朝体"以俳赋为主，论"唐体"言"律多而古少"，论"宋体"以文赋为主：这实际上就兼顾了"时代"和"体制"（形式）两方面的因素。

陆葇《历朝赋格》录战国至明代的赋，分类体例更独辟蹊径。其《凡例》云：

> 作赋以来，选家不一。有多别门类者，有专叙朝代者，有分列体裁者……今既分三格以为之纲，又分五类以为之目，而类分之中，仍以朝代为之先后。

前代赋选家的编辑体例不一，或多别题材门类，或专叙作者朝代，或只列形式体裁。而陆葇此选，统合前人分类之法，既按"体裁"而"分三格（即文赋格、骚赋格、骈赋格）以为之纲"，又别题材"门类"而"分五类（即天文、地理、帝治、人事、物类）以为之目"，而类分之中，仍以作者"朝代"为之先后。从而形成为一种以体式类别为"纲"、以题材类型为"目"，又注明作者朝代的新分类方法，全面包含了"别门类、叙朝代、列体裁"三项标准①，使读者能在辨析体类之时，也了解不同时代的创作状况及题材传承演变之迹。这是赋体分类史上最为周备和有特色的一个范本，为古代赋文体的分类做出了宝贵的理论贡献。

（三）古代赋体论述的当代启示

中国古代的赋体论述，虽有循环反复，但总的趋势却是由模糊混沌走向清晰明朗。全面考察这个历史流程，总结前贤已经取得的理论成果，足可以为当下仍然众说纷纭的辞赋文体认识及其学术研究提供借鉴。

首先，是总体把握古代赋论在与诗、文等其他文体的比较中，累积形成的关于赋体特征的认识，从体制上明确赋是诗之一体。研究者可以在

---

① 陆葇所谓"门类"，相当于《文选》的以题材分类，"体裁"则如祝尧所谓"体制"。

"韵文史"里论赋，而不必将赋纳入"散文"的范畴①。如果既像有的赋史将楚辞列入其中，又有人将赋包含在散文史内，这样一来，就不仅仅是人为地在"扩大自己的地盘，造成不少交叉重复"②，而且也会显现出"韵、散不分"的概念模糊，造成分文体的诗史、赋史、散文史边界不清的结构性矛盾。

其次，认清古代赋体论述的基本趋势，是由两汉的辞赋不分、魏晋六朝的骚别于赋，最终走向唐宋以后"以赋论赋"的科学道路；所谓"辞赋"连称，多半单指"赋"而不是"楚辞"与"赋"。因此，在"辞、赋"关系上，要遵循古人已经揭示的体类特征，明确"赋虽祖于骚，而骚未名曰赋"，"赋终非骚"③。从而区分"辞、赋"二体，以荀、宋而不是屈原为赋体之始，楚辞应该而且已经作为诗歌一体进行专门诠释和研究，不必再置之于"赋"的范围之内。

最后，赋体分类，要在"以赋论赋"的前提下，综合祝尧、陆葇等人所总结之"别门类、叙朝代、列体裁"的科学方法，全面考量赋的内容题材、作者时代、体裁形式三方面的要素（尤其侧重"体裁"形式）来区分所谓"古赋""骈赋""律赋""文赋"乃至"俗赋"等赋体类别。

若诚如是，则当代赋文体的认识，就有可能更加合理和科学化，进而纠正辞、赋不分的概念模糊，减少选赋、论赋范围的混乱和不必要的交叉重复。

原载《文学遗产》2015 年第 2 期。刊发版此文中有个别校勘方面的讹误已据原稿更正，删削的三级标题在原稿补充。此文刊出后，"中国社会科学网"2015 年 6 月 3 日"古代文学"栏全文转载，上海《高等学校文科学术文摘》2015 年第 3 期"文学研究"摘登 6000 余字，《中国社会科学文摘》2015 年第 8 期"文学·语言"栏摘登 3000 字

---

① 在"散文"范围内论赋者，如刘盼遂、郭预衡主编《中国历代散文选》（北京出版社1980 年版），郭预衡《中国散文史》（上海古籍出版社 1986 年版）。

② 刘跃进：《散文史研究中几个有待解决的问题》，载见董乃斌、陈伯海、刘扬忠主编《中国文学史学史》第 3 卷，河北人民出版社 2003 年版，第 163 页。

③ 祝尧：《古赋辨体》卷 9"外录"上"后骚"，《赋话广聚》第 2 册本，第 492 页。

论赋话的渊源及其演进

赋话是一种近于诗话之漫谈随笔性质的赋学理论批评形式。赋话的形成发展与诗话相关联，它在编写体例、性质特点及批评方式等方面也颇与诗话相类似。赋话内容丰富，历代保存下来的赋话文献也相当可观。但对于赋话的研究和整理，却远没有像诗话那样受到重视和取得像诗话那样的成绩。

十多年前，笔者曾撰《赋话初探》《浦铣和他的两种赋话》① 等文初论赋话，后又在拙著《中国赋论史稿》② 中对赋话的内容及价值特色等有所探讨。本文则拟在以往研究的基础之上，从赋话与诗话相关联的角度，着重对赋话的渊源及宋王铚、清浦铣等人在赋话发展史上的开创性贡献，作进一步的论述。

一　赋话的渊源与笔记

诗话出现于北宋。关于诗话的渊源，章学诚《文史通义》说"本于钟嵘《诗品》"，现今学术界则一般认为应包括宋代以前的诗歌理论批评和前代记事笔记这两条主要线索。"赋话"之书的出现与诗话不同而晚见于清代，但大体以记事与品评为主要内容的赋话的形成，也同样受到前代诗、赋理论批评及记事笔记的影响。因此，要推寻赋话的渊源，也应该上溯至西汉以来的古代诗赋批评史，尤其应重视魏晋以来笔记文体对赋话产生的重要影响。

---

① 参见何新文《赋话初探》，《湖北大学学报》1991 年第 2 期；《浦铣和他的两种赋话》，张国光主编《文学与语言论集》，中国社会科学出版社 1991 年版。

② 参见何新文《中国赋论史稿》，开明出版社 1993 年版。

　　赋论开始活跃于两汉。汉代赋论受当时儒家诗学思想的影响，论赋者往往以儒家诗教所认定的《诗》的"美刺""讽谏"价值来衡量汉赋，提出了"赋者古《诗》之流""抑亦《雅》《颂》之亚"（班固《两都赋序》）之类以"诗"论赋的观点。汉人论赋，既探索赋的体制、渊源、赋的创作目的与艺术特征，强调汉赋尚用讽谏的功利作用，也评论了赋家赋作。但汉代赋论大多是片段、零碎的，散见于各种文史哲类著述中。其中，如《史记·司马相如列传》批评相如"多虚辞滥说"之语，《汉书·王褒传》记汉宣帝刘询"贤于倡优博弈"之说，扬雄《法言·吾子》以"或问""或曰"形式讨论赋的讽喻及所谓"丽以则、丽以淫"的问题，桓谭《新论·道赋》叙载"扬子云工于赋"的故实和"能读千赋则善为之"的论点，王充《论衡·谴告》诸篇对马、扬诸赋作零星片断的评议等，大都具有漫话随笔性质，而并非系统的赋论，当可视为后世赋话的滥觞。

　　魏晋六朝的赋论，较之于两汉有明显的发展和变化。一是此期赋论不再像两汉那样偏于"美刺"、讽谏的政治功利判断，而是注重对赋体创作内部规律及赋家才情品性等主观因素的探讨，开始体现出赋学批评的自觉意识。这一时期比较重要的文学家和批评家，曹丕、左思、陆机、沈约、刘勰、钟嵘、萧统等，均有谈赋的言论或文章。如曹丕《典论·论文》云"诗赋欲丽"，皇甫谧《三都赋序》指出赋为"美丽之文"，都是在赋论史上很有影响的观点。而陆机《文赋》说"诗缘情于绮靡、赋体物而浏亮"，刘勰《文心雕龙》在"辨骚""明诗"之外别立《诠赋》篇，萧统《文选》分类文体而"赋先于诗、骚别于赋"等，则表现了区别诗、赋文体的批评观念；二是出现了传为东晋葛洪所作《西京杂记》及南朝刘义庆《世说新语》这两部很有代表性的笔记著作，比较丰富地辑载了西汉至魏晋间赋家的作赋故事、论赋见解以及时人的品评议论。这两个源头，在后代赋话中合流或分流，对赋话体例内容、性质特色的形成产生了深远影响。尤其此期记叙赋论赋事的笔记，更成为了后世赋话形成发展的渊源。

　　《西京杂记》是一部杂载西汉逸事传闻的笔记小说，书中记有不少有关西汉人作赋、谈赋的资料。如该书卷二记载说：

　　　司马相如为《上林》《子虚赋》，意思萧散，不复与外事相关。

控引天地，错综古今，忽然而睡，焕然而兴，几百日而后成。其友人
盛览……尝问以作赋，相如曰："合纂组以成文，列锦绣而为质，一
经一纬，一宫一商，此赋之迹也。赋家之心，苞括宇宙，总览人物，
斯乃得之于内，不可得而传。"

这里，既有司马相如"忽然而睡、焕然而兴"的作赋故事，又有他所谓
"赋迹""赋心"的论赋见解，但都属于随笔、"杂记"的赋话性质。后
世论赋者，如晋成公绥《天地赋序》、唐李白《大鹏赋序》、明王世贞
《艺苑卮言》、清孙梅《四六丛话》及刘熙载《赋概》等，对此多有征引
或发挥。由此也可见《西京杂记》所载赋话的影响。

《世说新语》是记载人物言谈逸事的笔记小说，而此书中的"文学
门"亦有较多关于赋家、赋论的叙载。如其《文学篇》所载数例曰：

左太冲作《三都赋》初成，时人互有讥訾，思意不惬。后示张
公，张曰："此《二京》可三。然君文未重于世，宜以经高名之士。"
思乃询求于皇甫谧，谧见之嗟叹，遂为作《叙》。于是先相非贰者，
莫不敛衽赞述焉。

庾子嵩作《意赋》成。从子文康见，问曰："若有意耶，非赋之
所尽；若无意耶，复何所赋？"答曰："正在有意无意之间。"

庾仲初作《扬都赋》成，以呈庾亮，亮以亲族之怀，大为其名
价，云"可三《二京》、四《三都》"。于此人人竞写，都下纸为之
贵。谢太傅云："不得尔，此是屋下架屋耳，事事拟学，而不免
俭狭。"

如上数则文字，或记赋坛逸事，或载作赋故实，或叙时人的评议，或是记
事中兼有评论，在带有轻松、诙谐意味的语调中叙事谈赋。其内容、体
例、风格均与后世诗话、赋话极为近似。后之学者如清人方世举《兰丛
诗话序》认为《世说新语》"已开诗话之端"，如果我们说它"已开赋话
之端"，当亦未尝不可。

前承汉人赋论及魏晋六朝笔记小说的传统，唐代虽少有专门的论赋文
著，但这一时期的笔记、诗论，仍载录有大量的赋话资料，内容大多集中
在对汉魏六朝赋及唐时律赋的史事与评价方面。如中唐时日本僧人遍照金

刚所辑《文镜秘府论》内，保存有皎然、王昌龄等对赋的解释和关于贾谊、木华、孙绰、鲍照等汉魏六朝人赋作的评论。孟棨《本事诗》，罗根泽先生以为"是诗话的前身，其来源则与笔记小说有关"①，其中也有话及赋的内容。此外，还有李肇《唐国史补》、赵璘《因话录》、刘肃《大唐新语》等唐人笔记，载有部分话赋资料。如：

> 李华《含元殿赋》初成，萧颖士见之曰："《景福》之上、《灵光》之下。"
> 张登长于小赋，气宏而密，间不容发。（《唐国史补》）
> 李相国程、王僕射起、白少傅居易兄弟、张舍人仲素，为场中词赋之最。（《因话录》）

唐人的这一类笔记著作，或记作赋史事，或评赋家作品，偏于探求本事，但也表明了一定的赋评见解，已颇接近于后来的赋话。

此外，中晚唐以来直至五代宋初，还产生了大量谈论律赋作法、格诀的赋格著作。如唐时的《赋枢》《赋诀》《赋谱》《赋门》《赋要》《赋格》等，这些赋格书今多亡佚不传，但诸家史志多在"文史类"著录，推其体例内容，其中如论作赋方法、格律等，与后来论作赋之法的赋话抑或有些许相通之处。

综上所述，在赋话形成以前，我国古代赋学批评已经过了自汉至唐的长期发展演变过程。归纳起来，可以得到两条线索：一是从班固《两都赋序》、左思与皇甫谧《三都赋序》到刘勰《诠赋》、白居易《赋赋》等相对专门的历代赋学论著；二是从汉人著述、史籍中有关赋事的记叙，到六朝《西京杂记》《世说新语》和唐人《本事诗》《唐国史补》《因话录》《大唐新语》等笔记及诗论中有关赋家赋作逸事遗闻的记述。这两者，前者对后来赋话的影响主要是在对赋家赋作的批评鉴赏方面，后者对赋话的影响主要是在随笔记事的性质及体制方面。

赋话，就渊源于这两个方面，是这两者相结合并不断发展演变的产物。

---

① 罗根泽：《中国文学批评史》（二），上海古籍出版社1984年版，第244页。

二 王铚创始"赋话"之名及此后赋话的演进

北宋文学家欧阳修的《六一诗话》，是现知最早以"诗话"名书的著述。欧阳修于宋神宗熙宁四年（1071）归居颍州汝阴而撰此书，故《六一诗话》卷首有小序自称云："居士退居汝阴而集以资闲谈也。"

"赋话"之名，亦始于北宋。在欧阳修集《六一诗话》后五十一年的宋徽宗宣和四年（1122），也同样是在颍州汝阴，自称"汝阴老民"的汝阴学人王铚，在其所撰古代第一部论骈文之书的《四六话》中，首次提出了"赋话"这一名称，而且还论及赋，并道出了与第一部诗话的作者欧阳修的关系。

王铚，字性之，汝阴人，自称"汝阴老民"。是宋初《周易》博士王昭素之后，知名学者王莘（字乐道）之子，曾纡（字公衮）之婿。王铚记问赅洽，长于宋代故事，曾撰《七朝国史》。绍兴初（1131）诏给札奏御，为枢密院编修官。所著有诗集《雪溪集》（《直斋书录解题》及《四库全书总目》别集类著录）、《续清夜录》（《直斋书录解题·小说家类》及《文献通考》著录）、《四六话》（《直斋书录解题·文史类》及《四库全书总目·诗文评类》著录）、《默记》（《四库全书总目·小说家类》著录）、《补侍儿小名录》（《四库全书总目·类书类》存目）等，并行于世。其子王明清亦有《挥麈录》等著述。

王铚《四六话》二卷，《四库全书简目提要》云：

> 宋王铚撰。古无专论四六之书，有之自王铚始。所论多宋人表启之文，大抵举其工巧之联，而气格法律，皆置不道。故宋之四六曰卑。然就一朝风气而言，则亦多推阐入微者，如诗家之有句图，不可费也。

诚如《四库全书简目提要》所言，王铚《四六话》是"专论四六之书"。但是，宋以来学人所谓"四六"就是包括赋的（如清孙梅《四六丛话》及彭元瑞《宋四六选》、《宋四六话》即是），王铚此书更不例外。且看《四六话》卷首所载宣和四年王氏《自序》云：

　　先君子少居汝阴乡里，而游学四方，学文于欧阳文忠公，而授经于王荆公、王深父、常夷父。既仕，从滕元发、郑毅夫论作赋与四六，其学皆极先民之渊蕴，铚每侍教诲，常语以为文为诗赋之法，且言赋之兴远矣。

　　唐天宝十二载始诏举人，策问外试诗、赋各一首，自此八韵律赋始盛。其后作者如陆宣公、裴晋公、吕温、李程犹未能极工。逮至晚唐薛逢、宋言及吴融出于场屋，然后曲尽其妙然。但山川草木、雪风花月，或以古之故实为景题赋，于人物情态为无余地，若夫礼乐刑政、典章文物之体，略未备也。

　　国朝名辈，犹杂五代衰陋之气，似未能革。至二宋兄弟，始以雄才奥学，一变山川草木、人情物态，归于礼乐刑政、典章文物，发为朝廷气象。其规模闳达深远矣。继以滕、郑、吴处厚、刘辉，工致纤悉备具。发露天地之藏，造化殆无余巧，其隐括声律，至此可谓诗赋文集大成者。亦由仁宗之世太平闲暇，天下安静之久故。

　　文章与时高下。盖自唐天室远迄于天圣，盛于景祐、皇祐，溢于嘉祐、治平之间。师友渊源，讲贯磨砻，口传心授，至是始克大成就者，盖四百年于斯矣！岂易得哉，岂一人一日之力哉，岂徒此也！凡学道学文，渊源从来皆然也。世所谓笺题表启号为四六者，皆诗赋之苗裔也。故诗赋盛则刀笔盛，而其衰亦然。

　　铚类次先子所谓诗赋法度与前辈话言，附家集之末。又以铚所闻于交游间四六话事实，私自记焉。其诗话、文话、赋话各别见云。

　　老成虽远，典型尚存，此学者所当凭心而致力也，且以昔闻于先子者为之序。欲自知为文之难，不敢苟且于学问而已，匪欲夸诸人也。

王铚此序，有三点颇值得注意。

　　一是透露其父王莘曾"学文于欧阳文忠公"，出仕后又从滕甫、郑獬论作赋与四六之法。而欧阳、滕、郑三人，俱是律赋名家。如欧阳修早年即工偶俪之文，以辞赋擅名场屋，其省试之作《司空掌舆地之图赋》被列为榜元（王铚《默记》），殿试之作《藏珠于渊赋》及所作《鲁秉周礼所以本赋》等均为人称许。关于郑獬、滕甫的律赋创作，陈振孙《直斋书录解题·郧溪集解题》云"时獬与滕甫俱有场屋声"，"廷试《圜丘象天赋》……甫赋首曰'大礼必简、圜丘自然',自谓人莫能及;獬但倒一字,曰'礼大必简、丘圜自然',甫闻之大服,果居其次云"。王铚远承欧公为文之学,近受父辈为诗赋作法之教,所以会有评诗话赋之才。

二是此序所论内容实则以话赋为主。王氏概论了自唐玄宗天宝,至宋仁宗天圣及治平间三百余年唐宋律赋发展演变的历程。序文首段,点出其父"先君子"从欧阳修、滕甫、郑獬等人学文论赋之事,而结以王铚自己侍教听讲"为文为诗赋之法";次段叙唐天宝年间朝廷制举、始诏策问之外加试诗赋,自此八韵律赋开始兴盛;再次论北宋当时律赋内容题材的转变,以宋庠宋祁"二宋兄弟"开始,一变"山川草木、人情物态"题材而"归于礼乐刑政、典章文物,发为朝廷气象";同时,还评价了滕、郑及吴处厚、刘辉诸家律赋的"工致纤悉备具"。可谓条分缕析、细致周密。

三是不仅王氏父子曾常常谈文论赋,而且王铚在编次"诗话""文话"之时,还可能曾编次过"赋话"之书。

诚如上述,则可知赋话与诗话一样,不仅均肇始于北宋之世,且与汝阴居士欧阳修都有不同程度的关系;王铚《赋话》今虽未见,但据其《四六话序》可知,王莘、王铚父子不仅常语以为文、为诗、为赋之法,而且也是"诗、赋"并举,在话诗、话文之时也同样以相当篇幅在话赋的;王铚自叙曾编次其"先子所谓诗赋法度与前辈话言附家集之末",而将所闻交游间四六话事实私自记载,从而使"诗话、文话、赋话各别见"。可推知王铚是曾编辑有"赋话"书的。

所以,如果说我国古代最早的一部"诗话"著述是欧阳修的《六一诗话》,那么,第一个编写"赋话"书的作者,就很有可能是第一个提出"赋话"之名又父辈与第一部诗话作者欧阳修有学术传承关系的"汝阴老民"王铚。这一点,无论是从北宋中叶文化、学术的时代背景,从当时文人喜作诗话、文话和善于写赋、论赋的风气好尚,从王氏父子的家学渊源及其与欧阳修、滕甫、郑獬等人谈诗论赋的传授、交往,还是从王铚《四六话序》的具体叙述来看,都是有道理的。可惜的是,王铚"赋话"并未见留存乃至记载,其间缘由当有待进一步的探究或新资料的发现。

然而,王铚"赋话"以后,历宋、元、明三代并无单独以"赋话"名书的著述出现,赋话尚包容在笔记及诗话或文话著作内。

宋代学者,一方面仍承唐人之习撰著赋格之书,如《赋诀》《赋评》

《赋门鱼钥》《赋文精义》及邱昶《宾朋宴话》之类；另一方面则继续在笔记、诗话、四六话及赋集序论中话赋，仅清人《四六丛话》《宋四六话》等，就辑录有宋欧阳修《归田录》、文莹《湘山野录》、孙奕《示儿编》、洪迈《容斋随笔》、王应麟《困学纪闻》，陈师道《后山诗话》、叶梦得《石林诗话》、王铚《四六话》等几十种笔记，诗文话中有关作赋及论赋的史料百余则，可见两宋诗话、笔记中的赋话资料相当丰富。其中如李廌《师友谈记》所载秦观论律赋文字，颇为详悉，可以说是北宋赋话的代表。

元、明两代，除有《古赋辨体》《文章辨体》《文体明辨》等一些以"辨体"名目的文章总集在所撰"序论"中论辩赋的体制源流外，大量的"赋话"仍然包容在诗话著作之中。如杨慎、谢榛、王世贞、胡应麟等诸家诗话，对于骚与赋的区别、楚汉以至元明赋家的风格特点，以及汉代赋篇的存佚真伪等都有所论述或考证，在内容上已较偏重于评析和具有理论色彩，在形式上已注意将文字相对集中（如《艺苑卮言》卷一至卷三，《诗薮》内编卷一、外编卷一卷二及杂编卷一卷二），这相对于此前那种偏于记事而又零星片段的话赋文字，显然有较大的变化和进展。

经过长期缓慢的演进和发展，至明末、清初之时，实际上已经预示在王铚所谓"赋话别见"之后一个赋话独立、兴盛时代的到来。

三　浦铣首创"赋话"之书及乾嘉以来赋话的兴盛

进入清代以后，长期以来形成的"赋为古诗之流""赋自诗出""赋为诗余"的传统文学观念的影响，人们在诗话中话赋的行为，虽然依然存在，但是要区别赋与诗的意识也逐渐浓厚、强烈。康熙朝组织编纂大型诗歌总集《全唐诗》，同时也编纂了我国古代第一部大型赋总集《历代赋汇》。在康熙四十五年所撰《御制历代赋汇序》中，既略叙了楚汉至宋元以来赋的源流变化，也强调了"赋遂继诗之后，卓然自见于世"，赋"与诗并行"。康、乾时程廷祚的《骚赋论》，还对班固"赋者古诗之流"的说法提出疑问："然则诗也，骚也，赋也，其名异也，义岂同乎？"并极言诗、骚、赋之别。不少清代学人，都充分认识到自古有诗话、词话、四六话而无赋话的缺憾，增添了编写赋话的责任感和自觉意识，而在撰写诗话之时又别著赋话之书，有意要让赋话从诗话中独立出来，使之具有与诗话并行的地位。

首先，是清初的重要诗话、文话著述，以前所未有的篇幅比重和别立专卷的方式集中话赋。例如，吴景旭《历代诗话》全书十集，就有丙集的九卷是赋话，其篇幅之多、内容之富已俨然一部赋话著作；孙梅《四六丛话》，其中卷四、五及卷三十整三卷是赋话，孙氏以"叙赋"、赋史资料、赋家小传三者结合的体例，集中汇辑了相当丰富的赋话内容；彭元瑞《宋四六话》，以一卷的篇幅辑录了宋人作赋史料四十余则。这三家诗话和四六话的作者，以分卷集中的形式述赋，显示了他们既将赋话包括在诗话、四六话之内又欲相对独立开来的新赋话意识。

其次，便是乾、嘉以后大量独立的赋话专书的相继问世。

"据现知史料，浦铣是清代第一个以'赋话'名书的人。"① 浦铣生活于乾、嘉时期，因见历代诗话之作甚众而赋话未有集其成者，于是"积数十寒暑"而著有《历代赋话》和《复小斋赋话》两种赋话专书。据《历代赋话》"自序"及"凡例"，可知"此书在乾隆二十九年（1776）已写完初稿，后来几易其稿，至乾隆四十一年（1776）全部完成，比李调元写成于乾隆四十三年（1778）的《赋话》要早"②。《复小斋赋话》的写作，是在乾隆三十八年（1773）作者为天子省耕献赋之后开始的，但至乾隆四十一年（1776）也已完成。浦铣这两种《赋话》的编撰，都早于李调元的《赋话》，所以袁枚《历代赋话序》也说浦铣"创赋话一书"。

《历代赋话》分正、续两集。《正集》14卷，辑录《史记》至《明史》等正史所载历代辞赋家及一般作赋者本传中与赋有关的史料，按时代先后顺序编排、断代分卷，可以说是历代赋家生平史料的汇集；《续集》也是14卷，主要辑录自楚汉至明历代诸家文集、野史、笔记以及诗话、类书、目录学著作等各类书籍中所载赋论资料；浦氏还于书末专设"诸家绪论"两卷，录入左思《三都赋序》、陆机《遂志赋序》、刘勰《诠赋》、王铚《四六话序》、祝尧《古赋辨体》、陈山毓《赋略序》诸序

---

① 参见何新文《中国赋论史稿》，开明出版社1993年版，第131、143页。

② 关于浦铣生平及《历代赋话》早于李调元《赋话》的论述，参见何新文《浦铣和他的两种赋话》。

论外，还将《文心雕龙》一书中散见于《诠赋》之外其他各篇中的论赋文字分条录出。全书资料丰富，编排系统，又"述而兼作"，有所考订论析，在当时已得到袁枚等著名学者的高度评价，对于今天的赋史、赋论研究与整理也极有价值。

与《历代赋话》不同，《复小斋赋话》是浦铣的赋论专著。作者以笔记语录的形式，或品评赋家风格成就、赏析律赋名篇佳句，或论述体制作法、略载逸事传闻，还提出了诸如作赋"须自占地步""要脱应酬气"，"学古"而不"泥古"等许多有意义的观点，表明自己的赋论思想和批评见解。《复小斋赋话》"博综诸体而归于论律"，所论范围较广而又突出重点，内容以品评论说为主，理论性和批评色彩较强。

浦铣既是第一个编撰"赋话"专书的人，又以一人而有两种赋话传世，这在古代赋学史上是少见的，且就其赋话的文献、学术价值而言，也应在李调元《赋话》之上。

李调元《赋话》，写成于乾隆四十三年（1778）。全书分为《新话》和《旧话》两部分：《新话》六卷，主要内容是采撷历代赋中"佳语"以品评赋的体制、技巧；《旧话》四卷，大抵是辑录古人作赋故事和赋家生平史料。这不但是一部系统的赋论著作，而且还较多地吸取了他人如汤稼堂（汤聘号稼堂）《律赋衡裁》的成果，但该书本为指导诸生作赋而写，对于研治古代赋学、赋史者当有所参考价值。

浦、李以后，王芑孙《读赋卮言》、孙奎《春晖园赋苑卮言》、朱一飞《赋谱》、汪廷珍《作赋例言》、林联桂《见星庐赋话》、余丙照《赋学指南》、魏谦升《赋品》、江含春《楞园赋说》、潘遵祁《论赋集钞》、刘熙载《赋概》以及沈祖荣等《赋考》《赋学》，等等，相继出现，一时兴盛，成为当时文学理论批评园地的另一道风景。

总括清人赋话的内容，既有作赋史料、文坛趣闻和赋作者生平事迹的载录，又有真伪疑误的考辨或源流探索，还有赋话作者的论析品评。简而言之，则主要是记事、考辨、评论三项。但在每一部具体的赋话中或兼而有之，或有所侧重，情况并不完全相同。

（1）赋话的记事与辑录史料。有关于前代赋家生平和作赋事迹的，有关于献赋、考赋的，有话赋谈赋的只言片语，也有较为完整的序跋赋论。赋话作者将这些分散、零碎的史料集中汇集，按时代顺序或分类编排，如《历代赋话》《赋话·旧话》《春晖园赋苑卮言》（上卷），还有沈祖燕等所辑《赋学》等，均颇具资料价值；有的则直接记录了赋话作者及当时赋家的行事。如《见星庐赋话》卷八载道光二年（1822）林联桂游齐鲁时写赋、读赋情景，卷九记嘉庆间林联桂在京邸与诸文士结诗社、作《黄金台赋》，就为读者了解清人作赋情形、赋篇面貌以及赋话作者生平行事提供了信息。

记事类赋话中还有一些关于赋坛逸事、异闻、掌故的记载，如《历代赋话》续集所载滕达道之赋《盗犬》、庐州士子之作赋嘲吴教授、苏东坡在雪堂读《阿房宫赋》而有二老兵私下参与议论，《春晖园赋苑卮言》载蜀中试赋"主司多私意与士人相约为暗号"之类，不仅为赋话增添了一层轻松幽默的意味，而且有助于我们了解古人作赋的社会背景、科场试赋的情形和对赋家生活、性格、思想情趣的探究。

（2）赋话的考证与辨析。清以前的话赋著述，已有不少考辨的内容，如前述明胡应麟的《诗薮》，就对宋玉、唐勒、景差及两汉赋家作品篇目的存佚真伪进行了较为详密的考证辨析。清代赋话中，最有考辨特色的当数清初吴景旭《历代诗话》中的"赋话"九卷，一百五十余条文字，主要是对楚汉至明历代赋家作品中某些名物、典故、词语、难字进行考订、辨析和诠释，作者既广征博引，又善于分析比较、融会贯通，解难释疑，时有独到之处。故此书学术价值较高，对阅读和选注古代赋篇者尤其有用。

其他赋话，如《历代赋话》常在所录史料之后加以"铣按"之语，或考释疑误，或补充材料，很受时人推重；《复小斋赋话》据宋李纲《梅花赋序》、史绳祖《学斋占毕》等文献，考证《历代赋话》所载唐人《梅花赋》为后人伪作，亦有意义；李调元《赋话》对某些史料讹误、赋篇真伪，也有所考订；沈祖荣等所辑《赋考》汇集历来治"文选学"者在考订"选赋"方面的丰富资料，于研究或注解《文选》所载赋篇者颇可参考取资。

（3）赋话的品评与论述。有阐述体制、渊源与流变的，如程廷祚《骚赋论》论"诗"为赋之原、宋玉为赋之始，王芑孙《读赋卮言》以荀况屈原为赋之祖并提出"赋亦莫盛于唐"；有论赋的构成和赋作风格的：如魏谦升《赋品》论赋的"结构、气体、浏亮、宏富、丽则、短峭、纤密、飞动、古奥"，刘熙载《赋概》论赋的"归趣"不外"屈子之缠绵、枚叔长卿之巨丽、渊明之高逸"三种；有专谈作赋方法、技巧的，如汪廷珍《作赋例言》，余丙照《赋学指南》；有主要论律赋的，如《复小斋赋话》《赋谱》《见星庐赋话》，《楞园赋说》中的《律赋说》，《论赋集钞》所辑汤聘《律赋衡裁余论》、吴锡麒《论律赋》等；有概言某一时代赋风或评说某一流派、某一赋家的如《赋话》载言"唐人雅善言情""元人变律为古"，庾信赋"无不工丽……其警句摘之不胜其摘"。

赋话的品评、论述对阅读、欣赏赋篇，评价赋的成就得失，都具有启示、借鉴意义。在清人赋话中，比较偏重于品评论述，具有较强理论批评色彩的著作，当推《骚赋论》《复小斋赋话》《赋品》《论赋集钞》等数种；而至清末同治间刘熙载的《赋概》，以论评为主，几乎全无记事或考证内容，作者以"举此以概乎彼、举少以概乎多"的"概"论之法，从赋的渊源流变、文体特点、表现方法、艺术特征，到赋家的审美趣味、才学志尚、作品风格等诸多方面，都进行了论述，阐发了许多不囿于传统的观点，表明了对赋文学创作规律的深入认识。由此可见，赋话至此，已从偏于辑录史事、谈论作法和零星片段的叙述、品评，发展到了较为系统、具有理论和批评色彩的专门著述了。它体现了赋话演变发展的必然趋势。

赋话滥觞于汉魏六朝，唐宋以后则包容在诗话、四六话和笔记之中，一直到清代才最终走完了与诗话分离而独立发展的历程，成为文学批评的样式之一。这一事实表明：赋话的形成，受到诗话的制约和影响，也经历了一个比诗话、词话要远为缓慢、漫长的过程。在这个过程中，笔记文体的影响，王铚、浦铣等人的贡献尤其值得进一步地研究和重视。

原载《湖北大学学报》2008年第1期，与龚元秀合作，中国人民大学复印报刊资料《中国古代、近代文学研究》2008年第6期转载

清谈与赋谈

——从《世说新语》看两晋士人的辞赋评论

《世说新语》载录了魏晋名士的趣闻逸事和玄虚清谈，后人常以其为"清谈之书"。魏晋名士清谈的内容，虽然主要是所谓"三玄"及名教、佛理；但是也谈文学，谈辞赋。在《世说新语》的《文学》及《言语》《赏誉》《雅量》等篇里，即辑录了有关两晋士人谈论辞赋的言论近二十则，据此可领略当时士族阶层盛行作赋谈赋的文雅风尚，同时也可以了解晋人的一些赋论见解。

一 论辩与研讨结合的"赋谈"形式

魏晋清谈，据唐翼明教授的研究，是那个时期的贵族知识分子，以探讨人生、社会、宇宙的哲理为主要内容，以讲究修辞与技巧的谈说论辩为基本方式而进行的"一种学术社交活动"。清谈的参与方式不拘一格，但从《世说新语》中的记载分析，大别之则有"一人主讲、二人论辩、多人讨论"三种，而"三式中以二人论辩最常见，也最具魏晋清谈特色"[①]。

唐先生的这一论断，也大致可以概括《世说新语》所载两晋士人的辞赋谈论方式。在所录近二十则辞赋谈论中，的确也以"二人论辩"式最多。如《文学》篇第75条所载庾敳、庾亮叔侄论辩《意赋》，第79条所载庾亮与谢安二名士对庾阐《扬都赋》意见不一的公开论辩，第86条记载孙绰与其友范启谈论所作《游天台山赋》，第98条载顾恺之与人讨论所作"《筝赋》何如嵇康《琴赋》"，《雅量》篇第41条载殷仲堪与王恭谈论所作新赋等，正体现出了当时名士辞赋谈辩的基本风格。

然而，《世说新语》中最为详细地反映了当时名士谈赋情形的文字，还是《文学》篇的第 92 条：

> 桓宣武命袁彦伯作《北征赋》，既成。公与时贤共看，咸嗟叹之。时王珣在坐，云："恨少一句。得'写'字足韵当佳。"袁即于坐揽笔益云："感不绝于余心，溯流风而独写。"公谓王曰："当今不得不以此事推袁。"①

又刘孝标《注》引《晋阳秋》曰：

> （袁）宏尝与王珣、伏滔同侍温坐。温令滔续（读）其赋，至"致伤于天下"，于此改韵，云："此韵所咏，慨深千载。今于'天下'之后便移韵，于写送之致，如为未尽。"滔乃云："得益写一句，或当小胜。"桓公语宏："卿试思益之。"宏应声而益。王、伏称善。

这可谓是我国古代赋学史上早期的一次专题"读赋会"或"赋学讨论会"的生动记录！它具体形象地再现了东晋士人读赋谈赋的情景："读赋会"形式是"多人讨论式"的谈坐，内容是研讨《北征赋》，与会者有桓温、王珣、伏滔及赋作者袁宏等"时贤"数人。

桓温字元子、谥宣武侯，人称宣武或桓公。他是东晋时期和王导、庾亮、谢安等齐名的名士兼权臣，曾应王导邀请，与众名士共听王导与殷浩清谈直达三更。又传其北伐经金城时，见早年所种柳树"皆已十围"之粗，而"慨然曰'木犹如此，人何以堪？'攀枝执条，泫然流涕"②；王珣字元琳，王导之孙，封东亭侯，故又称王东亭，有《经黄公酒垆下赋》等；伏滔字玄度，《言语》篇载他与王坦之、习凿齿"论青、楚人物"，又有《望涛赋》《长笛赋》等赋篇传世；袁宏字彦伯，东晋文、史学家，除有《后汉纪》《三国名臣颂》与分述"正始"、"竹林"及"中朝名士"

---

① 刘义庆撰，刘孝标注，徐震堮笺：《世说新语校笺》，中华书局 1984 年版，第 145 页。

② 徐震堮：《世说新语校笺》，中华书局 1984 年版，第 64 页。

的《名士传》外，所作《北征赋》《东征赋》也很有影响，是被刘勰《诠赋》称为"魏晋之赋首"之一的知名赋家。

"读赋会"由桓温主持，先由伏滔读赋，王珣及赋作者袁宏等参与讨论。在读赋并听取大家的意见之后，袁宏当场增益其赋一句，桓温极赞袁宏才思敏捷、文章之美，王、伏等众亦称赞不绝。

那么，一篇《北征赋》，为何能引起当时众多名流如此的传阅研讨兴致呢？据《晋书·文苑传》袁宏本传记载，《北征赋》是袁宏从桓温征鲜卑奉桓温之命而作，桓温重视此赋当是自然；名士王珣亦云"此赋方传千载无容率尔"，则足见此赋在当时有重要地位和影响；而王珣之所以认为"此赋方传千载"，桓温亦要与时贤共集谈论品赏，《晋阳秋》及《世说新语》等文献又津津有味地记载下来，则不能不说是因为当时士人喜爱作赋谈赋的社会风气使然。

二 论赋与品人相间的"赋谈"内容

晋代士人的"赋谈"内容，既有对时人赋作艺术水平的品赏，也有对作赋技巧及赋篇功用价值的评价，还有用赋句对人物的品藻，凡所论述颇为丰富。

（一）"意气所寄"与"忿其为异"

从赋的创作角度而言，"意"就是赋家所欲表达的思想意志、情感内容。要求赋有所寄托，能传达出赋家的某种情志意气，这正是两晋士人的基本赋论观。《文学》篇第 69 条云：

> 刘伶著《酒德颂》，意气所寄。

刘伶自是"竹林七贤"中最为纵酒狂放之人。《世说新语》载有七则涉及刘伶的文字，除《容止》篇说刘伶"土木形骸"，《赏誉》篇载"林下诸贤各有俊才子"而"唯伶子无闻"外，其余文字几乎都不离刘伶饮酒之事。例如《任诞》篇三则文字，第一则言刘伶等"七人常集于竹林之下肆意酣畅"，第二则载"刘伶病酒"且自称"天生刘伶、以酒为名"，第三则还是说"刘伶恒纵酒放达、或脱衣裸形在屋中"：已经把一个肆意纵酒的名士形象作了充分描绘。但刘伶虽豪饮沉醉，实际上却是一个情性高逸、内心深挚的人。他曾于晋武帝泰始初年向朝廷上书陈述无为而治之策，因不为所用而被黜免。他不满司马氏的黑暗统治和礼教名法，故常以酒求醉，放浪形骸之外。所著《酒德颂》中，那位"以天地为一朝、万期为须臾"的"大人先生"，正是"以酒为名"的作者的自我写照。赋中虽极言"唯酒是务"，"无思无虑、其乐陶陶"，却实在是佯装旷达，借以宣发内心深重的悲愤情绪。有如后来颜延之《五君咏·刘参军》所云："《颂酒》虽短章，深衷自此见。"因此，《世说新语》说"刘伶著《酒德颂》，意气所寄"，正是指出了刘伶此赋所寄托的深衷挚意；同时也说明赋作要有"意气所寄"的重要性。

晋代士人论赋，不仅重视赋篇是否有"意气所寄"，而且也颇为关注赋中所寄思想情志是否真实，是否与赋家的行为相符。下面再看关于孙绰作《遂初赋》的两则文字：

> 孙绰赋《遂初》，筑室畎川，自言见止足之分。斋前种一松树，恒自手壅治之。高世远时亦邻居，语孙曰："松树子非不楚楚可怜，但永无栋梁用耳！"孙曰："枫柳虽合抱，亦何所施？"（《言语》篇第84条）

> 桓公欲迁都，以张拓定之业。孙长乐上表，谏此议，甚有理。桓见表心服，而恚其为异。令人致意孙云："君何不寻《遂初赋》，而强知人家国事？"（《轻诋》篇第16条）

孙绰字兴公，是西晋文人孙楚之孙，为东晋名士、清谈家和玄言诗人，他与许询"皆一时名流"，在当时很有影响。孙绰原籍北方太原，少时与兄孙统渡江南下，家居会稽，在江南山水间隐居、游放十余年之久。其《遂初赋》今佚，但据《世说新语·言语》篇注引《遂初赋叙》，可知此赋是写他"慕老、庄之道"而于"东山"建五亩之宅尽享隐居山林之乐的内容。其情状或正如上引《言语》篇所述：游放青山绿水之际，手植松子楚楚可怜，俨然一派超然世事之情。这大概也就是他自言的知足知止即安于隐逸、不思世用之情趣心志。

然而，赋中所寄却与其实际行事不合。《轻诋》篇这则文字，就借桓温之言揭出了孙绰上表谏迁都之举与其赋中所称的自相矛盾。据《晋书·孙绰传》载，时大司马桓温欲经纬中国，打算由建康迁都洛阳，朝廷上下虽并知不可而莫敢谏，唯孙绰上疏直谏，陈述种种迁都"未安"的理由。桓温见表不悦"而忿其异"，且令人质疑孙绰：君何不重温《遂初赋》自陈"止足"之意，而硬要过问别人家国之事？

在《遂初赋》中"自言见止足之分"的孙绰，却仍然关怀世事朝政，故而难免受桓温之讥。其实，在魏晋那个社会动乱而思想活跃的时代里，这类言行不一的现象也并非孙绰所独有。"形在江海之中，心存魏阙之下"，几乎正是魏晋名士的一种生存方式。晚唐赋家李德裕《知止赋序》称"先哲所以趣舍异怀，隐显殊迹；盖兼之者显矣"，就指出了这种现象的普遍性。后来元好问《论诗绝句》所咏的西晋赋家潘岳，就是当时很著名的例子，"心画心声总失真，文章宁复见为人。高情千古《闲居赋》，争信安仁拜路尘"①。

桓温及元好问之讥，正提供了看待赋有寄托的另一视角，即赋既要有所谓"意气所寄"，更要求这种意气情志的真实可信，绝不能令读者"忿其为异"。至于如何评价孙绰所行与所赋的矛盾，则可另作别论。

（二）"正在有意无意之间"

"言意之辨"，是魏晋清谈中的一个重要题目。如据《世说新语·文学》记载，西晋名士欧阳建就曾著有专门的清谈论文《言尽意论》，东晋清谈领袖之一的王导过江后只谈"三理"，"言尽意"即是其中之一，可见这一问题在清谈中的重要性。

"言意之辨"中的"言不尽意"论，源于《周易·系辞传》中的"书不尽言、言不尽意"。魏时名士荀粲承此说，认为言可达意，但不能尽意，所谓"象外之意、系表之言，固蕴而不出矣"②，指出了言辞在表达意旨时的局限。"言不尽意"说在魏晋时影响深广，如欧阳建《言尽意论》云："世之论者，以为言不尽意，由来尚矣。至乎通才达识，咸以为然"③；"得意忘言"论，则源自《庄子·外物》中的"言者所以在意，得意而忘言"。魏正始间清谈的代表人物王弼承之并在此基础上进一步

---

① 郭绍虞：《中国历代文论选》第 2 册，上海古籍出版社 1979 年版，第 449 页。
② 陈寿：《三国志》，中华书局 1982 年版，第 320 页。
③ 严可均辑：《全晋文》，商务印书馆 1999 年版，第 1151 页。

申说。

"言意之辨"中的所谓"意",即是义、是理,是作家所欲表达的思想情志或创作目的;所谓"言"是表达"意"的工具。言与意的关系,即所谓"言者所以在意",用范晔《狱中与诸甥侄书》之说即"情志所托,故当以意为主,以文传意。以意为主,则其旨必见;以文传意,则其词不流"①。

而晋人"言意之辨"关联到辞赋创作的著名例证,则莫过于《文学》篇所载庾氏叔侄论辩《意赋》的一段文字:

> 庾子嵩作《意赋》成,从子文康见,问曰:"若有意邪,非赋之所尽;若无意邪,复何所赋?"答曰:"正在有意无意之间。"

庾敳字子嵩,是西晋元康间赋家和颇为活跃的清谈名士。《意赋》作于晋惠帝元康九年,《晋书》本传载此赋,并称"敳见王室多难,终知婴祸,乃著《意赋》以豁情,犹贾谊之《鵩鸟》也"。庾敳好《老》《庄》而"自谓是老、庄之徒",故赋中多发挥齐生死、贵虚无、任自然的思想,表现人生无常的情绪。诚然,庾敳《意赋》之"意",当是贵"无"通"玄"的老庄之道、玄学之理,但其只有十岁的从子庾亮(字元规、谥文康)见后,却发出了疑问:您"有意"吗?而老庄之道空灵玄妙、虚无缥缈、不著行迹,这种象外之旨、言外之意,岂是有言之赋所能穷尽?而庾亮更不能理解的是第二问:若您知晓这番"言不尽意"的道理,原本就"无意"以穷尽之,那么,您又写这篇《意赋》做什么呢?庾亮的两问质疑,似乎将庾敳逼入了一个进退失据的"两难"境地:若"有意"则赋之不尽,若"无意"则不必赋!但是,庾敳以一句"正在有意无意之间"的千古妙答,不仅为自己轻巧解围,而且也为人们留下了一个常说常新的文学话题!而叔侄问答之间的玄理妙趣,更能引人入胜。

庾敳"正在有意无意之间"的表达方式,既仿自《庄子·山木》的"处乎材与不材之间",也不乏儒家"执两用中"(《礼记·中庸》)、"叩其两端"(《论语·子罕》)的从容智慧。这个答语,仅就"意"的有无作答,表现的是原本就蕴含于言意之辨实质之中的"重意"观念,所谓

---

① 郭绍虞:《中国历代文论选》第 1 册,上海古籍出版社 1979 年版,第 222 页。

"以意为主"。对这个妙答的意义,似可从三个方面理解:首先,是捍卫了赋作者作《意赋》的必要,回驳了"非赋之所尽"与"复何所赋"的双重责难,确定了创作主体为得"意"而赋的自主性;其次,是打消了"非赋之所尽"即"言不尽意"论者对语言达意功能的怀疑,因为"言者所以在意",以有尽之"言"去达无穷之"意",正是文学艺术本身所追求的目标,赋家不能因为"赋不尽意"就不"赋";最后,是为"意"留下了充分的诠释空间:"有意",或著迹象而难于超旷空灵;"无意",或无所统属而不易充实弥满;唯"在有意无意之间",才可能于或"有"或"无"、若即若离之际营造出空灵与充实相融通的艺术境界。

这"有意无意之间"境界,正与《世说新语·言语》篇所载简文"会心处不必在远,翳然林木便自有濠、濮间想"及陶渊明《饮酒》"此中有真意、欲辩已忘言"有异曲同工之妙。明胡应麟《艺苑卮言》云:"庾子嵩作《意赋》成,为文康所难,而云'正在有意无意之间'。此是遁辞,料子嵩文必不能佳。然'有意无意之间',却是文章妙用。"① 这"文章妙用",正道出了庾敳此语对赋文学创作的意义所在。

(三)"事事拟学"与"以高奇见贵"

辞赋作品既然要有"意气所寄",那么,写作辞赋就不能人云亦云、一味模拟。于是,辞赋创作中的模拟与创新,也就自然成为了晋代士人谈赋的又一热门话题。

首先,是由皇甫谧、张华、庾亮、孙绰、谢安等著名文人名士参与,围绕左思《三都赋》和庾阐《扬都赋》的品评,公开论辩了赋文学创作中的模拟与创新问题。例如《文学》篇记载:

> 左太冲作《三都赋》初成,时人互有讥訾,思意不惬。后示张公,张曰:"此《二京》可三。然君文未重于世,宜以经高名之士。"思乃询求于皇甫谧,谧见之嗟叹,遂为作《叙》。于是先相非贰者,莫不敛衽赞述焉。
>
> 庾仲初作《扬都赋》成,以呈庾亮,亮以亲族之怀,大为其名价,云"可三《二京》、四《三都》"。于此人人竞写,都下纸为之

---

① 丁福保:《历代诗话续编》,中华书局 2001 年版,第 991 页。

贵。谢太傅云："不得尔，此是屋下架屋耳，事事拟学，而不免俭狭。"

西晋赋家左思，自称"著论准《过秦》、作赋拟《子虚》"（《咏史诗》）；且又"思摹《二京》而赋《三都》"，并自诩其《三都赋》"不谢班、张"。但赋成之后，并未重于世。在这种情况之下，左思先以赋示张华，张华许之以"《二京》可三"，再求助于"西州高士"皇甫谧，皇甫谧为之作序。于是，左思及其《三都赋》名声大振，"先相非贰者，莫不敛衽赞述焉"。《文学》篇载录了张华、皇甫谧评说《三都赋》的言论并为之延誉的过程，反映了辞赋评论在辞赋传播中的重要作用。这段文字也影响广远，除唐人所撰《晋书》外，直至清人浦铣的《历代赋话》亦有辑录。

东晋文人庾阐字仲初，所作《扬都赋》铺陈东晋都城扬州（即建康）的宏丽巨伟，庾亮也比之张衡《二京》及左思《三都》，"以亲族之怀大为其名价"，以至于洛阳都城人人竞写、纸为之贵。（今传"洛阳纸贵"一典，出自《晋书·左思传》，而原本《世说新语》中却是说庾阐《扬都赋》，不知《晋书》是别有所本，还是犯了张冠李戴的错误？）此外，还有"绝重张衡、左思之赋"的孙绰，更高评《三都》《二京》有儒家经典的圣贤思想，如《文学》篇第81条记载："孙兴公云：《三都》《二京》，五经鼓吹。"

上述种种现象说明，张衡《二京》等汉赋作品对晋赋创作和评论具有典范性的影响，汉赋既成为晋赋家作赋时的模拟范本，同时也是晋代士人评论时人赋作价值得失的重要标尺。

当然，这只是问题的一个方面；问题的另一方面是，晋代名士如谢安就在欣赏肯定汉赋之时，也表明了反对模拟、主张创新的赋学观念。谢安是有"风流宰相"之称的东晋名士领袖，他或周旋往来于诸名士之间共论《易》象玄理，或与自家子侄同赏《毛诗》佳句，品人论事常有独到见解。因此，他对庾亮以《扬都赋》比之张衡、左思的誉评乃至于洛下人人竞写为之纸贵的社会轰动效应都不以为然，而认为《扬都赋》与《二京》《三都》相较，不过是模仿拟学的"屋下架屋"罢了；并且还十分明确地指出："事事拟学，而不免俭狭。"谢安批评"拟学俭狭"，其实就是对赋学创新的提倡。这也从一个侧面反映了晋代赋学领域内反对模拟、主张创新一派的呼声。两晋赋作,对汉赋既有所继承和模拟,也有所发展和超越。即便如左思自称"思慕《二京》而赋"的《三都赋》,也如钱钟书先生所评:虽"承《两都》《二京》之制,而文字已较轻清,非同汉人之板重,即堆垛处亦如以发酵面粉作实心馒首矣"①。

其次,是顾恺之不"作后出相遗"、当"以高奇见贵"的思想。《文学》篇第 98 条载:

> 或问顾长康:"君《筝赋》何如嵇康《琴赋》?"顾曰:"不赏者,作后出相遗。深识者,亦以高奇见贵。"

魏晋之际文学家嵇康的《琴赋》是一篇传世杰作,历来受到好评;顾恺之(字长康)《筝赋》今佚不存,故难以具体评价,但从顾恺之的答语中可知作者对此赋有相当的自信。因此,当有人问他所作《筝赋》与嵇康《琴赋》谁高谁下之时,他并没有正面作出孰是孰非的价值判断,而是从辞赋品评的角度给出了一个很有哲理意蕴的推论:不赏者必然"以后出相遗",深识者当会"以高奇见贵"。

顾恺之的答语,一是表明顾恺之认为所作《筝赋》"以高奇见贵",自有不同于嵇康《琴赋》之处,真正内行的批评家会"深识"它的价值;二是辞赋评论应该从作品的实际出发,而不能贵远贱近、厚古薄今,以为时人之赋比前人晚出而"作后出相遗"是不明智的。顾恺之的这种批评观念,与前述谢安反对模拟、主张创新的主张不尽相同而相通。《世说新语》此条注引《中兴书》称"恺之博学有才气,为人迟钝而自矜尚,为时所笑"。而这则文字中的顾恺之,"矜尚"或许有之,"迟钝"则丝毫未见,字里行间,那种"博学有才"的自负意气、妙趣玄风真已跃然纸上。

(四)"赋称先贤"与以赋证史

两晋赋风炽盛,文人名士喜爱辞赋,豪贵之家竞相传写。风气所及,一方面是赋的创作有了称颂名流、先贤的内容,另一方面是上层社会形成了要求辞赋颂美的时尚。试看《世说新语·文学》篇第 77 条的记载:

---

① 钱钟书:《管锥编》,中华书局 1980 年版,第 1154 页。

庾阐始作《扬都赋》，道温、庾云："温挺义之标，庾作民之望。方响则金声，比德则玉亮。"庾公闻赋成，求看，兼赠贶之。阐更改"望"为"隽"，以"亮"为"润"云。

庾阐《扬都赋》本为颂美晋代都城扬都所作，而温峤、庾亮又是当朝重臣与社会名流，故赋中已有"金声、玉亮"之句颂美温、庾二人。曾"以亲族之怀大为其名价"的庾亮尤为关心被赋颂之事，不仅亲自前去"求看"，而且还希望得到庾阐的赠赋；庾阐当然也不敢大意，进一步推敲字句音韵，为避庾亮之名而改"望"为"隽"，以"亮"为"润"。

上述这则文字，是叙赋作者颂美当世名流的情形；《文学》篇还有对东晋上层人士迫使赋家称颂先贤的记载：

袁宏始作《东征赋》，都不道陶公。胡奴诱之狭室中，临以白刃，曰："先公勋业如是！君作《东征赋》，云何相忽略？"宏窘蹙无计，便答："我大道公，何以云无？"因诵曰："精金百炼，在割能断。功则治人，职思靖乱。长沙之勋，为史所赞。"

又该条《注》引《续晋阳秋》曰：

宏为大司马记室参军，后为《东征赋》，悉称过江诸名望。时桓温在南州，宏语众云："我决不及桓宣城。"时伏滔在温府，与宏善，苦谏之。宏笑而不答。滔密以启温，温甚忿。以宏一时文宗，又闻此赋有声，不欲令人显问之。后游青山，饮酌既归，公命宏同载，众为危惧。行数里，问宏曰："闻君作《东征赋》，多称先贤，何故不及家君？"宏答曰："尊公称谓，自非下官所敢专，故未呈启，不敢显之耳。"温乃曰："君欲为何辞？"宏即答云："风鉴散朗，或搜或引，身虽可亡，道不可陨。则宣城之节，信为允也。"温泫然而止。

前述袁宏所作《北征赋》已为桓温、王珣所重，这篇《东征赋》因"悉称过江诸名望"，这对处于门阀制度盛期的东晋士族来说其地位更几同于史传。因此，长沙公陶侃之子陶范（小字胡奴）看到赋中未及其先父陶侃勋业，便"诱之狭室，临以白刃"，逼迫身为"一时文宗"的袁宏不得不在窘蹙之际临时诵作赋句作为弥补；时在南州的桓温，也因赋未及其先父、宣城内史桓彝而十分气愤，并借机强势逼问，直到知道袁宏"为辞"才泫然而止。庾亮、陶范、桓温等上层士人，对时人赋作有否本人或家祖、先父的颂美如此在意，陶、桓二人甚至做出了强烈反应，从中可以想见晋代社会看重名家名赋颂美功用的风气之盛。

此外，赋在当时还具有证史的作用。《言语》篇又载：

> 桓玄既篡位，将改置直馆，问左右："虎贲中郎省，应在何处？"有人答曰："无省。"当时殊忤旨。问："何以知无？"答曰："潘岳《秋兴赋叙》曰：'余兼虎贲中郎将，寓直散骑之省。'"玄咨嗟称善。

桓玄字敬道，为桓温之子，亦善为文章，作有《凤赋》《鹤赋》等。桓玄于晋安帝元兴元年举兵入建康，次年篡位自称"楚帝"。桓玄篡位以后，想要另行设立值班官署，恢复虎贲中郎将，但不知是否应该当值，虎贲中郎"省"应置于何处？这时，"有人"根据西晋潘岳《秋兴赋序》"余兼虎贲中郎将、寓直散骑之省"的赋句，回答说虎贲中即将没有专门的"省"即官署，而寄寓在散骑省当值。此人以前贤赋句回答了一个官制设置的具体问题，表现出渊博学识尤其是对赋篇的熟悉，受到桓玄称赞；桓玄则以此为据解决了如何设置虎贲中郎将的难题。

这则故事说明，赋在东晋士人心目中享有证史的权威作用，而熟悉辞赋作品也会得到时人的尊重。这个没有留下姓名的答者，《言语》篇此条《注》引刘谦之《晋纪》载明为"参军刘简之"，笔者疑为这"参军刘简之"即是《排调》篇桓玄所说"刘参军宜停读书、周参军且勤学问"中的"刘参军"。

（五）赋篇品评与人物品藻

晋人的人物品藻，即人物优劣高下的比较鉴别，往往注重人物整体的精神、人格，或谓神韵风度，具有明显的审美意味。《世说新语·赏誉》篇所载许询以嵇康《琴赋》赋句品评刘惔与简文其人，即是如此：

> 许玄度言："《琴赋》所谓'非至精者，不能与之析理'，刘尹其人；'非渊静者，不能与之闲止'，简文其人。"

刘惔字真长，仕至丹阳尹，又称刘尹，是东晋建元、承和间有名清谈家，其风格简约，出语精警，时人有"简秀不如真长"之评（《品藻》），谢安又说"刘尹语审细"（《赏誉》）；简文即晋简文帝司马昱，他好为清谈，是咸康至永和年间名士清谈的组织者和参与者，刘惔、许询之徒常为其门下谈客。他的清谈水准，刘惔曾评之"是第二流中人"，自己才是"第一流"的（《品藻》）。但简文崇信佛法，清心寡欲，情性"凝寂"；故许询以《琴赋》之"至精、析理"与"渊静、闲止"两个对句分别评之，可谓道出了人物各自的特点。同时，这种凝聚着品评者独特感受的语言形式和品评方式，也体现了许询"谈玄析理"的学养和鉴赏能力，它本身即具有独立的审美意味。

并非直接地形成褒贬鲜明的价值判断，而是以具有玄学特色的语言，通过两相比照以突出人物不同的特色风貌，给读者留有相当大的接受空间，是晋人人物品藻的重要特点；同样，晋人的辞赋品评也具有这种整体比较而耐人寻味的意蕴，前述《文学》篇载顾恺之答所作"《筝赋》何如嵇康《琴赋》"之语即是如此。如果说顾恺之的答语充满了赋家的豪情，那么，关于孙绰、殷仲堪作赋的两则文字，则可以看到赋家的自信遭遇了挑战。《文学》篇记载：

> 孙兴公作《天台赋》成，以示范荣期，云："卿试掷地，要作金石声。"范曰："恐子之金石，非宫商中声。"然每至佳句，辄云："应是我辈语。"

孙绰钟情山水，《赏誉》篇曾载他游白石山，极不满卫永（字君长）不乐山水，说"此子神情都不关山水，而能作文？"作文须关山水，正是孙绰的重要审美观念。所作《游天台山赋》以游仙写游山，"穷山游之瑰富、尽人神之壮丽"（《赋序》），颇为时人称道。孙绰对此赋也相当自负，他主动出示给好友范启，并自许"掷地要作金石声"；没想到范启并不以为然，认为那"金石声"也许不成曲调、"非中宫商"，表明他对此赋的评价不及孙绰自己那样感觉良好。《文学》篇这则文字所载，反映了孙绰与范启二人对《游天台山赋》评价的分歧，虽然其中也有范启对赋中"佳句"的称许，但论辩气息仍依稀可见。

殷仲堪的故事则更有趣,《雅量》篇云:

> 殷荆州有所识作赋,是束皙慢戏之流。殷甚以为有才,语王恭:
> "适见新文,甚可观。"便于手巾函中出之。王读,殷笑之不自胜;
> 王看竟,既不笑,亦不言好恶,但以如意帖之而已。殷怅然自失。

殷仲堪曾为荆州刺史,故又称殷荆州。他是东晋时期一个好"三玄"且
"精核玄论"(《文学》篇)的著名清谈家,其赋则只存《游园赋》等残
篇,风格有如西晋赋家束皙(字广微,今传《读书赋》《饼赋》等六篇)
那类颇为"时人薄之"(《晋书·束皙传》)的俳谐戏漫之作。但他却自
以为"甚有才",故事先将赋藏好带上,然后又故作神秘,希望引起王恭
的重视。当王恭读赋之时,殷仲堪自己"笑不自胜",沾沾自喜之状活脱
可见。可王恭看后"既不笑、亦不言好恶",只是将其赋用一个如意压着
而已。王恭这副毫不在乎、不置可否的冰冷态度,大出殷仲堪所料,所以
他的"怅然自失"势在难免了。这一冷一热、不言不语之间,既不难想
见读赋者的不以为然,赋作者的尴尬情状更令人忍俊不禁。

范启的"非中宫商"之评与王恭"不言好恶"的论赋方式,亦如晋
人的人物品藻,不作具体剖析而重整体感觉,其间的论辩气息、场面情景
意趣盎然,明显具有名士玄谈时代的特色风貌。

(六)《经王公酒垆下赋》与《语林》的关联

裴启曾于东晋哀帝隆和年间撰志人小说《语林》蜚声文坛。《语林》
记载魏晋上层人士的言谈逸事及某些历史事件,展示名士才情风貌,内容
丰富,文辞简洁,后却因为当时权臣谢安所诋而不再流行,至《隋书·
经籍志》著录"《语林》十卷"时,已经加注有一"亡"字。但《世说
新语》对《语林》多有取资,后世类书《艺文类聚》《太平御览》《太平
广记》等也颇有引用,鲁迅先生《古小说钩沉》更将散见于各书的《语
林》文字辑录一百余条,吉光片羽,弥足珍贵。

那么,谢安为何诋毁《语林》呢?细读《世说新语》之《文学》
《轻诋》《伤逝》篇及刘孝标《注》所载相关内容,当可推知:谢安诋毁
《语林》的原因,除指责书中两处提及的谢安之语是裴启"自为此辞"
外,或许还与《语林》载入与"谢公交恶"的王珣(即王东亭)所作

《经王公酒垆下赋》（按："王公"当作"黄公"）有关。《世说新语》将王珣作此赋与谢安抵制《语林》之事一并载叙，则既留下了王珣赋与《语林》的有关史料，也表达了某种暗示或批评之意。

三 晋代士人"赋谈"的意义

《世说新语》所载言赋文字，涉及嵇康、皇甫谧、刘伶、张华、左思、束皙，庾敳、庾亮、庾阐、刘惔、桓温、司马昱、孙绰、许询、范启、谢安、袁宏、裴启、顾恺之、殷仲堪、王恭、王珣、伏滔、桓玄等数十名赋家、名士，包括了赋的创作、评论及其社会功用价值等多方面的内容，展现了第三人评议、二人论辩、多人讨论等多种谈论形式，生动活泼地反映了两晋士族社会谈赋重赋之风，同时也从一个侧面丰富了两晋尤其是东晋的赋论。

从赋论的角度而言，《世说新语》所载文字体现出的价值意义是多方面的。

第一，晋代士人盛行的时赋谈论，影响了社会重赋风气的形成，促进了赋的创作和传播。诸如皇甫谧、张华、庾亮、孙绰、谢安等对左思《三都赋》与庾阐《扬都赋》的品评，庾敳、庾亮叔侄谈论《意赋》，孙绰与其友范启谈论《天台赋》，顾恺之与人谈论《筝赋》及《琴赋》，桓温、王珣、伏滔等"时贤共看"袁宏《北征赋》，都是时人对时赋的推介或品谈，这种极具现实针对性的"当代"赋学评论，对晋代社会重赋风气的形成、赋文学创作的繁荣和赋篇的流行传播，都产生了十分积极的影响；而《三都赋》《扬都赋》经张华、皇甫谧、庾亮等人推介，造成都下人人竞写、洛阳为之纸贵的情形，即可视为这种积极影响的一个缩影。

第二，针对当时的赋文学创作，发表了一系列有价值的赋论见解。如要求赋要有"意气所寄"；赋的思想情志要真实可信；赋文学作品要创造出"正在有意无意之间"的艺术意境；辞赋创作要避免造成"俭狭"的事事模拟；要注重创新和重视作赋技巧，等等。

第三，提出了赋学批评要科学客观的要求。晋代士人的论赋形式活泼，既有赋家的自评，也有作者与读者之间的论辩，还有小规模的读赋与研讨；批评态度明晰，既有作赋者"掷地金声"与"甚以为有才"的自许，也有评论者对"以亲族之怀大为名价"和对"作后出相遗"的不满，更有对"事事拟学"的直接批评；批评风格独特，两晋士人的品人论赋，以凝聚着品评者独特感受的语言和充满玄理意蕴的品评方式，注重人物的神韵风度，把握赋篇的风貌特色，给读者留有寻味、诠释的接受空间，具有明显的时代特征和独立的审美意味。

原载《湖北大学学报》2009 年第 5 期。因篇幅限制，发表时删节了原稿"（六）《经王公酒垆下赋》与《语林》的关联"一段文字，现据原稿摘要恢复之

唐代赋论概观

唐代，赋的创作有很大的发展和变化。赋论则是相对迟滞。这一时期，赋论的内容比较集中在对汉魏六朝古赋及唐代新体律赋的争议评价上面，是当时文学批评领域不同思想主张之争的重要方面；形式上较少专门论著，而大多是散见于各类文集、史传、笔记之类著述中的言论。但唐代赋论中，白居易等中晚唐批评家的律赋理论，《赋谱》及赋格书的出现，却是具有时代特点的新成果。此外，唐人诗论、笔记及赋序、赋集中的赋论思想，也值得总结探讨。

一 唐代史家与古文家关于古赋的论争

唐代赋论，是伴随着对齐梁文学风尚的激烈批判而开始的。早在隋文帝时，李谔《上隋高祖革文华书》就很不满建安以后"忽君人之大道、好雕虫之小艺"，"指儒素为古拙、用词赋为君子"的文坛风尚。入唐以后，南北朝赋更被放在诗文革新的对立面上受到贬抑和批评。唐初开设史馆大修史书，唐太宗谓监修国史的房玄龄说：

> 比见前、后汉史，载扬雄《甘泉》《羽猎》、司马相如《子虚》《上林》、班固《两都》赋，此既文体浮华，无益劝戒，何暇书之史策？①

在唐太宗眼里，那些汉人赋既"文体浮华"，又"无益劝戒"，根本就没

---

① 刘肃：《大唐新语》，中华书局 1984 年版，第 134 页。

有必要载入史书。这种尚用轻文的态度，实际上代表了唐初文人一般的赋论观点。

唐初史家大多对南北朝赋有不同程度的批评。如令狐德棻基于尚用、美刺的儒家文学观，肯定屈原、荀况、贾谊的辞赋作品有"恻隐之美"和"讽谕之义"，却批判庾信赋"其体以淫放为本、其词以轻险为宗……斯又词赋之罪人也"（《周书·王褒庾信传论》）。庾信之赋，不一定都是淫放、轻险的，但令狐氏着重批评他早年创作中的这种倾向，主要还是针对齐梁以来华靡文风而发的。魏徵《隋书·文学传序》亦持同样的观点，认为南北朝徐陵、庾信等"其意浅而繁，其文匿而彩，词尚轻险，情多哀思，格以延陵之听，盖亦亡国之音乎"！

"初唐四杰"之一的王勃，作赋沿袭六朝体格，但其论文却强调经世教化，反对华艳文风，进而对屈原以来的辞赋都多所批评。如他在《上吏部裴侍郎启》中就提出过"屈、宋导浇源于前，枚、马张淫风于后"。杨炯在其《王勃集序》中也批评"贾、马蔚兴，已亏于雅、颂；曹、王杰起，更失于风、骚"。

唐玄宗时史学家刘知几，在所著《史通·自序篇》中曾说："余幼喜诗赋，而壮都不为，耻以文士得名，期以述者自命。"明确表示了对诗赋的轻视。因此，他在《史通·载文篇》批评《子虚》《上林》《甘泉》《羽猎》《两都》诸汉大赋："喻过其体，词没其义，繁华而失实，流宕而忘返，无裨劝奖，有长奸诈。"并认为"前后《史》《汉》皆书列传，不其谬乎？"

刘知几的上述主张，前承唐太宗、令狐德棻、魏徵诸人，后启唐代古文运动的先驱者如萧颖士、李华、独孤及、贾至、柳冕等对赋的批判之风。如萧颖士批评"屈平、宋玉文甚雄壮而不能经"，"枚乘、司马相如，亦瑰丽才士，然而不能近风雅"（李华《扬州功曹萧颖士文集序》引述）；李华也说"屈平、宋玉，哀而伤，靡而不返，《六经》之道遁矣"（《赠礼部尚书清河孝公崔沔集序》）；贾至《工部侍郎李公集序》说"泪骚人怨靡，扬马诡丽，班张崔蔡，曹王潘陆，扬波扇飚，大变风雅。宋齐梁陈，荡而不返"。萧颖士等人，皆宗经立论，非经非雅的屈、宋以下辞赋几乎都在其批判之列。

柳冕论文，同样强调教化作用，他强烈批评屈、宋及以后的辞赋和魏晋南北朝文学说：

> 至于屈、宋，哀而以思，流而不返，皆亡国之音也。至于西汉扬、马以降，置其盛明之代，而习亡国之间，所失岂不大哉！（《谢杜相公论房杜二相书》）
>
> 自屈、宋以降，为文者本于哀艳，务于恢诞，亡于比兴，失古义矣。虽扬、马形似，曹、刘骨气，潘、陆藻丽，文多用寡，则是一技，君子不为也。（《与徐给事论文书》）
>
> 屈、宋以降，则感哀乐而亡雅正；魏晋以还，则感声色而亡风教；宋、齐以下，则感物色而亡兴致。（《与滑州卢大夫论文书》）①

这比汉人及萧颖士、李华、贾至更为偏激。扬雄只说"辞人之赋丽以淫"，《汉书·艺文志》也只说"竟为侈丽闳衍之词，没其风谕之义"，柳冕却将屈原以下一概目为"淫丽"，斥为"亡国之音"。表现出一种不顾实际、不加分析地一律否定的极端偏见。

唐初史学家乃至盛唐古文运动的先驱者们，站在尊经尚用的狭隘功利立场上，否定抒情体物之辞赋作品的非科学的批评，当然也会引起有识之士的反对。如卢藏用在其《右拾遗陈子昂文集序》中，就对汉晋赋家如"长卿、子云"等都比较肯定，认为"虽大雅不足，其遗风余烈，尚有典型"。杜甫更不满人们对庾信不加分析的否定态度，而以其诗句赞美庾信诗赋的艺术价值，辛辣地嘲讽"嗤点"庾信赋的"今人"："庾信平生最萧瑟，暮年诗赋动江关"（《咏怀古迹》）；"庾信文章老更成，凌云健笔意纵横。今人嗤点流传赋，不觉前贤畏后生"（《戏为六绝句》）。

古文运动领袖韩愈、柳宗元及韩门弟子皇甫湜等，与其先驱者们不同，对秦汉散文与楚汉以来赋家同样重视，且发表了不少新的见解。如韩愈说"汉朝人莫不能文，独司马相如、太史公、刘向、扬雄为之最"（《答刘正夫书》），"汉之时，司马迁、相如、扬雄，最其善鸣者也"（《送孟东野序》）；柳宗元《西汉文类序》云"文之近古而尤壮丽，莫若汉之西京……由高帝迄于哀、平、王莽之诛，四方之文章盖烂然矣"；皇甫湜《答李生第二书》说"秦汉以来至今，文学之盛，莫如屈原、宋玉、李斯、司马迁、相如、扬雄之徒，其文皆奇，其传皆远"。这些意见显然

---

① 董诰等编：《全唐文》卷 527，中华书局 1983 年版。

都是对包括汉赋作品而言的。

至此，唐代由隋唐之际开始的对齐梁文风和汉魏以来辞赋的论争，大体已告一段落。从中可以看出，唐代文学批评中两种思想、两种赋论的论争情形。

中唐后期白居易主张辞赋与诗一样，要"合炯戒讽谕"（《议文章碑碣词赋》）。至晚唐时，受韩愈和白居易文学思想影响的皮日休也发表了有进步意义的论赋意见。如其《文薮序》说："伤前王太佚，作《忧赋》；虑民道难济，作《河桥赋》；念下情不达，作《霍山赋》；悯寒士道雍，作《桃花赋》……皆上剥远非，下补近失，非空言也。"又其《桃花赋序》云：

> 状花卉，体风物，非有所讽，则抑而不发。因感广平之所作，复为《桃花赋》。①

皮日休在这里强调，自己作赋不尚"空言"，而是针对现实，"有所讽"，有所感，才有所发的。

二　白居易的《赋赋》及中晚唐人的律赋观

（一）中晚唐人的律赋观

"律赋"之名，不知具体起自何时。这种因唐代科举试赋取士制度而兴，讲求对偶声律、限制韵脚的律赋，在当时称为"甲赋"或"新体"赋，律赋一名的出现可能迟在晚唐五代之时。现知较早记载"律赋"之名的古代文献，当是北宋王铚的《四六话序》所言"唐天宝十二载，始诏举人策问，外试诗、赋各一首，自此八韵律赋始盛"。后南宋洪迈也多次提到这个名称，如其《容斋随笔》四笔卷七"黄文江赋"条云："晚唐士人作律赋，多以古事为题，寓悲伤之旨。"

唐代律赋的形成发展，大致经历了唐前期（唐高祖至玄宗天宝末年）的"初起"、中唐时期（肃宗至武宗末年）的"中兴"和晚唐时期（宣

---

① 陈元龙编：《历代赋汇》第 503 卷，江苏古籍出版社、上海书店 1987 年版。

宗至唐末）的"晚变"这样三个阶段①，而自中唐大历、贞元之后进入它的鼎盛期。律赋是现存唐赋最多的一体，仅宋人所编《文苑英华》所收一千多篇唐赋中就有 2/3 是律赋。诸如王勃（其《寒梧栖凤赋》以"孤清夜月"为韵，被认为是最早的律赋作品）、顾况、高郢、陆贽、崔损、李程、张仲素、王起、元稹、白居易、蒋防、裴度、韩愈、刘禹锡、柳宗元、吴融、谢观、黄滔、王棨、徐寅、宋言等，都是律赋名家或有影响的作者。

唐人关于律赋的理论批评，内容上主要是围绕科举试赋制度及对律赋的态度而展开思想论争的，形式上除了那些探讨作赋格式用于指导作赋的《赋谱》《赋格》以及白居易的《赋赋》外，少有专门的论述而多是零散的言论。如唐玄宗开元十七年（729）赵匡批评进士试诗赋"不唯无益于用，实亦防其正习，不唯浇其淳和，实又长其佻薄"（《选举议》）；其后，杨绾《条奏选举疏》及贾至《议杨绾条奏选举疏》又斥诗赋取士"积弊成俗"，"岂能知移风易俗化天下之事乎？"复古学者的强烈反对并没能扭转唐中叶以来科举试赋的风潮，相反，律赋在大历、贞元之后更趋兴盛。于是，中晚唐时期，"作为唐赋正宗的律体派代表人物元稹、白居易等，他们不仅赞同诗赋制度，而且自觉从事律赋创作"；"古体派"代表人物韩愈、柳宗元等也不盲目排斥律赋②。然而，从总体上看，中晚唐论律赋者很少有对律赋的系统论述，也很少有理论上的创新和建树；相对而言，白居易的《赋赋》及有关言论较值得注意。

（二）白居易《赋赋》

作为唐代杰出的现实主义诗人和重要的文学批评家，白居易继承和发展了过去儒家的诗乐理论，对文学的社会作用十分重视。他主张"文章合为时而著、歌诗合为事而作"，文学须负起"补察时政""泄导人情""救济人病、裨补时阙"的政治使命（参见《与元九书》），并在其《新乐府序》中提出"为君为臣为民为物为事而作"。白居易大力提倡"美刺兴比"和写作讽喻诗，他在《新乐府五十首》末篇《采诗官》中说："欲开壅蔽达人情，先向诗歌求讽刺。"他编集自己的诗歌，分为讽喻、

---

① 参见曹明纲《赋学概论》的有关论述，上海古籍出版社 1998 年版，第 163 页。

② 参见许结《中国赋学历史与批评》的有关论述，江苏教育出版社 2001 年版，第 258 页。

闲适、感伤、杂律四类，最重视的是讽喻诗。这样重视政治功用、美刺讽喻的文学观念，也十分明显地表现在他的赋论中。

白居易所作《赋赋》（以"赋有古诗之风"为韵），比较集中地反映了他的律赋观。赋云：

> 赋者，古诗之流也。始草创于荀、宋，渐恢张于贾、马。冰生乎水，初变本于《典》《坟》；青出于蓝，复增华于《风》《雅》。而后谐四声，祛八病，信斯文之美者。我国家恐文道寝衰，颂声凌迟，乃举多士，命有司，酌遗风于三代，详变雅于一时。全取其名，则号之为赋；杂用其体，亦不违乎《诗》。"四始"尽在，"六艺"无遗。是谓艺文之警策，述作之元龟。
>
> 观夫义类错综，词彩舒布，文谐宫律，言中章句，华而不艳，美而有度。雅音浏亮，必先体物以成章；逸思飘飖，不独登高而能赋。其工者，究精微，穷旨趣，何惭《两京》于班固？其妙者，抽秘思，骋妍词，岂谢《三都》于左思？掩黄绢之丽藻，吐白凤之奇姿，振金声于寰海，增纸价于京师，则《长扬》《羽猎》之徒胡可比也！《景福》《灵光》之作，未足多之。
>
> 所谓立意为先，能文为主。炳如缋素，铿若钟鼓。郁郁哉，溢目之黼黻；洋洋乎，盈耳之《韶》《武》。信可以凌轹风骚，超逸今古者也！今吾君网罗六艺，澄汰九流，微才无忽，片善是求；况赋者《雅》之列、《颂》之俦，可以润色鸿业，可以发挥皇猷。客有自谓握灵蛇之珠者，岂斯文而不收？①

这是第一篇以律赋形式写成的论赋赋②。其主要内容有以下三个方面。

第一，论赋的起源。白氏继承班固《两都赋序》的说法，认为赋为"古诗之流"，是从《诗经》的风、雅、颂发展而来的。继而指出：赋始草创于楚之荀况、宋玉，发展于汉时贾谊、司马相如，而将屈原楚辞作品排除在赋之外。这样的认识是有新意的，是赋学史上较早区分骚与赋的主

---

① 陈元龙编：《历代赋汇》，江苏古籍出版社、上海书店 1987 年版，第 258 页。

② 此前有晋陆机《文赋》，吴杨泉《草书赋》，齐王僧虔《书赋》，唐荆浩《画山水赋》，其后有司空图《诗赋》等。

张之一。

第二，强调赋的政治功用与讽喻价值。《赋赋》明确地指出赋为《诗经》雅、颂之列，具有"润色鸿业""发挥皇猷"的政治功利作用，赋有为国家发"颂声"的责任，是所谓"艺文之警策、述作之元龟"。如此重视赋的政治功利价值，既是白居易整个文学思想的重要组成部分，也与他在另一篇《议文章碑碣词赋》（策林六十八）中的观点相一致，如谓"且古之为文者，上以纽王教、系国风，下以存炯戒、通讽喻。故惩劝善恶之柄，执于文士褒贬之际焉；补察得失之端，操于诗人美刺之间焉。……俾辞赋合炯戒讽喻者，虽质虽野，采而奖之；碑诔有虚美愧辞者，虽华虽丽，禁而绝之"。只要合于炯戒讽喻，即使"虽质虽野"也应"采而奖之"；反之，虽然华丽，亦应"禁绝"。

第三，对课赋取士制度和唐律赋的价值、思想艺术特征，作了肯定性的说明。白居易说朝廷课赋取士，是国家"文道"振兴的需要。律赋创作，要有适度的声律之美、辞藻之丽，所谓"义类错综，词彩舒布，文谐宫律，言中章句，华而不艳，美而有度"；又要有充实的思想内容，"所谓立意为先"；并且以为律赋"其工""其妙"者，其价值不减汉晋名家的大赋名作："信可以凌轹风骚，超逸今古者也！"所以朝廷大力提倡，文士自应积极制作。由此可知，白居易对于赋包括律赋都是重视的，溢美之情现于言表。

白居易论赋，强调美刺、讽喻的作用，即要求辞赋作家关注现实，有感而发，要创作有思想性、有内容的作品，这当然是有积极意义的赋学观念。其不足之处，主要是过高地估价了文学对政治、伦理的影响能力，所谓"惩劝善恶之柄，执于文士褒贬之际焉；补察得失之端，操于诗人美刺之间焉"。与此同时，也就会自觉或不自觉地忽视了文学作品应有的艺术性，所谓"虽质虽野，采而奖之"。白居易赋论的这些特点，与他的诗论相类。白居易的赋论，也是其文学理论的一个重要方面。

三　佚名氏《赋谱》及其他唐五代赋格书

（一）唐五代的赋格书

唐中晚期以来，律赋成为士人通过科举考试的晋身之阶。因此，律赋流行于世。而律赋的制作，需讲究格律声韵。于是，自中晚唐直至五代、两宋，大量专论律赋格律、作法的赋格著作应运而生。

据有关文献，现可考知的唐五代赋格书，有唐张仲素《赋枢》、范传正《赋诀》、浩虚舟《赋门》、白行简《赋要》、纥干俞《赋格》，五代和凝《赋格》，南唐丘昶《宾朋晏话》。这些赋格书今多亡佚不传，具体情况难以知晓。但推其体例内容，其中如论赋之作法、格诀、源流等，或与后来赋话有些相通之处。现分别考述如下。

张仲素《赋枢》。仲素字绘之，河间人。唐德宗贞元十四年（798）与李翱、吕温同榜中进士，宪宗时拜中书舍人。《全唐文》录其赋 20 篇。《新唐书·艺文志》总集类、《崇文总目》和《通志·艺文略》文史类均著录"《赋枢》三卷"，宋《秘书省续编到四库阙书目》及《宋史·艺文志》则著录为一卷，元人《唐才子传》有传云"《赋枢》三卷，今传"。清李调元《赋话》及雷琳、张杏滨《赋钞笺略》误作"赋格"。此书今佚。

范传正《赋诀》。传正字西老，顺阳人。宪宗时在世。举进士，又登甲科，授集贤殿校书郎。历歙、湖、苏三州刺史，有殊政，后以风瘴卒。《旧唐书·良吏传》《新唐书·于王二杜范传》有传。著有《西陲要略》，《全唐文》录其《进善旌赋》等。《赋诀》一卷，《新唐书·艺文志》总集类，《崇文总目》《通志·艺文略》及《宋史·艺文志》文史类著录。此书今佚。

浩虚舟《赋门》。浩虚舟为隰州刺史浩聿之子，中宏词科，生平事迹不详。《全唐文》录其《解议围赋》等 8 首。其《赋门》一卷，《新唐书·艺文志》总集类，《崇文总目》《通志·艺文略》《宋史·艺文志》文史类均著录，现已亡佚。又现存于日本东京五岛美术馆的唐无名氏《赋谱》一卷，有学者以为是此浩虚舟《赋门》一卷（详后）。

白行简《赋要》。行简字知退，白居易之弟。宪宗元和初年（一说德宗末年）进士，历官左拾遗、主客郎中等职。原有集 12 卷，已佚。所作传奇小说《李娃传》尤著名。又善辞赋，唐人《因话录》说他与白居易、张仲素等为"场中词赋之最"。《全唐文》录其《文王葬枯骨赋》等 18 首。《赋要》一卷，唯见《宋史·艺文志》文史类著录，今佚。

纥干俞《赋格》。干俞生平事迹不详。《通志·艺文略》谓为"渭南尉"，《全唐文》卷 723 小传云"俞，元和中进士"。据此可知其于宪宗元和（806—820）前后在世。《全唐文》录其《至人用心若镜赋》及《列子御风赋》等律赋共 7 篇。《赋格》一卷，《崇文总目》《通志·艺文略》

及《宋史·艺文志》均在文史类著录，已亡佚。

和凝《赋格》。和凝（898—955）字成绩，五代郓州须昌（今山东平阴汶上）人。后梁贞明二年（916）登进士第，后唐时历翰林学士等职，后晋时拜中书侍郎。入后汉，拜太子太傅，封鲁国公。长于短歌艳曲，为五代词人，时人号为"曲子相公"，诗有《宫词百首》。新、旧《五代史》均有传。《梦溪笔谈》及《全唐诗话》《韵语阳秋》，何文焕《历代诗话考索》等，有对于其《香奁集》的考辨。其《赋格》一卷，《宋史·艺文志》文史类著录，今佚。

丘昶《宾朋宴话》。丘昶字孟阳，贵溪人。《直斋书录解题·宾朋宴话》叙录云："太子中舍致仕、贵溪丘昶孟阳撰。南唐进士，归朝宰数邑。著此书十五篇，叙唐以来诗赋源流。天禧辛酉，邓贺为序。"天禧辛酉，为北宋真宗天禧五年（1021）。此书至宋仍有邓贺为序，可见其流传及影响。《直斋书录解题》《文献通考·经籍考》文史类，均著录为三卷，后亦亡佚。

（二）佚名氏《赋谱》

《赋谱》抄本是现存唯一已经知见的唐代赋格书。原本于1941年由日本人伊藤有不为在其家藏图书中发现，现存于日本东京五岛美术馆。最早述及《赋谱》的是日本小西甚一的《文镜秘府考论》（1948年），此后有中泽西南的《赋谱校笺》（1967年），香港大学饶宗颐先生的《选堂赋话》中亦提及《赋谱》（1975年），还有美国学者柏夷（Stephen Bokenkamp）在加利福尼亚大学研究《赋谱》的博士学位论文（The Ledger on the Rhapsody：Studies in the Art of the T'ang Fu，1980）等。1992年，柏夷《赋谱略述》中译稿并附《赋谱》原文在《中华文史论丛》发表，这可能是《赋谱》最早在中国大陆的传入；此后则有詹杭伦《唐抄本〈赋谱〉初探》（1993年）、张伯伟《全唐诗格考校》中的《赋谱》考校（1996年）、香港大学陈万忧《〈赋谱〉与唐赋的演变》（1998年）等文著陆续发表。

关于《赋谱》的写作年代，饶宗颐《选堂赋话》以为"似作于贞元太和之间"。柏夷《赋谱略述》根据对《赋谱》所引38篇唐赋进行的分析，确认时间最晚者是浩虚舟作于就进士试的长庆二年（822）的《木鸡赋》。因而认为"《赋谱》当成于浩虚舟就进士试的822年以后不久"，其作者，"有可能《赋谱》就是《赋门》，只是用了另外一个题目"，"《赋谱》即便不是浩虚舟之作，撰成年代也不会晚于 850 年"。至于《赋谱》如何流入日本，柏夷则说"可能是由 838—847 年间入唐的另一名僧圆仁（796—864）携回"①。张伯伟《全唐诗格考校》认为当在太和（827—835）至开成（836—840）年间。詹杭伦、陈万忱等大体赞同柏夷之说。综合上述诸家之说，当可将《赋谱》的撰成时间定在中晚唐之际的长庆至大中年间，这正是律赋兴盛、赋格著作流行的时期。

《赋谱》一卷，共 2500 余字，其主要内容包括三个部分。

第一个段落是论"赋句"。《赋谱》首段开篇即言：

> 凡赋句，有壮、紧、长、隔、漫、发、（送），合织成，不可偏舍。②

《赋谱》在这里先列出描述各类赋句的术语，然后作了举例说明。所谓"壮"，是三字句，如"水流湿、火就燥"之类；"紧"是四字句，若"方以类聚、物以群分"之类；"长"是五、六、七、八、九字等长字句；"隔"指隔句对；"漫"指不对句；"发"是发语，指"原夫""若夫""然则""嗟乎"之类提引、起寓之词；"送"指语终之词，皆用虚字"也""而已""哉"之类。

《赋谱》作者对上述律赋句式的特点、用法，还有具体的提示和说明。如说三字句（壮）"缀发语之下为便，不要常用"；四字句（紧）"亦缀发语之下为便，至今所用也"。并且认为"凡句字少者居上，多者居下。紧、长、隔以次相随。但长句有是六、七字者，八、九字者，相连不要，以八九字者似隔故也"。然后，以人的身体作比喻总结道：

> 凡赋以隔为身体，紧为耳目，长为手足，发为唇舌，壮为粉黛，漫为冠履。苟手足护其身，唇舌叶其度，身体在中而肥健，耳目在上

---

① ［美］柏夷：《赋谱略述》，载《中华文史论丛》第 49 辑，上海古籍出版社 1992 年版，第 152—155 页。

② 本书所引《赋谱》原文，为王冠辑《赋话广聚》第 1 册所收张伯伟《全唐五代诗格汇考》本，北京图书馆出版社 2006 年版。

而清明，粉黛待其时而必施，冠履得其美而即用，则赋之神妙也。

这是对律赋赋句运用提出的总体要求和理想目标，主张以隔对句为重心，各种赋句综合运用、恰当安排，以使整个赋篇成为一个有如人之身体一样"神妙"的有机整体，给人以自然和谐、浓淡相宜的美的感受。

第二个段落是论"赋体分段"。《赋谱》说"凡赋体分段，各有所归"。但作者区分了"古赋"与中晚唐当时的律赋即"新体"赋的不同形制，认为"古赋段或多或少"，而"新体"律赋则应分为头、项、腹、尾四段："约三十字为头"，"约四十字为项"，"次二百字为腹"，"最末约四十字为尾"；而"腹段"更分为"胸""上腹""中腹""下腹""腰"五段。一篇律赋总共应有八段，约三百一十字，这就是《赋谱》所描述的当时新体赋的标准范式。

第三个段落是论"赋题"。《赋谱》曰："凡赋题，有虚实、古今、比喻、双关，当量其体势，乃制裁之。"然后，则具体分析了何为"虚、实、古、今、比喻（明比喻、暗比喻）、双关"赋题及如何因题制赋的方法技巧。《赋谱》最后还讨论了律赋与古赋在叙述层次等方面的不同之处。如所谓："新赋之体、项者，古赋之头也。"并举例说明，古赋如谢惠连《雪赋》开头"欲近雪，先叙时候物候也"，新体赋如《瑞雪赋》则开头就"先近瑞雪了"；又如古赋"多假设之词"，贞元以来的新体律赋就"不用假设"。

总之，《赋谱》以中晚唐律赋篇章的具体实例，对句式、字数、段落、赋题等律赋形式上的重要问题进行了描述和分析，从理论上讨论了当时律赋的标准范式，既是当时士子应科举考试作律赋用的指南，也提供了评价律赋作品的标尺，反映了中晚唐赋体的美学观。

四　唐人诗论、笔记中的赋论

在唐人为数不多的诗论、笔记中，有关话赋、论赋的言论也时有记载，从而成为唐代赋论的一个组成部分。

（一）唐人诗论中的赋论

唐代，专门的诗论著作不多。但如《文镜秘府论》，被现代学者视为诗话前身的孟棨的《本事诗》等，仍载有当时人话赋、论赋的资料。《文镜秘府论》①，保存有皎然和王昌龄的论赋文字：

> 二曰赋。皎云："赋者，布也。匠事布文，以写情也。"王云："赋者，错杂万物，谓之赋也。"（东卷《六义》）

> 夫诗格律，须如金古之声。《谏猎书》，甚简小直置，似不用事，而句句皆有事，甚善甚善；《海赋》太能；《鹏鸟赋》等，皆直把无头尾；《天台山赋》能律声，有金石声，孙公云"掷地有声"，此之谓也；《芜城赋》，大才子有不足处，一歔哀伤便已，无有自宽知道之意。（南卷《论文意》）

第一则是皎然、王昌龄对"赋"的解释，分别指出了赋体铺"物"写"情"的特点；第二则文字，也应是王昌龄的言论②，是从格律、文意的角度，对贾谊、木华、孙绰、鲍照等汉晋六朝名赋的评论。

孟棨《本事诗》，罗根泽先生在所著《中国文学批评史》中说"是'诗话'的前身，其来源则与笔记小说有关"。其中也载有关于赋的内容。如云：

> 范阳卢献卿，大中中举进士，辞藻为同流所推。作《愍征赋》数千言，时人以为庾子山《哀江南》之亚。今谏议大夫司空图为注之。

> 宋武帝尝吟谢庄《月赋》，称叹良久，谓颜延之曰："希逸此作，可谓前不见古人，后不见来者。昔陈王何足尚邪！"延之对曰："诚如圣旨。然其曰'美人迈兮音信阔，隔千里兮共明月'，知之不亦晚乎？"帝深以为然。③

唐人卢献卿所作《愍征赋》数千言，是一篇颇为时人重视的赋作，但今

---

① 参见［日］遍照金刚《文镜秘府论》，人民文学出版社 1957 年版。

② 参见李珍华、傅璇琮《谈王昌龄〈诗格〉：一部有争议的书》，《文学遗产》1988 年第 6 期。

③ 丁福保辑：《历代诗话续编》上，中华书局 1983 年版，第 20 页。

不见存，故《本事诗》所记就显得很有价值；第二则叙载南朝宋武帝与颜延之吟叹品评谢庄《月赋》时的情景，既生动有趣又耐人深思。

（二）唐人笔记中的赋论

中唐以来的笔记，如李肇《唐国史补》、赵璘《因话录》、刘肃《大唐新语》、郑棨《开天传信录》、曹邺《梅妃传》、五代王定保《唐摭言》等，承六朝笔记的传统，对叙载有关作赋论赋的史料颇有注重。其所载内容，可大致分成三类。

第一，是对某些赋篇的评说或赏析。如：

> 李华《含元殿赋》初成，萧颖士见之曰："《景福》之上，《灵光》之下。"李华为《哀节妇赋》，行于当代；张登长于小赋，气宏而壮，间不容发，有织成隐起往往蹙金之状。（《唐国史补》）
>
> 进士李为作《泪赋》，及《轻》《薄》《暗》《小》四赋。李贺作乐府，多属意花草蜂蝶之间。二子竟不远大。文字之作，可以定相命之优劣矣。（《因话录》）
>
> 天宝初，上游华清宫。有刘朝霞者，献《驾幸温泉赋》，词调倜傥，杂以俳谐……帝览而奇之，将加殊赏。（《开天传信录》）

上述数则文字，均是唐人对本朝赋作的评论。其中如萧颖士以王延寿《鲁灵光殿赋》和何晏《景福殿赋》比较时人李华的《含元殿赋》，说明汉魏大赋作品在当时赋坛上仍有较大的影响，而与前述《大唐新语》所载唐太宗评司马相如、扬雄、班固诸赋既"文体浮华"又"无益劝戒"的唐初赋论似有所不同；若将《唐国史补》对张登小赋"气宏而壮"的评语，与《因话录》批评李为、李贺"二子"小赋、乐府"多属意花草蜂蝶之间"而"竟不远大"两相对照，读者或许又不难理解他们尚用轻文和追求宏远壮大风格的诗赋观念；而说"李华为《哀节妇赋》，行于当代"和刘朝霞《驾幸温泉赋》"词调倜傥""帝览而奇之"，当然也应看作是一种肯定性的评价。

第二，是载记作赋史料。如：

> 晋公，贞元中，作《铸剑戟为农器赋》。（《因话录》）

> 梅妃，姓江氏，莆田人。……性喜梅……上以其所好，戏名曰"梅妃"。妃有《萧兰》《梨园》《梅花》《凤笛》《玻杯》《剪刀》《绮窗》七赋。（《梅妃传》）

> 周缄者，湖南人也。咸通初以辞赋擅名。缄尝为《角抵赋》，略曰："前冲后敌，无非有力之人；左攫右挐，尽是用拳之手。"或非缄善角觝；何涓，湖南人也，业辞。尝为《潇湘赋》，天下传写。少游国学，同时潘纬者，以《古镜》诗著名，或曰："潘纬十年吟《古镜》，何涓一夜赋《潇湘》。"（《唐摭言》）

以上《因话录》载裴度作《铸剑戟为农器赋》，《梅妃传》载唐玄宗宠妃江采萍作七赋，《唐摭言》载周缄为《角抵赋》与"何涓一夜赋《潇湘》"，均可为赋史研究者参考。其中如周缄、何涓之赋，今已未见或不存，更赖其记载而略知其意。

第三，是叙写试赋故事或试场情形。如：

> 宋济老于文场，举止可笑，尝试赋，误失官韵，乃抚膺曰："宋五又坦率矣！"由是大著名。后礼部上甲乙名，德宗先问曰："宋五免坦率乎？"（《唐国史补》）

> 李相国程、王仆射起、白少傅居易兄弟、张舍人仲素，为场中词赋之最，言程式者，宗此五人。（《因话录》）

除上述两则文字外，王定保《唐摭言》卷八与卷十三两卷内，关于贞元间著名律赋家李程（缪公）试《日五色赋》破题与及第情形的记载，兼及对李程赋与浩虚舟同题之赋的评论，亦与此同类。通过这些记载，可以使后世读者了解唐代士人试赋故事及考场情景，认识破题在律赋创作中的作用和时人对律赋的重视。

原载《北方论丛》2008 年第 1 期，与张群合作，中国人民大学复印报刊资料《中国古代、近代文学研究》2008 年第 3 期转载

虽不适中，要以为贤

——论苏轼对屈原的接受

苏轼（1037—1101）卒后，其弟苏辙曾记述他生前的读书为文说：

> 公之于文，得之于天，少与辙皆师先君。初好贾谊、陆贽书，论古今治乱，不为空言。既而读《庄子》……后读释氏书，深悟实相，参之孔、老，博辩无碍，浩然不见其涯也。……至其遇事所为诗、骚、铭、记、书、檄、论、撰，率皆过人。……公诗本似李、杜，晚喜陶渊明，追和之者几遍。①

对于前代思想文化遗产，无论是孔、老、庄、《易》、释，还是贾谊、陆贽，抑或是李白、杜甫、韩愈、柳宗元、刘禹锡、白居易等，他都广泛学习，兼包并蓄；而在古今诗人中，他最喜爱的则是陶渊明，他自己在《与子由书》中也说："吾于诗人，无所甚好，独好渊明之诗。"②

然而，对于屈原这位名垂千古的伟大诗人，苏辙并未提及；在苏轼丰富的诗文论著中，涉及屈原的文字也似乎远不及庄子、渊明诸人。那么，个中缘由何在？苏轼对于屈原到底秉持着一种怎样的接受态度？屈原对于苏轼的人生和创作又有着怎样的影响呢？这应该是一个值得探讨的问题。

---

① 苏辙：《亡兄子瞻端明墓志铭》，《栾城集》第 3 册，上海古籍出版社 2009 年第 2 版，第 1411 页。

② 苏轼撰，孔凡礼点校：《苏轼文集》第 6 册，中华书局 1986 年版，第 2515 页。

一　青年苏轼:"屈原之死"主题的诗赋抒写

"研究屈原，应当以他的自杀为出发点"①，"死亡构成屈原作品和思想最为惊采绝艳的头号主题"②。屈原之死所带来的巨大震动和无尽思考，一代又一代地拷问着中国文人乃至整个民族的心魂。自汉之贾谊、刘安、司马迁，魏晋之嵇康、阮籍，唐之韩愈、柳宗元、刘禹锡，以至宋之苏轼、朱熹，概莫能外。而苏轼文集中关于屈原的三篇诗赋作品，所抒写的就都是这个"屈原之死"的头号主题。

(一) "屈原古壮士，就死意甚烈":《屈原塔》《竹枝歌》的死亡主题

苏轼有一个期冀他读书从宦的父亲和深明大义的母亲，故自幼即"奋厉有当世志"。据苏辙记忆，苏轼 10 岁之时，母亲程氏曾教他读《后汉书·范滂传》。范滂（137—169）是汉末一位疾恶如仇、忧国忧民的直臣与孝子。其时冀州大饥，盗贼群起，范滂任"清诏使"按察郡县不法官吏，"慨然有澄清天下之志"。后因见时政腐败，弃官而去。至汉灵帝初年再兴党锢之狱，虽已辞官在家的范滂又被下诏捕狱。范滂不忍"令老母流离"，于是毅然投案诣狱，被杀时年仅 33 岁③。范滂不畏权势、舍身取义的壮烈故事，使小小年纪的苏轼感奋不已。于是，苏轼问母亲："轼若为滂，夫人亦许之否乎?"母亲回答道："汝能为滂，吾顾不能为滂母耶?"④

十年后的嘉祐元年（1056），20 岁的苏轼随父亲、兄弟走出家乡，到达京城开封，并在次年的科举考试中一举成名高中进士，得到主考官欧阳修乃至仁宗皇帝的青睐。可是，正当初入仕途的苏轼满怀热情之时，尚在中年的母亲却在家乡眉山病逝。噩耗传来，父子三人匆忙回乡奔丧。年轻

---

① 梁启超:《屈原研究》，载夏晓虹编《梁启超文选》（下），中国广播电视出版社 1992 年版，第 165 页。

② 李泽厚:《古典文学札记一则》，《文学评论》1986 年第 4 期，第 66 页。

③ 参见范晔撰，李贤等注《后汉书》，中华书局 1965 年版，第 2203—2208 页。

④ 苏辙:《亡兄子瞻端明墓志铭》，《栾城集》第 3 册，上海古籍出版社 2009 年第 2 版，第 1411 页。

的苏轼，平生第一次领略了亲人逝去的悲痛，并且居家为母亲守孝。嘉祐四年（1059），苏轼在服母丧期满后和父亲、兄弟再次出川赴京。途经忠州（今属重庆），看到这个与屈原平生行迹并没有关联的地方竟建有一座屈原塔，惊异之余便写下了一首题为《屈原塔》的五言古诗。其诗云：

> 楚人悲屈原，千载意未歇。精魂飘何处？父老空哽咽。
> 至今沧江上，投饭救饥渴。遗风成竞渡，哀叫楚山裂。
> 屈原古壮士，就死意甚烈。世俗安得知，眷眷不忍决。
> 南宾旧属楚，山上有遗塔。应是奉佛人，恐子就沦灭。
> 此事虽无凭，此意固已切。古人谁不死，何必较考折。
> 名声实无穷，富贵亦暂热。大夫知此理，所以持死节。①

或许是与诗题有关，因为所谓"塔"原本就是供奉佛骨或保存死者遗体的地方。这忠州屈原塔里，当然不会有屈原的遗体，但却一定是投江而死的屈原的亡魂可以安顿之所；或许更是由于苏轼记忆里留存的范滂英勇赴死和母亲程氏遽然辞世所引发的死亡之思：《屈原塔》诗抒写的就是一个有关于屈原自沉的主题。

《屈原塔》诗分为三段：开首八句，泛写千百年来楚人从未停歇的悼屈"遗风"，人们在沧江上竞渡龙舟、投放粽子、呼唤亡灵，楚山楚水之间，到处回荡着楚人呼天喊地的哀哭之声！真可谓"楚人悲屈原，千载意未歇"；中间八句，具论忠州屈原塔的由来，当是三楚故地"奉佛人"为使屈原壮烈"就死"的事迹代代相传、永不沦灭而建；最后八句，作者赞叹屈原为坚持名节而死的价值意义，从而归结忠州人民修建屈原塔的深厚情谊，"此事虽无凭，此意固已切"。此诗，从"楚人悲屈原"之"死"起，至"所以持死节"结，一气贯注地叙写了"古人谁不死"，而屈原"就死意甚烈"的死亡主题，寄托着青年苏轼对屈子自沉的理解和高洁人格的景仰，预示着诗人未来不同凡俗的人生道路和志节操守。

苏轼兄弟在忠州时，还创作有著名的《竹枝歌》。据《乐府诗集》记载："《竹枝》本出于巴渝。唐贞元中，刘禹锡在沅湘，以俚歌鄙陋，乃

---

① 苏轼撰，傅成、穆俦校点：《苏轼全集》，上海古籍出版社 2000 年版，第 5 页。

依骚人《九歌》作《竹枝》新辞九章,教里中儿歌之。"① 刘禹锡谪居巴山楚水之间,据民歌而改作九章《竹枝》新辞,在轻扬缠绵的音调中,歌咏三峡风光或男女恋情,折射自己"置身"贬谪之地的生活环境和情感心态,对当时及后世的"竹枝"歌词创作均极有影响。其中如"杨柳青青江水平,闻郎江上唱歌声。东边日出西边雨,道是无情却有情"等诗歌,至今传唱。

但苏轼的九章《竹枝歌》②,无论是内容和情调都与刘禹锡的《竹枝》辞有所不同。苏轼一变唐人"有淇、濮之艳"的诗风而发为幽怨之音,借以悲悼屈原等楚人之死,如其诗中曰:

> 苍梧山高湘水深,中原北望度千岑。帝子南游飘不返,惟有苍苍枫桂林。
> 水滨击鼓何喧阗,相将扣水求屈原。屈原已死今千载,满船哀唱似当年。
> 吁嗟忠直死无人,可怜怀王西入秦。秦关已闭无归日,章华不复见车轮。
> 君王去时箫鼓咽,父老送君车轴折。千里逃归迷故乡,南公哀痛弹长铗。
> 横行天下竟何事,弃马乌江马垂涕。项王已死无故人,首入汉庭身委地。
> 富贵荣华岂足多,至今惟有冢嵯峨。故国凄凉人事改,楚乡千古为悲歌。

从屈原、怀王、项羽之"死",苍山、湘水无情草木之"泣",到帝子南游、父老哽咽、南公哀痛,苏轼笔下的《竹枝歌》,不啻是一曲以屈原为代表的楚人坎坷历史的"千古悲歌"!诚如苏轼《竹枝歌叙》自道:"《竹枝歌》本楚声,幽怨恻怛,若有所深悲者。岂亦往者之所见有足怨者欤?夫伤二妃而哀屈原,思怀王而怜项羽,此亦楚人之意相传而然者。……故特缘楚人畴昔之意,为一篇九章,以补其所未道者。"

---

① 郭茂倩:《乐府诗集》卷81 "竹枝二十二首",中华书局 1979 年版,第1140页。
② 参见苏轼撰,傅成、穆俦校点《苏轼全集》,上海古籍出版社 2000 年版,第5—6页。

（二）"苟宗国之颠覆兮，吾亦独何爱于久生"：《屈原庙赋》论屈原之死

苏氏兄弟在离蜀适楚期间，还作有同题的《屈原庙赋》。苏轼之赋，清王文诰《苏文忠公诗编注集成·总案》、吴雪涛《苏文系年》、孔凡礼《苏轼年谱》等，均以为与《屈原塔》诗一样，乃嘉祐四年与苏洵、苏辙一道赴开封途中所作，作者时年 23 岁。

但是，曾枣庄先生发表的《苏赋十题》及《宋代文学编年史》，却据南宋郎晔（绍熙三年）所编《经进东坡文集事略》卷一《屈原庙赋》题下注引晁补之"公之初仕京师，遭父丧而浮江归蜀也，过楚屈原之祠为赋以吊"之语，因而改系为宋英宗治平三年（1066）所作①，苏轼时年 30 岁。

曾先生此说一出，颇获好评，有论者认为"郎晔为宋人，晁补之是苏门四学士之一，其言自当更为可信"②。但是，笔者以为此说仍有不周之处。

首先，此说尚属孤证，且晁补之《变离骚》之书已经散佚不全，《屈原庙赋》题下注所引之语无法核实。例如，元祝尧《古赋辨体》，并录苏东坡《屈原庙赋》与《赤壁赋》，祝尧已引"晁补之云"以评价《赤壁赋》，对于《屈原庙赋》的介绍却引朱熹《楚辞后语》"公自蜀而东道出屈原祠下尝为之赋"等语，而未引上述郎晔注所言。而且，祝尧在苏辙《屈原庙赋》题下也说"公尝与兄子瞻同出屈祠而并赋"。据此可知，大致与郎晔同时的朱熹，以及宋元之际的祝尧对于二苏《屈原庙赋》的写作时间，是主"自蜀而东道出屈原祠下尝为之赋"而不取郎晔注引晁补之之说③。此中缘由，或即因"晁补之语"存在疑问。

其次，在曾枣庄此说之前，孔凡礼《苏轼年谱》已转引过郎晔注引晁补之语，但却明确表示"不从"其说④。这表明孔凡礼已注意到晁氏之

---

① 曾枣庄：《苏赋十题》，载《中国苏轼研究》第 3 辑，学苑出版社 2007 年版，第 15—16 页；曾枣庄、吴洪泽：《宋代文学编年史》，凤凰出版社 2012 年版，第 660 页。

② 湛庐：《评曾枣庄、吴洪泽〈宋代文学编年史〉》，《文学评论》2011 年第 1 期。

③ 参见祝尧编《古赋辨体》，载王冠辑《赋话广聚》第 2 册本，北京图书馆出版社 2006 年版，第 434、444 页。

④ 孔凡礼：《苏轼年谱》，中华书局 1998 年第 1 版。

语或有不当而未予采纳,现曾枣庄先生"旧话重提",而没有补充新的证据,当然仍不能使人信服。

最后,此说与《屈原庙赋》内容及苏轼行事不合。今苏轼《屈原庙赋》开篇即言"浮扁舟以适楚兮,过屈原之遗宫",是指自蜀浮江而下,到达楚地。若是遭父丧后再从开封溯江而上又一次造访屈原庙,即所谓"浮江归蜀"的话,就应改写成"浮扁舟以归蜀兮,再过屈原之遗宫"了①。况且,同样是南宋人的朱熹也在其《楚辞后语》之苏轼《服胡麻赋》题叙中明言苏轼"自蜀而东,道出屈原祠下,尝为之赋"②,而不是说"浮江归蜀"而为之赋。故此"遭父丧而浮江归蜀、过楚屈原之祠为赋以吊"之说,与《屈原庙赋》内容不合;同时,苏洵病卒开封,朝廷"敕有司具舟载其丧归蜀"。苏轼兄弟护丧扶灵,水陆兼程,千里归乡。当此之时,苏轼若又重游楚地为赋以吊屈原,亦与奔丧的情事、情理矛盾。

诚如上述,则笔者以为若要改系《屈原庙赋》的写作时间尚需进一步论证。

《屈原庙赋》的主题,也是论屈原之死。这篇不到 400 字的骚体赋,以"屈原庙"为题,以屈原之死立论。在赋中,"死"字先后出现了五次,从而一线贯穿全篇。赋的首段,叙作者浮舟适楚,睹屈原庙而感叹其"生无所归而死无以为坟",从而提出屈原之死的问题以领起全篇;接着是赋的主体部分,以"处死之为难"为中心展开议论。苏轼推想屈原"徘徊江上欲去而未决"的艰难之状,既赋《怀沙》之篇以明"知死不让",又连用两个"岂不能"的反问句展现内心的理性思考和情感痛苦:

> 吾岂不能高举而远游兮,又岂不能退默而深居?独嗷嗷其怨慕兮,恐君臣之愈疏。生既不能力争而强谏兮,死犹冀其感发而改行。苟宗国之颠覆兮,吾亦独何爱于久生。③

---

① 与此同理,曾枣庄先生为证明《屈原庙赋》为治平三年所作,曾以苏辙《巫山庙》诗"乘船入楚溯巴蜀"句为例说,这一"溯"字无可辩驳地证明苏辙此诗作于"遭父丧而浮江归蜀"时,如有人所说此诗作于嘉祐四年,那就应为"乘船入楚出巴蜀"(曾枣庄:《论苏赋》,《上海师范大学学报》2005 年第 5 期)。

② 朱熹:《楚辞后语》,载《楚辞补注》,上海古籍出版社 1979 年版,第 300 页。

③ 苏轼撰,孔凡礼点校:《苏轼文集》,中华书局 1986 年版,第 2 页。

屈原对于生长于斯的祖国有着太多的期望和不舍，所以他否定了或"高举远游"，或"退默深居"的种种设想，同时也最终否定了"力争而强谏"的可能性。一切努力终成徒劳，连我的祖国也即将"颠覆"，那么，我活着还有什么意义！在赋中，苏轼还驳议了扬雄、班固等人以屈原自沉为"非智"的责难之辞，从而肯定屈原之死是由于楚国前途命运的无望，是出于无法割舍的"宗国""君臣"之义。

苏轼此赋，表达了对屈原之死的理解和肯定，张扬屈原以死谏君、以身殉国的社会意义，对"苏门四学士"中的晁补之以及南宋洪兴祖的《楚辞》论述，以及朱熹评价屈原的"忠君爱国"之说，都产生了直接的影响。如洪兴祖《楚辞补注·离骚后序》言："屈原，楚同姓也。……同姓无可去之义，有死而已。《离骚》曰阽余身而危死兮，览余初其犹未悔。则原之自处审矣。……生不得力争而强谏，死犹冀其感发而改行……臣子之义尽矣。非死为难，处死为难。屈原虽死，犹不死也。"① 很明显，就是对苏轼之论的接受和继承。朱熹则在其苏轼《服胡麻赋》题序中说："独公自蜀而东，道出屈原祠下尝为之赋，以诋扬雄而申原志……是为有发于原之心。"② 宋元之际，祝尧所编《古赋辨体》，将苏氏兄弟的两篇《屈原庙赋》一并收录。祝尧评苏轼之赋"中间描写（屈）原之心如亲见之，末意更高，真能发前人所未发"；然后又比较二苏之赋，谓"大苏之赋，如危峰特立，有崭然之势，小苏之赋，如深溟不测，有渊然之光"③。可见他对苏轼《屈原庙赋》的思想艺术成就十分肯定。

二　中晚年苏轼：对屈宋辞赋的推尊与评论

屈原既死之后，自贾谊以至刘勰的整个汉魏六朝，屈原及其作品一直受到重视。但由隋及唐入宋，楚辞之学却渐趋衰微。北宋前期，虽然王禹偁、梅尧臣、蔡襄、王安石、沈括、王令、郭祥正等时有骚体辞赋之作，但苏轼仍以为楚辞已成将坠之"微学"而深感忧虑。因此，他一方面身

---

①　洪兴祖撰，白化文等校点：《楚辞补注》，中华书局 1983 年版，第 50 页。

②　朱熹：《楚辞后语》，载《楚辞补注》，上海古籍出版社 1979 年版，第 300 页。

③　祝尧编：《古赋辨体》，载王冠辑《赋话广聚》第 2 册本，第 434、444 页。

体力行，创作骚体辞赋作品，"手校《楚辞》十卷"①；另一方面又发表有重视楚辞骚赋、呼唤屈骚传统的言论，表达其推尊屈宋辞赋的观念。

宋神宗元丰元年（1078），步入中年（时 42 岁）的苏轼，在为鲜于侁（字子骏）所撰《书鲜于子骏楚词后》中，就对屈宋辞赋及时人的拟骚赋给予了高度的评价和充分的肯定。其文云：

> 鲜于子骏作楚词《九诵》以示轼。轼读之，茫然而思，喟然而叹曰：嗟乎，此声之不作也久矣，虽欲作之，而听者谁乎？……好之而欲学者无其师，知之而欲传者无其徒，可不悲哉？今子骏独行吟坐思，寤寐于千载之上，追古屈原、宋玉，友其人于冥寞，续微学之将坠，可谓至矣！②

鲜于子骏，名侁，阆州人，与苏轼友好而颇多诗文往来。苏轼此文，情深意切，既为楚辞"欲学无师、欲传无徒"的状况伤感，更为眼前鲜于子骏《九诵》的问世兴奋不已，且许以"追古屈原、宋玉，友其人于冥寞，续微学之将坠，可谓至矣"的高度赞誉。字里行间，溢满呼唤屈、宋传统的深挚情感。

宋玉《高唐》《神女》《登徒子好色》诸赋，《文选》收入"赋"类之"情"门。萧统在编辑这三篇赋时，将各赋的第一段文字均划分为"序"，其后才是赋的正文。对这样一种被刘勰称为"序以建言"（《文心雕龙·诠赋》）的划分方式，古今学人的态度，大致可分为两派：主流的意见是接受认可为"序"；反对者以为原本就是赋的正文部分，而最早提出这种不同看法的可能就是苏轼。

哲宗元符二年（1099），苏轼 63 岁，他在所写《答刘沔都曹书》中说：

> 梁萧统集《文选》，世以为工。以轼观之，拙于文而陋于识者，莫统若也。宋玉赋《高唐》《神女》，其初略陈所梦之因，如"子虚""亡是公"相与问答，皆赋矣。而统谓之"叙"，此与儿童之见

---

① 陈振孙：《直斋书录解题·楚辞考异》，上海古籍出版社 1987 年版，第 434 页。
② 苏轼撰，孔凡礼点校：《苏轼文集》，中华书局 1986 年版，第 2057 页。

何异。①

苏轼认为宋玉《高唐赋》开篇"昔者楚襄王与宋玉游于云梦之台"至
"玉曰唯唯"、《神女赋》开篇"楚襄王与宋玉游于云梦之浦"至"玉曰
唯唯"这两大段文字,如同司马相如《子虚赋》开篇"子虚、亡是公、
乌有先生"的一段问答一样,都是赋的正文,而不是序。

细察宋玉赋的结构内容,苏轼之说确有道理,故此说也颇有影响。如
两宋之际,王观国《学林》卷七"古赋序"条,即指出《文选》所载傅
毅《舞赋》及宋玉《高唐》《神女》《登徒子好色》等"四赋本皆无序,
昭明太子因其赋皆有'唯唯'之文,遂误析为序也"②。清乾隆时学者章
学诚(1738—1802)、王芑孙(1755—1817)的看法也与苏轼之说相近。
如章学诚《文史通义·诗教》云"赋有问答发端,误为赋序,前人之议
《文选》,犹其显然者"③。章氏"前人之议"云云,当是指苏轼此说。王
芑孙《读赋卮言·序例》则更明确指出,"周赋未尝有序。宋玉赋之见
《文选》者四篇,不载于《选》者一篇,皆无序。盖古赋自有散起之例,
非真序也。《高唐》《神女》《登徒子好色》三篇,李善、五臣,皆题作
序。汉傅武仲《舞赋》引宋玉《高唐》之事发端,亦题为序,其实皆非
也"④。今人钱锺书先生《管锥编》,亦曾引东坡讥昭明《文选》"编次无
法"之语,以证苏说之不误⑤。

而不满苏轼之说者,则可以清人何焯为代表。何焯评《文选·〈高
唐赋〉》时,曾反驳苏轼道:"苏子瞻谓'自玉曰唯唯以前皆赋,而此谓
之序,大可笑。按相如赋首有亡是公三人论难,岂亦赋耶?'是未悉古人
之体制也。刘彦和云'既履端于唱序,亦归余于总乱,序以建言,首引
情本,乱以理篇,迭致文契。'则是一篇之中,引端曰序,归余曰乱,犹
人身中之耳目、手足各异其名。苏子则曰'莫非身也,是大可笑',得
乎?"⑥ 而日本人铃木虎雄《赋史大要》又折中苏、何二家之说,谓"苏

---

① 石声淮、唐玲玲选注:《苏轼文选》,上海古籍出版社 1989 年版,第 328 页。

② 何新文、苏瑞隆、彭安湘:《中国赋论史》,人民出版社 2012 年版,第 189 页。

③ 章学诚著,叶瑛校注:《文史通义校注》,中华书局 1985 年版,第 81 页。

④ 王芑孙撰:《读赋卮言》,载王冠辑《赋话广聚》第 3 册本。

⑤ 钱锺书:《管锥编》第 3 册,中华书局 1979 年版,第 869 页。

⑥ 何焯著,崔高维点校:《义门读书记》,中华书局 1987 年版,第 882 页。

轼之说，亦有一理；何焯之说，亦有所未精。二人皆以混同我辈所谓序、乱与赋之首、尾，为斯论争者也，若明此区异，则议论自息矣"①。

关于辞赋作品的结构体制，古今学人颇多探索。在萧统《文选》之前，刘勰《文心雕龙·诠赋》已有"既履端于唱序，亦归余于总乱，序以建言，首引情本，乱以理篇，写送文势"的论述，当是分赋为"唱序、总乱"和正文三个部分。此后，元人陈绎曾《赋谱》则明确楚汉辞赋的体制段落为"起端、铺叙、结尾"三部分②，与萧统、刘勰的意见又稍有不同。进入近现代，最先有铃木虎雄论"赋之结构—形式"，以为自成"首、中、尾"三部，但又有两种情况：一是"始有序、中间有本部、终有乱系重歌讯等"；二是"序、乱"二者皆无，"即仅在赋之本部而自为三部者，即其首部、尾部用散文体，中间部用韵文体者"③。故铃木氏评苏轼、何焯论《高唐赋》是否有"序"之争，是因为二人混同了所谓"序、乱与赋之首、尾"的关系。

在当今选注、叙论宋玉《高唐》《神女》诸赋的众多赋选或文著之中，虽然依萧统《文选》之例而以各篇首段为"序"的仍然相当普遍，但与苏轼之说相同者依然有之。仅就笔者所见，如马积高先生认为《高唐》《神女》赋"是问答体的文赋"，《高唐赋》开篇"昔者楚襄王与宋玉游于云梦之台"至"玉曰唯唯"为"第一大段"，并不称其为"序"④。曹明纲先生更认为"辞赋一般多由首、中、尾三个部分组成。其首部多用散文句式，中部则以大段韵文组成，尾部又用散句归结"，《高唐》《神女》赋也是包括"散文首部、韵文中部、散文尾部"三部分，而不存在所谓"序"文，"现存辞赋有序者当推东汉班固的《两都》赋，其序于赋的散—韵—散三部分之前，更增加一段议论文字"⑤。

哲宗元符三年（1100），苏轼从海南岛北归途中经广东清远时所撰《与谢民师推官书》，是他平生最后一次较为集中的文学论述，文中有云：

> 扬雄好为艰深之辞，以文浅易之说。若正言之，则人人知之矣。

① ［日］铃木虎雄：《赋史大要》，载王冠辑《赋话广聚》第 6 册本，第 495 页。
② 参见何新文、苏瑞隆、彭安湘《中国赋论史》，人民出版社 2012 年版，第 225 页。
③ ［日］铃木虎雄：《赋史大要》，载王冠辑《赋话广聚》第 6 册本，第 493 页。
④ 马积高：《赋史》，上海古籍出版社 1987 年版，第 45 页。
⑤ 曹明纲：《赋学概论》，上海古籍出版社 1998 年版，第 69、74 页。

此正所谓"雕虫篆刻"者，其《太玄》《法言》，皆是类也。而独悔于赋，何哉？终身雕篆，而独变其音节，便谓之"经"，可乎？屈原作《离骚经》，盖《风》《雅》之再变者，虽与日月争光可也。可以其似赋而谓之"雕虫"乎？使贾谊见孔子，升堂有余矣，而乃以赋鄙之，至与司马相如同科！雄之陋，如此比者甚众。可与知者道，难为俗人言也。①

苏轼借批评扬雄晚年"独悔于赋"之说，以肯定屈原之作。在他看来，辞赋本身虽有水准高下之分，但以所谓"雕虫篆刻"而鄙视辞赋则是浅陋的。苏轼承刘安、司马迁、刘勰之后，高度评价屈原《离骚》的崇高地位和伟大价值，以为乃"《风》《雅》之再变者，虽与日月争光可也"。

三 "虽不适中，要以为贤"：苏轼对屈原的接受态度

自青年时代在《屈原塔》《屈原庙赋》等诗赋作品中集中书写屈原之死，到中晚年以后推尊并高度评价屈宋辞赋，可以说，屈原的影响贯穿了苏轼自青春年少以至垂暮晚年的人生旅程。但是，我们仍然不能否认，在苏轼丰富繁多的诗文词赋及文史论著之中，有关屈原的文字并不算多，提及屈、宋及其辞赋的频率不仅无法与其晚岁"独好"的陶渊明相比，而且也远不及庄周与李白、杜甫、韩愈、柳宗元、刘禹锡、白居易诸人；此外，从人生的角度而言，人们甚至也很难把超然旷达、随遇而安的苏轼与愤世嫉俗、特立独行的屈原相提并论②。

为什么会出现这样的情形？原因或许是多方面的，但苏轼对于屈原的接受态度，则应该最值得关注。

让我们仍然回到《屈原庙赋》，苏轼在赋末写道：

呜呼！君子之道，岂必全兮。全身远害，亦或然兮。嗟子区区，

① 石声淮、唐玲玲选注：《苏轼文选》，上海古籍出版社 1989 年版，第 331 页。

② 朱光潜论陶渊明，认为"可以和他比拟的，前只有屈原，后只有杜甫"，而苏轼"在陶公面前终是小巫见大巫"（《诗论》，三联书店 1984 年版，第 277 页）；李泽厚论《离骚》"开创了中国抒情诗的真正光辉的起点和无可比拟的典范"，而苏轼"比起屈、陶、李、杜，要大逊一筹"（《美的历程》，中国社会科学出版社 1989 年版，第 65、152 页）。

　　独为其难兮。虽不适中，要以为贤兮。夫我何悲，子所安兮。

　　这"虽不适中，要以为贤"之句，正是青年苏轼清晰表达的接受态度。屈原自沉之后，历代文人学士从各自的角度对此提出了许多不同的看法。如西汉贾谊的《吊屈原赋》，已有"固自引而远去""远浊世而自藏"之议；扬雄亦"怪屈原自投江而死"，质疑"君子得时则大行，不得时则龙蛇，遇不遇命也，何必沉身哉"①？他还在《法言·吾子》篇以"如玉如莹、爰变丹青"的比喻，提出了屈原是否"智"的问题；东汉梁竦《悼骚赋》肯定屈原"既匡救而不得兮、必殒命而后仁"，批评贾谊和扬雄的误解（"惟贾傅其违指兮、何扬生之欺真"）后，班固仍然怨责屈原"忿怼不容、沉江而死"有违"明哲保身"之道，亦"非明智之器"②。而至被苏轼目为"南迁二友"③之一的唐代文学家柳宗元，则对屈原之死表达了与众不同的肯定性意见，其《吊屈原文》云：

　　　　委故都以从利兮，吾知先生之不忍；立而视其覆坠兮，又非先生之所志。穷与达固不渝兮，夫惟服道以守义。矧先生之悃愊兮，蹈大故而不贰。④

　　柳宗元批评怨责屈原自甘"隐忍"而留恋楚国的议论，肯定其不忍"立视"故国"覆坠"，而心怀爱国挚诚赴死"不贰"的"服道守义"行为，充分表达了对于屈原之死的理解。

　　值得注意的是，苏轼虽继承了柳宗元肯定屈原慷慨赴死的正确见解，但仍然作出了"虽不适中"的非肯定性评价。而所谓"适中"，是指一种调和事物矛盾的处世之道。《礼记·中庸》曰："执其两端，用其中于民。"朱熹注谓"中者，不偏不倚，无过、不及之名"，又引"子程子曰：

　　① 班固撰，（唐）颜师古注：《汉书·扬雄传》第11册，中华书局1962年版，第3515页。
　　② 班固：《离骚序》，载《楚辞补注》，中华书局1983年版，第49—50页。
　　③ 苏轼撰，孔凡礼点校：《苏轼文集》，第1626页。《与程全父十二首》之十一云："流转海外，如逃空谷……惟陶渊明一集，柳子厚诗文数册，常置左右，目为二友。"
　　④ 柳宗元：《吊屈原文》，载（宋）朱熹《楚辞补注》，上海古籍出版社1979年版，第288页。

不偏之谓中，不易之谓庸"①。苏轼在青年时代就接受了儒家的"中庸"学说，他曾撰有《中庸论》上、中、下三篇②，以阐释"中庸"之义。如其《中庸论》下篇曰：

> 夫君子虽能乐之，而不知中庸，则其道必穷。……得其偏而忘其中，不得终日安行乎通途，夫虽欲不费，其可得耶？……然天下有能过而未有能中，则是复之中者之难也。……既不可过，又不可不及，如斯而已乎？……君子见危则能死，勉而不死，以求合于中庸。

在苏轼看来，"适中"是人生的高境界。虽在"君子"而"不知中"，"则其道必穷"，若"得其偏而忘其中"，则"不得终日安行乎通途"。但是，要真正做到"适中""能中"，"既不可过，又不可不及"，却是很难的事情。

苏轼这种"适中"的人生哲学，换一种说法，也就是其《贾谊论》中所说的善于"处穷"：

> 夫君子之所取者远，则必有所待，所就者大，则必有所忍。……安有立谈之间，而遽为人痛哭哉？观其过湘，为赋以吊屈原，纡郁愤懑，趣然有远举之志。其后卒以自伤哭泣，至于夭绝。是亦不善处穷者也。夫谋之一不见用，安知终不复用也？不知默默以待其变，而自残至此。呜呼！贾生志大而量小，才有余而识不足也。③

《贾谊论》是青年苏轼于嘉祐五年所撰策论之一。苏轼认为："取远、就大"的君子，"必有所待"和"必有所忍"。而才高气盛的贾谊，"夫谋之一不见用"就"自残至此"，既为赋以吊屈原，又满腔纡郁愤懑，伤感哭泣，以至于忧伤病沮，英年早逝。究其原因所在，一言以蔽之，可谓"不善处穷者也"。

在写成《中庸论》《贾谊论》三十多年后的晚岁，饱经宦海风波的苏

---

① 朱熹撰：《四书章句集注》，中华书局 2012 年第 2 版，第 17 页。
② 参见苏轼撰，孔凡礼点校《苏轼文集》，第 60—64 页。
③ 同上书，第 105—106 页。

轼，于谪居海南时又撰有一篇题为《浊醪有妙理赋》（以"神圣功用无捷于酒"为韵）的律赋，还进一步表述过这种"适中"的处世之道：

> 得时行道，我则师齐相之饮醇；远害全身，我则学徐公之中圣。……独醒者，汨罗之道也；屡舞者，高阳之徒欤？恶蒋济而射木人，又何狷浅？杀王敦而取金印，亦自狂疏。故我内全其天，外寓于酒。

既要"得时行道"，"远害全身"，就不能像屈原那样"独醒"①，像高阳酒徒郦食其那样沉溺，像曹魏人时苗那样因厌恶"酒徒蒋济"而立木人射之，像晋人周凯那样醉后扬言"杀王敦而取金印"。他们都不免固执偏激，所作所为皆不"适中"而"狷浅、狂疏"。而我则虽外寄形于酒，内心则能顺其自然。

所谓"适中"与"善处穷"，正是苏轼所肯定的处世之道即人生态度或方法策略。苏轼认为，"人生如寄"②，人生多艰，在有限的人生之中，尤其是在身处逆境之际，要心态平和，"允执其中"，要"有所待，有所忍"，有默忍待变的耐心，而不能够偏执极端，也不必满腔纡郁愤懑。即使面临危难之际，既要有"见危能死"的气概，更要有"勉而不死，以求合于中庸"之道的智慧。这可谓是苏轼所追求的处世之道和人生境界，却也正是他不同于屈原的地方。

苏轼持着这样的人生原则来衡量屈原和贾谊，当然都是"不适中"者。屈原是中国文学史乃至世界文学史上，第一个在其文学作品中突出地表现生死主题，并且最终以选择死亡的行动回答这一重大问题的伟大哲学家和诗人。屈原疾恶如仇，刚正不阿，独立不迁，横而不流，坚韧执着，决不妥协，绝不同流合污。屈原有着理想高于生命的人生追求，为了他的政治理想和高洁人格，他不会"勉而不死，以求合于中庸"，而宁愿抛弃生命而坚持其所坚持，如其所谓：

---

① 唐宋文人多有宣称不要做"独醒"之人者，如白居易《咏家酝十韵》谓"独醒从古笑灵均，长醉如今效伯伦"（朱金城《白居易集笺校》，上海古籍出版社1988年版，第1839页）；苏轼《浊醪有妙理赋》谓"独醒者，汨罗之道也"。

② 据王水照等统计，苏轼诗集中共有9处"吾生如寄耳"句（《苏轼评传》，南京大学出版社2011年版，第555页）。

　　宁溘死以流亡兮,余不忍为此态也,伏清白以死直兮,固前圣之
所厚;既莫足与为美政兮,吾将从彭咸之所居。(《离骚》)

　　知死不可让,愿勿爱兮。明告君子,吾将以为类兮。(《怀沙》)

　　宁溘死而流亡兮,恐祸殃之有再。不毕辞而赴渊兮,惜雍君之不
识。(《惜往日》)

　　宁逝死而流亡兮,不忍为此之常愁。(《悲回风》)

　　举世皆浊我独清,众人皆醉我独醒,宁赴湘流,葬于江鱼之腹
中,安能以皓皓之白,而蒙世俗之尘埃乎?(《渔父》)

屈原本有着对生的无限眷恋,对祖国和人民的深厚感情,对生命价值和理
想的执着追求,所以他不愿意轻易去死;可是屈原又有着"信而见疑,
忠而被谤"的特殊遭遇,有着疾恶如仇、绝不同流合污的高洁人格,当
美政的理想无法实现之时,尤其是当郢都沦陷、深爱的祖国正走向危亡而
又无法挽回之时,当屈原的初衷、希望变成失望而最终走向绝望之时,当
屈原在生与死的痛苦思索中最终从理智上觉得"独何爱于久生"也没有
任何价值意义之时,屈原就绝然选择了自沉而死!

　　有如清龚景瀚所谓:"苟己身有万一之望,则爱身正所以爱国,可能
不死也。不然,其国有万一之望,国不亡,身亦可以不死;至莫足与为美
政,而望始绝矣。既不可去,又不可留,计无复之,而后出于死。"(《离
骚笺》)抑或有如梁启超所谓,"易卜生最喜欢讲的一句话:All or noth-
ing。(要整个,不然,宁可什么也没有。)屈原正是这种见解。'异道相
安',他认为和方圆相周一样,是绝对不可能的事。中国人爱讲调和,屈
原不然,他只有极端",他"不肯迁就"①。

　　的确,"虽不适中,要以为贤",可以用来概括苏轼对屈原的评价和
接受态度。一方面,苏轼终其一生,对屈原充满了崇敬和景仰之情,屈原
是其仰慕、师法的榜样,是他心目中神圣而难以企及的对象。这不仅表现
在青年苏轼,因感知屈原之死而连续创作《屈原塔》《竹枝歌》《屈原庙
赋》等一系列诗赋作品;不仅表现在中年的苏轼,为鲜于子骏拟骚作品

――――――――――

　　① 梁启超:《屈原研究》,载夏晓虹编《梁启超文选》(下),中国广播电视出版社 1992
年版。

《九诵》的问世兴奋不已，满怀深情地呼唤时人"追古屈原、宋玉，友其人于冥寞，续微学之将坠"；不仅表现在步入晚年的苏轼，既以学者的态度探究萧统《文选》所载宋玉《高唐》《神女》诸赋，并承刘安、司马迁、刘勰之评，推赏屈原《离骚》为"《风》《雅》之再变者，虽与日月争光可也"；甚至也不仅表现为苏轼的发自肺腑的深情表白："楚辞前无古、后无今"，"吾文终其身企慕而不能及万一者，惟屈子一人耳"①；而且表现为苏轼"浩然天地间，唯我独也正"（《过大庾岭》诗）的"立朝大节"和精神人格亦有屈原的风骨：这就是所谓"要以为贤"。另一方面，苏轼对屈原毫不融通的疾恶孤愤，绝不妥协的执着坚韧，"举世皆浊我独清，众人皆醉我独醒"的特立独行，"知死不让"的义无反顾，则表达了理解的同情。在苏轼心中，屈原是神圣高尚的，同时也是"不适中"、不善"处穷"者。

因此，唯有"虽不适中，要以为贤"，或者是"终其身企慕而不能及"，才足以概括苏轼对屈原的全面评价和接受。太史公曰："《诗》有之：'高山仰止，景行行止。'虽不能至，然心向往之。"② 以司马迁之于孔子的这段话，移用来概括苏轼对于屈原的接受心态，或许也是合适的。

原载《湖北大学学报》2014 年第 5 期，与丁静合作

---

① 蒋之翘：《七十二家评楚辞》，载《楚辞评论资料选》，湖北人民出版社 1985 年版，第 63 页。

② 司马迁：《史记·孔子世家》，中华书局 1982 年第 2 版，第 1947 页。

论刘埙《隐居通议》"古赋"选评的赋学意义

元人对唐宋试赋及律赋的浮华和文赋的以论理为体，大多不以其为然；加之"延祐设科"又"以古赋命题"而弃律用古，故元代赋坛上弥漫着一种倡为"古赋"的复古风气。在赋论领域，江西文人刘埙《隐居通议》中的"古赋"二卷，以兼具选赋与评赋的特点，先于祝尧《古赋辨体》而成为元初古赋理论的代表。

一 "使知吾盱有此前辈"：以盱郡乡贤为主的 "古赋"选录宗旨

刘埙（1240—1319）字起潜，号水村，江西南丰人。生于宋理宗嘉熙四年，年 37 而宋亡，入元后为江西盱郡学正、福建延平路儒学教授等，至元仁宗延祐六年卒，年 80 岁。其著述凡 125 卷，有《隐居通议》《水云村稿》二书入《四库全书》，又《水云村泯稿》二卷列"别集类存目"。事迹见元吴澄《吴文正集》之《故延平路儒学教授南丰刘君墓表》及清道光间龚望曾《水邨先生年谱》等。

刘氏世为儒家。刘埙博览文籍，才力雄放，工诗文辞赋，《水云村稿》即有《汉高帝庙赋》《养生赋》等九篇古赋。在文学批评方面，其《隐居通议》卷 4—23，对历代诗赋、古文、戏剧多有论述评析，体现了较丰富的文学见解。

关于《隐居通议》①的体例及内容，《四库全书总目》提要所述甚详：

> 是书当其晚岁退休时所著也。凡分十一门：《理学》三卷，《古赋》二卷，《诗歌》七卷，《文章》八卷，《骈俪》三卷，《经史》三卷，《礼乐》《造化》《地理》《鬼神》《杂录》各一卷。……其《经史》以下六门，考证亦未为精核，且多饾饤，而《鬼神》一门，尤近于稗官小说。惟评诗、论文之二十卷，则埙生于宋末，旧集多存，其所称引之文，今多未见其篇帙，其所称引之人，今亦多莫识其姓名；又多备录全篇，首尾完具，足以补诸家总集之遗。……凡此之类，颇足以广闻见。至于论诗、论文，尤多前辈绪余，皆出于诸家说部之外。于征文考献，皆为有裨，固谈艺者所必录也。②

四库馆臣对《隐居通议》所论"理学、经史、礼乐、造化、地理、鬼神、杂录"七门均有不满，唯评论文学的"古赋、诗歌、文章、骈俪"四门共 20 卷，却以为颇有价值。

第四、第五两卷，为"古赋"。其体例，是先在卷四列一篇"总评"，发表对"古赋"的总体看法；然后选录唐宋元三代共 16 篇辞赋为例，各赋前列一篇小序简介作者及写赋背景，赋末尚大多列有简短的评论。另外，对汉晋六朝的《三赋》（即《鲁灵光殿赋》《游天台山赋》《芜城赋》）、江淹《别赋》，以及宋苏轼《山中松醪赋》等三题五赋，则未收原赋而列有评论文字。

那么，刘埙是以什么标准，从历代辞赋中选录这些作品的呢？其"总评"曰：

> 作器能铭，登高能赋，盖文章家之极致。然铭固难，古赋尤难。自班孟坚赋《两都》、左太冲赋《三都》，皆伟赡巨丽，气盖一世。

---

① 《隐居通议》，有《四库全书》"杂家类"所收本。本文所据为中华书局 1985 年版"丛书集成初编"本。其书名，《四库全书简目》以及当今某些论著、选本作"隐居通义"。然考《隐居通议》卷 8"秋麓山鸡爱景集"条有"余初著《通议》"句，又卷首清人刘凝《隐居通议序》，评此书有其"议理学也""议古赋也""议天地之有初""大抵无所不议"云云。故笔者以为：此书书名当作"隐居通议"为是。

② 永瑢等：《四库全书总目》，中华书局 1965 年版，第 1049 页。

往往组织伤风骨，辞华胜义味，若涉大水，其无津涯，是以浩博胜者也。六朝诸赋，又皆绮靡相胜，吾无取焉。至李泰伯赋《长江》、黄鲁直赋《江西道院》，然后风骨苍劲，义理深长，驾六朝，轶班、左，足以名百世矣。

近代工古赋者殊少。非少也，以其难工，故少也。其有能是者，不过异其音节而已，而文意固庸庸也。独吾盱傅幼安自得，深明《春秋》之学，而余事尤工古赋。盖其所习以山谷为宗，故不惟音节激扬，而风骨义味，足追古作。……盖吾盱……而以古赋名者，幼安一人而已。今其年八十有三，苦末疾多蹇步，乱离间阻，文会阔疏，因思此老，畴昔谈词如云，山鸣谷应，今则无复此奇士矣。……乃今思其人而不得见，因追寻其所作古赋一二，姑载于此，以备遗忘，且以示诸儿，使知吾盱有此前辈，又知古赋之精工者不得多云。①

这段"总评"，通过略述汉、晋、宋、元古赋和叙载本郡长辈友人傅幼安作古赋事迹，表明刘埙对"古赋"的总体看法及其选录标准。

首先，从形式、体式上看，"古赋"是相对于时文律赋而言的古体辞赋。刘氏"总评"说"古赋尤难"，而以班固《两都》、左思《三都》为例，又在卷五的"三赋"条论及王延寿、孙绰之赋，这明显是以汉晋赋为"古赋"；"总评"接着说六朝诸赋"吾无取焉"，则似将六朝骈俪之赋排除在古赋之外；而卷五，尚有一则江淹《别赋》的评论文字说："惜其通篇止是齐梁光景，殊欠古气。此习流传，至唐李太白诸赋不能变其体，宋朝、国初亦然。"可见六朝以后及唐、宋、元代那些"绮靡相胜"的骈律之赋也不属于古赋。

此外，"总评"虽然没有说到骚体赋，但该书"古赋"两卷所选评的骚体辞赋却达十篇之多，像黄庭坚《毁璧》、邢居实《秋风三叠》这些被朱熹收入《楚辞后语》的作品，更被视为古赋的范本选录。可知刘埙实际上也是将远承楚辞余绪的骚体辞赋视为古赋的。

若如上述，则刘埙的"古赋"，是相对于南朝骈赋、唐宋律赋而言的

---

① 刘埙：《隐居通议》卷4，中华书局1985年版，"丛书集成初编"本，第31—32页。

古体辞赋①。马积高先生曾总括历来对赋体的区分，"有两分、三分、四分、五分乃至六分者"。其中"两分法"，又有"分辞（骚）、赋为二"和"将赋分为古赋和后起的声律对偶之赋两大类"两种。② 而这后一种两分法，似可用以推定刘埙的赋体分类：《隐居通议》将"古赋"与"诗歌、文章、骈俪"并立，乃至此后祝尧《古赋辨体》说唐赋"大抵律多而古少"等，大致都是将"古赋"与"律赋"对称的。

"古赋之名始乎唐，所以别乎律也"（清陆菜《历朝赋格·凡例》）。但唐人之赋律多而古少；"宋之古赋，又往往以文为体"，"以论理为体"（祝尧《古赋辨体》卷八）。而在祝尧之前，刘埙已对宋人以时文律赋取士所带来的负面影响进行了深刻的反思。他在《答友人论时文书》中写道："盖宋朝束缚天下英俊，使归于一途，非工时文，无以发身而行志"，"朝士惟谈某经义好、某赋佳，举吾国之精神工力一萃于文，而家国则置度外……悲夫，爱文而不爱国，恤士类之不得试，而不恤庙社之为墟。由是言之，斯文也，在今日为背时之文，在当日为亡国之具。"③ 在《隐居通议》卷一，刘埙还联系自己的亲身经历，反悔年轻时热衷举业、唯时文是务的行为说："回思吾侪小人，当此年纪，不过刻意举业，志求荣达，日夕汲汲，惟黄册之文是务，举世陷溺，相习成风，曷尝有一之志于道哉。"又卷六说："我辈沉埋场屋时文中，卒无片语登峰造极。"

作为由宋入元的遗民故老和南方文士的代表人物，刘埙对宋代时文律赋乃至于科举、士风均颇有不满，很自然，他对于古文古赋的呼唤也同样强烈。如《隐居通议》卷四的一则"总评"，就反复言及"古赋尤难""近代工古赋者殊少""古赋之精工者不得多云"等，字里行间，充溢着古赋"难工"和推尊"古赋"、倡导"古赋"创作的意趣情怀。

其次，从入选作品看，是以宋元旴郡乡贤"古赋"为主的特别选评本。《隐居通议》所选评的"古赋"篇目，共 18 题 21 篇：

---

① 邓国光《刘埙〈隐居通议〉的赋论》谓"古赋一目，不以时代为取尚"；"刘埙所说'古赋'，自然不是汉晋大赋，而是心目中理想的赋体"。载《文学遗产》1997 年第 5 期，第 73 页。

② 马积高：《历代辞赋研究史料概述》，中华书局 2001 年版，第 12—13 页。

③ 刘埙：《答友人论时文书》，载《水云村稿》卷 21，《四库全书》本。

元傅幼安《秋花草虫》《味书阁》《丽谯》《训畲》，谌祐《落月》；

宋陈宗礼《怀皋》，杨万里《浯溪》，黄庭坚《毁璧》，欧阳修《述梦》《哭女师》，苏辙《御风》，苏轼《山中松醪》《昆阳城》，吴镒《义陵吊古》，邢居实《秋风三叠》；

唐宋璟《梅花赋》（又一篇）；

（汉王延寿《鲁灵光殿》、晋孙绰《游天台山》、宋鲍照《芜城》）《三赋》；梁江淹《别赋》。

所选有原文的辞赋 16 篇，以宋元作者为主，共 10 人 14 篇，其余 2 篇为托名唐人宋璟的《梅花赋》；此外，另有东汉晋宋赋家的《三赋》、梁江淹《别赋》以及宋苏轼《山中松醪赋》3 题 5 篇，未收原赋而仅有评论文字。这 10 名宋元作者中，属江西籍或寓居刘埙家乡——盱郡者，即有欧阳修、黄庭坚、吴镒、杨万里、陈宗礼、谌祐、傅幼安 7 人 11 篇，占总数的 2/3 强；而由宋入元的本郡长辈傅幼安收赋最多，一人就录赋4 篇。

很显然，这不是一个通常的古赋选评本，它明显负载着编选者的偏爱和深挚的乡梓观念；同时，也保存了不少宝贵的宋元盱郡古赋文献，诸如陈宗礼、傅幼安、谌祐这些不见于文学史或赋学史的人物，刘埙均以饱含深情的文字予以载叙。

陈宗礼（1203—1271）字立之，自号千峰，谥文定。世居江西南丰，为南宋末盱郡文学家。他少贫力学，淳祐四年（1244）进士，《宋史》卷421 本传载其任太学博士、广东提点刑狱等职，卒后赠盱江郡侯。著有《寄怀斐稿》《两朝奏议》《经史明辨》《人物论》等。《隐居通议》卷四载其《怀皋赋》，并称其"与西园傅公友，故亦喜作古赋"；卷九"陈文定公诗句"条，载其诗句及字号、履历，称其诗多仿"韦苏州体"，"文章亦多佳议论，盖以欧、曾为宗"。

傅幼安（1214—1297）字自得，又称西园先生，是刘埙极为敬重的盱郡长辈，也是收赋最多、叙论最富、评价最高的古赋家。傅氏生当宋、元之际，而工古赋、骈文。《隐居通议》卷四，除在"总评"中以较多篇幅叙评其剧谈、读赋风概，称之为"奇士"，赞其为"以古赋名者"外，更选评其古赋四篇；又卷六"诗歌一"，叙其所编杜甫、王安石、苏轼、黄庭坚四家诗为"《四诗类苑》",并载其所撰《序》文;卷17"文章五"录其《大觉寺长明灯记》,评其"简严温润、自成一家","古赋则篇篇皆佳";卷22"骈俪二"有"盱江总评"条,称其与刘挨、黄文雷为盱江四六文前辈"三贤"。

谌祐(1213—1298)或作谌佑,字自求,号桂舟,别号服耕子,世居南丰瞿村。元吴澄《故延平路儒学教授南丰刘君墓表》称其与刘壎同号"南丰之彦",入元"时年逾六十,至大德戊戌八十六而终"。《隐居通议》多载其事迹及诗文创作资料:卷五选评其《落月赋》;卷六"诗歌一"有"桂舟评论"与"自知集序"两条,摘录其所撰本人文集《自知集序》及为他人所作诗序文字,并赞评"其学、其识、其议论、其法度,精且严",其"古学古貌,与世少可";卷八有"律选""桂舟七言律撷""五言律撷""五言古撷""七言古撷"等五则,选评其诗句、叙介其著述及唐律诗选注本,言其"幼厌举子业,不求仕,专志古学",著有《三传朝宗》《史汉韵纪》《古书合辙》《桂舟歌咏》《桂舟杂著》《自知集》等,称其诗"自成一家,不肯拾陈蹈故,而于清丽婉活中有苍劲沉郁";又该卷"九皋吟稿撷句"条,又有"桂舟风骨"之语。

上述陈宗礼、傅幼安、谌祐这些盱郡诸老,有如《四库全书总目》云"其所称引之文,今多未见其篇帙,其所称引之人,今亦多莫识其姓名",而《隐居通议》叙论其诗赋及行事,的确"颇足以广闻见",尤其是对于保存乡贤文献、展示盱郡历史文化,具有特殊的意义。

刘壎概览当时以往的两千年赋史,对自汉晋、六朝以至唐宋、元初之赋,大多不满,却唯独标举李觏、黄庭坚与傅幼安等前辈乡贤之作为"古赋"典范,认为"直至李泰伯《长江赋》、黄山谷《江西道院赋》出,而后以高古之文,变艳丽之格";又云"盖吾盱……而以古赋名者,幼安一人而已","因追寻其所作古赋一二姑载于此,以备遗忘,且以示诸儿,使知吾盱有此前辈"。读者从这些不无偏颇的话语中,可以想见"不幸生非盛世,逢此更迁"(《隐居通议》卷11)的作者,对于故国旧乡传统文化的留恋和保存乡贤古赋成就的自觉责任感。

二 "风骨苍劲,义理深长":"古赋"
佳作的思想艺术标准

当是有鉴于宋代时文律赋的委荼、空虚,刘埙论文,十分重视作品的
"风骨"与"义理"。如他在《隐居通议》中,赞赏当时文人车东(字震
卿)之文"尤苍劲峻洁有风骨",与赵必岊(字次山)论文时主张"不
论古文、时文、诗章、四六,但凡下笔铸词,便当以风骨为主"(卷22),
论"冯初心诸作"时指出"若意脉沉厚、风骨苍劲,尤为超绝"(卷
23)。既要求"风骨"苍劲、峻洁,又希望"意脉沉厚",实际上就是在
倡导文学作品思想性和艺术性的统一。

刘埙论赋更是如此。他认为班固、左思之赋,虽"伟赡巨丽,气盖
一世",但却"组织伤风骨,辞华胜义味";六朝诸赋,又皆"绮靡相
胜",故"无取焉"。唯李觏《长江赋》、黄庭坚《江西道院赋》"风骨苍
劲,义理深长",足以超轶班、左、六朝而"名百世";又说江文通作
《别赋》"其通篇止是齐梁光景,殊欠古气。此习流传至唐,李太白诸赋
不能变其体,宋朝、国初亦然。直至李泰伯《长江赋》、黄山谷《江西道
院赋》出,而后以高古之文,变艳丽之格"。再就是,近代盱郡傅幼安的
古赋,"不惟音节激扬,而风骨义味,足追古作"。很显然,在他看来,
是否"风骨苍劲,义理深长",是衡量古赋成败优劣的重要标准。问题
是,这"风骨苍劲,义理深长"的含义是什么呢?

让我们先来看一看刘埙以此高度评价的两位江西同乡:北宋李觏的
《长江赋》和黄庭坚的《江西道院赋》。

宋代文士十分重视诗文的政治教化功用,周敦颐提出"文所以载道"
(《通书·文辞》),还有王安石"文者礼教治政云尔"(《上人书》)之说,
在两宋文坛均有相当广泛的认同。与周、王大致同时的李觏也大体如此。
李觏(1009—1059)字泰伯,建昌军南城人,人称"盱江李先生",是北
宋政治思想家和著名学者,有人认为"李觏是王安石的先驱"①。就学术
思路而言,李觏之学以实用为主,其著作大多是论政治民生,如《富国
强兵安民三十策》之类。所撰易学著作《易论》,继承王弼义理派传统,

---

① 侯外庐主编:《中国思想通史》第4卷(上),人民出版社1980年版,第398页。

自言"援辅嗣之注以解义,盖急乎天下国家之用"(《盱江集·删定易图序论》),故其《易论》13篇,第一论"为君之道"、第二论"任官"、第三论"为臣之道",主张读《易》者要"以忧患之心、思忧患之故",颇具政治忧患意识。其论文,主张经世致用,所谓"文者岂徒笔札章句而已,诚治物之器焉"(《上宋舍人书》)。而刘埙所推许的《长江赋》①,正是李觏政治、文学观的一个实例。此赋《历代赋汇》收在"地理"类,但它与一般写长江景物的赋不同,而是重在分析长江地区的地理、政治形势及其对国家稳定的关系,是在借江水之险以忧国家治乱,俨然是一篇赋体的政论文。如赋中云:

> 臣闻养万物者,惟地之大。水居其上,则地不能载……则江之为水,臣不得而计之矣……时清气和,无涛无波,千丈一席,可眠可歌;变动顷刻,四天怒色,凶烟暴云,对面漆黑……呜呼,山川之阻,土地之富,天下有道,则王之外府,天下无道,则奸雄所处……臣闻《周书》曰:制治于未乱,保邦于未危……伏惟国家重西北而轻东南,臣何以知之?彼之官也特举,此之官也累资,敛于此则莫知其竭,输于彼则唯恐不支。官以资则庸人并进,敛之竭则民业多隳。为贪为暴,为寒为饥,如是而不为盗贼,臣不知其所归。

此赋的写作,本来就在于借题发挥,如赋中所谓"贱臣不获言于朝,敢赋心之忧愁"。故五百余字的赋中,几乎全是直陈利害、指斥时弊之词,而作者每每以"臣"自称,诸如"臣闻""臣何知""臣不知"等一系列用语,明确表露了作者希望"获言于朝"的创作意图。字里行间,涌动着赋家关切时局、忧国忧民的深沉感慨。故刘埙极为推重,他还在《隐居通议》卷18赞之曰:"盱江李先生《长江赋》《袁州学记》,高出欧、苏,百世不朽,当与(韩愈)《平淮西碑》并传。"

黄庭坚的《江西道院赋》,本为元祐八年贺筠州太守柳子仪"新燕居之堂"而作,《历代赋汇》收在"室宇"类,实际上也是一篇借题抒发政治见解的作品。在这篇近五百字的古赋里,除有"江西道院,名不虚生,

---

① 参见陈元龙编《历代赋汇》,凤凰出版社 2004 年版,第 107 页;又见中华书局 1981 年版《李觏集》,第 1—2 页。

爰作新堂，合陈鼓笙"数句点题外，主要篇幅乃在颂美郡守治道、表露作者的政治理想。如赋中写道：

> 昔也忧民之忧，今也乐民之乐。……吾闻风行于上而水波，此天下之至文；仁形于心而民服，此天下之善化。岂可多为令而病民，慢自设险而病民诈邪？九转丹砂，铸铁成金，两汉循吏，铸顽成仁。我简静则民肃，我平易则民亲。今使高安之农养生于桁杨之外，饵笔教讼者传问孝之章，斸耳锁吭、者深春耕之末，卖私斗之刀剑以为牛，羞淫祠之樽俎以养亲，虽承平百年，雨露渗漉，非二千石所以牧人者乎？（《历代赋汇》第 83 卷）

联系到黄庭坚在神宗时"知太和县，以平易治……而民安之"（《宋史》本传）的治政经历，此赋借题发挥"行仁""善化""简静"安民的为官治民之道，实是赋家亲历的经验之谈，其颂美郡守与讽喻时政之情，同样溢于言表。后来黄庭坚为王周彦以大字书写此赋，尚以为"有民社者观之，或有补万分之一耳"（《山谷集》外集卷九《书江西道院赋后》），可知山谷本人也是以此赋为有补于民人社稷的。

这就是刘埙高度揄扬的李、黄二赋。所谓"风骨苍劲"，当是指赋篇苍劲刚健的品格风格；所谓"义理深长"，则是指真实深切的情感内容，尤其是对国运、治道大事的关怀。当然，这两个方面又是互文见义、相互联系的，也就是说，所谓"风骨苍劲，义理深长"，是对赋篇审美风格和情感内容完美统一的理想要求[1]，而不仅仅是"以悲为美的情趣"。[2] 若再进一步分析，可知刘埙兼重"风骨"与"义理"之时，对所谓"义理"是特别强调的。如卷四"总评"在批评汉晋大赋"组织伤风骨，辞华胜义味"之后，又对当时有些只能"异其音节"而"文意"平庸的古赋，深表不满。所谓"文意"，亦即"义理"，也就是赋篇的创意与思想内容。如果某些古赋作品，只有音节、华辞的形式之美，而内容却空洞、情感虚浮，当然也不足取。真正优秀的古赋，必须是李觏《长江赋》、黄

---

[1] 何新文、苏瑞隆、彭安湘：《中国赋论史》，人民出版社 2012 年版，第 220 页。

[2] 陈良运主编《赋学曲学论著选》云："刘氏论赋，从审美倾向上说，崇尚风骨苍劲、义理深长，表现出以悲为美的情趣。"百花洲文艺出版社 2002 年版，第 182 页。

庭坚《江西道院赋》那样既"风骨苍劲"更"义理深长"之作。

刘埙"少负伟略",而"期一当以为世用"(《隐居通议序》)。时值晚年,虽时异势殊,仍在所撰《自志》中自我表白"无位而思救时,无责而喜论事","不务拘束章句,惟圣贤深旨是求"(《水云村稿》卷八)。可见终其一生,始终未忘怀于时世政治。所以,他主张"学以明理,文以载道"(《答友人论时文书》)。对于诗赋作品,他首先注重是否有现实的思想政治内容,认为文运关乎国运,"世道休明,则辞气盛壮",希望文章"虽无补国家实政,然否泰盛衰升降之运,亦可因是观之"(《隐居通议》卷 21《骈俪》"总论")。而北宋江西前辈赋家关怀朝政、讽喻时弊的深沉忧患,正与刘埙"身历乱离"(《骈俪》"总论")、"时命不与"(吴澄《故延平路儒学教授南丰刘君墓表》)的坎坷命运暗合。这恐怕也正是刘埙编辑《隐居通议》及其"古赋"二卷,并且推重"风骨苍劲,义理深长"的古赋标准的终极缘由。

除李、黄二赋外,刘埙以"风骨、义味"置评的还有傅幼安。傅氏在所撰《四诗类苑序》中,曾高度评价杜甫、王安石、苏轼、黄庭坚四家诗"纪时世之盛衰、述政治之微恶[①]、评人物之高下、商古今之得失"的思想艺术价值,可见他对于诗歌的思想政治内容也是很重视的。此《序》中尚有论赋的一段文字云:

> 发于情性之真,本乎王道之正,古之诗也。自风、雅变而骚,骚而赋。赋在西京为盛,而诗盖鲜。故当时文士咸以赋名,罕以诗著。然赋亦古诗之流,六义之一也。司马相如赋《上林》,雄深博大,典丽隽伟,若万间齐建,非不广袤,而上堂下庑,具有次序,信矣词赋之祖乎!……自后作者继出,各有所长,然于组织错综之中,不碍纵横奇逸之势,则左太冲之赋《三都》,视相如尚庶几焉。(卷六"四诗类苑")

傅氏论诗,重视作品是否有益于"世道"的"政治"作用;其论赋,亦从"发于情性之真、本乎王道之正"的"古诗"传统出发,肯定"赋亦古诗之流",司马相如"为词赋之祖",汉晋大赋作品有"雄深博大、典

---

① 微恶:笔者以为,此"微"字,疑是"媺"(即"美")字之误,待考。

丽隽伟、纵横奇逸"的风格气势。这些观点，与刘埙的不满汉晋六朝赋
似乎有所不同，但他们要求诗赋作品具有深厚的思想内容、真切的情感意
趣和劲健俊逸的风格表现，尤其是对政治的关切，则是一致的。故刘埙对
傅赋很是推崇。在卷四"总评"中，不仅用主要篇幅赞美傅幼安的作赋
及行事，以为近代盱郡"以古赋名者，幼安一人而已"，更具体评价其赋
"风骨义味足追古作"，是审美风格与情感内容并重的佳作。

《隐居通议》卷四所收的傅氏四赋，均有鲜明特色：《秋花草虫赋》，
有感于宋徽宗"戏御毫素、闲作花草虫鱼"的绘画而写。宋徽宗是一个
"诸事皆能，独不能为君"的皇帝，后人所撰《宋史·徽宗纪》评价说
"自古人君玩物而丧志，纵欲而败度，鲜不亡者，徽宗甚焉"。傅幼安此
赋，则借对秋花草虫"朝披夕落、朝生暮死"的命运的描写，揭示出
"有盛有衰"的"物理则然"之理与社会规律，并在赋末以"因物化之若
此，悟人事之当知，恨生世之不早，阙微臣之箴规"的赋句，感叹宋徽
宗"多能"丧国，表明其对历史、时世的关切之深。

《味书阁赋》，本是为徐鹿卿所建藏书阁而赋的应酬之作，而时人陈
宗礼读此赋，却"喜其旨深而辞畅"。或许正是欣赏傅氏借题发挥，纵论
读"百种千名"之书要明其"合圣道之与否"，要读出"有大人格君之
业、得君子爱人之义"的"味书之效"与深长义理。

《丽谯赋》，因盱江郡遭灾火重建后，见"鼓角楼尤壮伟"而赋之
"以寓颂规"之意。作者沿承"鲁作《阅》《泮》，史形歌颂，盖以其所作
上有补于国、下有益于民"的美刺传统，在叙写"雄楼"规模之余，更
关注"郡政焉修、民事焉节、兵籍焉制"的政治大事。并对当政者提出
了要关注民生、俭约为政的警示，所谓"登斯楼者，亦有思乎？""出入
是门，俛怍仰愧。囊帛匮金，只为私计，四民失业，五兵犹试，则前车之
覆，阙鉴亦迩。是用斟酌民言，式警有位"。刘埙极为赞赏此赋，以为
"辞严义正，凛然《春秋》衮斧之意，读之令人懔惕"。

《训畬赋》，为陈宗礼所建书斋"训畬堂"而作，作者引韩愈"文章
岂不贵、经训乃菑畬"诗意，推原书堂主人"所以表群经而摘训畬以名
斯堂"的用心，倡导颂扬"明经取青紫，其志固甚小；教子胜籝金，其
喻亦已卑。惟下帷发愤，潜心大业，正谊不谋利，明道不计功，乃纯儒之
所为"的读书目的。

如上所述，傅氏四赋虽然选题似非"冠冕正大"，但作者却借由"秋

花草虫""书阁""丽谯(高楼)"一类日常题材因小见大、见微知著，表达对时世、国运、治道的关怀。作品立意高远、思想深刻，亦属于刘埙所心仪的"风骨苍劲，义理深长"的古赋佳品，所谓"不惟音节激扬，而风骨、义味，足追古作"。故刘埙在载录此四赋之后，又置一段总评云："幼安本以笺表见知诸公间，然四六殊不及赋笔。……先生古赋，独步当世，是谓大手笔。"可见推尊之至。

三 "用功于骚"与"自出机杼"：
对宋元赋家的具体评论

本着"风骨苍劲，义理深长"的审美标准，刘埙在"总评"中高度评价了李觏、黄庭坚及傅幼安"古赋"的艺术成就。然后，又以赋篇序论或尾评的形式，对所选古赋作家作品作了品评分析，从中还可以具体地了解他的一些赋学观点。

一是推重悼亡吊古辞赋"用事写情"的"悲哀缱绻"情怀。如果说刘埙以"风骨苍劲，义理深长"评《长江赋》《江西道院赋》，强调的是关切国运、治道的忧患意识。那么，在对悼亡吊古辞赋的选评时，则又表现出注重"用事写情"的人生感受和自然流露的悲怆情怀。

如前所述，《隐居通议》所选评的十几篇古赋中，骚体赋已占到一半以上；同时，还值得注意的是：这其中又以悼亡、吊古之作居多，如《怀皋》《毁璧》《落月》《述梦》《哭女师》《义陵吊古》等6篇，也占总数的1/3强！面对这样一个辞赋体式、题材的选评比例和密度，我们不能不认为：刘埙论赋，具有偏重骚体和"悲"情的审美趣尚。

《毁璧》，是所录黄庭坚的唯一赋篇。朱熹《楚辞后语》曾以为"词极悲哀"，刘埙亦视此为"古赋"典范。他先在序论中指出："近世骚学殆绝……至宋豫章公，用功于《骚》甚深，其所作亦甚似，如《毁璧》一篇，则其尤似者也。"继而指出《毁璧》又是其痛失亲人的悼亡之作，赋家因事写情，有感而发，故"此词三章，一章言其失爱于姑也，二章言其死而不免于水火也，三章言其死后山川寂寥也。每章以'归来兮逍遥'句结之……词清峭而意悲怆，每读令人情思黯然"。

谌祐《落月赋》，也是为哀悼亡友而作。而他与亡友"相知极深"，故此赋真情流露，感人至深。赋的开篇，即以"月落兮厓空、堕白璧兮土中，草木瘁兮、山川失容”之句，写出了作者因挚友逝去的无比悲痛之情。故刘埙选录此赋，而缀尾评道："此桂舟谌公为故友范去非作也。奇丽悲咤，趣味深长，足与《毁璧》并驾。"

还有陈宗礼为次兄陈九皋"中寿而殁"所作的《怀皋赋》，虽然赋中不乏常见的悲悼、追思之辞，却更有"万缘聚而必散、一气运而无穷"，"眠而视之若远兮，焉不知朝暮之与随，春与猿吟兮秋鹤与飞，无不在兮岂予违"之类超然乘化、富有哲理之语，故刘埙以为"独清峭可爱"。

欧阳修的《述梦赋》与《哭女师辞》，前篇或为寡妇悼亡夫而赋，刘埙以为"其词哀以思，似为悼亡而作者"。后篇则是为悼念小女夭折而作的哀辞，如赋中云："暮入门兮迎我笑、朝出门兮牵我衣。""忽然不见兮一日千思"，"于汝有顷刻之爱兮，使我有终身之悲"。作者先追念亡女生前的音容笑貌，转而写出突然逝去后的无穷思念，再现了一个慈爱的父亲对小女儿的生前之爱与死后带来的"终生之悲"，语短情长，令人感伤不已。刘埙读后亦倍加感叹："以上两篇，悲哀缠绵，殆骨肉之情，不能忘邪！"

刘埙选评欧阳修、黄庭坚、陈宗礼、谌祐的辞赋，唯录其痛失亲友的悲悼之作，所欣赏的正是如此"悲哀缠绵""奇丽悲咤"的深挚情怀；此外，还有那种"风骨苍劲"的咏史吊古之作，也同样别有思致。如宋末江西临川文人吴镒的《义陵吊古赋》，因凭吊义宁县楚怀王之孙（心）的陵墓而作，刘埙亦以为"此赋幽然而深，黯然而光，读之令人凄然而悲"。所表现的仍然是对于宋人抒写悲怨情怀之骚体辞赋的情有独钟。这与其推崇杜甫及其诗《哀江头》、《羌村》三首、"三吏三别"，欣赏其可见"少陵忠君忧国"，"或豪宕悲壮，或深沉感慨"，或"中涵深悲"（卷七《诗歌二·杜少陵》）的以悲为美的倾向也是相一致的。

二是主张"自出机杼"、出意创新的古赋创作原则。刘埙关于辞赋创作的出意创新，包含有两层意义。第一，是要熟读文史典籍，丰富学养，提高艺术表现能力。《隐居通议》卷18"文章六"列有"诗文取新"一条云："语意不尘，诗文之一妙也。韩文公云惟陈言之务去，戛戛乎其难哉！或曰：是不难，熟复庄、骚，即不尘矣。学文者能取《庄》《骚》玩味之，又取《世说新语》佐之，则尘腐之病去矣。"在论辞赋的创作时，他也持同样的观点。他在苏辙《御风词》的序论中，肯定黄庭坚"作《枯木道士赋》，深得《庄》《列》旨趣"，并赞成山谷的意见，认为作赋不仅要"用功于骚",而且"当熟读《庄周》《韩非》《左传》《国语》,看其致意曲折处,久久乃能自铸伟词"。第二,是要在创意及表现方法上"自出机杼",不因袭他人。如卷五有"三赋"一则,分析王延寿《鲁灵光殿》赋、孙绰《游天台山》赋和鲍照《芜城》赋,"虽不脱当时组织之习",但却能够"皆见推当时,至谓孙赋掷地作金声",是因为"孙赋则总之以老氏清静之说、鲍赋则惟感慨兴废、王赋则惟颂美本朝,各极其趣者也",而绝无题材、内容上的模拟、重复之弊。

后代的辞赋创作,无论在题材内容还是艺术形式方面,都会面临一个拟古与创新的问题。刘埙倡导"古赋",却不欣赏"步骤"古人,而力主"自出机杼"的"出意甚新"。比如北宋后期邢恕之子邢居实,少年颖慧而英年早逝,曾赋《秋风三叠》,朱熹《楚辞后语》评为"神会天出",刘埙亦"尝爱之",以为"颇有思致"。但细细分析,似仍有所不满,其言曰:

> 此三章盖亦步骤古诗而为之者,颇有思致。……予详此《三叠》,虽为人所称,终非自出机杼,超轶绝尘。

人所称颂的《秋风三叠》,虽然"颇有思致",但此赋既写平常思友之情,又颇拟《诗经》《古诗》及曹丕《燕歌行》之句,即"步骤古诗而为之者","终非自出机杼",缺少了作者的独创性,故而就不能达到"超轶绝尘"的艺术境界。可见辞赋作品能否"自出机杼",正是刘埙论其艺术价值高下的一个分水岭。

于是,他称赞黄山谷的《龙眠操》"语意老苍峭劲,不犯古人,真伟作也";特别欣赏杨万里《浯溪赋》的"出意甚新"。《浯溪赋》是作者早年出仕零陵郡丞途经浯溪所作,赋中借唐玄宗用人失当、肃宗平安史之乱的历史事变抒发感慨。对此,刘埙颇为认同,先在序论中说"惟《浯溪赋》言唐明皇父子事体,厥论甚当,因录其词",接着,又在赋后列入一段尾评云:

> 诚斋此赋出意甚新,殆为肃宗分疏者。灵武轻举,贻笑后代,其讥议千人一律。而此赋独能推究当时人情国势,宛转辨之,犁然当于人心,亦奇已。

"安史之乱"本是一个历来诗文常常涉及的题材，但《浯溪赋》不仅"厥论甚当"，而且能够不囿于"千人一律"的讥议传统，而从"当时人情国势"的角度分析，为唐肃宗在灵武登基即位辩护。赋家的"出意甚新"和议论得当，正可以在传统的题材内容范围内取得有创新的成果。

三是欣赏苍劲、峻洁、婉转的多样风格。与提倡内容的真实、思想的深刻、情感的悲怆、创意的新颖相联系，刘埙尤为欣赏古赋清峭、苍劲、峻洁的艺术风格。如评陈宗礼《怀皋赋》曰"清峭可爱"，评山谷《毁璧》言"清峭而意悲怆"，欧阳修《秋声赋》"清丽激壮"，苏轼《山中松醪赋》"句语奇健"与《昆阳城赋》"俊健痛快"，李觏《长江赋》、黄庭坚《江西道院赋》"高古"，评吴锴《义陵吊古赋》"苍劲有风骨"而"时有当裁截处……使归峻洁"，如此等等。既要求赋篇有内在风力骨气的清新、刚健、激壮，也兼及语言文字的简洁、凝练，而不尚绮靡烦冗、肥辞繁采。

对于唐人古赋，刘埙以为未脱六朝骈俪之习，即使李白诸赋也"不能变其体"而尚有"齐梁光景"①。但却录入传为宋璟所作的《梅花赋》，并置序论云：

> 唐丞相广平文贞公宋璟作《梅花赋》，昔人谓广平铁石心肠，乃能宛转作此赋，昔尝读之矣。近又复见一赋，岂后人效之乎？俱录于后，以俟识者考焉。

唐开元宰相宋璟（663—737）因封广平郡公，人称"宋广平"。所作《梅花赋》，唐末皮日休曾见之，其《桃花赋序》云："余尝慕宋广平之为相，贞姿劲质，刚态毅状。疑其铁肠与石心，不解吐婉媚辞。然睹其文而有《梅花赋》，清便富艳，得南朝徐、庾体，殊不类其为人也。"至宋代，此赋已缺失，史绳祖《学斋占毕》、周密《癸辛杂识》俱云不传，李纲《梁溪集》卷二更撰有《梅花赋并序》称："广平之赋，今阙不传，予因极思

---

① 祝尧《古赋辨体》卷7亦有类似观点："唐之一代，古赋之所以不古者，律之盛而古之衰也。就有为古赋者，率以徐、庾为宗，亦不过少异于律尔。""李太白所作古赋，差强人意，但俳之蔓虽除，律之根故在，只是六朝赋尔。"

以为之赋,补广平之阙云。"至清代,《四库全书总目》、浦铣《复小斋赋话》等,多以为流传下来的宋璟《梅花赋》是点窜李纲之赋的伪作。《四库全书总目·梁溪集》提要指出"《隐居通议》所载璟赋二篇,皆属伪本",而刘埙则感叹"铁石心肠"的作者竟能写出如此"宛转"动人的赋篇。可见他在力主风骨苍劲、峻洁之时,也还欣赏婉转清便的赋篇风格。故卷五在首录《梅花赋》之后,又接着选录时人谌祐的《落月赋》,亦评之为"词旨深婉如此,他人不能为也"。

刘埙主张清峭、清丽、峻洁、苍劲、高洁、高古,而不失悲哀、激壮的风骨品格,很显然与齐梁的"绮靡"相对,而与他所提倡真实、深厚的情感内容相联系。好的辞赋作品,首先应该有真实深切的情感内容,一是来自赋家对国家政治、世事国运民生的关怀,一是来自个体生存环境、人生遭际命运的心灵感受;同时,也要具有苍劲刚健的艺术风骨品格:这就是刘埙心仪的"风骨苍劲,义理深长",它是审美风格和情感内容相统一的"古赋"佳作的主要特征。

刘埙的古赋论评,具有明显的个性和理想主义色彩,其中的偏颇自不待言。但是,在由宋入元的赋论发展史上,刘埙的赋论却有承前启后的意义。

原载《南京大学学报》2012 年第 5 期,与胡武生合作

从诗学的角度切入

——评朱光潜《诗论》中的赋论

《诗论》①，是朱光潜先生自己最为得意、认为在他的著作中"用功较多"也较有"独到见解"的学术论著。在《诗论》中，朱先生用西方诗论来解释中国古典诗歌，尤其对中国诗的形式因素如诗的音律、后来为什么会走上律诗的道路等问题，进行了理论性的探索分析。而朱先生认为"赋本是诗中的一种体裁"，因此，他不仅把赋纳入了其诗学论著《诗论》的研究范围，从诗学的角度来论赋，而且在对赋的特征、赋对律诗的影响诸方面，发表了许多具有独创性、富于启发性的见解。

《诗论》全书 13 章中，除主要在第十一章"中国诗何以走上'律'的路（上）：赋对于诗的影响"中论赋外，还在第二、第三、第五、第七及第十二章等章节中有不同程度的涉及，赋论内容颇为丰富。本文拟从赋的特征、起源、演化和影响等四个方面，对朱先生《诗论》所阐发的赋学理论，作一概括和论述。

一 赋的特征："赋本是诗中的一种体裁"，
"是大规模的描写诗"

关于赋的体裁特征，或者说赋究竟是一种怎样的文体，长期以来，众说纷纭，各家的看法不一。乃至于有赋史专家曾喟叹"要对它的文体特征作出精密而无例外的概括几乎是不可能"②。但是，如果不对赋的基本

---

① 朱光潜：《诗论》，三联书店 1984 年版。

② 马积高：《历代辞赋研究史料概述》，中华书局 2001 年版，第 10 页。

文体特征作出某种近似的界定，说明什么是赋的问题，关于赋的研究就无法进行。

因而历来的论赋者几乎都试图对这个最基本也最棘手的问题作出自己的解释。朱光潜当然也未能例外，他在论述赋对于诗的影响的过程中就赋的特征进行过相当深入的探讨。

在《诗论》第十一章第二节里，朱光潜提出：

> 什么叫做赋呢？班固在《两都》赋序里说的"赋者古诗之流"和在《艺文志》里所说的"不歌而诵谓之赋"，是赋的最古的定义。（第 203 页）

这两条关于赋的"最古的定义"，可以说是汉代人对赋体特征的两点基本概括。汉人认为赋是"古诗之流"，与《诗》有渊源、源流关系；同时，在赋产生之前的"诗"是和乐可歌的，作为诗之流的赋则以"不歌而诵"而与可和乐而歌的诗有所区别。

朱光潜上承赋为"古诗之流"的"最古定义"，首先也认为：

> 赋本是诗中的一种体裁。
>
> 汉以前的学者都把赋看作诗的一个别类。《诗经·毛序》以赋为诗的"六义"之一，《周官》列赋为"六诗"之一。班固在《两都》赋的序里说，"赋者古诗之流"。据《汉书·郊祀志》，赋与诗同隶于汉武帝所立的乐府。到齐梁时，刘勰在《文心雕龙》里仍承认"赋自诗出"。
>
> 就体裁说，赋出于诗，所以不应该离开诗来讲。（第 202、203 页）

朱光潜认定"赋本是诗中的一种体裁"，或者说是"诗的一个别类"，"赋出于诗"，当然就"不应该离开诗来讲"赋。所以，他不仅在这部诗学论著《诗论》中用专门的篇幅来论赋，而且还尖锐地批评了那些"离开诗来讲"赋的现象。

他很不满意"后人逐渐把诗和赋分开，把赋归到散文一方面去。比如姚鼐的《古文辞类纂》原是一部散文选，诗歌不在内而'词赋'却占很重要的位置"。他指出"近来文学史家也往往沿袭这种误解，不把'词赋'放在'诗歌'项下来讲"。他还点名道姓地批评说：

> 胡适在《白话文学史》里把词赋完全丢去，还可以说是因为着重"白话文学"的缘故；陆侃如、冯沅君著《中国诗史》却也不留一点篇幅给词赋，似未免忽略词赋对于中国诗体发展的重要性了。（第202页）

在《诗论》所附《读胡适的〈白话文学史〉后的意见》一文中，朱光潜又一次指责胡适：

> 我们不惊讶他以全书五分之一对付《佛教的翻译文字》，而惊讶他讲韵文把汉魏六朝的赋一概抹煞，连《北山移文》《荡妇秋思赋》《闲情赋》《归去来辞》一类的作品，都被列于僵死的文学。

从这些饱含愤激之情的文字中，不难体会到这位诗学家对"赋是诗中一体"观念的坚守。

但朱光潜对"什么叫做赋"的思考并未就此停止。他在"赋本是诗中一种体裁"的前提下，又从赋体作品的实际出发，从赋的实质内容方面与一般抒情诗的比较分析中寻找赋区别于诗的某些不同点，得出了"赋是状物诗""赋是大规模的描写诗"的看法。他说：

> 赋是状物诗，宜于写杂沓多端的情态，贵铺张华丽。……赋大半描写事物，事物繁复多端，所以描写起来要铺张，才能曲尽情态。因为要铺张，所以篇幅较长，词藻较富丽，字句段落较参差不齐，所以宜于诵不宜于歌。一般抒情诗较近于音乐，赋则较近于图画，用在时间上绵延的语言表现在空间上并存的物态。诗本是"时间艺术"，赋则有几分是"空间艺术"。
>
> 赋是一种大规模的描写诗。《诗经》中已有许多雏形的赋。例如《郑风·大叔于田》铺陈打猎的排场……以及《小雅·无羊》描写牛羊的姿态……如果出于汉魏以后人的手笔，这种题材就可以写成长篇的赋了。（第203—204页）

赋虽然是诗之一体，但朱光潜以为还是有"异于一般抒情诗"。他在总结刘勰《诠赋》、刘熙载《赋概》等前人论述的基础上，更具体地分析了赋体的一些特点。比如：就内容而言，赋与重在"缘情""言志"、抒发创作主体内心情感的抒情诗不同，赋是"状物诗"，是一种大规模的"描写诗"，它更侧重于"描写事物"，描写客观外界"杂沓多端的情态"，更"偏重铺陈景物"；因为赋既以对外界事物情态的叙写描摹为内容，而客观事物繁富多端，纷纭复杂，描写起来就要"铺张"才能曲尽情态，所以赋"贵铺张华丽"；"因为要铺张，所以篇幅较长"，"在《诗经》中可以几句话写完的，到后来就非长篇大幅不办了"；又因为赋偏重描写、铺陈，而且是"侧重横断面的描写，要把空间中纷陈对峙的事物情态都和盘托出"，如班固、张衡及左思等人的都邑赋，"它们都从东西南北、上下左右、四面八方地铺张"和"渲染"。所以"赋则较近于图画"，与"本是时间艺术"的诗相较"则有几分是空间艺术"。朱光潜的这些分析，对于汉魏晋南北朝赋而言，可以说是深入而透彻的。其间透露出来的别开生面的卓见新意，既显现了一个著名诗学、美学家特有的敏感和艺术造诣，又对现当代的赋学界别具启迪意义。

在进行了赋与抒情诗的比较后，朱光潜又作了赋与散文的比较研究。

他在第五章"诗与散文"里，既承认"诗宜于抒情遣兴、散文宜于状物叙事说理"的大体区别，又指出要真正"说明诗是什么、散文是什么"却"不是易事"，因为诗与散文在形式及实质上的区别都不是绝对的："诗和散文两国度之中有一个很宽的叠合部分做界线，在这界线上有诗近于散文……也有散文近于诗的。"

在此基础上，朱先生进而论道：

> 中国文学中最特别的一种体裁是赋。它就是诗和散文界线上的东西：流利奔放，一泻直下，似散文；于变化多端之中仍保持若干音律，又似诗。（第 115 页）
>
> 赋是介于诗和散文之间的。它有诗的绵密而无诗的含蓄，有散文的流畅而无散文的直截。（第 11 章第 204 页）

在 20 世纪三四十年代，以赋为"亦诗亦文"之特殊文体的认识颇为流行。较早者如曹聚仁于 1925 年 7 月在《文学百题》上发表专文，提出

"赋到底是诗还是散文"的问题;此后有郭绍虞于 1927 年 6 月在《小说月报》第十七卷号外《中国文学研究》上发表《赋在中国文学史上的位置》一文,说赋是一种"特殊的体裁","既不能归入于文,又不能列入于诗";到后来,刘大杰初版于 1941 年的《中国文学发展史》说赋"非诗非文"又"有诗有文","是一种半诗半文的混合体"。朱光潜亦持类似的认识。他分析赋自诗出,是"不歌而诵"之诗,有押韵、骈句、对仗及丽辞与用典等诗的形式特点;但赋又偏重于体物、描写叙事,"赋是韵文演化为散文的过渡期的一种联锁线,所以历来选家对于'词赋'一类颇费踌躇"(第 205 页),因为它是中国文学史上"最特别的一种体裁",它"是诗和散文界线上的东西"。朱光潜这样的分析不仅符合赋的实际,同时也体现了他关于"诗和散文在形式上的分别也是相对而不是绝对的"思考。朱先生认为:"我们不能画两个不相交接的圆圈,把诗摆在有音律的圈子里,把散文摆在无音律的圈子里,使彼此壁垒森严,互不侵犯。"(第 116 页)而在这诗和散文界线上活跃着的文体,就是赋。

朱先生甚至还预言:

在多音散文(polyphonic prose)里,极有规律的诗句,略有规律的自由诗句以及毫无规律的散文句都可以杂烩在一块。我想这个花样在中国已"自古有之",赋就可以说是最早的"多音散文"。看到欧美的"多音散文"运动,我们不能断定将来中国散文一定完全放弃音律,因为象"多音散文"的赋在中国有长久的历史,并且中国文字双声叠韵最多,容易走上"多音"的路。(第 115、116 页)

如果真如朱先生的预言,诗与散文之间的界限越来越模糊,那么,这种"介于诗和散文之间的"赋体文学的影响将会更深入,对于赋的研究也更会呈现出一种如花似锦的崭新局面。

纵观朱光潜关于赋体特征的论述,其思想的脉络特别清晰:"赋本是诗中的一种体裁",这是他立论的基础和前提;然后是在此前提下与诗、散文进行比较研究逐步得出的看法:"赋是状物诗","是大规模的描写诗","赋是介于诗和散文之间的";最后,朱先生还总结、归纳出了赋体的三个特点,得出了他总体性的结论:

班固在《两都》赋序里所说的"赋者古诗之流"和在《艺文志》序里所说的"不歌而诵之赋",是赋的最古的定义。刘勰在《诠赋》篇说:"赋者,铺也。铺采文,体物写志也。"刘熙载在《艺概》里《赋概》篇说:"赋起于情事杂沓,诗不能驭,故为赋以铺陈之,斯于千态万状层见叠出者,吐无不畅,畅无或竭。"

赋的意义和功用已尽于这几段话了。归纳起来,它有三个特点:一,就体裁说,赋出于诗,所以不应该离开诗来讲。二,就作用说,赋是状物诗,宜于写杂沓多端的情态,贵铺张华丽。三,就性质说,赋可诵不可歌。(第 203 页)

上述归纳的三点,既总结了历史上几种有代表性和有价值的观点,更融入了朱光潜自己的研究心得,几乎概括了古代赋体作品在体裁方面的主要特点。即使是放在现当代赋学界关于赋体特征的专门研究成果整体来衡量,朱先生这里对赋体特征的归纳和分析,也可以说是系统、全面而有新见创意的。

二 赋的起源:"赋源于隐"

朱光潜论艺,很重视探讨它的起源。他在《诗论》首章即开宗明义:"想明白一件事情的本质,最好先研究它的起源;犹如想了解一个人的性格,最好先知道他的祖先和环境。诗也是如此。"其实,他论赋也是如此。他在《诗论》第二章《诗与谐隐》里,就着重探讨了赋的起源问题。

关于赋的起源,朱光潜仍然是从诗学的角度切入的。朱光潜受西方美学思想的影响,而与一般文学史家只注意从历史与考古学入手、只努力搜罗在历史记载中最古的诗的方法不同,他认为"诗的起源实在不是一个历史的问题,而是一个心理学的问题"。要明白诗的起源,首先要明白"人类何以要唱歌做诗"。朱光潜引述中国诗论如"诗言志"、《诗·大序》中"诗者志之所之也,在心为志,发言为诗"的说法,以及古希腊哲学家亚里士多德《诗学》中诗的起源"根于人类天性"等观点,然后总结说:"诗,或是'表现'内在的情感,或是'再现'外来的印象,或是纯以艺术形象产生快感,它的起源都是以人类天性为基础。"而"人对文字游戏的嗜好是天然的、普遍的。凡是艺术都带有几分游戏意味"。

朱光潜指出，人们天然嗜好的所谓"文字游戏"，不外乎"谐"、"谜"或"隐"三种形式。"从心理学观点看，谐趣（the sense of humour）是一种最原始的普遍的美感活动。凡是游戏都带有谐趣，凡是谐趣也都带有游戏"；"诗和艺术都带有几分游戏性，隐语也是如此"；在古代中国，"谐偏重人事的嘲笑，隐偏重于文字的游戏"。

循着上述思路，朱光潜提出并阐发了关于"赋源于隐"[①] 的观点。他承《文心雕龙·谐隐》所说，认为"隐"即后世所称之"谜语"，并且指出"隐常与谐合""谐与隐有时混合在一起"的情形，提醒人们"别要小看隐语"，要知道"它对于诗的关系和影响是很大的"；然后，着重论述了隐语与赋的关系说：

> 赋是隐语的化身。战国秦汉间嗜好隐语的风气最盛，赋也最发达。荀卿是赋的始祖，他的《赋篇》……前五篇都极力铺张所赋事物的状态、本质和功用，到最后才用一句话点明题旨，最后一篇就简直不点明题旨。例如《蚕》赋，全篇都是蚕的谜语，最后一句揭出谜底。（第 35 页）
>
> 总之，隐语为描写诗的雏形，描写诗以赋规模为最大，赋即源于隐。（第 40 页）

据史籍记载，隐语在春秋时已经流行。有名的例子，如《左传》宣公十二年载楚师围萧时，萧国大夫还无社向楚大夫申叔展求救，两人就在萧城上下呼喊"麦麴鞫井""河鱼腹疾"的隐语为号；《左传》哀公十三年载吴国大夫申叔仪，亦以隐语形式乞粮于鲁大夫公孙有山氏；还有，《史记·楚世家》载伍举以隐言入谏楚庄王。到战国时代，齐、楚等国宫廷内隐语也很盛行。《史记·滑稽列传》载有齐威王喜隐语，好为淫乐长夜之饮，优人淳于髡则以隐语讽谏；又《汉书·艺文志》"诗赋略"在"杂赋"类著录有"《隐书》十八篇"，刘向《新序》也有齐宣王"立发《隐

[①] 清末学者王闿运《湘绮楼论诗文体法》中曾提出："赋者，诗之一体，即今谜也，亦隐语，而使人谕谏……庄论不如隐言，故荀卿、宋玉赋因作矣。"（见徐志啸编《历代赋论辑要》，复旦大学出版社 1991 年版，第 114 页）但王氏并未论"赋源于隐"。

书》而读之"的记载。

这类在先秦秦汉间民间和宫廷俳优中流行的隐语、隐书,或"图像品物",描写事物,或有"以问答构篇,韵散配合"的形式,它们与早期赋篇的基本要素相当接近。如淳于髡谏齐威王的隐语,以齐威王"先生能饮几何而醉"和"其说可得闻乎"之问启篇,接以淳于髡"臣饮一斗亦醉""不过一斗径醉"至"饮可八斗而醉"等数层之对,不仅句式大体整齐,而且用韵频繁。"观其整篇结构和体式,与《卜居》《渔父》和宋玉的《风赋》完全相同,故章太炎《国故论衡·辨诗》谓淳于髡《谏长夜饮》一篇,纯为赋体。"①

综如上述,从隐语本身所具有的"描写诗"的某些特点和隐语在先秦秦汉间广为流行的实际情形来看,隐语对于早期赋篇的形成如荀卿、宋玉等人的赋作带来影响是可能的。历代学者如刘勰《文心雕龙·谐隐》、元祝尧《古赋辨体》卷二、明徐师曾《文体明辩序·赋》、清王闿运《湘绮楼论诗文体法》,乃至现代文学家鲁迅《汉文学史纲要》等,也都指出过荀况用隐语写《赋》篇的事实。但是,朱光潜从心理学的角度来论述诗的游戏性及隐语与赋的关系,从而提出"赋源于隐"的主张,似较有说服力。

大致与朱光潜提出"赋源于隐"同时,与他在学术上交往密切的朱自清亦有过类似的观点。如朱自清《经典常谈·辞赋第十一》中说:"荀子的《赋篇》最早称'赋'。篇中分咏'礼、知、云、蚕、箴(针)'五件事物,像是迷语;其中颇有讽世的话,可以说是'隐'的支流余裔。"

朱光潜"赋源于隐"的观点作为赋体起源的一家之言,也受到了当代学者的注意。如徐北文《先秦文学史》就有专论"谐隐"的文字说:"渊源于原始社会的民间隐语游戏,在东周的礼崩乐坏之时,逐渐在贵族中间盛行,后来又发展为宫廷的一种流行的文娱活动。""这种势头又反转来影响到士大夫,推动他们从事隐语的写作、加工,导致他们推展出的新文体——辞赋。荀子的《赋篇》就是新兴文体的嚆矢"②。从徐北文的论述中,我们可以看到朱光潜"赋源于隐"说的影响。

----

① 曹明纲:《赋学概论》,上海古籍出版社 1998 年版,第 41 页。
② 徐北文:《先秦文学史》,齐鲁书社 1981 年版,第 144 页。

三 赋的演化:"可以分为三个阶段"

《诗论》论赋,对赋的发展史似未系统论述。但若将散见于相关章节的有关言论理出,则可见出所描述的一部赋史演化发展的大致轮廓来,同时也可以看到朱光潜对某些有名赋家赋作风格成就的评述。

从大体上说,朱先生的赋史观是传统的,但却有着不少独到、精当的见解。

首先,从"赋源于隐"的认识出发,将"楚辞"与"赋"区别开来,排除屈原是"赋体作品第一个重要作家"之类的说法,确认了"荀卿是赋的始祖"的地位。

这一说法,前承刘勰《诠赋》篇所说:"观夫荀结隐语,事数自环。""于是荀况《礼》《智》,宋玉《风》《钓》,爰锡名号,与诗画境。"这说明,朱先生所论,虽非其创始,却其来有自;同时也是符合赋史实际的,尤其值得现当代赋学界重视。

其次,对于古代赋史的发展,虽然只论述战国秦汉至隋唐而未及宋元以后,认为"战国秦汉间嗜好隐语的风气最盛赋也最发达","汉魏时代赋最盛","赋的鼎盛时代是从汉朝到梁朝",甚至也说过"隋唐以后虽然代有作者,已没有从前那么蓬勃"的看法;但却没有"汉以后无赋"或"唐以后无赋"的偏颇。

对于重点论述的汉及魏晋南朝赋,他不是简单地贴标签、排先后,而是真正从文学、从诗学的角度分析各阶段的特点,探寻赋体演化发展的轨迹。如朱先生说:

总观词赋演化的痕迹,可以分为三个阶段:

一、放大简短整齐的描写诗为长篇大幅的流畅富丽的韵文。就形式说,赋打破诗和散文的界限,或则说,它是诗演变为美术散文的关键。在这个阶段里,赋虽偶作骈语而不求精巧。在音调方面,它还没有有意求对称的痕迹。它的风格还保持古代文艺的深厚质朴。例如汉赋。

二、技巧渐精到,意象渐尖新,词藻渐富丽,作者不但求意义的排偶,也逐渐求声音的对称和谐。例如魏晋的赋。

　　三、技巧成熟，汉魏古拙朴直的风味完全失去，但是词句极清丽，声音极响亮，声音臭味的渲染极浓厚，四六骈俪的典型成立，运用典故及比喻格的风气也日盛。在这个阶段里，古赋已变为律赋。例如宋齐梁陈诸代的作品。（第 209、210 页）

这些分析，既没有空洞的理论式的说教评判，也不是支离破碎般的品赏评点，而是在感性基础上的理性概括，是美学和历史的透辟分析，故往往能切中肯綮，入木三分。

　　再次，《诗论》在简括地描述出线性的赋史轮廓之时，也不乏面的展开和点的深入，有对重要赋家或赋家群体的分析评述。例如对于荀况，除了在《诗与谐隐》章内肯定其为"赋的始祖"、分析其《赋》篇"极力铺张事物"和"以谜语状事物"的写作特色外，还在第十一章里写道：

　　　　荀子的文章大半都很富丽，《赋篇》、《成相》虽用赋体，实在还和他的其他论文差不多。周秦诸子里有许多散文是可以用赋体写的，例如《庄子·齐物论》（举"夫大块噫气，其名为风……"一段），这段散文在宋玉的手里就可以写成《风赋》，在欧阳修的手里就可以写成《秋声赋》了。（第 205 页）

这则文字，又概评了荀况文赋文字"富丽"的特色及赋体作品对后世文学的影响。

　　再看他对两汉魏晋赋的述评：

　　　　文字排偶不过是翻译自然事物的排偶。我们如果把班固的《两都》赋、张衡的《两京赋》和左思的《三都赋》的写法略加分析，便可明白这个道理。它们都从东西南北、上下左右、四面八方地铺张，又竭力渲染每一方的珍奇富庶（如其东有什么什么，其西又有什么什么之类）。这样"双管齐下"，排偶是当然的结果。（第 205 页）

　　　　汉人虽重词赋，而作者司马相如、枚乘、扬雄诸人都只在整齐而流畅的韵文中偶作骈语，亦不求其精巧，例如枚乘的《七发》："龙门之桐，高百尺而无枝。中郁结之轮菌，根扶疏以分离。上有千仞之峰，下临百尺之溪。湍流溯波，又澹淡之。"这一段虽然也见出作者有意于排偶，但整齐之中仍寓疏落荡漾之致，富丽而不伤芜靡，排比而不伤板滞。后来班固、左思、张衡诸人乃逐渐向堆砌雕凿的路上走，但仍不失汉人浑朴古拙的风味。（第208、209页）

在这两段文字里，朱光潜评论了司马相如、扬雄、班固、张衡、左思诸汉晋代表赋家，尤其论述了他们的都邑大赋多从不同的方位、空间竭力铺排事物，乃至有意排偶、骈俪，可最终仍不失"浑朴古拙"风味的特点及其可能演进变化的趋势，都颇中肯贴切。

最后，论述南朝的赋说：

魏晋以后，风气变更，就一天快似一天了。例如鲍照的《芜城赋》（举"若夫藻扃黼帐，歌堂舞阁之基，璇渊碧树，弋林钓渚之馆"一段为例），就有几点与汉赋不同。第一，它很显然在炼字琢句，尤其是比喻格用得多，例如"璇渊碧树""玉貌绛唇""埋魂"之类；第二，它着重声色臭味的渲染，如"藻""黼""碧""绛""薰""烬""光""影""歌""声"之类，词赋的富丽就是由这种渲染起来的；第三，句法逐渐趋向四六的类型，这就是说，句的字数四六相同，上下相排偶；第四，声音方面也渐有对仗的趋势，尤其是句末的字，例如"基"与"馆"、"声"与"玩"之类。这几点都是"律赋"的特色。齐梁时律诗仍不多见，而律赋则连篇皆是。

梁元帝、江淹、庾信、徐陵诸人的作品，不但意精词妍，声音也象沈约所说的"前有浮声则后有切响"了。（第209页）

朱光潜从"声律"等的形式因素研究入手，以发展的眼光探寻魏晋以后的赋，并以重点剖析鲍照《芜城赋》为例，说明此期赋如何与汉赋（古赋）的不同，即说明了赋如何由古赋渐变为讲究词藻、句法、声律的律赋的过程；而企图最终证明："中国诗何以走上'律'的路。"

四 赋的影响：同时流灌到诗和散文两方面

由于赋是我国古代文学史上继《诗经》《楚辞》之后即诞生问世的一种源远流长的文体，它拥有众多的作者、读者和丰富的作品，对于各种文体创作都产生了不同程度的影响。朱光潜先生充分注意到了赋的这一影响，朱先生认为：

> 赋是韵文演化为散文的过渡期的一种联锁线……它本出于诗，它的影响却同时流灌到诗和散文两方面。（第 205 页）

《诗论》述"赋对于诗的影响"，可以概括为三个方面。

第一，赋在"意象"方面对诗的影响。在《诗论》第三章《诗的境界——情趣与意象》中，朱光潜逐步地论述了这一点。他认为，"情景相生而且契合无间，情恰能称景，景也恰能传情，这便是诗的境界。每个诗的境界都必须有'情趣'（feeling）和'意象'（image）两个音素。情趣简称'情'意象即是'景'"。或者说"诗的境界是情趣与意象的融合"。

但是，"中国古诗大半是情趣富于意象"。如果从情趣与意象的配合看中国古诗的演进，则可以分为三步：第一步是因情生景或因情生文；第二步是情景吻合，情文并茂；第三步是即景生情或因文生情。就大略而言，汉魏以前是第一步，在自然界所取之意象仅如人物故事画以山水为背景，只是一种陪衬；汉魏时代是第二步，《古诗十九首》、"苏李赠答诗"及曹氏父子兄弟的作品中意象与情趣常达到混化无迹之妙，到陶渊明手里，情景的吻合可算登峰造极；六朝是第三步，从大小谢滋情山水起，自然景物的描绘从陪衬地位抬到主要地位。

而中国诗的发展，之所以会由"情趣富于意象"转变到有"意象富于情趣"的一脉，朱先生以为：

> 转变的关键是赋。赋偏重铺陈景物，把诗人的注意渐从内心变化引到自然界变化方面去。从赋的兴起，中国才有大规模的描写诗；也从赋的兴起，中国诗才渐由情趣富于意象的《国风》转到六朝人意

象富于情趣的艳丽之作。

汉魏时代赋最盛，诗受赋的影响也逐渐在铺陈词藻上做功夫，有时运用意象，并非因为表现情趣所必需，而是因为它自身的美丽，《陌上桑》、《羽林郎》、曹植《美女篇》都极力铺张明眸皓齿艳装盛服，可以为证。六朝人只是推演这种风气。（第 68 页）

朱光潜《诗论》的主要理论核心是"诗的境界"，而诗的理想境界是诗人主观情趣与客观意象的契合无间。这正是中国传统诗论的基本命题，如明谢榛《四溟诗话》卷三即云："作诗本乎情景，孤不自成，两不相背。"但在实际上，古人诗不可能都达到这种境界，批评家不应高悬一个绝对的标准去衡量所有的诗。朱先生以为："古诗有许多从'情'出发而不十分注意于'景'的，魏晋以后诗有许多专从'景'出发，除流连于'景'的本身外别无其他情趣借'景'表现的"。"这两种诗都不能算是达到情景忻合无间的标准，也还可以成为上品诗。"因持着这样相对开放多元的评价标准，朱光潜才肯定了六朝"意象富于情趣"（第 69 页）的艳丽之作，才能够肯定铺陈景物、唯美尚丽之赋对于中国诗的积极影响。

第二，赋在声律方面对诗的影响。中国诗的体裁中最特别的是律体诗，它不仅为西方诗体中所没有，在中国也是魏晋以后才起来的。在《诗论》的第十一、第十二两章里，朱光潜将律体诗放在整个中国诗歌发展演变的历史中加以考察，去论述律诗的意义和赋对律诗形成的影响。这是《诗论》论赋最为详切的部分，也最具学术创意。

朱光潜认为中国诗的转变有两个大关键。第一个是乐府五言的兴盛，从《古诗十九首》起到陶渊明止；第二个就是律诗的兴起，从谢灵运和"永明体诗人"起，一直到明清止，词曲只是律诗的余波。在这两大转变之中，律诗的兴起更为重要，它是古代诗歌由"自然艺术"到"人为艺术"的大的转变，是由民间诗到文人诗、由不假雕琢到有意刻画、由浑厚纯朴到精妍轻巧的大的进化。

那么，为什么会发生这样大的变化，也就是说为什么中国诗会走上"律"的路呢？朱光潜认为"最大的影响是'赋'"，而最值得注意的有以下三点：

（1）"意义的排偶，赋先于诗。"诗很早时就有对句，但它们不是从有意刻画得来的。拿赋和诗比较，赋有意地追求排偶比诗要早。汉人作赋，接连数十句用骈语已是常事，枚乘《七发》、班固《两都》赋等作品都是骈句多于散句。但汉人的诗则骈句仅为例外。魏晋赋如曹植《洛神赋》和《七启》是何等纤丽，而他的诗却仍有几分汉诗的古朴。此后，从赋家兼诗人的谢灵运和鲍照起，诗用赋的写法日渐其盛，他们的诗也向排偶路上走。

（2）"声音的对仗，赋也先于诗。"曹丕在《典论》里已辨明声音的清浊，陆机在《文赋》里已倡"声音迭代"之说，都远在沈约提出的"前有浮声则后有切响"之前。但是在陆机的时代实行"声音迭代"理论者只有辞赋，而诗歌则除韵脚以外不拘于平仄的对称。陆机《文赋》、鲍照《芜城赋》，都大体已用平仄对称的声调，至于诗则"已用全篇排偶"写法的谢灵运和鲍照诸人也只计较句尾一字的平仄，句内尚无有意求平仄对称的痕迹。

（3）"在律诗方面和赋方面一样，意义的排偶也先于声音的对仗。"赋在汉朝已重排偶而到魏晋以来才注意声律平仄的对称；诗也是如此，诗歌中全篇意义对仗工整的作品在宋初谢灵运集中已常见，如其《登池上楼》就近似排律，但全篇意义排偶又加上声音对仗俨然成为律诗的作品直到梁代才出现，如梁《何逊集》中工整的五律诗如《铜雀伎》《夕望江桥》，稍后还有阴铿等人。所以杜甫有"熟知二谢将能事，颇学阴何苦用心"之句。

对于上述几点分析，朱光潜总结说：

> 律诗有两大特色，一是意义的排偶，一是声音的对仗。我们在上文里所得的结论是：一，意义的排偶与声音的对仗都起于描写杂多事物的赋。二，在赋的演化中，意义的排偶较早起，声音的对仗是从它推演出来的……三，诗的意义排偶和声音对仗都是受赋的影响。（第218页）

第三，是赋对于诗的声律研究方面的影响。除上述两个方面外，朱光潜还论到声律的研究之所以特盛于齐梁，也与赋的影响有关。从历史上看，对韵的考究似乎先于声的考究，中国自有诗即有韵；至于声的考究，则以为它起于齐永明，至齐梁时才有论声律的专著，如周颙《四声切韵》、沈约《四声谱》；至齐梁，诗人才在作品里讲求声音的对仗。于是，朱光潜写道："声律的研究何以特盛于齐梁时代呢？上篇所讲的赋的影响是主因之一。赋到齐梁时代达到它的精妍的阶段，于意义排偶之外又讲究声音对仗。诗赋同源，声律的推敲由赋传染到诗，自是意料中事。"（第219页）

关于赋对于散文的影响，朱光潜以为主要表现为散文的骈俪化。他说：

> 诗和散文的骈俪化都起源于赋，要懂得中国散文的变迁趋势，赋也是不可忽略的。（第205页）

> 文章的排偶在汉赋中规模大具。魏晋以后，它对于散文本来已具雏形的排偶又加以推波助澜。六朝散文受词赋的影响是很显然的……我们只略翻阅当时的文集或选本，就可以知道散文的骈俪化——或则说"词赋化"——到了什么程度。（第216、217页）

赋对散文的影响是多方面的。与朱光潜同时，且与他有着密切交往的朱自清先生也持类似的看法。朱自清在写于1942年的《经典常谈·文》中亦说："汉代简直可以说是赋的时代。所有的作家几乎都是赋的作家。赋既有这样压倒的势力，一切的文体，自然都受它的影响。赋的特色是铺张、排偶、用典故。……所谓'骈文'或'骈体'，便这样开始发展。骈体出于辞赋，夹带着不少的抒情成分；而句读整齐，对偶工丽，可以悦目，声调和谐，又可悦耳，也都助人情韵。"

朱光潜先生作为海内外享有盛名的美学家，其美学成就主要是介绍和研究西方美学，他的思维方式和表述方式也更偏向于西方学术。但是，朱光潜与他同时代的许多学者们一样，他在接受西学之前就已经具有了较为深厚的中国传统文化的学术基础。他幼读私塾，后来又入著名的桐城中学学古文，他熟读《诗经》《楚辞》《庄子》《列子》《史记》《汉书》、唐宋诗词、《古文辞类纂》《经史百家杂钞》等传统文史著作，受传统美学和历代诗论如《乐记》《毛诗大序》《诗品》《沧浪诗话》《人间词话》等的影响很深。诗歌，尤其是朱光潜至为喜爱的文学种类，以《诗论》为代表的对诗的研究也是他整个学术研究中最具有独创性的部分。而朱光潜认为赋是诗中的一体，当然赋也是他论诗所关注的内容。因此，他才有可能在这部"自认为用功较多、比较有点独到见解的"《诗论》中，用较多的篇幅来论赋，并且取得了具有重要参考价值的成果。

原载许结、徐宗文主编《中国赋学》，江苏教育出版社 2007 年版

新世纪十年:古代赋学研究的繁荣与趋向

现当代赋学研究的学术历程,可划分为"现代赋学三十年转型与开启""当代赋学三十年起伏""世纪末赋学二十年复兴""新世纪赋学十年繁荣"四个段落。关于 21 世纪的赋学研究,笔者曾提出应该重视以下几点,"科学地把握赋的文体特点,根据赋文学本身的审美特征开展赋学批评;树立总体的赋史观,建构完整的赋文学研究体系;进一步拓宽研究的领域空间,开阔视野,更新方法"①。

现在,21 世纪的第一个十年已经过去,虽然很多美好的憧憬尚在实现的过程之中,但是,这十年的古代赋学研究的确呈现出繁荣的气象。21 世纪赋学的"十年繁荣",作为现当代近百年赋学史的必然发展和重要阶段,已形成了鲜明的学术特点,有着丰富的价值内涵和诸多新的趋向,值得总结探讨。

一 研究内容的深化与领域的拓展

我们从研究者对研究对象的深度开掘及广度涉猎的分析中发现,十年赋学承 20 世纪之后,在研究内容上更趋细密深入,学术领域范围也进一步拓展宽阔,从而形成了鲜明的学术特点。

(一)就赋学论文而言,研究面已涉及赋的文体、文本、赋家心态以及赋学理论批评等诸多领域

关于赋的文体研究,过去多在于赋体起源、特征及体制类别等内容方

---

① 何新文:《21 世纪的赋学研究需要重视的几个问题》,《湖北大学学报》2001 年第 6 期。

面。21 世纪的研究者虽继续着这一传统的话题，但更关注赋体铺陈、"趋图性"描绘、话语虚指性、虚构性等方面的特点，更注意阐发赋的娱乐功能、美学功能及其学术、史料价值。关于赋的体制类别，已将重点从散体赋、骚体赋，转向骈赋、律赋和文赋，探讨其体制的发生与形成，探讨律赋之韵律，"丽"与"雅"的美学特征，等等；另外，赋对诗、辞、颂、诸子、骈文等的源流与渗透问题，赋对词、曲、戏剧、小说等的影响与接受，赋与音乐、歌舞、技艺、美术等其他艺术门类的类比研究，也成为了一个热点。

研究赋文本的论文，除历来对赋作品的一般性评析外，又广泛涉及前人较少研究的对象、某时段赋创作和某类题材赋作深度解读等多个方面。如对单个的赋家赋作，像宋玉《神女赋》、陶渊明《闲情赋》等人所熟知的作品，还有前人较少关注的"聊斋赋"、"康熙赋"等，都从思想内涵、艺术特征、价值地位等方面进行了多层面的诠释和开掘。对某个时段的赋创作，则着力于探究其发展嬗变轨迹与主要特色，如对汉赋"音乐性""小说性叙事""趣味化"等特性的新视角解释，对魏晋南北朝赋或"艳化"或"复古"及同题作赋现象的分析等。对各类题材的赋，诸如艺术赋、都邑赋、狩猎赋、悼亡赋、隐逸赋、咏物赋、建筑赋、禽鸟赋、爱情赋、嘲讽赋、宫怨赋、纪行赋、故事赋、玄言赋、梦赋以及杂赋和俗赋等，虽分类繁多，名目各一，但都有涉及。此外，还有关于赋篇创作年代、真伪的考证，如对宋玉是否作《舞赋》《微咏赋》，对《三都赋》《芜城赋》《哀江南赋》的系年等，也都引起了研究者的兴趣。

以赋家为研究对象的论文，广泛涉及对赋家的心态（如生命意识、焦虑意识、创作意识、纵横家心态、悲歌心态）、人格、地位、贡献、群体性（如集团）以及与其他身份的人（如史家）的关系等方面的研究。

关于赋学理论的研究，则既从数量上改写了 20 世纪颇受冷落的历史，也从时间上连接了历代研究的断层。这一时期，自汉魏六朝，以至唐宋元明清各个时代的赋论，诸如唐代杜甫、元代祝尧《古赋辨体》，清代康熙帝、章学诚、姚鼐《古文辞类纂》等的赋学观都有了填补空白式的研究。其中，仅关于清代律赋理论研究的论文，在 2006 年至 2010 年的五年，就先后有潘务正《法式善〈同馆赋钞〉与清代翰林院律赋考试》《林联桂〈见星庐赋话〉与嘉道之际馆阁赋风》，许结《论清代书院与辞赋创作》，何新文、彭安湘《论〈见星庐赋话〉对清代律赋艺术的评价》等文章发表。

（二） 就赋学论著而言，则既表现为对楚汉魏晋六朝赋这一传统领域的深入，更表现为向以往较少涉猎的唐宋元明清赋研究的拓展

1. 楚汉魏晋六朝赋研究的新视角

楚汉魏晋六朝辞赋，一直是赋学研究的重点，此期出版的赋学论著中，仍然也有二十余种是以之为研究对象的，约占四分之一。但是，与以往不同，研究者以新的视觉切入了一些新的问题，因而也取得了新的成果。

一是对赋文本、赋作家的深入探讨。如吴广平《宋玉研究》①，结合历史文献、考古发掘及古今已有的研究成果，论辩宋玉辞赋及其姓字宅墓、生卒年代、行止交游、著述真伪等问题，指出宋玉是赋体文学的开创者，是感伤主义、梦幻主义、艳情、山水、游戏文学的开山祖，全面而有新意地评述了宋玉的成就及其在文学史上的地位。余江《汉唐艺术赋研究》②，以汉唐乐舞、书画、杂技艺术赋文本为对象，既深入细致地分析了代表性赋篇，又简要地勾勒了艺术赋的源流，不仅选题新颖，也开阔了赋文学研究的视野。孙晶《汉代辞赋研究》③ 选取"赋之溯源"、"界说"及"汉赋体制演变"，儒道思想、阴阳五行学说对汉赋创作的影响等一些难点问题，放在历时性的民族文学进程和共时性的中西文类对比中予以探究，又取跨学科的方法，从哲学、美学的角度分析，故而得出了不囿于传统的结论。

二是将赋与所产生时代的政治、文化、经学、士风、都城、礼仪等更多维的背景联系起来，进行综合研究。例如《汉赋与长安》《汉赋与经学》《汉代士风与赋风研究》《汉赋书写策略与心态建构》《汉赋文化学》《司马相如赋的美学思想与地域文化心态》等，读着这些精心设计的书名，就令人耳目一新，当然也不难想见作者们企图另辟蹊径的学术用心。其中如曹胜高《汉赋与汉代制度》和《汉赋与汉代文明》④ 这两部著作，

---

① 参见吴广平《宋玉研究》，岳麓书社 2004 年版。

② 参见余江《汉唐艺术赋研究》，学苑出版社 2004 年版。

③ 参见孙晶《汉代辞赋研究》，齐鲁书社 2007 年版。

④ 参见曹胜高《汉赋与汉代制度》，北京大学出版社 2006 年版；《汉赋与汉代文明》，东北师范大学出版社 2009 年版。

前者选择汉代都城、校猎、礼仪制度为研究视角，分析汉赋题材变异的背景、主题变化的特点、赋家创作倾向的差异以及表达手法的演进，以揭示汉赋同汉代制度之间的关系；后者从汉代乘舆、饮食、服饰、音乐、舞蹈、建筑、器物、风俗等社会现象的研究入手，发掘汉赋中隐藏的史料，将之作为汉代文化研究的直接资料。二著出入于文、史，利用学科交叉优势对汉赋进行新的解读诠释，使原本比较薄弱的环节得到加强，将汉赋研究推向了更高的学术层次，并起到了开拓视界的示范作用。

2. 全新的唐宋元明清赋论著

近 20 种唐宋元明清赋论著的横空出世，填补了赋史研究中的巨大空白，可谓是十年赋学最有意义的新变化。其中，大陆出版的论著有 14 种，若按研究内容范围分又有两类：一是律赋及唐宋赋研究的 9 种，一是金元明赋研究的 5 种。

在论律赋及唐宋赋的著作中，尹占华《律赋论稿》①，是一部具有律赋通史性质的专著。全书上编论"律赋与科举"，探讨了律赋与科举的关系、律赋的内容与形式及做法；下编分"发轫期"（初盛唐）、"鼎盛期"（中唐）、"转折期"（晚唐五代）、"再变与衰退期"（宋代），"回光返照期"（清代）五段五章，叙述"律赋发展史"。赵俊波《中晚唐赋分体研究》②，采取"分体研究"的方法，上篇论中晚唐古赋，包括中晚唐的"古赋观念"与"文赋""骚体赋""大赋""类赋之文""骈赋"；下篇论中晚唐律赋，包括中晚唐人的"律赋观"及律赋"体制与写作技巧"等。彭红卫《唐代律赋考》③一书，则在全面清理律赋文本的基础上，对唐代律赋的演进及其特征等问题展开考论，其中，如以计量统计学的方法证明"隔句对"是律赋的第二特征，对中唐律赋家韦展《日月合璧赋》的个案考辨，对晚唐王棨律赋数量和唐代律赋名家作品存录情况的辑要说明，对徐彦伯《汾水新船赋》非晚年之作的考证等，都显示了精微的考辨功夫。此外，何玉兰《宋人赋论及作品散论》④，着重研究宋代律赋与文赋创作及赋论赋话中的一些重要问题，还列入一篇长达百余页的《宋

① 参见尹占华《律赋论稿》，巴蜀书社 2001 年版。
② 赵俊波：《中晚唐赋分体研究》，中国社会科学出版社、华龄出版社 2004 年版。
③ 参见彭红卫《唐代律赋考》，社会科学文献出版社 2009 年版。
④ 参见何玉兰《宋人赋论及作品散论》，巴蜀书社 2002 年版。

人赋论赋话辑录》，既阐述深入，又资料翔实。韩晖《隋及初盛唐赋风研究》①，将隋及初盛唐赋的创作和批评，放在政治、经济、文化、心理等全方位的社会背景下加以考察，既分析了赋文学自身发展的内在动力，也可以使读者了解到赋与其他艺术形式乃至整个时代风气的相互影响。詹杭伦《唐宋赋学研究》是 12 篇论文的结集②，包括对唐人《赋谱》《释迦佛赋》、白居易的赋论赋作、王棨山水写景律赋，宋代辞赋辨体、苏门四学士、范仲淹、苏轼、秦观等的赋论赋作的考论，内容丰富，也颇有作者的心得己见。刘培《北宋辞赋研究》③，凡分初、中、后期三部分，从北宋文人生活、心态、党争、科举、理学思潮等方面入手展开对北宋辞赋的系统研究，描述辞赋的发展，阐释各时期辞赋的不同风貌，评论重要赋家赋作，是一部较为全面地研究北宋辞赋的断代赋史论著，体现了北宋辞赋研究的新进展。

关于金元辞赋的研究，可资借鉴的资料不多，故此期的三种论著均在辞赋文献方面下了很多功夫：康金声、李丹《金元辞赋论略》④，除第一部分"金元辞赋专论"，概述金元赋的思想艺术成就以及元人"祖骚宗汉"的赋学观念等内容外，全书三分之二的篇幅是对元赋钞本《青云梯》的考释，和辑录整理的"金元辞赋年表""金元辞赋作家索引""元代同题赋索引""金元赋名篇介绍"。武怀军《金元辞赋研究评注》⑤，上编概述金元辞赋的发展，和具体论析赵秉文、元好问、耶律铸、郝经、戴表元、袁桷、刘壎、祝尧、杨维桢等赋家的创作及赋论思想；下编则是"金元辞赋作品评注"，评注王寂至杨维桢等 23 名赋家的 39 篇赋，所占篇幅超过二分之一。李新宇《元代辞赋研究》⑥，除有较为深入的理论辨析之外，全书五章中，也有《元代辞赋文献调查与整理》《元代辞赋理论集与辞赋选集》《元代科举考赋》三章，是关于元赋文献及科举考赋史料的考证。

---

① 参见韩晖《隋及初盛唐赋风研究》，广西师范大学出版社 2002 年版。
② 参见詹杭伦《唐宋赋学研究》，中国社会科学出版社 2004 年版。
③ 参见刘培《北宋辞赋研究》，山东人民出版社 2009 年版。
④ 参见康金声、李丹《金元辞赋论略》，学苑出版社 2004 年版。
⑤ 参见武怀军《金元辞赋研究评注》，群言出版社 2006 年版。
⑥ 参见李新宇《元代辞赋研究》，中国社会科学出版社 2008 年版。

论明清赋的两种：孙海洋《明代辞赋述略》①，将明代辞赋的发展演变，分为"明朝初年、永乐至天顺、成化弘治、正德嘉靖、前后'七子'、晚明"六段依次论述，且重点评述了近 80 位赋家的文学思想与辞赋创作，并对代表性作品进行了分析品鉴。詹杭伦《清代律赋新论》②，也是较早以"清代律赋"名书的著作，涉及的内容一是前 8 章的"律赋体系研究"，阐述了清代律赋与科举，以及律赋的审题、结构、层次、用韵、对偶及审美特点等问题；二是后 8 章的"赋论赋话研究"，述及李调元、浦铣、王芑孙、余丙照、路德等人的赋论赋话，其中关于清人对扬雄赋论、杜甫律赋的评述及路德的《关中课士诗赋注》，是前较少有人注意的内容。

总之，无论是从论文、论著所涉及的对象范围，还是从研究的深度和广度考察，21 世纪十年的赋学研究，已经突破以汉魏六朝赋为主的局限，逐步扩展到唐、宋、元、明、清代，并关注到当代赋的创作，关注到赋与其他文体及社会文化政治等多方面的关联，已然表现出总体的赋史观，标志着一个相对完整的赋学研究体系的建立。

二　理论探讨与学术总结的注重

十年赋学在深化赋文学创作的研究内容和扩展赋史领域的同时，表现出较以往更为注重探讨总结古今赋论赋学的特点和趋向。

（一）赋论、赋学及辞赋文体论著作的发展

自 20 世纪 90 年代初《中国赋论史稿》《赋学概论》等文著问世之后，经过近十年的积聚，到 21 世纪初期，赋论、赋学及辞赋文体论之类的研究著述又相继而作，并在论述的广度和理论的深度方面有新的进展。

此期以大陆为主的此类著述出版有 20 种左右。属于辞赋资料、史料类的有 4 种。马积高《历代辞赋研究史料概述》③ 是述而兼作的著作，全书上篇为"历代辞赋及研究概述"，分节叙述先秦两汉、魏晋南北朝、

---

① 参见孙海洋《明代辞赋述略》，中华书局 2007 年版。
② 詹杭伦：《清代律赋新论》，北京燕山出版社 2002 年版。
③ 参见马积高《历代辞赋研究史料概述》，中华书局 2001 年版。

唐五代、宋金元、明清和现代的辞赋研究概况；下篇为"辞赋要集叙录"，以提要的形式介绍古今重要的"辞赋总集""收录辞赋的著名文学总集""古今赋话（含赋论选）""现代中外赋学论著"，相当系统地概述了历代辞赋创作的发展与研究史料、评论了 70 余种辞赋论著。踪凡编《司马相如资料汇编》①，主要收录历代文人对司马相如生平仕履、文学创作等诸多方面的记载与评论资料，分为汉、魏晋南北朝、隋唐五代、宋、金元、明、清、民国等八个段落排列，又有《卓文君资料选编》《司马相如研究论著索引》等附录。全书涉及古籍四百余种和大量的今人论著，资料相当丰富。此外，王冠辑《赋话广聚》②，收入上起刘勰、下迄民国的 24 种赋话著述，资料性强，但该书未予标点校勘，如所收《声律关键》存在错简之处、《四六丛话·赋话》则漏收原书卷四之"赋三"（一），阅读时应予注意。何新文等《历代赋话校证》③，首次标点校订了清浦铣所撰《历代赋话》正、续集 28 卷，及袁枚、浦铣等 4 篇序文；重新点校《复小斋赋话》，纠正原香港三联版《赋话六种》本诸讹误；书末详附具有赋话专题文献目录性质的"参考引用书目" 170 余种，卷首撰有《前言》叙介浦铣生平著述及其赋话的价值特色。

赋论、赋学研究类著述，当以许结、詹杭伦、踪凡、孙福轩所著的几种为代表。许结《中国赋学历史与批评》④ 凡分三编：上编"本体论"，以文化学的批评方法对古代赋体创作和赋论作总体考察，深入阐述了诸如骚赋、汉赋、小品赋、律赋的创作艺术及其理论批评，明人赋学复古意识、清代赋学批评、古律之辨与赋体之争等课题；中编"因革论"，将赋史、赋论史交互结合，通过对汉代"以文为赋"、中古辞赋的"诗化"、唐赋的古律问题、宋赋的"尚理"与"冲淡"赋风、元赋的"重情"、明清赋的艺术流变等问题的概括和分析，以彰显其因革规律；下编"批评论"，是对一些重要赋家赋作，如宋玉、扬雄、张衡、苏轼的赋，以及王逸楚辞学、魏晋动物赋、唐代科技赋、清代疆舆赋等的批评论析。本书有较强的理论色彩，尤其梳理了古代赋论的发展历史，叙述了其批评形态

---

① 参见踪凡编《司马相如资料汇编》，中华书局 2008 年版。

② 参见王冠辑《赋话广聚》，北京图书馆出版社 2006 年版。

③ 参见何新文、路成文《历代赋话校证》附《复小斋赋话》，上海古籍出版社 2007 年版。

④ 参见许结《中国赋学历史与批评》，江苏教育出版社 2001 年版；《赋学讲演录》，北京大学出版社 2009 年版。

与理论范畴。许结《赋学讲演录》，分十讲，以通贯古今的视野，对赋的渊源与体类、历史与批评进行了系统的梳理与讲述，其中对汉大赋、对律赋的论述，尤多精解。而作为讲演录，该书又学理与趣味并呈，兼有学术性与可读性。踪凡《汉赋研究史论》①，是现今第一部汉赋研究史专著。全书以 65 万字的篇幅，分为两汉、魏晋南北朝、唐宋元、明清及近代等四个时期，系统梳理了汉赋研究的历史嬗变，尤其注重分析古代汉赋编录的体例、方法及其成败得失，肯定汉赋注释和评点在汉赋阅读与传播中起到的重要作用，并对汉赋研究产生的学术背景、包蕴的文化内涵以及可资借鉴的因素有理论思考。

詹杭伦《清代赋论研究》②，原为作者在香港浸会大学完成的博士论文，后在台湾出版，大陆学界较少流传。该书在《绪论》之后，正文分 10 章，依次论述清代赋论的背景、分期和分类，清代的赋总集、"八股文赋""以赋论赋"，清代律赋的审题和结构、平仄和用韵、注解方法等内容。孙福轩《清代赋学研究》③，凡分"明末清初、康雍年间、乾嘉道、咸同光、清末民初"五个部分，叙论清代赋学理论的历史演化进程，阐释著名赋论家和赋论著作以及清代赋学的理论特征，同时也横向探讨了赋学与"骚学"、诗文理论等的关系。该著在已有研究的基础上，对清代赋学作了较详尽的描述与判断。

辞赋文体类论著，2004 年就出版了陈洪治、孟兆臣、韩高年所编著的三种。如果说陈、孟分别以"赋"名书的二种尚属于介绍赋体知识及其发展的通俗读物的话，那么，韩高年《诗赋文体源流新探》④ 就是颇有深度的文体论著了，此著收入论文 21 篇，其中专论赋及诗赋文体关系的 13 篇。作者运用文体学的方法，一方面从共时性的角度出发，剖析比较诗赋文体的结构特征，如《赋的诗文两栖性特点的成因》等文；另一方面侧重于纵向描述赋体的起源及演变，如《赋之序物、口诵源于祭神考》等。各篇论文的观点或结论，都从先秦至南北朝诗赋创作的实际出发，由细读文本、具体分析中得出。而郭建勋《辞赋文体研究》⑤，专论辞赋文

---

① 参见踪凡《汉赋研究史论》，北京大学出版社 2007 年版。
② 参见詹杭伦《清代赋论研究》，台湾学生书局 2002 年版。
③ 参见孙福轩《清代赋学研究》，浙江大学出版社 2008 年版。
④ 参见韩高年《诗赋文体源流新探》，巴蜀书社 2004 年版。
⑤ 参见郭建勋《辞赋文体研究》，中华书局 2007 年版。

体，对辞赋的文体形式和表现特征进行了全面研究，探讨了骚体赋、诗体赋、文体赋、"七"体、律赋、宋文赋等的形成发展和文体特征，大赋与小赋的区别及其各自的体式特点，辞赋的审美特征与表现手法，以及赋与楚辞、诗歌、骈文之间的相互关系等诸多问题。

（二）具有总结性质的论文结集

十余种总结性的论文集相继问世，是十年赋学繁荣的特点之一。从编辑形式上看，包括有学者个人论文结集与多人成果汇集两种不同类型。

在这些论文集中，以学者个人已发论文的结集为多。其中，龚克昌《中国辞赋研究》①，收录作者自 20 世纪 80 年代以来所撰写的赋学论文 63 篇，篇幅达 79 万字。其中论汉赋的 33 篇，论魏晋南北朝赋的 13 篇，论唐宋及清代赋的 4 篇，有关今人辞赋论著的序文及作者赋学活动的 12 篇；附录《读赋心得》，大抵介绍楚汉辞赋作家事迹或作品的内容及艺术特点，分别写成篇幅大小不一的短文 250 余则，涉及面颇广。郭建勋《先唐辞赋研究》②，由 27 篇论文构成，内容以楚辞文体研究为重点，纵向论述骚体的形成以至建安、晋代、南朝骚体文学的发展新变，横向论及对其他文体如文体赋、七言诗、哀吊类韵文、骈文、乐府诗与词等的影响。许结《赋体文学的文化阐释》③，收入论文 18 篇，所论内容约有四类：汉赋与文化研究的 5 篇，赋与诗交叉研究的 3 篇，论科技、艺术、论文赋等的 6 篇，律赋与科举研究的 4 篇，如论北宋科制与论理赋、郑起潜《声律关键》、清代科制与律赋、汤稼堂《律赋衡裁》与清代律赋等。程章灿《赋学论丛》④，收入 1986—2005 年所撰论文 14 篇，大略可分为 2 辑：前辑 8 篇，或综论历代各类赋学文献，或探讨石刻、笔记、类书、赋选之中的赋学文献专题，侧重点与切入点各有不同，但都着意透过文献以重新审视历代赋史；后辑 6 篇，大体以赋家及其创作为中心，讨论赋史在流变进程中的若干面相，书末的两篇《论赋绝句》前篇论先秦两汉赋，后篇论唐宋两代赋，或可看作是对所著《魏晋南北朝赋史》的补充与衔接。曹虹

---

① 参见龚克昌《中国辞赋研究》，山东大学出版社 2003 年版。
② 参见郭建勋《先唐辞赋研究》，人民出版社 2004 年版。
③ 参见许结《赋体文学的文化阐释》，中华书局 2005 年版。
④ 参见程章灿《赋学论丛》，中华书局 2005 年版。

《中国辞赋源流综论》①，收录论文 18 篇，依次分为 4 个专题。"源流篇"
5 篇，如《"不歌而诵谓之赋"考论》等；"思想篇" 4 篇，如《孙绰
〈遂初赋〉影响力探原》等；"理论篇" 4 篇，如《陆机赋论探微》等；
"域外篇" 5 篇，如《中国赋的感春传统及其在朝鲜的流衍》等。作者以
开阔的视域，致力于探究赋史发展中某些带有初始或转折性的创作形态、
审美命题，以及赋与诗文互动、赋史与思想史进程中的某些交相呼应、赋
体文学向海东邻国的渗透情形等的新证，取得了有创意的成果。于浴贤
《辞赋文学与文化学探微》②，收入论文 30 篇，大致分为题材内容、赋家
赋作、赋风赋论、继承传播、当代赋学评论等五编。作者从不同的角度追
寻赋史足迹，探讨辞赋的文学与文化价值。

另一类论文集，虽编辑的形式各异，但所收论文却出自众多作者之
手。如苏瑞隆、龚航主编《廿一世纪汉魏六朝文学新视角》③，是编者为
祝贺其导师、华盛顿大学著名汉学家康达维教授花甲大寿，传扬其道德、
文章，邀约中外学者围绕汉魏六朝文学撰文，编成的纪念文集。全书收文
20 篇，其中论及汉魏六朝赋的有十余篇。卷首有苏瑞隆撰《康达维先生
传略》、龚克昌《海内存知己：回忆与康教授的交往》。熊良智主编《辞
赋研究》④，则是四川师范大学古代文学学科半个世纪以来有代表性的辞
赋论文的汇集。其中，论赋之文有万光治《赋与赋学研究的命运》、刘朝
谦《对话赋体与赋家的对话性生存》、钟仕伦《汉大赋虚构性略述》、赵
俊波《论唐代律赋语言的雅正特点》等 16 篇。2010 年出版的《学者论
赋：龚克昌教授治赋五十周年纪念文集》⑤，全书 59 万字。除卷首载有
《龚克昌先生著作目录》等外，尚收录有山东大学部分教师、毕业的博士
研究生，以及当代海内外赋学研究者如龚克昌、康达维、王志民、苏瑞隆
等 25 人的论文 46 篇，所论内容包括汉魏六朝及唐宋元代赋等较多方面。
关于此书出版的意义，龚先生在《前言》中说"既可展示我们以往的业
绩，也可检验我们一二十年来的行止"，这番话语，正可以代表这些在 20

---

① 参见曹虹《中国辞赋源流综论》，中华书局 2005 年版。
② 参见于浴贤《辞赋文学与文化学探微》，中国社会科学出版社 2010 年版。
③ 参见苏瑞隆、龚航主编《廿一世纪汉魏六朝文学新视角》，台北文津出版社 2003 年版。
④ 参见熊良智主编《辞赋研究》，商务印书馆 2006 年版。
⑤ 参见本书编委会编《学者论赋：龚克昌教授治赋五十周年纪念文集》，齐鲁书社 2010
年版。

世纪后期就成绩斐然的老、中年研究者的心声。选择一些业经发表过的论文结集出版，既记录着他们在这一领域不懈探索、辛勤耕耘的足迹，具有纪念与总结的性质；同时，也承载着这一辈学人对繁荣中国赋学的热切期盼、厚重感情。

三　文献整理的进步与当代辞赋评论的兴起

21 世纪十年赋学的繁盛，还表现在赋文献整理的进步和当代辞赋评论等方面。

（一）近 50 种各种各类辞赋选本的出版问世

近十年来，各种各类辞赋选本纷纷涌现，有近 50 种之多。其中，龚克昌等《全汉赋评注》①，全书 100 余万字，共评注汉赋 70 余家 195 篇（不含建安赋）。包括未曾注及或残赋、残句全部纳入注释的范畴，新近出土的赋篇如尹湾汉墓出土的《神乌赋》也详加注评，仅存篇目的赋作则略加介绍，收录资料相当广泛。每篇赋分为作者小传、正文、说明、注释、辨析五个部分，"小传"简介赋家行事、思想倾向与主要著作；"说明"交代正文出处，赋篇的创作原委、思想内容、艺术特色等，其中颇多中肯、精当的见解，有助于读者正确理解与评价作品；"注释"简要明晰，周备通达；"辨析"则对于有争议的问题提出个人见解。费振刚、仇仲谦、刘南平《全汉赋校注》②，169 万字，收录汉赋凡 91 家 319 篇，除去存目及残篇，基本完整者约 100 篇。各赋均列有作者介绍、原赋、校注、历代赋评。卷首有费振刚先生写的长篇《前言》，附录有《汉赋评论者简介》等多种资料。赵逵夫主编《历代赋评注》③，全书分为"先秦、汉代、魏晋、南北朝、唐五代、宋元金、明清"七卷七大册，共计达 420 万字，选录历代赋家 329 人 583 篇赋。该书各卷卷首，均有一篇"概述"。各篇"概述"，因时论赋，对该时期赋的创作成就、主要特点及重要赋家赋作等有简略而精当的论述，以与各卷中的赋家简介、赋篇注释品

---

① 参见龚克昌等《全汉赋评注》（全三册），石家庄花山文艺出版社 2003 年版。
② 参见费振刚、仇仲谦、刘南平《全汉赋校注》，广东教育出版社 2005 年版。
③ 参见赵逵夫主编《历代赋评注》，巴蜀书社 2010 年版。

评形成点、线、面结合的关系。所收各赋均有赋前《题解》、赋中详注、赋篇尾《评》,或介绍内容,或诠释词语,或品鉴辞章,大多平实精详,新意纷呈,引人入胜。这是一部体制宏大、内容富博且兼有普及实用与学术价值的赋学专书,其对赋学研究的推动作用是可以预期的,或许正有如毕庶春教授所评"无论文学爱好者,无论辞赋研究者,都会得益于《历代赋评注》"①。

(二) 当代辞赋创作及评论的兴起

当代新赋创作的兴起,是伴随着 20 世纪 80 年代赋学复兴以来出现的新气象②。

从当代赋创作发表的情况而言,存在"网络与现实两个圈子"。一般来说,年纪大一些的赋作者,多在报刊上发表作品、出版赋集或应邀作赋刊刻:如 1979 年,魏明伦写有《手绢赋》;1983 年,峻青创作了《雄关赋》;1993 年,孙继刚创作了《白云山赋》;1994 年,颜其麟发表了《桂林赋》;1997 年,香港回归祖国前后,更有张心豪《香港回归赋》等作品问世。其中,颜其麟《香港赋》1997 年 5 月 4 日在香港《文汇报》发表,赋文以典重、华美的语言,叙写香港沧桑的历史,展示回归祖国后的美好明天,一经刊出,立即引来好评如潮。2007 年 3 月 7 日,《光明日报》更专设《百城赋》专栏,刊发有关现代都市的辞赋作品,为当代都邑赋的繁荣推波助澜。

另外,一些年轻的赋作者,则大多在网络上发表赋作。较为活跃的有潘承祥、周晓明(锡东刀客)、金学孟、张友茂等所谓"潘刀金岸辞赋四杰"。网络辞赋大概源起于 1999—2000 年,而在 21 世纪初期蓬勃发展。

自新旧世纪之交开始,中国古代赋体在当代焕发生机的新赋创作现象,也引起了社会与学界的关注。1998 年《颜其麟赋鉴赏》③ 一书出版,书中收其所作《香港赋》《庐山赋》等 14 篇赋作,同时也收入了费振刚、郑传寅、胡光舟、顾易生、周裕锴、张葆全、叶幼明、杨建文、龚克昌、

---

① 毕庶春:《读〈历代赋评注〉》,《辽东学院学报》2010 年第 4 期。
② 自 20 世纪末叶开始,尤其是 21 世纪以来,当代辞赋创作蓬勃兴起。但是,面对这一现象,学术界尚无足够的准备和投入。本文仅据有关资料对当代赋创作及其评论作一简略叙介,其中遗漏乃至错讹之处,尚待学界同仁指正乃至日后的修订与补充。
③ 参见颜其麟《颜其麟赋鉴赏》,团结出版社 1998 年版。

许结、章沧授、康金声、简宗梧、王巍、何沛雄等 30 余名学者先后发表的 46 篇评论文章。此后，如程章灿《古典文体的现代命运：以二十世纪赋体文学观念及创作为中心的思考》[1]，锡东刀客《论当代辞赋创作之现状》，龚克昌《评现代辞赋创作》[2]，孙继刚、扈耕田《首届中国辞赋创作研讨会综述》[3]，花月主人《当代辞赋创作与辞赋现象解析》，于浴贤《论当代都邑赋的繁荣》[4] 等文章，也先后在刊物或网页上发表。

在当代赋创作的评论中，赋创作队伍是被关注的一个重点。如在 2007 年的"首届中国辞赋创作研讨会"上，"中华辞赋网"站长潘承祥，所作题为《洛阳牡丹花开日、中华辞赋复兴时》的大会发言，就专门介绍了颜其麟、孙继刚等 23 名赋作者，并且还将当代赋创作划分为五个流派：（安徽）"桐城赋派"、（浙江）"骈文赋派"、（江西）"骚体赋派"、（山东）"韵文赋派"、（新疆）"边疆赋派"。2007 年 8 月，在兰州召开的"第七届国际辞赋学学术研讨会"上，龚克昌教授所提交的《评现代辞赋创作》一文，对各地 20 名赋作者及其赋作，作了介绍和评价；还建议当代的辞赋作者们多作"推敲"功夫，以创作出无愧于时代的"美丽"赋篇。

四　博士群体的活跃与研究方法的多元

（一）博士群体的成长壮大了学术队伍，使赋学研究充满持续的活力

20 世纪后期的赋学研究，虽然也有许东海（1984 年出版硕士论文《庾信生平及其赋之研究》时 25 岁）、程章灿（1992 年出版博士论文《魏晋南北朝赋史》时 29 岁）、胡学常（2000 年出版博士论文《汉赋与两汉政治》时 33 岁）等青年学者，曾以硕士博士学位论文的问世而进入赋学领域；但基本队伍还是以马积高、龚克昌、康达维、简宗梧，以及叶幼明、万光治、毕万忱、康金声、高光复、赵逵夫、于浴贤、许结、曹明纲、曹虹、徐宗文、郭建勋、邓国光、毕庶春、伏俊连等一批老、中年的

---

① 载程章灿《赋学论丛》，第 225—244 页。

② 载西北师大文学院编《第七届国际辞赋学学术研讨会会议论文集》，2007 年 8 月编印。

③ 孙继刚、扈耕田提交 2007 年 8 月西北师大"第七届国际辞赋学学术研讨会"论文。

④ 载于浴贤《辞赋文学与文化学探微》，第 362—375 页。

研究者为主。

而 21 世纪前十年间的研究主体，则发生了根本性的变化。除上述一些在 20 世纪就成为赋学研究中坚的老、中年学者，继续发表有学术成果外，一大批以新近毕业的博士为主的研究生的加入，明显充实和壮大了赋学研究队伍。如前所述，仅 2001 年至 2008 年，大陆以赋为学位论文选题的硕士与博士研究生就有 170 余人；此外，就笔者所知见，出生于 20 世纪六七十年代且在近十年中有新的赋学论著出版的博士群体，就包括有苏瑞隆、谷口洋、程世和、郑明璋、冯小禄、苏慧霜、冯良方、彭红卫、孙晶、韩晖、踪凡、刘培、余江、武怀军、侯立兵、韩高年、赵俊波、孙福轩、曹胜高、李新宇、高一农等 20 余人：很显然，这是新时期赋学研究的一支生力军，他们推出的成果，构成了十年赋学繁荣的重要组成部分。

正因为有这一才思活跃、卓有成绩的博士群体的加入壮大了学术队伍，21 世纪十年的赋学界才如此多姿多彩、生机盎然，并且具有了持续发展的旺盛生命力。

（二）　在继承基础上求异创新，研究思路方法趋向多元交叉

从总体上说，21 世纪初期赋学研究的思路与方法是趋向于多元的，既有所继承，更有所创新。一方面，有研究者仍然采用了传统的文献学的索隐考证，与文艺学文本阐释分析相结合的方法；另一方面，也借鉴了西方传播学、接受美学、原型批评、文体学研究的理论，并进行了成功的运用。如踪凡的《汉赋研究史论》，在穷尽式的资料搜集的基础上，归纳、寻绎汉赋研究发展的内在逻辑和必然规律，细密而系统地展现了两千余年汉赋研究、传播与接受的历程；彭红卫的《唐代律赋考》，则主要采用文献学与文艺学相结合的方法，在全面清理唐代律赋文本的基础上，对唐代律赋的演进及其特征等问题展开了深入考论。而吴广平的《宋玉研究》，结合历史文献、考古发掘及古今已有的研究成果，运用语言学、神话学、宗教学、原型批评等理论与方法，对宋玉辞赋成就及其在文学史上的价值地位进行了综合研究；侯立兵的《汉魏六朝赋多维研究》①，采用"文化阐释、人本立场、文学本位和多维透视"的多角度的研究方法，全面阐述了汉魏六朝赋体文学的文学价值与文化内涵。

---

①　参见侯立兵《汉魏六朝赋多维研究》，人民出版社 2007 年版。

　　众所周知，学科的相互交叉渗透是现代学术的特征之一，研究方法多元化是这一特征的表现。作为 21 世纪热门领域的赋学研究，打上现代学术特征的烙印，便是自然和必然的了。从辞赋研究的内容来看，研究者们将研究的视点由赋本体转向赋文化和赋学理论的研究，赋文体的多元知识构建也为跨学科的文化研究提供了可能性和切入点。研究者们从史学、地理学、哲学、心理学、社会学等视角来研究赋，而其他学科的知识也为赋文学研究提供了新的参照点，不但拓展了研究视野，而且提供了新的分析方法，当然也有可能收获新的成果。

　　21 世纪的赋学研究，课题丰富，任重道远。但研究者既有所继承，又有所创新，尤其年轻一代学人以求异求新的开放性思维视角，采取多元、交叉的方式方法，切入古老的赋文学研究领域，从而取得了别开生面的学术成果。当然，方法并不是万能的，文学文本是一切文学批评方法赖以存在的前提和基础，文本和材料是基础，相应的方法要与合适的研究对象、踏实的研究态度相结合，才会结出有分量的果实。

　　原载《湖北大学学报》2012 年第 2 期，与博士生王园园共同署名。上海《高等学校文科学术文摘》2012 年第 5 期文摘 3000 余字，2014 年 1 月 9 日 "中国社会科学网"、2014 年第 2 期《文学遗产》网络版全文转载

序跋与评述

童心的空间在这里拓宽

——《幼儿看图读神话》序

　　人类童年时期，对周围变幻莫测的自然与社会现象无法认知又渴求了解，便凭借想象，集体生发出具有艺术意味的解释和描述，这即是神话。我们人类远古祖先们的真诚爱憎、天真愿望与离奇推断，交织成一幅浸润了历史氛围、现实劳动生活情趣和理想主义的美丽画卷，为后人展示着那个永远逝去而又令人永怀奇想的时代的神秘风情。现在，汪建先同志编写、郑绪梁同志绘图的《幼儿看图读神话》，以其新颖、有趣的形式，把这幅人类童年时代的奇异画卷呈现在了我们儿童的面前，可以说是找到了一种最好的归宿。因为人类发展的童年时期与我们个人生长的童年时代确乎有许多相似之处，蒙昧时期人类对世界的探寻，或许正如同儿童们张开幼稚的双眼，惊奇地打量这个七彩的社会。加之本书作者的精心构思，用平易浅近的儿童语言将神话故事娓娓道来，并配上生动形象而又颇具神秘意味的仿古图画，正好切合了小朋友们的好奇心理与审美趣味，给充满幻想、渴望知晓一切的儿童打开了一个新奇的万花筒。烂漫天真的童心与远古祖先自以为真实合理的心灵创造发生碰撞，自然会迸射出一串串智慧的火花。

　　读这样一本书，又好像是做一场启发思维的游戏，它一方面交给了家长们一把开启儿童心灵之门的钥匙，使劳碌奔波的家长在工作之余有丰富的素材回答一天会问上无数个"为什么"的孩子；另一方面，神话与童心的交融，也能让孩子们在神话的诱导下，进入自由幻想的天空：白云飘荡的蓝天，生长着万物的大地，是盘古开辟的吗？爸爸、妈妈还有我自己，我们这些"人"都是女娲用泥捏的么？羿一口气射下了九个火热的太阳，真了不起啊！嫦娥姐姐怎么飞到月亮上去了呢？有一天，我能飞到月宫中去看望她么？一个又一个问号和惊叹号，会让孩子们的天真想象插上思考的翅膀，在梦幻般的世界里飞翔，从而拓宽了童心的空间。

还值得一提的是，华夏神话总是被赋予了某种特殊的精神品格，又由于本书编者有意识地进行筛选，因而就有意无意地编成了一本具有思想意义的教科书。神话中开天辟地的盘古，炼石补天的女娲，继承父志治理天下洪水的大禹，见蜘蛛织网而发明了鱼网的伏羲，遍尝百草为民治病的神农，追赶太阳渴死途中却留下一片桃林的夸父，立志移走两座大山的愚公，顽强不屈与天帝决斗的无头勇士刑天，还有跳进日月潭中杀死恶龙救出太阳与月亮的大尖哥和水社姐等，这些勤劳、智慧、勇敢的神话英雄们，都无一不得到孩子们的喜爱。神话英雄的英雄业绩，敢于斗争、勇于牺牲、舍己为人、自强不息、一往无前的英雄气概和博大精神，容易激发孩子们认识自然与社会的热情，平添一股闯荡无穷宇宙的勇气，也会在他们幼小的心灵里播下真善美的种子，鼓励他们不怕困难，努力学习，不断进步，做一个勇敢的好孩子。

的确，这是一本献给孩子们的好书。它注意到思想性与趣味性的结合，无论是神话的选择、翻译语言的儿话化，还是绘画、造型及着色上的神秘意味，都照顾到了儿童们的心理特点。通过人类童年时代创新的神话与儿童童心的对话，既增长了孩子们的见识，又像一场春雨，滋润并洁净了孩子们的心灵，好让他们如雨后春笋般地健康成长。虽然我已不止一次地读过这些神话故事，但读完这本书，仍然有一种特别新鲜的感觉，仿佛又寻回了那已逝的童心。所以，编者嘱我为此书写个小序，我便欣然从命，拉扯了这么些文字，旨在把这本书推荐给亲爱的小朋友和年轻的家长们。

写于湖北大学中文系

1991. 5. 26

此文初稿曾经湖北大学中文系青年教师徐雁冰修改润色，原载于汪建先编译《幼儿看图读神话》卷首，湖北少年儿童出版社1991年版

《中国赋论史稿》后记

东方风来，大潮涌起。校园内外，"赶海"的人们，熙熙攘攘，往来匆匆。然而，那些不能或不愿成为"弄潮儿"的莘莘学子，则仍本着"君子固穷"的古训，以另一种忠诚投身于三尺讲台、一盏明灯前的事业。默默耕耘，不问收获；前路茫茫，未辍步履……

我自然属于"不能"者之列。这本小书，也多半是为那种忠诚所驱使的结果，虽与"辉煌"无缘，却颇有些艰辛的体念。它的写作，也经历了一个并不算短的过程。

1979 年，我考入华中师范学院中文系，在导师石声淮教授门下攻读中国古典文学硕士研究生。确定学位论文题目时，最初考虑的就是汉赋。这一方面是因为当时汉赋研究在经历一段长时间的沉寂之后又开始复兴。如龚克昌先生在《文史哲》杂志 1981 年第 1 期发表《论汉赋》的文章，充分肯定汉赋在文学史上的地位，引起学术界的关注；另一方面就是受郑临川先生《闻一多先生论楚辞》（《社会科学辑刊》1981 年第 2 期）一文的影响。闻一多先生当年曾把汉赋与楚辞《天问》并论，认为汉赋不为文学史家所重视。如以读《天问》的观点去读，便可以看出它的伟大实超过其他文体。《上林赋》的境界极大，《两京》《三都》诸赋，都"懂得大是美点"。闻一多先生的论述，启发了我对汉赋的兴趣，当时就初步拟定了一个"论汉赋以大为美"的题目。后来，虽然在导师的指导下，选定了另外的题目，但对赋的兴趣却有增无减。研究生毕业以后，仍把那篇《论汉赋以大为美》的文章完成了（刊于《文学遗产》1986 年第 1 期），并且陆续发表了一些研习汉赋的文章。

由于研究汉赋的关系，于历代关于汉赋的评论有所了解，进而对赋论也产生了兴趣。1987 年，全国韵文学会赋学研究会等单位联合倡议发起全国首届赋学讨论会。我写了《刘熙载汉赋理论述略》一文，参加于1988 年 4 月在湖南衡阳举行的这次赋学盛会（文章后刊于湖南师范大学主办之《中国文学研究》1988 年第 3 期之 "赋学研究专辑"）。自 1987 年开始，我先后到湖北省图书馆、北京图书馆等藏书单位查阅古代赋论文献；与此同时，上海市图书馆的孙秀娣女士，当时在南京师范大学攻读博士学位的王兆鹏、刘尊明诸好友，也为我查找并复印了不少古代赋论资料及海外赋学论著。经过几年的努力，历代赋论，包括清人赋话资料大体搜集完备。因有感于赋话资料较少整理，原拟辑点《历代赋话丛编》一书，可惜因出版诸方面的原因，这个计划至今没有实现。在这些工作的基础上，于 1989 年打印出一册《历代赋学论著及选本述要》，择要评述、介绍了中国古代赋论赋话、现当代中外赋学论著（包括中国大陆、港台、外国三部分），及历代重要赋总集与选注本，凡 80 余种，作为我为中文系本科学生讲授 "中国古典文学目录学" 选修课程的 "资料之一"。这样一来，我对中国古代赋论及现当代赋学研究的基本状貌与历史过程，就有了一个粗略的认识，这部赋论史稿的写作也即着手进行了。为能得到赋学界师、友的批评指教，我还将部分初稿整理成文，陆续在《湖北大学学报》（哲学社会科学版）、《学术研究》《古典文学知识》《文学与语言论集》《文学遗产》等刊物上发表。1991 年春天，又赴上海、南京等地图书馆，再一次查阅、校核了有关文献。依据原来的设想，本书当在去年暑假完成。但在去年初，学校给我增加了一点参与教务管理的新工作，时间占去不少，因而此书也延至今年夏初才修改完稿。书稿完成后，即与有关方面联系，有几家出版社都表示对这一选题很有兴趣，开明出版社更在比较短的时间内就决定出版此书，这使我十分感激。

自 1987 年至现在，我对历代赋论的研习、探讨，虽然已有四五年之久，但限于资料和学力，这本史稿仍然如此单薄，原始文献的遗缺或论述的不妥之处，当在难免。故诚恳希望海内外专家、读者不吝指教，以有机会作进一步的补充和修正。

在本书的写作过程中，承蒙华中师范大学教授温洪隆先生、湖北大学教授张国光先生、郁源先生和我的导师华中师范大学教授石声淮先生的关怀指导，郁源教授与熊会斌老师还为我审阅过部分书稿；在撰稿过程中，笔者也参考和吸收了学术界已有的某些研究成果；此书的出版，得到了开明出版社的热情支持和湖北大学青年教师基金的部分资助；还有陈昌恒等诸多好友关心过本书的写作和出版，谨在此一并致谢。

本书还被列选为湖北大学中国古代文学学科丛书，从而分享了集体的光荣。特借此书问世的机会，向为学科建设作出重要贡献的湖北大学中文系领导和本学科诸位师长、同仁，表示崇高的敬意。

1992 年 9 月于武昌

原载何新文《中国赋论史稿》，开明出版社 1993 年版，第 284—286 页

《唐代律赋考论》序

今年春上，我有幸读到彭红卫副教授的新著——《屈原的文化人格研究》；现在，也不过才是"冬天来了、春天不会遥远"的岁末年尾之时，却又听说他的博士学位论文《唐代律赋的演进及其特征考论》（后更名为《唐代律赋考》）即将在社会科学文献出版社出版，真正是令人惊喜！远在宜昌的红卫有电话来，约我为他的这部著作写个序，虽然此前我并没有过请人写序和为人写序的先例，但基于对红卫此著问世的欣喜和种种的学术因缘，我确乎难以拒绝红卫的嘱托，故此忝为小序如后。

红卫曾从我的同门师兄、华中师范大学的周禾教授攻读硕士学位。作为校外评审专家之一，我对他的硕士学位论文《屈原的悲剧人格研究》记忆犹新，该文"阐前人所已发，扩前人所未发"，颇多己见新意，充满探索精神。后来他将硕士论文修改出版，也就是上面提到的那本《屈原的文化人格研究》。硕士研究生毕业以后，他又在我的好友张三夕教授门下攻读博士学位，期间与他有过多次交往。他向我借阅过一些赋学著作，我也帮他复印过一些不易找到的文献。我感觉他极其好学而且勤于思考，对学术有一份虔诚、敬畏心理和使命感。所以我对他以唐代律赋作为研究对象的博士论文一直充满期待。2008 年 6 月，我参加了他的博士学位论文答辩。作为答辩委员会主席，我仔细通读了他的博士论文，对他的论文和答辩都很满意。后来听说他的论文是本年度华中师范大学文学院博士论文外送匿名评审中唯一的一篇全优论文，这也并不出乎我的意料。实际上，在他的论文答辩过程中，各位专家对他的论文评议兴致格外高，气氛尤其热烈，对他论文的学术质量给予了很高的评价。

从《屈原的文化人格研究》到《唐代律赋考》，体现了年轻作者在辞赋领域辛勤耕耘的毅力和雄心，也全面显示了他的学术进路与自我超越。

在我的体认中，辞和赋都是中国文学传统中的"美文"，并且是最有民族特色的文体，在中国古代文人士大夫的文学活动中具有重要地位；但较之其他文体，辞和赋更为艰涩一些。所以，能够持之以恒地在辞赋领域剔抉爬梳，需要韧性和毅力；尤其是对年轻一代的学者而言，更需要一份勇气和学术承担的责任感。屈原和楚辞研究一直是学术研究的热点，要想在这个领域有所突破是非常难的。红卫的第一本论著《屈原的文化人格研究》试图从心理学、伦理学和审美学三个维度全面总结和探讨屈原的文化人格，着重在心理学的解释框架中，以人格心理学的最新研究成果为理论支撑，深入系统地描述屈原的人格特质和人格结构中悲剧性的层面，动态地展示其悲剧性的演变轨迹，以求得一个近真的屈子，进而在理性价值和人格范式价值两个方面揭示屈原文化人格的历史价值。作者认为"这份以生命意识和批判精神为核心价值的历史资源，应当成为当代中国知识分子吸收、消化和重塑健康人格的重要参照"（《屈原的文化人格研究·前言》），这无疑体现了年轻一代学者学术承担的自觉意识。

20世纪90年代末，我曾撰写《二十世纪赋文献的辑录与整理》一文（《文献》1998年第2期），根据我当时的观察，20世纪初至新中国成立的前五十年，是赋学文献整理的停滞期。这是清康、乾以来的一个低谷，这种现象的出现，对20世纪后半叶赋文献的整理及赋学研究的发展都带来了很大的影响。新中国成立以后至七十年代末期。这中间三十年，文学古籍的整理与研究进入了一个新的发展时代，其中如过去登不上大雅之堂的小说、戏曲作品的编辑出版即大大超过了新中国成立前历代刻印的总和。然而，赋体文学作品被视为"贵族文学"而遭到长期的批评、贬斥；赋的辑录整理同赋的研究一样，仍然未受到重视而继续被冷落着。自20世纪80年代以来，伴随着国家拨乱反正、改革开放带来的政治稳定、思想解放和学术繁荣，赋的研究及其文献的编辑整理工作得到学术界和出版界的高度重视。总之，近百年来我国赋文献的辑录与整理，走过的是一个由半个多世纪的停滞、冷寂而最终趋于相对繁荣的不平坦的漫长历程。20世纪80年代以来赋文献的整理出版工作开始注意到普及与提高、整理与研究的"两个结合"，从而初步形成了自己的特色。但近十几年来的赋体文献整理出版工作还存在着明显的不足。从总体上说，20世纪后二十年的赋文献整理，尚处在沉寂过后的开创阶段，与诗、文、词、小说、戏曲相比较，赋体文献整理的深度与广度都很不够，与赋在文学史上的实际地

位也不相称。就范围而言，我们还没有断代的赋选集如《汉赋选》《唐赋
选》《清赋选》，还没有分专题的如《律赋选》《赋论选》《赋话选》，不
少赋家的文集还没有新的校注本。就赋文献整理的水平而言，我们现在还
很少开展整理工作的研究和评论，出版界有组织的赋文献整理规划或交流
活动也很不够。

这是我十年前的观察，近十年来，赋文献的辑录与整理取得了长足的
进步。对此，《唐代律赋考》第一章专就律赋研究情况做了系统全面的梳
理。作者在回顾 20 世纪以来唐代律赋研究之路后指出，唐代律赋的研究
较之于其他赋体文学和唐代文学的其他文类，其现代命运比较曲折；唐律
赋研究的文献整理特别是律赋文本的文献整理很匮乏；唐律赋研究的发展
不平衡，即唐律赋研究的本体研究与相关研究发展不平衡、我国内地与港
台及海外的研究相比发展不平衡。对此，作者对唐代律赋研究前瞻时指
出："首先要加强文献研究的基础工作，注重律赋文本和律赋赋论的清
理，包括校订、辨伪、辑佚、注释和汇评等，特别要注意搜集、整理和研
究州县府试赋、制科和博学宏词科举试赋、'私试'律赋和用于行卷、温
卷的律赋，将律赋研究纳入整个唐代科举考试体系中；其次要展开律赋的
宏观研究，挖掘律赋的文学史、文化史、思想史意义；再次要加强律赋与
其他学科的交叉研究，开拓律赋研究的新领域。"据我所知，律赋仍然是
目前古典文学研究中的薄弱环节。目前研究律赋的专著只有尹占华的
《律赋论稿》，具有律赋的通史性质；台湾学者马宝莲曾以《唐律赋研究》
为题撰写博士论文，属于律赋的断代研究，但尚未见出版；其他研究多为
单篇论文的形式，有关著作或博士论文也只是辟少数章节论述。总体来
看，律赋研究还有很大的学术空间，比如律赋文本和律赋赋话、赋论的清
理等基础工作就亟待加强，律赋与骈赋的关系、律赋与科举制度的关联以
及律赋的根本特征等研究需要进一步深化。

作者正是在对 20 世纪唐代律赋研究的回顾与前瞻的基础上展开自己
的研究。作为中国古典文献学专业的博士论文，《唐代律赋考》主要采用
文献学与文艺学相结合的方法，在全面清理唐代律赋文本的基础上，对唐
代律赋的演进及其特征等基本问题展开深入而系统的研究。最能体现作者
考辨成果的是第四、第五两章、附录中的两张一览表以及论著中的六张统
计表。例如第四章中的《唐代经典律赋隔句对统计表》，采用计量统计学
的方法，极富说服力地证明了隔句对是律赋的第二特征，纠正了学界对律

赋特征比较模糊的认识。第五章第二节依据《〈历代赋汇〉赋作分类历时统计表》，对唐代律赋题材进行定量分析，认定唐代律赋题材前四位依次是天象、音乐、地理和治道类，并在和唐前、唐后赋题材的比较中分析了唐代这种题材变化的实质，这无疑可以作为唐代文学研究的重要参照。第五章第二节还对初唐律赋 11 篇逐一进行考论，对中唐律赋以韦展《日月合璧赋》为例做了个案考辨，对晚唐名家王棨律赋作品数量和唐代律赋名家作品存录情况作了辑要说明，特别是考证徐彦伯《汾水新船赋》非晚年之作、考证韦展《日月合璧赋》非初唐之作，这些都是很有说服力的考辨成果，显示了作者精微的考辨功夫。附录二《唐代律赋作家作品一览表》依据《全唐文》《文苑英华》《历代赋汇》《全唐文补编》以及其他著述，去其重复，基本以限韵为标准，只统计完篇，得出唐代有明确作者的律赋 947 篇，阙名者 34 篇，总计 981 篇，几乎穷尽了唐代律赋的现存数量，这种基础性的工作是有贡献的。再比如第三章第一节对历史上留下的州县府试律赋材料的清理、以赋为行卷的材料考述，都是富有建设性的考辨成果。所以，依据作者对唐代律赋研究前瞻的三个方面，我认为本论著的着力点不在展开律赋的宏观研究以及律赋与其他学科的交叉研究，而在于展开了扎实的律赋文献研究的基础工作。这可能也是作者将其博士论文更名为《唐代律赋考》的根本原因。从这个意义上说，本论著具有拓荒性，对推进唐代律赋研究、对深化赋史和唐代文学史研究都具有重要意义。

文学研究和批评的种种出路设计，不管是借鉴西方的文艺理论方法，还是回归到中国传统的文献学方法，都要面对重构审美品格这个话题。这一品格至少包括四个要素，即自由的心态、对形式的注重、情感与逻辑的统一、个性化声音中的人类共通感。如果说《屈原的文化人格研究》以借鉴西方的文艺理论方法见长的话，那么《唐代律赋考》则回归到中国传统的文献学方法，在"考"的基础上，体现了重构唐代律赋审美品格的努力，进而以建立唐代律赋史为旨归，回归到唐代律赋风格嬗递的轨道上，而不仅仅是依据今人的文学标准和个人好恶来衡裁律赋的"文学性"。

作者在后记中仿照白居易的《赋赋》试作了一首《律赋赋》，应该说是在对律赋深入研读基础上，对律赋这种文体审美特征的准确体悟。在作者的论文答辩会上，周光庆教授对此感慨良多，他认为在当今中青年学者中，这种能够在学术研究之外进行旧体诗词歌赋创作的，可谓凤毛麟角。据张三夕先生讲，红卫近些年来，对旧体诗词歌赋以及对联等屡有创作，收获颇丰，甚为老到。我觉得，在高校从事中国古典文学的教学和研究工作，能够亲身投入到旧体诗词歌赋的创作中，对教学和研究是大有裨益的。就作者这本论著而言，如第二章《文体因革与律赋的渊源》以及第四章《律赋之"律"与律赋的特征》，作者就广泛利用了《广韵》对骈赋的律化之迹和律赋的根本特征"限韵"进行了细致的研究，特别是第四章第三节通过解读李程的《日五色赋》来概括律赋的其他特征，就既利用了《广韵》，又结合了《赋谱》，其"文本细读"是到位的，这对律赋研究也是必需的。如果没有音韵学上的基本知识和创作体验，是很难对律赋展开深入研究的，即使研究了也很难准确到位。

当然，本论著还有些地方可以进一步完善。比如，第三章将唐代律赋的演进置于与唐代试赋制度嬗递的关系中考察，笔墨不够集中，因而对唐代律赋的演进轨迹交代得还不够清晰，而第五章对唐代律赋的演进又有涉及，则稍显重复。第三章引用陈寅恪有关"词彩则高宗、武后之后崛兴之新工具"等说法是该章重要的理论支撑，但还缺少充分论证。

即或如此，该论著仍然不失为一部有学术含量的著作，借用答辩委员会对该论文决议的话来说，那就是："作者既能广征博引，又能自出新见；既有雄厚的文献基础，又有成熟的逻辑体系；论据确凿、扎实而有新意，逻辑线索清晰，篇章结构合理；语言表述典雅而流畅，且有思辨色彩，附录内容也很有学术价值。这些反映了作者扎实宽厚的基础理论和系统深入的专门知识，具有良好的学术素养和独立从事科研工作的能力。"

我为作者敏锐的感受、精微的考辨、深入的见解和优雅的表述感到高兴，也为他的勤奋与持续旺盛的创作而感叹，希望作者在学术之路上不断超越自我，取得更多、更好的成果。兹为序。

原载彭红卫《唐代律赋考》卷首，社会科学文献出版社 2009 年版

《中古赋论研究》序

　　文学史上的所谓"中古"，即通常所说的魏晋南北朝及隋代。这前承两汉、后启三唐的四百余年，是中国古代赋论史上一个十分重要的发展阶段。这一时期，不仅比较重要的文史学者和文学批评家，如曹丕、左思、皇甫谧、挚虞、陆机、陆云、葛洪、谢灵运、沈约、刘勰、萧统等，都很重视对赋的批评并有所论述，留下了诸如《三都赋序》《文心雕龙·诠赋》等一批赋论专文或赋体专论；而且，此期赋论论题广泛、内涵丰赡，言说形态活跃多样。赋论内容，已不再像两汉那样偏于讽、颂的政治功利要求，而注重写赋的艺术技巧及赋家才情品性等主观因素，注重对赋体创作内部规律的研究探讨，提出了一系列新的赋学概念和审美范畴；赋论的论述形式也较趋于理论色彩和系统性。中古赋论已开始体现出真正从文艺角度论赋的自觉批评意识。

　　自20世纪八九十年代以来，随着赋学的复兴，对中古赋论的研究也逐渐受到重视。海内外赋学研究者，先后在"辞赋通论""赋论史""魏晋南北朝赋史"之类的著作中专门论及中古赋论的历史发展，甚至于海峡两岸还出现了以中古赋论为论述对象的博士学位论文。而现在呈现在我们面前的彭安湘博士的这本《中古赋论研究》，正是当代中古赋论研究的最新成果。

　　安湘的新著，是在她同名的博士学位论文的基础上修订而成的。全书共6章20节，在广泛搜罗把握中古史传、文集、笔记、赋序等各类文献中的赋论资料和充分综述现有研究成果的基础上，对中古赋论的成就、价值、影响等作全方位的分析透视，从诸多方面拓新、深入中古赋论的研究，显示了作者较强的独立思考的能力和刻意创新的学术精神。

　　首先，本书在结构上令人耳目一新。作者不仿效一般文学批评史、赋论史依时代先后或文体发展内在规律而纵向展开的叙述写法，而采用历时性与共时性相结合的研究视角，以中古赋论的理论内涵作为研究重点，试图从理论范畴的角度横向剖析中古赋论论题的各个层面。书中以五章的篇幅，全面阐发中古赋论的"背景论、流变论、内涵论、形态论、影响论"等方面的问题，既具有较强的学术"问题意识"，又体现出较为宏通的学术视野。

作者在行文过程中，虽然不以描述中古赋论的历史线索为目的，但却尽可能在同一论题下显现中古赋论的演变进程，从而使全书呈现出"以论为纲、以史为纬"的结构特色，同时也自然显示出了其严密的逻辑层次。

第一，了解研究现状。"五四"以来，随着文化思维模式的深层转变，中国的文学理论及批评发生了深刻的革命。在这近一个世纪的时段里，与赋学研究相符相应，中古赋论的研究历程也呈现出开启、沉寂、复兴、繁盛的走势。通过对这近百年赋学的巡视，作者发现：由于中古赋论的研究起步较晚，其中尚有许多学术增长点有待申发，而这正是本书展开论述的学术基础和起点。

第二，分析外缘影响。任何一种理论的内涵和意义都是一层一层增添，日积月累逐步形成的。在这个过程中，理论必然受到外缘力量影响或是外缘力量的反映与折射。作者从"中古学术思潮""中古赋作""汉代赋论"三个方面深入剖析，认为中古赋论的生发是三者合力的影响，论述与结论皆有可观之处。

第三，展示流变历史。从赋论主体的角度切入，并且以史观的角度为中古赋论的演变态势勾勒出一个全面而完整的流程。这是因为任何时代的理论主体，无一不受传统文化和当时各种社会因素的影响、渗透。这些因素支配和制约着理论主体的价值判断，价值判断的多重性形成了其理论内涵的多样性和复杂性。以此来透视中古赋论史，或许更能准确地把握其发展嬗变的脉动。

第四，梳理内在理路。这是本书的主体部分，分为两章。第三章探讨中古赋论的内涵，第四章探讨中古赋论的形态。在内涵上，作者关注中古赋论从汉代实用性的"杂文学"观向审美性的"纯文学"观转化的表现，或者说是展示中古赋论的理论体系。当然，这一个理论体系并没有一个核心命题，而是由一个大致相同的理论取向，以及一系列的术语构成，它们之间的逻辑关系未必十分严密，但可以对其时赋文学现象进行有效的解释。作者深入探讨了由汉代到中古赋论的变移与嬗变，准确地展示了中古赋论的特色与价值；在形态上，作者着重从整体上探索中古赋论形态的特征，力图对其中几种主要表述方式的文体传统和演变规律作一个总体性把握。

第五，探讨影响流传。作者从横向和纵向两个角度，丰富、补充前面论述之不足，综论中古赋论对其时文艺理论及后世赋学的影响与流传。中古赋论是其时文艺理论的组成部分，它们处于同一个时代审美思潮之中，尽管存在艺术门类的个体差别，但在整体的审美趋向上是趋于一致的。然而，随着社会时代的变化，中古赋论的流行与衰亡，则不仅是作品、论者的原因，也是不同时代价值判断和审美趣味变化的结果。探讨当时及后世对中古赋论的态度，不仅可以明了它的影响，也可以从更深层次理解它的流变、兴衰。

在本书中，中古四百余年的赋论历史，就以这样的逻辑层次被展示了出来。作者在适度诠释的时候，着重于中古赋论的思路和理论水平，从中得到价值观念变迁的信息和理论启发，从而深化了古代赋学的研究和学术问题的思考。

其次，立论正确，论述深入全面，新意迭出。作者能吸收前贤及今人的研究成果，但又不囿于成说而能独具新意。本书所论，如"流变论"对中古赋论的发展分四个阶段进行论析，分别指出各个时期的不同特点和前后的联系，就颇为新颖；再如中古赋论"辞源"说的推衍，"六义"新解、"慷慨"之新调到"超然"之别调的分析、"以悲为美"审美趣味的辨析等，均有研思体悟之妙。尤其是对中古赋论言说形态的论析，作者特别强调中古赋论言说的多元性，并具体描述了其具体的批评形态，也强调了中古时期赋论批评形态的特殊性，具有开拓的意义。

最后，相关文献（包括原始文献与研究文献）的搜集翔实而完备。安湘的博士论文曾做了两个附录，一是《汉代和中古赋论汇编》，二是《唐至清代对中古赋的评论辑录》。这两个附录对中古至清代的诗文别集、小说笔记、经籍史传所涉及的论赋之语尽可能全面地搜求。可见，本书富有新意的论述是建立在丰富的文献基础上的，作者充分占有材料，又不为材料所缚，并能够做到观点与材料的统一。

当然，书中也存在一些还需改进的地方。中古赋论与中古时期的文论本有交叉，若能对二者的相互关系展开深入探讨，亦不失为一个重要内容。

至于中古赋论对后世的影响，书中虽有涉及，但仍不够全面深入。此外，文中论述偶有前后重复之处，个别材料的引用亦有前后多次出现的现象。

安湘博士的《中古赋论研究》，能够取得如此不俗的成绩，其实也并非偶然。她在就读湖南科技大学古代文学专业的硕士研究生时，师从吴广平教授，学位论文写的是《〈古文苑〉辞赋研究》，文章近 7 万字，对《古文苑》辞赋的真伪、编辑体例、辞赋文本等内容，作了颇为深入的考辨和阐释；并先后发表过关于宋玉及其《高唐》《神女赋》的学术论文，参加过多届国际辞赋学术研讨会议。也就是说，她对古代辞赋及其理论批评，已经有了研究的兴趣和基础。

2008 年，当我有了对十几年前所写的《中国赋论史稿》一书扩展修订的想法之时，恰逢安湘考取了我的博士研究生。根据她的研究兴趣和辞赋研究基础，便初拟"中古赋论研究"为其博士论文题目。一则完善充实这一时段的材料及论述，并将其构置在中国赋论史的框架中；二则将这一时段的赋论析出，对其发展嬗变的流程、特点、价值、影响作全方位的透视。论题确定之后，安湘既通过广泛地搜罗古代史传、文集、笔记、赋序等各类文献中的赋论材料，又深入分析探索，故而能在诸多方面颇有创获和特色，取得了可喜的成绩。

安湘勤奋笃实、好学深思。在读博期间，又独自一人带着刚入小学的孩子在身边。这样，一方面自己要读书写作，另一方面又要花很多精力照料、辅导孩子的生活和学习，精力和心力的压力都很大。但她两者兼顾，不仅顺利完成了学业，而且博士学位论文《中古赋论研究》也以"优秀"成绩通过通讯评审及论文答辩，获得了赋学界同行专家、学者的高度肯定。读博期间，安湘还与我和新加坡国立大学的苏瑞隆教授合作完成了《中国赋论史》一书。经过多年的学习和历练，安湘已逐渐成长为对赋学领域前沿问题具有研究的青年学者。《中古赋论研究》一书，正是她近几年在学术道路上辛勤探索的结晶。我祝愿她在今后的学术道路上不断进取，也不断收获。是为序。

2013 年 7 月 20 日于武昌东湖寓所

原载彭安湘《中古赋论研究》卷首，中国社会科学出版社 2013 年版

《湖北大学学报》"辞赋研究"专栏开栏语

在中国古代文学的百花园里，辞赋是那片最华美绚丽的风景。"楚之骚，汉之赋"，曾经云蒸霞蔚，成为一代之文学主流；其后，魏晋六朝以迄元明晚清，辞赋创作又质文代变，绵延不绝。而关于辞赋的研究评论，则历经自西汉以来两千余年的兴衰起落，至 20、21 两个世纪之交的近三十年间走向了复兴与繁荣。时下，新型的辞赋创作方兴未艾，传统的辞赋学术常议常新。两千多年的辞赋研究，既汗牛充栋、成绩斐然，同时也留下了巨大的学术空间、丰富的研究课题和需要探讨的诸多问题，学术之路依然任重道远。因此之故，本刊经过一段时间的酝酿准备，特予开辟"辞赋研究"专栏，以期为 21 世纪辞赋研究的进一步发展推波助澜。

本栏目首期先刊出以下三篇论文：何新文教授等的文章，是当代赋学界及时总结"新世纪十年赋学"的最新成果；徐华教授的文章，是就东汉赋家"班固对汉赋的改造及古典精神重建"这个旧话题而阐发的新见解；彭安湘博士的文章，则从"传播与接受"视域切入了中古赋及赋论的演变与影响诸问题；这些文章的水准高下，当然有待于学界的评骘论说；但作者们新颖的视角、敏锐的思考和流畅的表达，则一定会给读者带来阅读的快乐。

这当然只是一个开头。嘤其鸣矣，求其友声！我们诚邀海内外专家学者为本栏目踊跃献言赐稿。无论是关于屈原、宋玉的研究评说，还是对楚辞诸作品的解读探究；无论是对于汉魏六朝辞赋的继续探讨，还是对唐宋元明清赋的拓展开掘；无论是有关古代的辞赋理论批评，还是总结现当代大陆、港台及海外的辞赋研究；无论是古典辞赋文献资料的考据，还是有关中国辞赋学术建设的思考，举凡选题新颖、视野开阔、学风切实严谨、文风生动活泼，又确有己见新意和学术价值的首发论文，均热忱欢迎！

本文应《湖北大学学报》副主编熊显长编审邀约而写，并承其修改润色。原载《湖北大学学报》（哲学社会科学版）2012 年第 2 期第 1 页"编者按"

难忘昙华林

——怀念我的导师石声淮先生

"昙华林"，一个美丽而富有画意诗情的名字。这条坐落在武昌城区花园山北麓的历史文化老街，留存着许多历经沧桑的古老教堂、医院、民居、城墙，隐没着一百五十年前设立的文华书院；还有不少辛亥革命、抗日战争、解放战争等重大历史事件的纪念场所，清末民初以来政要与文化名人的旧居、公馆；更有许多华师学子耳熟能详的国学大师钱基博的故居朴园，私立华中大学"半居街市半居乡"的学苑公寓"华中村"，如此等等。昙华林的古韵遗风，珍藏着大武汉的城市文脉，也珍藏着百年华师的根脉渊源，是令无数老华师人梦魂牵绕、怦然心动的地方。而昙华林带给我的美好回忆和永生难忘的情愫，则缘于我的导师石声淮先生（1913—1997）。三十多年前的1979年，即将大学毕业的我带着几分兴奋、几分敬畏，考入华中师范学院中文系，跟随导师石声淮教授攻读先秦汉魏六朝文学方向的硕士研究生。记得第一次来到昙华林，是那年暑假去先生寓所接受面试。走近华中村14号那栋上下两层砖木结构的小楼，门前有几棵枝叶繁茂的高大朴树，顿时便觉有一阵清凉袭来。进得门来，踏着十余级木板楼梯上到二楼，然后向左沿着走廊进入先生的书房。书房不大，却十分整洁简朴，摆放的书也没有我先前想象的那样多，只见一两个不大的书架上摆放着一些线装及平装的书。身材高瘦、精神矍铄的先生，就坐在书架前面的书桌前。几句寒暄后，他老人家从书架上抽出一本线装书，打开书本指着其中一段没有标点断句的原文及注释文字让我读。读完后，又指着书页上"杜氏注"三字问我这"杜氏"是谁？好在我准备考研时已在武汉师院中文系韩珉老师家里翻阅过线装的《十三经注疏》，便回答说"可能是西晋注《春秋左传集解》的杜预"，心想刚才读过的那段文字就应该是《春秋左传正义》的原文和注疏罢。于时，先生露出微笑，说了一句"那好吧"，这次面试也就算完成了。昙华林的初次拜访，给我留下了幸运、愉悦的感觉。

在面试以后不久的9月下旬，学校通知我们正式录取的四名研究生与导师见面。石先生是省内外知名的古典文学专家，他博闻强识，谙熟古代文史文献，而且英语、德语很好，又有着惊人的记忆力，是校内外闻名的"活字典""活辞海"，在省内古典文学界颇富声名。记得考上研究生后，我原来学校的老师、武汉师范学院的张国光、李悔吾教授曾对我说："石先生是名师，考上他的研究生不简单，你可要认真学习哦！"两位老师的叮嘱，更增添了我对先生的敬畏感。但在我后来的记忆里，被称为"名师"的先生，倒没有什么名师的派头。他是一位造诣深厚的学者，自有一种博雅和善的风范，而且也不乏幽默和风趣。那一天，我随佘斯大、邓云生（即唐浩明）、周禾三位师兄去中文系拜见导师，一见面先生便说："我看过你们的试卷，很短的时间却要写那么多文字，还真不容易，要是我可能还考不上我的研究生哦！"一句风趣的话语，立即引来同学们轻松的笑声，刚开始有点紧张的气氛也变得随和了。

自那以后，去昙华林的次数便多了起来。从1979年下半年起，直至1982年7月毕业前夕，在读研的三年时间里，先生几乎每周都要在昙华林华中村14号他的书房里给我们讲课。听课的人，除我们四名同学外，有时也还有华师中文系及校外的教师或进修访问的学者，如周伟民、唐玲玲、涂光雍老师等就时常来"旁听"。大家如约来到昙华林，在先生的书房里，品尝着钱钟霞师母准备的茶水，听先生用地道的湘方言为我们讲课，从《周易》《诗经》《左传》《国语》《国策》、先秦诸子，到汉赋、《史记》《汉书》，南北朝乐府诗歌，有时还讲唐诗如白居易《长恨歌》、李商隐《无题》诗等。每次一讲就是一上午。

先生对于先秦典籍烂熟于心，对于《史记》《汉书》，六朝文史、唐宋诗文，也非常熟悉。听先生讲课，可谓是一种高雅的艺术享受。他一般不看教材，而是以他独具特色的长沙话娓娓道来，引人入胜，如坐春风。对于原文，他总是直接诵读，抑扬顿挫，声情并茂，倒背如流；讲解的时候，则引经据典，信手拈来，如数家珍。记得刚开始给我们讲《周易》，无论是《易经》，还是《易传》，都是先生在前面一边背诵一边讲解，我们几个同学忙着在后面寻找、翻阅他讲读的内容，还往往应接不暇。

　　同时，先生又极富音乐与绘画素养。上课时，他曾经按照古韵用抑扬顿挫的长沙话唱诵屈原《离骚》，吟诵李商隐的《无题》《锦瑟》诗；在讲解《离骚》"跪敷衽以陈辞""驷玉虬以乘鹥""揔余辔乎扶桑"，《国殇》"车错毂兮短兵接"等诗句时，又随手在黑板上用粉笔画速写，简单几笔就会勾勒出一些古代服饰、器物的形象或人物的行为状态，以解释"跪敷衽""驷""揔""车错毂"等词语，所画人、物神形毕肖，直观形象，易懂易记，让我们兴趣盎然，印象深刻。

　　讲完安排好的内容后，一般总要留约半个小时的时间让大家提问。这时候，能够较多地提出问题的，常常是知识渊博的大师兄"老余"和能言会道的"老邓"（当时我们都这样叫，虽然三十岁刚出头的他们并不"老"）。如果没有什么正儿八经的问题，我们就和先生闲聊一会儿，然后再与先生和师母告别离开。

　　先生的课上得好，深受学生欢迎，除开他渊博的知识、深厚的功底、多才多艺的素养、熟记背诵等专业功夫之外，还与他严肃认真的教学态度、关爱学生的崇高师德和循循善诱、科学得当的教学方法有关。听很多同学讲，石先生总能够记住学生的名字，这实际上已经是一种认真履行教师职责的风范；每次上课，他总是十分认真地进行准备，讲课虽不带书，但总带着一些用中文或英文写的卡片，上面写满先生精心设计的授课内容。此外，他还把他讲授《中国文学先秦之部小结》《左传概述》《北朝民歌》等讲义，给我们抄读。看得出他对授课、备课有多么重视。

　　先生卓有成效的教学方法，也有独到的特色。先生强调背诵经典，背书是他的基本功课。他告诉学生，背书也是有方法的，背书要先在初步理解的基础上反复朗读，边读边加深理解，理解透了也就背会了。"会背书者背结构"，是先生的经验之谈。文章篇下有章，章下有段，段有层次，层次由句子组成。由句到层，由层到段，由段到篇章，这其中有步骤有规律，掌握这规律和步骤，就比较容易背熟，而且记得牢实。他授课，也重视结构。1980年6月2日，先生专门讲授过一次"怎样备课"的问题。他说备课的步骤：一是要通读课文，要达到三个目的，即了解课文的大致意思、结构，弄懂并标记主要的字眼；二是重点分析文章的结构，搞清楚课文的上下前后关系、主从关系、因果关系、层次关系，文章的线索、时间线索、事物发展线索、矛盾发展线索等，这样便于记忆。如讲贾谊的《过秦论》（上），着重分析结构：前后两个半篇，前半是写秦始皇以前，从诸侯到帝王；后半是写秦始皇时代，从帝王到灭亡。先生说，讲课不能只讲第一段、第二段，而应该交代清楚全文的整体结构，交代清楚段与段之间的关系；三是通过文章的结构分析而得出课文的主题思想；四是总结写作特点，而首先还是应该总结结构上的特点，如此等等。在讲《长恨歌》时，他也强调："讲长作品的诀窍，就在于把握整体结构。"他以李白《秋浦歌》第十六首为例说："秋浦田舍翁，采鱼水中宿。妻子张白鹇，结置映深竹。"此诗是说一家人妻离子散，种田的去打鱼，晚上不在家，妻子也得出去打鸟。为什么能够看得出此意来呢？就是因为掌握了诗的总体，田翁＋妻子＝家。

先生治学严谨，又秉持着中国古代知识分子"述而不作"（或许应该是"厚积薄发"）的学术传统，反对轻率立言和华而不实的文风。他不轻易著书立说，论文也写得不多，可谓是惜墨如金。即便有所论著，也常常是从考证入手，细读文本，深入分析文本内容、探寻作者原意，并在充分占有相关文献资料的基础之上，十分审慎地形成自己的观点、得出自己的结论。因而，也往往能得出不同常人的新见胜义。如先生长期致力于《周易》研究而且很有心得，但也只发表有《说〈损〉〈益〉》、《说〈象传〉》（上、中、下）、《说〈杂卦传〉》等为数不多的几篇论文。先生的这些论文，大都送我们学生每人一份。这些文章论点明确，考证精详，文风朴实，文字简洁洗练，持论平允审慎，绝无臆断、浮华无根之病。尤其令人感慨的是，送给我们的这些已经发表了的论文，先生又进行过认真的校读，改正了或出于原文或出于印刷的一些讹误。仅以我手上保存的这篇刊载于《华中师院学报》1981 年第 3 期的《说〈象传〉》（下）为例，经先生亲笔校改的文字就有 6 处，如将《大畜》卦《象传》之"利有攸往"改正为"利涉大川"，在"《左传·昭公十八年》春王二月"之后补上"乙卯"二字，将"成"字纠正为"或"，还有一处是改正单括号"）"打错的地方。这些细微的错讹，年近七十高龄的先生仍然一一检出、逐个改正，可见他对发表过后的文章是又一次地认真通读并且校核过全部引文的！这是一种多么严肃认真、细致踏实的学术精神，这又何尝不是一个真正学者人格的生动体现。试想一下，我们今天年轻的学者，还有几人能有先生这般的执着和耐心。

除先秦典籍外，先生对宋代大文学家苏轼的诗文词赋有着特别的喜爱和研究。20 世纪八九十年代之交，先生与唐玲玲教授一起合撰有《苏轼文选》（上海古籍出版社 1989 年版）和《东坡乐府编年笺注》（华中师范大学出版社 1990 年版）二书。其中《东坡乐府编年笺注》的编写，历时八年之久，在已有朱祖谋《东坡乐府》及龙榆生《东坡乐府笺》的基础上，对列入的苏词 348 首（其中编年 241 首、未编年 107 首）详加考证、勘误、注释和补充，书后又列有《各本题跋》《东坡词评论》《苏辙〈东坡先生墓志铭〉》《东坡词版本简介》等四个附录。全书考订精审，注释详细，与享有盛誉的朱本、龙本相较，也可谓后出转精。如书中所列《阜罗特髻》（采菱拾翠）一词：

> 采菱拾翠，算似此佳名，阿谁消得。采菱拾翠，称使君知客，千金买。采菱拾翠，更罗裙、满把珍珠结。采菱拾翠，正髻鬟初合。真个、采菱拾翠，但深怜轻拍。一双子、采菱拾翠，绣衾下、抱着俱香滑。采菱拾翠，待到京寻觅。

全词 81 个字，却有七句"采菱拾翠"，占全词字数三分之一以上。但这"采菱拾翠"到底是什么意思呢？龙榆生《笺》只引《楚辞》"涉江采菱"及《洛神赋》"或拾翠羽"等资料交代出处，并没有说明在这首词中的意义，读者仍然难以理解整首词的内容。而本书的笺注，既注意词中典故成语的来历和具体字、词、句的解释，更注重全首词整体意义的把握。《笺》注者细读全词，从词中"似此佳名、阿谁消得"和"一双子"两句分析，"采菱"和"拾翠"当是这"一双子"的"佳名"，而不是成语典故；又引《苏轼文集》卷 95《与朱康叔》第十五首"所问菱、翠，至今虚住"文句，作为"菱""翠"为妓妾名的佐证。从而得出结论说："此词应是咏两个（'一双子'）被知府或知州（'使君'）买来的妓妾，一个取名采菱，一个取名拾翠。她们服饰华丽，皮肤香滑，除京城外，别处无从觅得。苏轼受她们的主人请托，作这首词。词中七次提到她们的'佳名'：'采菱'和'拾翠'。"这样一来，这首仅见于苏轼所填且难以解读的《阜罗特髻》词，就清楚明白、迎刃而解了。在此书中，像这样从文本具体内容出发，注重整首词意的理解、且发前人所未发的胜义，俯拾即是。故著名学者周振甫先生看到此书以后，曾于 1990 年 12 月 13 日致信石声淮先生，并高度评价道："尊笺于系年及注，皆胜龙《笺》，后来居上。考订既精，笺注复详援据，非博稽详考者不能为。据尊笺，据以读苏词，可以窥苏公之经历与心曲，尤为可喜。"

　　先生不仅以这种严谨、朴实的学风律己，而且也以此来严格要求他的学生。在这方面，我们几位同学，大都有终生难忘的体会。可能在先生心目中，著书为文是一个很严肃的事情，非有真才实学且具真知灼见者不能为。因此，他不轻率立言，不赞成研究生忙着发表论文，也从不催促我们写文章，反而还告诫大家不要学某些人没有什么心得却喜欢"干喊干叫"，所谓胸无点墨，却好自矜夸。记得我们进校后，华中师范学院《研究生学报》就创刊了，编辑部的同志多次向我们古典文学专业的研究生约稿，但大家谨遵先生教训，都不敢造次为文。直到临近毕业的那年，想到本专业也不好在这份研究生自己创办的内部刊物上留下令人遗憾的空白，几位师兄才怂恿我（理由是我岁数最小、先生或许不怪），瞒着先生草写了一篇题为《从文学史的角度略谈〈易〉卦爻辞》的文章送到编辑部，在 1982 年 8 月的第 3 期上发表出来：这是三年来我们"79 级中国古典文学专业"研究生在上面发表的唯一的一篇文章。书出来时，已经是毕业之时，我们都要离开先生而走上各自的工作岗位了。

　　对于文章的文风，包括遣词造句等细节，先生也要求严格。他见不得那些鬻声钓世、为文造情之作，见不得那些刻意追求华丽辞藻之文。甚至于大家论文初稿中出现诸如"积淀""冒天下之大不韪"之类的词句，先生也颇是不满，要求改掉。我当时用钢笔手写的硕士学位论文《〈左传〉写人艺术略论》的开题报告，共 17 页，经先生审阅后，不仅每一页都有他用红笔修改的文字或批语，而且这些批语、修改文字及标记符号多达七十多处！这些批改文字，虽然其中也不乏肯定之词，但主要还是指出不妥或错误之处。如：（1）对于援引《左传》原文或其他文献不规范之处，则批示要"标明某公某年""举出篇名""注明篇章"；（2）对于提法不妥或举例不当之处，则批示"不是如此"，"说得很含糊"，等等，有的地方还会一连提出三四个反问来反驳你的不妥之说，有时当然更会提醒和补充很多我不知道的资料；（3）对于文稿中出现的文字错误，除了直接改正之外，有时也会提出很严厉的批评，如第 11 页，我的原稿将晋文公夫人"文嬴"误写为"文赢"，先生就就批示说："'嬴'，这个字不是'笔误'，而是不肯翻书，贪安逸！"读着这样外表严苛却内涵温润的文字，我至今仍为自己的无知、粗疏、慵懒，给年迈的先生带来太多的辛劳、麻烦而深感愧疚！但是，稍可庆幸的是，正是先生如此这般的严格要求，悉心指导，使我如醍醐灌顶，彻底醒悟。先生的言传身教，不仅指导我顺利完成了硕士学位论文的写作，而且也促使我时刻保持警惕，在此后从教为学的三十多年的人生历程中，心怀敬畏，脚踏实地，孜孜追求。先生仰之弥高的学术品格、教泽风范，弟子虽不能仿佛其万一，但无数晚生后学确已在先生如炬的目光注视下不骄不躁、努力前行，先生所留下的无比珍贵厚重的精神财产，已成为我辈终生受用取之不竭的万斛泉源。

毕业之后，没有机会再聚集在昙华林先生的书房里听课了。但华中村那座砖木结构的两层小楼，仍然是我们师兄弟和先生团聚的圣地。我和佘、周二位师兄约定（有时还有从长沙赶来的唐浩明），每年至少一次或两次去那里看望先生。门前的朴树依然茂盛，先生也还是那样的温和博雅，嘘寒问暖，记忆犹新。就这样，多年以来从未间断，一直持续到先生迁居桂子山华师本部的新居为止。此后，真的再也没有去过昙华林了。再后来，也就是十五年前，与孟子同寿高龄的先生又终于驾鹤西去……

寒来暑往，春秋代序。前行不歇的历史风雨，变幻不定的时代烟云，并没有冲淡或遮挡我对昙华林的怀念和记忆。前年暑假，趁着在省中医院住院的机会，我又一次来到了阔别已久的昙华林！沿着重新修建的那条老街，走走停停，寻寻觅觅，只见一幢幢仿造得"古色古香"的新近建筑树立在街道两旁，却再也找不到熟悉的"昙华林"的身影。此时此刻，一种莫名的感伤涌上心头。然而，就在我凝神遐想之际，那曾经镶嵌着"华中村14号"门牌的小楼，小楼门前那高大挺拔的朴树，楼上书房里那温暖如春的点滴情景，还有先生、师母轻盈的姿态与笑貌音容，又一一浮现在我的眼前，升腾在我的心中。

难忘昙华林！难忘华中村14号那座两层砖木结构的小楼。

2013年1月20日写于武昌水果湖北环路寓所

原载张三夕主编《华中学术》第7辑，华中师范大学出版社2013年版

为"弘扬民族优秀文化"命笔

——张国光先生先秦文史研究的启示

在当今的中国古代文史学界，张国光先生（1923—2008，又名张绪荣）主要是因其关于明清小说《水浒传》《红楼梦》和明代文学批评家金圣叹等的研究成果，并在此基础上提出以"两种《水浒》、两个宋江"为代表的"双两说"，以及他特有的争鸣、论辩风格而闻名的。

但是，崇尚"博览宏通"的张国光，所关注的领域并不只是明清小说。他学兼文、史，具有深厚的国学根基和终生不减的学术热情，对中国古代的文史典籍几乎都有兴趣；其中，对先秦文献尤为重视。张先生认为"研究任何一门中国的学问，如果不上溯到孔子和先秦文献，那所得到的知识就只能是无源之水"①。

张先生的先秦文史研究，不仅卓有成绩，而且在他长达近五十年的学术生涯中，也具有特别的意义。20世纪40年代初，上大学的张国光，在湖北师院陈友松、汪奠基两教授的启发下，开始研习《山海经》及先秦诸子，他的大学毕业论文也是研讨先秦文学的《荆楚艺文志》；21世纪初的2005年，晚年的张国光，最后在病中写下的学术文字，竟然仍是回复一位图书馆工作人员关于研究《山海经》的信。因此，正如张国光先生的弟子喻学才教授所说：先秦文献中的奇书"《山海经》是张先生学术生命的起跑点，也是他学术生命的终结点"。

张先生关于先秦文史的研究成果，包括一部专书《学记新讲》和20余篇学术论文，约25万字。其中《学记新讲》由武汉出版社1992年出版，发表于各地报刊的20多篇论文大都收在所著《文史哲学新探》的论

---

① 张国光：《文史哲学新探》，武汉出版社1992年版，第61页。

文集中。所研究的内容，则相对集中在三个方面：（1）炎黄文化与孔子
思想评价；（2）屈原与楚辞研究；（3）《学记》评注。此外，关于《诗
经》《庄子》《山海经》《吕氏春秋》诸书亦有所论述。通观张先生先秦
文史的研究成果，虽然所涉及的内容颇为广泛，但是细心的读者仍然能领
悟到其中一以贯之的思想脉络和研究方法上的某些共同特点，并从中获得
许多有益的启示。

本文拟就三个方面对张先生的先秦文史研究作一初步的探讨论述。

一 "围绕着弘扬民族优秀文化的主旨命笔"

研读张先生关于先秦文史的丰富论著，首先就会被作者热爱祖国优秀
传统文化的炽热情感所感染。

作为一名中国古典文学的教师和研究工作者，张先生认为，中国古代
的文、史、哲学，是一片丰富无比的矿区，正如陆机《文赋》所说："石
韫玉而山辉，水怀珠而川媚。"它以自身特有的魅力，召唤着海内外专家
来这里安营扎寨，从事开发的工作。他庆幸自己不期然而然地成为了这一
川流不息的采掘队伍中的一员，尽管道路曲折崎岖，征途中还有风雨阻
滞，但他始终把这"收百世之阙文、采千载之遗韵"的事业看作"既是
历史的使命。又是人生的乐趣"，以至于"焚膏油以继晷，恒兀兀以穷
年"①。

因为有着对祖国文化的深切认识和深刻认同，张国光油然而生一种以
"弘扬民族优秀文化"为己任的责任感。他在所撰《文史哲学新探·自
序》中写道：

> 本书的内容，无论是阐扬孔子思想、儒家学说之作，或者是研究
> 炎黄文化、先秦诸子、古代史、古代文学诸文，都是围绕着"宏扬
> 民族优秀文化"这一主旨命笔的。著者不敏，窃欲以鲁迅所期望的
> "不和众嚣""弗与妄惑者同其是非"的"独具我见之士"为楷模，
> 为矫正多年以来泛滥于中国古代文、史、哲学领域的民族自卑感和民
> 族文化的虚无主义争鸣，为迎接"卓立宇内""荣光俨然"并日新又

---

① 张国光：《文史哲学新探》，武汉出版社 1992 年版，第 7 页。

新的中华文明讴歌。

"围绕着宏扬民族优秀文化的主旨命笔","为矫正民族文化的虚无主义争鸣","为迎接日新的中华文明讴歌":这既是张国光对祖国传统文化立下的诤诤誓言,又何尝不是他数十年古代文史研究的"夫子自道"!

如 1988 年夏秋之际,当电视系列片《河殇》在全国播出并在社会上引起热烈反响之时,张国光这个被目为在学术上爱"唱反调"的学者,就即时撰写了《应排除深化改革开放中"巨大的心理障碍":评〈河殇〉作者宣扬的"巨大的文化包袱"和"巨大的历史负罪感"论》的文章,批评《河殇》作者把孔子及儒家学说"看作是改革开放的巨大心理障碍"的思想错误,进而肯定儒家思想、儒家理性主义对古代中国科技物质文化发展和国家统一的积极作用。张先生还在当年 9 月 23 日湖北大学青年教师"奥林匹克学术沙龙"与"文学争鸣社"的学术报告会上宣讲了此文的观点,此文后刊于 10 月 13 日的《武汉晚报》,更以"莫嗟白日依山尽、且看黄河入海流"的诗句为题,鲜明地传达了作者捍卫传统文化历史地位的自信与豪情。

在 1990 年至 1992 年,针对学术界尚存在的某些怀疑和贬斥孔子思想的言论,张国光又先后发表了《论"孔子思想是属于整个世界"的珍贵的文化遗产》《论"爱孔子"与"爱真理"的统一和"五四"的打倒孔家店》《论孔子思想的历史价值与时代意义》等一系列论文,充分肯定了孔子思想在中国乃至世界文化史上的重要地位和影响,主张"中国的知识分子,特别是文史哲研究者,应担负起创造性地研究孔子思想的精华,使之成为各国人民共同财富的光荣任务"[1],并且呼吁要贯彻"弘扬民族优秀文化"的方针,重新写出正确评价孔子、儒学的反映民族优良传统的中国哲学史、文化史、科技史[2]。

在先秦文化史上,屈原是继孔子之后又一位世界级的文化名人。屈原惊采绝艳的著名抒情长诗《离骚》,伟大的爱国精神和高尚的人格风范,都是中华民族思想文化中最优秀的宝贵遗产。对于屈原,张国光自然也怀着深深的敬爱之情。当张国光还是一个年轻大学生时,他就在自己的毕业

---

① 张国光:《文史哲学新探》,武汉出版社 1992 年版,第 8 页。

② 同上书,第 59 页。

论文《荆楚艺文志》中记录了屈原的光辉名字及其千古传诵的楚辞创作；80 年代，步入老年的张国光虽然已经多年没有写过研究屈原的文章了，但当他读到三泽玲尔和稻田耕一郎两个日籍学者关于"屈原否定论"的文章（译文刊于 1983 年第 4 期《重庆师院学报》）之后，觉得事关否定屈原这个伟大历史人物真实存在的大是大非而"不可以不辩"。于是，便连续发表了《评所谓"最周密、最系统"的屈原否定论》《对〈屈原问题考辨〉的考辨》两篇论文予以反击，以捍卫屈原的崇高地位；两三年后，当湖北大学中文系创刊《湖北作家论丛》时，张先生又为之撰写了一篇长达数千字的《屈原》小传，热情叙述了屈原的生平及其创作，高度评价"屈原是属于世界文学史的"世界文化名人，并且提出"批判地继承屈原的文学遗产，进一步开拓楚辞研究的领域，提高楚辞学的水平，这是中外文学史家的共同任务"[①]。

当然，不只是像孔子和屈原这样举世公认的文化名人，张国光研究其他先秦文史的文著，也都是围绕着"弘扬民族优秀文化"这一主旨而命笔的。

比如：关于炎黄文化的系列论文，张国光突出的是"弘扬东方文化、增强炎黄子孙凝聚力"的共同主题，他在三篇文章中三次提到陈云同志为《炎帝和炎帝陵》一书的题词"炎黄子孙、不忘始祖"，肯定炎黄文化的思想感情溢于言外。

关于《诗经》，张先生的文集中虽然只收录有一篇《我国第一个知名的女诗人许穆夫人生平考证：兼析〈载驰〉一诗之主题与歧义》，但作者为弘扬优秀文学遗产而命笔的用意却同样鲜明，如文章开宗明义：

> "生当作人杰，死亦为鬼雄！"这是我国宋代女词人李清照的爱国诗篇中掷地有声的名句。在她之前的 18 个世纪，亦即公元前 660 年，我国百花初放的诗坛，也涌现了一首引人注目、感人至深的诗篇《载驰》，它就是我国最早的一位女诗人许穆夫人，为我们留下的一首洋溢着爱国主义激情并勇于打破封建礼教桎梏的作品。

---

① 张国光：《湖北作家小传·屈原》，载《湖北作家论丛》第 1 辑，武汉大学出版社 1987 年版，第 290 页。

在这里，读者当然不难体会到张先生同样热情洋溢的"爱国主义激情"。接下去，文章征引了《毛诗·载驰序》原文，并指出尽管自宋以来非议《毛诗序》的人甚多，但是《载驰序》却表现了"对许穆夫人的爱国主义精神的同情与赞许"，具有正确的解说，值得重视。

先秦道家学派的代表人物庄子，哲学史上一般都把他归入唯心主义哲学的营垒而给予批评；即便是《逍遥游》这篇张国光认为"完全可以与《离骚》媲美"的优美哲理散文作品，也往往是"在艺术上肯定它，但在思想上却必须否定它"，学者们对《逍遥游》主题思想的认识也远未深入辟里，乃至于加以无情地贬斥；1961 年出版的《庄子内篇译解并批判》一书，更以为"庄子思想是人类精神的堕落"而需要"彻底铲除"。对学术界否认庄子思想的倾向，张先生颇为不满。1989 年，张先生在《殷都学刊》发表题为《人类认识从必然向自由王国飞跃：试解〈庄子·逍遥游〉主题之谜》的长篇论文，提出"《逍遥游》不是讲人生观而是讲认识论的"，是论证人类认识有初级和高级阶段之分，是形象地说明"人类认识从必然向自由王国飞跃"；文章呼吁"应澄清对庄子的曲解和误解"，"恢复庄子的本来面目"。

后来，在 1997 年撰写的《庄子导读》① 的长文中，张先生更进一步全面肯定庄子在哲学、文学、美学史上的重要地位，指出庄子不仅"是我国思想史上具有深远影响的理论大师之一"，而且"又是一位具有丰富的想象力、善于用形象化的语言生动地表达深邃哲理的文学大家"。

即使是研究《山海经》的单篇论文，张先生也十分重视它在思想文化史上的价值意义。在所撰《〈山海经〉南海之黑水即今金沙江考》的文章中，作表表明是为更多地了解"先民旅游探险、征服自然、开拓疆域的过程及其伟大成就"，高度估价"中华民族传统文化的成绩"而为文的；文章在考证出《山海经》之"黑水"即今之金沙江的结论的同时，也得出了"我们伟大的祖先在两千多年以前就具有广泛的地理知识，和建立一个广大的统一国家的理想，从而也可以探索出我国各兄弟民族在经济上、文化上关系的密切、情谊的深厚"。并且指出："这对读者来说，也是很有教育意义的。"

---

① 张国光：《庄子导读》，载《中国古代语言文学名著导读》上册，华中理工大学出版社 1997 年版，第 200 页。

张先生在所著《古典文学论争集》的序文《把探索和创新理论勇气运用到古典文学教学中来》中曾说过这样的话:

> 在讲授古典文学的同时,应坚持用爱国主义、历史唯物主义的精神培养学生的高尚节操。因此,无论是课堂教学、学术演讲,还是个别辅导、私人谈话,我都注意教导学生树立民族自尊心、光荣感,并热爱自己的专业①。

这段平和朴素的话语,其实也可以作为张国光先生先秦学术研究的自注。张先生正是秉持着这种"弘扬民族优秀文化"的明确动机和自觉意识,而终其一生,笔耕不辍地书写着他对古代文化遗产的无比执着和热情。

二 坚持"两分法"的方针以"去粗取精"

如果说围绕"弘扬民族优秀文化"的主旨命笔,是张国光先生古典文学研究的思想基础或出发点,那么,坚持"取其精华、弃其糟粕"的"两分法"方针,对具体对象进行辩证分析、科学评价,就可谓是他研究古代文学的基本的方法论。

1992 年,年近七旬的张国光先生,撰写题为《要坚持毛泽东同志关于孔子和传统文化的"两分法"》的论文,明确提出:

> 笔者通过反复学习毛泽东同志的相关著作,深切地体会到毛主席作为一位伟大的马克思主义者,尊重历史的辩证法,创立了科学的"两分法",并把它运用到对文学遗产和传统文化的研究领域,从而为新中国的文学史、思想史、文化史家开辟了一条金光大道。……毛泽东同志这种"两分法"的思想,应该作为我们对待传统文化的方针。

张国光先生从不讳言马克思主义理论和毛泽东"两分法"思想的指导作用。他曾经谈到自己"既不否定古人的艺术成就,也不掩饰其思想上的

---

① 张国光:《古典文学论争集》,武汉出版社 1987 年版,第 2 页。

错误"。并举例说，对白居易的《新乐府》，"既肯定它具有可贵的批判锋芒，也批评它缺乏诗味"；"对《琵琶行》既肯定它对景物、人物形象和音乐描写的高明及其抒情气氛的浓烈，但也指出了白居易为之洒泪的琵琶女实则是一个没有灵魂的女子"①。

在先秦文史的研究中，张国光先生也是坚持"两分法"的。

先以对《学记》的研究为例。张先生的《学记新讲：汇注辨证并译释》一书，写成于1963年，后于1992年出版。这是著者研究《学记》的总结，他在该书的《前言》中，首先说明其研究方法就是：

> 为了弘扬我国古代先进的教育理论遗产，给《学记》以应有的评价。对前人的解释择善而从，去粗取精，力求全面而正确地阐明《学记》的思想实质，批判其糟粕，而吸收其精华。②

根据这种"去粗取精"的"两分法"，著者既用较大的篇幅从正面论述了《学记》"论教育目的与作用""论教育制度""论学习""论教学原则""论教师"等五个方面的丰富内容，又以"《学记》的思想局限"为题，具体分析了《学记》"与生活实践的脱离及对生产劳动的轻视""忽视科学知识教育和不给妇女以受学校教育的权利"等"封建性糟粕"，理应"属摒弃之列"。

再如关于"《吕氏春秋》战争理论"的研究，张先生也是以"两分法"切入的。在题为《我国古代兵书中的又一宝典：〈吕氏春秋〉中关于战争理论的篇章读后》的专文中，张先生既充分总结了《吕氏春秋》明确区分正义和非正义战争等一系列创新性的理论成果，同时也分析了《吕氏春秋》不懂得战争是"从私有财产和阶级以来开始"的道理，而把战争的起源前伸至自有人类社会之时，从而在《荡兵篇》提出"兵之所自来上矣、与始有民俱"的错误观点；并且还指出《吕氏春秋》"甚至把兵（战争）的概念和斗殴、争吵、愤激等个人表现混淆起来"的"诡辩"。张先生经过具体的分析论述，最后总结说：《吕氏春秋》"正确地发挥了儒家的征诛理论，而又综合了兵家的军事思想，因此成了一套较为系

① 张国光：《古典文学论争集》，武汉出版社1987年版，第2—3页。
② 张国光：《学记新讲：汇注辨证并译释》，武汉出版社1992年版，第1页。

统的战争理论。它在阐述战略技术原则方面,固然不及《孙子兵法》的周详,但是在论证战争的起因,区分战争的性质及重视人民、兵士对战争的决定作用各方面,颇能补兵家学说的不足。因此,在我国及至世界军事史上它具有不容忽视的价值",是"我国古代兵书中的又一宝典"。通过这样全面、客观的分析,显然有利于读者实事求是地认识和评价《吕氏春秋》战争理论的价值得失。

当然,在张国光先生先秦文史研究的一系列论著中,创造性地运用"两分法"具体分析论述、而且产生有较大学术影响的成果,莫过于他关于孔子思想的评价及其"两个孔子"的观点。

张国光先生坦承:他"正是根据"毛泽东"两分法"的思想而得出"两个孔子"的认识的①。而张先生所谓"两个孔子"的认识,我认为应该从两个层次去理解。

第一,张国光先生对孔子及其思想有一个"两分法"的评价。

张先生在《论"爱孔子"与"爱真理"的统一和"五四"的打倒孔家店》一文中说:"不应否认孔子是古代伟大的思想家,其思想遗产中精华多于糟粕";"孔子不仅勤奋好学,知识渊博,而且思想广大精微,对整个中华民族和东西方人民都有积极的影响",其思想的精华,具体来说则有如下八端:"广博的仁政思想,强烈的爱国精神,先进的民主意识,鲜明的理性思维,高尚的道德规范,积极的人生态度,宏伟的大同理想,深刻的辩证观念。"②

在《〈歧路灯〉新论、兼评〈"埋没说"质疑〉》中,张先生又指出:"当然,我们不否认所谓儒家的正统思想中,含有保守的、落后的成分,属于应该剔除的糟粕之列。"③

如上所述,在张国光心目中的孔子及儒家思想,是具有精华和糟粕两种成分而且是"精华多于糟粕"的,这应是他对孔子及儒家思想的基本看法。所以,张先生"主张用历史唯物主义观点,区分儒家思想中的糟粕和精华,而分别予以去取";"应该全面理解毛泽东同志的'两分法',

---

① 参见张国光《文史哲学新探》,武汉出版社 1992 年版,第 50 页。
② 同上书,第 37—41 页。
③ 张国光:《古典文学论争集》,武汉出版社 1987 年版,第 371 页。

本着取其精华弃其糟粕的精神来恢复孔子本来面目，评价其历史地位"①。

第二，张国光针对"五四"以来学术界反复出现的"尊孔"和"批孔"的争论，提出了"历史上的孔子"和"被歪曲了的孔子形象"的"两个孔子"的说法。

"两个孔子"乃至"多个孔子"的现象，由来以久。早在孔子生活的春秋后期，《左传》就记载有两个不同的孔子。笔者曾在所著《〈左传〉人物论稿·孔子论》中提到"《左传》中的孔子有两个：一个是《左传》作者借以发表议论的代言人，作者常常在某人某事之后，以'孔子曰'或'仲尼曰'的形式，用简短、概括的几句话来发表看法，这有如'君子曰'或'君子谓'中的'君子'。这些话，有的是孔子在事后很久说的，《左传》引用来借以表达自己的某种倾向性，有的则是《左传》作者引用传闻或托为孔子之辞"；"另一个孔子，是实载其人其事的孔子"②。又如战国之时，《庄子》书中更虚拟了"醉心于道学的孔子、从儒学向道学转化的孔子、作为儒学代表人物的孔子"等三种不同的孔子的形象，与历史上原始的孔子相区别。对此，阮忠教授的《庄子创作论》也有专门的论述③。

当然，张国光"两个孔子"的说法与此不同。张先生认为，"五四"时打倒的孔子，和历史人物孔子并不完全等同。"五四"新文化运动的先驱者来不及把历史上"真实的孔子"和"被后人歪曲了的孔子"区别开来，以至于错把"孔家店"货架上陈列的大多是法家、宋儒和明清统治者所炮制的封建货色一股脑儿挂到孔子账上，于是天下之恶皆归于孔子一人④。

同样，鲁迅对孔子并不是全面否定的。他在《汉文学史纲要》中称孔子"祖述尧舜"，是"欲以救世"；在《再论雷峰塔的倒掉》中还说"孔丘先生确是伟大，生在巫鬼如此旺盛的时代，偏不肯随俗谈鬼神"；而在 1935 年写的《在现代中国的孔夫子》，又说"孔夫子的做定了摩登圣人，是死了以后的事，活着的时候却是颇吃苦头的"。可见"鲁迅明确

---

① 张国光：《文史哲学新探》，武汉出版社 1992 年版，第 2、58 页。
② 何新文：《左传人物论稿》，中国社会科学出版社 1993 年版，第 124—138 页。
③ 参见阮忠《庄子创作论》，中国地质大学出版社 1993 年版，第 124—138 页。
④ 张国光：《文史哲学新探》，武汉出版社 1992 年版，第 42—43 页。

地认识到有'两个孔子',其一是历史上的孔子,其二是被封建统治者用作傀儡的被扭曲了的孔子形象。这实际上是对'五四'时期,误把一个进步的孔子当作反动的孔子来批斗的偏向,所作的不言而喻的矫正"。而"在今天,我们已有了充分的条件来运用历史唯物主义观点,在详细占有资料的基础上,实事求是地恢复孔子的历史本来面目,那就应把孔子放到两千年前的广阔的世界背景上来考察,这才是科学的态度"。[①]

诚哉斯言。如果当下乃至今后的学者们能够从历史的角度,运用"两分法"的方法,既全面认识孔子及其思想学说的民主性精华与某些落后的部分,又能分清楚历史上的思想家孔子和历代被赋予新的含义乃至被歪曲了的孔子形象,能够以客观、科学的态度对待孔子及不同时代的孔子现象,是其所当是,非其所当非,我们就一定能够正确地总结这份珍贵的思想文化遗产,使之成为建设新的进步文化的精神财富,当然也会减少许多误解和无意义的争论。

三 "要在详细占有资料的基础上"探索出新

熟悉张国光古典文学研究的读者,会发现花色多样的"新探""争鸣"是其论著中出现频率最高的词语,诸如"古典文学论争集""水浒争鸣""文史哲学新探""学记新讲""古典文学新论""红学新潮"等。可以说,"创新"与"争鸣",是张先生古典文学研究的惯常用语,也是他的惯常思维。

那么,如何去创新、出新,又怎样去论辩、争鸣呢?对此,张先生也有他自己的见解。且看他在《古典文学新论·卷头语》中的一段论述:

> 我们开辟的这一园地之所以命名为"古典文学新论",就是要防止一种盲目崇拜古人,以至食古不化的偏向。我们认为应该把继承与创新结合起来;我们提倡把探索与创新的理论勇气,贯穿到古典文学研究的全过程。
>
> ……当然,我们所谓的"新",是"温故而知新"之"新",不是为了标新立异而故意去标"新"。更不是凭臆断、信口开河,为了

---

① 张国光:《文史哲学新探》,武汉出版社 1992 年版,第 3、42—44 页。

哗众取宠而发一些稀奇古怪之论。我们所说之"新",就是要在详细占有资料的基础上,在马克思主义指导下,得出的新观念、新命题。我们提倡实事求是的治学态度。①

此外,在那篇张先生自许为颇有"新观点"②的《试解〈庄子·逍遥游〉主题之谜》的长篇论辩文中,也强调过占有资料的重要性。文章说:

> 对于《逍遥游》的思想主题究竟怎样理解,我结合攻读《反杜林论》《唯物主义与经验批判主义》《实践论》等经典论著,对它作了较长时间的探索,而且从 1978 年秋起,在教学或学术讲演中也不只一次地阐述过拙见。……今天的主要任务是要占有大量的文献资料,通过刻苦的探索,恢复庄子的本来面目,理解他的思想实质。③

所谓"新",不是故意立异标新,更不是凭臆断、信口开河,而是实事求是,在详细占有大量文献资料的基础上,通过刻苦的探索,恢复古人的本来面目,得出新的观念、新的命题。这是张先生对古典文学研究同仁特别是年轻学者的期望,也是其治学态度与学术风格的自我表述和总结。

不必说《我国第一个知名女诗人许穆夫人生平考证》和《〈山海经〉入南海之黑水即今之金沙江考》,这样以"考证"名篇的论文,是以翔实的资料、严密的考证见长;张国光那些另辟蹊径的"争鸣"文章,也无一不是以占有大量文献资料为基础的。

为了质疑某些学者"孔子思想中否定的东西多于肯定的东西"的不实之词,张先生在充分占有资料的基础之上,详列"孔子思想精华八端"予以反驳,并进而说明孔子的思想遗产其实是"精华多于糟粕"。

在所撰两篇关于鲁迅与孔子的论文中,为了证明鲁迅笔下确有一褒一贬的"两个孔子",张先生细读《鲁迅全集》,逐一检阅了其中《文化偏至论》《买〈小学大全〉记》《中国地质略论》《斯巴达之魂》《古小说钩沉序》《略谈香港》《摩罗诗力说》《会稽郡故书杂集序》《越铎出世辞》

---

① 张国光:《古典文学新论》,武汉出版社 1990 年版,第 2—3 页。
② 张国光:《古典文学论争集》,武汉出版社 1987 年版,第 5 页。
③ 张国光:《文史哲学新探》,武汉出版社 1992 年版,第 127、145 页。

《中国小说史略》《汉文学史纲要》《在现代中国的孔夫子》《再论雷峰塔的倒掉》《出关的关》《所谓国学》《不懂的音译》《灯下漫笔》《十四年的读经》《两种黄帝子孙》《晨凉漫记》《看镜有感》等 20 多篇文章，归纳了鲁迅关于孔子的全部论述，比较了鲁迅在辛亥革命前、后对孔子与传统文化的不同认识，并且分析了易白沙《孔子评议》等相关资料以后，张先生才作出自己的判断：鲁迅对历史上真实的孔子是肯定多于批评的，而且"鲁迅之所以对孔子思想中的精华部分和优秀的民族文化，有着深切的认识和炽热的情感"也"不是偶然的"①；鲁迅所反对的是那个被"封建统治者用作傀儡的被扭曲了的孔子形象"②，如鲁迅《在现代中国的孔夫子》所言"孔夫子到死了以后，种种的权势者便用种种的白粉来给他化妆，一直把他抬到吓人的高度"，"孔夫子这人，其实是从死了以后，也只当着敲门砖的差使的"。所以，张国光强调："不能把鲁迅实际上是对孔子思想中的落后成分和封建文化的批判"，"放大为对孔子其人、其书和整个民族文化的彻底否定"③。

经过如此详细的考辨论证，所得出的结论自然能令人信服。对于这一点，张国光先生也颇为自信，他在所撰《全国孔子思想评价与弘扬民族优秀文化讨论会纪要》中说："我们的这些见解，都是通过详细占有资料，并在马克思主义基本原理指导下得出的结论，相信它是经得起实践检验的。"④

那些质疑、驳辩形式的论文，张国光更是列举十分详细的论据予以充分的说理和有力的斥驳。如《对〈屈原问题考辨〉的考辨》一文，针对日本学者三泽玲尔否认屈原实际存在言论，列举屈原事迹及《离骚》内容的五条内证逐一剖析，说明三泽玲尔因为"着眼于猎奇"，故"一叶障目，不见丘山"，他的所谓"论断大都与事实背离"，用来否定《离骚》为屈原所作的五点"理由"也"无一能够成立"；三泽玲尔"把这样一些经不起检验的臆断之词作为论据，来否定屈原这个历史人物的真实存在，诚未免走的太远了，是不可以不辨！"

---

① 张国光：《文史哲学新探》，武汉出版社 1992 年版，第 12 页。
② 同上书，第 44 页。
③ 同上书，第 51 页。
④ 同上书，第 63 页。

还有《评所谓"最周密、最系统"的"屈原否定论":何天行〈楚辞新考〉辨》一文,针对日本学者稻田耕一郎所据 1937 年大陆学人何天行《楚辞新考》中的否定屈原的谬论,张先生更详列了诸如《楚辞》用夏历是战国时代"在民间通行的历法"、《离骚》多用"修"字与汉刘安讳其父刘长之名字无关、怀疑《离骚》多用香草与刘安好"黄白之术"有关是因为何天行"不懂什么是黄白之术"、说《离骚》所咏"桂"与"菌桂"传入在汉武帝开拓疆域之后是何氏的"胶柱鼓瑟之见"、以《离骚》与《淮南子》有表述相似处证明《离骚》为刘安所写"是本末倒置"等多达十四条论据,对稻田耕一郎所欣赏的何天行之说逐一批驳。最后,张先生总结说:

> 以上所论,可见何天行文列举的所谓 14 点外证,无一可以成立者。这除了表现作者的浅识外,就剩下一个鲁莽灭列地对待古籍的态度……如此研究古典文学,未免太简便了!何天行文的"价值",不外是为我们批判这种否认屈原实际存在的臆断之词,提供了最充分、最典型的反面教材而已。①

字里行间,张先生对那种不详细占有资料就信口开河、凭臆断而妄立异说的研究态度的不满和愤慨之情,难以掩抑。

以上是本文对张国光先生先秦文史研究及其方法的粗略叙述。随着时间的推移,一定会有更多关于张先生的研究成果出现。但我相信,张先生"围绕着弘扬民族优秀文化的主旨命笔"的精神,坚持"两分法"以"去粗取精"的研究方法,和"在详细占有资料的基础上探索创新"的治学态度,都是值得我们认真总结和发扬光大的。

[作者附记]

大约是在 20 世纪八九十年代之交,当张国光先生《水浒与金圣叹研究》等文著相继面世,其"两种《水浒》、两个宋江","两种《红楼梦》、两个薛宝钗",以及"两个孔子与两类文化传统"等一系列"双两"学说蜚声学界的时候,我和大学时的同窗好友、现任教于华中师范

---

① 张国光:《文史哲学新探》,武汉出版社 1992 年版,第 168—169 页。

大学文学院的张三夕教授，就萌生过一个想法：写一篇探讨张国光先生学术研究成果及其方法的文章。

后来，由于精力尤其是学力的准备不足，写文章的事一直搁置。光阴荏苒，一晃快二十年时间过去了，自己的学问仍然没有多大长进，但令人敬仰的张先生却永远地离我们远去了！在张先生逝世一周年的日子，《张国光教授追思录》即将编成出版，这篇近二十年没动笔的文章已没有理由不交卷了。但以如此浅薄的文字来论说先生的宏文巨著，且又再也不能呈先生批阅修正，真真是惶恐之至！

笔者以为，张先生的研究成果及其惊世骇俗的新见宏论，或许见仁见智，会有不同的评价议论；但张先生关注现实、热爱生活、奖掖后进的人文情怀，对祖国优秀传统文化终生不减的执着和热情，敢于探索创新、争鸣论辩的治学态度与风范，则一定会成为他曾经奉献和贡献过的湖北大学古代文学学科的永远的精神财富；张先生生前穿戴朴素，总戴着一个不算精致的布帽，提着一个半新不旧的书包，奔走于教室、讲堂、会场、书店、图书馆、出版社之间的行色匆匆的身影，也将永远定格在我们的记忆之中。

张国光先生，还有李悔吾、曾昭岷、韩珉、刘道恩先生等学科前辈，留下他们的文章、事业而离去了；古代文学学科的后来者们，则当继往开来，奋然前行。

2009 年 1 月 4 日于武昌水果湖寓所

原载湖北大学中国古代文学学科编《争鸣与创新：张国光教授纪念文集》，长江文艺出版社 2009 年版

愿学术之树长青、生命之树长青

——齐洲兄从教五十周年感言

有消息传来："王齐洲教授从教五十周年，要庆贺一下。"

"五十年了?"我闻之一惊，以为听错了。但等我回过神来，屈指一数，齐洲兄自 15 岁开始当老师，至今不就五十年了么! 五十年是好长的一段人生历程，齐洲兄付出甚多，收获也很富厚，可谓桃李芬芳、著述丰硕、成绩斐然，真的是可喜可贺。

我与齐洲相识相知，也快四十年了。这近四十年，又可大致分为武师、湖大、华师的三个阶段。

最初是在 1978 年，那时我还是武汉师范学院中文系的一名在读大学生，齐洲则以教师的身份从荆州来我校进修元明清文学研究生课程，被安排在我们班级参加活动。齐洲只长我一两岁，但他已经任教师之职多年，再加上有满腹诗书的积淀和平稳持重的个性，在我眼中，俨然就是一位可敬可信的兄长。故此，我一直以兄长事之。那时的学习生活简单，功课也不重，餐前饭后，楼前路边，我们经常在一起聊着学问，聊着人生。我们性情投合，一见如故，无忧无虑，无话不谈。当然，其间多半是我向他请益，所获良多。

一年半的时光很快就过去了。第二年，我考上华中师范学院中文系中国古代文学专业的硕士研究生，跟随导师石声淮教授研习先秦文学;齐洲也完成进修任务回到荆州师专，去继续他的教学、研究与教务工作。

20 世纪 80 年代，是齐洲步入学术生涯并且取得不俗成绩的重要时期，比如他所写关于《水浒传》及宋江研究的学术论文，在学术界就颇有影响。我则在读完研究生后回到母校古代文学教研室任教，并于 1991 年初到学校教务处兼任副处长。因为不在一个城市，学术研究的方向也一个是先秦文学,一个是元明清文学,除了平时能知晓齐洲常有宏文新著问世之外,我们近距离的联系交往并不很多。

然而,天遂人愿。十多年后的 1994 年,已经是省内知名年轻教授的齐洲从荆州师专调到了已由原武汉师范学院更为新名的湖北大学,在中文系古代文学教研室任教。我很高兴他的到来,一是为古代文学学科注入了新的活力,二是自己又多了一位可以同事的老朋友。大约两年后,《湖北大学学报》的常务副主编到了退休年龄,要物色一位接替其职务的文科教师。当时,该常务副主编和学校分管领导找我谈话,希望我去那里工作。可是,分管本科教学的校领导却不同意我离开教务处。于是,我积极向有关方面推荐齐洲兄。同年,齐洲也真的被调到《湖北大学学报》任常务副主编了,而且一干就是好几年。

1994 年齐洲刚调到湖大时,我已在学校教务处兼任管理职务两三年了,因为事务繁杂,除了兼授少量的本科或研究生课程外,主要的精力和时间都是在学校行政楼这边,去中文系的时间不算多。齐洲调来《湖北大学学报》之后,也在行政楼上班。我和他楼上楼下,见面的机会更多,更方便了。工作间隙,我喜欢往学报跑,成了齐洲办公室的常客。一方面是可以翻阅来自全国各地的期刊及高校学报,了解一点当下中国古代文学研究领域的学术信息,以延续自己的学术兴趣;另一方面,更想在繁冗的会议、琐事之余,找个可以换一下心情的去处,同时也向齐洲兄请教做学问和教学管理工作的经验,因为此前齐洲就在荆州师专担任过教务处长。记得我曾经问他:当教务处长的时候,为什么还会有时间做学问并且写很多的论文?他则以自己亲历的经验,昭示我应该如何处理管理工作与个人教学科研之间的矛盾。齐洲在湖大学报的时候,给我的学术及工作方面的帮助很多,包括后来我调任研究生处长期间,他还支持我每年为研究生组织一期《湖北大学学报》专辑,让同学们在上面发表论文,以训练提高科研能力。

2001 年,齐洲在《湖北大学学报》工作了五六年之久,且将学报带入一个质量进一步提高、影响不断扩大的新阶段之际,又调离湖大去华中师大文学院任教,后来又重操旧业,在《华中师范大学学报》担任了几年的主编。其间,大约是 2006 年,湖大文学院班子面临换届选举,当时的学校领导求贤若渴,多次联系齐洲,希望他能够回来出任院长一职。齐洲辞谢了校长的邀请,当然,我也因之失去了最后一次可能与齐洲在湖大共事的机会。

好在齐洲调任华师至今的这十几年间，我们彼此的联系不仅没有间断，反倒因为增添了新的内容而更加密切。齐洲在华师是首位中国古代文学专业博士生导师，他与中国古典文献专业的博士生导师张三夕、高华平教授组成的博士研究生指导小组，可谓是"铁三角"和"三剑客"，是一个不仅在湖北、华中地区高校有鲜明特色和影响的博士生指导组，而且也是我指导的硕士毕业生报考校外博士的首选之处。记得齐洲刚去华师不久，就给我来电话希望推荐适当人选报考古典文献专业的博士生。我立马就推荐了我原来指导过的硕士生周昌梅。昌梅以其扎实的专业基础和优异的考试成绩，被导师高华平教授录取，三年后顺利毕业。此后，我带过的两名硕士生又先后考上了该专业的博士研究生。与此同时，齐洲与张、高两位教授每逢有弟子毕业，总是邀约我参与他们的博士学位论文答辩会或评阅博士学位论文，至今差不多已连续近十届了。虽然，在每年那个被高校教师称为"黑色五月"的答辩高峰季，案头堆积很高的各类论文，会使我有不小的心理压力。但是，那些以"中国红"封面装订的"华中师范大学博士学位论文"仍然最具诱惑力。我会首先安排时间阅读这些来自"第二母校"的论文，按时参加他们的答辩会。我不仅将它看作是一项学术任务，更当成是一次次提升自己及指导研究生能力的实践机会。当然，我也会请齐洲，还有三夕、华平教授来湖大主持我们专业的博士生论文答辩会或评阅论文。学术上的交流，彼此的扶持，成了我们联系交往的纽带。

自 20 世纪 80 年代后期至今，与齐洲兄相识相知已有三十多年了。在这段历程中，齐洲惠我良多。他德艺兼修，为人谦和友善，温润豁达，与之相处无忧无虑，如坐春风。连及嫂夫人林女士、他们的公子王桐，都能给人极好的印象。时至今日，我也还清楚地记得十几年前去天津出差，到南开大学看望正在读研究生的王桐的情景。回忆过往，虽林林总总，却记忆犹新。而作为学者的齐洲，他在古代小说、古代文化、古典文献研究领域的学术成就，由于本人涉猎甚少，不敢妄加评论。但齐洲兄的学问人品，为人称道，有口皆碑。影响于我者，也确乎其多。概而言之，则以为有如下三端，足以倍加珍惜：

首先是他的执着与坚持。

大凡每一个有成绩的学者，多半都是喜欢读书的。但齐洲的喜欢阅读，仍有与众不同之处。他似乎天生有一种热爱读书的兴趣和能力，所以总能够利用有限的条件，寻找到读书的无穷快乐与幸福。

齐洲"从小爱静不爱动"。这一"爱"与"不爱"的秉性，就展现了一个读书人的先天品质。他读小学时，如果没有家庭作业，回家的第一件事就是找一个有底的破瓷碗，翻过来做砚台，用它磨墨写字，而且每天都要写好几张大字。这样坚持下来，毛笔字也就越写越好了。课余时间，更经常看课外书籍，除了小人书，还读过《西游记》《封神榜》《岳飞传》等大部头的古典小说。

小学毕业后，齐洲考取洪湖一中，因为离家远，加上交通不便，就住在学校里。在学校里，学习压力不大，课业负担也轻，平时有时间就看书。初中三年，先后读完了《三国演义》《水浒传》《红岩》《青春之歌》《暴风骤雨》《钢铁是怎样炼成的》《童年》《我的大学》《牛虻》等中外名著。

初中毕业后，适逢"文化大革命"开始，学校停了课，不能继续上高中。才15岁的他，回家乡当上了大队民办小学的老师。除了教书外，他还是喜欢读书。小学旁边有大队部的一间仓库里堆满了"破四旧"收来的书，多是流行在民间的通俗小说和说唱文学。他往往"偷"出一本，看完后再放回原处。几年下来，就将库存的旧书全部看完了。

书籍给齐洲的童年和少年带来欢乐，也为他与读书打交道的教学科研生涯奠定了基础。1972年，20岁的他在荆州师范专科学校毕业留校任教，除了在中文系教课和兼做教务工作之外，读书的兴趣仍有增无减。那时，学校图书馆不开放，愿意读书的人很少，可是齐洲却经常让图书管理员把他锁在图书馆里，一个人躲在里面读书。四五年时间里，他一有空就钻进图书馆，读一切感兴趣的书。不论是中国的、外国的，还是古代的、现代的，也不管是小说、戏剧，还是诗歌、散文，全凭着兴趣去读。

在武汉师院中文系进修期间，齐洲参加了由张国光先生主讲的青年教师读书班。因一篇读《庄子》的心得受到张先生青睐，便又随着张先生到湖北省图书馆古籍部读书。他们常常借出一大摞古籍，摆放在一张阅览桌上一起阅读。为了节省时间，中午总是轮流到附近餐馆吃点面条充饥。这样的读书生活，前后持续了一年多时间，所看的主要是古籍，包括一些善本书。从而又大大扩展了他的眼界，知道书有版本之别、好坏之分，知道读原书和读后人整理过的书也是不一样的。

这样的读书生活，从童年到少年，从少年到青年，从青年到中年，无论时代变迁，环境更换，进退穷通，齐洲从不间断，一路走来，顽强而执着地坚持着。我以为，齐洲的这一份顽强的执着与坚持，就是后来他对华师古代文学和古典文献专业博士研究生所说"不放弃、不拼命"中的"不放弃"。正因为有了这份数十年如一日的执着和坚持，齐洲才能够在书籍的海洋中自由畅游，极尽所能地吸取求索，从而也积累了他厚积薄发的坚实基础和学术底蕴。

其次是他的纯粹与真诚。

作为同时代的学人，芸芸众生中或许也不乏齐洲兄的那份勤奋与坚持，但是却难得有他的纯粹与淡泊。这并不全是因为大家的低俗和功利，例如时下中国高校中那种千篇一律地唯"量化"、唯形式的令人厌烦而无奈的考核体制，就足以叫不敢让体制淘汰的人们疲于奔命，为各种考核、选拔、提升，乃至于名目繁多的"荣誉""称号"著书为文，奔波呼号。但齐洲似乎是个例外。在那本题名为"裸学存稿"的《王齐洲自选集》的《自序》里，作者坦言："我不知读书有何用，只知学习有快乐。不是为了考试读书，不是为了赚钱学习"；"我不知道，怀着功利目的去读书去学习是什么感觉，我只知道，凭着兴趣和爱好去读书去学习，细心体会作者的思想情感，真心诚意与作者进行心灵的沟通，其感觉不仅是十分美妙的，而且是十分幸福的"；著书立说、发表论文，"不为评定职称，也不为应付考核，纯粹只是兴趣爱好"。

齐洲这种"纯粹"的学术理念的形成，既出于他"凭着兴趣和爱好"读书学习的天赋本性，也得益于他从事学术研究的人生历练，尤其是"1980年代"时代氛围的熏陶和影响。

有人说，20世纪的80年代，是一个充满思想活力和青春激情的年代，也是一个单纯素朴、较少功利算计的年代。作为80年代的过来者，我们许多人都有过大致相同的经历和感受。从大的方面说，那是国家改革开放、实行沿海地区经济发展战略的历史时代；就文化学术界而言，那是一个以读书求新知为时尚、因探讨"方法论"而着迷的年代。那时代的年轻学人，见面便谈钱钟书、李泽厚、弗洛伊德，有钱就买《管锥编》《谈艺录》《走向未来丛书》《汉译世界学术名著》；当然，他们发表论文也用不着找关系和支付版面费。

对于齐洲而言，"1980 年代"同样具有特别的意义。那是他步入学术生涯的开始，也是他取得丰硕学术成果并且真正"懂得什么是学术"的重要时期。他多次提及"1980 年代"这一概念，认为 20 世纪 80 年代的学术经历，给予他"异常深刻的影响"。那时，公开发行的学术刊物很少，而刊物编辑则大多是饱学之士，刊发稿件完全以质量为选择标准。齐洲公开发表的第一篇学术论文，是 1980 年刊登在《文学评论丛刊》第五辑上的《宋江是地主阶级的革新派》一文，就得到过当时编辑部的侯敏泽先生的支持。后来又得到徐公持、陈祖美、聂铁钢、尹靖等先生的支持和关爱，在《文学遗产》《文学评论》《江汉论坛》《天津社会科学》等刊物连续发表了一系列学术论文，从此一发不可收拾。齐洲曾深情回忆，80 年代与这批老编辑和前辈学者的交往，使他懂得了做学问，懂得了做学问应该诚实严谨，也懂得了什么是学术，知道了学术的神圣。用他自己的话说：20 世纪 80 年代的主流价值与学术历练，使他"知道学术是知识分子的命脉，它探求的是问题，付出的是情感，收获的是良知，其他则不在考虑之列。这是没有羼杂私心杂念的学术，是作为天下公器的学术，也可以说是纯粹的学术"（《王齐洲自选集·自序》）。读着这样的文字，我理解齐洲对于学术的那份"纯粹"、淡泊与真诚，也释然了对于他至今连任何荣誉称号也没有的"惊诧"。

记得是在前年，我所在的学校人事部门通知各院系符合条件的教师申报省政府特殊津贴专家。对于这类"专家"称号，我原本也不大在意，因此就一直没有申报过。但这一次，院办公室友情提示，从年龄方面考虑我也许只有这最后一次机会了，而且其他情况相当的教师大都早在多少年前就已经获得了这类称号。于是，最终仍"未能免俗"的我还是填写了申报表，并约请齐洲教授作为校外同行专家帮助写推荐书。我想当然地以为，连续五届获得过湖北省优秀社科成果奖等多项学术奖励，且在《中国社会科学》《北京大学学报》《清华大学学报》《文学评论》《文学遗产》《文艺研究》《国学研究》等国内著名刊物发表过许多有影响的论文的齐洲兄，应该早就是国家级或省级专家了。可没有想到的是，电话那头传来的声音却说："我并没有过任何的荣誉称号。"这着实让我"惊诧"良久，这才是一个真正"对于各种荣誉称号兴趣不大"的人。因为他明白"若干年后，人们所记住的，一定不是这些所谓的荣誉，而是你能留给后人的有价值的成果"（《王齐洲自选集·

自序》）。诚哉斯言！

最后，是他的稳健与从容。

在华中师大古典文献专业的研究生中间，同学们总饶有兴致地传播着三位导师精彩而生动的警句与格言。如张三夕教授所谓"读最古老的书、过最现代的生活"，王齐洲教授所谓"不放弃、不拼命"，等等，不仅充满哲理意趣，而且也令人易记难忘。依我的理解，齐洲所谓"不放弃、不拼命"，上半句是说对于学术的执着、坚持的态度，下半句则是形容一种稳健、从容的治学风尚和雍容气度。我以为，齐洲的治学精神和风格气度，亦可用这六字箴言概括：正因为"不放弃"，才会有他的满腹经纶和满园桃李，所谓一分耕耘一分收获；正因为"不拼命"，才会有他的"纯粹"、淡泊和超然功利，所谓举重若轻，信步闲庭。

而齐洲兄的这一层佳境，是凡俗如我者永远学不来的。自我妄评，似乎也勤奋与坚持，甚至也不乏"纯粹"与真诚，但却总是忙忙碌碌，庸庸碌碌，更不消说那番"不拼命"的超然与从容。倒有点像一个赶车船的行者，在行色匆匆之时，还要不时地看看钟点，要密切关注"今夕何夕？"来也匆匆，去也匆匆。如此想来，对于齐洲兄"五十年"的经历和成绩，越发敬佩，越发信服。

然而，他人如我者的理解终究"隔"着。我深信，最了解、最理解齐洲兄的人莫过于他自己。请听其夫子自道：

> 当图书馆的门从外面被锁上，我一个人徜徉在高高的书架中间，找到一本书，然后选一个安静的地方坐下来阅读。看一本喜欢的书，就像交一个新朋友，与朋友谈心，没人打扰，全身心地投入，与功利无关，与外面吵吵嚷嚷的世界无涉，这里只有思想的碰撞，智慧的激荡，心灵的沟通，情感的交流，感觉特别惬意。

> 如果我们的学术，真的出于求真，所写的文章，真的能感动自己，没有功利的目的，没有世俗的羁绊，那么，学术之树必然长青，学者的生命之树也必然长青。①

多么自由陶醉的读书状态，何等纯粹敬畏的学术情怀。唯其如此，才可谓

---

① 《裸学存稿：王齐洲自选集》，华中师范大学出版社2013年版，第2、5页。

"思想是独立的，精神是自由的"，"而且是幸福的"。我羡慕齐洲兄的纯粹和快乐，祝福他的当下和未来。

愿学术之树长青，生命之树长青。

2014 年 10 月 27—31 日

原载王齐洲《裸学与乐学》，湖北人民出版社 2015 年版

中国文学史著作宋玉书写的新收获

——读方铭主编《中国文学史》之《宋玉及战国赋体文学》

　　方铭主编的四卷本《中国文学史》①，一经问世就颇获好评。这套文学史，作为"国家级高等学校特色专业建设教材"，针对目前国内高校《中国古代文学史》课程的设置情况，分全书为"先秦秦汉、魏晋南北朝隋唐五代、辽宋夏金元、明清"四卷；各卷又严格按照朝代的起讫，断代划分，比如将汉献帝"建安"时期的文学归入东汉文学史，而此前文学史著作大多将"建安"文学列入魏晋南北朝文学史的开头。凡所叙论，务求简洁明了，条理清晰，不作过度分析。故此书具有实用、好用的特点，受到许多高校中文专业师生的欢迎。

　　同时，该文学史也因其体现了本学科前沿研究成果等特点，而被称为一部用中国文学概念研究"中国"古代文学发展历史，立足中国观念、中国立场、中国视角的文学史著，而极具学术新意。比如，该书对古代存在过的区域政权或少数民族的文学也给予关注，故在《辽宋夏金元卷》叙论有"西夏文学""吐蕃文学""大理文学"等内容，填补了以往中国文学史著作较少注意的空白。

　　该书在"先秦编"内，专列"宋玉及战国赋体文学"一章（五节）详加论述，这在以往的中国文学通史著作中也是不曾有过的，可谓中国文学史"宋玉书写"的新收获，当然也是该书的亮点之一。笔者拜读以后，获益良多，以为具有很好的成绩和许多特点。

---

① 方铭主编：《中国文学史》（共 4 卷 4 册），长春出版社 2013 年版。其中《先秦秦汉卷》第一编之第七章《宋玉及战国赋体文学》，由湖北文理学院的刘刚教授撰写。

一 在文学通史中列"宋玉"专章的创新意义

这部历叙先秦至明清文学的《中国文学史》"通史",在"先秦秦汉卷"内,分为"先秦"与"秦汉"二编。其中,"先秦编"又析分为八章。这八章文字,除第一章《先秦时代的社会变迁及文人构成》与第八章《先秦的文学思想》属于综论性的内容外,其余六章是主体部分。这六章,又大致依时代先后并按照传统文体诗、文、辞、赋的顺序排列为:

第二章　孔子与六经
第三章　《诗经》
第四章　战国叙事体文学
第五章　战国诸子体文学
第六章　屈原及战国骚体文学
第七章　宋玉及战国赋体文学

这样的结构思路与章节安排,将屈原与宋玉、"骚体"与"赋体"并驾齐驱,相对而论,已然突出了宋玉的地位,有如湖北文理学院教授程本兴先生所评"宋玉与屈原一样单独成章,恢复了宋玉在文学史上所应有的地位",并且"第一次真正恢复并体现了屈宋并称"①。

宋玉是继屈原以后最重要的楚辞作者,同时也是一个卓有成就的赋家。在中国古代,"屈宋并称"② 是很普遍的现象。虽然自汉至晋的批评家,大多承司马迁"莫敢直谏"及扬雄"辞人之赋"的批评而"是屈非宋",但南朝以降,宋玉辞采华美的辞赋却逐渐得到了正面的评价。如梁代沈约在《宋书·谢灵运传论》中提出"屈平、宋玉导清源于前",首开肯定性"屈宋"并称的先例。然后,更有刘勰既在《文心雕龙·时序》篇称"屈平连藻于日月、宋玉交彩于风云",更在《诠赋》篇充分肯定宋

---

① 余建东:《重塑宋玉、屈宋并称:程本兴先生谈新编〈中国文学史〉》,2014年4月22日《襄阳日报》数字报第10版。
② 关于所谓"屈宋并称",何新文《从洪迈、朱熹论宋玉赋看宋玉文学批评标准的把握》已有论述,载《宋玉及其辞赋研究》,学苑出版社2010年版。

玉对古代赋史"爰锡名号、与诗画境"的开创之功。

但是在 20 世纪至今的中国文学史著作中,宋玉并没取得与屈原并称齐名的书写地位①。如笔者据陈玉堂《中国文学史书目提要》查阅,在新中国成立以前出版的约 130 种(含日本学者所著 10 种)《中国文学史》通史著作中,大多以"楚辞"或"屈原""屈原与楚辞"等词语命名相关专章,而没有为宋玉列专章者;将"宋玉"的名字列入节标题的著作也只有寥寥几种,如赵景深《中国文学小史》有"屈原与宋玉"一节,郑宾于《中国文学流变史》有"宋玉景差唐勒"小节,张希之《中国文学流变史论》有"屈原与宋玉"一节,谭正璧(新编)《中国文学史》有"宋玉及其他"一节,刘大杰《中国文学发展史》有"宋玉"一节。但在游国恩所著断代史《先秦文学》(商务印书馆 1934 年版)的 16 章正文中,第十四、第十五章则分别为《屈原》与《宋玉及其他作者》②,这有可能是最早将屈、宋并列为两章的断代文学史;此外,还有鲁迅 1941 年出版的《汉文学史纲要》,全书共 10 篇,第四篇为《屈原与宋玉》。

现当代的文学通史著作,如新中国成立后多次重版重印的刘大杰《中国文学发展史》、中国社科院文研所编《中国文学史》和游国恩等主编《中国文学史》等三部"高等学校文科教材",作为"面向 21 世纪课程教材"的袁行霈主编《中国文学史》(高等教育出版社 1999 年第 1 版)等,均列有"屈原与楚辞"专章,而将"宋玉"作为其中的一节或一小节(后者如袁行霈主编本《中国文学史》)。

现当代的断代文学史著作,如徐北文著《先秦文学史》③,仍然是在《楚辞与屈原》章中列一节为《楚辞流派的变迁与宋玉》;而赵明主编的《先秦大文学史》,则是较早列专章论述并高度评价宋玉辞赋成就的文学史著,该书在第三编列入第五章"宋玉其人及其作品"(第三、第四章论屈原及其作品),由罗漫执笔,依次分五节论述"宋玉其人及其作品的真伪""《九辩》的新意""宋玉的其他作品""宋玉文学的独创性""宋玉的文学史地位"。罗漫总结宋玉文学的独创性,包括推出"悲秋"情结、

---

① 20 世纪下半叶以后,学术界重新重视对宋玉及其辞赋真伪的研究,有吴广平《宋玉集校注》(岳麓书社 2001 年版)、《宋玉研究》(岳麓书社 2004 年版)等许多论著问世。

② 参见陈玉堂《中国文学史书目提要》,黄山书社 1986 年版,第 135 页。

③ 参见徐北文《先秦文学史》,齐鲁书社 1981 年版,第 214—224 页。

奠定"云雨"意象、描绘神女丽人、展示三峡景观、开创娱乐文学、确立"微词讽谏"传统等六个方面，并认为宋玉在文学史上领导了赋体文学的"第一次浪潮"，拓展了感伤与通俗文学领域，创造了有别于屈原作品的象征符号等，标志着先秦文学的终结与转型，对后世文人产生了深刻影响①；此外，还有方铭著《战国文学史》和《战国文学史论》②，皆清晰地将宋玉与屈原并列为两个专章。方铭教授的这两部战国文学史论著，均设为 7 章，其中专论作家及创作的主体内容都是如下四章：

> 战国论说体文学
> 战国叙事体文学
> 屈原及战国抒情体文学
> 宋玉及战国赋体文学

很明显，方铭《战国文学史》的结构安排，对其新编的通史型《中国文学史·先秦编》的结构设计有直接的启示作用，后者大致沿袭了前者的设计思路。

但这种直接的启示作用或沿袭，并不影响作为"通史型"新编《中国文学史》为"宋玉及战国赋体文学"立专章论述的创新意义。因为，断代文学史与文学通史的容量及具体作家在当代与在整个文学史上的地位，都是不可同日而语的。某个作者在其时代算得上有成绩，但在整个文学史上就可能不算突出，如秦代的李斯及其《谏逐客书》即是一例。再如，游国恩先生过去在断代文学史《先秦文学》中并列"屈原"与"宋玉及其他作者"两章，后来主编《中国文学史》时则合两章为一章，将"宋玉"附在《爱国诗人屈原和楚辞》章内用一节论述。这一变化，与文学史家对被叙述对象的认识发生了变化有关，但也与游先生认为宋玉在整个文学史上的地位不如屈原突出有关系。如该《中国文学史》认为："屈原是我国文学史上第一个伟大的爱国诗人……对我国文学优秀传统的形成

---

① 参见赵明主编《先秦大文学史》，吉林大学出版社 1993 年版。其中第三编第五章"宋玉其人及其作品"由罗漫撰写，载见该书第 492—539 页。
② 参见方铭《战国文学史》，武汉出版社 1996 年版；方铭《战国文学史论》，商务印书馆 2008 年版。

都产生了极大的影响，在我国文学的发展上有着崇高的地位"；又说：
"过去屈、宋并称，宋固不如屈，但宋玉是屈原艺术的优秀继承者，在文学史上宋玉应该占有一定的地位。"① 可见编著者评价屈、宋在文学史的地位是大有区分的。

二　深入考辨了宋玉的生平及其作品真伪

方铭主编在该书《前言》中提出："文学史的研究目的，首要的是复原文学的历史。这个复原，包括对文学观念的复原和文学活动的复原"；而 "文学史的复原，应该建立在个体复原的基础上"。他还说 "文学史研究，实际就是文学的考古工作"②。而宋玉这个 "个体" 的生平事迹及其作品的真伪，因缺乏足够的文献证明，历来都存在争议，当然也会影响到文学史家对他的评价和书写。因此，要突出所谓 "屈宋并称" 的文学史地位，"考证" 并 "复原" 宋玉的文学活动与创作成果是必需的。而该书对宋玉专章的书写，在这方面就作出了可喜的努力。

首先，该书先立 "战国赋体文学的产生及真伪问题" 一节，以宋玉传世作品的真伪为重点，力图考辨清楚宋玉赋的产生及流传情况，并以此作为评论宋玉及战国赋文学成就的前提。此一设计，可谓是正本清源之举。

关于宋玉作品的载录，古代文献有两种情形：一是书目著录篇、卷数，如《汉书·艺文志》著录 "宋玉赋十六篇"（班固自注谓 "楚人，与唐勒并时，在屈原后也"），《隋书·经籍志》著录 "楚大夫《宋玉集》三卷"；二是文章总集收载署名 "宋玉" 的具体作品，如王逸《楚辞章句》收有《九辩》和《招魂》，萧统《文选》收有《风赋》《高唐赋》《神女赋》《登徒子好色赋》《对楚王问》，《古文苑》收有《笛赋》《大言赋》《小言赋》《讽赋》《钓赋》《舞赋》，《文选补遗》载有《微咏赋》。而古今学人对于书目著录宋玉作品的篇卷数，一般都信而不疑；对于总集所载宋玉辞赋，则见仁见智，或信或疑。怀疑者或因为不同文献关于辞赋的作者说法不一而生疑问，或因为这些总集的编成年代晚于楚汉而

---

① 游国恩等主编：《中国文学史》第 1 册，人民出版社 1963 年版，第 91、95 页。
② 方铭主编：《中国文学史》，《先秦秦汉卷》，长春出版社 2013 年版，第 4—5 页。

怀疑其作品来源。

　　该书概述古今学界关于宋玉作品真伪问题的争辩，认为肇始于南宋而延续于明清的是对于《古文苑》及《文选补遗》所收宋玉赋的质疑，至现代则在"古史辨派"疑古思潮影响下扩大到怀疑《文选》所收宋玉赋；再到1972年山东银雀山汉墓发现《唐勒赋》残简之后又"绝大多数学者已有了比较一致的认识"，即认为《楚辞》所收两篇、《文选》所收五篇、《古文苑》所收四篇作品为宋玉所作，它们是：

　　　　《九辩》《招魂》（《楚辞》）
　　　　《风赋》《高唐赋》《神女赋》《登徒子好色赋》《对楚王问》
　　（《文选》）
　　　　《大言赋》《小言赋》《讽赋》《钓赋》（《古文苑》）

该书认可上述共计11篇辞赋为"宋玉所作"，这是对于学术界长期以来关于宋玉作品真伪考辨成果的一次总结和综合。虽然这样的总结并不意味着这个问题的学术探讨的结束，但是，有这样一个清理和总结并且以文学史的形式发布出来是必要的。这对于如何评估宋玉的文学成就和文学史地位，对于"信兴楚而盛汉"的赋体文学研究的深入，均具有重要意义。

　　而在此之前，通行的文学史著作，如上文所提及的四种作为高校文科教材的《中国文学史》中，刘大杰本、游国恩本只认为《九辩》可信，袁行霈本只认同《九辩》及《文选》所载的五篇，文研所本只认可《九辩》《招魂》及《文选》所载的四赋。被认为可信的作品有限，文学史关于宋玉的书写当然用不着太多的篇幅，更遑论所谓"屈宋并称"了。

　　其次，是该书充分利用相关史料和已有研究成果，对宋玉的生平经历作了较详尽的介绍。

　　该书历引《史记》《汉书》《楚辞章句》《韩诗外传》《襄阳耆旧记》《水经注》等古文献，以及现代学者游国恩、陆侃如等人的考证成果，叙论宋玉的生平经历，认为宋玉为"楚鄢郢（今湖北宜城）人"，"生活时代当在屈原逝世之后楚国由衰至亡的数十年之中"，与唐勒、景差同时代，"于楚襄王后期入仕，后为大夫，常陪侍君王游宴，奉命作赋"，"为人耿介，具有爱国爱民情怀，是李白高调称颂的'立身本高洁'的正直文人"。如此等等，虽然并非前人未见的新史料，但却是此前文学史著作较少叙述和评价肯定的文字。例如，或者是出于慎重，上述刘大杰、游国恩、文研所及袁行霈本四种《中国文学史》都没有交代过宋玉的籍贯。

作为一部面向大学生的高校专业建设教材，这样审慎的交代，也应该是有意义的，它可以引导学生将注意力集中于宋玉辞赋作品的理解阅读和艺术赏析，而不必过早地卷入无休止的作品真伪的理性考辨之中。

三 具体论析了宋玉辞赋的艺术特色及其文学成就

该书以认定的宋玉11篇辞赋作品为前提，将宋玉的文学成就全面概括为四个方面：（1）师范屈原，以卓越的辞赋创作成为屈原开创的楚辞文学的优秀继承者，赢得了与屈原并称的文学史地位；（2）创立了与《诗》画境，与屈原赋、荀子赋不同体制的散体赋，促使赋体文学在真正独立于诗与文之外，成为了与诗、文并列的古代三大文体之一；（3）奠定了散体赋的文体特征与基本写作规范，即"问对"的结构，"韵散相间"的语言，"铺陈排比"的描写方法，"卒章见意"的表意方式；（4）创作了许多具有典型意义的文学形象，有些还成为历代文学家引起共鸣的创作主题。如《九辩》的悲秋描写，《高唐赋》的山水描摹，《神女赋》的神女刻画，《风赋》的雌雄之风比喻，《对楚王问》中"阳春、白雪"的音乐铺排，等等，均能给读者以耳目一新的审美愉悦。

上述概括，对宋玉的文学成就作了相当全面的总结与评价。在此基础上，该书再以第四节《宋玉的骚体赋写作》和第五节《宋玉的散体赋写作》，分别论析了宋玉骚体赋和散体赋的艺术特点及价值成就。

在第四节中，将《楚辞章句》所收的《九辩》《招魂》两篇作品，均称为"宋玉的骚体赋"并加以论析。该书以"古人的认知"一语领起，从三个方面比较了屈原作品与宋玉的这两篇"骚体赋"，以论宋玉对于屈原作品的"嬗变"：（1）内容上的转变，屈原作品以抒写自家情志为主体，而《九辩》《招魂》是为悲悯屈原而作；（2）表现手法的转变，屈原《离骚》以浪漫的手法书写社会理想与人生追求，而《九辩》《招魂》

的要害在于最大限度地夸说眼前现实的个人感受；（3）语言的转变，屈原作品的语言比较古奥，《九辩》《招魂》显得自然许多。然后，又比较宋玉的《九辩》与《招魂》，认为《九辩》借秋景写悲情更加值得关注。在征引《九辩》首段原文并具体分析后，指出其被欣赏者誉为"悲秋"的典范之作当之无愧。最后，引清王夫之《楚辞通释》为据，将《楚辞章句》或谓屈原、或曰景差而"疑不能明"的《大招》一篇的作者归为景差，应是为招楚威王之魂而作。

第五节论析宋玉的散体赋。先以《文选》所收的《风赋》为例，分析宋玉散体赋的文体特征是：以客主问答为叙述方式，以韵散相间为语言形式，以铺陈扬厉为表现手段，以体物写志为写作主旨。这里的归纳，与前述第三节所总结的宋玉散体赋文体特征主要表现的"四点"，在文字表述乃至文意上稍有相异之处。然后，又依次较为具体地论述了宋玉散体赋在"山水景物描写"（举《高唐赋》为例）、"女性人物描写"（举《神女赋》《登徒子好色赋》为例）与"情志抒写"（举《对楚王问》为例）方面的艺术成就，并说明宋玉散体赋在继承《诗经》和屈原赋的基础上又有所发展。

四 余论

该书在屈原之后专设一章，以5节17页2万字的较大篇幅，详论宋玉及战国赋体文学，不仅反映了对宋玉辞赋的热爱之情，也改变了长期以来宋玉在文学史上未受到应有重视的偏见，这对实事求是地评价宋玉的文学贡献，进一步深化宋玉辞赋以至楚汉赋文学发展演变的研究，均具有创新和启迪意义，而且必定会对今后的中国文学史研究和撰写产生积极的影响。

当然，依笔者浅见，该书关于宋玉的书写尚有可讨论之处。

首先，该书概述宋玉作品真伪问题的学术争辩过程，却较少归纳《文选》等总集所载宋玉赋可信的正面理由。比如，书中认为银雀山汉墓《唐勒赋》残简的发现可证散文赋在宋玉时代已经存在，但笔者以为这一点仍然不足以说明：《文选》所载宋玉诸赋在两汉魏晋五六百年间的各类文献中为何不见任何踪影？宋玉赋对汉代散体赋的影响，为何没有找到有说服力的内证？这当然是一个虽有趣却难解的问题，但作为一部面向学生的文学史教材，编著者似应在总结现有研究成果的基础上归纳出自己的看法。对此，笔者则有过这样的猜测：《汉志》著录"宋玉赋十六篇"，说明这些赋在此前确已流传过。是否因为自司马迁谓其"莫敢直谏"、看低宋玉而不将其赋载在《史记》以后，再加上扬雄、刘向父子《诗赋略》、班固《汉书·艺文志》，一直至西晋皇甫谧、挚虞等人，皆以"没其讽喻之义"或"淫""侈丽""淫文""言过于实""淫浮之病"一类的语言贬斥宋玉赋，使宋玉赋在汉晋时代并没有获得主流舆论的认可，其影响负面，故作品流传未广；只是到了齐梁，由于沈约、任昉、刘勰、萧统等人的推赏，原来隐伏的宋玉赋才重见天日？当然，这个"猜测"也没有证明，这是后话。

其次，该书此章文字使用"楚辞""楚辞体""赋""骚""骚体""屈原赋""骚体赋"之类的概念较多，其间确有含混不清之处。如该书《先秦编》设第六章论"屈原及战国骚体文学"，第七章论"宋玉及战国赋体文学"，原本是想将屈原之"骚体"与宋玉之"赋体"有所区别。故第六章称屈原作品是"楚辞体"或"骚体"；但第七章既称宋玉作品为赋体，却也屡称屈原作品为"屈原赋"，还称《楚辞》所收《九辩》《招魂》等楚辞作品为"骚体赋"①：这样一来，就不仅将《楚辞》所收屈、宋楚辞都混称为"赋"，造成称谓上的"辞、赋"不分，也削弱了第六、第七两章区分屈原"骚体"与宋玉"赋体"的意义。

最后，是所谓"屈宋并称"。该书称述"在古代文学批评史中"宋玉"一向与屈原并称"，又说宋玉"赢得了与屈原并称的文学史地位"。其实，这样的判断，亦有可议之处：一是宋玉并非"一向与屈原并称"。事实上，自汉至晋的批评家如司马迁、扬雄、《七略·诗赋略》、班固、皇甫谧、挚虞等，大多持着是否"讽谏"的批评标准是屈而非宋，远不是所谓"屈宋并称"②。只有到了南朝齐梁，偏重"讽谏"的文学观念有所

---

① 方铭在《战国文学史论》中称《九辩》《招魂》为宋玉创作的"楚辞作品"或"似赋之楚辞""最后的楚辞作品"（第477、496页）。在此《中国文学史》之《屈原及战国骚体文学》专章中也因《楚辞》收有《九辩》《招魂》而称宋玉在屈原之后丰富和发展了"楚辞"的创作（第195页）。

② 何新文：《论洪迈与朱熹〈高唐〉〈神女赋〉的评价差异：兼及宋玉辞赋批评标准与方法的把握》，载《中国韵文学刊》2011年第4期。

削弱之时，辞采华美的宋玉辞赋得到了肯定，沈约、刘勰、萧统等批评家才有了肯定性的"屈宋并称"式评价。唐宋两代的屈宋评论，也有扬抑不同的声音。如唐初诗人王勃斥"屈、宋导浇源于前"，柳冕责屈宋"皆亡国之音"，李白、杜甫等则唱出了"窃攀屈宋宜方驾、恐与齐梁作后尘"的颂歌。至宋代，苏轼提出要"追古屈原、宋玉"，朱熹则高度评价屈原"忠君爱国"而指斥宋玉为"礼法罪人"。可以说，在自司马迁至朱熹的大多数古人心目中，宋玉的文学地位，并不与"惊采绝艳、难与并能"的屈原等同。

当代学者对所谓"屈宋并称"的看法，既有本文前述游国恩等主编《中国文学史》"宋固不如屈"之说，姜书阁先生亦有相似论述。如姜先生认为"屈宋"并称"不一定正确"，因为"无论就二人的立身行事，或就其文章辞赋而言，宋玉都不能与屈原并驾齐驱，故亦未可等量齐观"①。即使同是在方铭主编的该书第六章中的评屈原之语，诸如"屈原是我国历史上第一位伟大诗人"，"他的作品的伟大的艺术成就"，"《国风》好色而不淫，《小雅》怨诽而不乱，若《离骚》者，可谓兼之矣。其文约，其辞微，其志洁，其行廉……推此志也，虽与日月争光可也"；"《离骚》逸响伟辞，卓绝一世"：如此无以复加的充满激情的崇敬赞美之辞，也很少见有人用来评价宋玉。诚如上述，则文学史著作以宋玉"赢得了与屈原并称的文学史地位"的书面用语作出评价，似有斟酌之处。

因为，重视宋玉的文学史地位，并不必要借助"屈宋并称"的说法。作为屈原之后最重要的楚国辞赋作家，宋玉对楚辞和对汉赋的形成发展都有重要贡献。宋玉赋的艺术成就，他所创造的高唐"神女"、楚国"佳人"形象，宋玉"守身如玉""目欲其颜、心顾其义"的人伦理想，都对历代文学影响深巨，乃至于形成了文学史上见仁见智的"宋玉现象"。而且，所谓"并称"也不等于"并列"，这是一个意义模糊、内涵不太确定的词语。在多数情况下，"屈宋"并称，与"史汉""李杜""韩柳"等将二者并列的称谓不同，而是如"荀、宋"，或者"宋玉、唐勒、景差之徒"并提一样，只是一种时间上的连续表述或行文需要。如果我们注重从宋玉自身、从相异于屈原的角度深入，宋玉辞赋的

---

① 姜书阁：《先秦辞赋原论》，齐鲁书社 1983 年版，第 109、110 页。

艺术成就及其在文学史上的重要地位和影响，或许能够得到更客观、科学的认识和评价。

　　本文原为 2014 年 11 月襄阳第二届宋玉国际学术研讨会论文，后修改为《论 20 世纪以来中国文学史著的宋玉书写》，刊于《湖北社会科学》2015 年第 6 期

辑佚视角下的唐宋《春秋》学研究
——读黄觉弘教授《唐宋〈春秋〉佚著研究》

　　辑佚，是中国古典文献整理工作中由来已久的传统，同时也是一种颇具特色的学术研究方法。如果辑佚者能够通过"辑佚"的手段，稽考群籍，将散见于各类文献中真伪不明的相关资料详加考证辨析，披沙拣金，明确归属；又能够对所辑佚文佚著的出处、体例、史事、典故、文字及其流传等情况予以分辨叙论，还其本来面貌。这样的辑佚成果就同时具有了文献与理论的双重价值，则既能给后来的读者展示新的材料，也可为已有的研究提供新的学术视角和思考维度，进而得出新的结论。笔者以为，黄觉弘教授所著的《唐宋〈春秋〉佚著研究》（中华书局 2014 年版），就称得上是这样一部兼有文献和学术价值的辑佚学新著。

　　唐、宋《春秋》学繁荣发达、成就斐然，在古代经学史上具有很重要的地位。唐代出现的孔颖达等《春秋左传正义》、徐彦《公羊传疏》、杨士勋《穀梁传疏》，就都是影响深远的《春秋》学著述，后来均列入《十三经注疏》而广泛传播；中唐啖助、赵匡、陆淳等人所代表的《春秋》新学派的兴起，形成不惑传注、以义理解经的风气，更改变了《春秋》学的发展轨迹。有如清代经学家皮锡瑞所谓："（陆）淳本啖助、赵匡之说，杂采三传，以意去取，合为一书，变专门为通学，是《春秋》经学一大变"（《经学通论·春秋》）。宋代诸儒，继承发扬中唐啖、赵学派"舍传求经"的学风，全面摆脱旧有章句训诂的束缚，转而注重《春秋》经义的阐发，最终形成具有时代特色的《春秋》宋学，构成了古代《春秋》学史上继汉代之后的又一高峰。

　　唐、宋时期，治《春秋》者众多，所产生的文著也十分丰富。仅据清朱彝尊《经义考》等书目著录统计，两代的《春秋》学著述已有五六百种之多，占先秦至清两千余种《春秋》学著述总数的近三分之一。可惜的是，由于种种原因，唐宋丰富的《春秋》学著述大多亡佚不明，至今能见到的有关著述不过百部左右。因而，近世以来的唐宋《春秋》学研究，大多仅据历来通行的著述立论，而对《春秋》学佚著佚说缺乏足够的重视和关注。现有研究，除有少数学者对唐代佚著佚说的初略涉猎外，关于宋代著述的辑佚考论成果则很少见到。应该说，缺少对于大量佚著佚说的辑佚考辨，不仅湮没了曾在当时及后世发生过重要影响的许多学术真相，模糊了对于唐宋《春秋》学中许多重要问题的深入分析和认识，对于唐宋《春秋》学的整体得失成就及其价值影响的评估，也一定不会全面。

正因为有鉴于此，黄觉弘教授才推出了他这本选题新颖的新著，并由此展开了他从辑佚视角切入唐宋《春秋》学研究的新旅程。这当然也是广大读者注目此著的第一个理由。

其次，从内容上论，辑佚与考论的结合则可谓是该著的一个重要特点。

全书内容丰富充实，结构完整合理。书中前有《绪言》，后有《附录》。《绪言》主要考察先秦至清历代《春秋》著述载录基本情况及唐宋《春秋》著述的存佚，介绍本研究课题的缘由、动态、目的和最终结论；附录《唐宋〈春秋〉著作简目表》与《唐宋〈春秋〉论文简目表》，这两个《简目表》对唐宋两代《春秋》文、著作了全面、系统的辑录统计，实际上构成了该书的重要文献基础。

该著的主要内容，则是共六章十八节的正文部分，依次为：第一章《中晚唐新儒》，考论中晚唐李瑾、陈岳的《春秋》佚著佚说。其中，辑李瑾《春秋指掌》佚文41条，陈岳《春秋折衷论》佚文233条；第二章《宋初三先生》，考论宋初开风气之先之代表人物孙复、胡瑗、石介的《春秋》佚著佚说。其中，辑孙复《春秋总论》32条，胡瑗《春秋》佚说82条，石介《春秋说》佚文84条；第三章《庆历诸家》，考论北宋庆历新经学重要参与者李尧俞、孙觉、黎錞的《春秋》佚著佚说。其中，辑李尧俞《春秋集议略论》佚文153条，孙觉《春秋经社要义》佚文57条，黎錞《春秋经解》佚文23条；第四章《程颐及其门人》，考论伊洛学派之程颐及其门人刘绚、杨时的《春秋》佚著佚说。其中，辑程颐《春秋》佚说16条，刘绚《春秋传》184条，辑杨时《春秋》说见于

《龟山集》者 24 条、其他佚文 17 条；第五章《程门后学》，考论南宋时期程门后学胡安国、王葆、程迥的《春秋》佚著佚说。其中，辑胡安国佚信《答罗仲素书》《论宋氏〈春秋驳议〉书》《论〈春秋传序〉书》《论贼不讨不书葬书》《论叔孙婼公孙归父卫辄父子书》等凡 5 篇，辑王葆《春秋集传》佚文 175 条，程迥《春秋》佚说 35 条；第六章《浙东学人》，考论南宋浙东学派之项安世、薛季宣、吕祖谦的《春秋》佚著佚说。其中，辑项安世《项氏家说》佚文 28 条，薛季宣《春秋》佚说 172 条，吕祖谦《春秋集解》佚说 7 条。仅从上述所辑 18 家、近 1400 条的《春秋》佚著佚说而言，作者所做的大量艰苦细致的辑佚考辨工作就令人佩服，其对唐宋《春秋》学研究补充新资料的文献价值也值得充分肯定。

还应该特别指出的是，该著作者在辑佚文献资料的同时，也进行了深入的个案研究和综合考论。例如，第一章详辑陈岳《春秋折衷论》佚文多达 230 余条，几可复原书条目十之六七，同时还指出陈岳受到啖、赵《春秋》学派的深刻影响，其说经方式、内容、取向都与之有相近之处，陈岳对唐宋之际《春秋》学的演变起了重要作用；第二章通过考辑宋初孙复、胡瑗、石介的《春秋》佚著佚说，论析胡瑗说《春秋》颇有与孙复《春秋尊王发微》旨意及文词相近之处，这当与胡、孙二人早期同学十年的经历相关，二者都受到啖、赵学派"舍传求经"学风影响，因此他们的《春秋》学说也存在着广泛的一致性；第四章考辑刘绚《春秋传》佚文凡 180 余条，通过对这些佚文的分析，指出刘绚《春秋传》对程颐《春秋》学主要有三个重要作用，一是绍述其说，二是推广其义，三是补其未及。单从刘书在前、程书在后的成书先后来看，程颐撰《春秋传》应该还参考了刘绚的《春秋传》，而不是相反。刘绚继承并推广了程颐的《春秋》学，对程派《春秋》学的发展起了推波助澜的重要作用；第六章考辑汪克宽《春秋胡传附录纂疏》所引 7 条"东莱吕氏曰"的文字，确定其中 6 条都是引自吕祖谦《春秋集解》，但这 6 条论说又不见于今传《春秋集解》。这又可旁证今传《春秋集解》的作者不是吕祖谦（而是其祖辈吕本中所撰），吕祖谦《春秋集解》一书或已失传。在该著中，像这样深入而富有创见新意的论述文字，俯拾即是，随处可见。

最后，是既注目学术发展演变的历史真相又突出了重点。

该著虽以"唐宋《春秋》佚著研究"名书，但并没有全依自然历史顺序平铺直叙，而是有选择地始自"中晚唐"而止于南宋后期。著者以为，中唐之后《春秋》学出现转折性的变化，直接促成了《春秋》宋学的形成，而宋代著述又远多于唐代，故其"辑佚考论以宋代为主，唐代亦专注于中唐以后"，这似可"有助于尽量全面认识唐宋《春秋》学发展演变的历史真相"（第 23 页）。于是，著者依据时代、学派的发展次第和内在逻辑划分章节。除卷首《绪言》与书末《附录》外，中间六章历时性地依次考论"中晚唐新儒""宋初三先生""庆历诸家""程颐及其门人""程门后学""浙东学人"的《春秋》佚著佚说，以时为经而以人为纬，起自中唐新儒李瑾，止于南宋浙东学人吕祖谦。很清晰地展现了既注目于唐宋《春秋》学发展演变的历史真相又突出佚著佚说重点的学术特色。

此著所叙所论皆从唐宋《春秋》学佚著佚说入手，对原书作者和佚著佚说本身的诸多问题都进行考辨论析，展读之余，感觉创获良多，获益匪浅。其所具有的文献资料价值和学术价值是多方面的，既可为唐宋《春秋》学研究提供新的视角，有助于唐宋《春秋》学的个案和专题研究；同时，诚如赵生群先生在该书《序》文中所评，此著的问世"必将引导《春秋》学研究不断向更广、更深的方向拓展，对于唐宋时期的思想史和学术史研究，也将大有裨益"。

当然，依笔者浅见，该书也一定会有美中不足之处。如六章正文的叙论，似可更加注意彼此之间的联系；各章开头（或结尾处）若有一段简明扼要的概论文字提起（或收结），或许会给一般不专修《春秋》学的读者带来更多的阅读便利；至于数量众多的其他唐宋《春秋》佚著的进一步辑佚考论，则不仅期待着黄觉弘君，也期待着更多的《春秋》学研究者。

2015 年 1 月 15 日改定

原载《江汉大学学报》2015 年第 3 期

博观而约取 厚积而薄发

——读徐志啸教授的《简明中国赋学史》

徐志啸教授早年是复旦大学历史系 1977 级本科生，1979 年跨系报考，改读中文系古代文学硕士研究生，后来又考入北京大学中文系攻读博士学位。其学术研究，涵盖中国古典文学与中外比较文学两个专业，涉及面广而视野宏阔，成绩斐然。但古代赋学，却是他较早涉足且始终关注的领域。

早在 20 世纪 80 年代后期，赋学研究方兴之际，硕士毕业不久的徐志啸就在王运熙教授的指导下，从浩如烟海的文史典籍中披沙拣金，辑录自西汉至清末民初的赋论资料，并最终出版了国内第一部赋论资料集《历代赋论辑要》（复旦大学出版社 1991 年版），对促进海内外赋学研究的复兴起了重要的推动作用。

二十余年后的今天，徐教授在以往研究成果的基础上，又推出其主持国家社会科学基金项目"中国赋学史"研究的结项成果《简明中国赋学史》①。这是目前国内赋学史研究的最新成果。著者先列一篇《导论》，详论"赋文体的概念及其产生发展""历代赋的分类及其特征"等内容，主张"屈赋"并非赋而应属于"骚"即"楚辞"，从而清楚地区别楚辞与赋。之后，再列 6 章正文历叙古今赋学包括当代港台地区赋学的发展状况，书末另附"历代赋学代表人物简介"。全书共 23 万字，材料丰富，引证确当，论述客观平实，颇有己见新意。笔者拜读徐教授的这本《简明中国赋学史》，以为还有以下几个方面的特点。

一是简明清晰的中国赋学的"史"的线索。著者在《导论》中说明，

---

① 徐志啸：《简明中国赋学史》（西汉—二十世纪末），中国古文献出版社 2014 年版。

本课题研究的重点在中国历代的赋学发展史。事实也是如此,本书以宏观与微观结合的历史眼光,全面地概括了自西汉以迄二十世纪末赋学发展的轨迹,勾勒了简明而清晰的中国赋学的"史"的线索。作者将整个赋学史的发展,划分为五个阶段,并分六章依次论述:两汉赋学;魏晋南北朝赋学;唐宋元赋学;明清赋学;近代至20世纪末赋学;台港地区赋学。同时,又以相应的词语对这五个阶段在整个赋学史上的地位给予界定,即两汉的"初露端倪",魏晋南北朝的"自觉意识",唐宋元的"沉潜缓进",明清的"步入高潮"和近现代的"从传统走向现代"。

这样一个划分,是简明而清晰的。时间上从西汉至20世纪末;内容上包括历代赋学的宏、微观状况,而不涉及21世纪和国外的赋学研究。其中,将"唐、宋、元"三代归入同一阶段,虽然是目前所见中国文学史或分体文学史著作所不曾采用的分期方法,而属于本书的创新之处。但是,本书作者列出了自己的理由说:"原因在于赋的发展阶段并不完全等同于文学史的发展阶段,它有其自己的产生期、拓展期、低谷期,以及高峰期,完全是因着赋学本身的产生发展而呈现。唐、宋、元三代在赋学史上,不约而同地都出现了低谷状态,即无论赋的研究者还是研究论述赋的论文、著作,均要少于唐之前和元之后,这当中的原因,主要是因为赋的作品创作在这三代趋于衰落""与赋有关的研究及文字大大减少,谈赋学而少见论赋文字,自然也就可以理解为何将这三代划归一处了"(第83页)。徐教授这样的解释,当然仍有可以讨论的空间,但至少可以说明他如此分期是出于对研究对象的具体认识和把握,而不是刻意地标新立异。

二是深入论述各个时期赋学特点的"论"的特色。本书各章均先设一节,概述每个历史时期(或地区)的概况及赋学研究的主要"特点"。如"两汉赋学特点概述","魏晋南北朝赋学特点概述","唐宋元赋学特点概述","明清赋学特点概述","近代至二十世纪末现代赋学特点概述","台港地区赋学特点概述"。这是一个很好的设计,以如此醒目的文字提示,不仅能吸引读者的注意,同时也能规范著者自己的论述,从而尽可能地总结出各个时期赋学的不同状貌。这也是本书的又一特色。

如著者论两汉赋学,认为那还不是完全有意识的学术研究而多是"评点或即兴发挥的文字",这些文字"大多散见于史书及非专论赋的单篇文章中",凡所评论又以儒家诗论作为评价的标准(第40—42页)。魏晋南北朝的赋学,则"呈现出来有进一步拓展的态势与面貌,而其中又有了明显的自觉意识"（第59页）。"唐、宋、元三代赋学的一个显著特点是，有关赋的评论文字大多集中在两个方面，一是对汉魏六朝赋的批评或评价，二是对唐宋时期创作的律赋作评论"，而这后者"一般理论性较弱，有的根本谈不上赋学"，但是，元代祝尧的《古赋辨体》则是这三代中"特别有代表性"的"独树一帜"的赋学著作，值得一提的还有北宋秦观有关律赋撰写和评论的文字等（第83、85页）。明、清两代，尤其清代，是赋学史上的多产高峰期，或谓高潮期。这个时期所问世的涉及赋学的文章和著作，不仅数量多，且其中不少包含在大部头的赋作品汇编的集子及多种诗话类著作中，同时出现了多部赋的专集及专论赋的著作，以及"赋话"类著作（第117页）。"近代至二十世纪末"的"赋学现代期"，明显地具有前、后两个时期的不同特点：近代时期，基本沿袭古代（或谓清代及其前）的模式，没能跳出传统的框架路子；20世纪20年代之后，由于社会条件的改变，理论视野和研究思路均有了变化，尤其是20世纪80年代初至20世纪末的二十年中，这种表现尤为突出，可以说这是赋学进入现代新历史阶段的真正体现，也即真正开始从传统走向了现代——用现代意识与眼光（甚至方法）从事传统文学与文化的研究探索（第153—154页）。而仅就当代而言，台湾、香港地区的赋学研究，与大陆地区又有所不同：台湾的赋学研究，起步于20世纪70年代，历时长、成果多、人员众，视野开阔，多元发展；香港的赋学研究，论著的数量不多，但品质上乘，不少论断堪称精辟（第216—217页）。

再如，著者为论述楚辞与赋的文体区别，不仅在《导论》中专列"关于屈赋的辨析"一节，旗帜鲜明地提出了"屈赋并非赋"的（第12页）观点，而且还具体比较楚辞与赋的不同之处（第3页）说：

楚辞毕竟又不同于赋：一，楚辞一般六言，加"兮"字为七言，而赋多以四六言为主；二，楚辞基本无散句，极少用连结词语，赋则多用连结词语，篇中常夹杂散文句式；三，楚辞内容多诡异谲怪，长于"言幽怨之情"，抒情成分浓，而赋"铺采摛文、体物写志"，抒情成分淡，咏物说理多。……由此可见，称屈原作品为赋、以为屈原为赋家是不恰当的。

通过这样条分缕析的比对，楚辞与赋在形式及内容方面的不同之处就颇为清晰地揭示出来了，著者"屈赋非赋"的观点就落到了实处。像这样深入具体的论述，在全书中随处可见，不胜枚举。

三是知人论世以"赋学代表学者"为中心展开论述的学术风貌。这是本书的重要特色之一。全书六章正文，均各设两节，第一节是"赋学特点概述"，第二节则是各阶段"赋学代表学者赋论评述"，而且是著者用力最深、最有特点也是篇幅最多的部分。

如"两汉赋学代表学者赋论评述"，论及司马相如、司马迁、扬雄、班固、王充、桓谭、王符；"魏晋南北朝赋学代表学者赋论评述"，论及曹丕、陆机、萧统、左思、皇甫谧、挚虞、曹植、成公绥、葛洪、沈约、嵇康、谢灵运、刘勰等；"唐宋元赋学代表学者赋论评述"，论及房玄龄、令狐德棻、刘知几、白居易、柳冕、苏轼、周紫芝、范仲淹、洪迈、朱熹、王观国、秦观、祝尧等；"明清赋学代表学者赋论评述"，论及吴讷、徐师曾、王世贞、胡应麟、陈山毓、张溥、程廷祚、王芑孙、纳兰性德、何焯、孙梅、浦铣、李调元、沈德潜、姚鼐、章学诚、张惠言、刘熙载等；"近代至二十世纪末赋学代表学者赋论评述"，论及章炳麟、刘师培、陈去病、丘琼荪、金秬香、陶秋英、鲁迅、陈中凡、刘大杰、朱光潜、闻一多、马积高、高光复、程章灿、郭维森、许结、王琳、姜书阁、曹道衡、叶幼明、霍松林、于浴贤、何新文、龚克昌、万光治、刘斯翰、康金声、曲德来、阮忠、曹明纲、陈庆元等；"台港地区赋学代表学者赋论评述"，论及简宗梧、张正体、张婷婷、许东海、陈韵竹、廖国栋、郑良树、朱晓海、洪顺隆、饶宗颐、何沛雄、邝健雄、詹杭伦等。在这份近百人的长名单中，徐教授对各自的代表性文著及其赋论观点、赋学主张，都作了具体、客观、充分的介绍评述。

当然，这些介绍并非千篇一律、平分秋色地有闻必录，而是有所选择，有区别、有重点地，该详则详，当略则略。如对于刘勰、祝尧、刘熙载等重要的古代赋论家，著者就花了更多的篇幅，给予了重点的分析评价。他认为刘勰是"魏晋南北朝时期对赋的研究最有成就，也最能体现理论水准和系统化的"（第71页）赋论家，并从五个方面总结了他的赋学理论；祝尧的《古赋辨体》则是"一部熔赋史、赋评、赋注于一炉，确立情、辞、理三者合理关系，体现作者独家认识和慧眼，在中国赋学史上占有重要地位的赋学著作"（第101页）。对于现当代赋学研究者及其论著，如马积高《赋史》，程章灿《魏晋南北朝赋史》，郭维森、许结

《中国辞赋发展史》，龚克昌《汉赋研究》，叶幼明《辞赋通论》、何新文《中国赋论史稿》，曹明纲《赋学概论》；台湾"赋学研究领军人物"简宗梧的《司马相如扬雄及其赋之研究》《汉赋史论》，张正体、张婷婷的《赋学》等，也作了颇为详细的分析评价。从而使本书在对整个赋学发展史的纵向描述之时，更有横向的展开和重点的深入，形成了"宏观与微观的结合、总貌与个案结合、理性与具象结合"的特点。

　　总之，这本《简明中国赋学史》，虽以"简明"名书，且简明清晰的赋学"史"线索和赋学论者论著的叙述评析也是该书的特色之一；但此书之价值非失之于"简"而是得之于"简明"。所谓"博观而约取，厚积而薄发"，"深入而浅出"，徐志啸的赋学研究及其《简明中国赋学史》，似可当之。

原载《辽东学院学报》2016 年第 1 期

附录 何新文主要著述目录

一 著作

1. 《中国赋论史稿》，开明出版社 1993 年 4 月版。

2. 《辞赋散论》，东方出版社 2000 年 1 月版。

3. 《中国文学目录学通论》，江苏教育出版社 2001 年 11 月版。

4. 《左传人物论稿》，中国社会科学出版社 2004 年 10 月版。

5. 《中国赋论史》（与苏瑞隆、彭安湘合著），人民出版社 2012 年 4 月版。

二 古籍整理及主编、参编

1. 《历代赋论校证》（与路成文合校），上海古籍出版社 2007 年 3 月版。

2. 《见星庐赋话校证》（与佘斯大、踪凡合校），上海古籍出版社 2013 年 12 月版。

3. 《中国古代文学作品选读》第 1—6 册（参编），湖北大学中文系古典文学教研室编，湖北省高等自学考试指导委员会 1985 年、1986 年印行。

4. 《中国古代文学辅导答疑》（参编），湖北大学中文系古典文学教研室编，湖北省高等自学考试指导委员会 1985 年印行使用。

5. 《中国古代文学作品析疑》（参编），湖北大学中文系古典文学教研室编，李悔吾主编，武汉工业大学出版社 1989 年版。

6. 《湖北作家论丛》（第 1—5 辑），湖北大学中文系湖北作家研究室编，分别由武汉大学出版社 1987 年，长江文艺出版社 1988 年、1989 年、1990 年版，武汉出版社 1991 年出版；本人为各辑编委或常务编委、第

4 辑执行主编。

7.《先秦汉魏六朝诗鉴赏辞典》（参编），三秦出版社 1990 年版。

8.《汉语言文学导学手册》（参编），唐超群主编，华中师范大学出版社 1991 年版。

9.《教学研究论文集》（副主编），湖北大学教务处编，开明书店 1991 年版。

10.《教学研究论文集》第 2 辑（副主编），湖北大学教务处编，开明书店 1994 年版。

11.《辞赋大辞典》（编委及撰稿），霍松林主编，江苏古籍出版社 1996 年版。

12.《高等教育管理的理论与实践》（编委及撰稿），湖北省教育委员会编，袁继凤、陶醒世主编，武汉出版社 1996 年版。

13.《中国古代语言文学名著导读》（参编），湖北大学中文系编"文科基地教材"，华中理工大学出版社 1997 年版。

14.《高等教育教学管理研究》（主编及撰稿之一），湖北省教育委员会编，大连海事大学出版社 1999 年版。

15.《中国古典文献学》（参编），张三夕主编，华中师范大学出版社 2003 年第 1 版、2007 年第 2 版；本人撰写第二章《古典文献的目录》。

16.《中国文化世家·荆楚卷》（参编），曹月堂、舒怀主编，湖北教育出版社 2004 年版，本人为《中国文化世家》副主编，《荆楚卷》撰稿人之一。

17.《争鸣与创新：张国光教授纪念文集》，湖北大学古代文学学科、《水浒争鸣》委员会编，喻学才、何新文主编，长江文艺出版社 2009 年版。

三 论文（1978—2015 年）

1.《登攀》（作者之一），《长江日报》1978 年 3 月 28 日第 4 版"起宏图"副刊第 67 期。

2.《想起晏婴不受新宅》，《长江日报》1980 年 10 月 26 日第 4 版"黄鹤楼"副刊第 98 期。

3.《从文学史的角度略谈〈周易〉卦爻辞》，华中师范学院《研究生学报》1982 年第 3 期。

4. 《"左氏浮夸"辨析》,《武汉师院学报》1984 年第 3 期。

5. 《〈左传〉写人论略》,《华中师范学院研究生硕士学位论文摘要集》(1981—1983 届),华中师范学院科研处 1984 年 8 月编印。

6. 《〈左传〉的写人艺术》,《华中师院学报》1984 年第 6 期。

7. 《"无韵之离骚":读〈屈原列传〉》,湖北大学主办《中学语文》1984 年第 2 期。

8. 《也说"素餐"》,《湖北大学学报》1985 年第 2 期。

9. 《"落英"辩说》,《中学语文》1985 年第 5 期。

10. 《赋家之心 苞括宇宙:论汉赋以"大"为美》,《文学遗产》1986 年第 1 期。

11. 《国学传统与模糊理论:中国古典文学研究断想》,《湖北大学学报》1986 年第 2 期。

12. 《在体物中写志:汉赋研究之一》,湖北省文学会会刊《中国文学研究》1986 年第 3 期。

13. 《"齐桓晋文之事章"二题议》,《中学语文》1986 年第 10 期。

14. 《先秦散文纵横谈》,湖北大学主办《自学指南》1986 年第 11 期。

15. 《闻一多楚辞研究的方法论启示》,1986 年富阳《中国屈原学会第 2 次年会》论文。

16. 《考据·比较·综合:闻一多古典文学研究方法述议》,《湖北作家论丛》第 1 辑,武汉大学出版社 1987 年版。

17. 《关于汉赋的"歌颂"》,《湖北大学学报》1987 年第 5 期,后收入《辞赋散论》(东方出版社 2000 年版)。

18. 《刘熙载赋论中的美学思想》,1987 年 4 月四川师范大学中国古典美学研讨会论文。

19. 《东汉赋家王延寿》,《湖北作家论丛》第 2 辑,长江文艺出版社 1988 年版。

20. 《楚文化与汉代文学》,《湖北作家论丛》第 2 辑,长江文艺出版社 1988 年版。

21. 《刘熙载汉赋理论述略》,湖南师范大学主办《中国文学研究》1988 年第 3 期。

22. 《文士的不遇与文学中的士不遇主题》,《湖北大学学报》1988 年第 4 期。

23. 《中国古代文学史三题议》，《湖北大学成人教育》1989 年第 1 期。

24. 《略谈〈四库全书总目〉中的文学目录》，《湖北大学学报》1989 年第 3 期。

25. 《李充和柳顾言：湖北古代的两个目录家和文学家》，《湖北作家论丛》1989 年第 3 辑，长江文艺出版社 1990 年版。

26. 《王延寿赋论》，张国光主编《文学与语言论集》，湖北人民出版社 1989 年版。

27. 《人的发现与文的新变：春秋时代文学艺术略论》，《社会科学战线》1990 年第 1 期。

28. 《晏子的幽默与齐人风尚》，《湖北大学学报》1990 年第 4 期。

29. 《从〈史怀〉看钟惺的经世思想》，《竟陵派文学研究论文集》，中国社会科学出版社 1990 年版。

30. 《先秦文学史概说》，湖北大学《成人教育学刊》1990 年第 5 期、第 7 期。

31. 《赋话初探》，《湖北大学学报》1991 年第 2 期。

32. 《读〈赋话六种〉札记》，《学术研究》1991 年第 2 期，广东人民出版社 1991 年版。

33. 《清代赋话漫谈》，江苏古籍出版社《古典文学知识》1991 年第 4 期。

34. 《黄香和他的赋作》，《湖北作家论丛》第 4 辑，长江文艺出版社 1991 年版。

35. 《浦铣和他的两种赋话》，张国光主编《文学与语言论集》，中国社会科学出版社 1991 年版。

36. 《童心的空间在这里拓宽：〈幼儿看图读神话〉序》，湖北少年儿童出版社 1991 年版。

37. 《自成一片风华景象：台湾三部汉赋论著评述》，《文学遗产》1992 年第 2 期。

38. 《周弘祖〈古今书刻〉对明代刻印文学书籍的记载及其他》，《湖北作家论丛》第 5 辑，武汉出版社 1992 年版。

39. 《湖北古代作家小传：王逸、刘毅、刘珍、胡广》，《湖北作家论丛》第 5 辑。

40. 《活跃在晚唐赋坛上的闽籍赋家》，《福州师专学报》1993 年第 1 期。

41. 《魏晋南北朝赋论述略》，《湖北大学学报》1994 年第 1 期。

42. 《古代赋学要籍叙录》，《古典文学知识》1994 年第 2 期。

43. 《论晚唐律赋的艺术变化》，《湖北大学学报》1995 年第 1 期。

44. 《从〈诗赋略〉到〈文集录〉：论两汉魏晋南北朝文学目录的发展》，
《湖北大学学报》1996 年第 2 期。

45. 《现当代环太平洋地区中国赋文学研究的回顾与展望》，《环太平洋地
区文化与文学交流学术研讨会论文集》，天津古籍出版社 1996 年版。

46. 《人何世而弗新、世何人之能故：魏晋南北朝辞赋中的生命主题》，
《第三届国际辞赋学学术研讨会论文集》，台湾政治大学 1996 年版；
后收入《辞赋散论》。

47. 《隋书经籍志在文学目录学史上的成就和影响》，《湖北大学学报》
1997 年第 3 期。

48. 《左传导读》，《中国古代语言文学名著导读》，华中理工大学出版社
1997 年版。

49. 《筚路蓝缕、深固不徙：楚国历史上的爱国主义传统及其对屈宋楚辞
的影响》，《湖北作家论丛》第 6 辑，华中理工大学出版社 1997 年版。

50. 《浦铣及其赋话考述》，《文献》1997 年第 3 期。

51. 《二十世纪赋文献的辑录与整理》，《文献》1998 年第 2 期。

52. 何新文、周昌梅：《论楚灵王》，《湖北大学学报》1998 年第 4 期。

53. 何新文、刘国民：《集部的确立与文类的产生：论隋唐宋代文学目录
的发展变化》，《湖北大学学报》1999 年第 6 期。

54. 《近二十年大陆赋文学整理的新进展》，南京大学中文系编《辞赋文
学论集》，江苏教育出版社 1999 年版。

55. 《论元明清时期的文学目录》，《湖北大学学报》2000 年第 6 期。

56. 《21 世纪赋学研究的几个问题》，《湖北大学学报》2001 年第 6 期。

57. 何新文、袁洪流：《一个"量力而行、相时而动"的图霸之君：郑庄
公新论》，《湖北大学学报》2002 年第 6 期。

58. 《陆云赋探究》（何新文、周昌梅），苏瑞隆、龚航主编《康达维教授
花甲华诞纪念文集》，台北文津出版社 2003 年版。

59. 《关于〈左传〉的人物评论》，《文学评论》2004 年第 5 期。

60. 何新文、张群：《现当代的〈左传〉人物研究》，《湖北大学学报》
2004 年第 4 期。

61. 《元明清三代的〈左传〉人物评论》，《黄冈师范学院学报》2004 年

第 6 期。

62. 《步武屈宋、辞赋名家：东汉宜城王逸王延寿父子》，《中国文化世家·荆楚卷》，湖北教育出版社 2004 年版。

63. 《奏疏彰风骨、文赋显英才：东汉安陆黄氏世家》，《中国文化世家·荆楚卷》。

64. 《薪火传六代、文名播九州：东汉江夏李氏世家》，《中国文化世家·荆楚卷》。

65. 《加强过程管理、抓好基本环节、提高学位论文质量》（合作），吴太山、问青松主编《学位点立项建设与研究生教育》，中国地质大学出版社 2004 年版。

66. 《对博士学位授予单位布局的思考》（合作），湖北学位与学科建设研究中心《学位》杂志 2004 年第 2 期。

67. 《加强学位论文过程管理、保证学位论文质量》，《学位》2004 年第 2 期。

68. 吴桂美、何新文：《朱光潜赋论简议》，《湖北大学学报》2005 年第 1 期。

69. 《关于博士、硕士学位授予单位布局问题的研究》（何新文等执笔），《学位与研究生教育研究新进展》（教育部学位与研究生教育发展中心"十五"课题研究成果汇编），高等教育出版社 2006 年版。

70. 《元明两代赋论述略》，《湖北大学学报》2006 年第 6 期。

71. 胡丽娜、何新文：《趋向综合　重视基础　服务地方：试论地方综合性大学学科建设的合理发展道路》，《湖北经济学院学报》（社会科学版）2006 年第 10 期。

72. 《从诗学的角度切入：评朱光潜〈诗论〉中的赋论》，许结、徐宗文主编《中国赋学》第 1 辑，江苏教育出版社 2007 年版。

73. 何新文、洪敏：《时代精神与以大为美：闻一多辞赋评论二题》，《黄冈师范学院学报》2007 年第 2 期。

74. 何新文、张群：《唐代赋论概观》，《北方论丛》2008 年第 1 期。

75. 何新文、龚元秀：《论赋话的渊源及其演进》，《湖北大学学报》2008 年第 1 期。

76. 《为弘扬民族优秀文化命笔：张国光先生先秦文史研究的方法论启示》，《争鸣与创新：张国光教授纪念文集》，长江文艺出版社 2009

年版。

77. 《〈春秋左传类对赋〉与〈左传〉的传播》，孙绿怡主编《春秋左传研究：2008 春秋左传学术研讨会论文集》，中华书局、中央广播电视大学出版社 2009 年版。

78. 《略论赋在汉代的传播及其对作赋的影响》，王兆鹏、潘碧华主编《跨越时空：中国文学的传播与接受》（古代卷），马来亚大学中文系学术文丛 2009 年版。

79. 《唐代律赋考·序》，载彭红卫著《唐代律赋考》，社会科学文献出版社 2009 年版。

80. 《清谈与赋谈：从〈世说新语〉看两晋士人的辞赋评论》，《湖北大学学报》2009 年第 5 期。

81. 《试论〈春秋公羊传〉的"贤贤"思想》，方铭主编《〈春秋〉三传与经学文化》，长春出版社 2009 年版。

82. 《"止乎礼仪"与"词赋罪人"：从洪迈、朱熹论宋玉赋看宋玉文学批评标准的把握》，《宋玉及其辞赋研究》，学苑出版社 2010 年版。

83. 《林联桂及其赋作赋话考论》，《辽东学院学报》2010 年第 5 期。

84. 《苏轼与"苏门四学士"的辞赋论述》，《黄冈师范学院学报》2010 年第 5 期。

85. 何新文、彭安湘：《论〈见星庐赋话〉对清代律赋艺术的评析》，《湖北大学学报》2010 年第 6 期。

86. 何新文、徐三桥：《论洪迈与朱熹对〈高唐〉〈神女〉赋评价的差异》，《中国韵文学刊》2011 年第 4 期。

87. 何新文、彭安湘：《新世纪十年中国辞赋研究与创作论纲》，《中国辞赋》第 2 期，中州古籍出版社 2011 年版。

88. 何新文、王园园：《新世纪十年：古代赋学研究的繁荣与趋向》，《湖北大学学报》2012 年第 2 期。

89. 何新文、胡武生：《论刘埙〈隐居通议〉"古赋"选评的赋学意义》，《南京大学学报》2012 年第 5 期。

90. 何新文、王慧：《清代赋体论述的集大成意义》，2012 年 11 月新加坡国立大学"国际辞赋学学术研讨会"论文。

91. 《难忘昙华林：怀念我的导师石声淮先生》，张三夕主编《华中学术》第 7 辑，华中师范大学出版社 2013 年版。

92. 《中古赋论研究·序》，彭安湘著《中古赋论研究》，中国社会科学出版社 2013 年版。

93. 《〈通典〉所载张衡"论贡举疏"为蔡邕〈上封事〉考论》（何新文、张家国），原载《科举与辞赋国际赋学研讨会论文集》，香港大学中文学院 2014 年 3 月；后刊于湖北大学文学院主办《中文论坛》第 1 辑，长江出版社 2015 年版。

94. 何新文、黄爱武：《中国文学史著作宋玉书写的新收获》，《第二届宋玉国际学术研讨会论文集》，湖北文理学院文学院，2014 年 11 月。

95. 何新文、丁静：《虽不适中，要以为贤：论苏轼对屈原的接受》，《湖北大学学报》2014 年第 5 期。

96. 何新文、王慧：《班固的"赋颂"理论及其〈两都〉赋"颂汉"的赋史意义》，《中南民族大学学报》2015 年第 2 期。

97. 何新文、张家国：《从目录学的角度谈论"不歌而诵谓之赋"》，湖南师范大学《中国文学研究》2015 年第 3 期。

98. 《从"辞赋不分"到"以赋论赋"：古代赋文体论述的发展趋势及其当代启示》，《文学遗产》2015 年第 2 期。

99. 何新文、张家国：《论 20 世纪以来中国文学史著的宋玉书写：从断代文学史到文学通史的考察》，《湖北社会科学》2015 年第 6 期。

100.《辑佚视角下的唐宋春秋学研究：读黄觉弘教授〈唐宋春秋佚著研究〉》，《江汉大学学报》2015 年第 3 期。

后　记

当我拿起笔来写这个后记时，脑子里涌出的是这样的念头：这应该是自己最后出版的一本书了，至少在我退休之前会如此。

那么，这最后的一本书——"自选集"，又应该选些什么样的文章呢？

我原本是个不太喜欢赶潮流的人，对待所谓"自选集"也是如此。以为大家都在出这种东西，再在后面跟风而上也就没有多大意义了，尤其是自己又没有什么好文章值得"自选"成"集"，故一直犹豫着、淡然着。等到院里组织的第一批自选集已送去出版社印出了清样，第二批书稿的交付时间已经临近之时，我知道不能再拖了。于是，想到了富有搜集整理古籍传统的先贤对编辑文集目的的精辟论述："一则网罗放佚，使零章残什，并有所归；一则删汰繁芜，使莠稗咸除，菁华毕出。"（《四库全书总目·总集类叙》）而这本"自选集"之于我，当然说不上可以"菁华毕出"，但却确乎能够起到"网罗放佚、使零章残什并有所归"的作用；用好友张三夕教授的话说则是"编辑自选集或论文集，是一种分类分阶段保存个人文献或个人记忆的有效方式"（《现代性与当代艺术：张三夕自选集·后记》）。

本着上述归并"零章残什"和保存"个人记忆"的宗旨，收入本集的 37 篇文章，最早的发表于 1980 年，最晚的写于 2015 年初，时间跨度前后达 35 年。根据这些文章的内容，大致划分为如下四组：

第一组的 7 篇，主要涉及古代文学目录学和研究方法方面的论题，这是古代文学研究的基础。而关于文士"不遇"的一篇，则是从文学主题的角度对古代文学创作的宏观思考。

第二组的 8 篇，围绕先秦文史典籍《春秋左传》及《周易》《晏子春秋》的文学价值进行论述。其中，关于明人钟惺《史怀》经世治国思想的一文，因其所评也是以《左传》及《史记》《汉书》等先秦两汉史籍为主，故亦列入此类。

第三组的 11 篇，除论述两汉及魏晋南北朝辞赋作品的 2 篇，曾编入于 2000 年出版的《辞赋散论》一书之外，其余有关古今赋话、赋论及赋学研究的 10 篇均发表于 2000 年以后。

第四组的 11 篇，包括 5 篇序跋按语、2 篇纪念文章和 4 篇有关当代学人论著或学术成就的评述。这些文字，篇幅或长或短，写作时间或前或后，所述对象或人或己，但都负载着一段真实的历史记忆，或寄托着一份亲切的师友情谊，尤其值得收藏保存。

为了保存历史的原貌，收入本自选集的文章，除早期发表的几篇要按照当下的格式规范补充引文注释，并且改正了有些文章中明显的文字讹误外，其余均一仍其旧，未作修改，以尽量保持着原稿或发表时的样貌。诚然，历史不能修改，但由于自己学力、认识乃至表达能力的局限，自选集中文章的不足及不妥不当之处势在难免，诚恳欢迎各位读者朋友的批评指正。

最后，要感谢湖北大学文学院将我的这本文集列入"教授文库"，感谢研究生张家国、孙柔、宋小芹、何方晴等帮我校对部分文稿；当然，还要感谢在我求学、教学、治学道路上给我以教育和帮助的老师、家人、朋友、同学们。正是因为有了大家的关心，才有了这本文集，才有了许多难忘的历史记忆。

何新文
2014 年 12 月 26 日初稿，2015 年 8 月 11 日改定
于武昌东湖湖畔寓所